Museo del Prado, 1819

EL MUSEO DE LOS ESPEJOS

LUIS MONTERO MANGLANO

EL MUSEO
DE LOS ESPEJOS

PLAZA JANÉS

Papel certificado por el Forest Stewardship Council®

Primera edición: septiembre de 2019

© 2019, Luis Montero Manglano
© 2019, Penguin Random House Grupo Editorial, S. A. U.
Travessera de Gràcia, 47-49. 08021 Barcelona

Printed in Spain – Impreso en España

ISBN: 978-84-01-02227-2
Depósito legal: B-15.230-2019

Compuesto en Comptex & Ass., S. L.
Impreso en Liberdúplex
Sant Llorenç d'Hortons (Barcelona)

L 0 2 2 2 7 2

Penguin
Random House
Grupo Editorial

Un museo es un lugar donde perder la cabeza.

Renzo Piano

Boceto

Madrid, 2 de febrero de 1819

«Álzate, Señor, y juzga tu causa.»
El Fiscal Inquisidor miró las letras esculpidas sobre el dintel de la puerta del Palacio de la Inquisición. No se molestó en leerlas porque ya las conocía de memoria y, además, le habría resultado imposible: la oscuridad era casi total.

Con un escalofrío, se envolvió con el manteo hasta cubrirse la nariz y pateó el suelo para calentarse los pies. La temperatura era endemoniadamente baja y el viento, cortante y húmedo. El sacerdote levantó los ojos al cielo, como a punto de iniciar una plegaria, y se encontró ante un negro panorama, sin luna ni estrellas.

No muy lejos, unas campanas tañeron once veces.

Después, el silencio. No se veía un alma alrededor.

El inquisidor estuvo a punto de regresar a la comodidad de su lecho. Para vencer la tentación, se recordó a sí mismo la alta dignidad de la persona que le había propuesto aquel encuentro en plena noche. El sacerdote aún llevaba en el bolsillo la nota que había recibido esa misma tarde, justo después de la misa.

Uno de sus feligreses se la pasó de forma discreta. El inquisidor lo conocía bien, se trataba del secretario personal del mar-

9

qués de Santa Cruz, gentilhombre de cámara del rey Fernando. La nota era escueta:

> Ruego a V. R. tenga la bondad de esperar a solas frente al Palacio de la Suprema esta noche a las once. Acudiré en persona a su encuentro. Se trata de un turbador asunto que requiere de su inmediato juicio y discreción.

Estaba rubricada por el propio marqués.

El Fiscal Inquisidor pasó el resto de la jornada haciendo cábalas sobre los motivos que tendría alguien tan importante para reunirse con él en secreto y con semejante urgencia. Desde que, tras su regreso al trono, el rey Fernando había restaurado el funcionamiento del Santo Oficio en sus reinos, lo cierto era que éste no andaba precisamente agobiado de trabajo. Tanto el tribunal como sus miembros, cada vez más escasos, eran poco más que una antigualla inoperante. El temor que su nombre aún causaba en algunos se debía más bien a su tétrica fama. El actual Supremo Inquisidor, monseñor Castillón y Salas, parecía menos interesado en perseguir a herejes y falsos conversos que en atosigar a masones, hacia los cuales sentía tanto odio como tolerancia profesaba hacia el resto de los pecadores.

El padre Belarmino Ruiz llevaba poco tiempo como Fiscal Inquisidor, apenas unas semanas. Recibió su nombramiento por sorpresa cuando se dedicaba a la docencia en la Universidad de Alcalá. Su especialidad era el Derecho Canónico, aunque tampoco podía decirse que fuese un erudito en la materia. El padre Belarmino no era un hombre de mundo, no era un sabio ni un exégeta. De lo único que podía presumir, en todo caso, era de ser un trabajador disciplinado. Que el Santo Oficio recurriera a alguien como él para ostentar un cargo tan importante demostraba la dificultad de encontrar clérigos que quisieran formar parte de una institución que, sin duda, estaba dando sus últimos estertores.

De pronto el sacerdote escuchó a lo lejos el sonido de los cascos de un caballo. Al final de la calle apareció un vehículo entre brumas que se detuvo frente a la puerta del Palacio de la Inquisición («Álzate, Señor, y juzga tu causa»). Era una especie de calesín, aunque un poco más grande, lo suficiente como para albergar a dos pasajeros además de un conductor subido al pescante.

El conductor era el secretario del marqués. Detrás, en la caja, cubierto por una capota, había un hombre de rostro huesudo y peinado a la romana, según la moda en Francia.

—¿El señor Fiscal Inquisidor? —preguntó.

—El mismo.

—Vuestra reverencia imagina quién soy, ¿verdad? —preguntó el pasajero del calesín. El padre Belarmino asintió. El del marqués de Santa Cruz era un rostro conocido—. Entonces suba al coche, se lo ruego. El tiempo apremia.

Santa Cruz era uno de los hombres más cercanos al rey Fernando. Tenía fama de ser persona prudente y de vasta cultura. Las malas lenguas no podían explicarse el motivo de su amistad con el rey, quien, según algunos rumores, sólo se sentía a gusto entre putas y chulos.

El padre Belarmino estaba poco acostumbrado a alternar en tre personajes de cuna tan elevada, así que, ante el temor a no saber dirigirse correctamente hacia su compañero de travesía, optó por mantener un silencio prudente mientras contemplaba el pasar de las calles a ambos lados del calesín.

Madrid estaba sorprendentemente muerta aquella noche. Apenas se cruzaron viandantes por el camino salvo individuos con andares ebrios que brotaban tambaleándose de los callejones.

El vehículo enfiló por Jacometrezo y ante los ojos del inquisidor se sucedieron algunas estampas extrañas: una mujer que parecía llevar sobre su cuerpo toda clase de telas informes, como remedo de un vestido, miró al sacerdote y le dirigió una sonrisa aviesa y desdentada. El padre Belarmino apartó los ojos y escuchó que la mujer reía a carcajadas. Después vio a un niño agazapado en la sombra. Cuando el zagal levantó el rostro al paso del coche, un farol de luz enferma mostró dos ojos lechosos sin pupilas. De inmediato, el crío se escabulló por un callejón con la rapidez de un insecto. Frente a la desembocadura de la calle del Caballero de Gracia, un perro sarnoso aullaba a la luna ausente. Parecía un lamento fúnebre.

—Dios bendito... —rezongó el inquisidor para sí—. ¿Puedo preguntar a vuestra excelencia adónde vamos?

—Al Prado de San Gerónimo. ¿Conoce vuestra reverencia la zona que rodea el monasterio, cerca del Palacio del Buen Retiro?

—No he tenido aún oportunidad. En cualquier caso, y disculpe vuestra excelencia, allí no hay nada más que las ruinas que dejaron los franceses; o al menos eso es lo que dice todo el mundo. Tengo entendido que incluso el palacio fue arrasado hasta sus cimientos.

—No todo. Y tampoco fueron los franceses quienes causaron los mayores daños, sino las tropas inglesas del general Hill, que ordenó volar las fortificaciones, los almacenes y la fábrica de porcelana. Sólo dejó en pie el Casón, que era sala de baile, y el primitivo Salón de Reinos. Desde hace tiempo, el rey intenta restaurar lo que queda. —Santa Cruz hizo una pausa—. ¿Sabe vuestra reverencia para qué se usaba el palacio antes de que llegaran los franceses?

—No. Llevo poco tiempo en la ciudad.

—Era más bien un almacén. Nadie lo habitaba desde tiempos del rey Carlos, el abuelo de Su Majestad. Se decidió entonces que el grueso de la colección de pinturas reales, unos mil cuatrocientos lienzos, se llevase al Buen Retiro. Obras de Rafael, de Rubens, de Tiziano... El inventario era soberbio, me atrevería a decir que único en el mundo. Un tesoro reunido por varias generaciones de monarcas desde Isabel de Castilla.

El padre Belarmino, que no entendía demasiado de arte, se limitó a lanzar una expresión ambigua. A continuación, Santa Cruz cambió abruptamente de tema.

—Sepa vuestra reverencia que yo nunca mostré la menor simpatía por los franceses ni por el rey usurpador José —dijo, como si se estuviera justificando de antemano—, pero le confesaré en secreto que el Bonaparte tuvo algunas ideas... Ideas buenas... Como, por ejemplo, rescatar del olvido los lienzos de la colección real y exponerlos en un museo, una galería pública para disfrute y aprendizaje de las gentes con inquietudes artísticas.

—Parece un proyecto encomiable... —musitó el inquisidor.

—Lo era, aunque tenía un lado oscuro. Bonaparte también planeaba quedarse con los mejores cuadros y mandárselos a su hermano el emperador a París; habría sido un robo indisimulado.

—Dichosos franceses —añadió el sacerdote, dejándose llevar por un arranque de patriotismo—. De buena nos libró Dios.

—Sin embargo, debe reconocerse que la idea no era del todo mala. De hecho, desde que Su Majestad el rey regresó a España, he dedicado grandes esfuerzos a convencerlo para llevarla a cabo.

—¿Y de veras le ha escuchado?

—Parece que la idea sorprende a vuestra reverencia.

—Según se rumorea, Su Majestad, a quien Dios guarde, no es precisamente un... ¿cómo acaba de decir vuestra excelencia? Un hombre con «inquietudes artísticas».

—Lo crea o no, el proyecto le interesó desde el principio. Si bien tengo para mí que su principal motivación era librarse de un montón de cuadros de palacio que no casaban con su... digamos... interés decorativo.

—¿Interés decorativo?

—Al rey le gusta el papel pintado. No puede poner papel pintado en las paredes de palacio mientras éstas sigan llenas de cuadros.

—Papel pintado... —repitió el padre Belarmino, sin tener muy claro qué era eso. Supuso que alguna absurda moda francesa.

—No seré yo quien diga que el rey quiere abrir un museo sólo para usarlo como guardamuebles, pero... —Santa Cruz dejó el final de la frase en el aire—. En cualquier caso, mientras que el interés de don Fernando era moderado, el entusiasmo de la reina doña Isabel por el futuro museo, en cambio, fue siempre inmenso. Quizá ella se lo acabó contagiando a su esposo.

—Que Dios la tenga en su Gloria —dijo el inquisidor, persignándose en recuerdo de la consorte, fallecida el año anterior.

—Bien dice vuestra reverencia. El impulso de la reina al proyecto fue capital. Gracias a ello, el rey aceptó encomendar la organización del museo a la Real Academia de Bellas Artes de San Fernando, de la cual, como quizá sepa vuestra reverencia, yo soy miembro de número. El encargo, en resumen, vino a parar a mis manos. Actualmente, y por diversos motivos que no vienen al caso, la Academia ya no participa del proyecto, pero yo sigo siendo el responsable de que el museo de pinturas reales vea finalmente la luz.

—Pues felicito por ello a vuestra excelencia.

Santa Cruz puso gesto torvo.

—Quizá sea una felicitación prematura a la vista de lo ocurrido hoy. Se trata de un suceso terrible que podría dar al traste con todos mis planes y esfuerzos. Es por ello que necesito de la ayuda de vuestra reverencia como Fiscal Inquisidor... Pero, atención: ya casi hemos llegado.

El calesín se internó en la arboleda del Prado de los Jerónimos, sorteando castaños y cedros de enorme envergadura que surgían en la oscuridad como siluetas inquietantes. Al padre Belarmino le sorprendió ver que dejaban atrás los restos mellados del Palacio del Buen Retiro ya que, tras la charla con el marqués, había supuesto que aquél era su destino.

En vez de detenerse allí, el calesín siguió unos metros más por la arboleda hasta que el inquisidor vislumbró la silueta de un gran edificio rectilíneo cuya fachada era tan larga que parecía no tener fin. Le tranquilizó ver hombres de armas deambulando alrededor en cuadrillas y portando faroles, montando guardia.

El cochero condujo el vehículo por una empinada cuesta en el lado norte del edificio hasta llegar ante una fachada. Allí se detuvo para que se apearan los pasajeros. El padre Belarmino contempló el edificio intentando captar sus formas, pero le fue imposible en la oscuridad. Apenas percibió la mole inmensa y recia de aire clásico de un pórtico arquitrabado. El Fiscal Inquisidor no pudo evitar pensar en las puertas del tártaro. No un infierno cristiano de demonios y pecadores, sino un antiguo Más Allá repleto de criaturas mitológicas y dioses muertos.

Sintió una ráfaga de viento agitar su manteo y le pareció que lo causaba el edificio, que respiraba igual que un ser vivo.

Santa Cruz le pidió que lo siguiera hasta el interior del pórtico. Allí se reunieron con un grupo de cuatro hombres que parecían estar esperándolos. Dos de ellos eran soldados, el otro llevaba ropas modestas de villano y giraba nerviosamente entre los dedos un sombrero que más bien parecía un harapo; el cuarto vestía jaqueta y calzones de buena calidad. El marqués se dirigió a este último:

—Maese Aguado —dijo—. He traído al inquisidor.

El aludido mostró una expresión de alivio.

—A Dios gracias. Espero que vuestra reverencia nos diga lo que hemos de hacer.

—Había oído hablar alguna vez de un maese Antonio Aguado que es Arquitecto Mayor de la Villa de Madrid —dijo el sacerdote—. ¿Tenéis alguna relación con esa persona?

—Vuestra reverencia está ante él ahora mismo —respondió el arquitecto. Era un hombre de rostro rubicundo, quizá más joven de lo que aparentaba.

—¿Qué lugar es éste?

Fue el marqués quien respondió a la pregunta:

—Nos encontramos a las puertas del futuro museo de pinturas reales del que hablé a vuestra reverencia por el camino.

—Entiendo... ¿Este edificio es obra suya, maese Aguado?

—No, su reverencia. Lleva aquí décadas. El rey Carlos III fue quien ordenó levantarlo para albergar una Academia de Ciencias y un gabinete de Historia Natural. Justo al otro lado de donde nos encontramos está el Real Jardín Botánico, y hacia atrás, en esa dirección, el Observatorio Astronómico... Todos ellos fueron diseños de mi mentor, don Juan de Villanueva.

Mientras el arquitecto explicaba esos detalles, la pequeña comitiva se internó en el edificio, precedida por la pareja de soldados que iban alumbrando el camino con faroles. El padre Belarmino observó con curiosidad a su alrededor. Primero accedieron a un gran recibidor cuyas dimensiones apenas se percibían a la luz de los faroles, después caminaron a lo largo de un amplio corredor tan grande como la nave de una iglesia. En el suelo, apoyados en las paredes, había multitud de lienzos a la espera de ser expuestos. Bajo la luz titilante que portaban los soldados, el inquisidor pudo distinguir algunas imágenes. Vio muchos retratos que le siguieron con la mirada, también paisajes oscuros y naturalezas muertas, y retablos con pinturas de santos cuyos nimbos de pan de oro lanzaban inquietantes destellos en la oscuridad.

Por todas partes se percibía un aroma a mortero recién puesto, y había algunos andamios en los corredores.

—¿El edificio está en obras? —preguntó el inquisidor.

—En restauración más bien —respondió Aguado—. Los franceses lo dejaron en un lamentable estado de deterioro, especialmente las cubiertas; se llevaron los remaches de plomo para fundirlos, entre otros daños de menor envergadura. Hasta ahora mi labor ha consistido en rehabilitar el espacio para que los lienzos puedan ser expuestos.

—Maese Aguado ha hecho de momento un buen trabajo —intervino Santa Cruz—. Las obras avanzaban con tal rapidez que incluso me atreví a recomendar al rey que hiciera una visita para apreciar nuestros progresos. Estará aquí mañana.

—¿Su Majestad? ¿En persona?

El marqués torció el gesto.

—Así es. Su reverencia comprenderá la importancia de tal visita. El rey, en ocasiones, es voluble con sus ideas y existe el riesgo de que si encuentra algún detalle que no le agrade, suspenda la apertura del museo de forma indefinida. Quizá para siempre.

—Es por ello que necesitamos con urgencia consejo —añadió Aguado, dirigiéndose al inquisidor—. Ha surgido un... un desgraciado imprevisto. Mi alarife os lo explicará.

Los hombres se detuvieron en mitad de un corredor, frente a una oquedad del tamaño de una persona. Aguado se dirigió al muchacho vestido con ropas sencillas que había acompañado al grupo todo el rato sin decir palabra.

—Habla, zagal. Cuéntale a su reverencia lo que ha ocurrido esta tarde.

El joven parecía amedrentado ante la presencia del inquisidor. Quizá pensaba en la terrible fama de los miembros de la Suprema y en su mente se veía respondiendo de sus pecados sobre una pira en llamas. El padre Belarmino trató de calmarlo con una expresión sosegada.

—Adelante, hijo mío, te escucho. ¿Cuál es tu nombre?

—Leandro... Leandro Olmedilla, su reverencia... —El alarife hablaba sin dejar de mover las pupilas de un lado a otro, como si temiera posarlas sobre el inquisidor—. La cosa ocurrió de esta manera: nosotros... es decir, yo y los demás hombres... Éramos unos cinco o seis, no sé... No recuerdo el número exacto. Yo...

—No importa. Continúa.

—Gracias, su reverencia. Los hombres y yo estábamos enfoscando el muro de este corredor... El maese Aguado nos dijo que el muro no parecía encontrarse en tan mal estado como para que necesitara más que un enlucido, a pesar de que, bien sabe Dios, en algunos otros pasillos había tantos agujeros como en una madriguera... —El alarife pareció atorarse una vez más. Carraspeó y logró retomar el hilo—. Yo mismo estaba colocando la argamasa en este tramo. Justo en el que está detrás de su reverencia... Tenía la llana en la mano y me disponía a extender el revoco, cuando, Dios me ampare, al colocar la herramienta sobre la pared, ésta se vino abajo ante mis narices, como un montón de terrones, se lo juro a su reverencia. Que digo yo que sería porque aquellos ladrillos habían sido colocados hace poco y de mala manera... Entonces apareció ese hueco... Y el olor... —El alarife se persignó—. ¡Por todas las almas del purgatorio! Apestaba como un pudridero... Pero tengo buenas tripas, y no sería la primera vez que encuentro alguna rata muerta atrapada en una pared, que eso fue ni más ni menos lo que supuse que era... Así que tomé un farol y me asomé al agujero, y encontré unas escaleras que bajaban... Y aquello, bien lo sabe Dios, ya me dio mala espina, pero allá que bajé, y conté no menos de veinte peldaños, se lo aseguro a su reverencia; entonces me vi de pronto en una especie de sótano y allí... —El alarife tragó saliva y, casi sin voz, concluyó—: Allí estaba.

—Allí estaba, ¿el qué? —preguntó el inquisidor.

—Será mejor que su reverencia lo vea con sus propios ojos —respondió Santa Cruz. A continuación, tomó el farol que portaba uno de los soldados y se introdujo en la oquedad. Maese Aguado y el inquisidor fueron tras él. Los otros hombres permanecieron en el corredor.

Como señaló el alarife, encontraron una escalera tosca de madera que descendía por un túnel de tierra apenas apuntalado. A medida que avanzaban, el padre Belarmino notó un olor pútrido que crecía en intensidad. Tuvo que cubrirse la nariz con el manteo para contener una náusea.

El túnel hedía a muerto.

Al final de la escalera había una especie de bodega. La luz del farol multiplicó las sombras, que se agitaron como llamas oscuras alrededor de los tres hombres.

En el suelo había un cuerpo envuelto en una tela blanca, aunque ennegrecida por la suciedad. Al verlo, el padre Belarmino tuvo claro el origen de aquella pestilencia: aquel pobre desgraciado, fuera quien fuese, llevaba días pudriéndose. La tela que lo envolvía estaba empapada en jugos corporales y una masa titilante de escarabajos se daba un festín en lo que alguna vez fue su rostro.

«¡Dios Bendito...!», pensó el inquisidor, al tiempo que notaba un espasmo en el estómago. Sintió un regusto bilioso en el paladar y se cubrió la boca con las manos.

Cuando Santa Cruz acercó el farol al cuerpo, la luz dispersó a los escarabajos. Del difunto no quedaban rasgos identificables. En medio del tapiz de llagas que era su rostro destacaban los ojos, grotescamente fijos en la nada, como dos burbujas blancas a punto de reventar. Al verlos, el inquisidor dejó escapar una frase incongruente:

—Eran azules...

Santa Cruz le miró interrogante.

—¿Decía algo?

—No, nada... —El padre Belarmino cerró los ojos, se santiguó y murmuró unas palabras—: *De profundis clamavi ad te, Domine... Domine...*

Se atoró al recitar la oración de difuntos. Sólo podía pensar en aquellos ojos muertos. Contemplando.

Escuchó las palabras de Aguado, pero apenas fue capaz de procesarlas.

—Ha de llevar muerto algún tiempo, aunque no tanto como para pudrirse por completo.

—¿Quién era este pobre infeliz? —preguntó el sacerdote, que aún mantenía los ojos cerrados.

—No lo sabemos. El cuerpo no lleva más ropas que el andrajo que lo envuelve. Pero lo que es evidente es que no tuvo una muerte apacible: mirad.

Aguado le señalaba el cráneo, donde tenía algo incrustado: una especie de cuchillo grande o una hachuela.

—Podría pensarse que cuando los franceses ocuparon este edificio durante la guerra habilitaron algunas zonas como calabozos —dijo Santa Cruz—. Éste podría ser un prisionero al que partieron la cabeza de un tajo y luego emparedaron sus restos... Al menos ésa fue mi primera impresión. Pero este hombre no lleva muerto tanto tiempo; además, fíjese en esto.

Alumbró la mano del cadáver. Junto a su índice descarnado podía verse una palabra escrita en la tierra. CREDO.

—Que Dios me ampare. Esto parece un martirio —dijo el inquisidor, con voz trémula.

—Y aún hay más: mire en la pared.

Al acercar el farol al muro, la luz mostró el dibujo de una ciudad fortificada. Las torres y murallas estaban ejecutadas con minucioso detalle, obra sin duda de una mano maestra, y en el centro se elevaba una fortaleza de cubiertas picudas.

—La pintura no es antigua —dijo Aguado—. Como verá vuestra reverencia, los colores apenas se han deteriorado.

De pronto, el Fiscal Inquisidor lo comprendió.

—Milán... —dijo, apenas en un susurro—. Es la ciudad de Milán.

Santa Cruz asintió con gesto grave.

—Es lo mismo que yo deduje.

—Y la palabra escrita en la tierra... —añadió el sacerdote, que se sentía a punto del desmayo—. «Credo»... Es el comienzo de la oración: *Credo in unum deum, Patrem Omnipotentem...* ¡Oh, Señor...! Y el cuerpo vestido de blanco, como un hábito dominico... Y el cuchillo clavado en la cabeza...

—Vuestra reverencia tenía razón —dijo el marqués—. Esto es un martirio.

El Fiscal Inquisidor era un sacerdote docto. Conocía bien la vida de los santos más importantes de su orden. San Pedro de Verona fue el primer mártir dominico. Cuando se dirigía a la ciudad de Milán para predicar contra la herejía, unos hombres lo asaltaron, le hundieron un hacha en la cabeza y luego lo apuñalaron. En su agonía mortal, el santo aún pudo escribir en el suelo, con su propia sangre, el inicio del Credo de Nicea.

Era la misma escena que el padre Belarmino tenía ante sus ojos en aquel momento, reproducida en todos sus detalles.

—¡Blasfemia! —exclamó, y se estremeció al escuchar su propia voz.

—Hay algo más, su reverencia —dijo Santa Cruz—. Esa ciudad pintada en la pared no es la primera vez que la veo. Arriba, entre las tablas que esperan ser expuestas en el museo, se guarda una del maestro Pedro Berruguete que proviene del Convento de Santo Tomás de Ávila y representa la muerte de san Pedro de Verona. Os juro por mi alma que la ciudad que se ve pintada en el muro es idéntica a la que figura en el paisaje de la tabla de Berruguete.

—No miente —secundó Aguado—. Yo también lo he comprobado. Si no fuera imposible, se diría que ambas fueron ejecutadas por la misma mano.

El Fiscal Inquisidor empezaba a notar dificultad para respirar.

—No entiendo... —balbució—. Y eso... ¿qué significa?

—Esperábamos que vuestra reverencia nos iluminara al respecto —respondió Santa Cruz.

—¿Yo? ¿Por qué yo?

—La persona... o personas que cometieron este crimen atroz es evidente que estaban motivadas por algún impulso diabólico. Sé que vuestra reverencia, al igual que yo, percibe algo maligno en esta grotesca puesta en escena.

—Creemos que este asunto atañe a la Suprema —secundó Aguado—. Hasta el momento nadie salvo nosotros y el alarife sabe lo que se oculta aquí. Se lo ruego: díganos cómo hemos de actuar.

El inquisidor miró aterrado a los dos hombres. Sus expresiones ansiosas lo acorralaban, pero el sacerdote se sentía aún más acosado por los ojos muertos del cadáver, que parecían clavarse hasta lo más profundo de su alma.

Empezó a sudar y a marearse. Tanto el arquitecto como el marqués permanecían mudos, esperando una reacción por su parte. Querían un remedio contra el diablo.

El sacerdote estuvo a punto de emitir una risa histérica. ¡El diablo! ¿Qué sabía él del diablo? ¡Absolutamente nada! No era más que un aburrido canonista, y los únicos arcanos que dominaba de la Santa Madre Iglesia eran los de la jurisprudencia. Sobre el poder del Maligno, el padre Belarmino sólo conocía lo mismo que cualquier humilde cristiano que tiembla bajo el trueno en la tormenta o se persigna al cruzar un cementerio: que había que temerlo con toda el alma.

—¿Y bien? —acució Santa Cruz—. ¿Qué hacemos, vuestra reverencia?

«¿Qué hacéis?», pensó el sacerdote, conteniendo un gimoteo. «¡Regresad a la Edad Media a buscar a vuestro inquisidor, uno que disfrute cazando brujas y encendiendo hogueras!»

Entonces se le ocurrió una idea que le insufló algo de ánimo.

—Quemadlo —respondió. Su voz le sonó sorprendentemente firme—. Quemadlo todo. Éste es un lugar blasfemo y diabólico, así que dejaremos que el fuego lo purifique y después lo sellaremos para siempre.

—¿Está seguro de que eso sería lo correcto? —preguntó el marqués—. ¿No deberíamos tratar de averiguar qué siniestro misterio ocultan estos restos?

—Su excelencia deseaba mi consejo, ¿no es cierto? Pues ya lo he dado. Sea lo que fuere lo que ocurrió aquí, se trata de algo diabólico, y cuanto menos sepamos de tales asuntos, mejor para nosotros y para cualquier hombre temeroso de Dios.

—Creo que es una idea juiciosa —intervino el arquitecto, reflexivo—. Mantenerlo en secreto... sí... Piense su excelencia que de esa forma no llegaría a oídos de nadie... Tampoco del rey.

La insinuación, aunque evidente, surtió efecto.

—Sea pues —claudicó Santa Cruz—. Dije que acataría el consejo de la Suprema y así lo haré. Y Dios sabe que no sentiré ninguna lástima por olvidar este asunto para siempre... aunque dudo que sea capaz.

—Ni ninguno de nosotros, excelencia —musitó el sacerdote.

—Actuemos con rapidez. Apenas quedan unas horas para que llegue Su Majestad. Maese Aguado, que traigan aceite para quemar el cadáver; después, dé orden de sellar el acceso a cal y canto. Dejaremos que el fuego limpie este agujero inmundo.

—Así se hará... Por otro lado, me sentiría menos inquieto si su reverencia pronunciara alguna bendición para expulsar cualquier influjo maligno que pueda haber aquí.

—¿Ahora, maese Aguado?

—Ahora, su reverencia.

El sacerdote disimuló una expresión de fastidio. «De acuerdo», pensó. «Acabemos de una vez.» Supuso que podría farfullar de forma breve cualquier latinajo para que el arquitecto quedara satisfecho.

Hizo brotar su mano del manteo con dos dedos extendidos en gesto de bendición y rezó lo primero que se le vino a la cabeza:

—*Anima Christi, sanctifica me. Corpus Christi, salve me. Sanguis Christi...*

Se detuvo.

—¿Ocurre algo? —preguntó Santa Cruz, quien, al igual que el inquisidor, también parecía algo molesto por aquel retraso.

—No, nada. Es... —El padre Belarmino miraba a una esquina de la pared que recibía la luz directa del farol. Había algo allí que, por algún extraño motivo, captaba su atención de forma casi hipnótica—. Excelencia, ¿ese signo aparece en la tabla del maestro Berruguete?

—¿Qué signo?

—Allí, bajo la pintura de la ciudad. Un emblema de color rojo.

El marqués se acercó, junto con Aguado. No había reparado en ese detalle. Contempló el símbolo durante un buen rato. Había algo en su forma que resultaba tan llamativo como desasosegador. Le inspiraba un raro sentimiento de inquietud, pero no podía dejar de mirarlo.

—Podría ser, tal vez, una marca de cantería... —dijo Aguado—. Aunque nunca antes había visto una como ésta.

—¿Es importante? —preguntó Santa Cruz, dirigiéndose al padre Belarmino.

—No. Pero... —No tenía claro lo que iba a responder. Agitó la cabeza, como deshaciéndose de ideas incómodas, y luego aseveró—: No importa. Olvidémoslo, pues arderá junto a todo lo demás.

Aguado y el marqués de Santa Cruz regresaron tras el sacerdote, que reanudó su oración, pronunciando las palabras cada vez más deprisa, saltándose incluso algunos pasajes.

Aquea lateris Christi, lava me.

Intra tua vulnera, absconde me.

El símbolo titilaba a la luz del farol, como si la plegaria lo hiciese temblar. Con la mirada fija en él, el padre Belarmino apenas podía concentrarse en sus palabras.

Ab hoste maligno, defende me.
In hora mortis meae, voca me.
Ut cum sanctis tuis...
Sanctis tuis...

El inquisidor se había quedado en silencio con la mirada fija en el signo de la pared.

—¿Su reverencia?

La voz del marqués lo sacó de su ensimismamiento. Finalmente, y manteniendo esta vez la vista hacia el suelo, pudo terminar el rezo de cualquier manera.

Ut cum sanctis tuis laudem te in saecula saeculorum.
Amen.

Sus dedos cortaron el aire con la señal de la cruz y después, sin esperar a sus acompañantes, abandonó aquel lugar como alma que lleva el diablo.

PRIMERA PARTE

El *César*
Sauróctono

1

—Presten atención, porque van a escuchar cosas extraordinarias.

Guillermo hizo una pausa dramática antes de seguir hablando. Le sirvió para pulsar a su audiencia. Varios ojos se clavaban en él como si no hubiera nada más importante en el mundo.

Guillermo tenía ese efecto a menudo, aunque no sabría decir por qué.

Quizá era su corbata. Llevaba puesta una corbata de color verde con figuras de patitos de goma bordadas, como los que suelen tener los personajes de dibujos animados en sus bañeras. A uno de los oyentes la corbata parecía tenerlo hipnotizado: la miraba sin pestañear y con la boca entreabierta.

Guillermo sonrió. Le gustaba ser el centro de atención. Se atusó un poco el flequillo rubio —pálido, más bien, casi blanco— que le caía rebelde sobre la frente y después sacó una baraja de cartas del bolsillo de su sudadera. Era una sudadera color borgoña, con capucha. Quizá le sobraba en aquella mañana de verano tardío en la que aún hacía calor, pero a Guillermo le gustaba combinar sudaderas con corbatas llamativas, para él era casi como ir uniformado.

Los asistentes contemplaron en silencio cómo Guillermo

comenzaba a mezclar las cartas con movimientos ágiles. Tenía unos dedos largos y finos que se movían demasiado rápido.

—Sí, sé lo que están pensando —dijo, con un brillo pícaro en sus ojos azules y sin dejar de marear las cartas—. ¿Qué puede mostrarnos este joven que sea más llamativo que esto? —Con un gesto de la cabeza, señaló el soberbio templo egipcio que estaba a su espalda—. En realidad, damas y caballeros, no se trata de «ver» sino de «imaginar». Y en eso seguro que muchos de ustedes tienen amplia experiencia, ¿no es así?

Hizo una pausa esperando algunas risas, pero sólo hubo silencio. Era una audiencia difícil.

—Símbolos —arrancó—. Nos rodean por todas partes. Algunos son simples, como las señales de tráfico o las figuritas que aparecen pintadas en las puertas de los lavabos; pero debemos leerlos correctamente: a nadie le gustaría saltarse un ceda el paso o entrar en el cuarto de baño que no le corresponde, ¿verdad? —Le guiñó el ojo a alguien de la primera fila y consiguió arrancarle una sonrisa—. Otros, en cambio, son más complejos, como la portada de una catedral o las alegorías de una pintura barroca. Y hay incluso símbolos que ni siquiera sabemos que existen, y ésos, amigos míos, son los más fascinantes. Son los que encierran secretos, y este mundo... ¡oh, sí, créanme!... este mundo está lleno de secretos ocultos y asombrosos.

Podía sentir que tenía a toda la audiencia metida en el bolsillo. Varios asistentes lo contemplaban con los ojos como platos, mordisqueando coloridos objetos de plástico que tenían en las manos.

Guillermo dejó de barajar y colocó la primera carta del mazo boca arriba.

—¿Saben qué carta es ésta, amigos?

Se escucharon algunos balbuceos tenues.

—Correcto. Es el rey de picas de la baraja francesa. Un padre jesuita llamado Ménestrier, que era un experto lector de símbolos, escribió en el siglo XVIII que la primera baraja de Francia se elaboró en 1392 para el rey Carlos VI. Por si no lo saben, Carlos VI estaba como una regadera. —Una de las oyentes mostró entusiasmada una regadera de color rosa decorada con margaritas—. Exacto, querida, así de loco estaba. Cuando su salud mental no le permitía gobernar, lo único que lo consolaba eran los juegos, así que los cortesanos pintaron para él una baraja de cartas con cuatro palos: picas, diamantes, tréboles y corazones. Pero hay en ella mucho más de lo que parece.

Guillermo volteó otras tres cartas. Por efecto de una asombrosa casualidad, resultaron ser los tres reyes que faltaban.

—Ciertamente, es más que un juguete —continuó—. Es el mundo concentrado en cincuenta y dos naipes. Al menos, el mundo tal y como estaba organizado en tiempos de Carlos VI. Cada uno de los palos simboliza una clase social: las picas son los nobles, los corazones son los sacerdotes, los diamantes representan a la burguesía y los tréboles a los campesinos, los hombres y mujeres que trabajaban la tierra de sol a sol.

Uno de los asistentes que se encontraba al fondo comenzó a gimotear.

—Lo sé, lo sé... Es triste, pero así era el mundo, ¿qué le vamos a hacer? Ahora bien, hay muchos más secretos en esta baraja. Fíjense en los cuatro reyes: tréboles, diamantes, picas y corazones. Son más que bellas pinturas, simbolizan poderosos monarcas de tiempos remotos. He aquí al gran Alejandro de Macedonia, rey de tréboles; a su lado, Julio César como rey de diamantes; junto a él, portando la pica, se encuentra David soberano de Israel, y, por último, mostrando su bravo corazón, el emperador Carlomagno.

Guillermo recogió las cartas y volvió a mezclarlas. Mientras lo hacía comenzó a cantar. Tenía un agradable timbre de voz.

—*Qui a eu cette idée folle un jour d'inventer l'école? C'est ce Sacré Charlemagne, Sacré Charlemagne...*

Uno de los asistentes tenía un caramelo en la boca. Cuando escuchó la canción sonrió y la golosina se le cayó al suelo. Se puso a llorar a grandes voces.

—Vamos, amigo, no hay que ponerse así —dijo Guillermo, con voz dulce. Se acuclilló frente a él—. Sólo era un caramelo. Algún día perderás cosas más importantes, y entonces las lágrimas te serán mucho más útiles que ahora. Créeme, sé de lo que hablo. —Su voz, de pronto, había adquirido un deje triste. Esbozó una sonrisa melancólica y se sacó una piruleta con forma de corazón del bolsillo de los vaqueros. Se la entregó al que lloraba al tiempo que le guiñaba un ojo—. Toma, puede que el bravo corazón del sagrado Carlomagno te consuele un poco.

—Oiga, ¿qué diablos está haciendo?

Guillermo se incorporó. A su lado vio a un policía municipal que le miraba con expresión hostil.

—¿Yo? Nada, es que se le había caído el caramelo...

Sentados a los pies de Guillermo, el grupo de niños de la zona infantil del parque empezó a distraerse con asuntos más banales que la semiótica del universo. Daba la impresión de que la charla había terminado.

—¿Alguno de estos críos es suyo?

—Oh, no... O, al menos, no que yo sepa.

—Entonces déjelos en paz y circule, ¿quiere?

—Lo siento, agente. No estaba haciendo nada malo, sólo quería entretenerlos. Sus padres no parece que les hagan mucho caso. —Guillermo señaló a un grupo de adultos que charlaban en un rincón apartado, junto a un montón de carritos vacíos—. Pensé que igual estaban un poco aburridos.

La expresión del policía se tornó propia de un agente de la ley que sorprende a un adulto solitario rondando a niños que no son suyos. Un adulto, por demás, que luce corbatas con patos.

En ese momento, un hombre de edad madura, quizá de unos sesenta, se acercó a ellos con paso apresurado.

—Agente, agente, disculpe... —dijo. Al llegar a la altura de Guillermo y el municipal hizo una pausa para recuperar el aliento, luego esbozó una sonrisa apurada—. Conozco a este joven, viene conmigo. No se ha metido en ningún lío, ¿verdad?

—¿Y usted quién es?

—Me llamo Alfredo Belman. —El hombre sacó una cartera del bolsillo de sus gastados pantalones de pana. Era una billetera sobada de piel, con las esquinas comidas por el uso. De su interior extrajo un documento que le entregó al policía—. Mire, éste es mi carnet de la universidad. Soy catedrático en la Escuela Técnica Superior de Arquitectura.

El municipal alternó miradas recelosas entre el carnet y su dueño.

—¿Dice que conoce a este hombre?

—Guillermo es mi asistente. Escuche, no queremos causar ninguna molestia. Hemos venido porque nos ha llamado la policía, para echar una mano con lo del templo. Si quiere comprobarlo, puede llamar a...

El agente le devolvió de forma brusca el carnet al catedrático.

—No será necesario. Pero dígale a su asistente, o lo que sea, que no ronde por la zona infantil, está poniendo nerviosos a los padres.

—Sí, por supuesto. Muchas gracias... y buenos días.

El policía rezongó algo a modo de respuesta y se alejó para continuar con su ronda.

—No estaba poniendo nervioso a nadie —protestó Guillermo—. Mírelos: ni siquiera se habían dado cuenta de que yo estaba por aquí. Yo creo que a ese policía le falta un tornillo, debe de ser uno de esos que ven criminales por todas partes.

Alfredo emitió un largo suspiro. Ya estaba acostumbrado a ciertas excentricidades del carácter de su asistente, pero, aun así, a veces podían resultar molestas.

—Debes tener más tacto, Guillermo. En ocasiones tu forma de actuar puede resultar desconcertante para algunas personas.

—¿Por qué? No soy más que un tipo corriente.

«No, no lo eres», pensó Alfredo, pero se abstuvo de decirlo en voz alta.

Por otra parte, observó que el joven no parecía afectado por aquel breve encontronazo con la ley. Caminaba con aire despreocupado en dirección al templo, barajando uno de sus mazos de naipes. Lo de mezclar cartas lo hacía a menudo, como si fuera un gesto involuntario. Algunas personas acostumbran a manosearse el pelo, otras a juguetear con las monedas de sus bolsillos; Guillermo barajaba cartas.

Alfredo y su asistente caminaron en silencio hacia el santuario egipcio. El cielo era de un color azul chillón, como un violento estertor de verano. Estaban casi en octubre y la temperatura seguía siendo insultantemente alta.

Aquella mañana, el parque de la Montaña del Príncipe Pío de Madrid estaba repleto de domingueros. Jóvenes, parejas, familias, perros... Paseando por entre los árboles y tumbados en la hierba bajo un sol implacable. Había voces, risas y chillidos por todas partes. A Alfredo el ambiente se le antojó más estridente que alegre, como si todas aquellas personas fingieran una euforia histérica.

La última fiesta antes del hundimiento.

—Y todos los invitados cayeron uno a uno en las salas de orgía manchadas de sangre —murmuró Alfredo—. Y cada uno murió en la postura desesperada de su caída. Y la vida del reloj de ébano desapareció con la del último de aquellos alegres seres.[1]

Guillermo miró al catedrático.

—Una cita un poco lúgubre.

—¿Qué...? Oh, lo siento, muchacho. Pensaba en voz alta. —Con actitud exhausta, Alfredo se secó el sudor de la cara y el cuello con un pañuelo arrugado—. Este calor no es natural, no puede durar.

Guillermo miró a su patrón con cierta preocupación. Aquel día su jefe parecía estar incubando algún tipo de enfermedad.

Alfredo Belman estaba en pleno año sabático, recopilaba datos para un libro, algo sobre la historia del Edificio Villanueva del Museo del Prado. A Alfredo le gustaba investigar, y avanzar en sus pesquisas le llenaba de vitalidad. Guillermo jamás había conocido a nadie que se entusiasmara tanto al verificar una nota a pie de página. Unos meses atrás, el catedrático lo había contratado para que le ayudase con su libro. Jefe y empleado parecían entenderse y trabajaban bien juntos; en consecuencia, durante un tiempo Alfredo había hecho gala de un optimismo contagioso.

1. «La máscara de la Muerte Roja», de Edgar Allan Poe.

Pero algo había cambiado últimamente. Guillermo no sabía qué. El catedrático se mostraba cada vez más taciturno y caviloso. A menudo se quedaba largo rato en silencio con el ceño fruncido, como si algo le preocupara, y en las últimas semanas incluso había empezado a hacerlo mientras mantenía una conversación, a veces dejando frases sin terminar. Resultaba muy desconcertante, aunque más para otras personas que para Guillermo, quien tenía bastante tolerancia con las rarezas ajenas.

Alfredo también había descuidado un tanto su aspecto personal. Perdió peso, y los pellejos de su otrora orondo rostro empezaban a descolgarse como mustios cortinajes. Antes se afeitaba todos los días, ahora era habitual verlo luciendo un vello grisáceo y rasposo en las mejillas. Las bolsas bajo sus ojos habían engordado, como si acumularan horas de vigilia, y una red de pequeñas venas rojas habían aparecido alrededor de sus pupilas.

—¿Quiere que vaya a comprar un par de botellas de agua, profesor? —se ofreció Guillermo.

—No, ya te he perdido de vista una vez y mira lo que ha pasado. Vamos a lo nuestro y no nos entretengamos más.

La pareja llegó por fin al templo. Alrededor del edificio había un numeroso grupo de visitantes que paseaban y se hacían fotos junto a los milenarios sillares, pero nadie podía acceder al interior. El santuario estaba cerrado al público.

El Templo de Debod era una rareza en el corazón de Madrid. En el siglo II antes de Cristo, un rey llamado Adijalamani ordenó levantar una capilla dedicada a Isis y a Amón en la ciudad de Meroe, en el corazón de Nubia. Miles de años después, en 1961, el presidente de Egipto Gamal Abdel Nasser, sucesor espiritual de los faraones, decidió construir allí la Gran Presa de Asuán y puso patas arriba el patrimonio arqueológico de la región. La Unesco auspició una fabulosa operación de rescate para las decenas de restos arqueológicos que amenazaban con ser sepultados bajo las aguas de la presa.

Multitud de tumbas y templos fueron desmantelados piedra

a piedra y trasladados a ubicaciones más seguras. La labor requirió la colaboración de varios países, los cuales recibieron a cambio un aparatoso souvenir faraónico. Uno de ellos, el Templo de Debod, fue regalado a España.

Los egipcios metieron las piezas del edificio en cajas y las enviaron a Madrid. Por desgracia, olvidaron adjuntar las instrucciones de montaje. Los sillares llegaron sin enumerar y con tan sólo unas cuantas fotos y un par de planos como referencia para colocarlos en su sitio. Reconstruir el templo fue una labor ardua que llevó mucho tiempo, pero el resultado mereció la pena; incluso se excavó un estanque artificial a su alrededor para recrear en cierta medida las aguas del Nilo a su paso por el reino de Adijalamani.

Normalmente, el interior del templo estaba abierto al público. No era muy grande, apenas albergaba un par de santuarios, alguna cripta y un puñado de angostos corredores; pero el espacio era lo suficientemente evocador como para hacer sentir a los turistas los enigmáticos ecos del Antiguo Egipto.

Aquel caluroso día de septiembre, no obstante, los visitantes debían conformarse con pasear alrededor del estanque y hacerse selfis frente a la fachada del edificio. Un cartel junto al acceso al vestíbulo informaba de que el santuario estaba cerrado por «labores de mantenimiento».

El cordón policial que sellaba la entrada parecía indicar que el motivo era quizá más grave.

—Espera aquí, muchacho. No te muevas.

Alfredo se metió en el santuario y dejó solo a Guillermo. El joven aún se preguntaba qué hacía en aquel lugar. Hasta el momento su jefe no le había ofrecido ninguna explicación al respecto.

El catedrático tardó unos quince minutos en regresar. Guillermo pasó ese tiempo barajando sus naipes y silbando melodías con aire distraído.

Alfredo apareció acompañado de una mujer de pelo corto y gris que llevaba puestas unas gafas enormes. A Guillermo sus ojos le hicieron pensar en los de una mosca. El catedrático hizo las presentaciones:

—Mi asistente, Guillermo Argán. Me está ayudando con lo del libro.

—Encantada, señor Argán. Me llamo Elvira Sierra. —La mujer le estrechó la mano con un apretón recio—. Soy del ayuntamiento.

No añadió nada más, como si considerara que cualquier otra aclaración sería innecesaria.

—Oh, pues estupendo... —Guillermo sonrió de forma un tanto boba. Alfredo y la mujer se lo quedaron mirando como si esperaran que dijera alguna cosa—. Tienen ustedes un templo muy bonito.

—¿Es la primera vez que lo visita?

—Sí.

—Lamento que tenga que ser en estas circunstancias. —La mujer se desentendió de Guillermo y se dirigió a Alfredo—. Sólo os puedo conceder unos minutos antes de que lleguen los expertos, después tendréis que marcharos. No puedo justificar vuestra presencia aquí sin meterme en un follón.

—Gracias, Elvira. Te debo un favor.

—En realidad con esto quedamos en paz, pero lo que tengáis que hacer hacedlo rápido y no llaméis mucho la atención.

La mujer les pidió que la siguieran al interior del templo. En el vestíbulo la temperatura descendió bruscamente. Se percibía un olor denso, como a sótano, y estaba muy oscuro. Guillermo parpadeó unas cuantas veces para acostumbrarse a la repentina falta de luz.

—¿Dónde ha ocurrido? —preguntó Alfredo a la mujer del ayuntamiento.

—En la capilla de los relieves. Francamente, no puedo explicarme cómo ha sido posible, aunque supongo que si cometes la insensatez de colocar una antigüedad en plena vía pública te arriesgas a que pasen estas cosas. —Frunció los labios con un gesto iracundo—. Cuando se construyó la presa de Asuán, a los holandeses les dieron el templo de Taffa, a los italianos el de Ellesiya, a los yanquis el de Dendura... ¿Sabes qué hicieron con ellos? Los metieron en un museo, que es lo que cualquier persona con dos dedos de frente haría. Pero nosotros no, nosotros tuvimos que plantar el nuestro en mitad de la calle, expuesto a toda clase de inclemencias meteorológicas y actos de vandalismo. Por supuesto, ¿qué podía salir mal, si esta ciudad es famosa por lo mucho que respetamos nuestro mobiliario urbano? —ironizó la mujer—. Me dan ganas de... No sé... Me gustaría abofetear a alguien, te lo juro.

Los tres llegaron a una sala interior de planta rectangular y altas paredes de arenisca cubiertas de relieves que representaban varias criaturas zoomorfas caminando de perfil. Se escuchaba un intenso zumbido provocado por un enjambre de moscas gordas como perdigones. Guillermo las percibió flotando a ciegas por todas partes, en medio de un hedor a carne podrida; buscaban sus ojos y las comisuras de sus labios para posarse. Tenía que apartarlas a golpes para no tragárselas.

La mayor parte de las moscas se concentraban en un bulto que había a los pies de uno de los muros, sobre un charco de sangre coagulada que parecía alquitrán. Al contemplarlo, Guillermo se llevó un pañuelo a la boca para contener una náusea.

Era la cabeza de un animal. Un asno. Los ojos estaban cubiertos por una costra de moscas golosas. Tenía la quijada abierta, mostrando una hilera de dientes irregulares. En su lengua se alimentaba otro enjambre de insectos.

En la misma pared donde estaba apoyada la cabeza había algo pintado. Era una línea sinuosa que se plegaba en varias curvas, como meandros de un río. El dibujo ocupaba casi toda la superficie de la pared. Era de un color rojo oxidado y, aunque la tinta ahora estaba seca, se apreciaban largos y densos goterones que se derramaban desde el contorno de la línea sobre los relieves de la pared, como si los dioses esculpidos hubieran llorado.

Alfredo acercó la mano al muro para tocar el dibujo.

—Es mejor que no hagas eso —dijo la mujer—. No es pintura, es sangre —y señaló la cabeza del asno—. Suponemos que de ese pobre animal.

—Guillermo, saca algunas fotos, por favor.

El joven asintió y empezó a retratar el muro con su teléfono móvil.

—¿Cómo te enteraste, Alfredo? —preguntó la mujer—. La prensa aún no ha dicho nada.

—Me llamó alguien del Departamento de Arte Antiguo de la Autónoma esta mañana y me lo contó. Quizá hayáis sorteado a la prensa, pero los rumores vuelan.

—Y, exactamente, ¿por qué ese interés en venir aquí en persona?

—Es por mi libro.

—¿Tu libro? Oí que estabas escribiendo algo sobre el Museo del Prado. No entiendo qué relación puede tener con esto.

—Yo tampoco. Quizá ninguna, no lo sé... Tal vez encuentre... —El catedrático se quedó ensimismado, dejando el final de la frase en el aire.

La mujer lo miró con extrañeza. Quiso decir algo, pero Guillermo se le adelantó:

—Ya está, profesor. Creo que ya tengo bastantes fotografías.

Alfredo se sobresaltó un poco, como si la voz de su asistente lo hubiera sacado de una profunda reflexión.

—Gracias, muchacho. Ahora dime, ¿qué te parece? ¿Crees que hay algún mensaje aquí?

La mujer resopló con escepticismo.

—Sólo es un garabato y los restos de un pobre animal. Vandalismo sádico y asqueroso, seguramente obra de críos borrachos. ¿Qué mensaje quieres que haya?

—Tal vez ninguno... Pero si lo hay, él lo sabrá.

Guillermo estudió la pared al tiempo que barajaba un mazo de cartas. La mujer del ayuntamiento reparó sorprendida en que Alfredo contemplaba a su asistente con la expectación propia de alguien que espera ver levitar a un mago sobre el escenario.

Los tres permanecieron en silencio unos minutos. Guillermo no apartaba la vista del muro y por su rostro desfilaban variadas expresiones que manifestaban duda, entusiasmo o reflexión alternativamente. A veces sus labios se agitaban en un murmullo silencioso.

—Ya lo tengo —dijo al fin. Se guardó la baraja en el bolsillo y señaló la línea ondulante dibujada en la pared—. Apofis, la serpiente del Duat, también llamada Nepai, «el que tiene forma de intestino», ¿lo ve, profesor? La línea roja es un áspid. Otro nombre de Apofis es «el devorador de asnos». El asno es Ra, el disco solar; a menudo los antiguos egipcios sacrificaban asnos en vez de bueyes para el dios sol. Lo que hay aquí representado es una batalla: Apofis contra Ra, la serpiente contra el asno.

—Perdón, ¿cómo dice? —preguntó la mujer.

—Apofis es una criatura del mundo antiguo —respondió Alfredo.

—Un demonio —puntualizó Guillermo.

—Sí, un demonio, exacto. La serpiente ancestral de las aguas del río celeste, un ser anterior al universo: la propia oscuridad encarnada. Todas las noches, el dios Ra lucha contra Apofis para mantenerlo encadenado, aunque es una lucha eterna, pues Apofis no puede morir. Y algunas veces, muy pocas, Apofis es capaz de hacer zozobrar la barca de Ra, lo cual provoca los eclipses solares.

—¿Así que este destrozo en realidad simboliza algo?

—Todo simboliza algo, señora —repuso Guillermo, haciendo una graciosa inclinación de cortesía con la cabeza, como un niño bien educado.

—¿Y por qué un gamberro perdería su tiempo recreando vieja mitología en este lugar? Disculpe, pero ¿no se da cuenta de lo extraño que suena eso?

Guillermo se encogió de hombros.

—Yo sólo le cuento lo que veo.

No parecía ofendido. Se puso a barajar sus cartas y con aire distraído se alejó hacia un extremo de la sala para contemplar el resto de los relieves.

—Creo que ya podemos marcharnos —dijo Alfredo—. Gracias por todo, Elvira.

—No tengo muy claro a qué ha venido todo esto, pero, en fin, si tú estás satisfecho...

Se dispusieron a abandonar la capilla cuando, de pronto, el catedrático se detuvo. Algo había llamado su atención en el

muro que estaba frente a la línea trazada con sangre. Alfredo se
acercó a inspeccionarlo con detenimiento.

Había otro dibujo, muy pequeño, apenas visible. Estaba sobre un relieve que representaba a un hombre con cabeza de ibis:
el dios Thot, patrón de la sabiduría y de las artes en el Antiguo
Egipto. Al contemplarlo de cerca, el catedrático sintió un sudor
frío en la espalda.

—Guillermo, ¿qué te parece esto?

El asistente inspeccionó aquella marca durante un rato. Poco
a poco, sus cejas se unieron en una expresión sombría.

—No sé lo que es, pero no me gusta.

Alfredo asintió. Era justo la reacción que esperaba.

Los dos hombres salieron al fin del templo. Un sol cegador
los golpeó en las pupilas. Fue una brusca transición de las tinieblas a la luz.

En el parque, los domingueros ociosos seguían armando escándalo, como si pensaran que aquel calor de verano y aquel cielo azul iba a durar eternamente.

2

El tipo estaba parado bajo la lluvia. Llevaba una máscara y un atuendo muy raro, una especie de sayón con capucha de color negro que le llegaba hasta los pies.

Judith se lo encontró mirando de frente a la cristalera del escaparate del taller, como un pájaro embobado con su propio reflejo. No le gustó verlo ahí parado, acechando el interior vacío y oscuro de su local. El enmascarado metió algo por la ranura del buzón de la puerta, pero Judith no reparó en ello.

—Eh, tú —le llamó—. ¿Quieres algo?

El tipo se giró hacia ella. Su máscara le cubría todo el rostro, imitaba las que usaban los médicos de la peste siglos atrás: dos pedazos de plástico negro y transparente en los ojos y una especie de pico largo y ganchudo del que goteaba agua de lluvia. Al tipo se le escuchaba respirar por la nariz por detrás de la máscara, y no era un ruido agradable.

Contempló a Judith en silencio durante unos segundos y luego se alejó caminando impasible bajo la lluvia.

Malhumorada, Judith se puso a buscar las llaves de su local dentro del bolso, lleno como de costumbre de basura inútil. Hacerlo mientras sostenía un paraguas abierto en su mano izquierda y un vaso de *frappuccino* en la derecha no era tarea fácil. Al intentar mantener sujetos ambos objetos, el café se le cayó al suelo.

Judith soltó cuantas barbaridades se le pasaron por la cabeza, algunas sorprendentemente elaboradas teniendo en cuenta que hasta que no consumía su primer chute de cafeína de la mañana, apenas era capaz de pensar con claridad.

Una vez desfogada, se quedó mirando con lástima los restos de su *frappuccino*. Ahí iba su desayuno y un buen puñado de euros. Ambas cosas muy necesarias para ella.

Compungida, Judith regresó al Starbucks del final de la manzana.

El chico que atendía era un universitario larguirucho con cara de hurón. Judith lo conocía de vista, era una clienta habitual.

—Ponme otro *frappuccino*, por favor.

—¿Qué tamaño?

—El más barato.

—Eso serán cuatro euros con cincuenta.

—¿Eres consciente de que trabajas en una cueva de piratas... —ella leyó el nombre de la etiqueta prendida en la camisa del chico—, Fran?

—A mí no me mires, yo no pongo los precios.

Judith rebuscó en su monedero, rescatando céntimos de los pliegues más recónditos.

—Ni siquiera deberías cobrármelo, ¿sabes? —protestó—. El que acabo de comprar se me ha caído al suelo, ¿no podrías darme otro por mera cortesía empresarial? Ten un detalle con una vieja amiga.

—Tú no eres mi amiga, y el café son cuatro con cincuenta, ¿lo quieres o no?

—Sólo tengo tres euros.

—Pues mala suerte.

En ese momento el guardia de seguridad del local se acercó al mostrador.

—Venga, Fran, ponle el dichoso café. El tamaño grande.

Le entregó al dependiente un billete de diez y luego miró a Judith con una sonrisa cómplice.

Charli era guardia de seguridad en el bar desde hacía tiempo. Dado que Judith compraba su desayuno en aquel sitio casi a diario, podría decirse sin error que Charli era el primer ser humano al que daba los buenos días cada mañana, cuando éste le abría la puerta galantemente en cuanto la veía acercarse.

Charli era un mozo de músculos hinchados y con tatuajes en lugares bien visibles, seguramente porque él consideraba que lo hacían atractivo. A Judith le caía simpático. Le resultaba graciosa, casi entrañable, su actitud de adolescente con ínfulas cuando se pavoneaba entre las clientas del local con su uniforme de segurata, como si en su mente sencilla no existiera diferencia alguna entre ser un vigilante de cafetería de barrio y un superhéroe justiciero. En el fondo Judith, desde que era adolescente y se enamoriscó de un compañero de instituto que llevaba un aro en la ceja, siempre había sentido debilidad por los macarras.

Quizá por eso le agradaba Charli. Al menos lo justo como para llamarlo por el horrible diminutivo que a él le gustaba, en vez de por el nombre hecho y derecho de Carlos, que a Judith le parecía mucho más bonito pero que al segurata, por la razón que fuera, debía de sonarle poco sofisticado.

—Gracias por el café —le dijo—. De verdad que lo necesitaba.

—Bah... Fran es un capullo. No se habría muerto por tener un detalle contigo ya que te atiende todas las mañanas.

Judith salió a la calle para fumarse un cigarrillo a la puerta del local. Charli la acompañó mientras lo hacía.

—He venido antes y no te he visto —dijo ella.

—Debía de estar en la trastienda, atendiendo una llamada de mi jefe. Me van a trasladar.

Judith sintió un poco de pena al oír aquello. Cierto que las conversaciones que mantenía con el vigilante no solían ser muy profundas, a Charli sólo le gustaba hablar de motos, de fútbol y de *slasher movies*, de las que era fanático; pero aun así lo echaría de menos. Era un buen tío, un tipo normal que no le pedía a la vida más que seguir viviendo en la casa familiar por tiempo indefinido y sacarse algo de dinero para pagar la mensualidad del gimnasio y su abono del Real Madrid. En el fondo Judith envidiaba el hecho de que con veintipocos años Charli hubiera colmado todas sus expectativas vitales. Ella, con algo más de treinta, aún se sentía bastante perdida.

—Se me va a hacer raro no verte aquí todas las mañanas —le dijo—. ¿Por qué te cambian? ¿Has cabreado a alguien?

—No, qué va; se supone que es algo bueno, un sitio mejor pagado. Empiezo el lunes.

—Pues, enhorabuena. Si tú estás contento, yo también.

Él se ruborizó un poco y evitó mirarla a los ojos.

—Yo... La verdad es que te voy a echar de menos, Judith.

«Qué mono», pensó ella. Una pena que los separaran diez años. A la edad de Charli ella era menos selectiva con los hombres, no le habría importado darle una oportunidad. Ahora, más sabia y experimentada, sabía que los veinteañeros que llevan tatuada un águila en el cuello definitivamente no eran su tipo.

Aun así, se sintió halagada.

—Ojalá dejase de llover —dijo Charli, como si quisiera llevar la conversación por otros derroteros—. Hace días que no vemos el sol, es deprimente.

La lluvia creció en intensidad. Los dos permanecieron unos segundos en silencio contemplando cómo la ciudad se deshacía en agua.

—¿Sabes adónde te van a mandar?

—Aún no. Lo único que me ha dicho mi jefe es que será un lugar donde necesiten reforzar la plantilla de seguridad con gente experimentada. —El chico no ocultó un deje de orgullo en su tono de voz—. Mañana me lo dirán.

—Espero que estés contento allí, te lo digo de corazón. —Judith apuró el cigarrillo y echó un vistazo a su reloj—. Tengo que irme, Charli. Hace un cuarto de hora que debí haber abierto el taller. Nos vemos luego, ¡y gracias de nuevo por el café!

El vigilante regresó al interior del local y Judith caminó bajo la lluvia hasta el final de la manzana.

Su taller ocupaba un local a pie de calle y lucía un pequeño escaparate que tenía la vana intención de ser pintoresco. Años atrás, Judith había hecho pintar la fachada con un agradable color salmón, pero la pintura se había desprendido en lascas y desconchones. Por si fuera poco, el verano anterior a unos gamberros les había parecido gracioso dibujar en la puerta un pene asombrosamente realista; sin duda eran gamberros con talento para el detalle. Judith intentó limpiarlo con disolvente, pero no pudo hacerlo desaparecer por completo: la entrada aún lucía una marca blanquecina de perfil genital.

El escaparate no tenía mejor aspecto. El cristal estaba sucio por culpa de la lluvia que había caído de forma incesante desde principios de semana. Judith sabía que debía limpiarlo, pero siempre encontraba una excusa para no hacerlo; la principal era que, en realidad, nadie se fijaba nunca en él.

Dentro del escaparate, a modo de decoración, Judith había colocado unos cuantos grabados suyos, de una serie que le habían encargado hacía un par de años para ilustrar un cuento infantil. Hasta la fecha había sido su trabajo mejor pagado. A ella le parecía que eran bastante buenos. También había un gran cartelón, algo combado por las esquinas, en el que se informaba a los clientes sobre el horario y servicios del establecimiento, junto con el nombre de su dueña y única administradora.

«Judith O'Donnell —se leía—. Labores de arte y diseño. Se hacen cuadros, grabados, tarjetas, material de papelería y afiches por encargo. ¡Pregunte por nuestros talleres de pintura para niños y adultos!» Demasiada palabrería. Habría sido más honesto y directo escribir simplemente que se hacía cualquier cosa a cambio de dinero.

Al entrar en el local percibió un fuerte olor a yeso mojado. Eso sólo podía significar que habían vuelto a salir humedades en alguna parte, la misma historia siempre que llovía. Lo malo era que a Judith le habían dado de baja el seguro del inmueble por impago hacía dos meses.

Eso la puso de mal humor. Últimamente ése parecía su estado habitual: sentía como si cada día fuera una lucha infructuosa contra todas las pequeñas putadas que la vida te ofrece como recompensa por levantarte cada mañana. Tenía treinta y cuatro años, vivía sola en un estudio diminuto cuyo alquiler a veces la obligaba a renunciar a alguna comida, sobre todo a final de mes; y su única credencial eran sus estudios de Bellas Artes, que abandonó antes de terminar, cuando aún era joven, estúpida y creía en toda esa basura autoindulgente de que en esta vida lo único que debes hacer para conseguir tus sueños es perseguirlos. Judith soñaba con ser artista, vivir de sus pinturas; ese anhelo no había desaparecido del todo, pero actualmente ocupaba un puesto secundario frente a metas más acuciantes como la de no tener que mendigarle a un universitario un descuento para un café. Su meta de ser artista no estaba más lejos de cumplirse ahora que cuando, ya muchos años atrás, decidió empeñarse en alcanzarla. Una apuesta vital de todo o nada. Por el momento, ganaba la nada.

Sí, puede que Judith no fuera la persona más entrañable y risueña de la ciudad, pero ya que la vida no le daba más que frustraciones, se creía en su derecho de, al menos, poder quejarse.

Bajo el olor a humedad del taller, Judith percibió el familiar aroma de los materiales de pintura y eso la animó. Parafraseando al célebre personaje de *Apocalypse Now*, para Judith no había nada mejor que el olor de aguarrás por las mañanas. Le recordaba que, aunque casi arruinada y sin perspectivas de mejora, al menos aún gozaba del privilegio de hacer lo que quería y cuando quería. Para ella la pintura era sinónimo de libertad, y se sentía orgullosa de su pequeño taller, aun con humedades y restos de arte fálico en la puerta.

En realidad, el taller no era suyo. Pertenecía a su abuelo, Darren O'Donnell. Él hacía décadas que no vivía en España, regresó a Dublín con todos sus bártulos el día que se cansó del insolente clima mediterráneo. Echaba de menos las ovejas, las verdes praderas y los cielos perennemente encapotados de la vieja Irlanda. A Judith no le sorprendía: su abuelo siempre fue un personaje fordiano.

Darren O'Donnell era pintor. Los expertos decían que era bueno y algo de razón debían de tener ya que podía permitirse el lujo de vivir muy bien sólo con su arte. De joven tuvo lo que los críticos llamaban su «etapa luminosa» y se estableció en Segovia, donde se dedicó a pintar paisajes castellanos. Conoció a una joven galerista y tuvieron un hijo, el padre de Judith. La pequeña familia se mudó a Madrid y allí Darren siguió pintando con bastante éxito, en el mismo taller que ahora ocupaba su nieta.

Al cabo de los años, el abuelo regresó a su patria sin dar demasiadas explicaciones y sin intención de regresar. Había descubierto que, al fin y al cabo, no era un hombre de familia. Nunca volvió a salir de Irlanda, donde vivía una solitaria existencia en un pueblecito llamado Kilbride.

Judith recordaba que, cuando era niña, en casa se hablaba poco de Darren y, cuando se le mencionaba, siempre se referían a él como «el irlandés». A pesar de ello, en algunas raras ocasiones sus padres la llevaron a Kilbride a pasar tiempo con aquel fascinante desconocido de voz profunda que siempre tenía restos de pintura en las manos. Las visitas no eran numerosas, pues era evidente que sus padres no sentían una gran simpatía por «el irlandés». Aún existía mucho rencor soterrado.

Cuando se hizo mayor, Judith empezó a visitar a su abuelo por su cuenta. Con el tiempo, empezó a descubrir que le gustaba la compañía del viejo Darren. Ambos tenían un carácter muy similar.

Judith incluso había heredado los rasgos de su abuelo. Éstos eran típicamente irlandeses, aunque no del prototipo de pelo zanahoria y ojos verdes. Darren era lo que se conoce como un *Black Irish* o «irlandés negro»: moreno, de piel tostada y ojos azules. De sus fotos de juventud se deducía que había sido un hombre muy atractivo. Judith era la versión femenina de ese arquetipo genético, el cual, según se contaba, se originó con los soldados españoles que naufragaron en las costas de Irlanda tras

46

el desastre de la Armada Invencible y decidieron hacer de la isla su nuevo hogar.

Aquélla era una de las muchas historias de la vieja Irlanda que Judith había escuchado de su abuelo, y todas le parecían fascinantes, al igual que el propio Darren. Le resultó fácil encariñarse con él. El sentimiento debía de ser recíproco, aunque eso Judith no podía asegurarlo ya que el abuelo era poco expresivo. Sin embargo, detalles como el que le dejara ocupar su antiguo taller de Madrid cuando ella abandonó sus estudios de Bellas Artes demostraban que el viejo pintor sentía una cierta afinidad por las quiméricas aspiraciones de su nieta española.

Al entrar en el taller Judith dejó el paraguas mojado en una papelera junto a la puerta. No se quitó el abrigo ni el gorro de lana. La calefacción era eléctrica y muy cara, por lo que sólo estaba dispuesta a encenderla en caso de que brotasen casquetes polares en mitad de la calle. Junto a la puerta, en el suelo, bajo la ranura del correo, había algunas cartas: un extracto del banco, una factura del agua (ambas fueron directamente a la papelera) y un extraño sobre blanco y rígido con su nombre escrito a mano.

Parecía una especie de invitación de boda, o algo similar, lo cual a Judith le resultó extraño. Todas sus amistades estaban casadas, algunas hasta tenían hijos; y, en cualquier caso, Judith apenas mantenía con ninguna más que un contacto puntual.

Abrió el sobre. Dentro había una entrada para una ópera y una breve nota sin firmar, escrita a máquina.

Estimada Srta. O'Donnell:

Adjuntamos invitación personal para el estreno en Madrid de la ópera MESSARDONE, PRINCIPE DI TERRAFERMA.
El evento tendrá lugar el próximo 29 de enero en el auditorio del Edificio Villanueva del Museo del Prado.

No había firma en la nota, tan sólo una especie de símbolo al pie, a modo de rúbrica.

El nombre de la ópera le era familiar. Su estreno se había anunciado como uno de los actos conmemorativos del bicentenario del Museo del Prado, había algunos carteles por la ciudad en las marquesinas de las paradas de autobús y sitios similares, con símbolos idénticos al que aparecía en la nota. Judith no se explicaba por qué le había llegado aquella invitación, parecía un acto demasiado exclusivo para alguien como ella... Tal vez el motivo tuviera que ver con la Beca Internacional de Copistas del museo, en la que iba a participar. Más tarde lo aclararía. De todas formas, no tenía intención de ir a ninguna ópera, el género lírico no estaba entre sus aficiones.

Dejó la invitación en una repisa, junto a un tarro de cristal lleno de pinceles. Allí había también un altavoz portátil. Un pequeño capricho que Judith compró con el pago de las ilustraciones del libro infantil. Encajó en él su teléfono móvil y puso algo de música. Empezó a sonar un tema de los Toots and the Maytals mientras Judith preparaba los materiales para trabajar. Últimamente estaba ocupada en la elaboración de marcapáginas artesanales. Utilizaba pedazos de papel de diferentes calidades y que fabricaba ella misma, a los que les añadía una graciosa borla de tela. Tenía previsto venderlos a dos euros la unidad a través de su propia página web.

Al cabo de una hora alguien llamó al timbre. Judith miró al cristal de la puerta con la esperanza de encontrar al otro lado a un cliente o a un potencial alumno.

No era ninguna de las dos cosas.

En el taller entró un hombre joven de cara redonda y expresión risueña. Llevaba puesta una chaqueta Barbour que despedía un intenso olor a grasa. La prenda estaba empapada por la lluvia. Su portador, sin embargo, lucía un esculpido tupé que se mantenía firme pese a las inclemencias meteorológicas. Judith supuso que llevaría la misma cantidad de grasa que la chaqueta.

El recién llegado se quitó la chaqueta. Una camisa de El Ganso y un par de vaqueros ajustados completaban su atuendo. «Álvaro con su uniforme de diario», pensó Judith al verlo. Su antiguo compañero de trabajo solía vestir como un universitario rico a punto de salir de marcha.

Hacía tiempo que no sabía de Álvaro. Tampoco lo había echado en falta. Judith creía que el no responder a sus insistentes mensajes para «ir a tomar algo y ponernos al día» le habrían hecho entender que no estaba interesada en mantener el contacto.

—¡Hola, Judith! —saludó, con una radiante sonrisa de dientes blanqueados—. Menudo día de perros, ¿verdad? ¡Es increíble!

Álvaro siempre sonreía. Siempre estaba feliz. Enunciaba todas sus frases como una exclamación de entusiasmo. Todo parecía motivarlo de una forma que Judith a menudo encontraba irritante.

—¿Qué es increíble? No es más que lluvia.

—Sí, pero lleva tantos días sin parar que... En fin, no importa. Deja que te vea: estás fantástica. Y el taller... ¡madre mía! Sigue igual que siempre.

Judith exhaló un suspiro de hastío.

—No sé qué quieres decir con eso de que «sigue igual que siempre» —dijo, sentándose a su mesa para seguir trasteando con los marcapáginas—. Sólo has estado aquí una vez en toda tu vida. Y ni siquiera compraste nada.

Álvaro se rio como si ella hubiera dicho algo muy gracioso. Se apoyó en la pared con los brazos cruzados sobre el pecho, marcando bíceps. Era su postura habitual, falsamente descuidada, con la que volvía locas a las becarias del periódico.

—Tú tampoco has cambiado nada. Sigues siendo una gruñona... ¿Por qué no has respondido a ninguno de mis mensajes?

—Porque no me apetecía verte.

—No, tiene que ser por otro motivo. Sé que siempre he sido tu favorito. Aún recuerdo cómo me mirabas de soslayo cuando trabajábamos en la redacción, de una manera que... Justo como me estás mirando ahora.

—Te miro porque estás apoyado en una humedad de la pared.

Álvaro soltó un taco y se apartó de golpe. Tenía un enorme rodal de yeso en la espalda. Judith dejó escapar una media sonrisa mientras él hacía contorsiones con el cuello para intentar ver la mancha.

Se acercó a él y empezó a golpearle en la espalda para quitarle los restos de yeso mojado. En un par de ocasiones golpeó más fuerte de lo necesario.

Se habían conocido en la redacción de un periódico digital, *ElCronista.com*. A Judith le pareció siempre un nombre espantoso. Unos tres años atrás, Judith tuvo como alumna en su taller a la jefa de la sección cultural del diario. La mujer le ofreció un trabajo remunerado en la redacción haciendo ilustraciones para algunos artículos y labores de diseño. Judith aceptó porque, como de costumbre, en aquella época andaba escasa de dinero.

Su carrera en *El Cronista* fue más bien breve. Tras unos cuantos meses, los responsables del diario se percataron de que tener una ilustradora contratada a tiempo completo era un gasto prescindible. Le rescindieron la nómina y se convirtió en colaboradora *freelance* con carácter eventual; tanto, de hecho, que había pasado más de un año desde que Judith recibió su último encargo del periódico.

Mientras estuvo en las oficinas de *El Cronista* conoció a Álvaro, un becario pletórico de entusiasmo a punto de licenciarse en Periodismo. Álvaro era guapo, tenía don de gentes y, en honor a la verdad, trabajaba hasta la extenuación. Judith intuía que llegaría lejos en el periódico y no se equivocó: un mes después de que ella lo dejara, a Álvaro lo contrataron como redactor multiusos. No escribía mal y era hábil persiguiendo noticias, tenía espíritu de reportero de la época del cine en blanco en negro. Además de la irritante capacidad de ignorar por completo el significado de una negativa.

Judith terminó de sacudirle la camisa, aunque la prenda necesitaría un buen tinte. Una lástima. Aquel trapo seguramente habría costado lo mismo que ella se gastaba en comida en un mes. Álvaro siempre fue presumido en el vestir.

—Bueno, creo que ya está. Puedes quedarte tranquilo: cuando vuelvas a casa tu madre no te reñirá por haberte ensuciado la camisa nueva.

—Tengo novedades para ti: ya no vivo con mis padres, alquilé un nido de soltero cerca de la calle Fuencarral. Es estupendo: tiene aire acondicionado y hasta lavavajillas. Deberías venir a cenar un día, tú y yo solos.

—Chico, eso jamás ocurrirá.

—¿Por qué no? No muerdo.

—Babeas, que es peor. —Judith dejó escapar un suspiro de impaciencia—. ¿Qué quieres, Álvaro? Tengo cosas que hacer.

—Sólo pasaba por aquí, como suele decirse, y se me ocurrió entrar a saludarte y charlar un poco sobre las últimas noticias... ¿Te has enterado de lo de Enric Sert?

—Conozco ese nombre, ¿no es el tipo que dirigía el Museo del Prado?

Judith había visto algunas fotos de Sert en la prensa. Un tipo grande y barrigudo, de aspecto atildado. Parecía un cantante de ópera pasado de moda más que un experto en Arte. Antes de dirigir el Prado había pasado por el Reina Sofía y otro museo de Barcelona, aunque Judith no sabía cuál.

—Supongo que recordarás que Sert dejó su puesto en el Prado hace meses —dijo Álvaro—. Tuvo un colapso nervioso, un ictus o yo qué sé. No está claro. Una fuente del museo me dijo que en realidad perdió la chaveta de repente y que desde entonces no salía de su casa.

—¿Y cuál es la noticia?, ¿que ha mejorado?

—No: que ha muerto. —Álvaro lo dijo casi con entusiasmo—. Asesinado, ¿te lo puedes creer?

—Por tu expresión se diría que eso te alegra, ¿lo has matado tú?

—¿Alegrarme? No, pobre diablo. Pero hay que reconocer que ha sido un suceso muy oportuno. En el periódico llevábamos casi un mes mareando la última pifia del gobierno, teníamos el tema tan sobado que nos aburría incluso a nosotros; pero era lo único que había hasta que de pronto —Álvaro chasqueó los dedos— nos cae del cielo un pez gordo descuartizado en su propia cama.

Judith apartó la mirada de los marcapáginas. El joven había logrado al fin captar su atención.

—¿Has dicho «descuartizado»?

—Sí. Fíjate en estas ojeras —dijo él, señalándose los párpados—. ¿Sabes de qué son? Llevo toda la noche preparando la crónica del suceso. Un tipo de la comisaría casi me detiene por colarme en la escena del crimen haciéndome pasar por un operario del SAMUR. ¡Ha sido glorioso! Deberías haberme visto.

—Pero ¿qué ha ocurrido? ¿Quién lo mató?

—La policía no lo tiene nada claro. Quizá algún psicópata o, en cualquier caso, alguien que está muy mal de la cabeza. Enric Sert vivía solo en su casa de Puerta de Hierro y esta madrugada alguien entró y lo sorprendió en su cama. Le arrancaron la cabeza de cuajo, le amputaron ambos brazos y dejaron el cadáver desnudo sobre un charco de sangre en la moqueta de su habitación. Tengo unas fotos, ¿quieres verlas? Es asqueroso. En la redacción no me han dejado publicarlas.

Álvaro sacó un móvil de su bolsillo y se puso a buscar algo entre los archivos de imagen.

—No, gracias. No quiero ver un cadáver desmembrado, y me parece enfermizo que no parezca afectarte en absoluto.

—Claro que me afectó: vomité hasta la primera papilla, pero eso fue hace horas, ya no tiene importancia. Lo que importa es la noticia, y esta noticia es jodidamente buena. —Álvaro le tendió el móvil—. Echa un vistazo. No es la foto de un muerto, te lo prometo.

Judith así lo hizo. La imagen estaba movida y borrosa, sin

duda Álvaro la había sacado a escondidas. Asomando por el borde de la pantalla se veía, sobre el suelo, un pie cerúleo y patético de uñas amarillentas. Estaba manchado de sangre. El centro de la fotografía lo ocupaba algo bastante extraño.

—¿Esto son... —Judith hizo zoom en la pantalla—, pájaros?

—Cuervos. Decenas de cuervos. Cuando llegó la policía estaban comiéndose el cadáver. Tuvieron que avisar a un tipo de la protectora de animales para que se los llevara.

—¿La víctima... criaba cuervos?

—Por supuesto que no. El asesino debió de meterlos en el dormitorio, Dios sabe por qué motivo. Quizá es una especie de firma o algo similar, como de *serial killer*... ¡Ojalá se trate de un *serial killer*! ¡Eso sí que sería estupendo!

Los ojos de Álvaro brillaban. Judith intuyó que el joven se imaginaba a sí mismo atrapando a un asesino en serie gracias a su olfato como reportero, igual que el protagonista de una novela negra. A ella aún le sorprendía lo inmaduro que Álvaro podía llegar a ser a veces.

Echó un segundo vistazo a la fotografía de los cuervos agrupados en el dormitorio de Sert. Uno de ellos abría el pico en mitad de un graznido. Las plumas de su cuello se erizaban como púas.

Judith tuvo un extraño presentimiento. Como si se avecinara algo malo.

Con un gesto de desagrado, le devolvió el móvil a Álvaro.

—Es repugnante...

—Y aún hay más: el asesino no se llevó los restos muy lejos. La policía los encontró en el garaje del chalet, dentro del coche de Sert. Los brazos estaban en el asiento del copiloto y la cabeza encima del salpicadero, como si fuera un objeto decorativo.

—Encantador, ¿lo has descrito en tu crónica con esas mismas palabras?

—No te burles de mi crónica. A primera hora de la mañana ya había batido el récord de visitas del periódico. Pensé que te alegraría saberlo.

—¿Por qué razón? Ya no trabajo allí, ¿recuerdas?

—Bueno, eso podría arreglarse... ¿Te suena algo llamado «Beca Internacional de Copistas»?

En los ojos de Álvaro apareció un brillo astuto. Judith le sostuvo la mirada un rato, en silencio.

—¿Cómo diablos te has enterado de eso?

—La lista de seleccionados se publicó ayer por la tarde en la web del Museo del Prado. Enhorabuena, por cierto.

—Ya, gracias, en realidad me lo comunicaron hace quince días... ¿Qué se te había perdido a ti en esa lista, si puede saberse?

—En la redacción me encargaron un artículo sobre las actividades para conmemorar el bicentenario del museo y me topé con tu nombre por pura casualidad. Por eso he venido a hablar contigo.

—No entiendo...

—Es muy sencillo. Antes de ayer, y permíteme que sea brutalmente sincero, a nadie le importaba un carajo lo del bicentenario. En este país, ya sabes: sólo fútbol y política... Ahora la situación ha dado un giro radical. El asesinato de Sert ha hecho que todo lo relacionado con el Prado suscite un morboso interés, incluso tu beca. Lo hemos comprobado: a lo largo del día de hoy los internautas han clicado en masa sobre cualquier noticia que tuviera las palabras «Museo del Prado» en el titular. Para un medio digital, eso es una pasta en publicidad.

—Sí, ya lo sé: el mundo es un asco. ¿Y qué tiene eso que ver conmigo y con mi beca?

—Pues que, de pronto, tu beca es de interés popular. A las lumbreras de la redacción se les ha ocurrido la idea de que alguien podría escribir una serie de crónicas sobre cómo funciona ese asunto por dentro, desde las bambalinas, ya me entiendes. Una forma de seguir todo el proceso a través de los ojos de uno de los aspirantes.

—Es decir, los míos. ¿Sabes que los miembros de la beca tenemos que firmar una cláusula de confidencialidad?

—¿Y qué? Nadie va a citarte, serás una fuente anónima. Tú simplemente presta atención a tu alrededor y luego me cuentas lo que se esté cociendo por allí, yo me encargaré de darle forma y un poco de color. Eso se me da de muerte. Nadie sospechará de ti.

—Nadie sospechará de mí porque no pienso hacerlo —aseveró Judith. Luego volvió a centrar su atención en sus marcapáginas—. Adiós, Álvaro.

—No, espera. Vamos a discutirlo.

—No hay discusión posible. No voy a jugarme mi beca y una demanda judicial sólo para que tú escribas un par de artículos de relleno.

—Nadie pretende que lo hagas gratis. Se te dará una buena compensación económica.

Ella vaciló.

—¿Qué clase de compensación económica?

—Una bien generosa. Los jefazos me lo han prometido.

Era una respuesta demasiado vaga. Judith iba a rechazar la oferta de nuevo cuando sus ojos se toparon con el vaso de café que Charli había tenido que pagarle porque a ella no le quedaban ni dos euros en el monedero. Al apartar la vista, se encontró con la enorme mancha de humedad en la pared del taller, justo sobre el radiador que no podía permitirse encender en un día en que la temperatura apenas llegaba a los diez grados.

Normalmente, Judith no ignoraría la posibilidad de hacer dinero, pero la oferta de Álvaro era peligrosa. La beca era la mejor oportunidad que ella había tenido en años para darle un impulso a su carrera como pintora; perderla sería una catástrofe.

De pronto recordó la fotografía del cuervo con el pico abierto, graznándole en silencio al mal agüero.

Quizá era una señal.

Entonces sonó su teléfono.

—Puedes contestar, no me importa —dijo Álvaro.

Judith respondió a la llamada.

Fue una conversación muy corta. Ella apenas pronunció más que unos cuantos monosílabos hasta que le puso fin con una frase apenas musitada: «Está bien, te llamo luego». Colgó el teléfono y lo dejó lentamente encima de la mesa.

Álvaro se dio cuenta de que algo no iba bien.

—¿Judith...? Judith, ¿estás...?

—Era mi padre. —Ella le miró con ojos inexpresivos—. Mi abuelo ha muerto.

Desde el otro lado de la ventana se oyó como un batir de alas.

3

El teléfono del despacho de Fabiola Masaners no paró de sonar en toda la mañana. A las diez ya había atendido cuatro llamadas y respondido cinco correos electrónicos, todos ellos de medios de comunicación.

Estaba siendo un día desquiciante, pero estar a disposición de la prensa en situaciones como aquélla formaba parte de las obligaciones de Fabiola.

—Llama un periodista del *ABC*. —La voz de su secretaria aún sonaba un poco gangosa. Había estado llorando desde que empezó la jornada. Lógico: trabajó para Enric Sert durante más de quince años—. ¿Quieres que te lo pase?

—Sí, gracias.

El periodista sólo quería una declaración rutinaria. Fabiola le dijo lo mismo que a los otros cuatro: que había sido un golpe inesperado, que Enric Sert fue para ella un mentor y un amigo, y que durante su gestión al frente del Museo del Prado había logrado modernizar la institución y alzarla a puestos de vanguardia.

Y, por supuesto, que esperaba que la policía encontrara pronto al culpable.

La declaración mezclaba verdades a medias con frases huecas para rellenar un obituario. Su fallecimiento, desde luego, fue inesperado en el sentido en que pocas personas habrían predicho que Enric moriría decapitado y devorado por unos cuervos en su dormitorio. Ahora bien, si hubiese sido un deceso natural a nadie le habría sorprendido. Seis años atrás, los médicos le diagnosticaron un cáncer de próstata que, aparentemente, había logrado superar; aunque de aquella batalla salió lleno de achaques.

Enric nunca cuidó demasiado su salud. Fumaba, comía en exceso toda clase de platos grasientos, apenas hacía ejercicio... En los últimos años había engordado más allá de lo razonable, su rostro había perdido color y se le había caído el pelo, aunque Enric, siempre coqueto, intentaba disimularlo con maquillaje y un peluquín de aspecto dolorosamente falso.

En cuanto a su labor en el museo, y a diferencia de lo declarado por Fabiola a la prensa, Enric nunca modernizó nada. Pasó tres años al frente de una de las pinacotecas más importantes del mundo y jamás tuvo la intención de cambiarla en ningún sentido. Por suerte para él, disponía de un equipo de personas muy válidas a quienes concedió un amplio margen de actuación. Eran los verdaderos gestores entre bambalinas, quienes ideaban proyectos y quienes se dejaban la piel por llevarlos a cabo. Fabiola Masaners estaba en ese grupo como delfín oficioso de Enric. O uno de ellos.

Cuando, por motivos de salud —un eufemismo que quedó muy elegante en la nota de prensa—, Enric tuvo que tomarse una baja indefinida en su puesto como director, Fabiola era la más cercana a él en ese momento, por eso resultó una sucesora lógica. Era la primera mujer en dirigir el Museo del Prado en doscientos años. Muchos murmuraban a sus espaldas que todo se lo debía a Enric, pero ella sabía la verdad: lo había ganado por sus propios méritos. Y no había sido fácil.

Cualquier gran institución pública, y el Museo del Prado es de las más grandes, no difiere mucho de una biosfera. En ella hay presas, cazadores y también entes parásitos. De todos ellos había buenos ejemplos en el museo, Fabiola podía dar fe después de trabajar en sus tripas durante años. Ahora que lo dirigía, se había convertido en el objetivo de cazadores y parásitos, pero también de las presas, que no por más dóciles eran inmunes al hambre de carnaza si lo que estaba en juego era un despacho en el vértice de la pirámide alimentaria.

Gracias a la muerte de Enric Sert, Fabiola se sentía un poco más segura. En los meses en que su mentor estuvo recuperándose de lo que fuera que le había dejado el cerebro lleno de agujeros, la posición de su sucesora siempre estuvo debilitada por una sombra de interinidad.

«Sí, ella manda por ahora», decían a sus espaldas. «Pero ¿y si Enric recupera la lucidez? ¿Qué ocurrirá entonces?» Pobres idiotas. Si hubieran leído la carta, habrían perdido toda esperanza.

La carta le llegó a Fabiola una semana antes de la muerte de su mentor. Escrita con letra vacilante, casi ilegible. Divagante, repetitiva, llena de tachaduras y borrones. En las últimas frases olvidó los signos de puntuación. Mientras la leía, ella podía imaginar a Enric escribiéndola a espasmos en su cama, tratando de dar sentido a ideas boqueadas a duras penas por una mente en cortocircuito. Aún guardaba esa carta. Decía así:

Fabiola:

Las medicinas que me dan me embotan la cabeza. No hay tiempo, lo he visto en los cuadros. En el museo, en sus pasillos llenos de cuadros. Hay demasiados. Nos observan. Acusan.

Cientos de ojos mirando el infinito como en el Arte Verdadero mirando el infinito desde el fondo de un espejo mirando el infinito

Él está aquí. El Inquisidor de Colores a lomos del pato rojo de Apolo. Viene a por el rey en pedazos. Ya es tarde. Viene a por ti viene a por todos nosotros. Quiere castigarnos.

No podemos escapar.

Por favor ven a verme pronto. El tiempo se acaba.

Ella no fue a verlo. El tiempo, en efecto, se agotó para ambos. Por otra parte, era difícil que alguien que divagaba de aquella forma pudiera mantener una conversación coherente con nadie.

Fabiola estaba pensando en la carta cuando su secretaria volvió a llamar por el interfono.

—¿Tienes un segundo?

—Esta mañana no —dijo Fabiola—. Pero no importa, ¿qué ocurre?

—Han llamado los del departamento de cesión de espacios para recordar que, a partir de hoy, el auditorio queda cerrado para las actividades del museo, por lo de la ópera.

Fabiola torció el gesto.

—¿Tan pronto? Aún queda mucho tiempo para el estreno.

—Sí, pero, al parecer, tienen que empezar a habilitar el espacio, y los actores necesitan que esté disponible para los ensayos.

La directora emitió un suspiro de resignación. La idea de alquilar el auditorio para el estreno de la ópera *Messardone, Principe di Terraferma* fue una de las últimas decisiones que tomó Enric antes de perder el juicio. De hecho, visto en perspectiva, aquella ocurrencia podría interpretarse como un primer síntoma de que algo no le funcionaba en la cabeza. Mucha gente no entendía por qué había que estrenar en el Prado una ópera que nadie conocía, habiendo en Madrid espacios mucho más adecuados para tal actividad. En cualquier caso, Fabiola no podía rescindir el contrato de cesión sin renunciar a una enorme cantidad de dinero. Los responsables del montaje operístico, una fundación privada italiana llamada Singolare, ya habían pagado una cifra exorbitante por el alquiler, la cual le vendría muy bien al museo, y el estreno del *Messardone* serviría para dar mayor publicidad a los actos del bicentenario... Quizá la iniciativa de Enric no fue tan descabellada después de todo.

—Muy bien, tomo nota de lo del auditorio. Encárgate de recordar al departamento de actividades educativas que trasladen los próximos seminarios y conferencias a los espacios alternativos... Y recemos para que los tipos de la ópera no rompan nada de aquí al estreno —dijo Fabiola—. ¿Alguna cosa más?

—Acaban de avisarme de que la estatua ha llegado al almacén. Te esperan para desembalarla.

Por fin una buena noticia.

—Fantástico. Bajo ahora mismo. Si alguien me llama, di que estaré ausente un par de horas.

Fabiola se puso en pie con una serie de cuidadosos y estudiados movimientos, ayudándose con su muleta. Era una muleta nueva, muy buena, de fibra de carbono, con un diseño bastante cómodo.

A los tres años Fabiola sufrió la polio. La enfermedad le provocó parálisis y deformidad en la pierna derecha. Habían pasado cinco décadas y múltiples operaciones, pero su cuerpo aún escoraba igual que un barco naufragado.

Salió del despacho a paso lento y oscilante, con su larga falda de flores agitándose como una cortina bajo la brisa. A Fabiola le gustaba vestir prendas holgadas y coloridas, con imaginativos estampados. Sentía especial predilección por los tonos encendidos, especialmente dorados y púrpuras. Pensaba que así distraía la atención de su pierna atrofiada.

El trayecto hasta el almacén le llevó su tiempo. El despacho de Fabiola estaba en un inmueble situado tras el museo, en la calle Ruiz de Alarcón, donde se encontraban las oficinas administrativas del Prado. Estaba comunicado con el vestíbulo del museo a través de un acceso subterráneo que desembocaba en el Edificio Jerónimos, el que pertenecía a la ampliación de Rafael Moneo hecha en el 2007.

En ese vasto espacio iniciaban los visitantes su recorrido por la pinacoteca. Allí también estaba la cafetería, la tienda de regalos y el auditorio. Al ser martes por la mañana no había demasiada gente, y la mayoría eran grupos de centros educativos. Fabiola prefería el vestíbulo los fines de semana, cuando era un hervidero de gente, hablando entre ellos en todos los idiomas del mundo.

Una vez allí, Fabiola tomó un ascensor sólo accesible para el personal del museo. El Prado estaba lleno de montacargas como aquél, tanto en el Edificio Jerónimos como en el de Villanueva, el núcleo original. Muchos estaban escondidos detrás de falsas paredes en las salas de exposición y servían para acceder a los depósitos. Sólo bajo el Edificio Jerónimos había más de mil metros cuadrados de espacio de almacenaje.

Cuando Fabiola Masaners accedió al puesto de dirección, el Museo del Prado poseía más de 27.000 piezas en depósito. Podían parecer muchas, pero no era así. El Museo Arqueológico Nacional, por ejemplo, tenía más de un millón de objetos en fondos. E instituciones elefantiásicas como el Louvre o el Metropolitan de Nueva York los contaban por varios millones.

De esas 27.000 piezas, sólo unas 8.000 eran pinturas; el resto eran medallas, dibujos, esculturas y grabados. A estas cifras había que sumar unas 3.000 obras que se encontraban depositadas en préstamo en más de doscientas instituciones de diversa índole: embajadas, edificios estatales y, por supuesto, otros museos. Es lo que suele conocerse como El Prado Disperso.

De los 8.000 cuadros que se encontraban en posesión del Prado, tan sólo se exponían en sala unos 1.700. Es decir, había otro museo paralelo bajo tierra con un número de obras siete veces mayor del que se mostraba al público al cual se le denominaba, de forma un tanto teatral, El Prado Oculto. Por ese motivo, el Prado necesitaba de un extenso espacio de almacenaje. Había toda una red de galerías en sus cimientos, algunas de dos siglos de antigüedad. Resultaba fácil perderse en ellas si no se conocían bien. Uno de los depósitos de mayores dimensiones estaba bajo el Edificio Jerónimos. Allí era donde se dirigía Fabiola.

La directora encontró mucha gente en el almacén, lo habitual siempre que se recibe una nueva obra. Estaban los operarios de transporte conocidos como «la brigada», siempre en grupos de cinco o seis y con sus curiosos atuendos negros de pies a cabeza, que les daban un cierto aire a empleados de pompas fúnebres. Sin duda realizaban su tarea con idéntica solemnidad y respeto. También había un restaurador del departamento de escultura, cuyo nombre Fabiola a penas recordaba, un par de vigilantes de seguridad, los coordinadores y algunos jefes de departamento ociosos que sólo deseaban curiosear.

Entre todas aquellas personas, Fabiola vio a uno de sus directores adjuntos, el responsable de Conservación e Investigación. No le extrañó. Roberto Valmerino era un personaje ubicuo en el museo, siempre andaba metiendo la cabeza en todas partes. En aquel momento deambulaba por el almacén con la actitud de un visir en palacio: regalando su presencia a los simples mortales.

Fabiola llamó su atención. Él respondió con una sonrisa displicente y se aproximó. Alto, majestuoso. Llevaba una chaqueta gris perla y pantalones blancos, camisa abierta y, al cuello, un pañuelo con apariencia de haber sido anudado de cualquier manera. Todo él transmitía una elegante dejadez, aunque era resultado de un minucioso cálculo estético. Roberto lo llamaba *sprezzatura*, una afectación digna de un experto en arte del siglo XIX. Casi todos los que habían salido de ese departamento mostraban tendencia por cualquier cursilería.

Roberto Valmerino, de hecho, parecía un romántico fuera de época. Era pálido, de gesto lánguido y peinaba una media melena plateada propia de poeta que llora las noches de plenilunio. Fabiola no estaba segura de hasta qué punto Roberto era auténtico o sólo exageraba su personaje para parecer cómicamente inofensivo. Lo que sí tenía claro es que era un tipo venenoso.

—Ah, Fabiola, eres tú... —dijo al verla—. Sabía que vendrías, aunque muchos lo dudaban. «Hoy no», decían, «hoy nuestra querida Fabiola estará demasiado abatida, puede que incluso en estado de shock.» Pero, claro, ellos no te conocen como yo.

—¿Crees que alguien lo considerará una falta de respeto?

—¿Lo dices por lo de Enric? Qué más da... Cuando alguien muere de esa manera, cualquier forma en la que uno reaccione va a dar lugar a habladurías. —Roberto suspiró—. Es terrible, ¿verdad? Descuartizado en su propia casa... ¿Quién pudo hacerle algo así? ¿Y por qué?

—No tengo la menor la idea. Supongo que, como todo el mundo, tenía sus enemigos, pero no imaginaba que alguno pudiera llegar a tales extremos... Es absurdo, un sinsentido...

—Lo único que me consuela de este sórdido asunto es que a Enric le habría encantado saber que hoy es noticia en todas partes.

—Le habría gustado más no haberse muerto.

El director adjunto torció el gesto.

—Pobre diablo. En fin, supongo que si tienes que abandonar este mundo, mejor que sea dejando tras de ti una imagen inolvidable. Creo que le voy a echar de menos.

—Mientes.

—*Not at all.* Hablo completamente en serio... Él era como una especie de padre espiritual para nosotros, reconozcamos que ninguno estaríamos aquí sin su ayuda.

La idea de Enric Sert como figura paterna casi hizo reír a Fabiola. Él tenía cortesanos, no hijos. Gente que se le arrimaba a cambio de prebendas. Sin embargo, había algo en lo que Roberto acertaba: ninguno de ellos habría llegado tan lejos sin su ayuda.

Eran un pequeño grupo que se formó cuando Sert dirigía el Macba,[2] a principios de los noventa. Fue en Barcelona donde el difunto director adoptó a Fabiola Masaners y a Roberto Valmerino como pupilos; los tres eran mucho más jóvenes por aquel entonces, unidos por una extraña amistad cuyo eje era Sert y la ambición era el motor que la mantenía en marcha.

Enric se los llevó con él a Madrid cuando le nombraron director del Museo Reina Sofía, y luego cuando ocupó el mismo cargo en el Prado. Siempre a remolque.

—¿Sabes cuándo será el entierro? —preguntó Fabiola. Roberto solía estar al tanto de detalles que la mayoría desconocían.

—Pronto, creo, a no ser que encuentren algo raro en la autopsia —respondió el conservador—. ¿Vas a ir?

—Ambos deberíamos hacerlo, sería lo correcto —dijo la directora—. Pero ya lo hablaremos, por el momento vamos a concentrarnos en lo que hemos venido a hacer.

—Desde luego. El correo está allí, esperando a que le demos permiso para abrir el embalaje. Yo ya he hablado con él y es un muchacho encantador. Húngaro, además. ¡Qué original!

Roberto acompañó a Fabiola hacia un hombre alto de ojos grises que charlaba con los operarios que iban a desembalar la escultura recién llegada. Lucía algunas canas, pero tenía un ros-

2. Museu d'Art Contemporani de Barcelona.

tro juvenil, a Fabiola no le pareció que hubiera cumplido aún los cuarenta.

Se presentó como Lajos Balassi y hablaba castellano con un gracioso deje magiar. Trabajaba para una fundación cultural húngara de nombre impronunciable.

Un correo es alguien que acompaña a una obra de arte cuando ésta es enviada en préstamo para su exhibición. Su labor es velar por que el traslado cumpla todos los protocolos de seguridad y verificar el estado de la pieza al ser entregada. El arte es un mal viajero, y precisa de niñeras cuidadosas cuando recorre largas distancias.

A Fabiola le gustó el tal Lajos. Parecía competente y comprendía el inmenso valor de la pieza que estaba entregando. Casi se le veía triste por desprenderse de ella, como si fuese suya. La directora le prometió que el Museo del Prado la cuidaría con todos sus recursos disponibles.

—No lo dudo —dijo el correo, con una sonrisa afable—. Nos fiamos de ustedes; de lo contrario, la estatua no estaría aquí.

—¡Cuánto honor! —comentó Roberto, en un grosero tono de sarcasmo.

Fabiola dio permiso para que comenzara el desembalaje. El proceso fue largo y metódico, con el correo supervisando cada paso. Al cabo de unos veinte minutos, el contenido de la caja quedó al descubierto.

Se trataba de una soberbia escultura en bronce de más de dos metros de altura. Representaba a un hombre barbado a caballo. El jinete vestía una coraza romana cuajada de relieves. Con una mano sujetaba las riendas de la montura, con la actitud de un titán dominando un mar embravecido. El caballo tenía los belfos abiertos, mostrando los dientes, y las patas delanteras alzadas. En su otra mano el jinete sostenía una lanza con la que apuntaba hacia el cráneo de una bestia retorcida de forma abyecta bajo sus pies. La criatura parecía un lagarto gigantesco, sus escamas de bronce titilaban como una armadura hecha de monedas de oro.

El conjunto era algo vivo, majestuoso. El escultor había sido capaz de congelar para la eternidad la tensión del instante preciso en que lo bello aplasta a lo infame. La expresión de terror animal del caballo y la rabia en el cuerpo violentamente agitado del monstruo contrastaban con la serenidad del jinete. Era el poder forjado en bronce.

El pecho de Fabiola tembló al contemplar la escultura. Era una bellísima obra de arte.

—*Ed ecco il capolavoro!* —exclamó Roberto—. La obra perdida de un genio: el *Emperador Carlos como san Jorge* de Benvenuto Cellini.

—En Budapest preferimos la otra denominación por la que es conocida: el *César Sauróctono* —dijo Lajos, el correo—. No está claro que el jinete sea Carlos V.

A Fabiola le pareció una puntualización impertinente, aunque veraz. Había muchas lagunas en la historia de aquella estatua.

Una serie de documentos del siglo XVI mencionaban que Cellini esculpió el *César Sauróctono* al final de su vida, cuando residía en Florencia. A sus oídos había llegado el rumor de que Leone Leoni había forjado una magnífica estatua que representaba a Carlos V dominando el Furor. Al parecer, Cellini, herido en su orgullo, decidió replicarla con una versión propia, más magnífica y compleja. La pieza no se encontraba entre las esculturas que Cellini legó a Francesco de Medici al morir en 1571, así que se consideró que el volátil artista no llegó a realizarla nunca.

Sin embargo, había testimonios posteriores de personas que aseguraban haberla visto: la archiduquesa Juana de Habsburgo escribió a su hermana, la duquesa de Mantua, que la estatua estaba en el Palacio Pitti y que era un retrato del emperador Carlos —su tío, a la sazón— venciendo al diablo, igual que san Jorge. En una crónica de finales del siglo XVII, el embajador de Venecia en París mencionaba haber contemplado la estatua en Fontainebleau. Según él, el rostro del jinete era en realidad el de Francisco I de Francia, con quien Cellini tuvo una estrecha y cordial relación. Por esas mismas fechas, el emperador de Austria Leopoldo I aseguraba que la estatua estaba en Viena, y que quien montaba el caballo era, sin duda, su antepasado Maximiliano II... Otros documentos posteriores situaban el *César Sauróctono* en Roma, en Praga e incluso en San Petersburgo; y todos ellos aportaban una nueva identidad al jinete.

A partir de comienzos del siglo XIX, las menciones a la pieza variaron de sentido. Ya no había testimonios oculares, sólo referencias a una obra de Cellini que ya entonces se creía perdida, aunque nadie sabía cuándo desapareció exactamente ni de dónde. Se dudaba incluso de su existencia.

De pronto, en el 2011, la estatua apareció en el interior de una mina de carbón abandonada de la región de Baranya, en Hungría, cerca de una ciudad llamada Stregoicavar. No se tenía ni la más remota idea de cómo pudo llegar allí. La mina pertenecía a una familia húngara que rescató la estatua y la expuso en un destartalado palacio de su propiedad en Budapest. No cabía duda de que era la misma hecha por Cellini, pues, además de coincidir con las descripciones de los testigos —que eran todas similares salvo en lo referido a la identidad del jinete—, los expertos hallaron pruebas incontestables de la autoría en detalles de su técnica de elaboración. Cellini fue un escultor con un estilo muy personal que solía dotar a sus obras de rasgos fácilmente identificables, como los característicos perfiles griegos de sus rostros, sus bocas fruncidas o su obsesiva atención por el detalle, propia de un maestro orfebre.

Desde que apareció la estatua, Fabiola, en colaboración con Sert, había hecho grandes esfuerzos por traerla a Madrid. Quería exponerla junto al *Carlos V y el Furor* de Leoni, que se exhibía en el Prado, en una gran muestra que evidenciara los paralelismos de ambas obras. Causaría un gran impacto el presentar al público aquellas dos esculturas hermanadas por la Historia justo en el bicentenario del museo. Además, la exposición serviría para dar a conocer una faceta del Prado menos familiar para el gran público: su rica colección de estatuaria.

Tal y como Fabiola solía decir a menudo: «El Prado no sólo son cuadros».

—Es irónico que llegue a nosotros el mismo día de la muerte

de Enric —observó Roberto—. Con todo lo que se esforzó para que nos la prestaran.

—Se esforzó al principio —dijo Fabiola—. Luego, cuando los húngaros empezaron a dar largas, se cansó de insistir.

—Sí, eso suena muy propio de él...

El correo, que se había distraído comprobando que la estatua no tenía ningún daño, se acercó a ellos de nuevo.

—Bien, pues parece que está todo en orden —dijo—. Ahora supongo que habrá que trasladarla.

—Inauguraremos la exposición en unos seis meses. Mientras tanto, hemos habilitado un almacén exclusivamente para la estatua —indicó Fabiola.

—Con todas las medidas para garantizar su integridad, supongo.

—Eso por descontado. Supongo que nuestro responsable de Seguridad, el señor Rojas, ya le habrá dado todos los detalles.

—Sí, claro, pero espero que entiendan que se trata de una obra muy delicada, aunque no lo parezca. Si se la trata con brusquedad, podría desmantelarse.

—Perdón... ¿Desmantelarse ha dicho? —preguntó Roberto—. ¿Este monolito?

—Sí, la estatua está hecha a base de piezas ensambladas de forma muy precisa y sin soldar, como una especie de puzle.

—Igual que el *Carlos V y el Furor* de Leoni —señaló Fabiola.

—No del todo. La escultura de Leoni es extraordinaria porque al emperador se le puede quitar la coraza y así se convierte en un desnudo, pero parece que Cellini quiso superar el efecto logrado por su colega. El «César Sauróctono» se compone de más de un centenar de piezas.

—Ah, sí, ahora recuerdo que había oído eso antes —intervino Roberto—. Al parecer, en la carta de Juana de Habsburgo a su hermana ella mencionaba que, si la estatua se desmonta, podría rehacerse de nuevo mostrando una escena distinta: el dragón descabalgando al jinete y devorándolo. Esa idea, por cierto, provocaba un cierto escándalo en la archiduquesa: le parecía diabólica.

—Sin duda, la dama fue víctima de una broma del artista.

Cellini era un tipo bastante original, como ya saben —dijo Lajos—. Hay otro documento posterior que dice que el dragón era capaz de escupir fuego, o de ejecutar algún tipo de movimiento si se accionaban las piezas correctas, como un autómata.

—¿Y cree que eso es cierto?

—Lo dudo, más bien suena a fantasía. —El correo sonrió—. Pero, como ya les he dicho, lo de las piezas ensambladas es cierto, debió de hacerse así para facilitar su transporte; de modo que, por favor, trátenla con cuidado.

Fabiola volvió a asegurar al correo que no tenía nada de que preocuparse. Después se ofreció a acompañarlo en una visita por los depósitos del museo mientras los operarios terminaban de preparar la estatua para su traslado. El húngaro aceptó con entusiasmo. Roberto, como era de esperar, también se unió: siempre prefería estar en cualquier parte menos en su despacho.

El grupo salió del almacén tras los renqueantes pasos de la directora.

4

—Isabel Larrau... Es un placer cono-
cerla en persona, ¡soy un gran ad-
mirador de su obra!

El hombre la miró con una amplia sonrisa tras pronunciar
esas palabras. Era un tipo bastante joven, de rostro redondo e
infantil. De su cuello rechoncho pendía una acreditación del
museo con su nombre escrito. Marco Unzué.

—Por favor, llámame Isabel —respondió la mujer, con una
sonrisa tímida y un leve tono de voz. Daba la impresión de que
la cordialidad del hombre la intimidaba.

Marco era el responsable de la Oficina de Copias del Museo
del Prado, la persona encargada de gestionar la actividad de los
copistas: artistas, o aspirantes a serlo, que acudían a la pinacoteca para reproducir sus lienzos. También era el encargado de servir de enlace entre el Prado y los seleccionados para participar
en la Beca Internacional de Copistas, uno de los eventos más
destacados de la celebración del Bicentenario del Museo. Isabel
Larrau estaba entre ellos.

Se había citado con Marco en el museo. En la entrada para el
público general del Edificio Jerónimos había un mostrador de
actividades educativas. Los participantes en la beca debían acudir allí a recoger sus credenciales y demás documentación antes
de que ésta comenzara de forma oficial, Isabel estaba allí para
cumplimentar aquella formalidad.

—Es usted la primera en venir, ¿sabe? —dijo Marco, quien,

al parecer, admiraba demasiado a su interlocutora como para atreverse a aceptar su oferta de tutearla.

Isabel dejó escapar otra sonrisa temblorosa. Sentía como si el responsable de la Oficina de Copias la estuviera acusando de algo inapropiado. Nerviosamente, empezó a manosear los dijes de su pulsera. Isabel llevaba muchas pulseras con colgantes y adornos en ambos brazos, también collares de abalorios que se balanceaban sobre su pecho plano. Toda ella tintineaba igual que un cascabel ante el menor movimiento.

—Me da un poco de vergüenza pedirle esto, señorita Larrau, pero ¿podría ver su identificación? —dijo Marco, con una sonrisa de disculpa—. Es una formalidad, me obligan a hacerlo con todos los participantes de la beca, lo lamento.

—Claro, por supuesto.

Ella trasteó en el interior de su bolso, un saco aparatoso tachonado con trocitos de espejos. Sacó su carnet de identidad y se lo dio al responsable de la Oficina de Copias.

Isabel era dolorosamente consciente de que la mujer fotografiada en el carnet tenía un aspecto mucho más juvenil. En su rostro había menos arrugas, y su pelo lucía un color moreno intenso, sin rastro de los múltiples mechones plateados que convertían la melena de Isabel en una cascada de blancos y negros cayendo sobre su espalda. Había cumplido cuarenta hacía un par de semanas, pero aparentaba una decena más.

Los últimos años habían sido duros, malos tiempos que a Isabel le gustaría olvidar, era inevitable que eso quedara reflejado en su rostro.

Marco le devolvió el carnet sin apenas mirarlo.

—Es un honor para el museo que participe usted en nuestra beca, señorita Larrau —dijo. Luego repitió lo mucho que admiraba su obra.

—Eres muy amable —musitó ella. Le sorprendía que alguien tan joven le mostrara tanta veneración.

Isabel Larrau se cotizaba como artista descollante años atrás. Los expertos del ramo la consideraban una grabadora y pintora de enorme talento, incluso llegó a ganar un premio en la Bienal de

Venecia del 2006. David Bowie utilizó un grabado suyo para ilustrar la carátula de uno de sus discos, lo que hizo que Isabel se convirtiera en una artista de moda, muy popular entre aquellos que querían alardear de gusto moderno y sofisticado. Después, hacia el 2015, Isabel se retiró del foco público, se estableció en Lima y, por algún motivo que nadie supo, no volvió a pintar, como si, de pronto, la llama de la inspiración se hubiera extinguido. Tardó poco en ser olvidada. En el mundo del arte contemporáneo, las modas caducan con rapidez.

Marco le entregó un sobre, una tarjeta con su nombre y un par de llaves pequeñas.

—En este sobre encontrará las normas para los copistas y una lista del resto de los participantes —explicó—. Con este pase puede acceder al museo sin adquirir la entrada, y la llave es para su taquilla. Como ve, le entregamos dos copias.

—¿Voy a tener una taquilla? —preguntó Isabel, sonriendo. La idea le parecía graciosa. Taquilla. Como un futbolista.

—Sí. Los participantes de la beca tendrán su propio espacio en el museo, donde puedan dejar sus cosas al final de la jornada. Se trata de una habitación que les hemos habilitado aquí, en el Edificio Jerónimos.

—Eso suena excelente. ¿Puedo verla?

—Mejor el viernes, cuando usted y el resto de los participantes vengan a comenzar su trabajo. Aún estamos terminando de acondicionarla.

—¿El viernes? Pensé que era pasado mañana cuando empezaba todo.

—No, pasado mañana es el acto de presentación para la prensa de la beca, al que, por supuesto, nos encantaría que acudiese. Tiene toda la información dentro del sobre.

—Gracias. —Isabel se guardó todo en el bolso y se dispuso a marcharse, entonces reparó en un cartel que anunciaba el estreno en el museo del *Messardone*—. ¿Van a representar una ópera aquí?

—Así es, será dentro de poco.

—Me gustaría asistir. Me encanta la ópera, pero ésta no la conocía. ¿Cómo podría conseguir una entrada?

—Lo siento, pero no es un acto del museo, nosotros sólo alquilamos el espacio. Me temo que las localidades no están a la venta, la compañía que la representa es la que está enviando las invitaciones para el estreno.

—Lástima...

Se despidieron. Isabel salió a la calle. En aquel momento llovía a cántaros, igual que durante los últimos días. Los turistas que hacían cola frente a las taquillas parecían una procesión de paraguas abiertos.

La mujer se dirigió hacia un garaje cercano, donde había aparcado su coche, un viejo Seat que había conocido tiempos mejores.

Al acceder al aparcamiento subterráneo vio a alguien junto a su vehículo, inclinado sobre el parabrisas. Era un hombre vestido con un sayón andrajoso de color verde. No había nadie más alrededor. Al escuchar el eco de los pasos de Isabel, el desconocido volvió el rostro, tenía la cabeza cubierta por un verdugo que parecía hecho de tela de saco, con dos agujeros para los ojos y un hilo cosido en puntadas toscas formando la curva de una boca sonriente; parecía el rostro de un espantapájaros.

Isabel se detuvo en seco.

El enmascarado se alejó del coche lentamente y desapareció tras una columna de cemento.

Ella apresuró el paso hacia el Seat. Allí, prendido en el limpiaparabrisas, había un sobre con su nombre escrito y una nota en su interior.

Estimada Srta. Larrau:

Adjuntamos invitación personal para el estreno en Madrid de la ópera MESSARDONE, PRINCIPE DI TERRAFERMA.

El evento tendrá lugar el próximo 29 de enero en el auditorio del Edificio Villanueva del Museo del Prado.

Isabel miró a su alrededor. No había rastro del hombre con la máscara de espantapájaros.

Rudy Perpich entró en la iglesia de San Ginés para hablar con Dios.

A Rudy le gustaban las iglesias de Madrid, especialmente las más castizas de la época de los Austrias, como la de San Ginés en la calle del Arenal. En su interior se amontonaban bagatelas y tesoros a partes iguales, entre aromas de cera e incienso.

En la ciudad de San Antonio, Texas, donde Rudy vivía, había también muchas iglesias interesantes. Sus favoritas eran las antiguas capillas de misión de la época española, aunque ninguna era anterior al siglo XVIII. Siempre que podía, solía ir a visitarlas montado en su bicicleta y pasaba el día abocetando paisajes para futuros cuadros.

Para asistir a los oficios, en cambio, Rudy optaba por la Primera Iglesia Baptista Reformada de San Antonio. No era bonita, ocupaba un moderno edificio de ladrillo en el cruce de Wilson Boulevard con West Summit, entre un Pizza Hut y una tienda de repuestos para automóviles, pero la congregación era numerosa y entusiasta, y el pastor Loomis, toda una inspiración. Rudy lo admiraba mucho.

Al entrar en San Ginés, Rudy se dijo que al pastor Loomis no le importaría que fuese a rezar a un templo católico. Era un hombre de mente abierta, comprendería que no era fácil encontrar una sede de la Primera Iglesia Baptista Reformada de San Antonio en Madrid; y seguro que él disfrutaría de la belleza de San Ginés. Al pastor Loomis le apasionaba el arte, era un hombre muy culto, incluso impartía conferencias sobre pintura en la Universidad Baptista.

Rudy llevaba en Madrid unos quince días. Se defendía bien en la ciudad y, poco a poco, empezaba a enamorarse de ella, no sólo por sus iglesias antiguas, sino también por los bares que servían tapas hasta la madrugada, el Metro y las tiendas abiertas los domingos; al lado de Madrid, San Antonio le parecía un páramo moribundo.

Se integró bien en la ciudad, parecía un madrileño más. Su

aspecto incluso era un poco hispano, quizá por la herencia mexicana de su abuela materna. Rudy era de rostro cetrino y tenía una barba negra y cerrada, la cual compensaba en parte su calvicie. Su rasgo físico menos español era su altura: Rudy era enorme, medía casi dos metros. Con sus ojos claros y risueños, su barba y su estatura sobresaliente, Rudy tenía cierto aspecto de pirata bondadoso.

El texano había alquilado un piso a través de Airbnb en el barrio de Argüelles, a un tiro de piedra de la plaza de España. Hizo la reserva el mismo día que le confirmaron que había sido seleccionado para la Beca Internacional de Copistas del Museo del Prado. El pastor Loomis fue quien le animó a presentar su solicitud. Siempre dijo que Rudy era un pintor de talento, que Jesús le había dado un don, y que no desarrollarlo era un pecado. El pastor le ayudaba mucho en su carrera: era un amigo, un mentor y, a veces, incluso un representante. Fue él quien le consiguió a Rudy su primera exposición fuera de Texas. Después de aquello, empezó a vender cuadros con cierta regularidad.

Por desgracia, su carrera últimamente estaba en punto muerto. Había pasado casi un año desde la última vez que Rudy había expuesto algo, y fue en la sede de su congregación. Hicieron una exposición de arte religioso para los feligreses y Rudy aportó algunos lienzos sobre el Éxodo. Eran visiones muy personales del pueblo judío vagando por el desierto. En ellas se veía principalmente un paisaje árido, rocoso e interminable —como los que rodeaban San Antonio— y, en medio, unos puntitos muy pequeños que, supuestamente, eran los hebreos siguiendo a Moisés. Nadie compró nada y Rudy aprendió dos cosas: cuando un texano quiere ver una imagen del desierto no se compra un cuadro, simplemente se asoma por la ventana; y si en el título de un cuadro aparece la palabra «Moisés», un baptista espera ver algo parecido a Charlton Heston transmitiendo ira divina, no una mota negra en la lejanía.

A Rudy, no obstante, le gustaba la pintura de paisajes. Se había especializado en ella: panorámicas infinitas, casi monocromas, sin apenas nada más que cielo y tierra. Un crítico dijo de él una vez que sus paisajes eran como si a un cuadro de Rothko alguien le hubiera añadido arbustos en la lejanía. Rudy se lo tomó como un halago. En realidad no lo era.

Entre el 2000 y el 2010 sus obras se vendieron bien fuera de Texas. Los europeos, de hecho, solían ponderarlas siempre que Rudy exponía en Alemania o en Francia, que era donde más le compraban, pero, en los últimos tiempos, parecía que incluso allí se estaban empezando a cansar de sus parajes inanimados.

La Beca de Copistas del Prado era una oportunidad para promocionarse que Rudy no quiso desaprovechar. El pastor Loomis tuvo la idea de rifar la caravana de Rudy para que éste pudiera sufragar parte de los gastos del viaje. Se recaudó mucho dinero, los miembros de la congregación se portaron muy bien y compraron muchos boletos, Rudy se sentía orgulloso de ellos.

Se conmovió un poco al recordarlo mientras deambulaba por la nave de San Ginés.

No era horario de misa y la iglesia estaba vacía, salvo por tres feligreses que rezaban en silencio en los bancos de las primeras filas. Rudy recorrió despacio las naves laterales, admirando las capillas. San Ginés era un templo del siglo XVII con mucha historia literaria a sus espaldas: allí bautizaron a Quevedo y casaron a Lope de Vega. También albergaba valiosas obras de arte: lienzos de Alonso Cano, Francisco Rici o Antonio de Pereda. En una de las capillas se custodiaba una espléndida joya: *La purificación del templo* del Greco. Muchos de los cuadros eran obras prestadas en depósito por el Museo del Prado, lo cual a Rudy le pareció una buena señal.

Al fondo de la iglesia estaba la capilla del Cristo Redentor, que era como un angosto templo paralelo con muros de mármol rojo y negro. Allí se encaminó Rudy y tomó asiento en un banco frente al altar, decorado con cuatro ángeles de bronce de Pompeo Leoni.

El texano alzó la vista hacia la cúpula. En las pechinas había frescos que representaban personajes femeninos del Antiguo Testamento.

No había nadie más en la capilla. Estaba sumida en un silencio inspirador.

Rudy empezó a rezar. A su manera, tal y como le habían enseñado cuando era pequeño porque, como solía decir el pastor Loomis, a Dios hemos de hablarle con sencillez, sin artificios, igual que niños en busca de consuelo.

—Hola, Dios. Soy yo, Rudy Perpich. Ya sé que tal vez no sea apropiado hablar contigo en una iglesia católica, pero, como dice el pastor Loomis, al fin y al cabo, tú estás en todas partes... Supongo que ya sabes que mañana empieza la Beca de Copistas del Prado. Me gustaría mucho ganar, sobre todo para que los buenos muchachos de la congregación se sientan orgullosos. Así que, si no estás muy ocupado ahí arriba, acuérdate de mí, del bueno de Rudy, y échame una mano. Esta vez pintaré un bonito cuadro con personas, nada de paisajes, te lo prometo. Amén.

Rudy terminó su oración y se levantó del banco. Reparó entonces en que había alguien más en la capilla. Estaba de pie, en mitad de la nave, de cara al altar. La figura vestía un sayón verde y llevaba una extraña máscara con el rostro de un arlequín lloroso. Estaba sucia y agrietada, como si hubiera pasado mucho tiempo metida bajo tierra.

El enmascarado se acercó a Rudy en silencio y le tendió un sobre con su nombre escrito en él.

—¿Qué es esto, amigo? ¿Es para mí?

El arlequín asintió lentamente con la cabeza.

Desconcertado, Rudy cogió el sobre. Dentro había una nota dirigida a él y una entrada para el estreno de una ópera: *Messardone, Principe di Terraferma*.

Cuando Rudy levantó la mirada hacia el arlequín para pedirle explicaciones, éste ya se había marchado.

Petru Bastia hacía un dibujo de la portada de la iglesia de San Trófimo de Arlés.

Le parecía una bellísima iglesia. Románica, del siglo XII. Su fachada era un encaje de relieves de santos, tallada con maestría por un escultor sin nombre hacía casi mil años. La idea entristecía un poco a Petru: en su opinión, la maldición más terrible para cualquier artista era la del anonimato.

Hacía sol en Arlés. Petru estaba en la place de la Republique, sentado sobre la baranda de piedra que rodeaba el obelisco procedente del antiguo teatro romano. A aquella hora de la tarde, la luz del sol acariciaba la portada de San Trófimo vistiendo a los santos de oro. Sobre sus rodillas, Petru sostenía un cuaderno de dibujo en el que reproducía cada detalle de la portada.

El joven había llegado a Arlés en coche. Dos días atrás había tomado un ferry en L'Île-Rousse, en la costa de Córcega, que lo llevó hasta Tolón. En L'Île-Rousse, Petru tenía una pequeña galería de arte. El negocio no iba mal del todo y él lo administraba con pericia, era un buen vendedor, sabía adaptar su labia a cada cliente.

En Tolón, Petru había alquilado un coche y con él recorrió a solas la costa provenzal. Lo hizo sin prisa, disfrutando del viaje: se detuvo a tomar el sol en el parque de los Calanques, pasó una noche en Avignon, donde visitó el Palacio Pontificio, y haraganeó un poco en una terraza junto al teatro romano de Nimes, bebiendo vino blanco. En su viaje, llenó un cuaderno entero de dibujos y bocetos.

En Arlés pensaba dormir aquella noche. Quería tomarse su tiempo para pasear por las mismas calles que inspiraron a Van Gogh y a Gauguin un siglo atrás. Quería sentirse cercano a ellos. Quería ser como ellos.

Desde que era niño anhelaba ser un gran artista. Cuando maduró, hizo el doloroso descubrimiento de que carecía de imaginación para ello. No podía crear porque a su mente le faltaba la maquinaria que hace surgir fantasía de la nada. Sus cuadros eran gélidos, impersonales, como una tarjeta postal. Había buena técnica, sí, pero la imagen estaba muerta.

Cuando aceptó que no podía crear, descubrió que, en cambio, podía imitar. Era bueno calcando el arte de otras personas. Más que eso: era extraordinario, capaz de engañar a los expertos más avezados. También descubrió que aquello le producía una gran satisfacción. Llegó a creer que tener talento para la imitación era mejor que no tenerlo para ninguna otra cosa.

El sol empezó a ocultarse. Petru percibió que las sombras en la portada habían cambiado, le quedaba poco tiempo para terminar su dibujo antes de que el modelo se alterase por completo.

Escuchó unas risitas a su espalda. Un grupo de chicas, apenas adolescentes, le miraban y cuchicheaban entre sí. Entonces una de ellas, la más osada, se le acercó con su teléfono móvil en la mano.

—*Monsieur, monseiur. Un photo avec nous, s'il vous plait?* —le dijo en un francés deficiente.

Petru localizó el acento: la chica y sus amigas eran italianas. Él hablaba italiano, también español, inglés, francés y, por supuesto, dialecto corso. Dominar idiomas era imprescindible para gestionar una galería de arte.

A pesar de ello, no quiso hablar a las chicas en su idioma. No le apetecía darles conversación. Se limitó a sonreír cordialmente y a posar con el grupo. Las italianas se fueron encantadas.

Petru estaba acostumbrado a situaciones semejantes. Era un hombre atractivo y lo sabía, a menudo se servía de ello para sus fines. Le faltaban tres años para cumplir los cuarenta, pero su rostro aún lucía aspecto juvenil. Sus rasgos eran rudos, varoniles, típicamente mediterráneos: pelo negro, ojos oscuros y piel bronceada. Él se preocupaba de mejorar el conjunto cuidando su cuerpo en el gimnasio. Solía llamar la atención tanto de hombres como de mujeres, cosa que no le importaba demasiado: en cuestión de gustos, no hacía distinciones entre géneros. Por otro lado, el sexo le parecía un aspecto de la vida tediosamente banal.

Para Petru, lo único importante era el Arte. Toda la verdad de la existencia estaba en el Arte, nada más.

Al volver a su dibujo, se dio cuenta de que el sol ya no iluminaba la portada. Decidió dejarlo incompleto. Se alejó de la plaza en dirección al hostal donde iba a pasar la noche. Quería descansar un poco, darse una ducha y luego ir a cenar temprano. Al día siguiente tendría que madrugar para seguir su camino.

Le habría gustado quedarse un par de días más por la zona y acercarse a Aix-en-Provence para peregrinar al estudio de Paul Cézanne, pero tenía que estar en Madrid a tiempo para el comienzo de la Beca Internacional de Copistas del Museo del Prado. Él era uno de los seleccionados.

El hostal estaba junto al río, cerca de las termas de Constantino. Atendiendo la recepción había una mujer con aspecto de matrona. Cuando vio aparecer por la puerta a Petru le avisó de que alguien había dejado una cosa para él.

Era un sobre blanco sin más señas que el nombre de Petru escrito a mano. En su interior, el corso encontró una invitación para el estreno de una ópera en Madrid: *Messardone, Principe di Terraferma.*

—¿Quién ha traído esto? —preguntó.

—Un hombre... o, tal vez, una mujer, no estoy segura. Llevaba un casco de moto puesto.

—¿Un casco de moto?

—Sí, completamente negro salvo la visera, que estaba serigrafiada, como imitando una boca abierta llena de colmillos, igual que la de un tiburón. No se la levantó en ningún momento, por eso no sé si era hombre o mujer... Yo creo que ese tipo de cascos deberían estar prohibidos por la policía, ¿no le parece? Estoy segura de que no se ve nada bien con esa visera.

—¿Dijo algo? ¿Le dio algún nombre?

—No. Entró por la puerta, dejó el sobre en el mostrador y se marchó sin más. —La mujer hizo una pausa—. Fue un poco extraño, ahora que lo pienso... Sí, un poco extraño...

Cynthia Ormando pidió un plato de *tagliatelle carbonara* para cenar.

Por un instante, cuando leía el menú, estuvo tentada a pedir también un *carpaccio* de pulpo a modo de entrante. Se le hacía la boca agua sólo de pensarlo. Luego recordó aquellos cuatro malditos kilos de más que marcaba la báscula la última vez que se pesó y cambió de opinión.

Pero tomaría postre, eso sin duda. Una dieta no tenía por qué convertirse en un martirio.

Cynthia había escogido cuidadosamente aquel restaurante.

Era una coqueta *trattoria* situada detrás del Museo Reina Sofía. En las reseñas de internet decían que era el mejor sitio de todo Madrid para disfrutar de auténtica comida italiana. Cynthia esperaba que fuese cierto. Echaba de menos los sabores milaneses, los españoles no tenían ni la más remota idea de cómo hacer un *risotto* que no pareciera engrudo, y su maldita costumbre de servir la pasta carbonara chorreando de nata le parecía un pecado contra la naturaleza.

En general, a Cynthia no le gustaba España y, en particular, Madrid le resultaba una ciudad horrible y cochambrosa. Carecía de monumentalidad, de grandeza... Era como una aldea sobredimensionada, y la mayoría de sus habitantes eran vulgares.

Cynthia suspiró. Ojalá la Beca Internacional de Copistas la hubiera convocado algún museo de una ciudad con solera, como París o Nueva York. Ella no tenía nada en contra del Prado, le parecía una extraordinaria pinacoteca, pero no se merecía estar en un lugar tan poco interesante como Madrid.

Llevaba en la ciudad menos de un día y ya estaba harta.

Cynthia residía en Milán. Allí trabajaba como periodista *freelance* para publicaciones especializadas en el mercado del arte. Sabía moverse con soltura en aquel mundillo y su agenda de contactos era la envidia de sus colegas. A Cynthia le gustaba definirse a sí misma como una «gestora de información» más que como una periodista. La información, bien administrada, es más poderosa que el dinero y, en ese aspecto, Cynthia Ormando se consideraba la más rica de su profesión.

A pesar de ello, en su interior siempre sintió el prurito de la creación artística. Llevaba mucho tiempo queriendo dejar de escribir sobre lo que pintaban otros y ser ella la protagonista de las reseñas. Ya había hecho algunos avances: el año pasado expuso sus primeros cuadros en Livorno, e incluso vendió un par de ellos. Guardaba como un tesoro el recorte de una crítica laudatoria que apareció en una revista local. La había leído tantas veces que podía recitarla de memoria, y cada frase le parecía una verdad evangélica. Ella ya estaba convencida de que tenía un gran talento, ahora sólo hacía falta mostrárselo al mundo.

La Beca Internacional de Copistas del Prado le parecía una fantástica oportunidad para dar a conocer su faceta artística.

Lo veía como algo muy necesario. El tiempo no jugaba a su favor. Cierto era que no todos los grandes artistas fueron precoces: Monet no alcanzó la fama hasta cumplir los cincuenta años, cuando ganó un premio de la lotería y pudo dedicarse sólo a pintar; pero Cynthia ya había dejado atrás esa cifra y, de momento, el éxito seguía esquivándola. Ya había asumido que no sería una joven y atractiva artista, que en las fotos de sus catálogos aparecería, más bien, una mujer de mediana edad y con tendencia a coger kilos de más, por mucho que ella intentara quitarse años de encima con vistosos tintes de pelo y coloridos maquillajes. No quedaba mucho tiempo para que ni todo el andamiaje cosmético del mundo la hiciera parecer lozana y carismática.

Cynthia no podía esperar más. Tenía que ganar esa beca a cualquier precio. Era imperativo.

Aquella mañana había consultado sus cartas de tarot antes de tomar el avión a Madrid —siempre hacía una tirada cuando iba a volar, para asegurarse de que el viaje sería seguro—. Salieron juntas la carta de El Carro, La Rueda de la Fortuna y La Muerte, lo cual indicaba con claridad un éxito inmediato que cambiaría su vida para siempre. Cynthia se regocijaba al recordarlo. Las cartas nunca mentían.

El camarero apareció con sus *tagliatelle*. *Grazie a Dio*, la pasta no tenía nata, sólo huevo. Pero de sabor Cynthia la encontró insípida y tuvo que rociarla de queso parmesano.

Mientras daba cuenta de la cena, repasó la documentación que había recogido aquella tarde en el museo. Lo llevaba todo dentro de una bolsa de plástico: su credencial, las normas para los copistas, las llaves de su taquilla y una lista con los nombres de los participantes.

En la misma bolsa había algo más: un sobre blanco con una invitación para el estreno de una ópera: *Messardone, Principe di Terraferma*. La forma en la que había llegado a sus manos fue de lo más extraña. Cuando Cynthia salió del museo, se le acercó un tipo con una máscara mugrienta, hecha de papel maché y llena de plumas y lentejuelas pegadas de cualquier manera; parecía algo que haría un niño en su clase de manualidades. El tipo, por cierto, apestaba a ropa sucia y bajo la máscara respiraba como si tuviera un enfisema. Se acercó a Cynthia y, sin mediar palabra, le entregó el sobre con la invitación, luego se marchó caminando bajo el aguacero.

Extrañada, Cynthia regresó al museo y preguntó en el mostrador de educación si aquello era cosa suya, pero allí nadie sabía nada del tipo enmascarado. Cynthia llegó a la conclusión de que la entrada sería falsa, que tal vez era una especie de desafortunada campaña publicitaria por parte de la compañía operística.

Pero su nombre estaba en el sobre que contenía la entrada. Eso era extraño... incluso un tanto siniestro.

La italiana no quiso pensar más en ello, pues por más vueltas que le daba seguía sin encontrarle sentido.

Sacó de la bolsa de plástico la lista con los participantes de la beca y la repasó una vez más. Cynthia conocía o había oído hablar de casi todos ellos.

La primera de la lista era Isabel Larrau. Cynthia la entrevistó una vez, cuando ganó un premio en la Bienal de Venecia. Sus grabados eran buenos, sus pinturas no tanto, sólo meritorias. Le resultó llamativo ver su nombre en la beca, tenía entendido que Isabel había dejado de pintar años atrás, cuando se fue a vivir a Lima y desapareció de la vida pública. El porqué hizo tal cosa seguía siendo un misterio, aunque habían circulado varios rumores. Cynthia, por supuesto, los conocía todos y la mayoría le sonaban descabellados. El más creíble decía que Isabel sufrió una especie colapso nervioso al no poder gestionar el éxito repentino. Las enfermedades mentales, por lo visto, eran una tara común en su familia. Cynthia había oído que Isabel había pasado su juventud cuidando de un pariente cercano que estaba loco de atar, hasta que decidió ingresarlo en un manicomio.

«Quizá la *poverella* acabó contagiándose...», pensó la italiana, no sin cierta malicia. Tal y como la recordaba, Isabel Larrau era una géminis arquetípica.

El segundo nombre lo encontró muy sugestivo: Petru Bastia, el corso. Tenía una galería de arte en Ajaccio, o en L'Île-Rousse..., Cynthia no estaba segura. Una vez la visitó y allí conoció a Petru, que le pareció la encarnación de un cliché erótico latino; después coincidieron en alguna otra ocasión, tenían amigos comunes. Petru era virgo, los de ese signo suelen ser trabajadores, metódicos y concienzudos; Cynthia consideraba que el corso encajaba bien en esa descripción. Se movía mucho para promocionar su negocio y se ganaba un buen dinero asesorando a millonarios sin gusto sobre cómo invertir en arte; sus clientas habituales solían ser mujeres... y se decía que a algunas de ellas también les alegraba las noches solitarias a cambio de un aumento en sus honorarios. Cynthia no sabía si era cierto, pero no le sorprendería. Por lo que conocía a Petru, le parecía un hombre culto, con labia y cordial; si bien había algo de impostura en su don de gentes, cosa que, en opinión de Cynthia, era común a la mayoría de los vendedores. Ella no tenía ni idea de que pintara.

Rudy Perpich era el tercero de la lista. Cynthia hizo un gesto de desagrado. Un libra. No le gustaban los libra, eran sibilinos y arteros. Tampoco le gustaba Rudy. Lo conoció en París, dos años atrás, y le pareció muy vulgar, el típico estadounidense infantiloide y santurrón, de los de esclava en la muñeca con las letras WWJD.[3]

Al ver el nombre que figuraba bajo el de Rudy, Cynthia arqueó las cejas. Felix Boldt. Por un momento, creyó haber leído mal. ¿Quién habría tenido la desafortunada idea de juntar a Felix y a Rudy en la misma competición? Era de dominio público que esos dos se odiaban. Según algunos rumores, aquella enemistad se originó en Nueva York. Cynthia no conocía los detalles, pero no le sorprendería que Felix fuera el culpable de todo. Era un tipo de cuidado. Ella no lo conocía en persona, pero sabía que era un aries. Todos los aries tienen una pulsión violenta y peligrosa en su interior.

Felix era alemán, pero residía en España. Tuvo que irse de

3. *What Would Jesus Do?*: «¿Qué haría Jesús?».

Berlín tras darle una paliza en un prostíbulo a un hombre que le debía dinero. Antes de eso, estuvo en el ejército, destinado en Afganistán, y, según se rumoreaba, lo licenciaron con deshonor por torturar a un agente de la policía afgana al que tomó por un terrorista. Al volver a la vida civil empezó a pintar, cuadros turbadores y oscuros que, no obstante, se vendían bastante bien. Uno de ellos, *Éxtasis/Violación*, causó furor el año pasado cuando fue expuesto en Barcelona. La mitad de los críticos lo describieron como la obra maestra de una joven promesa, a la otra mitad les pareció repugnante y ofensivo; Cynthia estaba entre estos últimos. Una asociación de mujeres víctimas de violencia de género presentó una demanda contra Felix por ese cuadro y, al mismo tiempo, su fama fue creciendo como la espuma. A sus veintinueve años, Felix Boldt parecía a punto de convertirse en el nuevo *enfant terrible* de moda entre los coleccionistas de arte. A Cynthia no le gustaba que estuviera entre los participantes de la Beca de Copistas, sería un duro rival a batir.

En la lista, detrás del nombre de Felix, figuraba el de la propia Cynthia y, por último, el de la sexta participante: Judith O'Donnell. La nieta del recién fallecido Darren O'Donnell, «el último simbolista», como lo llamaban los críticos. Cynthia sabía muchas cosas sobre él, pero ninguna de su nieta.

La italiana sacó de su bolso un lápiz y añadió un pulcro signo de interrogación detrás del nombre de Judith. Aquella rival, por el momento, era un misterio.

Pero a Cynthia los misterios no le duraban mucho tiempo.

Felix Boldt vio una araña muerta sobre su mesa.

Estaba boca arriba, con las patas agarrotadas sobre el abdomen. Era del tamaño de un guisante.

A Felix le daban miedo las arañas, verdadero espanto. En Kunduz, la provincia afgana donde lo destinaron cuando estaba en el ejército, había unas tarántulas enormes, marrones y peludas. Por las noches se metían dentro de las botas y uno tenía que acordarse de golpearlas a la mañana siguiente antes de ponérselas para desalojar a sus repugnantes inquilinos. También se te metían en el casco o en el saco de dormir.

El alemán miró la araña muerta con asco y se cambió de reservado, llevándose su cerveza.

Estaba en un sórdido bar de copas del centro de Madrid. Eran cerca de las tres de la madrugada y Felix esperaba una cita que llegaba con retraso. Había quedado allí con un tipo que trabajaba en el servicio de seguridad del Museo del Prado, o que conocía a alguien que trabajaba allí, Felix no lo tenía del todo claro. Lo que sí sabía era que ese hombre iba a darle algo importante y muy difícil de conseguir. Había aceptado entregárselo a cambio de diez gramos de cocaína.

Para Felix, comprar algo de coca en Madrid no era complicado, conocía a un par de camellos de poca monta, pero conseguir diez gramos le sería imposible. Era demasiada cantidad, y demasiado dinero. Intentó razonar con el tipo del museo, pero éste siguió en sus trece: «No, tío. Diez gramos o nada. Me estoy jugando el culo por darte esto sin hacer preguntas, y quiero que el riesgo merezca la pena».

Sólo había conseguido algo menos de la mitad. Esperaba que eso fuera suficiente.

Felix remató su cerveza y fue a la barra a pedir otra. El camarero, un hombre gigantesco con una hoz y un martillo tatuados en el bíceps, le miró con recelo. Tal vez no le gustaba su aspecto. Felix tenía un rostro escuálido y de color enfermizo, como si no comiera lo suficiente. Parpadeaba mucho al hablar, era un tic nervioso que arrastraba desde que estuvo en Afganistán. Solía vestir una costrosa parka militar de camuflaje que le quedaba grande. Formaba parte de su uniforme reglamentario y se suponía que debería haberla devuelto al licenciarse, pero no lo hizo. «Que les den», pensó, un abrigo mugriento era lo menos que se merecía después de haberse jugado el cuello en aquel agujero. Era el único recuerdo visible que había conservado de su paso por el ejército, sin contar el tic nervioso y la sordera en el oído derecho.

En Kunduz, su unidad formaba a agentes de la policía afgana

y, de vez en cuando, les daba apoyo en operaciones de seguridad. Allí Felix vio algunas cosas deprimentes, de esas que hacen que uno se despierte gritando en mitad de la noche con las sábanas empapadas en sudor, como si la vejiga se le hubiera vaciado por el miedo. Además, su unidad estaba penosamente dotada: los aviones eran viejos, los fusiles desviaban el tiro si se calentaban demasiado —cosa que ocurría a menudo porque, sorpresa, en Kunduz hacía un calor de cojones— y utilizaban teléfonos móviles corrientes para comunicarse entre unidades porque el gobierno no les daba dinero para comprar dispositivos de radio seguros. Eso causaba hilaridad y asombro a partes iguales entre los soldados de otras fuerzas europeas, que tenían la idea preconcebida de que el ejército alemán era una máquina potente y temible. Habían visto demasiadas películas de la Segunda Guerra Mundial.

A pesar de ello, Felix no siempre lo pasó mal como soldado. No todo fue malo. Sus compañeros de unidad eran buenos tipos, había un sano ambiente de camaradería entre ellos, y a veces eran capaces de prestar verdadera ayuda a la población local.

En cierta ocasión, realizando una patrulla con su unidad, fueron atacados por un terrorista suicida. Cuando el tipo voló en pedazos, la explosión reventó el tímpano derecho de Felix provocándole una sordera permanente en aquel oído. Con todo, tuvo suerte de salir vivo: dos de sus compañeros murieron en el ataque. El ejército lo declaró incapaz y lo envió de vuelta a casa con una pensión miserable. A Felix le fue imposible encontrar trabajo. Tenía arranques de ira y sufría de insomnio crónico. Un médico de la seguridad social, un loquero, le dijo que todo era a causa de su experiencia en Afganistán y le recomendó la pintura como terapia. Felix descubrió, para su sorpresa, que no se le daba del todo mal; le ayudaba a volcar su rabia contenida. Mejoró, pero no lo suficiente: aún sentía bailotear dentro de su cabeza el tornillo de su cerebro que se le aflojó cuando estuvo en el ejército.

Felix aprendió algo curioso: en el mundillo del arte, comportarse a veces como un capullo perturbado es una buena forma de obtener prestigio. De pronto, algunos expertos hablaban de él como si fuera una especie de genio maravilloso y sus cuadros se empezaron a vender por todas partes. Aquello a Felix no le afectó demasiado. Él tenía claro que le gustaba pintar y que lo seguiría haciendo aunque sus cuadros no se vendieran, eso le daba lo mismo. La fama no le cambió.

Seguía siendo el mismo capullo perturbado de siempre.

Felix pagó su cerveza y regresó al reservado. Poco después apareció el hombre del museo. Se sentó a su lado sin ceremonias ni saludos previos. Parecía nervioso y con ganas de terminar aquel encuentro lo antes posible.

—¿Lo has traído? —preguntó Felix.

El tipo puso un objeto envuelto en plástico sobre la mesa.

—Aquí lo tienes. Llaves, tarjetas de seguridad... Todo lo que necesitas para moverte por cualquier sitio del museo.

—¿Puedo fiarme de que todo esto es auténtico?

—Claro que sí. Son copias hechas del juego que pertenece al jefe de Seguridad... Aquí hay llaves que ni siquiera yo sé para qué sirven, como por ejemplo esta: «montacargas 57B», no hay ningún montacargas en la 57B... —Felix intentó coger el paquete, pero el tipo lo apartó—. Aún no me has dicho para qué las quieres.

—Quedamos en que nada de preguntas. Ése fue el trato.

El hombre torció el gesto.

—Está bien, pues págame lo convenido.

Felix le pasó la cocaína por debajo de la mesa.

—¿Te estás quedando conmigo, tío? —dijo el del museo—. Aquí no hay diez gramos ni de coña.

—Es casi la mitad, no he podido conseguir más. Te daré el resto... más tarde.

—Oh, sí, ya lo creo que lo harás. Hasta entonces, esto se queda conmigo.

El tipo se guardó la cocaína y el paquete de plástico en el bolsillo y se levantó.

Felix se quedó en su asiento viendo cómo se marchaba del

bar, con los puños apretados sobre la mesa y la mandíbula crispada. Sentía una rabia densa en su estómago.

Se puso en pie y caminó hacia la salida. Antes de abandonar el local, cogió una botella de cerveza vacía de una mesa y se la guardó en el bolsillo de la parka.

Fuera se encontró en medio de una oscura y lluviosa madrugada. Vio al tipo del museo avanzar por la calle. Felix dejó que tomara unos metros de ventaja y luego le siguió. Anduvo detrás de él durante un par de manzanas hasta que se metió por una callejuela vacía.

Felix se acercó a él con cuidado. Antes de que pudiera reparar en su presencia, le golpeó en la base del cráneo con la botella de cerveza. Sabía dónde descargar el golpe para hacer que perdiera el sentido de inmediato, lo había aprendido en el ejército.

El hombre del museo se desplomó sobre un charco. Su tabique nasal crujió como una rama seca al impactar contra el asfalto.

—¿Y ahora qué, bastardo? ¿Ahora qué? —siseó Felix. Le descargó una patada en las costillas—. ¿Te vas a largar ahora con mis cosas, hijo de puta?

Se agachó junto a él, le levantó la cabeza agarrándola por el pelo y le dio un puñetazo en la boca. Los dientes del tipo le rasparon los nudillos. Siguió golpeándolo hasta que la bola de rabia de su estómago empezó a diluirse.

Felix jadeaba como si hubiera corrido varios kilómetros.

El hombre del museo recuperaría el conocimiento con la cara hecha un despojo. Tal vez se le ocurriese ir a la policía, pero Felix lo dudaba. Si ponía una denuncia, tendría que responder muchas preguntas incómodas; además, no había podido ver quién le atacaba por la espalda.

El alemán le registró los bolsillos hasta encontrar el paquete de plástico. Dejó la cocaína, él no la quería para nada. De pronto sintió que había alguien a su espalda, pudo escuchar el sonido de una respiración.

Felix se volvió y se llevó un susto de muerte. Tras él, observándolo, había un hombre vestido con un gabán. Se cubría la cabeza con una máscara antigás de las antiguas, como las que utilizaban los soldados en la Primera Guerra Mundial. En el filtro había pintada una boca sonriente.

El enmascarado sacó un sobre blanco del bolsillo de su gabán y se lo tendió a Felix. No alteró la postura ni dijo una sola palabra hasta que el alemán lo cogió. Después se alejó de allí tan silenciosamente como había aparecido.

«¿Qué coño...?», masculló. El corazón le palpitaba en el pecho mientras rompía el sobre para abrirlo.

Dentro había una entrada para la ópera.

5

Frente a Judith, en el mismo vagón de
metro, viajaba un hombre sin nariz.

Parecía un mendigo. La piel de su rostro estaba cuajada de
manchas y costras. En medio de su cara había dos orificios rodeados de carne rojiza y brillante.

Judith ignoraba qué podría haber dejado al aire las fosas na-
sales de aquel desgraciado. Puede que la sífilis u otra enfermedad similar. Le intrigaba más el hecho de que el vagón estaba casi
vacío para ser un jueves por la mañana. Era un panorama más
bien propio de último tren de sábado por la noche.

Judith se obligó a no fijarse en el hombre sin nariz, aunque
la ausencia del apéndice era repulsivamente fascinante.

Dejó caer la mirada sobre su regazo y su mente se quedó en
blanco al compás del vaivén del metro.

Se sentía somnolienta. Acababa de aterrizar en Barajas hacía
unas pocas horas, de un avión que despegó de Dublín a la una y
media de la madrugada. Judith llegó a Madrid con el tiempo justo para ir a su casa, echar una cabezada, darse una ducha y tomar
el metro en dirección al Museo del Prado.

Le habría gustado pasar más tiempo en Irlanda, pero no era
posible. La muerte del abuelo Darren había llegado en un momento inoportuno. El mismo día en que supo la noticia, compró un billete en una *low cost* que salía por la tarde. No llevó más
equipaje que una mochila con un par de prendas.

Su padre no pudo ir al entierro, adujo una serie de excusas que a Judith le sonaron bastante débiles. Parecía que el viejo rencor por el hombre que le abandonó cuando era niño aún no había cicatrizado, pero, tal vez como desagravio, aceptó pagar a su hija el billete de ida y vuelta para que al menos ella estuviera presente en el último adiós de Darren O'Donnell.

Judith llegó tarde al sepelio. El avión aterrizó con retraso, en mitad de una noche húmeda y neblinosa. La mujer no pudo salir de Dublín hasta la mañana siguiente, cuando encontró un autobús que la llevó a Kilbride horas después de que la última paletada de tierra cayese sobre el féretro de Darren. Aun así, fue al cementerio a dejar unas flores en la lápida.

Después de eso, quiso hacer una última visita al pequeño *cottage* en el que vivió su abuelo. Allí, Judith pasó unas horas con una prima o sobrina lejana de Darren, una solterona llamada Fiona que se encargó de recibirla en nombre de la familia irlandesa.

Fiona le contó algunos detalles de los últimos momentos del anciano. Su última noche con vida regresó de dar un largo paseo por el campo con sus perros y se puso a pintar con un vaso de whisky en la mano. Apenas dio unos trazos cuando dijo que se sentía cansado y se metió en la cama. No volvió a despertar.

Fiona dijo que en el entierro hubo poca gente. Apenas un puñado de amigos y parroquianos de la taberna de Kilbride a la que acudía el abuelo todos los días. Ningún pariente salvo Fiona. Eso hizo que Judith se sintiera un poco avergonzada. «Bueno... Él nunca fue un hombre muy familiar, ya sabes...», había dicho la irlandesa, con resignación. En sus palabras no se apreciaba ningún reproche a nadie en particular.

Judith pasó un tiempo inspeccionando el estudio donde el abuelo pintaba. Había muchos objetos que, supuso, tuvieron algún significado para él: cañas de pescar, figuritas de porcelana cubiertas de polvo, pipas, maquetas de barcos, bastones... También había fotos, casi todas ellas muy antiguas. Judith aparecía en una, de niña.

No se preguntó qué sería de todos aquellos trastos ni de la casa. Judith tenía la sospecha de que el reparto de la herencia de

Darren sería peliagudo. Fiona tuvo un gesto hacia ella y le dijo que podía llevarse lo que quisiera. A Judith le habría gustado escoger un lienzo, pero la posibilidad de acarrearlo en su vuelo *low cost* era poco realista.

Prefirió tomar sólo algunos recuerdos de carácter sentimental: la fotografía en la que aparecía ella, otra en la que un Darren veinteañero y atractivo posaba con aire arrogante junto a una motocicleta, un juego de pinceles, que eran los que usaba habitualmente el abuelo, y una petaca.

La petaca era lo único que tenía cierto valor. Era de plata, del tamaño adecuado para caber en el bolsillo de una pechera. En la superficie tenía un relieve de dos ánades al vuelo. Aún quedaba whisky en el interior. «Siempre la llevaba encima —dijo Fiona—. Su petaca de la suerte, la llamaba. Era por los patos. Decía que los patos traen fortuna.»

Judith no pudo permanecer en Kilbride mucho más tiempo. Al caer la tarde, Fiona la llevó en coche a Dublín y esa misma madrugada tomaba el avión con destino a Madrid. De eso hacía tan sólo unas horas. Ahora, sentada en el vagón de metro frente al hombre sin nariz, Judith tenía la impresión de que habían pasado siglos.

Llevaba la petaca en el bolsillo de la trenca. Metió la mano y sintió el tacto fresco de la plata. La sacó para observarla bajo la luz artificial del vagón.

Le hacía falta una buena limpieza, en algunas partes el metal estaba ennegrecido. Los patos, sin embargo, aún arrancaban algún brillo moribundo. El relieve estaba muy gastado, como si Darren hubiera acariciado esa imagen a menudo, quizá para llamar a la buena suerte.

«Los patos traen fortuna.»

«Ojalá fuese así», pensó Judith. La iba a necesitar.

Elevó el rostro y sus ojos se cruzaron sin quererlo con los del sifilítico. Éste mostró una sonrisa podrida y sorbió los mocos por los orificios que ocupaban el espacio de su nariz. El sonido hizo que a Judith se le encogiese el estómago.

—¿Ha visto el infinito en un espejo, señorita? —preguntó.

El tren se detuvo. El hombre sin nariz se bajó en aquella estación.

Un par de paradas después le tocó el turno a Judith. Mientras salía del metro, el ruido de succión producido por el sifilítico aún resonaba en su cabeza.

El cielo era una interminable losa de cemento. No llovía. Aún. Los madrileños llevaban días sin ver el sol. Madrid era una ciudad mojada.

Judith caminaba apresuradamente, fumándose un cigarrillo de marca barata. Dejó atrás los palacetes que jalonaban el paseo hasta alcanzar las monumentales líneas neoclásicas del Edificio Villanueva del Museo del Prado. Sus muros tenían el mismo color del cielo, como si se hubiera desprendido un bloque de aquellas nubes de granito.

Judith siguió su ruta hasta llegar a la puerta de los Jerónimos. Bajo la estatua de Goya, bautizada con ribetes de excrementos de ave, vio a un operario del ayuntamiento borrando una pintada en el pedestal.

¿SABÉIS LO QUE HAREMOS CON EL INQUISIDOR DE COLORES?
MATARLO MATARLO MATARLO MATARLO MATARLO MATARLO
MATARLO MATARLO MATARLO MATARLO

Al parecer, los grafiteros cada vez eran más imaginativos en sus consignas.

Judith apresuró el paso. Accedió al museo y se dirigió hacia el mostrador de actividades. Allí, una chica con una lista le dio un pase de visitante y le indicó el camino a una pequeña sala de conferencias, junto al auditorio.

La sala tenía un aforo de unas cuarenta o cincuenta personas y no cubría ni la mitad. Judith, desde la puerta, buscó con la mirada un lugar discreto donde sentarse.

En la cabecera vio una pantalla con una imagen fija. Aparecía el logo del museo con las fechas 1819-2019, y debajo, en letras elegantes, se leía: BECA INTERNACIONAL DE COPISTAS.

En las primeras filas de asientos había personas con libretas y ordenadores sobre las rodillas, parecían periodistas. Entre ellos estaba Álvaro tomando notas abstraído. A Judith le fastidió un poco verlo allí. Ella había rechazado su oferta de colaborar con él para su serie de artículos y temía que, si se encontraban, el reportero volviese a insistir con ese tema.

Judith vio un asiento libre en una de las últimas filas junto a un hombre moreno, muy atractivo. El tipo de hombre que Judith solía imaginarse en calzoncillos si se lo cruzaba en un vagón de metro o esperando la cola del supermercado. En aquel momento leía un libro con las tapas muy sobadas. Judith no puedo ver el título, pero se dijo que mientras no fuera un ejemplar del *Mein Kampf* o algo de E. L. James, ese tipo parecía ser la clase de pareja que le gustaría encontrar en su cama al amanecer. Últimamente echaba en falta algo de colaboración para su desahogo sexual.

Dos hombres aparecieron para ocupar los asientos vacíos del estrado. Sus nombres estaban puestos en sendas cartelas sobre una mesa larga, frente a sus sillas. Roberto Valmerino, director adjunto de Conservación, y Marco Unzué, responsable de la Oficina de Copias del Museo del Prado.

—Quiero dar las gracias a los miembros de la prensa por su asistencia —comenzó este último—. Hoy presentamos uno de los actos conmemorativos centrales del bicentenario del Prado: la Beca Internacional de Copistas.

En el año 1819, siguió diciendo, el Museo del Prado se abrió con la idea de que los alumnos de las academias de arte pudieran acudir a sus salas a copiar las obras de los grandes maestros y así enriquecer su aprendizaje. Desde sus inicios primó su función didáctica sobre la expositiva. Es más, su visita estaba muy restringida al público en general, que sólo podía visitarlo los miércoles de cada semana. Únicamente miembros de la corte o alumnos con carta de recomendación de sus maestros podían acceder al museo los demás días. El responsable de la Oficina de Copias hizo una semblanza muy pintoresca de aquella época:

—En aquel entonces, los suelos eran de tierra. Se humedecían con agua en verano y se cubrían con esterillas en invierno. Los pobres alumnos se morían de frío mientras intentaban calcar los trazos de Velázquez o de Rafael. La distribución de los cuadros no era la más adecuada para contemplarlos con comodidad, hasta el extremo de que el museo ponía un catalejo a disposición de los copistas, para que pudieran ver la obra que querían imitar cuando ésta colgaba de las secciones más altas de la galería. Siento decirles que hoy ya no damos catalejos, pero no se preocupen, no los van a necesitar.

Se suponía que era un chascarrillo, así que los asistentes rieron sin muchas ganas.

El responsable de la Oficina de Copias explicó después que no fue hasta 1868 que el museo abrió cinco días a la semana para todo tipo de público, sin restricciones.

—Es decir —añadió—, que durante cinco décadas, ¡cinco!, el Prado fue casi en exclusiva para los estudiantes. Podría decirse que no hay ningún museo en el mundo donde se haya dado tanto valor a la formación de nuevos artistas, al pintor de copias. En ese sentido, somos únicos. Los copistas son algo nuestro. Aún hoy en día, después de dos siglos, el visitante puede toparse con ellos trabajando en sus caballetes. Son un elemento más de nuestro paisaje y estamos orgullosos de que así sea. El Museo del Prado ha contado con ilustres copistas a lo largo de su historia: Joseph Turner, Pablo Picasso, Edouard Manet, Francis Bacon... La lista es increíble.

El responsable de la Oficina de Copias continuó diciendo que el Prado, en su bicentenario, quería rendir homenaje a los copistas. De ahí el motivo de la convocatoria de la beca.

—La Beca Internacional de Copistas se inspira en los programas formativos de las academias decimonónicas. Hemos seleccionado a seis aspirantes de probada capacidad. Seis hombres y mujeres de distintas nacionalidades, pues hemos querido homenajear el ambiente cosmopolita y la vocación internacional de aquellas antiguas academias. Para nosotros, el Arte es el verdadero lenguaje universal. Durante las próximas semanas, cada uno escogerá un cuadro expuesto en el museo y lo copiará. No queremos una interpretación, queremos un calco lo más cercano posible al original. Finalizado ese tiempo, seleccionaremos al mejor y éste será galardonado con un premio en metálico y con una beca de aprendizaje en nuestro Departamento de Conservación, que se prolongará durante un año. Además, a finales del 2019 todas las obras de los participantes en el proceso serán expuestas en una muestra temática sobre la relación del Prado con sus copistas.

Judith empezó a aburrirse. Ya conocía esos detalles. Estaban en los requisitos de convocatoria para la beca.

A continuación, el ponente recordó las condiciones en las que los copistas iban a trabajar: sólo podrían hacer sus reproducciones durante los horarios de apertura al público del museo. Debían traer su propio material de pintura, lienzo y un hule para colocarlo en el suelo y no mancharlo. El museo pondría a su disposición un caballete.

Dos aspirantes no podían reproducir la misma obra, y las dimensiones de la copia debían tener una diferencia mayor o menor de cinco centímetros de medida con respecto a la del original.

La copia tampoco podía ser de más de 130 centímetros de alto y de ancho. Eran los mismos requisitos que se exigían habitualmente a los pintores que deseaban reproducir alguna obra expuesta en el museo.

Judith desconectó. Dirigió una mirada de soslayo hacia el Lector Cañón. Se sorprendió al descubrir que él también la estaba mirando. Cuando sus ojos se encontraron, él sonrió y puso cara de aburrido, señalando discretamente hacia el estrado.

Judith le devolvió la sonrisa.

El responsable de la Oficina de Copias dio fin a su intervención. Acto seguido, presentó al otro anfitrión: Roberto Valmerino. Éste fue bastante más breve, y también bastante menos entusiasta.

—Abrimos ahora el turno de preguntas —dijo—. Aunque imagino que ninguno queremos alargar esto en exceso, habida cuenta de que hasta que no cerremos esta charla de presentación no podremos disfrutar del cóctel, el cual, a pesar de ser cortesía del museo, les aseguro que es bastante generoso.

De nuevo sonaron algunas risas, y esta vez parecían sinceras.

6

El prometido ágape se sirvió en el claustro herreriano del monasterio de los Jerónimos, convertido en sala expositiva tras la ampliación del Prado del 2007. Allí, ante la mirada broncínea de las esculturas de Carlos V y Felipe II de los Leoni, deambulaban camareros con canapés y bebidas.

Judith logró hacerse con una cerveza. En el momento de darle el primer trago, vio a Roberto acercarse hacia ella con una sonrisa lobuna.

—La señorita O'Donnell, ¿verdad? He preguntado por usted al responsable de la Oficina de Copias. Es un placer. Soy Roberto Valmerino, director de Conservación del museo.

—Lo sé, se ha presentado antes, en la charla.

—*Of course* —respondió, riendo—. Disculpe, tenía muchas ganas de saludarla en persona. Yo conocí a su abuelo, Darren O'Donnell, ¿no lo sabía? No, claro, supongo que no... Coincidimos hace años, cuando yo trabajaba en el Reina Sofía y asistí a una exposición de su obra en Londres. Admiraba mucho su trabajo, muchísimo. Considero que era uno de los pocos artistas auténticos que quedaban en activo. Su obra era magnífica... En la línea de los *macchiaioli*, pero con un trasfondo simbolista de lo más fascinante: un vanguardista clásico, por así decir. He sabido que falleció hace poco, mis condolencias.

—Gracias. Ha sido triste, sí, pero no inesperado: tenía muchos años.

—Me impresionó mucho la carta de recomendación para usted que envió al tribunal de la beca. En cuanto la leí, abogué personalmente por que fuera usted seleccionada. Me alegra ver que mi criterio se tuvo en cuenta.

A Judith le molestó que Roberto insinuara que se había tenido un trato de favor con ella.

—Supongo que el portafolio que envié con algunos de mis trabajos también tuvo su peso —dijo.

—Oh, por supuesto. Usted también tiene mucho talento, es evidente. Le deseo suerte en esta competición, señorita O'Donnell. Y le ruego que acuda a mí siempre que lo necesite. Pienso seguir muy de cerca sus pasos.

En ese momento Álvaro apareció como brotando de la nada, con su cuaderno de notas en ristre y masticando un canapé.

—Ah, señor Valmerino, está usted aquí... Tenía razón: es un cóctel fabuloso. Las gambas en tempura están de muerte.

Roberto le dedicó un leve mohín de desagrado.

—Gracias. ¿Y usted es...?

El reportero se limpió la mano en la pernera del pantalón antes de tendérsela.

—Álvaro de Tomás, de *El Cronista* diario digital. Me gustaría, si no le importa, tener algunas declaraciones suyas en exclusiva. —Mostró una sonrisa inofensiva—. Somos un medio pequeño y cualquier migaja que puedan darnos para destacar entre la competencia sería todo un detalle.

—Comprendo, pero acabo de atender las preguntas de la prensa en la charla, no sería justo que...

—Sólo unas palabras —interrumpió el reportero, con descaro—. Algo respecto a las últimas investigaciones sobre la muerte de Enric Sert.

La sonrisa de Roberto se tensó.

—Me temo que no estoy al corriente de eso, lo lamento.

—La noticia está en nuestra web, ¿quiere que le ponga al día?

—No lo veo pertinente. Estamos aquí para hablar de la beca

y el bicentenario, el resto de los asuntos carecen de importancia en este momento.

—Pero la policía ya tiene un sospechoso, ¿eso carece de importancia para usted?

—Eso no es lo que he dicho. Estaré encantado de que se esclarezca cualquier aspecto referido al asesinato del señor Sert, pero, insisto, éste no es momento ni lugar para sacar el tema. —Roberto mostró su más cordial sonrisa, como para suavizar la pulla que estaba a punto de meterle al reportero—. Además, si me permite una crítica constructiva, no creo que sea prudente que la prensa insista de continuo con este sórdido asunto. Lo tratan como si fuera una novela de terror... Me incomoda que se esté frivolizando sobre Enric Sert, que era un hombre respetable.

—Oh, nosotros intentamos ser muy cuidadosos, se lo aseguro —dijo Álvaro, con gesto cándido—. De hecho, también nos gustaría publicar un artículo sobre sus logros para la edición de mañana, coincidiendo con su entierro. Algo así como un panegírico.

—Eso le honra, amigo mío. Siga en esa línea, es mucho más digna.

—Me alegra que piense así porque sería todo un privilegio contar con la colaboración de sus amigos más cercanos. Tal vez usted pudiera ofrecerme alguna declaración, o incluso una entrañable fotografía del difunto; de tipo personal, pero nada escandaloso ni polémico... Algo, digamos, que muestre su lado más humano, usted ya me entiende.

Roberto sonrió de nuevo.

—No se rinde usted fácilmente, ¿no es así? Quiere obtener algo de mí como sea... Está bien, admiro su tesón. Veré qué puedo hacer. Déjeme su correo electrónico y, si tengo tiempo, le enviaré algo antes de mañana.

Álvaro le dio su tarjeta. Luego Roberto se escabulló para charlar con otros de los presentes.

—Buen trabajo, amigo —dijo Judith, burlona—. No te había visto acosar a nadie con tanto empeño desde que andabas tras las becarias del periódico.

—Tengo una cualidad —respondió el periodista, cazando al vuelo un canapé—. Carezco por completo de pudor, es muy útil para mi trabajo... ¿De qué hablabais tú y la vieja gloria cuando aparecí, por cierto?

—Para tu información, estaba siendo amable conmigo. Me ofrecía su ayuda.

—Viniendo de Valmerino, yo no le aceptaría ni la hora. Ese tipo miente tantas veces que hasta él mismo ignora cuando está siendo sincero. Además, nunca hace un favor a nadie si no puede sacar algo a cambio.

—¿Y cómo diablos sabes tú todo eso?

—Porque soy un buen periodista y he hecho mis deberes. Corren muchos rumores sobre el grupito que Enric Sert aglutinó a su alrededor cuando dirigía el Macba de Barcelona; Roberto Valmerino era uno de ellos. Ahora Sert está muerto y su camarilla copa los puestos de responsabilidad del museo más importante del país. Vas a empezar a codearte con gente muy interesante, ¿lo sabías? Deben de tener un montón de esqueletos en los armarios... —Álvaro suspiró—. Ojalá hubieras aceptado la oferta del periódico... Aún estás a tiempo de pensártelo.

—Por favor, no me marees con ese tema: hace unas horas que acabo de volver de Irlanda y casi no he dormido.

—Perdona, tienes razón. Oye... —El joven carraspeó—. De verdad que sentí lo de tu abuelo. Sé que era alguien importante para ti.

Ella agradeció sus palabras, le habían sonado sinceras. Después le preguntó si era cierto lo de que la policía tenía un sospechoso del asesinato de Sert.

—No es oficial, pero sí, me he enterado gracias a un contacto. Al parecer, una cámara de seguridad captó a alguien saliendo de la escena del crimen aquella noche: un tipo vestido con una máscara.

—¿De veras? Es curioso, el lunes encontré a un hombre enmascarado delante de mi taller. Tal vez debí avisarte por si era el asesino.

—Puedes bromear todo lo que quieras, pero se trata de una pista seria, y yo la estoy siguiendo.

—¿A la caza y captura de tu *serial killer*, Álvaro?

—¿Por qué no? Imagínate que lo encuentro, me ganaría un Pulitzer.

—Aquí no dan de eso.

—Pues la versión ibérico-castiza equivalente. En cualquier caso, sería la hostia.

Judith sonrió para sus adentros. Esperaba que al menos Álvaro se lo pasara bien jugando al intrépido reportero... Y que no se metiera en ningún lío.

Siguieron charlando unos minutos hasta que el periodista se marchó a seguir importunando a invitados en busca de una exclusiva. Una vez a solas, Judith localizó con la mirada a su vecino de asiento en la charla, el Lector Cañón, justo al otro lado del claustro.

Judith pensó que sería una buena ocasión para presentarse. Se encaminó hacia él cuando, en ese momento, la abordó una mujer. Era muy pequeña, casi diminuta, rechoncha, con el pelo teñido de violeta. Sus ojos eran verdes y felinos, rodeados por sutiles arrugas de aspecto avieso.

—*Mi scusi*... Tú eres Judith O'Donnell, ¿me equivoco?

—No, ésa soy yo.

—Encantada, yo me llamo Cynthia. Cynthia Ormando. Puedes tutearme... ¡Oh, pero qué pendientes tan bonitos llevas! ¿Son de jade?

—No lo sé... Tal vez... Los compré en un mercadillo.

—El jade es una piedra con muchas cualidades, ¿lo sabías? Otorga longevidad y capta la energía positiva. ¿De qué signo eres?

—Pues... sagitario.

—¡Por supuesto! Un signo de fuego, muy espiritual. Y, naturalmente, el jade es una de sus piedras de poder. Nunca te deshagas de esos pendientes, querida, hazme caso. Además, te sientan muy bien, eres una jovencita muy guapa... Es curioso, apenas noto tus rasgos irlandeses. La sangre celta es por tu abuelo, ¿verdad? Darren O'Donnell, el pintor... ¡Oh, *mi scusi*! Debo de parecer horrendamente indiscreta. Es que tengo el pequeño vicio de la curiosidad, ¡y tú me intrigas tanto!

Sus palabras hicieron pensar a Judith que, en efecto, Cynthia parecía un gato curioso. Igual que el del dicho popular. Se sintió incómoda: aquella mujer la observaba como si fuera un espécimen.

—Oh, bueno... Seguro que no soy tan interesante.

—Te equivocas. Todos nosotros venimos del mismo ambiente y tú en cambio resultas una curiosa novedad.

—¿A quién te refieres con «nosotros»?

—A los aspirantes de la beca, naturalmente. A ciertos niveles, el mundillo artístico resulta un tanto... digamos... endogámico. Al final todos nos conocemos en mayor o menor medida, y a mí me gusta estar al día de las cosas que atañen a mis colegas. Soy redactora de la revista *Flash Art Italia*, ¿la conoces?

—Puede...

—Es una de las publicaciones más importantes del sector —presumió Cynthia—. Administra el Flash Art Museum de Trevi y colabora con la Bienal de Venecia desde el año 2003. Allí coincidí una vez con Isabel Larrau, es ésa de ahí.

Cynthia la señaló. Isabel estaba en un rincón del claustro, bebiendo a pequeños sorbos un vaso de zumo y charlando con un joven que llevaba una parka militar.

—Me pareció encantadora —siguió diciendo la italiana—. Y una gran artista. *Poverella*, parece que haya envejecido décadas desde la última vez que la vi, apenas la reconozco... Un tinte de pelo no le vendría nada mal, ¿no te parece?

—A mí me gusta su pelo. Creo que una mujer que se deja las canas demuestra personalidad; además, me parece bonito cómo le hacen vetas con sus mechones morenos —dijo Judith, más bien por llevarle la contraria a Cynthia. Le resultaba un tanto desagradable su manera de criticar a sus rivales a sus espaldas—. ¿Quién es el hombre que está hablando con ella, el de la chaqueta de camuflaje?

—Oh, ése... Es Felix Boldt.

—¿También lo conoces?

—No personalmente. Felix es... En fin, no tiene muchos amigos. De hecho, me sorprende verlo charlar con Isabel con tanta cordialidad, no sabía que se conocieran. Creo que ha elegido el *Ixión* de José de Ribera para su copia. No esperaba menos de él.

—¿Y qué me dices del hombre alto, el que está ahí? —quiso saber Judith, preguntando por su Lector Cañón.

—Ah, sí, Petru. —Cynthia suspiró—. Guapo, ¿verdad? Tiene una galería de arte en Córcega, donde, entre otras cosas, vende reproducciones pictóricas de calidad que hace él mismo. Supongo que eso explica que se haya involucrado en esto de la beca.

Judith pensó en preguntar si era soltero, pero le pareció fuera de lugar.

—Parece que, en efecto, estás al día en toda clase de detalles. ¿Y qué hay de ti?

—Tan sólo soy una pobre chica deseosa por dar un pequeño impulso a su carrera como pintora. Modestamente, no se me da mal del todo, ¿sabes? El año pasado expuse por primera vez. Retratos, eso es lo mío... Las críticas fueron vergonzosamente aduladoras... Sabía que me haría bien inaugurar la muestra en abril, es un mes propicio para mi signo zodiacal. Hubo quien comparó mi estilo con el de los pintores veristas de la Nueva Objetividad alemana: Otto Dix, Christian Schad..., y también con Kokoschka, lo cual me resultó un honor, porque, literalmente, adoro a Oskar Kokoschka, ¿tú no? Me resulta fascinante la forma en que destaca los rasgos más crudos y grotescos de la figura humana.

—Sí, los expresionistas eran gente muy divertida.

—¿Tú ya has expuesto alguna cosa, cariño?

A Judith le pareció admirable que Cynthia fuera capaz de darle a su pregunta un tono amable y humillante al mismo tiempo.

—No... Esto... De momento prefiero explotar otras formas de desarrollar mi pintura. Tengo un taller...

—Oh, qué encantador. ¿Y qué tipo de estilo es el que cultivas?

—Ecléctico, digamos —respondió Judith. Luego, al darse cuenta de que su respuesta sonaba penosamente poco profesional, decidió desarrollarla un poco más—. He tenido mis etapas. Supongo que ahora estoy atravesando una especie de fase prerrafaelita, es decir: «Al infierno el clasicismo, sólo quiero pintar cosas bonitas».

Cynthia emitió una breve y musical carcajada.

—Eres graciosa —dijo—. Seguro que nos haremos buenas amigas. ¿Qué obra del museo vas a copiar?

—*Judit en el banquete de Holofernes*, de Rembrandt.

—¡Fantástica elección! Es un cuadro muy bello. Apuesto a que lo harás muy bien.

—Gracias. ¿Y tú? ¿Qué has escogido?

—*Saturno*, de Goya.

A Judith le sorprendió su respuesta. Había supuesto que Cynthia tendría un gusto menos truculento. La imaginaba más bien reproduciendo algo tipo Canaletto o Claudio de Lorena: paisajes de los que quedan bien decorando tazas de recuerdo.

—Vaya... Eso suena... difícil.

—Lo sé, pero me encantan los retos. —La italiana esbozó su sonrisa gatuna y le dio un pequeño sorbo a su copa de vino blanco—. Va a ser una competición interesante... ¡Estoy deseando que empiece!

7

Al día siguiente, Judith se encontró con un rostro familiar en la entrada del museo. No era buena recordando nombres, así que no pudo saludar por el suyo a Rudy cuando el texano se acercó a ella sonriendo.

—Señorita Judith, ¿se acuerda de mí? Nos conocimos ayer, en la presentación de la beca. Rudy Perpich, de San Antonio, Texas.

El hombretón se llevó la mano a la cabeza, como si sujetara el ala de un sombrero invisible.

—Claro, por supuesto. ¿Cómo estás, Rudy? Puedes llamarme Judith, a secas.

—Y será un placer —dijo él, afable—. Pero, ¿sabe?, en mi tierra somos gente chapada a la antigua, y a mí me educaron para tratar con respeto a las mujeres, de modo que tendrá que disculpar que me cueste un poco acostumbrarme a tutearla, señorita Judith.

A ella le pareció que su talante era muy pintoresco. Le habrían sentado bien unas botas de *cowboy* y una corbata de lazo, pero Rudy vestía una simple camisa blanca abotonada hasta el cuello y pantalones desgastados. Observó que, alrededor de sus ojos, tenía pequeñas arrugas propias de alguien que sonríe a menudo.

—Bueno, no me importa. Me gusta que me llamen «señorita», me hace sentir como una moza.

Judith le preguntó a Rudy si se alojaba muy lejos del museo.

—A un paseo de aquí, señorita. Tengo rentado un bonito departamento cerca de la calle Princesa.

—Eso es un paseo más bien largo, Rudy.

—Lo sé, pero me gusta estirar las piernas de buena mañana. Camino, pienso en mis cosas, y aprovecho para darle gracias a Jesús por un nuevo día. Allá en San Antonio acostumbro a recorrer mis buenos kilómetros en cuanto sale el sol, antes del desayuno. Puede apostar a que la pradera luce espléndida a esa hora del día.

«*Yippie ki yay*», pensó Judith, conteniendo una sonrisa. Le empezaba a caer simpático Rudy, le parecía de lo más entrañable, como de otra época.

Ella, por su parte, se había despertado de puro milagro. La noche anterior estaba nerviosa por el inicio de la beca y no conciliaba el sueño, así que se puso a leer algo de Gay Talese mientras vaciaba una botella de bourbon y se quedó roque con un vaso vacío en la mano. La despertó a las nueve la radio del apartamento vecino, emitiendo a todo volumen *Istanbul (Not Constantinople)* de los They Might Be Giants. El pequeño estudio en el que vivía tenía paredes finas. Judith apenas tuvo tiempo de asearse un poco, enjuagarse la boca con Licor del Polo y salir pitando hacia el museo con una bonita resaca arañándole la nuca.

Rudy y Judith se dirigieron hacia el cuarto de taquillas para copistas, en el sótano del Edificio Jerónimos. Por el camino, ella le hizo un cumplido sobre lo bien que hablaba el español. Rudy explicó que su abuela era mexicana, y que tenía un montón de tíos y primos con los que hablaba en castellano desde que era niño. También contó que, antes de entrar en la universidad, pasó un verano en Andalucía, de mochilero.

—Pero de eso hace ya siglos, válgame el cielo. Ha caído mucha nieve en este tejado desde entonces —dijo el texano, señalándose la cabeza.

Judith quiso saber qué cuadro iba a copiar. Rudy había escogido *Las hilanderas*, de Velázquez.

—Interesante elección —dijo ella—. Te has puesto un buen reto.

—Y ni más ni menos que de eso se trata, señorita. Verá, lo mío son los paisajes. Nunca se me dio bien pintar personas, las manos y las caras me ponen en serios aprietos, si sabe a lo que me refiero; pero quiero demostrarme a mí mismo que soy capaz de hacerlo. El pastor Loomis, que es el vicario de mi congregación, siempre dice que no hay tarea imposible si uno la emprende con fe y buen talante, y puede usted apostar a que no me falta ninguna de las dos cosas.

Entraron al fin en la sala de descanso para los copistas de la beca. Allí estaban Cynthia e Isabel. La italiana los recibió con voz melosa.

—*Buon giorno*, queridos. ¿Os apetece un café? La simpática gente del museo ha tenido el detalle de poner esta máquina en nuestro *piccolo rifugio*. No esperéis gran cosa, pero al menos nos servirá para despejarnos de buena mañana.

—Es una de esas... de esas máquinas de cápsulas... —añadió Isabel, tímidamente.

Judith y Rudy aceptaron la oferta. Mientras lo preparaban, apareció Felix Boldt. El alemán farfulló algo que tal vez era un saludo y abrió la taquilla frente a la cual Rudy había colocado sus cosas.

—Disculpa, amigo, pero me temo que ésa ya está ocupada —indicó el texano.

—No veo ningún nombre escrito en ella, y está vacía.

—Es la que yo he escogido. Y he llegado antes.

—¿Es que acaso hemos vuelto al instituto? —masculló Felix entre dientes. Cerró la taquilla con gesto hosco y optó por guardar sus cosas en otra distinta.

A Judith no se le pasó por alto el tono empleado por Rudy con el alemán. «Esos dos ya se conocían», se dijo. «Y no se caen nada bien.»

El último en llegar fue Petru, el Lector Cañón de Judith. Apareció acompañado del responsable de Oficina de Copias del museo. Éste les dio a todos la bienvenida y les señaló unas últimas instrucciones antes de que se distribuyeran por el museo para empezar a trabajar en sus pinturas.

—Este lugar será algo así como vuestra consigna y sala de descanso —les dijo—. Al final de cada jornada, debéis traer aquí vuestros lienzos y meterlos en las taquillas. Como veis, son bastante grandes, no habrá problemas de espacio; pero será responsabilidad vuestra guardarlos en las condiciones adecuadas para que no sufran ningún daño hasta el día siguiente. No podéis, repito, no podéis sacar vuestras copias del museo en ningún momento. Si alguien lo hace, será motivo de descalificación.

—¿Quién más tiene acceso a este cuarto? —preguntó Felix.

—Sólo vosotros y el personal de seguridad. A cada uno se os dio una llave con su respectiva copia cuando vinisteis a recoger vuestras tarjetas de identificación.

Acto seguido, el responsable de la Oficina de Copias los llevó de regreso al área visitable del museo. Una vez allí, dividió a los copistas en tres parejas y cada una de ellas siguió a un vigilante de sala hasta el cuadro que debían reproducir.

—Tú eres Judith, ¿verdad? Yo soy Petru Bastia —dijo el corso, dirigiéndole la palabra a su compañera por primera vez—. Hasta ahora no habíamos tenido ocasión de saludarnos.

En aquel momento caminaban por las amplias galerías del primer piso. Una luz uniforme irradiaba sobre las blancas bóvedas y los muros vestidos con lienzos. El espléndido pasaje transmitía la solemnidad de una catedral, ornamentada con los rojos adriáticos de Tiziano, el azul milagroso de Rafael o el oro divino de Fra Angelico. Todo el espacio transmitía un furor bello.

—Hoy está contento —observó Petru.

Judith no entendió sus palabras.

—¿Cómo dices?

—El museo. Es algo vivo, ¿no lo sientes? Tiene tantos estados de ánimo como colores en sus cuadros: a veces es melancólico, otras alegre, otras evocador... Cada día se siente distinto, igual que tú y que yo. Hoy está contento.

—¿Tú crees?

—¿Tú no?

—Parece más bien solemne. Incluso algo intimidante.

Petru rio. Tenía una risa bonita.

—Puede ser. Cada persona lo interpreta según su estado de ánimo... ¿Te sientes intimidada?

—No lo creo. No es mi estilo.

Tomaron un ascensor hasta la planta 2. La mujer que los guiaba los dejó en la sala de pintura holandesa. Allí había un caballete vacío frente a uno de los cuadros. Con un gesto galante, Petru invitó a Judith a utilizarlo.

—Por favor, haz los honores. A mí no me importa esperar.

—Te lo agradezco, pero no sería justo —dijo ella—. El cuadro que está al lado no es el mío.

—Como quieras.

Petru empezó preparar su zona de trabajo. Primero extendió el hule sobre el suelo, luego preparó el lienzo, que era muy pequeño, y por último empezó a sacar su material de pintura de una bolsa que llevaba colgada al hombro.

—¿Ésa es la obra que vas a copiar? —preguntó Judith.

—Así es. *Emblema de la Muerte*, de Peter Steenwijck.

—¿Puedo echar un vistazo?

—Claro. Me interesa tu opinión.

Judith se acercó a la pintura. Era una *vanitas*, un bodegón alegórico sobre la fugacidad de la vida. En un rincón del cuadro se amontonaban varios objetos encima de una mesa: una mandolina, un libro, una vela apagada, tarros, botellas... En el centro, destacando de forma siniestra, se veía un cráneo sin mandíbula. El fondo, amplio y vacío, era una pared blanquecina en sombras.

—¿Y bien? ¿Qué te parece? —preguntó Petru.

—Una interesante elección. Eres bueno.

—¿Eso era una pregunta?

—No, una afirmación. Tienes que ser bueno, o al menos creer que lo eres, para escoger este cuadro.

—¿Por qué lo dices?

—Parece una obra sencilla: unos cuantos trastos sobre una mesa, no demasiados, una pared blanca... Pero la dificultad no está en los objetos, sino en el color. Apenas hay variedad cromática en la composición, son todo gradaciones de tonos ocres, amarillos y hueso. Si no lo haces bien será una chapuza oscura y plana. Tienes agallas, yo no me habría atrevido con este cuadro: es una trampa y vas a caer en ella, te has puesto el listón muy alto.

—Antes has dicho que soy bueno.

—En realidad, creo que tú piensas que eres bueno.

—¿Y no lo soy?

—¿A este nivel? Lo dudo. Pero muestras confianza en ti mismo. Eso me gusta.

Petru parecía estar divirtiéndose con la charla.

—¿Sabes? Tus palabras podrían estar ofendiéndome.

—No me hagas caso, no es más que un viejo truco: eres un competidor, así que trato de minar tu autoestima. Quiero que dudes. ¿Lo estoy logrando?

Él rio.

—¡Ni por asomo! Como tú misma has dicho, creo que soy demasiado bueno. Pero no dejes de intentarlo, me crezco cuando trabajo bajo presión.

—¿Por eso has escogido esta obra? ¿Para retarte a ti mismo?

—No. Es por el simbolismo. Me gusta.

—«Emblema de la Muerte.» Suena algo tétrico. No pareces un tipo melancólico.

—Lo de la muerte me es indiferente, pero me gusta que el pintor sea capaz de transmitir tantos mensajes con un puñado de cacharros de apariencia anodina. Observa: la calavera es la muerte, lógico. Pero tiene una flauta de hueso junto a ella, y también hay un laúd vuelto del revés y partituras; simboliza que la vida es bella pero fugaz, igual que una melodía. También hay un bolso de viajero en el extremo, ¿lo ves? Eso quiere decir que la vida también es un viaje. Es intensa, es bonita; pero es breve. Me gusta el mensaje. Me gusta la forma que tiene el pintor de transmitirlo mediante pistas.

—«Vive rápido, muere joven y deja un bonito cadáver» —recitó Judith—. Sí. Te pega, supongo.

—De acuerdo, ahora es mi turno de hacer suposiciones. ¿Qué cuadro has escogido?

—Justo el que está en la pared opuesta. Así trabajaremos espalda contra espalda. —Judith señaló un lienzo grande—. Rembrandt. Lo sé: soy muy clásica.

—*Judit en el banquete de Holofernes* —observó Petru—. Madre mía, podría hacerte todo un psicoanálisis en base a tu elección. La historia de una heroína bíblica que le corta la cabeza a un tipo, y que además se llama igual que tú... ¿Percibo cierta tendencia castradora?

—Me temo que es todo menos complejo de lo que piensas. En realidad, escogí este cuadro porque quería un Rembrandt y éste es el único que hay en el museo. Además, la modelo es fabulosa. Fíjate: una matrona opulenta y enjoyada. ¡Es una auténtica reinona barroca!

Apareció un grupo de visitantes y tuvieron que interrumpir la conversación. Petru se puso a trabajar. Mientras esperaba su caballete, Judith se dedicó a observarlo discretamente. Comenzó ejecutando un boceto mediante ágiles movimientos. Ella se deleitó contemplándolos. Había pocas cosas que le resultaran más excitantes y atractivas que ver dibujar a un hombre.

Al cabo de unos instantes, un vigilante de sala apareció empujando un caballete con ruedas y lo colocó frente al Rembrandt. Ahora Judith podía empezar a pintar.

Antes de hacerlo, dirigió una mirada al cuadro. No le gustaba demasiado. Era de la época temprana del maestro, la que a ella le parecía la menos interesante, la del Rembrandt pulcro y de líneas definidas, propio de un pintor que acata las normas. Nada que ver con el Rembrandt desmelenado y fascinante de su etapa de madurez, cuando parecía que pintaba a fogonazos.

A su abuelo le gustaba Rembrandt, por eso ella había escogido ese cuadro. Pensó que se lo debía por las contadas ocasiones en que, de niña, la sentó en sus rodillas, le puso un pincel en las manos y la dejó hacer garabatos en sus lienzos sólo porque le hacía reír verla ponerse perdida de pintura.

Aquél era un buen recuerdo. Darren era un hombre divertido a su manera.

La última vez que Judith lo vio con vida fue cuando acudió a Kilbride para pedirle la carta de recomendación para la beca. «¿Copiarás algo de Rembrandt?», preguntó, y ella respondió que sí. Entonces él gruñó y sentenció: «Bien. Rembrandt es Dios».

«Pues va por ti, viejo irlandés —se dijo Judith—. Te echaré de menos. Y, por favor, si estás en alguna parte, ayúdame a no fastidiarla con mi copia. De verdad que necesito ganar esta beca.»

Entonces empezó a pintar.

8

El entierro de Enric Sert fue el mismo día en que comenzó la Beca de Copistas.

La incineración de los restos se llevó a cabo en el cementerio de la Almudena, bajo una llovizna que oscurecía la mañana. La capilla del crematorio estaba repleta de asistentes que escuchaban con actitud moderadamente compungida las palabras del sacerdote oficiante.

Fabíola Masanera ocupaba un asiento en el último banco, tan lejos como pudo del foco de atención. La ceremonia se le hizo larga. El cura de turno se empantanó en un panegírico florido e innecesario que habría podido servir para cualquier otro difunto sin cambiar una frase del contenido.

Aburrida, la directora del museo se entretuvo pasando revista a los asistentes. La mayoría eran periodistas en busca de carnaza. También había algunos trabajadores del Prado y funcionarios del gobierno de baja categoría: subsecretarios y testaferros. Los peces gordos habían soslayado su asistencia, quizá por temor a que los relacionaran con una muerte tan sórdida. Fabiola reconoció, o creyó reconocer, a algunos parientes del difunto, pero ninguna viuda anegada en lágrimas ni hijos dolientes; Enric no dejó ni una cosa ni la otra.

Sí vio a Roberto, con su plateada melena destacando entre la multitud como la punta de un iceberg. El director adjunto de Conservación no había faltado al último homenaje de su mentor.

Inhiesto y digno, cual dignatario en el entierro de un jefe de Estado, había tenido la precaución de colocarse en el punto de mira de todas las cámaras de la prensa.

El sacerdote concluyó su panegírico. A la ceremonia, en cambio, aún le quedaban más rituales. Un hombre ocupó el atril junto al féretro y procedió a leer otro largo obituario. Al parecer, se trataba de un pariente del difunto.

A la directora se le agotó la paciencia. El ambiente de obligado pesar en el crematorio empezaba a resultarle irritante. Abandonó su asiento sin llamar la atención y salió a respirar aire fresco.

Fuera había dejado de llover, pero el cielo seguía cubierto de nubes oscuras. El sol era algo lejano y moribundo.

La mujer encontró un banco junto a un muro de nichos de aspecto olvidado. Algunas lápidas eran ilegibles, otras estaban rotas; en determinados lugares había postes de madera apuntalando el muro. Fabiola recreó mentalmente cómo sería una avalancha de muertos y cascotes. La imagen le resultó horrenda y fascinante a partes iguales.

Un anónimo vándalo había profanado los sepulcros con una pintada:

Llame al timbre, los muertos están en casa

La lluvia había desdibujado las letras, dándoles aspecto de eco fantasmal.

La directora dejó caer su cuerpo roto sobre el banco y se quedó contemplando los nichos con expresión ausente.

Sin quererlo, rememoró la última vez que se vio obligada a estar en un entierro en contra de su voluntad. Los recuerdos acudieron a ella en forma de imágenes inconexas.

Aquel día hacía sol. Era junio. Recordaba el sudor, viscoso y asfixiante. Recordaba las lágrimas de los asistentes, todas ellas sinceras. Recordaba que ella, en cambio, no lloraba. No era capaz. Alguien le había suministrado un tranquilizante —quizá ella misma— y lo único que sentía era el calor. Y el vacío.

La lápida. Recordaba la lápida. El nombre de Aurora grabado en piedra con letras doradas sobre la fecha de su nacimiento y la de su muerte. Tan sólo dieciocho años separaban la una de la otra.

Bajo aquella lápida había un cuerpo hecho pedazos. El rostro quedó irreconocible porque la luna del coche estalló en esquirlas que se le incrustaron en la cara. Su cara, que era tan preciosa.

Aurora.

Es curioso cómo la tragedia cabalga a lomos de lo banal. Ella aún estaría viva de no haber sido por una ridícula disputa doméstica.

Ella quería ir a un concierto. En coche. Acababa de sacarse el carnet de conducir y le hacía ilusión estrenarse, pero su padre no quería dejárselo. No se fiaba de su pericia, a esas horas, por esas carreteras... No, mejor ve en el bus, cariño, como siempre. No hay más que hablar.

—*Mamá, ¿puedes dejarme tu coche?*

—*¿Qué ha dicho tu padre?*

Que no, por supuesto. Pero Aurora era una chica lista, a sus pocos años ya sabía que su madre nunca le negaba nada. A Fabiola le gustaba pensar que, más que su madre, era como su mejor amiga.

—*Está bien, cógelo, pero ¡que no se entere tu padre!*

—*No, mamá, será nuestro secreto.*

Le había sonreído y le había guiñado un ojo, como hacía cuando era niña. Aún tenía rostro de niña. Ese rostro masacrado por una lluvia de cristales rotos.

Se despidió con un beso, y nunca más volvió a verla.

Era su única hija. El día del parto, el médico le dijo a Fabiola que su útero había quedado inservible. Que diera a luz a Aurora, de hecho, había sido casi un milagro. El milagro fue aplastado por un conductor ebrio dieciocho años después, en el coche que le prestó Fabiola —*será nuestro secreto*—.

(*... que no se entere tu padre...*)

Otro recuerdo de aquel lejano sepelio: él apareció borracho. Apestaba a cerveza y apenas se podía tener en pie. Lloró como un niño cuando metieron el ataúd bajo tierra. Y, de pronto, se encaró a Fabiola:

—*¡Tú la has matado! ¡Es culpa tuya! ¡Todo es culpa tuya! ¡Mi niña...! ¡Oh, Dios, mi pobre niña...!*

Tuvieron que llevárselo a la fuerza para evitar mayor espectáculo. Fabiola apenas fue consciente de ello, estaba demasiado atontada por los ansiolíticos. Hasta que no se le pasó el efecto, no fue consciente de que en el mismo día había perdido a las dos personas que más amaba: su hija y su marido.

No fue necesario un divorcio porque nunca estuvieron casados en realidad, era una formalidad que jamás vieron necesaria. Ambos pensaban que Aurora era un vínculo más profundo que cualquier juramento huero ante un altar o un concejal. Estaban en lo cierto: cuando Aurora murió, se separaron para siempre. De hecho, Fabiola no volvió a verlo después del entierro.

Apenas sabía de él. No sabía si aún la seguía culpando o por fin la había perdonado, jamás tuvo el valor de intentar averiguarlo. Tenía entendido que ahora estaba casado y que era padre de dos hijos. Probablemente le servirían de consuelo. Ella no tenía esa posibilidad: su matriz, como auguraron los médicos, ya era incapaz.

Enric Sert la ayudó a salir de aquel oscuro abismo. Quizá fue lo único realmente bueno que hizo por ella, o por cualquier otra persona, en toda su vida. Su mentor, dándole cada vez más trabajo y responsabilidades, otorgó a Fabiola una razón de ser, un motivo para salir de la cama cada mañana. Ella no podía olvidar eso, y también por ese motivo estaba aquella mañana en el cementerio rindiendo homenaje a su antecesor.

Desde el banco en el que se había sentado, Fabiola vio cómo los asistentes a la incineración abandonaban el crematorio. El ritual había terminado y Enric Sert ardía en llamas metido en una caja. La directora esperaba que no fuese una alegoría de su actual situación.

Los parientes y conocidos del difunto se dividieron en corrillos en los que fumaban e intercambiaban impresiones, haciendo tiempo hasta que sacaran las cenizas. La directora observó cómo Roberto se separaba de la gente y se dirigía hacia ella. Al llegar a su lado, se encendió un cigarrillo con afectación.

—Bueno, pues ya está —dijo, expulsando una bocanada de humo—. *He will sadly missed*... El ínclito Enric Sert ya es historia.

—Sí, eso parece...

Él emitió un largo suspiro y se sentó a su lado.

—Francamente, creí que este día nunca iba a llegar. Enric parecía tan... sempiterno.

Roberto se mostraba melancólico, pero no entristecido. Fabiola se preguntó qué clase de sentimientos le estarían pasando por la cabeza al director adjunto. Nunca le pareció que Roberto sintiera por Enric un sincero cariño, pero era algo difícil de asegurar, el conservador siempre ocultaba sus emociones bajo una coraza de cínica indiferencia.

—Mira —dijo él, mientras buscaba algo en el bolsillo de su chaqueta—. Esta mañana encontré esto entre mis viejos papeles. Pensé que te gustaría verlo.

Sacó una fotografía doblada por las esquinas y se la pasó a Fabiola. Ella esbozó una sonrisa cansada al verla.

—Vaya... Esto sí que es historia antigua...

En la imagen estaban los dos: Fabiola y Sert. Era de la época del Macba, de mediados de los noventa. Lucían un aspecto dolorosamente juvenil mientras posaban frente a una escultura en un museo. A Enric se le veía gordo, pero no mórbidamente obeso como lo estaría años después, con su cabello negro, aún natural, pulcramente peinado con raya y una perilla recortada con mimo. La escultura que estaba a la espalda de ambos era la *Quimera de Arezzo*, una obra maestra de la cultura etrusca, de más de dos mil años de antigüedad. Fabiola sentía como si hubiera pasado la misma cantidad de tiempo desde que se tomó aquella foto.

—¿Recuerdas cuándo nos la hicimos? —preguntó.

—Claro, la tomé yo mismo. Fue en Florencia, en el Museo Arqueológico, la primera vez que viajamos los tres juntos a un congreso.

—Cierto. Enric era el ponente invitado... ¿Qué vas a hacer con la fotografía?

—No lo sé... Pensé en tirarla, pero me dio pena... ¡Éramos tan jóvenes! Luego he recordado que un periodista me pidió algunas fotos personales de Enric, al parecer quiere escribir una especie de semblanza para sus lectores.

—¿De qué periódico?

—Uno digital. *El Cronista*.

A Fabiola no le sonaba el nombre.

—¿Te parece buena idea que le envíe la foto? No quería hacerlo sin tu consentimiento.

—Sí, ¿por qué no? Enric no era perfecto, pero al menos se merece una pequeña elegía pública, aunque sea en un ignoto medio digital. Está visto que ni tú ni yo tenemos muchas ganas de ofrecerle algo mejor que eso.

—*You have hit the nail...*

Fabiola se quedó mirando la imagen.

—¿Por qué crees que escogeríamos justo la *Quimera de Arezzo* para hacernos esta foto?

—No lo sé. ¿Importa acaso?

—En realidad no, pero no deja de ser una elección curiosa... —Se la devolvió a Roberto y levantó la vista hacia el grupo de personas que estaban a la puerta del crematorio—. Mira, ¿ése de ahí no es Alfredo Belman, el catedrático?

Fabiola señaló a un hombre cuyo aspecto no difería en exceso del que tendría un sin techo. Llevaba el escaso pelo alborotado, el rostro sin afeitar y un jersey lleno de bolas y manchas. La camisa le asomaba por debajo.

—Sí, eso parece... Menuda pinta. ¿Quieres oír un jugoso cotilleo? Dicen que ahora vive con un joven, un muchachito rubio de ojos de azules al que suele presentar como «su asistente». —Roberto hizo un malicioso gesto de comillas con los dedos.

—¿De veras? Creía que estaba casado.

—Divorciado, en realidad.

—Me sorprende que esté aquí, no sabía que conociera a Enric.

—Habrá venido como miembro de la Fundación Amigos del Museo del Prado.

—No lo creo —repuso Fabiola—. Me dijeron que la abandonó en diciembre sin dar ningún motivo. Pobre hombre, debe de estar enfermo o algo así... No tiene buena cara. —Chistó con la lengua en una expresión de fastidio—. Oh, vaya, creo que viene hacia aquí.

Alfredo caminaba renqueante hacia ellos. La directora maldijo su pierna mala, la cual le impedía poder escabullirse con rapidez de un inminente encuentro no deseado. No se sentía con ganas de escuchar condolencias.

Al verlo de cerca, percibió que su estado era aún más calamitoso de lo que parecía. Lucía una delgadez impropia de alguien sano, como si hubiera perdido mucho peso en poco tiempo. Sus ojos, rodeados de ojeras, estaban inyectados en sangre; y las manos le temblaban de forma penosa. Fabiola se dio cuenta cuando se las estrechó al saludarle.

—Alfredo, me alegro de verte —le dijo—. Gracias por venir. ¿Cómo te va? Creo que estás escribiendo un libro, ¿no es así? Algo sobre el Edificio Villanueva.

—Sí, sí, eso va bien, bien... —Alfredo agitó la mano, como apartando el asunto—. Fabiola, tengo que hablar contigo lo antes posible, es de... de... —Se interrumpió, parecía que hubiera perdido el hilo de lo que estaba diciendo—. De importancia capital.

—Por supuesto. Miraré mi agenda y te haré un hueco. ¿Se trata de algo relacionado con tu libro? Me encantaría ayudarte con eso.

—¿Qué...? No, no. El libro ya no es importante. Es sobre Enric. Tiene que ver con la muerte de Enric. —Alfredo tomó ambas manos de Fabiola y la miró con expresión ansiosa, casi enajenada—. ¡Yo sé quién lo mató!

La revelación de Alfredo provocó un silencio denso. Fue Fabiola quien lo rompió:

—Bien... Eso es... importante, sin duda. Tal vez deberías decírselo a la policía.

—Imposible. Ellos no... no entenderían, no me creerían... Pero es la verdad, sé que es la verdad. Tú debes escucharme.

—De acuerdo —intervino Roberto—. Entonces dinos, ¿quién lo mató?

—Aquí no. Es complicado... Complicado... Es complicado... —se encasquilló en la misma palabra unas cuantas veces—. Requiere tiempo. Debo enseñarte cosas, Fabiola. Documentos, libros, testimonios... De lo contrario, tú tampoco me creerías. Y Guillermo. Debes... debes conocer a Guillermo Argán. Es mi... asistente. Él puede, es el único que puede... Él puede detenerlo. Cuando todo haya empezado... Debes entender. Ya sucedió antes y se repite ahora. Morirá gente, ¡mucha gente! Esto es sólo el principio. Si me dejaras explicarte, Fabiola... ¡Es necesario que sepas lo que va a ocurrir antes de que sea tarde, aún podemos impedirlo!

El nerviosismo de Alfredo fue en aumento hasta que sus palabras se convirtieron en un torrente de expresiones inconexas. A Fabiola le resultó penoso verlo así.

—Tranquilo, Alfredo... Hablaremos, ¿de acuerdo? Te llamaré mañana y concertaremos una cita.

—¿Mañana...?

—Sí, te lo prometo. Ahora vete a casa y descansa un poco, te lo ruego.

—Mañana, sí... Mañana, pues... Mañana... Ojalá no sea tarde... Mañana...

El catedrático se alejó trastabillando de vez en cuando mientras musitaba palabras al aire.

—*Poor fellow*... ¿Por qué no le has dejado que se explique? Te aseguro que Alfredo Belman nunca fue tan interesante, créeme: asistí a muchas de sus conferencias.

—No bromees, Roberto. No es oportuno —le reconvino Fabiola. Luego movió la cabeza con un gesto de desolación—. Qué triste... Era un catedrático brillante, y un gran investigador. Ahora me explico por qué dejó la Fundación Amigos del Museo, debe de sufrir algún tipo de demencia senil. Espero que tenga a alguien que cuide de él.

—Oh, sí. Tiene a un asistente... ¿De veras vas a citarte con ese hombre mañana? Si es así, te aseguro que me encantaría presenciarlo.

—Siento decirte que no tengo esa intención. Sólo se lo he dicho para que se fuera sin armar escándalo... Me apena encontrarlo así. —Señaló con un discreto gesto a los periodistas que rodeaban la entrada del crematorio—. Espero que nadie de la prensa lo haya visto comportarse como un lunático.

Poco después, alguien sacaba las cenizas de Enric Sert dentro de una urna. Los periodistas la rodearon y empezaron a tirar fotos.

Para entonces, Roberto ya estaba en el ángulo más propicio para ser captado por la mayoría de las cámaras.

9

En el interior de su despacho, Alfredo Belman observaba caer la lluvia al otro lado de la ventana.

Era incapaz de recordar cuándo fue la última vez que en Madrid brilló el sol. También había empezado a olvidar otras cosas, como su número de teléfono, el piso en el que vivía o los nombres de sus amigos y conocidos. Podría haber ido a un especialista para hablarle de esos lapsus de memoria, pero no era necesario. Él sabía lo que le estaba pasando.

Se estaba volviendo loco.

Su locura no tenía un origen neuronal. Podía sentirla palpitando como algo vivo en el interior de su cráneo, creciendo como un tumor, pero no era eso. Era algo más oscuro, algo que venía del alma.

—Así castigará Jehová a los impíos: con locura, ceguera y turbación de espíritu —murmuró al aire.

Turbación de espíritu... De eso se trataba.

Empezó cuando investigaba para su libro, su historia del Edificio Villanueva del Prado. Alfredo nunca pensó que acabaría encontrando algo mucho más tenebroso de lo que esperaba.

El Arte Verdadero... El infinito en los espejos... El Inquisidor de Colores...

El Rey En Mil Pedazos.

Las señales estaban claras. Alfredo creía haberlas interpretado: signos de terror y de muerte. Si tan sólo tuviera tiempo de evitar el desastre antes de que la locura lo derrotase... Por desgracia, su lucidez se agotaba como una llama sin oxígeno, y aún quedaban tantos cabos por atar... Muchas de las señales seguían sin estar del todo claras.

Alfredo había intentado prevenir a Fabiola el día anterior, durante el entierro de Enric. Era importante que ella supiera la verdad, pero fue incapaz de articular las palabras adecuadas. El enemigo que devoraba su cordura lo hizo parecer un desequilibrado. Ni Fabiola ni Roberto lo habían tomado en serio, Alfredo aún no estaba tan ido como para no darse cuenta.

Ella le dijo que le llamaría. No lo hizo. No lo haría jamás.

No obstante, Alfredo aún mantenía algo de esperanza. Apenas se había separado del teléfono en las últimas veinticuatro horas.

El catedrático vivía en el último piso de un edificio decimonónico del paseo de las Delicias. Lo heredó de su padre, que fue ministro en tiempos de Franco. La casa era muy grande. Sus únicos vecinos de planta eran un despacho de abogados y una vivienda que se alquilaba para fines turísticos. Llevaba vacía varias semanas, aunque últimamente Alfredo habría jurado que escuchaba ruidos al otro lado de las paredes en mitad de la noche.

El catedrático apoyó la frente en el cristal de la ventana, como si buscara su frío tacto para calmar una fiebre. Varios pisos más abajo, la calle estaba casi vacía. Tan sólo algún peatón cubierto con un paraguas la atravesaba con paso acelerado.

En el edificio de enfrente, junto al portal, había una figura de pie bajo la lluvia. Llevaba una túnica verdosa y ocultaba el rostro tras una máscara negra carente de expresión. Sus ojos vacíos estaban fijos en la ventana del piso de Alfredo, como si vigilase.

El catedrático sintió un escalofrío.

—No me asustas, heraldo —murmuró entre dientes—. Aunque ocultes tu rostro, sé quién te envía, y tampoco a él le temo.

Un trueno hizo retumbar los cristales del ventanal del despacho. La lluvia se transformaba en tormenta.

Alfredo se dio cuenta de que la habitación estaba casi en penumbras, aunque apenas era mediodía. Se acercó a su escritorio y encendió una pequeña lámpara de mesa. Las manos le temblaban.

Sonó el teléfono.

El catedrático se abalanzó sobre el aparato como si temiera que el timbre despertase a los muertos. Al descolgarlo, tuvo la esperanza de que Fabiola hubiera decidido darle una oportunidad, después de todo.

—¿Señor Belman? —preguntó una voz masculina al otro lado de la línea—. Soy Iván García, del Archivo General de Simancas.

Le costó ubicar al interlocutor en su memoria. Cuando lo hizo, su corazón se aceleró.

—Sí, sí..., esperaba su llamada... ¿Lo... lo ha encontrado?

—En efecto, pero me ha costado lo mío. Ese legajo estaba bien escondido.

—¿Está seguro de que es el documento que estoy buscando?

—Del todo: un informe inquisitorial escrito por fray Belarmino Ruiz y remitido al obispo de Tarazona, sobre una serie de muertes ocurridas en Madrid. La fecha es de 1820.

—¿Lo tiene? ¿Puede enviármelo?

—Sí, tengo su copia, tal y como acordamos, pero me temo que tendrá que recogerla en persona, usted o alguien autorizado. Nuestras ordenanzas...

—Entendido. Mandaré a alguien de inmediato.

Alfredo colgó el teléfono.

Redactó apresuradamente un documento de autorización en su ordenador, lo imprimió y lo firmó. Después salió del despacho y atravesó un largo pasillo hasta el otro extremo de la casa. Allí estaba la biblioteca. El catedrático había heredado de su padre y de su abuelo una inmensa colección de libros que abarcaba varios miles de volúmenes. Eran tantos que, cada cierto tiempo, Alfredo se veía en la necesidad de contratar a alguien para que pusiera al día el archivo en el que estaban registrados.

Últimamente era Guillermo quien se encargaba de esa tarea, reordenando los libros y chequeando que las referencias del archivo no estuvieran incompletas. Disfrutaba mucho de esa actividad, aunque sus avances eran lentos. Guillermo a menudo interrumpía el trabajo cuando encontraba un libro de su interés, entonces se acomodaba en cualquier parte, a veces incluso en el suelo, y se ponía a leer durante horas.

El catedrático lo sorprendió en medio de una de aquellas pausas: estaba sentado en los peldaños de una escalera plegable con un grueso volumen abierto sobre sus rodillas. Cuando Alfredo entró, el joven dio un respingo y el libro se le cayó al suelo. Era una edición de la *Iconología* de Cesare Ripa, un tratado sobre símbolos y alegorías artísticas escrito en el siglo XVI.

—¡Perdón! Estoy trabajando, lo juro, estoy trabajando.

—Deja eso ahora. Necesito que te pongas con una labor más importante.

Guillermo se bajó de la escalera con un brinco. Vestía, como siempre, su conjunto de sudadera, camisa, pantalones vaqueros y corbata al cuello; la que llevaba aquel día estaba adornada con jeroglíficos egipcios. Alfredo se preguntaba de dónde las sacaba, nunca le había visto repetir ninguna.

Salvo la de los patos. Ésa sí la llevaba a menudo.

—Por supuesto, ¿en qué puedo ayudar?

—Tienes que ir a Simancas, al Archivo General. Pregunta por un tal García, Iván García. Muéstrale mi carnet y esta autorización, él te dará la copia de un documento que debes traerme de inmediato.

—¿Quiere que me marche ahora mismo?

—Sí. No puede esperar, es urgente.

—Vale, pero... ¿cómo hago para llegar hasta ese sitio?

Guillermo no sabía conducir.

Alfredo le dio algo de dinero.

—Ten. Coge un autobús. Estarás allí en unas tres horas. Cuando hayas terminado, toma el primer transporte que regrese a Madrid, sea el que sea. Es muy importante que tenga ese documento hoy mismo.

—De acuerdo. —Guillermo miró el ejemplar de la *Iconología* con aire culpable—. Esto... ¿puedo llevarme el libro, por favor? Para entretenerme durante el viaje.

—Sí, toma. Pero tampoco estaría de más que te sacaras el permiso de conducir de una vez por todas.

—Bueno... En la entrevista usted nunca mencionó que fuera un requisito indispensable.

—¿Qué entrevista?

—La que me hizo para este puesto, cuando nos conocimos.

El catedrático le miró de forma extraña.

—Guillermo, ¿cuándo nos conocimos tú y yo?

El joven respondió con tono de paciencia, como si últimamente se hubiera acostumbrado a cubrir los lapsus de memoria de su patrón.

—A finales de verano. Usted puso un anuncio solicitando un asistente para ordenar sus libros y yo respondí, ¿lo recuerda? Me entrevistó aquí mismo, en esta biblioteca.

—Sí, ya veo...

—¿Hay algún problema, profesor? Le noto preocupado.

—No, no; todo va bien... Ahora será mejor que te marches, de lo contrario perderás el próximo autobús.

Guillermo se marchó con rauda diligencia.

Alfredo salió de la biblioteca y recorrió la casa encendiendo cuantas luces encontró por el camino. Hacía tiempo que había aprendido a temer a la oscuridad cuando estaba a solas. Las tinieblas esconden miradas.

Regresó a su despacho y cerró la puerta. Antes de volver a sentarse frente al teléfono, se asomó a la ventana. El enmascarado ya no estaba. Quizá nunca lo estuvo en realidad y todo había sido un engaño de su mente.

Al tomar asiento, el catedrático aún barruntaba la respuesta de Guillermo sobre el día en que se conocieron. La versión breve del anuncio en la universidad era su explicación recurrente, aunque en ocasiones la alternaba con otras más elaboradas, como la del amigo común que los presentó o el (inexistente) seminario sobre arquitectura donde coincidieron. A veces Guillermo combinaba unas versiones con otras.

Lo que nunca respondía era la verdad.

Alfredo estaba acostumbrado. Ya le dijeron que eso podía

ocurrir, que las personas en la situación de Guillermo a veces bloquean recuerdos de su pasado como mecanismo de protección. Se suponía que tarde o temprano el joven dejaría de hacerlo, pero Alfredo no podía esperar más tiempo. Era imprescindible que Guillermo recuperase la memoria, la vida de muchas personas dependía de ello.

—Por favor, ilumínalo, no permitas que lo arrastre conmigo a la locura... —murmuró el catedrático. Sonaba como una plegaria, pero no estaba seguro de a quién iba dirigida.

Alfredo llevaba una pequeña llave colgada del bolsillo. La utilizó para abrir el último cajón de su escritorio y de allí extrajo un libro. El título era *Sobre el Arte Verdadero*; su autor, Georgios Gemistos «Pletón», un filósofo griego muerto en 1452.

El catedrático abrió el volumen por una página al azar y comenzó a leer el primer párrafo:

> Entendemos que, como dijo Platón, la naturaleza es un reflejo de la divinidad. Así mismo, hemos demostrado que el Arte es un reflejo de la naturaleza, por lo cual el Arte refleja a su vez a la divinidad. El Arte es un espejo de lo Verdadero.
>
> Este juego de reflejos puede potenciarse y permitirnos alcanzar altos grados de iluminación. ¿Pues acaso no ocurre que cuando confrontamos dos espejos observamos una imagen repetida innumerables veces? Se nos muestra, en esencia, un atisbo del infinito.
>
> Si el Arte es un espejo, confrontarlo con otro idéntico nos mostrará a su vez el infinito, que es lo divino en la medida en que resulta eterno.

Pasaron minutos, horas. El catedrático siguió leyendo y tomando notas referidas al texto, que ya se conocía prácticamente de memoria. Desde que el libro llegó a sus manos no había dejado de leerlo una y otra vez, de manera obsesiva. La poca luz que entraba por la ventana fue apagándose hasta morir. En la mente de Alfredo, un hombre cuerdo y débil se ahogaba en un mar delirante.

Un ruido lo sacó de su ensimismamiento. Un fuerte golpe

sonó en una de las paredes del despacho. Venía del piso vecino, el que llevaba semanas vacío.

El sonido se repitió. Una vez. Dos. Tres... Los impactos se multiplicaron como puñetazos contra el muro. Alfredo se cubrió la cabeza con las manos y en su rostro se dibujó un rictus de desesperación.

—No, otra vez no, por favor... ¡Marchaos! —gritó al aire—. ¡Dejadme en paz!

Los golpes cesaron.

De pronto la luz se esfumó con un chasquido. Toda la casa quedó a oscuras.

Alfredo empezó a sudar. Su corazón palpitaba con tanta fuerza que le resultó doloroso. Se llevó la mano al pecho.

Otro sonido. La puerta del recibidor abriéndose, lentamente.

—¿Guillermo? ¿Eres tú?

No hubo respuesta. Sólo el sonido de la lluvia tras la ventana.

Alfredo se levantó. Recorrió el despacho tanteando entre sombras, con la ayuda de la luz enfermiza de las farolas de la calle. Alcanzó la puerta y la abrió. Se asomó al pasillo.

Sus ojos se encontraron con una tiniebla cavernosa. El pasillo parecía prolongarse de manera antinatural y, al otro extremo, Alfredo vio una figura envuelta en sombras.

El catedrático quedó paralizado por un terror primitivo.

La silueta caminó hacia él lentamente, haciendo crujir las maderas del parquet con un sonido como de huesos rotos. No era una visión, sino algo corpóreo, real; y avanzaba implacable como una sentencia.

—Márchate... —dijo Alfredo, con un hilo de voz—. Regresa al infinito, criatura. No te tengo miedo, sólo estás en mi cabeza.

La figura se abalanzó sobre él. Alfredo sintió como si algo lo cegara, al tiempo que una fuerza violenta lo arrojaba al suelo y le impedía moverse. Notó algo afilado en su frente sajando piel y músculo, arañando el hueso del cráneo. La sangre empezó a derramarse por su rostro.

Alfredo gritó y, a partir de ese momento, sólo experimentó dolor.

Cerca de la medianoche, Guillermo entró en el piso del profesor Belman. Abrió con su propia llave. En la mano llevaba un sobre marrón, dentro estaba el documento que el catedrático le había pedido que recogiera en Simancas.

Al entrar, encontró la casa oscura como una cueva. Accionó el interruptor de la luz sin resultado. Parecía que había ocurrido un apagón. Con ayuda de la pantalla de su teléfono, inspeccionó el cuadro eléctrico de la entrada y observó que el diferencial general estaba desconectado.

Guillermo se quedó inmóvil. Percibía en el aire que algo no iba bien.

Activó el botón del diferencial y un chorro de luz inundó el piso.

—¿Hola? —preguntó, elevando la voz—. Profesor, ¿está usted en casa?

No hubo respuesta.

La puerta del despacho estaba entreabierta, de allí emanaba un olor extraño y desagradable. El joven se dirigió hacia el lugar con paso trémulo y se asomó al interior. Lo que encontró fue una estampa dantesca.

El cadáver de Belman estaba sentado a la mesa de su despacho. Un velo de sangre le cubría el rostro y el pecho. Su frente estaba mutilada por una serie de tajos brutales, algunos tan violentos que permitían ver el hueso del cráneo. Los cortes formaban una palabra grabada a cuchillo.

IMITATIO.

La misma sangre que brotaba de las heridas empapaba una mordaza que cubría la boca de Belman. A Guillermo se le ocurrió la espantosa idea de que el profesor quizá pudo saborear su propia sangre antes de morir. Alrededor de su cuello se veía una apretada cadena de la que colgaba una máscara veneciana, también cubierta de manchas rojas.

La cadena presionaba el cuello hasta el punto de encajarse en la carne, y la piel de alrededor lucía un aspecto de abrasión.

131

Aquello podía indicar una muerte por estrangulamiento. Las cejas del cadáver se alzaban como si la asfixia le hubiera provocado más pasmo que dolor.

Belman sostenía en la mano un pincel manchado de rojo. Era tal vez el mismo instrumento con el que alguien, la víctima o el asesino, había dibujado un símbolo sobre la superficie del escritorio.

Guillermo salió corriendo del piso y llamó a la policía.

10

Alrededor de Judith, los visitantes del museo deambulaban hablando entre ellos en voz queda. Cuando la sala quedó vacía, escuchó la voz de Petru a su espalda.

—¿Cómo vas, Rembrandt? —En algún momento habían empezado a llamarse por los nombres de los pintores que estaban copiando.

—Mejor que nunca, Steenwijck. ¿Y tú?

—Bien. Voy a machacarte.

—Hoy no, chico, hoy no... —musitaba ella, sin dejar de trabajar, y le escuchaba reír por encima del hombro.

Tras horas peleándose con el lienzo, Judith empezó a obtener un resultado más o menos satisfactorio. Lo malo era que necesitaba un paño limpio para poder continuar. Según las normas para los copistas, si quería enjuagar alguno de los suyos tendría que hacerlo fuera del recinto del museo. No tenían permitido utilizar los baños de los visitantes para limpiar su material.

—Eh, Steenwijck, ¿no tendrás algún trapo para prestarme?

—No, todos están llenos de mugre. ¿Por qué no le preguntas a Felix o a Cynthia? Me pareció que llevaban encima un montón de bártulos, seguro que han venido preparados con toda clase de repuestos.

Cynthia estaba en la planta 0, copiando el *Saturno* de Goya en la sala de las Pinturas Negras. Felix en cambio se encontraba más a mano, en la planta 1, así que Judith decidió ir en su busca. No estaba segura de dónde exactamente estaba colgado el *Ixión*, la obra que reproducía el alemán, así que, tras recorrer varias veces una sala llena de agotadores cuadros barrocos franceses, optó por preguntar su ubicación al primer trabajador del museo que encontró. Fue entonces cuando se llevó una sorpresa.

—¿Charli? ¿Eres tú?

El anterior vigilante de seguridad del Starbucks, el mismo que la invitaba a cafés en tiempos de necesidad, le regaló ahora una enorme sonrisa al verla.

—¡Judith! Vaya, me alegro un montón de verte.

—No me digas que éste era tu nuevo destino, ese sitio mejor pagado donde necesitaban a alguien con mucha experiencia.

El chico abombó el pecho, con orgullo.

—Exacto, ¿qué te parece? Es chulo, ¿verdad? Mucho más que aquella cafetería pretenciosa de mala muerte.

Parecía que el museo le sentaba bien a Charli. Incluso había aprendido a utilizar de forma más o menos correcta términos como «pretencioso».

—Me alegro por ti, ¿estás contento?

—¡Ni te imaginas! El ambiente es estupendo, aprendo un montón de cosas y pagan bien. —El vigilante bajó la voz—. Mi nuevo jefe es un poco capullo, pero puedo soportarlo. ¿Y tú qué haces aquí? ¿Estás de visita?

Judith se lo explicó.

—Seguro que ganas esa beca —le dijo Charli—. Eres la mejor pintora que conozco, ¿te acuerdas de esto?

El joven se remangó la camisa con discreción, mostrando un tatuaje en el brazo que representaba la cara de una especie de diablillo. El diseño lo había hecho Judith. Unos meses atrás, Charli le pidió que le dibujara algo para un nuevo tatuaje, quería que fuese exclusivo y de calidad, algo, según dijo, que no llevara cualquier niñato sólo porque un futbolista lo había puesto de moda. Judith se inspiró en una máscara de sátiro de los Museos Capitolinos de Roma. La vio en una fotografía y se le ocurrió pensar que era la clase de imagen que a Charli le gustaría lucir en el bíceps. No se equivocó: a él le había entusiasmado.

—Genial, Charli. Me alegra ver que aún luce buen aspecto.

—Oye, tengo mi descanso dentro de un rato, ¿te apetece que nos fumemos un cigarrillo juntos, como en los viejos tiempos?

—No lo sé... Me da pereza salir a la calle, hoy llueve bastante, para variar.

—Eso no será problema. Conozco un par de rincones discretos aquí dentro, ya me entiendes... —dijo el vigilante, con aire furtivo—. Ven a buscarme en un par de horas.

Judith le prometió que lo haría. Tras preguntarle cómo llegar a la sala del *Ixión*, dejó que siguiera con su trabajo.

El cuadro que Felix Boldt reproducía estaba en la impresionante rotonda jónica del ala norte del Edificio Villanueva. Era un espacio delimitado por un entablamento apoyado en ocho columnas clásicas, bajo una bóveda de casetones. En el centro se hallaba el bronce de Leoni *Carlos V y el Furor*, que parecía proteger de los malos espíritus a los visitantes que deambulaban a su alrededor.

El *Ixión* de José de Ribera colgaba en un muro a la izquierda de la estatua del emperador. El lienzo, inmenso, de alrededor de dos metros de altura y tres de ancho, pertenecía a una serie que Ribera pintó para el Palacio del Buen Retiro en el siglo XVII y cuya temática era el castigo y tortura de los gigantes Ticio, Tántalo, Sísifo e Ixión.

A Judith no le apasionaba el estilo de Ribera, siempre le pareció un artista cruel pintando el desnudo: lo reflejaba carnoso, rudo, vulnerable... Judith reconocía en el pintor la capacidad de retratar el cuerpo humano no como lo veían los escultores clásicos, algo fruto de un gimnasio, sino como un material caduco, anunciando su inevitable deterioro y mortalidad.

Su Ixión era una buena muestra de ello. Ixión, el padre de los centauros, fue castigado por Júpiter por culpa de un ataque de cuernos: el gigante tuvo la mala idea de querer acostarse con Juno, la esposa del dios. Su condena consistió en pasarse la eternidad atado a una rueda que no cesaba de girar. Ribera representaba al gigante de forma brutal: un hombre desnudo encadenado al suplicio, en un violento escorzo invertido. Su cuerpo era una fuerza sometida a punto de desplomarse sobre el espectador. El dolor lo marcaban las sombras, pues toda la escena estaba oculta en tinieblas, siendo el único foco de luz la carne torturada del cautivo.

En una esquina inferior del cuadro se vislumbraba el rostro maléfico del verdugo, un diablillo cruel que accionaba el instrumento de tortura. Su rostro estaba desencajado pues, al fin y al cabo, él mismo era preso del castigo del gigante, ya que su destino era hacer girar la rueda de su martirio durante toda la eternidad.

Era una escena mórbida, violenta y descarnada. Una pesadilla entre sombras. Judith no podía explicarse cómo alguien podía ver atractiva una pintura que parecía la consecuencia de una mala resaca.

No le extrañaba que Felix Boldt hubiera escogido copiar el *Ixión*. La imagen de un tipo encadenado a una rueda sonaba a la clase de perversión decadente que podría atraer a un alemán aficionado a vestir con viejas trencas de soldado. Después de dos jornadas relacionándose con sus rivales de la beca, Judith había descubierto que Felix era un tipo muy original. También bastante hosco, apenas se relacionaba con nadie salvo con Isabel. A veces los veía comer juntos en la cafetería del museo. A Judith le parecía una relación cuando menos sorprendente: Isabel era una mujer dulce y sosegada, un punto excéntrica, pero siempre amable con todo el mundo. Era, en resumen, todo lo contrario a Felix.

Judith no vio al alemán por ninguna parte, aunque su caballete estaba frente al lienzo, mostrando un boceto muy avanzado. Felix era un extraordinario dibujante.

Supuso que se estaría tomando un descanso. Curioseó un poco entre sus cosas pero no encontró ningún paño limpio que pudiera «tomar prestado», así que dio una vuelta por las salas aledañas buscando a Felix, sin éxito. Regresó después a la rotonda y vio a Cynthia deambulando alrededor del lienzo del alemán con pasos gatunos.

La italiana dirigió un par de miradas furtivas a su espalda.

Acto seguido, rebuscó entre las cosas de Felix hasta encontrar unos pinceles.

Los partió en dos, con un gesto sorprendentemente fuerte para su escaso tamaño, y guardó los pedazos donde estaban.

—¿Qué diablos...? —dijo Judith para sí.

Se quedó un instante parada tras la estatua de Leoni sin saber cómo interpretar lo que había visto. ¿Había saboteado Cynthia a un competidor?

No quería estar cerca cuando Felix regresase y descubriera sus pinceles rotos. Se iba a poner furioso, y no sería agradable de presenciar, así que Judith regresó a la planta 2 para seguir trabajando en su copia.

Prefirió no contarle a Petru lo que acababa de presenciar. No quería contribuir a sembrar cizaña y las intrigas le daban mucha pereza. Decidió que lo más juicioso sería actuar de frente y pedirle explicaciones a Cynthia en privado cuando tuviera ocasión, quizá todo había sido un malentendido.

Durante las siguientes dos horas, Judith se esforzó por concentrarse en su copia sin distraerse con otros detalles. Al cabo de un rato tuvo la necesidad de fumar. Cuando pintaba en su estudio solía hacerlo con un cigarrillo colgándole de los labios, eso le ayudaba a concentrarse y ahora lo echaba en falta.

Pensando en la oferta de Charli, regresó a la planta 1 en busca del vigilante de seguridad. Lo encontró en el mismo sitio donde lo había dejado.

—¿Cómo vas, Charli? ¿Sigue en pie lo de compartir ese descanso para fumar?

—Por supuesto. En cuanto venga te llevaré a mi escondite secreto.

El vigilante condujo a Judith hacia el ala sur de la planta. Parte de las salas de aquella zona estaban cerradas al público a causa de una reordenación de los cuadros. Charli se metió por una puerta que daba a una pequeña galería de paredes desnudas, con aspecto de estar en obras.

—Intenta que tu identificación se vea bien —indicó a Judith—. Que parezca que eres alguien que trabaja aquí.

—¿No te meterás en problemas?

—Qué va. Paso por este lugar decenas de veces, y a estas horas no habrá casi nadie.

Charli se dirigió hacia un montacargas disimulado en una de las paredes. A Judith le pareció asombroso, como descubrir una entrada secreta.

—Hay elevadores como éste escondidos por todo el edificio —explicó su amigo—. La mayoría de los visitantes pasan por delante de ellos sin darse cuenta. Comunican con los almacenes del sótano y sirven para subir y bajar cuadros de las salas.

—¿Vamos a bajar a los almacenes? ¡Es fantástico!

—Sabía que te iba a gustar. Pero no se lo cuentes a nadie; si nos descubren, se me va a caer el pelo.

El montacargas bajó hasta un sótano que se dividía en múltiples pasillos y recodos. Por todas partes había estanterías de metal desvencijadas, la mayor parte vacías. En el suelo, apoyados contra las paredes, se veían decenas de cuadros cubiertos de polvo. Algunos estaban tan deteriorados que apenas podían distinguirse las pinturas. Judith curioseó fascinada entre los lienzos. La mayoría eran paisajes románticos y escenas religiosas. Ninguno de ellos le pareció especialmente valioso salvo uno que representaba la fachada de una catedral y le recordó vagamente al estilo de Pérez Villaamil.

—Charli, ¿qué sitio es éste?

—¿Esto? No sé, un almacén. Los hay a patadas en el museo.

—Pero todos estos cuadros por los suelos... Yo pensaba que los almacenes del Prado eran lugares más ordenados.

—Sí, claro, de ésos también hay. Muy modernos, con peines y tal. Pero otros son como éste: trasteros de los que casi nadie se acuerda. Una chica que trabaja en Conservación me dijo una vez que en el museo no sólo hay obras maestras, que también hay mucha mierda. Supongo, no sé... Supongo que en los últimos dos siglos la han ido acumulando por aquí de cualquier manera.

El chico se sentó sobre una caja de madera y comenzó a liarse un cigarrillo. Mientras tanto, Judith seguía inspeccionando las pinturas.

—Es una lástima. Hay algunas echadas a perder.

—Ten cuidado al mover los marcos, he visto salir ratas de entre ellos un par de veces.

—Qué asco...

—Bueno, es normal. Este sitio tiene muchos años... ¿Sabes qué? Una vez me contaron que en un museo de Londres incluso encontraron una serpiente viva, ¿no es alucinante?

—¿Cómo descubriste este sitio?

—Por casualidad: una vez tuve que bajar a buscar a mi jefe a un almacén y me perdí. Los compañeros me han dicho que es normal, que a los nuevos a veces les pasa porque los sótanos son muy grandes.

Judith miró a su alrededor.

—El lugar es un poco inquietante... ¿No te da reparo estar aquí a solas?

—No, pero la primera vez me llevé un susto de muerte.

—¿Por qué?

—Escucha.

Charli dejó de hablar. Se hizo el silencio en la galería y, de pronto, Judith oyó un sonido que se filtraba por las paredes. Era como una respiración.

Resultaba escalofriante.

—¿Qué diablos es eso? —preguntó—. ¿Fantasmas?

—No, es agua. Aquí antes había un río, o eso es lo que me han dicho. Recorría todo el paseo del Prado justo por donde estamos ahora. Siguen existiendo acuíferos y corrientes que aumentan de intensidad cuando llueve mucho, como está ocurriendo estos días.

—Ya decía yo que olía a humedad.

—Se rumorea que los jefazos del museo están algo nerviosos por el tema de las lluvias, temen que si sigue diluviando de esta manera salgan grietas en las paredes o algo parecido. Por lo visto, los cimientos son una mierda porque el arquitecto que levantó el museo en el año no sé cuántos no drenó el río sino que se limitó a construir encima, y eso es un problema.

Mientras Charli hablaba, Judith se atrevió a curiosear un poco más entre los cuadros amontonados. Le llamó la atención una copia de la *Inmaculada de los Venerables* de Murillo, bastante mala. El lienzo estaba abombado por la humedad.

Al moverlo para ver la pintura que había detrás, Judith dejó escapar una exclamación. Allí había varias ratas muertas, al menos cinco o seis, con las vísceras al aire e infestadas de pequeños gusanos blancos que se daban un banquete con los restos.

—¿Qué ocurre? —preguntó Charli.

—Tenías razón, hay ratas.

El vigilante frunció el ceño.

—Qué raro... Están muertas.

—¿Y eso es extraño?

—Suelo encontrarlas vivas.

—Éstas se habrán topado con un gato hambriento.

—Aquí no hay gatos; además, fíjate: las han abierto en canal y están amontonadas, como si las hubieran querido esconder.

Charli se inclinó para inspeccionarlas más de cerca. Al hacerlo, empujó sin querer un lienzo que cayó al suelo, levantando una nube de polvo. Eso dejó al descubierto una bolsa de plástico con las asas anudadas que estaba oculta tras el cuadro.

—¿Qué diablos es esto?

—No lo toques, Charli. No creo que sea buena idea.

El vigilante hizo caso omiso. Con cuidado, abrió la bolsa para ver lo que había en su interior. Eran más ratas muertas.

—Pero ¿qué cojones...? ¡Esto no puede haberlo hecho ningún gato! Maldita sea, voy a tener que dar parte de esto. Alguien está utilizando este sótano como basurero.

—Si fuera sólo basura no me parecería tan inquietante. Yo que tú, evitaría seguir bajando a este lugar a no ser que quieras encontrarte con el tipo que colecciona ratas muertas.

—Larguémonos.

Regresaron al montacargas en silencio. El eco de sus pasos resonaba sobre la respiración fantasmal de los acuíferos subterráneos.

—Lo siento —dijo el vigilante—. Quería enseñarte algo bonito y la he fastidiado.

—No digas tonterías, Charli, no ha sido culpa tuya; y el lugar me estaba pareciendo fascinante hasta que hemos encontrado la despensa del conde Drácula.

El chico sonrió agradecido.

—Aun así, te lo voy a compensar. Ven, sígueme. Te voy a llevar a un sitio que te encantará, ya lo verás.

El vigilante guio a Judith a través de una serie de corredores que tenían un aspecto mucho más pulcro, aunque también parecían bastante antiguos. Se detuvo en una especie de distribuidor abovedado en cuyos muros había estanterías conteniendo esculturas, la mayoría eran bustos de expresión solemne.

—Lo reconozco: este lugar me gusta mucho más. ¿Qué es?

—Otro almacén, me lo enseñaron en mi primer día. Las estatuas que hay aquí no son muy antiguas, pero al parecer son buenas copias de otras que sí lo son y por eso este lugar lo tienen más cuidado. Incluso hay cámaras de seguridad.

—¿Pueden vernos ahora?

—Tranquila, estamos en un punto ciego —respondió Charli, con expresión astuta—. Pero será mejor que no avancemos más. Justo al otro lado de ese pasillo hay un almacén que está muy vigilado. —El chico hizo una pausa y se quedó mirando hacia el fondo de un corredor iluminado por tubos de neón, de aspecto un tanto fantasmagórico—. No me gusta mucho ese lugar... —dijo, más bien para sí.

—¿Por qué motivo?

Charli se encogió de hombros. Parecía que la pregunta lo incomodaba.

—No sé... No me gusta, eso es todo.

—¿Qué guarda allí el museo que requiera tantas medidas de seguridad?

—Una estatua. Algo que trajeron de Hungría. Yo no la he visto, pero dicen que es una obra muy importante. En mi primer día tuve que hacer un turno nocturno vigilando ese pasillo, donde está el almacén en el que la guardan. Esa noche...

El joven se quedó callado.

—¿Sí? ¿Qué sucedió?

—Nada. Sólo que... —Charli parecía dudar si seguir hablando o no. Finalmente negó con la cabeza—. Digamos que me alegré bastante cuando vinieron a relevarme.

El vigilante echó un vistazo a su reloj y comentó que su tiempo de descanso estaba a punto de terminar, debía volver a su puesto.

Judith y Charli abandonaron el almacén de las estatuas, dejándolas a solas en su silencio de piedra.

11

A Charli le gustaba su nuevo trabajo en el museo, no mintió cuando se lo dijo a Judith. Tampoco mintió al asegurar que su jefe le parecía un capullo. Por suerte, eran pocas las veces que Charli tenía que vérselas con él.

Manuel Rojas era un individuo tosco. Su forma era tosca, como un bloque de piedra sin devastar. Su voz era tosca, y su mente era tosca.

El jefe de Seguridad del museo venía de la Policía Nacional; de hecho, seguía siendo agente de la ley, aunque en excedencia. Ahora trabajaba coordinando los efectivos de vigilancia de la empresa subcontratada por el Prado. Allí nadie le tenía simpatía, se había creado fama de incompetente.

A Charli le caía mal porque le molestaban los tipos de grito fácil. Su padre, en casa, también vociferaba un montón por cualquier tontería.

—¡Ratas muertas! —dijo el jefe de Seguridad. Estaba sentado tras la mesa de su oficina del museo, llevando su traje arrugado y brillante en los codos. Charli, de pie frente a él, asintió sin abrir la boca—. ¿Y qué coño hacían ahí todas esas ratas muertas?

—No lo sé, pero creí que debía informar sobre ello.

El jefe se rascó su mejilla mal afeitada.

—Sí. Bien, vale... Vamos a mirar de qué va todo eso, aunque

probablemente no sea nada importante. Esos sótanos deben de estar llenos de bichos.

—Estaban metidas dentro de una bolsa, como si alguien las hubiera dejado ahí a propósito. Me pareció raro.

—¿Y qué hacías tú por esa zona, si puede saberse?

Charli se inventó una excusa más o menos plausible que a Rojas pareció satisfacerle, aunque no pudo librarse de una reprimenda.

—La próxima vez piénsatelo dos veces antes de andar dando vueltas por los sótanos —le dijo el jefe—. Más te vale metértelo bien en la cabeza, chaval. Siempre tengo alguna bronca con los nuevos por ese motivo. No quiero volver a verte por allí sin permiso, ¿te ha quedado claro? De momento lo dejaré en un simple aviso, pero la próxima vez te meteré una sanción.

Rojas lo despidió del despacho. Charli sintió alivio al marcharse, había cumplido con su deber y tan sólo se había llevado un rapapolvo; tratándose de Rojas, podía considerarse afortunado.

El joven se encaminó hacia los vestuarios de los vigilantes de seguridad. Eran casi las seis de la tarde cuando empezó a cambiarse de ropa para ponerse el uniforme. Aquel día Charli tenía turno de noche.

En el vestuario, su jefe de grupo repartió los puestos de vigilancia. A Charli le tocó hacer rondas por la planta baja. Era la segunda noche que hacía ese turno y aún se sentía impresionado al pasar por las salas vacías y apenas iluminadas. Era una sensación extraña la que flotaba en el ambiente cuando el Prado estaba vacío, en la madrugada. El joven sentía como si los cuadros se movieran a su espalda, como si los personajes de los lienzos contuvieran la respiración siempre que él caminaba frente a ellos, esperando a que nadie mirara para alterar la pose en la que estaban cautivos durante el día, frente a los visitantes.

De noche, en la oscuridad, era imposible sentirse solo en el museo. Miles de ojos observaban expectantes. Cada sala contenía fantasmas.

Charli comenzó su ronda en un extremo del ala este, donde se encontraban las obras de maestros como el Bosco, Van der

Weyden, Patinir y otros pintores acostumbrados a llenar sus lienzos de alargados y pálidos seres espectrales, cristos ensangrentados o infiernos poblados por criaturas aberrantes.

Allí era donde estaba la sala 57B.

La 57B era una sala polémica. Poco después de que Enric Sert fuera nombrado director del museo, reorganizó el discurso expositivo de aquella sala de una forma peculiar. En un mismo espacio reunió *El triunfo de la Muerte* de Bruegel el Viejo, la tabla *Cristo presentado al pueblo* de Quinten Massys, *El paso de la laguna Estigia* de Patinir y la copia de *La Giocond*a hecha por el taller de Leonardo. Algunos expertos del Departamento de Conservación opinaron que aquella distribución no tenía sentido, que mezclar en la misma sala *La Gioconda* y Patinir era completamente ilógico; pero Sert se mantuvo firme en su empeño. La sala 57B se cambió de la forma en que él quiso. A sus espaldas, algunos de los conservadores del museo comenzaron a llamar a aquella sala «el Capricho de Sert», o «el Capricho» a secas, y el mote cuajó entre el personal de seguridad.

Luego empezaron a correr rumores. A Charli, sus compañeros le habían asegurado que en la 57B ocurrían fenómenos extraños por las noches: se escuchaban ruidos de pasos, las alarmas se activaban solas y, a veces, hasta se veían extrañas figuras en las cámaras de seguridad.

Cuando los compañeros de Charli le contaban aquellas historias en el vestuario, a él le parecían bromas para asustar a los novatos. Ahora, mientras se dirigía hacia la sala embrujada para empezar su ronda, pensaba en que ojalá aquella noche no le hubiera tocado trabajar.

Por suerte para él, no encontró ningún espíritu cuando entró en la 57B, sólo cuadros inquietantes. El más extraño de ellos, el que le resultaba más fascinante, era *El triunfo de la Muerte* de Bruegel. Aquella noche, y sin ningún motivo, se detuvo un instante a contemplarlo.

La escena era terrible. Un paraje sin vida ni esperanza asaltado por un ejército de muertos vivientes. Esqueletos de histéricas sonrisas que acosaban a una humanidad sin futuro, persiguiéndolos como al ganado en el matadero. Allí, un muerto a caballo segaba vidas con una guadaña; allá, un cadáver a punto de hundirle un hacha en la cabeza a un monje que suplicaba clemencia; al otro lado, dos esqueletos gozaban arrojando a un hombre al fondo de un río donde flotaban cuerpos desnudos e hinchados. En una esquina del cuadro, un guerrero enloquecido por el terror trataba de espantar a los muertos con su espada. Extrañas criaturas reptilianas que no deberían existir sobrevolaban la escena.

Charli no podía dejar de mirarlo. Pensó que era como un apocalipsis zombi.

De pronto, una idea se le vino a la cabeza.

«Aquí fue donde Enric Sert se volvió loco...»

Frente a ese cuadro encontraron al anterior director en una noche como aquélla. Charli conocía la historia porque era el tema favorito en los mentideros de los empleados del museo. Se la contaron en su primer día de trabajo.

Todos decían que Enric Sert actuaba de forma extraña incluso antes del incidente. Los vigilantes de seguridad se habían acostumbrado a verlo deambular a solas por las galerías cuando el museo cerraba sus puertas, a menudo farfullando palabras, como si hablara con los cuadros. Casi siempre culminaba su ronda solitaria en la 57B, en su Capricho.

La noche del incidente, uno de los vigilantes hacía su ronda cuando lo encontró parado frente a *El triunfo de la Muerte*. Lloraba.

El vigilante le preguntó si se encontraba bien.

«Es tarde... Demasiado tarde... Ya viene a por nosotros...»

«El Inquisidor de Colores...»

Fueron las últimas palabras inteligibles que pronunció. Después gritó como un cerdo al que le cortan el cuello y se lanzó sobre los ojos del vigilante como si quisiera arrancárselos con las uñas.

Hicieron falta dos hombres para reducirlo y mantenerlo quieto hasta que llegó una ambulancia. Si se lo llevaron a su casa, a un hospital o a un loquero, eso nadie lo sabía; pero Enric Sert no volvió a aparecer por el museo. Apenas un par de meses después del suceso, lo encontraron descuartizado en su propio dormitorio, alimentando con su carne a un montón de cuervos.

Los empleados del museo tenían claros los hechos: el hombre estaba loco desde hacía tiempo, pero algo vio en *El triunfo de la Muerte* que cortocircuitó para siempre su cerebro.

Con morboso interés, Charli se acercó al cuadro para contemplarlo más de cerca. Muchas de las escenas eran turbadoras, y cuanto más lo miraba, más ganas sentía de alejarse de él.

Pero no lo hacía.

En un remoto rincón de su cabeza, temía que al dar la espalda al cuadro los esqueletos empezaran a moverse, y que escucharía cómo golpeaban con los huesos sus tambores de guerra.

De pronto se oyó un sonido roto.

El joven se sobresaltó. Por un instante su corazón se desbocó hasta que reparó en que el sonido venía de su *walkie-talkie*. Era una llamada de sus compañeros de la consola de vigilancia.

—Charli, estás en la 57B, ¿verdad?

—Sí, sí... Estoy aquí, en el Capricho —respondió el chico, se sentía molesto consigo mismo por que la llamada lo hubiera asustado—. Donde el puñetero cuadro ese de los zombis, ¿qué pasa?

—Oye, necesitamos que bajes a los almacenes de escultura, al número cuatro. Tú eres el que está más cerca del montacargas.

—¿Por qué? ¿Hay algún problema?

—Nada importante, la cámara de videovigilancia parece que se ha colgado. Quédate allí hasta que alguien de mantenimiento le eche un vistazo al circuito, ¿quieres? Ya sabes que tenemos que mantener ese almacén supervisado las veinticuatro horas.

—Vale, voy para allá.

Charli cortó la comunicación y se dirigió hacia los sótanos del museo. El almacén número cuatro era el que le había enseñado a Judith el día anterior, donde estaban todos aquellos bustos sobre baldas. Era un lugar que a Charli no le gustaba, y no se habría acercado por allí de no ser porque quería quedar bien ante su amiga después de la pifia con la bolsa de ratas.

Judith le parecía una mujer muy atractiva. Charli no había dejado de intentar impresionarla desde el día en que la conoció, aunque a su lado se sentía como un gañán. Ella no sólo le parecía más inteligente, sino que también era muchos años mayor que él. Esto último al joven no le importaba demasiado; de hecho, estaba harto de veinteañeras con la cabeza hueca. Él quería una mujer de verdad, alguien como Judith, que pudiera contarle cosas interesantes sobre la vida, cosas de adultos y, ya de paso, enseñarle un par de buenos trucos en la cama; eso tampoco estaría nada mal.

Creyó que llevarla al sótano del museo le haría ganar puntos, y pareció que la cosa estaba yendo bien hasta que encontraron un montón de carroña. Luego Charli tuvo que improvisar y fue cuando se le ocurrió enseñarle el almacén de las estatuas.

¿Habría notado ella su inquietud al acercarse a aquel lugar? ¿Se habría dado cuenta de que las manos le sudaban y de que no dejaba de dirigir miradas de reojo al acceso del almacén número cuatro? El joven esperaba que no. A las mujeres de verdad no les gustan los hombres cobardes, y menos los que se asustan por bobadas.

Porque allí abajo no había nada de lo que tener miedo.

Era lo que Charli se repetía una y otra vez mientras descendía por el montacargas.

Nada más salir al sótano, el chico sintió un sofocante olor a humedad. En el exterior del museo arreciaba el aguacero y eso afectaba al aire del subsuelo. Atravesó un largo pasillo hasta llegar al distribuidor donde estaban las estanterías con esculturas. De allí partía el corredor hacia el almacén número cuatro.

Al verlo, el vigilante notó cómo se le encogía el estómago.

«No hay nada aquí, sólo es un maldito almacén», se dijo.

Charli no era de los que se asustan con facilidad. Le encantaba ver películas de miedo a solas en casa, cintas sobre zombis, asesinos en serie y demás; cuanto más sangrientas, mejor. No sintió miedo cuando en su primer día de trabajo lo mandaron a vigilar el pasillo del almacén número cuatro por la noche. Sólo era un corredor vacío. Era un lugar que se utilizaba a menudo por los empleados del museo, no como las galerías donde Judith y él encontraron las ratas muertas.

En aquel primer turno de noche, Charli temió más al aburrimiento que a otra cosa. Su labor era permanecer frente a la puerta del almacén hasta que le llegase el relevo, Charli ni siquiera tenía que entrar, sabía que allí se guardaba una estatua de gran valor que el museo mantenía en préstamo.

Había ocupado su puesto frente a la puerta preparándose para una tediosa espera. Los primeros minutos transcurrieron de forma normal, pero, poco a poco, algo empezó a cambiar a su alrededor.

Fue una extraña sensación que aumentó de forma paulatina. A cada minuto que pasaba, el pasillo le parecía más angosto, el aire le resultaba más sofocante e incluso tenía la sensación de que la luz disminuía.

Una idea ridícula, por supuesto: los tubos de neón seguían cumpliendo su labor sin experimentar siquiera un parpadeo. No había sombras alrededor.

Pero, aun así, Charli creyó percibir que la iluminación era cada vez más débil.

De pronto tuvo la certeza de que había alguien al otro lado de la puerta. Aquella impresión lo asaltó de forma brusca, casi violenta. Notó cómo la piel se le erizaba al tiempo que un sudor gélido le recorría la espalda. Su oído se aguzó, como si hubiera captado un sonido que, en realidad, no se produjo.

Trató de desechar aquella idea de su cabeza, pero le fue imposible. Había alguien en el almacén, estaba seguro, era una certeza aterradora e irracional. Y esa presencia atrapada tras la puerta sabía que él estaba allí.

Acechaba.

Entonces, llevado por un impulso que no pudo detener, el joven empezó a golpear la puerta.

—¡Deja de mirarme! —gritó.

De inmediato se dio cuenta de lo absurdo de su reacción. Avergonzado, trató de recuperar la compostura.

«Estás loco, no hay nadie ahí dentro. Sólo una estúpida estatua.»

Pero la certeza de ser espiado no desapareció. Seguía estando presente cuando un rato después le avisaron por el *walkie* de que ya podía marcharse. Charli se apresuró a recorrer el pasillo hacia la salida.

Habría jurado que al volverse oyó cómo la puerta del almacén se abría.

Miró a su espalda.

Uno de los tubos de neón parpadeó.

Por un instante creyó ver una cabeza asomando por la puerta. Llevaba puesta una máscara blanca, sin adornos ni expresión, que le cubría todo el rostro.

Sin ningún pudor, Charli corrió hasta el montacargas, deseando con todas sus fuerzas no tener que vigilar a solas ese lugar nunca más.

Para su desgracia, su deseo no se había cumplido. Allí estaba otra vez, de nuevo frente al pasillo engañosamente iluminado, a punto de regresar al almacén número cuatro.

«Aquí no hay nada. Nada», se repitió.

Pero apenas tuvo la puerta frente a sí cuando volvió a asaltarle la certeza de que alguien estaba al otro lado, quizá esperando a que él entrase.

Charli activó el *walkie*. Necesitaba imperiosamente escuchar la voz de otro ser humano.

—Ya he llegado. Todo correcto aquí. Cambio.

La respuesta le llegó rota por la estática:

—Ok, Charli... Oye... Vamos a necesitar que entres en el almacén un momento.

La voz le sonó tan distorsionada que ni siquiera se parecía a la del compañero con el que había hablado en el piso de arriba. Sonaba como una grabación hallada en un viejo transistor.

El joven tragó saliva.

—Sí, vale... Esto... ¿quién eres? ¿Javi?

La transmisión apenas se escuchó, tan sólo llegaban retazos de frases:

—... necesitamos... entres... almacén... Entra...

—¿Sí? ¿Hola? Apenas puedo oírte. ¿Hola? —El aparato enmudeció—. Mierda...

Al entrar en el almacén, Charli sintió un inmenso alivio al comprobar que estaba vacío. Incluso dejó escapar una sonrisa, burlándose de sus propios miedos ilógicos.

Echó un vistazo a su alrededor. El espacio era una sala redonda de techos altos y la pared pintada de blanco y verde. «Colores de hospital», pensó Charli. En el centro había un objeto de unos dos metros cubierto por una sábana. El vigilante supuso que sería la estatua, aunque no pudo evitar verla como un gigantesco fantasma.

Charli contuvo un escalofrío.

—Ya estoy dentro, ¿qué hago ahora? —dijo, hablando por el *walkie*. Nadie respondió, aquel trasto seguía sin funcionar.

Tras verificar que era imposible que hubiera ningún tipo de presencia fantasmagórica en el almacén, Charli se sintió envalentonado. Decidió recorrerlo en su totalidad para cerciorarse de que sus miedos no tenían fundamento.

Cruzó la estancia. Sin darse cuenta, se mantuvo tan alejado como pudo de la estatua.

Entonces oyó cómo a su espalda la puerta se cerraba con un golpe brusco.

El terror, el miedo ya conocido que creía haber dejado atrás, se apoderó de él de nuevo y con violencia. Charli ni siquiera se atrevió a girarse. Permaneció quieto, congelado, mirando hacia la pared de color hospital y repitiéndose que allí no había nadie, que estaba él solo.

Pero eso era aún peor porque, si estaba solo, ¿quién había cerrado la puerta?

De pronto, otro sonido, como el de un cadáver arrastrando los pies. Aun sin verlo, Charli supo que era la sábana que cubría la estatua cayéndose al suelo, mostrando lo que ocultaba.

El vigilante se giró.

Contempló la imagen de un guerrero en bronce, a caballo, sometiendo con su lanza a una criatura espantosa que abría las fauces en una expresión de ira. O acaso era de triunfo y era el jinete quien parecía asustado.

Y, frente a la estatua, había alguien más.

La figura estaba de pie sobre la sábana caída, envuelta a su vez en una tela de color oscuro. Su rostro era la muerte, tal y como el joven la había contemplado en el lienzo de Bruegel: un cráneo con una sonrisa hambrienta.

El vigilante dio un paso atrás hasta pegar la espalda a la pared.

—No... Aquí no hay nadie... No hay nadie... Aquí no hay nadie...

Siguió repitiendo las mismas palabras una y otra vez mientras la muerte se le acercaba. Parecía contenta por haberlo encontrado.

12

Judith se despertó en mitad de una vívida pesadilla, de esas que hacen boquear en sueños tratando de articular un grito que no llega.

Abrió los ojos de forma desesperada y buscó con frenesí el interruptor de la lámpara de la mesilla de noche. Necesitaba luz como un ahogado precisa aire.

La bombilla se encendió y aquello tuvo un inmediato efecto tranquilizador. Salió de la cama aún temblorosa. Era una cama plegable que de día se convertía en un sofá, tornando su dormitorio en un coqueto —por lo pequeño— cuarto de estar, barra, salón, barra, recibidor.

Atravesó el estudio donde vivía hasta meterse en el angosto cuarto de baño. Allí se aclaró la cara con agua para despejarse. La noche anterior no había bebido ni una gota de alcohol, pero se sentía igual que si tuviera resaca.

Salió del baño y se sentó en la cama. Miró el reloj, faltaban sólo unos quince minutos para que sonase el despertador. Odiaba cuando ocurría eso. Se tumbó y se tapó con el edredón hasta la barbilla. Hacía frío.

Fuera llovía. Ninguna novedad, pero empezaba a resultar deprimente.

Con el edredón sobre los hombros a modo de capa, caminó hacia la nevera, que en realidad estaba a sólo unos pasos de su espalda. Había un par de latas de cerveza dentro y tuvo ganas de abrir una de ellas y vaciar la mitad de un trago. Un potente zumo de lúpulo para espantar los terrores nocturnos.

La idea era tan tentadora...

Una irritante voz interior le dijo que desayunar cerveza era síntoma de que su relación con el alcohol empezaba a ser preocupante. Judith ya la había escuchado antes. Odiaba esa voz. Nunca daba buenos consejos sobre cómo conseguir dinero para pagar las facturas, o un buen motivo para salir de casa por las mañanas. No, siempre decía lo mismo.

Tal vez estás empezando a beber demasiado, ¿no crees, Judith?

—Tal vez... —masculló con voz pastosa, dirigiéndose a nadie en particular. A sí misma. Al universo. Quién sabe—. Pero, en vez de señalar el problema, podrías aportar alguna alternativa, para variar.

La idea de mandar el día al infierno y pasarlo arrebujada en la cama hasta que la borrachera le calentase el cuerpo y le hiciera perder la noción del tiempo era poderosa. Por una vez, no pasaba nada, ¿qué problema habría? ¿A quién le importaría? A nadie en realidad. Y si al día siguiente caía en la misma tentación, ¿quién diablos se lo echaría en cara?

Entonces recordó su Rembrandt.

Judith recreó en su cabeza el timbre seco y profundo de la voz de su abuelo...

Rembrandt es Dios.

Ningún buen irlandés falta a la cita con su Creador, así que mueve tu culo celta hasta el maldito museo, Judith. Ese cuadro no va a pintarse solo.

El viejo Darren a veces era un tipo malhumorado.

Judith se metió en la ducha. Al terminar, se puso encima cuantas capas de ropa pudo combinar y salió a la calle.

El camino hacia el museo le pareció desolador. La ciudad estaba extrañamente vacía, no sólo las calles sino también el metro. El acceso al Prado nunca le pareció tan vacío, incluso los empleados de la pinacoteca con los que se cruzó tenían un aire melancólico, como si la lluvia les hubiera mojado el alma.

Judith se encaminó hacia el cuarto de taquillas para recuperar su lienzo. Al entrar se encontró con un pequeño drama.

Al parecer, alguien había forzado la taquilla de Rudy durante la noche y había rajado su lienzo de esquina a esquina. Apenas era todavía un boceto más o menos avanzado, pero, quien lo acuchilló, lo hizo con la idea de causar el mayor destrozo posible: la tela era insalvable.

El texano estaba sentado junto a la mesa del café, contemplando su lienzo con aire abatido. Petru y Cynthia trataban de consolarlo mientras Isabel, silenciosa, le acariciaba el hombro. Felix no había llegado aún.

Petru insinuó con delicadeza que quizá el día anterior, al guardarlo en la taquilla, Rudy pudo haberlo dañado sin darse cuenta.

—No, chico, no; que me aspen si esto ha sido un accidente —repuso el texano—. Ayer olvidé cerrar con llave mi taquilla, y, llámenme loco, pero yo diría que alguien se aprovechó del descuido del viejo Rudy para jugarle una mala pasada...

—¿Piensas que ha sido intencionado? —preguntó Judith.

—Como que Jesús está en el cielo, señorita. Me da en la nariz que ayer por la noche se nos coló una rata traicionera aquí dentro.

Judith no pudo evitar acordarse de Cynthia partiendo los pinceles de Felix. Le dirigió una discreta mirada de soslayo: la italiana se mostraba aún más desolada que el propio Rudy. Su disgusto parecía incluso excesivo.

En ese momento apareció Felix. Cuando entró el alemán, todos se quedaron mirándolo en silencio.

—¿Qué ocurre? ¿Es que ha muerto alguien? —preguntó él, hosco.

—Sólo mi lienzo, como se puede ver —respondió el texano—. Pero apuesto a que tú eso ya lo sabías.

El tono de Rudy estaba preñado de segundas intenciones. Felix se dio cuenta de ello.

—¿Qué diablos estás insinuando?

—Nada, pero... ¿sabes qué, chico? Dios me ha dado una buena memoria, y que me aspen si esto no me recuerda a ciertas cosas que pasaron en Nueva York...

Judith vio cómo Felix apretaba los puños hasta que sus nudillos perdieron el color.

—Vete al infierno, follacabras... —masculló, dándole la espalda a Rudy.

—Yo diría que ésa no es forma de hablar en presencia de las señoritas, muchacho. —El texano se dirigió hacia Felix con andares pausados y se colocó justo detrás de él—. Y tampoco es de buena educación darle la espalda a alguien cuando te habla. —Felix trasteaba en su taquilla ignorándolo de forma ostensible—. ¿Me estás escuchando, amigo?

Rudy dejó caer la mano sobre el hombro de Felix. Aquello desencadenó una reacción que cogió a todos desprevenidos. El alemán se giró bruscamente y, a pesar de que Rudy le sacaba una cabeza, lo agarró por las solapas y lo estampó contra una pared.

—¡Escúchame bien, gilipollas palurdo de mierda: no soy un «muchacho», ni un «chico», ni tu puto «amigo»; y como vuelvas a tocarme te juro por Dios que te arranco las entrañas!

Cynthia chilló asustada al tiempo que Petru y Judith acudían a separar a los dos hombres. Les costó un gran esfuerzo hacer que Felix soltara a Rudy. El alemán no dejaba de agitarse y escupir insultos.

—¡Basta ya! ¡Esto es ridículo! —dijo Petru, sujetándolo por los brazos—. ¡Os estáis comportando como dos chiquillos! ¿No os da vergüenza?

Felix se zafó del corso, agarró su bolsa de pinturas y salió del cuarto dando un portazo. Isabel fue detrás de él. Cynthia se dejó caer en una silla, abanicándose absurdamente con las manos, sin dejar de repetir *Dio mio* una y otra vez. Entretanto, Rudy se alisaba la camisa en actitud tranquila, aunque su frente estaba perlada de sudor.

—Lamento que hayan tenido que presenciar esto, amigos —dijo—. Pero ese zagal no está bien de la cabeza, todos han visto cómo se me ha echado encima rabiando como un becerro.

Yo que ustedes me andaría con cuidado mientras ese tipo ronde por aquí.

Acto seguido, recogió su lienzo del suelo, dijo que iba a buscar al responsable de la Oficina de Copias para explicarle lo que había ocurrido y salió de la habitación.

Más tarde, mientras Judith y Petru trabajaban en sus respectivos cuadros, intercambiaron impresiones sobre el suceso del cuarto de taquillas.

—¿Crees que Rudy tiene razón? —preguntó Judith—. ¿Que uno de nosotros rompió su lienzo?

—Lo único que sé con seguridad es que no debió dejar su taquilla abierta —respondió Petru—. Tampoco debió provocar a Felix, sabe perfectamente que ese tipo es un desequilibrado.

—Se puso muy furioso cuando Rudy mencionó Nueva York —reflexionó Judith en voz alta—. ¿A qué se refería?

—Si tienes mucho interés en saberlo, prefiero que se lo preguntes a él directamente, no me gusta dar pábulo a rumores infundados. Eso es más bien cosa de Cynthia...

El resto de la mañana pintaron en silencio. Judith necesitaba de toda su concentración para aplicar las capas de color a su Rembrandt. Al cabo de unas horas, sintió que necesitaba un descanso, así que fue al cuarto de taquillas a tomarse un café de la máquina. Allí se encontró a Isabel.

La copista estaba bebiéndose un té a solas. Llevaba puesto un guardapolvo blanco cubierto de manchas de pintura, incluso tenía salpicaduras de óleo azul en una mejilla; por lo visto, Isabel también había pasado una mañana de intenso trabajo.

Judith le preguntó cómo iba su copia, simplemente por evitar un silencio incómodo. Creía recordar que Isabel estaba trabajando en una pintura del Bosco, pero no estaba segura de en cuál.

—Va avanzando, gracias por tu interés, amiga Judith —respondió la mujer, ausente—. Por desgracia, hoy me siento poco inspirada, no me sale nada a derechas.

—Te entiendo: llevo horas intentando recrear algo parecido a un blanco marfileño y lo único que consigo es una pasta color guano. —De pronto vio cómo los ojos de Isabel se humedecían.

La mujer se los limpió con un pañuelo y sorbió un sollozo por la nariz—. ¿Te encuentras bien?

—Sí, disculpa... Lo siento —respondió, enjugándose con el pañuelo al tiempo que intentaba mantener el tipo—. No es nada... ¡Qué vergüenza! Debes de pensar que estoy mal de la cabeza...

—En absoluto, tranquila... Oye, si quieres que te deje sola...

—Oh, por favor, quédate; me apetece charlar con alguien. Esto no es nada, no me ocurre nada, es sólo que, cuando has entrado, estaba pensando en lo que ha ocurrido antes y... En fin, así soy yo: una sensiblera tontorrona. Todo me afecta demasiado. Es... es ridículo, ¿verdad?

—No es ridículo, es que cada una tenemos nuestra manera de liberar la tensión —dijo Judith, comprensiva—. Hoy el día ha tenido un comienzo complicado para todos.

—Sí... Especialmente para Felix... Pobrecillo, se me encoge el corazón cuando pienso en la forma en que Rudy lo ha tratado antes.

Judith arqueó las cejas. Aquélla era una original interpretación de los hechos, sin duda.

—Bueno... Tal y como yo lo recuerdo, ha sido a Rudy a quien han roto su lienzo y al que han estampado contra una pared.

—Lo siento por su lienzo, pero hizo mal culpando a Felix veladamente de haberlo estropeado. Fue muy injusto por su parte.

—Puede ser, pero no me negarás que quizá su reacción fue algo desproporcionada.

—¿Y qué iba a hacer? ¿Quedarse callado mientras lo acusaban sin fundamento alguno? Lo de hoy ha sido sólo la gota que ha colmado el vaso: Rudy lleva mucho tiempo esparciendo falsos rumores sobre Felix, manchando su reputación a sus espaldas sin que él pudiera defenderse. Es un hombre muy mezquino.

—¿Rudy? ¿Rudy Perpich? ¿Te refieres al tipo que nos llama «señoritas» y se ruboriza cuando alguien suelta un taco?

—No te dejes engañar, eso no es más que pura fachada. Él no es buena persona.

Judith prefirió no discutir. Pensó en que, después de Petru, Isabel era la segunda persona a la que escuchaba responsabilizar al texano del arrebato de Felix; resultaba curioso.

—Bien, si tú lo dices... Lo cierto es que yo apenas le conozco de nada, no soy quién para juzgar.

Isabel suspiró.

—Felix hizo mal al lanzarse sobre Rudy de aquella forma, lo sé, pero no puede evitarlo. A veces tiene arrebatos, no los puede controlar... Él no... no está bien del todo, ¿sabes, amiga Judith? Él es consciente de eso y sufre por ello, sufre mucho, pero es un chico bueno y sensible. Se portó muy bien conmigo cuando...

La mujer dejó de hablar. Pareció que se le hubiera ido el santo al cielo.

—¿Sí? Cuando ¿qué? —preguntó Judith.

Isabel esbozó una sonrisa ida.

—No importa... En fin, será mejor que vuelva al trabajo si no quiero perder la mañana entera... Gracias por escucharme, amiga Judith. Eres una mujer muy amable, tu aura es luminosa.

La copista dejó su taza de té y se marchó. Judith se quedó a solas pensando en que, tal vez, Felix Boldt no era el único del grupo al que no le funcionaba bien la cabeza.

13

A la hora del almuerzo Judith bajó al café autoservicio del museo para comprar una cerveza con la que acompañar su sándwich de pavo hecho el día anterior. El lugar, situado en el vestíbulo del acceso de los Jerónimos, apenas tenía clientes salvo los habituales turistas ocupando unas pocas mesas. Entre ellos se encontraba Cynthia, comiendo sola. Al ver a Judith, alzó la mano y agitó sus rechonchos dedos para llamar su atención.

—¡Vaya, pero mira a quién nos trae la marea! —dijo.

—Hola, Cynthia. Sólo he venido a por una cerveza.

—No, no puedes marcharte, te lo prohíbo. —La mujer señaló una silla vacía al otro lado de la mesa—. Hazme compañía, tesoro, *per piacere*. Me aburre comer a solas.

—Como quieras, pero no puedo entretenerme mucho.

—Menudo numerito el de esta mañana, ¿verdad? *Dio mio...* Me pongo mala sólo de recordarlo. Te juro que creí que Felix iba a darle una paliza al pobre Rudy ahí mismo, delante de todos... Cada vez que recuerdo la cara de loco que puso, me entran escalofríos.

Judith notó que la italiana estaba deseosa por rememorar los detalles más escabrosos del suceso, pero decidió no seguirle el juego, quería olvidarse de aquel asunto.

—Bueno, por suerte la sangre no llegó al río... ¿Vas a terminarte esa ensalada?

—No, toda tuya, tesoro; yo aún sigo peleándome con la báscula... ¡Ojalá tuviera tu figura! —La italiana emitió una risita y acercó los restos de su plato a Judith. Luego volvió al tema estrella del día—: La verdad, no me sorprende que esos dos hayan estado a punto de llegar a las manos. Los libra y los aries son signos completamente opuestos, en sus relaciones siempre hay violencia y rencor. Están abocados a enfrentarse. —Cynthia se encogió de hombros con actitud fatalista—. El hecho de que Felix haya rajado el lienzo de Rudy no es sino la manifestación de esa hostilidad innata entre ambos signos.

—Entonces ¿crees que lo hizo él?

—Por supuesto, ¿quién si no?

—No lo sé. —Judith se metió en la boca un tenedor con ensalada—. Tú, por ejemplo. Te vi romper los pinceles de Felix.

La sonrisa de la italiana se tensó. Sus labios embadurnados en carmín se plegaron sobre sus pequeños dientecillos afilados.

—Ah, entiendo... Vaya, pero ¡qué ratita tan silenciosa estás hecha! Creo que por fin empezamos a conocernos a fondo.

—¿No vas a negarlo?

—¿Lo de los pinceles? ¿Esa pequeña travesura? No merece la pena.

—¿Acuchillar el lienzo de Rudy también fue una pequeña travesura?

—Eso fue vulgar y desproporcionado, yo jamás haría algo semejante.

—¿Y si no te creo?

—Allá tú, pero no tienes pruebas.

—Tampoco las necesito. Vi lo que le hiciste a Felix y eso demuestra de lo que eres capaz. Y resulta fascinante que ni siquiera parezcas avergonzada... ¿Cuál es la expresión en italiano? ¿*Faccia tosta*? Una vez me lie con un napolitano que no paraba de llamárselo a todo el mundo.

—A veces también puedes usar el término *sfrontato*. —Cynthia dejó escapar una risita nasal—. Eres muy graciosa, Judith. ¿Y qué piensas hacer ahora? ¿Irle a Felix con el cuento?

—No, los problemas que tengáis entre vosotros a mí no me incumben, yo estoy por encima de todo eso; pero te lo advierto: voy a vigilarte muy de cerca. Más te vale que a mis cosas no les ocurra ninguna otra... travesura.

Cynthia hizo un mohín de desprecio.

—¡Qué típico de una sagitario! Dando lecciones de moral, os creéis mejores que nadie... Como si tú siempre hubieras jugado limpio.

—No tengo ni idea de lo que estás hablando.

—¿De veras? Pues el caso es que un pajarito me ha contado cómo pasaste el corte de selección para participar en la beca. Yo diría que tú también has sido un poco traviesa, Judith.

—Me parece que deliras.

—No, cielo, no. Conozco muchos secretos, tuyos y de muchos otros. Tu abuelo, Darren O'Donnell, escribió una carta de recomendación que añadiste a tu solicitud. El director adjunto de Conservación del museo, que estaba en el comité de la beca, la leyó y quedó muy impresionado, no tanto por el contenido como por el parentesco. Conoces a Roberto Valmerino, ¿verdad? Creo que admiraba a tu abuelo enormemente. La idea de tener semejante apellido decorando la beca debió de parecerle muy sugestiva.

—Da la sensación de que crees tus propias palabras. Es muy triste.

—¿A qué viene esa hostilidad? No te estoy echando nada en cara, cielo. Jugaste bien tus bazas. La solicitud de inscripción en el proceso de la beca no exigía ninguna carta de recomendación, ni siquiera mencionaba la posibilidad. Tú la enviaste siguiendo un cálculo muy bien trazado y te salió bien, fuiste avispada.

—El comité de la beca tuvo en cuenta mi trabajo... —protestó Judith débilmente.

—No, cariño. Ni siquiera lo miraron más que por encima, créeme, lo sé. Para ellos no eras más que una aficionada que tiene la suerte de contar con un apellido ilustre.

—Yo nunca quise un trato de favor, sólo pretendía...

—Sé lo que pretendías, no tienes que darme explicaciones.

¿Crees que me siento ofendida? No, cielo. El mundo es una jungla. Hay que luchar con todas las armas de las que se disponga. No eres la única que usó algún que otro subterfugio para optar a esta beca. Incluso yo forcé las cosas, lo admito, no me engaño a mí misma.

—¿Qué quieres decir con que forzaste las cosas?

—Que tú utilizaste tu baza y yo la mía: la información. Colecciono secretos y éstos me permiten presionar aquí y allá para obtener lo que quiero. Los cambio por favores, por otros secretos o por buenos contactos. Son la mejor moneda del mundo, con ella compré mi puesto en la beca.

A Judith las palabras de Cynthia le parecieron deprimentes.

—¿Y qué hay de los otros copistas? ¿Ellos también hicieron trampas?

—Trampas. Qué palabra tan grosera, además de poco adecuada. Digamos más bien que todos utilizaron sus «cartas de recomendación». —La italiana mostró una sonrisa burlona—. Te daré algunas pistas al respecto. Será divertido. Por ejemplo: uno de nosotros tiene amigos poderosos, con mucha influencia en este museo. Otro está aquí porque utilizó una vieja táctica: el clásico soborno. Otro consiguió su puesto mediante un engaño: nos está mintiendo a todos. Después estoy yo, que tampoco jugué limpio. Y, por último, tú: la nieta del famoso genio irlandés.

—Eso hacen cinco.

—¿Cómo?

—Has mencionado a cinco, pero en la beca somos seis.

—Oh, sí, *certo*... Hay uno, sólo uno, que está aquí porque tiene verdadero talento. Llegó sin trampas y sin padrinos, quizá sea el único de nosotros que se merece ganar. Pobre, es como un cordero perdido en una cueva de lobos.

Judith no dijo nada. Se sentía mal, como si acabara de recibir una noticia triste y desagradable. Cynthia se reclinó sobre el respaldo de su silla. Sonreía igual que un gato que acaba de darse un festín.

—Comprenderás ahora por qué no me avergüenzo especialmente de haber roto un par de pinceles baratos. Esta beca no es una pelea limpia, nunca lo fue. Sólo me limito a seguir el juego. Y ¿sabes qué, tesoro?, mi consejo es que hagas lo mismo si quieres tener alguna posibilidad, porque entre nosotros hay quien estaría dispuesto a cualquier cosa con tal de obtener su premio.

14

Álvaro apareció con un par de cafés y se sentó junto a Judith, que le esperaba en una pequeña mesa algo apartada de las demás. Los traía de la barra del local, un sitio de moda en un barrio céntrico de la ciudad, con muebles desparejados y objetos divertidos decorando las paredes. El reportero lo había escogido para el encuentro.

Encima de donde estaba sentada Judith había una gigantesca cabeza de plástico del payaso Ronald McDonald junto a una lámpara de minero. Al parecer, el dueño del café tenía problemas para distinguir el estilo decorativo *vintage* de la simple acumulación de chatarra.

—Aquí tienes tu pedido, recién salido de la cafetera —dijo Álvaro, colocando una taza frente a Judith.

—Gracias, ¿cuánto te debo?

—Nada. Yo invito, soy un chico anticuado, todo un caballero de la vieja escuela.

—Si eso crees, deberías conocer a un texano que participa conmigo en la beca, te dejaría a la altura del betún... —Judith dio un sorbo a su taza y puso un gesto de desagrado—. ¿Estás seguro de que esto es un café irlandés? No noto el sabor de la vieja Irlanda por aquí... —Sacó del bolso la petaca de plata del abuelo y derramó en la taza un generoso chorro de su contenido—. Mucho mejor.

—¿Podrías hacer eso con un poco más de discreción? Esto es un local familiar.

—Te aseguro que soy tan discreta como puedo, no tengo ningún interés en que nos vean juntos.

—Ya... Oye... Sabes que me encanta este toma y daca que nos traemos de vez en cuando, pero eso ha estado cerca de herir mis sentimientos. Has sido tú la que ha concertado esta cita.

Judith suspiró.

—Discúlpame, Álvaro, me he expresado fatal. No quiero que nos vean juntos porque temo que alguien del museo o de la beca sepa que estoy hablando con un periodista. Me estoy jugando mucho si me descubren, me podrían descalificar.

—Lo sé, y te repito que no tienes de qué preocuparte. Serás una fuente anónima y voy a blindarte con todas mis fuerzas, igual que hago con mis otras fuentes.

—¿Son muchas?

—Claro, se me da bien hacer contactos y cuidar de ellos. Soy un buen periodista, aunque te cueste tomarme en serio.

—Sé que lo eres —dijo ella. Estaba siendo sincera—. Y bien... ¿Tengo que firmar algún contrato o algo parecido?

—Una especie de factura para el periódico más bien, ya te explicaré lo que debes poner en el concepto.

—No quiero que el pago se retrase, te lo advierto.

—Y tienes mi palabra de que cobrarás en cuanto mandes la factura. Me encadenaré al Departamento de Contabilidad si es necesario para que te abonen de inmediato. Pero dime la verdad: no has decidido aceptar la oferta que te hice sólo por el dinero, ¿no es así?

Ella tardó un instante en responder.

—No.

—Lo sabía. Te conozco mejor de lo que piensas. ¿Qué te ha hecho cambiar de idea?

—Tengo firmes sospechas de que la beca está amañada, o al menos lo estaba el proceso de selección. Quiero saber por qué y hasta qué punto. Si lo del amaño es verdad, tú lo sacarás a la luz... Puede que incluso los demande o algo así, como hacen en las películas americanas. Si mis sospechas no son ciertas, al menos habré ganado un dinero dándote información para tus artículos. Todos contentos.

—Perfecto. —Álvaro se armó con su bolígrafo y su cuaderno Moleskine. Era un reportero tradicional, chapado a la antigua, nunca hacía grabaciones si podía evitarlo—. Pues empecemos a recabar información.

—¿Piensas publicar en breve todo lo que te cuente?

—No, de momento escribiré alguna bobada sobre cómo trabajáis los copistas, algo inocuo que no te ponga en riesgo. Mientras tanto, iré recopilando los datos más jugosos que puedas darme hasta tener material suficiente como para elaborar un artículo con verdadero impacto. Ya sabes: hechos, sospechosos y culpables, el paquete completo.

Judith asintió. En el fondo se sentía impresionada.

—Bien, suena muy profesional.

—Empecemos por el primer punto, los hechos: ¿por qué piensas que hay algo turbio en la beca?

—Han pasado cosas raras. Ayer por la noche a uno de los participantes, Rudy Perpich, le rajaron el lienzo en que estaba trabajando.

—Veo que no os andáis con tonterías en el mundo del arte... ¿Quién fue?

—Aún no lo sé. También sabotearon a otro copista, Felix Boldt. El primer día le rompieron sus pinceles.

—Pero ¿dónde diablos te has metido? ¿En la Cúpula del Trueno?

—Eso sé quién lo hizo porque vi al culpable. Se llama Cynthia Ormando, una mala pécora.

—Vale. Cynthia Ormando: háblame de ella, o, mejor, háblame de todos tus competidores.

Judith lo hizo. Ofreció a Álvaro una semblanza bastante colorida sobre sus rivales. Fue algo más aséptica a la hora de hablar de Petru.

—Es el menos estrafalario de todos ellos —dijo—. Es de Córcega, parece un tipo normal, buena persona, de fiar.

—Eso son tres cosas que raras veces coinciden en un individuo. Cuatro, si contamos lo de Córcega.

A continuación, Judith narró a Álvaro la conversación que había mantenido con Cynthia en la cafetería del museo. El periodista se entusiasmó al escucharla.

—¡Esto es una bomba! —exclamó, tomando notas frenéticamente—. Hay engaños, sobornos, tráfico de influencias... Sólo le falta el sexo para ser la historia perfecta.

—A mí me parece deprimente, y sórdido. Además, no me deja en buen lugar.

—¿Lo dices por la carta de recomendación? Bah, eso no tiene importancia, cualquiera habría hecho lo mismo.

—Lo sé, pero con esa carta yo sólo pretendía darle un pequeño empujón a mi solicitud, nada más, confiaba en que me seleccionaran por mi trabajo. —Judith dejó caer una mirada de amargura sobre su taza de café—. Creí que lo merecía.

—Oye, ¿es que vas a dar pábulo a lo que te diga una mujer ridícula a la que acabas de conocer?

—Esa mujer ridícula colabora con una de las revistas de arte más prestigiosas del mundo.

—Ya. ¿Sabías que desde septiembre yo hago las crónicas de los partidos de La Liga para el periódico?

—¿Tú? Pero si odias el fútbol.

—Y sigo sin tener claro lo que es un fuera de juego. ¿Te das cuenta? Lo que quiero decir es que esa mujer no es nadie para juzgar tu trabajo, y que quizá yo no escriba para una revista de campanillas, pero como periodista profesional declaro que tú tienes mil veces más talento que cualquiera.

Ella sonrió. Sólo un poco. Lo suficiente.

—Menudo profesional estás tú hecho...

—Bien, ahora vamos a centrarnos en lo que dijo Cynthia sobre los demás copistas. —Álvaro repasó sus notas—. Según sus irritantemente crípticas palabras, uno de tus rivales es alguien cercano a una persona influyente del museo, ¿quién crees que puede ser?

—Si tuviera que apostar, lo haría por Isabel Larrau, pero

sólo porque es la única española. Imagino que la mayoría de la gente que manda en el museo también lo será, y eso hace más fácil que pueda mantener una relación estrecha con alguno de ellos.

Álvaro torció el gesto.

—No me convence. Es un disparo a ciegas... Sigamos con la lista: según Cynthia, otro de tus compañeros opta a la beca porque sobornó al comité de selección, ¿alguna sugerencia?

—Ni idea. Nadie parece que ande muy sobrado de dinero, salvo...

—¿Sí?

Judith se mostró reacia a compartir su hipótesis.

—Petru tiene una galería de arte y, según cuenta, el negocio no le va mal. Pero no creo que haya sobornado a nadie, no lo necesita. Es un buen artista, lo sé porque he visto su trabajo.

—Cynthia dijo que uno de los copistas fue seleccionado gracias a sus méritos, sin ninguna otra ayuda. Un honrado diamante en bruto. ¿Crees que podría ser Petru?

—Su copia de momento me parece la mejor con diferencia. Si tuviera que señalar a un «honrado diamante en bruto», él me parece el mejor candidato.

—De acuerdo, dejaremos aparcada esa cuestión de momento, lo cual nos lleva al último punto: ¿a qué se refería Cynthia cuando dijo que alguien está engañando a todo el mundo? Éste es mi enigma favorito.

—Por lo que he podido averiguar, cualquiera cumple ese perfil. ¡Todos insinúan que los demás guardan oscuros secretos! Esta mañana, sin ir más lejos, Isabel me aseguraba que Rudy no era de fiar.

—¿Y crees que estaba en lo cierto?

Ella se pensó su respuesta.

—Rudy es un encanto —dijo—. Créeme, si le conocieras, te caería simpático al instante. Es el típico vaquero caballeroso y noblote, siempre citando a su pastor. El caso es que, de hecho, resulta demasiado típico... Encajaría muy bien en una película de John Wayne, pero en la vida real parece falso, exagerado, no sé si me explico... —Judith sacudió la cabeza—. No me hagas caso, sólo estoy diciendo tonterías.

—No, para nada. Eres una mujer intuitiva, creo que tus impresiones tienen mucho valor.

—Te lo agradezco, pero, en serio, olvida lo que he dicho. Me da vergüenza haber hablado mal de Rudy, es un pedazo de pan.

El periodista repasó sus notas. Había llenado dos páginas enteras de párrafos apretujados e indescifrables.

—Vas a tener que indagar más a fondo sobre todo esto, Judith; no tenemos ningún indicio sólido de nada.

—¿Crees que es tan importante identificar a las personas de las que hablaba Cynthia?

—Sí, porque son acusaciones muy serias y por algún lado tenemos que empezar a tirar del hilo. Es un asunto muy turbio. —Álvaro mordisqueó el extremo de su bolígrafo con aire pensativo—. ¿Sabes qué? De un tiempo a esta parte me da la impresión de que esta ciudad es un hervidero de sucesos extraños, y, de alguna manera, todos se relacionan con el Museo del Prado. Tengo esa sensación desde que mataron a Enric Sert.

—Eso es porque te estás empezando a obsesionar con esa muerte, deberías diversificar un poco tus intereses.

—Lo intento, pero el destino me lo pone difícil —dijo Álvaro—. ¿Sabes quién es Alfredo Belman?

—No, ¿debería?

—Te sonaría si de vez en cuando leyeras lo que publicamos. A Belman lo asesinaron hace un par de días, en su propia casa. Su asistente encontró el cuerpo, parecía una especie de asesinato ritual, muy sangriento y desagradable.

—¿Y qué tiene eso que ver con lo que estamos hablando?

—Belman era un respetado miembro de la Fundación Amigos del Museo del Prado. Testigos fiables aseguran que el día del entierro de Sert, Belman se presentó allí diciendo que sabía quién lo había matado, y ahora ambos son vecinos de cementerio. —Álvaro extendió las palmas de las manos sobre la mesa, como si mostrara un objeto ante una audiencia invisible—. ¿Te das cuenta? El asesinato de Belman, el de Sert, tu historia sobre amaños y gente que acuchilla cuadros en mitad de la noche. Todo conduce al mismo lugar: el Museo del Prado. Algo está pasando, puedo olerlo en el aire.

Judith dejó escapar media sonrisa incrédula.

—¿Y qué es lo que está pasando exactamente, Álvaro?

—No lo sé. —Sus ojos se encontraron con la cabeza de payaso colgada en la pared. Su sonrisa parecía una hemorragia sobre piel muerta. Álvaro se la quedó mirando unos segundos—. *By the priking of my thumbs / something wicked this way comes...*

—¿Qué era eso?

—Shakespeare. —Él sonrió con gesto de disculpa—. Soy un tipo cultivado.

Judith miró su reloj de soslayo.

—¡Dios mío! ¿Has visto la hora que es? Llegaré tarde a una cita, qué desastre.

Rescató el teléfono de las profundidades de su bolso y marcó un número. Le saltó el buzón de voz.

—Hola, Petru. Soy Judith. Lo siento, creo que me retrasaré unos... veinte minutos. Media hora como mucho. Nos vemos.

Al colgar se encontró con que Álvaro la miraba con cara de pocos amigos.

—¿Has quedado esta noche? Qué falta de tacto, justo después de tener una cita conmigo.

—Esto no era una cita, Álvaro. Y lo otro tampoco, sólo he quedado con un compañero de la beca para tomar algo, nada más.

—No me digas que vas a verte con ese tal Petru. Ahora me explico por qué crees que tiene tanto talento...

—Tiene talento, ojos garzos y la edad suficiente como para no parecer mi hermano pequeño. —Le dio una palmadita cariñosa en la mejilla y luego un beso en la frente—. No te acuestes tarde, jovencito.

Judith se alejó con prisas. Creyó escuchar que Álvaro le decía algo mientras abría la puerta de la calle, pero el sonido de la lluvia amortiguó su voz, que se perdió entre los rumores de la noche.

Máscaras en la ciudad.

En las últimas semanas, Madrid se había convertido en un lúgubre carnaval sin que apenas nadie se diera cuenta. Las máscaras aparecieron con la lluvia, si bien raras veces se dejaban ver. Deambulaban especialmente en las noches oscuras y por calles desoladas, ocultándose bajo nubarrones de aguacero. De lejos, parecían mendigos en busca de cobijo.

Las máscaras con que cubrían sus rostros eran variadas, de aspecto ajado, como sacadas del fondo de un baúl que lleva siglos arrinconado bajo una capa de polvo. Las había con rasgos zoomorfos, también inexpresivas y blancas como la porcelana, otras eran toscas, como hechas por niños, y la mayoría eran máscaras de carnaval antiguo como el Zanni, la Moretta, el Bautta, el Arlequín...

La Muerte.

El suyo era un rostro inquietante. Un cráneo sin mandíbula, de color verdoso, como si el hueso se hubiera oxidado. El portador de la máscara de la Muerte siempre recorría a solas la ciudad, jamás se cruzaba con nadie si él no lo deseaba. Todos eludían a la Muerte.

Aquella noche, en mitad de una lluvia débil, la Muerte abandonó el Edificio Villanueva del Museo del Prado por una salida que ya nadie recordaba. El museo estaba repleto de accesos y corredores olvidados que se arrastraban bajo tierra como gusanos de cementerio. La Muerte los conocía todos. O casi todos.

La Muerte surgió a la noche a través de un pasadizo que desembocaba cerca del Jardín Botánico, junto a la entrada de Murillo del museo. No había nadie alrededor para verla, contaba con ello.

La Muerte se sentía satisfecha. Había cumplido con su labor sin cometer ningún fallo y sin dejarse llevar por arranques de iniciativa. La Muerte nunca decide, sólo obedece, sólo ejecuta.

Se deslizó entre las sombras hacia un lugar apartado, junto a la verja del Botánico. Allí se despojó de su máscara de cráneo.

Ahora era un ser de carne y hueso, ya no un disfraz. Siguió caminando a través de una siniestra callejuela oscura y solitaria, pero no tuvo miedo. La Muerte no le temía a nada.

Salvo, por supuesto, al Inquisidor de Colores.

Porque todos temen al Inquisidor de Colores.

SEGUNDA PARTE

El Inquisidor de Colores

1

Judith se quedó mirando al tipo que tenía frente a ella, justo al otro lado del mostrador de su taller. No sabía qué pensar.

Vestía unos vaqueros, sudadera azul, camisa de cuadros y una corbata que seguramente no sería bien vista en un cóctel de etiqueta: estaba adornada con imágenes del Pato Donald en diferentes posturas. En casi todas parecía enfadado.

El tipo había entrado en el taller calado como una sopa, como si hubiera llegado andando bajo la lluvia desde sólo Dios sabía dónde. Quizá desde una tienda de corbatas feas.

Aquel día Judith no había ido al museo. Pensó que debía dedicar al menos una mañana a atender su negocio, por poco lucrativo que éste fuese. Además, era sábado, y el responsable de la Oficina de Copias les había recomendado no trabajar en sus pinturas en fin de semana, pues las salas se llenaban de visitantes.

A media tarde, aquel hombre de la corbata estrafalaria apareció en el taller, haciendo sonar la campanilla de la puerta y dejando un reguero de huellas húmedas en el suelo. Se presentó, contó una historia inverosímil y ahora Judith intentaba localizar a Álvaro por el móvil para pedirle explicaciones mientras vigilaba de soslayo al señor Corbata con Patos. En aquel momento manoseaba la petaca del abuelo, que estaba encima del mostrador.

—Oiga, no toque eso, ¿quiere?

El sujeto esbozó una sonrisa de disculpa y la dejó donde estaba. A continuación, sacó un mazo de cartas del bolsillo de su sudadera y se puso a barajarlo.

—Perdón. Admiraba el diseño. Es muy bonito: patos.

—Sí, ya, patos.

El teléfono daba señal, pero Álvaro no respondía.

—¿Sabías que los patos simbolizan la sabiduría?

—No me diga.

—Es porque pueden andar, nadar y volar por los aires. En algunas culturas consideran que dominan los secretos del agua, del cielo y de la tierra. A mí me gustan los patos. Son muy simpáticos.

El tipo sonrió con timidez.

En el teléfono saltó el buzón de voz («Hola, soy Álvaro. Gracias por participar, deje su nombre a la salida y ya le llamaremos.» Ja, ja. Muy ingenioso). Judith colgó el móvil con gesto de fastidio.

—¿No contestan? —preguntó el de la corbata, solícito.

—Oiga, señor Argán...

—Puedes llamarme Guillermo.

—Sí, bueno, ya veremos. ¿Podría repetirme con quién habló esta mañana en la redacción de *El Cronista*?

—Con un chico llamado Álvaro, no recuerdo su apellido. Grandote, con el pelo castaño, trabajador pero con cierta tendencia a fantasear.

—¿De dónde se ha sacado eso último?

—Llevaba puesto un jersey azul de tejido de panal de abejas.

Guillermo consideró que era explicación suficiente.

Judith lo estudió en silencio bastante rato, buscando en su expresión algún rasgo de desequilibrio mental. Parecía muy joven, casi un adolescente: tenía la piel muy fina y blanca, sin sombra de barba, de rostro más huesudo que afilado y ojos grandes. De hecho, eran de un tamaño casi abrumador, de un color azul tan pálido y transparente que sus pupilas parecían flotar en una gota de agua. Aquéllos no eran ojos de niño, eran más bien los de un anciano cuyo iris se ha ido decolorando al cabo de los años, agotados por el acto de observar.

Guillermo la contemplaba muy fijo, sin apenas pestañear, había algo inquietante en su mirada. Judith tardó un tiempo en apreciar que se debía a que su ojo derecho bizqueaba de forma casi imperceptible.

—¿Y Álvaro le dijo que viniera a verme?

—Me dio tu nombre y la dirección de este sitio. Me indicó que debía contarte lo mismo que le había dicho a él.

Judith renegó mentalmente de Álvaro. Mandarle al taller a todos los lunáticos que recibía en el periódico no tenía ninguna gracia.

—Vale... —dijo ella—. Entonces, deje que yo me aclare: usted fue al periódico esta mañana y pidió hablar con alguien de la redacción.

—En realidad, pregunté por la persona que escribe los artículos sobre los asesinatos de Enric Sert y de Alfredo Belman.

—Porque, según usted, tiene información importante sobre el caso...

—Eso es.

—¿Y por qué no se la ha contado a la policía?

—Ya lo hice, pero creo que no me tomaron en serio. Aunque fue muy divertido, nunca había visto una comisaría por dentro.

—Después de aquello, usted fue al periódico...

—Sí, allí me mandó la policía. El agente que me tomó declaración dijo: «¿Por qué no le cuentas esto a los de *El Cronista*? Ellos siempre se tragan esta clase de basura». Fue muy amable.

—A mí eso no me suena nada amable.

—Oh, lo dijo con un tono bastante gracioso. —Guillermo sonrió. Tenía una sonrisa amplia que le iluminaba todo el rostro.

—Vale, entonces luego fue usted al periódico, habló con Álvaro y él le mandó aquí.

—Exacto.

—Maldita sea, ¿por qué?

—Dijo que tú estabas investigando con él todo lo relacionado con el museo.

Judith cerró los ojos y se masajeó con los dedos el puente de la nariz.

—Escuche, señor Argán...

—Guillermo, por favor.

—Vale, Guillermo, como quieras. Escucha, no sé qué te habrán dicho en el periódico, pero te aseguro que venir aquí ha sido una pérdida de tiempo.

—Tu nombre es Judith, ¿verdad? —dijo él, como si no le hubiera prestado atención—. Es un buen nombre, me gusta. Es una heroína del Antiguo Testamento. Simboliza la fuerza, el valor, la lucha contra el Mal y contra los tiranos... Para los pintores del Renacimiento era la encarnación de la mujer viril, es decir, un ser que aunaba la belleza y la gracia femeninas con todas las virtudes masculinas, un emblema de perfección. También era el símbolo de la *Sanctimonia*.

Judith se lo quedó mirando, estupefacta.

—¿Qué?

—*Sanctimonia*: Humildad y Castidad.

Se hizo un silencio. Guillermo mareaba su baraja canturreando algo a media voz mientras Judith lo contemplaba con curiosidad.

—¿En qué trabajas, Guillermo?

—Ahora en nada, por desgracia.

—¿Y qué edad tienes?

—Ésa es una pregunta un poco indiscreta, ¿no crees? Normalmente yo no voy por ahí preguntando a la gente que apenas conozco cómo de viejos son, o cuánto pesan, o si van a misa los domingos y pagan todos sus impuestos. Me parece poco delicado.

—Muy bien, lo capto, no quieres decirme cuántos años tienes —atajó ella—. ¿Dónde aprendiste todas esas cosas sobre... símbolos?

Él se encogió de hombros.

—Por ahí... —Guillermo resopló con aire hastiado. Al hacerlo se agitaron los pelos rubios de su flequillo—. Todo esto también me lo preguntaron en el periódico, ¿de verdad es tan importante?

—Es normal que la gente quiera saber quién eres y de dónde has salido antes de escuchar tu historia.

—Bueno, en cuanto a quién soy, ya te lo he dicho: me llamo Guillermo Argán. Salí, imagino, del vientre de mi madre hace la cantidad de años suficiente como para poder comprar alcohol sin que sea ilegal, lo cual no impide que a menudo quieran ver mi carnet de identidad cuando pido una copa en un bar, y eso no deja de ser molesto. —Mientras hablaba, Guillermo iba colocando los naipes en montones sobre el mostrador. La primera carta era el as de tréboles, después el dos, el tres... Todas salían en orden—. He leído libros, he viajado por el mundo y en todas partes he aprendido algo nuevo. Tengo buena memoria. Soy rubio, de ojos claros y mido un metro ochenta y siete centímetros de estatura. Soy un lector de símbolos. Hace alrededor de seis meses, un pariente me presentó al profesor Alfredo Belman, que estaba buscando a alguien para que lo ayudara a ordenar su biblioteca y a recopilar datos para un libro que escribía sobre el Museo del Prado. Me contrató. Trabajé con él desde entonces, incluso tuvo la amabilidad de acogerme en su casa. No era un hombre simpático, pero siempre se portó bien conmigo. Creo que estaba muy solo y en mí encontró a alguien que le hiciera compañía, aunque sin ningún subtexto homosexual, me gustaría aclarar. Hasta donde yo sé, no lo soy. Creo que le acabé cogiendo cariño con el tiempo. La semana pasada lo mataron. Alguien entró en su casa, lo estranguló y profanó su cadáver. Yo lo encontré, y no fue nada agradable. Ahora sigo viviendo en su casa, la policía me dijo que podía quedarme hasta que algún heredero reclame la propiedad, pero me da un poco de miedo dormir solo allí. A veces oigo ruidos por la noche.

Guillermo terminó su parlamento colocando la última carta de la baraja sobre el mostrador, en uno de los cuatro montones que había ido formando. Ahora los naipes estaban ordenados por palos. Judith no tenía claro cómo lo había hecho.

—Vale, eso ha sido... demasiada información de golpe —dijo la mujer—. Vayamos por partes, ¿dices que tú eras el asistente de Alfredo Belman?

Judith recordaba ese nombre. El día anterior Álvaro le habló de su asesinato.

—Exacto.

Guillermo recogió las cartas y barajó otra vez.

—Y alguien lo mató.

—Sí —Guillermo apretó los labios en un gesto de indignación—, y se llevaron su libro.

—El que estaba escribiendo sobre el Museo del Prado.

—No, otro. *Sobre el Arte Verdadero*, se llamaba. La policía me preguntó si faltaba algo en la casa y yo les dije que sólo el libro, pero no les pareció importante.

—¿Crees que lo mataron para robarle ese libro?

—En realidad, creo que su asesino más bien quiso transmitir un mensaje.

—Un mensaje...

—Sí. Espera, te lo mostraré. —A los pies de Guillermo había una mochila húmeda y decorada con parches de marcas de motos. El joven la abrió y sacó de ella un libro muy grueso—. Esto es la *Iconología* de Cesare Ripa, un libro escrito en el siglo XVI. Es un manual de alegorías, es decir, explica cómo deben representarse mediante imágenes conceptos como la Virtud, el Silencio, la Poesía, los meses del año... Es muy útil.

—¿En serio?

—Desde luego. Muchos pintores sacaron sus ideas de la *Iconología* de Ripa: Vermeer, Goya, Velázquez..., multitud de ellos. Yo estaba leyendo este libro el día que mataron al profesor, por eso en cuanto vi su cadáver caí en la cuenta.

—Caíste en la cuenta, ¿de qué?

—De cuál era el símbolo. —Guillermo se detuvo en una de las páginas del libro. Leyó en voz alta—: «La Pintura es una mujer hermosa con el cabello suelto, largo y negro. Se ha de cubrir la boca con una banda que va atada por detrás de las orejas, llevando al cuello una gran cadena de oro de la que cuelga una máscara, y leyéndose en medio de su frente: *Imitatio*». En la mano sostendrá un pincel. —El joven cerró el libro de golpe—. Ésta es, según Cesare Ripa, la forma en la que el artista debe representar a la Pintura. Así es como encontré el cadáver del profesor. Salvo en el hecho evidente de que él no era una mujer de cabellos largos y negros, el resto de los detalles estaban ahí: la banda en la boca, la cadena, la máscara, el pincel y la palabra «Imitatio» grabada en su frente a cuchillazos.

—Eso... ¿es cierto?

—Por completo.

—¿Por qué una máscara colgando del cuello?

—Simboliza la imitación, la máscara convierte a su portador en otro ser. Según Ripa, ése es el concepto básico de la Pintura: la copia. La pintura es, en esencia, el arte de recrear de manera ficticia lo verdadero. Por eso el cadáver tenía una máscara y el término latino «Imitatio» grabado en la frente: el asesino convirtió al pobre profesor en una alegoría en carne y hueso.

—Pero ¿por qué diablos haría eso?

—Es lo que yo me he preguntado desde que me llevé el susto de toparme con el cadáver. Ayer por fin caí en la cuenta al leer un artículo de *El Cronista* que hablaba sobre el asesinato de Enric Sert.

Judith era consciente de que a esas alturas ya debería haberse deshecho de Guillermo, pero debía admitir que su historia empezaba a generarle curiosidad.

—No lo entiendo, ¿dónde está la relación?

—En la forma en la que murió.

—¿También era una alegoría de esas que salen en tu libro?

—No, era una mímesis, una *Imitatio*. —Al ver que Judith fruncía el entrecejo, Guillermo se explicó con más detalle—: A Sert lo encontraron desnudo y decapitado en su casa, también le faltaban los brazos. Además, la policía encontró una bandada de cuervos devorando el cadáver. Eso es raro porque, ¿qué asesino deja un montón de cuervos en la escena de un crimen?

—Imagino que ninguno, salvo que sea un ornitólogo aficionado... o quiera transmitir un mensaje.

—Eso es —ratificó el joven con entusiasmo—. ¡Un mensaje! Cuervos. Los cuervos simbolizan un montón de cosas. Es un emblema complicado. En la China Han, el cuervo de tres patas alude al sol, en el *Mahabharata* son mensajeros de la muerte, símbolo de virtud en Japón, de perspicacia para los hebreos, para los celtas son profetas, Odín tenía dos cuervos para espiar a los hombres, Hugin y Munin, y uno de ellos veía el futuro, para los mayas es un mensajero del dios del trueno, en el arte cristiano representa la soledad, por eso en los cuadros de anacoretas suele haber un cuervo...

—Para. Estás empezando a marearme —le cortó Judith, abrumada—. ¿Adónde nos lleva todo esto?

—Muy sencillo. En griego clásico, «cuervo» se dice *corone*, de *corone* se deriva el nombre del titán Cronos, que los romanos convirtieron en Saturno. —Guillermo chasqueó los dedos—. El cuervo es un símbolo de Saturno, y los cuervos devoraban el cuerpo de Sert. Sert fue director del Museo del Prado y allí hay dos cuadros, uno de Rubens y otro de Goya, ambos representan lo mismo: Saturno devorando a sus hijos. Me inclino a pensar que lo que recreaba el asesino de Sert era la versión de Goya, porque en ésa al hijo del titán le faltan la cabeza y los brazos, igual que a Sert, mientras que en la de Rubens el pobre crío está más o menos entero.

—No, espera un momento —le interrumpió Judith—. ¿Me estás diciendo que el asesino estaba recreando un lienzo de Goya?

—Que se exhibe en el Museo del Prado, sí. El *Saturno* de las Pinturas Negras.

—Vale, me parece que ya he escuchado suficiente.

—¿No me crees?

—¡Claro que no! Es una teoría... —Judith se trabó, intentando encontrar un vocablo contundente—, disparatada. Ni siquiera veo qué relación tiene eso con la muerte de tu jefe.

—El profesor creía saber quién mató a Sert, sospecho que él llegó a deducir lo mismo que yo. Quizá lo mataron por eso, pero el asesino, además, nos dejó la clave para interpretar ambas muertes. *Imitatio*. Mímesis. Es un criminal que recrea cuadros.

—Fantástico, un amante de las bellas artes. Y, además, tan considerado como para dejarnos pistas en los cuerpos que destripa.

—¿Te estás burlando de mí? —preguntó Guillermo, con genuina curiosidad—. Lo siento, a veces me cuesta distinguir el sarcasmo.

—Pues éste era uno bien gordo, muchacho —respondió Judith—. Mira, no me burlo de ti, sólo de tu hipótesis. ¿Por qué diablos iba a molestarse el asesino en recrear nada o en dar pistas de lo que está haciendo?

—No lo sé. —El joven se rascó el mentón, pensativo. De pronto pareció que se le había ocurrido una idea brillante—. Quizá podríamos averiguarlo juntos.

Judith decidió que ya era suficiente.

—De acuerdo, vamos a parar en este punto. Es evidente que eres un chico culto, con mucha imaginación y exceso de tiempo libre; pero yo no soy ninguna de las tres cosas, así que te sugiero que te busques a otro compañero de aventuras.

—Pero aún no te he explicado lo del coche.

—¿Qué coche?

—En el que encontraron la cabeza de Enric Sert.

—No, ¿sabes qué?, no quiero oír más. No te ofendas, amigo, pero odiaría hacerte perder el tiempo dando la impresión de que tu historia me parece mínimamente creíble. Ahora, por favor, si no vas a comprar nada, márchate.

La mirada de Judith no admitía discusión. Guillermo lo percibió enseguida.

—De acuerdo... Gracias por tu tiempo de todas formas.

Se encaminó hacia la puerta cabizbajo. A través del cristal podía verse caer un aguacero intenso.

—Oye... No hace falta que salgas ahora mismo, puedes esperar a que escampe.

Guillermo sonrió y se encogió de hombros.

—No importa. Sólo es agua.

Se cubrió la cabeza con la capucha de la sudadera y salió.

Judith se sintió como si hubiera echado a un perro sin hogar a la calle.

Su teléfono móvil vibró sobre el mostrador. Era Álvaro, que al fin se dignaba a responder sus llamadas. Cuando descolgó, ella no se molestó en darle tiempo a saludar.

—¿Puede saberse quién es el pirado de la corbata de patos al que le has dado mi dirección?

—Ah, has conocido a Guillermo. Un tipo curioso, ¿verdad? Su historia es alucinante. Te dije que encontraría una manera de demostrarte que algo raro está pasando.

—No irás a decirme que crees una sola palabra de lo que cuenta.

—Pienso que tiene bastante sentido. ¿Te ha explicado lo del coche de Sert?

—¿Qué diablos pasa con ese coche?

—La marca. Era un Saturn SC. Aparte del hecho de que ya casi nadie en este país tiene un Saturn, es sorprendente las molestias que se tomó el criminal para meter dentro la cabeza y los brazos de Sert... Como si el coche se los hubiera comido.

—Ya, el Saturn, como Saturno, ya lo pillo.

Judith quiso sonar escéptica, pero lo cierto era que aquel dato le parecía llamativo.

—Todo encaja, Judith. Es igual que en el cuadro de Goya.

—Me parece muy bien, pero acepté colaborar contigo sólo para indagar sobre el posible amaño de la beca, los crímenes sin resolver no me interesan. Así que, por favor, deja de mandar lunáticos a mi taller, ¿quieres?

—Pero...

No pudo terminar la frase. Judith colgó el teléfono y lo dejó sobre el mostrador con gesto furioso. Fue entonces cuando se dio cuenta de que Guillermo se había olvidado su *Iconología* de Cesare Ripa.

Entre sus páginas había un naipe a modo de punto de lectura. Judith habría jurado que no estaba allí cuando Guillermo sacó el libro de su mochila. La carta era muy rara, similar a un caballo de espadas, pero el jinete vestía como un samurái y tenía rasgos orientales.

En la parte trasera había algo escrito.

Por favor, Judith, llámame para devolverme el libro, lo voy a
necesitar.

G.

A continuación, un número de teléfono.

Ella esbozó una sonrisa a medias. Aunque le parecía un truco bastante sucio para forzar un segundo encuentro, no dejaba
de reconocerle cierto ingenio.

Belman (1)

La habitación del loco es pequeña. Por la ventana se filtra una luz suave de atardecer.

El enfermero —no sé si en realidad es el término adecuado— pasa en primer lugar. Se hace a un lado de forma discreta, con las manos a la espalda. Es un tipo muy grande, joven y fornido. Sus brazos son puro músculo. No puedo evitar preguntarme cuántas veces habrá tenido que emplearlos en reducir a un enfermo en plena crisis. Me consta que en la clínica hay algunos pacientes violentos.

El mobiliario del cuarto es básico. Sobre una cómoda hay un pequeño televisor que emite una vieja película muda. Reconozco una escena de *El gabinete del doctor Caligari*, aquélla en la que el gigante Cesare abre los ojos en el interior de su ataúd.

El loco está sentado en una silla frente a una pequeña mesa plegable. Está haciendo un solitario con una baraja de naipes.

Aunque la película sigue su curso en la televisión, él no se molesta en mirarla, mantiene la vista fija en las cartas, colocando un naipe junto a otro con lenta precisión. Tampoco parece haberse percatado de que ya no está solo en el cuarto. O quizá sí, pero no le importa.

Me doy cuenta de que se parece a Cesare, o al menos percibo en él una cierta similitud, como si fuera una versión más luminosa de la criatura de Caligari: igual de alto, igual de pálido, los mismos ojos turbadoramente grandes, sólo que en el caso del enfermo éstos son de un azul acuoso, y no negro, y su pelo es rubio.

Me acerco y me siento en la cama, frente a él.

—Buenas tardes, Guillermo.

Me mira por primera vez. Le hago una señal al enfermero para que nos deje solos.

—Hola.

—¿Sabes quién soy?

La pregunta es oportuna. Guillermo a veces presenta lapsus en su memoria.

—Sí, claro. Es el profesor Belman.

Me fijo en sus naipes. Guillermo tiene muchas barajas, las guarda todas en la cómoda de su habitación. La de hoy tiene una forma curiosa. Los palos son similares a los de la baraja española, hay caballos, reyes y sotas; pero también hay reinas, dragones y personajes con pinta de filósofos chinos. El diseño de las cartas tiene un aspecto oriental.

—Me gusta tu baraja.

—Gracias. Es *unsun karuta*, la versión japonesa de los naipes españoles. Data del siglo XVII.

—¿Tienes alguna baraja de tarot?

—No, ¿por qué habría de tenerla?

—Pensé que te gustarían sus diseños, son muy vistosos.

Guillermo sonríe, como si hubiera dicho algo absurdo.

—No, eso es más bien fantasía, no me interesa. La torre, el ahorcado, los amantes... ¿Qué es todo eso? Bobadas. Son como palabras en un idioma inventado: suenan bien, pero no significan nada.

—¿Y estas *unsun karuta* en cambio sí?

—Claro. Oros, copas, espadas, bastos: nobles, sacerdotes, guerreros, campesinos. Hay todo un universo en una baraja de cartas, ¿se da cuenta?

—Ya. Son símbolos, ¿no es eso?

—Exacto. Símbolos, iconos, emblemas... Como prefiera llamarlos.

—Guillermo, háblame de los símbolos.

—Están por todas partes —dice él, con sencillez.

—Y tú los interpretas, o eso me han dicho.

—Más o menos.

—¿Cómo?

Él tarda un rato en responder, parece que no quisiera hacerlo.

—Me dicen, por ejemplo, que Raúl, el enfermero que lo ha traído hasta aquí, es un hombre violento y solitario, o que la chica de la recepción se siente sola y quiere enamorarse.

—¿De qué manera te dicen todo eso?

—Raúl tiene tatuado un búho. En china, el búho simboliza un desequilibrio en el yang, el alma impulsiva, así que indica agresividad y amenaza; en Occidente se asocia con la oscuridad, la tristeza y el abandono. La chica de la recepción lleva desde ayer un colgante con forma de ciervo que, según Ovidio, es emblema del amor melancólico pues vaga solitario por la espesura del bosque.

—Pero eso no indica nada sobre las personas que llevan prendas o adornos con la forma de esos animales. Puede que Raúl se tatuara un búho o que esa chica lleve un colgante de ciervo simplemente porque les gustan.

Guillermo niega con la cabeza.

—Oh, no... No es tan sencillo.

Elude cualquier otra justificación. Me pregunto si estas peculiares ideas de Guillermo no estarán conectadas de algún modo con las teorías de Jung sobre el inconsciente colectivo. Si tuviera más datos sobre dónde se ha formado o quiénes han sido sus maestros quizá podría estar seguro, pero la existencia de Guillermo antes de aparecer en este hospital es un enigma.

—Pero, aun así, no puedes juzgar el comportamiento o los sentimientos de una persona sólo por un tatuaje o un adorno. A menudo te equivocarás.

Él sonríe apenas, en una expresión que es más bien de tristeza.

—Sí, sería lo lógico... Por desgracia, siempre acierto.

—¿Por desgracia?

—No es ningún don saber leer símbolos.

—Entonces ¿es una maldición?

—Tampoco. Sólo es algo con lo que tengo que lidiar de la mejor manera posible. Soy como una persona con buen oído para los idiomas, nada más.

Guillermo reúne las cartas en un mazo. Las mezcla con dedos ágiles, hace unos movimientos increíbles, como de un avezado prestidigitador; sin embargo, nunca le he visto hacer trucos de magia con ellas, dice que no se sabe ninguno.

—¿Recuerdas el día que nos conocimos, Guillermo?

—Sí. El doctor Blasco lo trajo aquí.

—Eso es. Él fue quien me habló de ti, quien me dijo que sabías leer símbolos. Aquel día te pregunté dónde habías aprendido, ¿recuerdas lo que me respondiste?

Él hace una pausa. Se concentra en rebuscar en su memoria. Finalmente niega con la cabeza. Su cara luce la expresión de una pequeña derrota.

—No, lo siento.

—Dijiste que no habías aprendido en ninguna parte, que, hasta donde podías recordar, siempre has poseído ese conocimiento.

—Sí, pero eso no es verdad, ahora ya lo sé. Yo... decía esas cosas porque... porque estoy enfermo, porque me pasa algo en la cabeza. Por eso estoy aquí, porque necesito curarme.

—Entonces ¿por fin sabes dónde aprendiste a leer símbolos?

—Todavía no, pero es lógico que alguien me enseñara, ¿verdad? —Su mirada denota algo próximo a la desesperación, como si necesitara que yo le ofreciera una respuesta—. Quizá cuando lo recuerde pueda salir de aquí.

Sus procesos mentales son fascinantes. No deja de ser curioso que ahora parezca deseoso de marcharse ya que no sabría a dónde ir, apenas recuerda de sí mismo algo que no sea su nombre.

—¿Quieres dejar el sanatorio? —pregunto.

Él responde con un hilo de voz:

—Sí, pero... aún no. No debo.

—¿Por qué no debes?

—Porque soy peligroso.

—¿En qué sentido?

Hace agónicos esfuerzos por hallar una respuesta. Su expresión se agita como si sufriera un dolor físico.

—No lo sé, no... no lo recuerdo. Pero lo soy, de lo contrario no estaría aquí.

Él no sabe por qué está en el sanatorio. Yo tampoco. Su expediente médico, lógicamente, es confidencial. En cualquier caso, sé que nadie antes que yo ha tenido la inquietud de leerlo, los médicos me han dicho que soy la primera visita que ha recibido Guillermo en todo el tiempo que ha estado ingresado.

—Guillermo, ¿conoces un libro que se llama *Sobre el Arte Verdadero*? —pregunto.

Al dejar atrás el delicado asunto de sus recuerdos, el joven se relaja un poco.

—No, ¿de qué trata?

Ignoro qué responder a eso. No sabría cómo explicarle que el libro habla de él en cierto modo.

O, por lo menos, eso es lo que sospecho. Por eso estoy aquí, por eso mis visitas al loco: necesito comprobar si estoy en lo cierto.

—Es... una especie de tratado sobre teoría artística, escrito por un filósofo griego del siglo xv llamado Georgios Gemistos «Pletón». ¿Ese nombre tampoco te resulta familiar?

El joven niega por segunda vez. En el fondo me lo esperaba. Mencionarle la existencia del libro no ha sido más que un disparo al aire.

Una enfermera entra en la habitación e interrumpe nuestra charla. Me informa de que la hora de visita terminará en cinco minutos. Me despido de Guillermo.

—¿Volverá en otra ocasión? —me pregunta.

—Tal vez. ¿Te gustaría?

—Oh, sí. No suelo tener a nadie con quien hablar. Generalmente no me importa, pero a veces es un poco aburrido.

—Entonces lo haré.

—Gracias. ¿Quiere un consejo? —Se señala hacia el cuello

con gesto tímido—. Cámbiese la corbata. Todas las veces que ha venido a verme trae la misma.

—¿Por qué? ¿Qué tiene de malo mi corbata?

—Perdices —responde, refiriéndose a los animales que forman su diseño decorativo—. Es un pájaro malvado porque se apropia de los huevos ajenos. En la Edad Media era un símbolo del engaño. Si viene siempre con la misma corbata podría empezar a pensar que está ocultándome cosas.

Me mira fijamente. Esos ojos enormes parecen tener la cualidad de ver demasiado profundo.

2

Fabiola empezó a sentir una cierta claustrofobia. Había pasado la mañana volcada en aburridas tareas administrativas y necesitaba ver algo que no fueran las paredes de su despacho.

Dirigir una pinacoteca de la envergadura del Prado era una responsabilidad abrumadora que exigía, sobre todo, gestionar una pesada carga de burocracia. A menudo era fácil olvidar entre tanto papeleo que la base de todo aquello era el Arte. Desde que Fabiola ocupaba el puesto de Enric, muchas veces tenía la sensación de que lo único que hacía era imaginar formas para mendigar subvenciones. Dinero para reformas, dinero para instalaciones, dinero para subcontratas... Casi nunca se hablaba de cuadros o de artistas, sólo de capital. Para ella, que amaba el Arte con sinceridad, ya que era lo único que le hacía olvidar que el mundo es, básicamente, un lugar de sufrimiento, el trabajo de gestión administrativa a menudo se le hacía insoportable, y en esos momentos necesitaba recordarse a sí misma por qué valía la pena llevarlo a cabo.

Decidió acercarse al taller de restauración. Estaba distribuido alrededor del último nivel del claustro de los Jerónimos, de cuyas vistas se disfrutaba desde los amplios ventanales que iluminaban el espacio. A menudo, Fabiola se deleitaba curioseando siempre que podía la labor de los restauradores, sentía sincera admiración por su trabajo, le parecía que tenía algo de magia.

El Museo del Prado contaba con ocho restauradoras en el

taller de pintura (solían ser nueve, pero recientemente habían perdido a una de ellas fichada por la National Gallery), todas ellas expertas en diversos soportes salvo en pintura mural, para la cual el museo carecía de especialistas. Había también otros talleres específicos para estatuaria, artes decorativas e incluso marcos; pero éstos apenas contaban con uno o dos miembros.

El taller de pintura era un lugar que solía presentar un gozoso y bello desorden. Los lienzos y tablas, como si de pacientes de un hospital se tratara, aguardaban su turno para ser curados descansando sobre grandes caballetes. A menudo podía verse a los expertos del taller empujando con sumo cuidado los diferentes cuadros de un lado a otro, igual que tramoyistas manejando bambalinas fantásticas. Para su trabajo, vestían batas negras, como queriendo otorgar a su atuendo de curanderos del Arte un estilo solemne de cofradía.

Fabiola procuraba no excederse en sus visitas ya que a los restauradores no solía gustarles que los distrajeran en su tarea. La mayoría podían mostrarse bastante quisquillosos, cuando no francamente hostiles. La directora aprovechó para visitarlo la hora en la que los expertos solían tomarse su descanso para el almuerzo, así no los estorbaría en plena labor.

Sólo encontró a uno de ellos: una mujer espigada con rostro de galgo y ojos pequeños que, cuando apareció Fabiola, estaba limpiando un cuadro de un ángel arcabucero. La obra era un lienzo original del llamado Maestro de Calamarca, pintor barroco perteneciente a la Escuela Cuzqueña. Había llegado al Prado gracias a la donación de un particular y el museo lo recibió con entusiasmo, pues apenas contenía en sus fondos muestras valiosas de pintura hispanoamericana. Además, aquel ángel en concreto era una obra muy rara.

Fabiola no tenía muy claros los detalles de la donación, ya que era Roberto quien lo había gestionado todo. El director adjunto de Conservación era un ávido cazador de fondos museísticos, muy hábil en dicha labor, y Fabiola solía dejarle que la llevara a cabo sin intervenir en ella más que lo imprescindible.

El ángel arcabucero llegó al museo en un estado de conservación razonablemente óptimo, pero cubierto por un exceso de barniz.

En el pasado era habitual que a las pinturas se les aplicara un proceso conocido como «refrescar el color». Consistía en cubrir el lienzo con una nueva capa de barniz que ayudaba a recuperar el brillo de los pigmentos. Este método era invasivo y poco recomendable dado que, ciertamente, el barniz nuevo dotaba al lienzo de mayor luminosidad, pero a la larga éste se oxidaba y amarilleaba, provocando justo el efecto contrario al deseado. A menudo se intentaba corregir este oscurecimiento mediante la aplicación de nuevas capas de barniz, con lo cual el problema se agravaba. Gran parte de la tarea de los restauradores del Prado consistía en limpiar todas esas capas de barniz viejo y sucio acumuladas durante siglos. Era un proceso sin apenas riesgo dado que los disolventes del barniz no son los mismos que los de la pintura, pero que requería de mucha paciencia y cuidado.

Los expertos del taller de restauración se estaban encargando de limpiar el ángel arcabucero antes de que Fabiola decidiera en qué sala se expondría. Aún no lo tenía claro, no era una obra que encajara bien en el discurso expositivo del museo, pero ella estaba decidida a buscarle un hueco: era una pintura bellísima.

Fabiola se acercó a la restauradora con cara de galgo que estaba trabajando en el cuadro.

—Buenos días, Cayetana —saludó—. No, no te interrumpas por mí, por favor. Sólo he venido a echar un vistazo... ¿Cómo va la tarea?

—Bien: ya hemos quitado dos capas, sólo nos quedan otras dos. El fondo oscuro ya va recuperando poco a poco su color azul celeste original.

—Magnífico, buen trabajo.

—¿Qué vais a hacer con él cuando esté limpio?

—Exponerlo, naturalmente; ya veremos dónde. Los del Museo de América nos lo han pedido en depósito, pero a Roberto y a mí nos gustaría que se quedase en el Prado.

—Sabia decisión. No dejéis escapar este lienzo: es una joya.

—Me marcho para que sigas con tu labor. —dijo Fabiola—. ¿Alguna novedad por aquí?

—No, nada. Típica mañana de lunes... Bueno, salvo un pequeño asunto: nos ha desaparecido un bote de agua fuerte.

Ácido clorhídrico, una solución muy corrosiva que a veces se utilizaba en tareas de restauración.

—¿Desaparecido?

—Sí, o eso creo. Teníamos un par de botes de reserva y ahora nos falta uno, aunque, si te soy sincera, no estoy segura del todo. Tal vez lo gastamos hace tiempo y lo habíamos olvidado, el agua fuerte no es un compuesto que utilicemos mucho en el taller.

—Compruébalo cuando tengas un momento, ¿quieres? Ese líquido es peligroso, no me hace mucha gracia que uno de esos botes ande por ahí sin que nadie sepa dónde.

—Lo haré, descuida —aseguró la mujer—. Por cierto, casi se me olvida: al limpiar la primera capa del lienzo quedó a la vista el nombre del ángel. Lo lleva escrito en una filacteria, justo aquí, observa.

Fabiola se inclinó sobre el cuadro.

«Uriel», leyó. Según la literatura apócrifa, fue el quinto arcángel creado por Dios.

Su misión era la de anunciar el Apocalipsis.

3

Rembrandt era un pintor de veladuras y empastes. El abuelo Darren solía decir que el genio holandés no pintaba sus cuadros sino que los construía, capa a capa, tratando el óleo como si fueran hileras de ladrillo en un edificio.

Para Judith, imitar esa técnica estaba resultando un suplicio. En aquel momento contemplaba su copia con aire angustiado. Sostenía la paleta en una mano y en la otra sujetaba el pincel embadurnado de pasta blanca, a pocos centímetros del lienzo. Se sentía como un matarife novato a punto de degollar su primer cerdo.

Petru se le acercó.

—Voy a tomarme un descanso para un café, ¿me acompañas?

Judith no pensó en el café, sino en la petaca del abuelo. La llevaba en su bolso, con un poco de bourbon en su interior. Un buen trago le sentaría bien. Le daría un poco de lucidez para aplicar correctamente las dichosas veladuras.

—Sí, ve tú delante, ahora te alcanzo, cuando termine estos retoques.

Petru se marchó. Judith contempló cómo se alejaba porque aquél era un buen panorama.

Había decidido que el corso era un tipo decente. El viernes habían quedado a tomar algo por la noche, una cena de tapas.

Fue ella quien lo propuso, tenía cierta curiosidad por saber cómo era Petru fuera del ambiente del museo.

La cita pudo haber ido mejor, pero no por culpa de Petru; fue Judith quien la estropeó. Bebió demasiado, cosa que últimamente le sucedía con preocupante regularidad. Ella no recordaba todos los vergonzosos detalles, pero el sábado se despertó con el convencimiento de que su comportamiento había sido ridículo. Al salir de la cama, se encontró un mensaje en el móvil.

«Buenos días, Rembrandt. Ayer lo pasé muy bien, deberíamos repetir. Te veo el lunes. Un beso!»

Petru no había sucumbido a la tentación de incluir emoticonos, lo cual le hizo ganar muchos más puntos a ojos de Judith. Ella agradeció el mensaje, aunque estaba segura de que no era más que una mera cortesía. Cuando volvieron a verse en el museo, él repitió que fue una noche muy agradable y, de algún modo, logró convertir lo de la borrachera en una simpática anécdota que no hizo sino darle más encanto a la cita. Fue muy caballeroso por su parte.

Eso estaba bien, pensó Judith. En estos tiempos, un poco de caballerosidad tampoco estaba de más, para variar. Ella tenía entendido que los hombres ya no hacían esas cosas. El último tipo con el que tuvo un par de citas mostró una extraña fijación por pasar siempre el primero cada vez que atravesaban una puerta. Ni siquiera lo hacía por grosería, sino por puro pánico: temía que, si le cedía el paso, ella lo interpretara como una muestra de machismo condescendiente. Como a otros muchos hombres que Judith había conocido, los tiempos actuales lo superaban. Le gustaba que Petru no fuera de ésos.

Quizá no sería tan mala idea repetir la cita... Más adelante, cuando se le pasara el bochorno de la vez anterior. Y en esta ocasión se aseguraría de moderarse con la bebida.

Judith terminó de aplicar al lienzo un tono de veladura con el que quedó satisfecha y fue a reunirse con su compañero. De camino al ascensor pasó por las salas de pintura flamenca de los siglos XVII y XVIII. Accedió a la que estaba dedicada en exclusiva a la obra de David Teniers, un maestro holandés aficionado a retratar juergas de tabernas llenas de golfos, borrachos y fumadores. A Judith le caía simpático.

Fue en esa sala donde se topó con Guillermo. El joven estaba frente a un lienzo, contemplándolo con las manos a la espalda. Llevaba una especie de chupa de motorista combinada con camisa y corbata.

No le sorprendió encontrárselo. El día anterior, por la tarde, le llamó por teléfono para devolverle su libro. Habían quedado en que él iría a buscarlo al museo el lunes.

Judith se le acercó. Guillermo se dio la vuelta y desplegó una sonrisa.

—¡Hola! Precisamente te estaba buscando. He venido a por mi libro de Ripa.

—Sí, eso pensaba —dijo ella, con resignación—. Reconozco que la tuya no es una mala táctica para forzar citas.

Ella quiso abandonar la sala, pero Guillermo siguió contemplando el cuadro como si no tuviera ninguna prisa.

—Me encanta esta pintura —dijo—. Es muy graciosa, ¿verdad?

La obra era una de las llamadas «monerías» de Teniers, series de escenas protagonizadas por simios realizando actividades humanas tales como fumar en pipa, beber cerveza en una taberna o jugar timbas de cartas; siempre vestidos con simpáticos atuendos de personas diminutas. La que tanto gustaba a Guillermo era *El mono pintor*, en la que un primate ataviado con bonete y mandil pinta en un lienzo sobre caballete. Tras él, un congénere con anteojos observa su trabajo, como si fuera un atento mecenas. Era la clase de estampa que a un niño le parecería divertida.

—Es una *signerie* —explicó Judith—. Una sátira bobalicona. Pintoresco, pero insustancial; sólo un par de monos con sombreritos graciosos.

—No, no, yo creo que es algo más profundo —repuso Guillermo—. El mono es una imitación imperfecta del ser humano, al menos así lo consideraban en la Antigüedad y también en la Edad Media, cuando al hombre a veces lo llamaban «el simio de

Dios» porque está hecho a su imagen y semejanza, pero sin llegar a su perfección. ¿Sabes qué?, yo creo que en esta pintura Teniers hace un paralelismo muy agudo: el mono es un reflejo de una realidad superior, al igual que el Arte, que también lo es. *Imitatio, ¿recuerdas?* Ése es el sentido de la creación artística. Incluso Miguel Ángel llegó a esculpir un chimpancé junto a su *Esclavo Moribundo* para convertirlo en una alegoría. Él, como muchos otros, entendía que el Arte más sublime es el que más se acerca a lo que pretende imitar, ya sea una imagen o algo más intangible como una idea o un sentimiento. Un buen cuadro no es más que un espejo. —Guillermo miró a Judith y sonrió—. En cierto modo, los artistas más puros sois vosotros, los copistas. Pintáis espejos.

Interesante. Judith se quedó mirando a Guillermo, que seguía contemplando el cuadro con expresión risueña.

—Tienes labia, chico.

—Sí, ya lo sé —dijo él—. ¿Podemos ir ahora a buscar mi libro?

Ambos regresaron a la sala del Rembrandt. Allí, junto a su caballete, Judith tenía su bolsa de materiales de pintura en cuyo interior estaba la *Iconología* de Ripa. Se la devolvió a Guillermo, pero el joven no mostró intención de despedirse tan pronto.

Se mostró muy interesado por la copia de Judith. La estudió con infantil curiosidad al tiempo que formulaba toda clase de preguntas sobre su elaboración. A Judith le sorprendió descubrir que era un ignorante absoluto en técnicas pictóricas, por lo visto sus conocimientos sobre Arte se limitaban al campo de la iconografía.

A Guillermo también le llamó la atención el lienzo de Petru.

—¿Esto es obra de otro copista? —quiso saber.

—Sí, de uno de mis compañeros. Se llama Petru, es de Córcega.

—Ya. También es un asesino.

—¿Qué?

—Ha escogido el *Emblema de la Muerte*, eso es prácticamente una confesión.

—Estás bromeando.

—Oh, no, hablo en serio: es un asesino.

—Entiendo. Seguro que tu opinión sin fundamento sobre un completo desconocido tiene mucho valor, pero no te ofendas si te digo que me parece una majadería.

Guillermo se encogió de hombros. «Lo siento, pero es lo que hay», parecía expresar su gesto. Después le preguntó a Judith sobre el resto de los copistas de la beca, quería saber en qué cuadros estaban trabajando. Ella los enumeró.

—¿Podría verlos? —preguntó el joven.

—Nadie te lo impide, date una vuelta por el museo y búscalos, deberían estar trabajando en este momento.

—¿No vienes conmigo?

—Lo siento, amigo. No quiero sonar descortés, pero ya he empleado contigo mucho más tiempo del que tenía previsto, tendrás que apañártelas solo.

—Vale... —dijo él, decepcionado—. ¿Podrías decirme al menos cómo salir de esta planta? Creo que estoy un poco perdido.

Judith suspiró.

Ambos se dirigieron hacia los ascensores del tercer piso. Por el camino, Guillermo seguía haciendo preguntas sobre Rembrandt y su técnica, su afán de conocimiento parecía insaciable. Sorprendentemente, responder a sus dudas le resultó a Judith menos irritante de lo que habría esperado. Hablar con Guillermo le hacía sentirse sabia.

Tomaron el ascensor los dos solos. En aquel momento apenas había visitantes en la planta. Las puertas se cerraron y Judith pulsó el botón del primer piso.

El ascensor comenzó a moverse con suavidad. De pronto, por encima de sus cabezas, se oyó un sonido desagradable, como de un mecanismo mal engrasado. El ascensor tembló y se detuvo con un golpe seco.

Las puertas permanecieron cerradas.

—Mierda... —espetó Judith. Presionó varios botones del cuadro de mandos sin obtener ningún resultado—. Este trasto no funciona.

En la expresión de Guillermo apareció una sombra de temor.

—¿Estamos... estamos encerrados?

—Eso parece. —Ella toqueteó otra vez los botones. Sólo logró provocar una leve sacudida acompañada de ruido de engranajes—. No me lo puedo creer... ¡Venga ya!

—Oh... Oh, vaya... Oh... —El joven siguió vocalizando interjecciones al tiempo que se arrimaba a la pared con la actitud de un animalillo asustado.

El cuadro de mandos tenía un sistema de aviso de emergencia que funcionaba como una línea telefónica. Judith lo activó y pudo hablar con alguien que se identificó como un miembro del servicio técnico. La mujer le explicó la situación y una voz le aseguró que pronto iría alguien a ayudarlos.

—¿Lo ves? Todo en orden —dijo Judith, dirigiéndose a su compañero—. No hay por qué asustarse, estas cosas pasan a menudo.

Guillermo, encogido en una esquina, esbozó una sonrisa torcida.

—Sí, claro... Es que... ¿Sabes qué? No soy... Digamos que no soy... muy amigo de los espacios cerrados... De hecho, no me gustan nada. —El ascensor se agitó otra vez, como si estuviera a punto de moverse pero algo atascara su mecanismo. Guillermo se puso pálido—. Oh, oh... Eso no ha sonado bien...

El joven temblaba. Lentamente, deslizó la espalda por la pared hasta quedar ovillado en el suelo. Miraba hacia el techo como si temiera que en cualquier momento se fuese a desplomar.

—Eh, tranquilo —dijo Judith suavemente, intentando calmarlo. Se arrodilló a su lado y le puso la mano en la espalda—. Cierra los ojos y respira hondo, poco a poco.

—Lo intento, pero creo que falta el aire... ¿no lo notas? Y... y huele raro...

Apenas habían pasado unos minutos desde que avisaran al servicio técnico, pero el nerviosismo de Guillermo aumentaba con rapidez. Judith temía que le diera un ataque de pánico si no se le ocurría cómo calmarlo. Entonces, al mirar hacia el techo, reparó en que faltaba el panel de luces, dejando a la vista la escotilla de emergencia. Estaba entreabierta.

—Mira, fíjate —le dijo—. Creo que puedo abrir esa trampilla para que entre algo de aire, ¿eso hará que te sientas mejor?

—No, no podrás. Se cierran por fuera, por seguridad... Lo leí en alguna parte.

—Pues ésta no parece que lo esté, ¿lo ves? Alguien se la habrá dejado así.

La idea de abrir un conducto de ventilación pareció calmar a Guillermo. Judith logró convencerlo para que se pusiera en pie y la ayudara a alcanzar el techo del ascensor.

Judith era liviana y más pequeña que Guillermo, el joven apenas tuvo problemas para alzarla sentada a horcajadas sobre sus hombros. La placa de metal que cerraba la escotilla estaba desencajada del cierre, dejando una pequeña rendija abierta por la que se filtraba un aire viciado y maloliente. Judith la empujó, pero algo impedía que se abriese, como si hubiera un objeto pesado encima.

La mujer no se dio por vencida. Empleó todas sus fuerzas en golpear la placa con el puño. Una vez. Dos. A cada golpe lograba moverla un poco más. Ya casi lo tenía.

Con el tercer y último impacto se desencadenó algo espantoso.

La placa se desprendió y cayó encima de Judith. Al intentar esquivarla, provocó que Guillermo perdiera el equilibrio y ambos rodaron por el suelo. Al mismo tiempo, y acompañado de una vaharada de aire nauseabundo, un cuerpo se desplomó desde la trampilla al interior del ascensor. En mitad de su caída dio un frenazo en seco y quedó colgado en el aire, con las muñecas atadas a dos cadenas de hierro, igual que una grotesca marioneta de carne. El cadáver era de un hombre desnudo con el cuerpo cubierto de quemaduras y ampollas, algunas de ellas habían reventado y rezumaban un fluido seboso. En los brazos y el pecho, ahí donde la piel no estaba destrozada por la abrasión, se veían varios tatuajes; uno de ellos, en el bíceps izquierdo, tenía la forma de un sátiro sonriente.

El cadáver giró lentamente sobre sí mismo y mostró su rostro. Las quemaduras lo habían deformado sembrándolo de llagas y desprendiendo jirones de piel que dejaban a la vista huesos y tendones. Su boca estaba abierta en un grito silencioso.

Junto al cuerpo cayeron al interior del ascensor dos serpientes muertas, una de ellas aterrizó en el suelo y la otra quedó colgando del cuello del cadáver.

Guillermo gritó. Judith no pudo hacerlo. Sus ojos estaban clavados en el tatuaje con forma de sátiro. Ella conocía ese diseño, lo había dibujado con sus propias manos.

El cuerpo de Charli dejó de girar. La serpiente que tenía alrededor del cuello cayó al suelo produciendo un sonido viscoso.

4

—¿Quiere un vaso de agua, señorita?

Judith negó con la cabeza. Lo que realmente le apetecía era algo más fuerte. Pensaba en la petaca del abuelo. Habría matado por vaciarla de un trago en ese instante, pero tal vez al policía que estaba sentado frente a ella le parecería poco apropiado.

El policía, un hombre de unos treinta y rostro amable, se dirigió a ella de nuevo:

—Sólo serán unas preguntas, después podrá irse a casa.

Asintió de nuevo. Estaba en una oficina angosta del museo, sin ventanas. Sobre su cabeza escuchaba el runrún de un viejo sistema de ventilación. Olía a cuarto cerrado.

Cada vez que Judith cerraba los ojos veía el rostro del sátiro tatuado en el bíceps del pobre Charli. Recordaba la ilusión que le hizo el día que ella le enseñó el dibujo. Para agradecérselo, él le regaló un oso de peluche con la camiseta del Real Madrid. Qué regalo más absurdo, muy propio del bobalicón de Charli... A Judith se le hizo un doloroso nudo en la garganta.

—¿Sabe? Creo que tomaré ese vaso de agua, después de todo —dijo, haciendo esfuerzos para que no le temblara la voz.

El policía le trajo uno de una fuente del pasillo. Después empezaron las preguntas. Judith narró en pocas palabras lo ocurrido en el ascensor. A mitad de relato, un hombre entró en la habitación. Era un tipo alto, de rostro alargado y fúnebre. Llevaba el cráneo afeitado y la bombilla de la lámpara del techo se reflejaba en su grasiento cuero cabelludo.

El hombre pidió disculpas por interrumpir la conversación. El aliento le olía con intensidad a pastillas Juanola, un aroma que a Judith siempre le resultó desagradable.

—Soy el inspector Antonio Mesquida —se presentó. Luego se sentó frente a ella, adueñándose del interrogatorio—. Señorita O'Donnell, tengo entendido que usted ha encontrado el cuerpo. Lo lamento. Ha debido de ser una penosa experiencia. ¿Se encuentra bien?

—Bueno, he tenido días mejores.

—Entiendo. —Mesquida esbozó una sonrisa que trataba de parecer empática—. Acabamos de verificar la identidad del difunto, su nombre era Carlos Pozo, vigilante de seguridad del museo. Creo que usted lo conocía.

—Sí. Él es... era amigo mío.

—Lo siento mucho.

—¿Qué le ocurrió?

—No estamos seguros. Su familia denunció su desaparición hace un par de días. Al parecer, la última vez que lo vieron vivo estaba realizando su turno de noche en el museo. Recibió un aviso para bajar a vigilar un almacén, una cámara de seguridad de la planta 0 lo captó entrando en un montacargas y, después de eso, nadie volvió a saber de él. Sus jefes pensaron que había abandonado su puesto.

—Eso no es propio de Charli. Se tomaba muy en serio su trabajo.

—¿Habló usted con él antes de su desaparición?

—Sí, me lo encontré aquí, en el museo. Yo participo en la Beca de Copistas. Pasamos un rato juntos.

—¿Le dijo algo que pudiera ayudarnos a determinar por qué desapareció de su puesto aquella noche? ¿Lo notó usted preocupado, tal vez? ¿Inquieto por algún motivo?

—No. Él... él estaba normal, como siempre. Muy ilusionado por su nuevo trabajo.

—¿Tiene alguna idea de quién pudo haberle matado, y de los motivos?

—En absoluto, todo esto me parece un sinsentido. Charli era un buen tipo, un chico corriente, nunca se metía en líos —respondió Judith—. ¿Cómo... cómo murió?

—Creemos que fue degollado.

—Pero su cuerpo estaba... estaba lleno de heridas y quemaduras, ¿por qué motivo?

—¿De veras quiere oírlo? Le advierto que no es agradable.

—No me importa. Dígamelo.

Mesquida puso una expresión circunspecta.

—Barajamos la hipótesis de que el asesino lo desnudó y untó su piel con algún tipo de solución abrasiva, tan vez un ácido, antes de degollarlo.

—¿Quiere decir que cuando le hicieron eso estaba... —a Judith le falló la voz—, vivo?

—Es probable.

—Dios mío...

—Lo siento mucho, señorita O'Donnell.

—¿Por qué? ¿Por qué le hicieron algo así? Es monstruoso.

—Le aseguro que pondremos todo el empeño en descubrirlo. Hay muchos aspectos de este asesinato que resultan desconcertantes, como el hecho de que a su amigo lo colgaran con cadenas de la polea de un ascensor o que colocaran unas serpientes muertas junto al cadáver. ¿Tiene usted alguna idea de por qué harían algo así?

—No, en absoluto. Yo no... Todo esto es espantoso... —Ella se sintió mareada. El olor de las pastillas de regaliz le estaba revolviendo el estómago—. ¿Puedo irme ya a mi casa?

—Tan sólo una pregunta más, señorita O'Donnell: el hombre que estaba con usted en el ascensor, ¿es algún conocido suyo?

—¿Guillermo? No, es decir... sí, bueno; el sábado pasado estuvo en mi tienda, se dejó un libro y esta mañana vino a que se lo devolviera.

—¿Fue él quien sugirió tomar el ascensor?

—No lo sé, no lo recuerdo. Supongo que nadie lo decidió, simplemente lo utilizamos.

—¿Cómo fue la reacción de Guillermo cuando encontraron el cadáver?

—Perdón, creo que no entiendo a qué se refiere.

—Quiero saber si su forma de actuar le pareció natural.

—¿Natural? Chilló como un niño, estaba aterrorizado. Le dio un ataque de pánico cuando el ascensor se bloqueó, imagino que sufre de claustrofobia o algo similar —respondió Judith, confusa—. ¿A qué viene esa pregunta?

—¿De qué hablaron Guillermo y usted cuando fue a verla a su tienda?

Ella se quedó mirando al policía, extrañada. La boca de Mesquida se movía como la de un rumiante mientras saboreaba su pastilla de regaliz.

—¿Qué tiene eso que ver con Charli, inspector?

—Verá, señorita O'Donnell, lo cierto es que no sólo investigo la muerte de su amigo, también estoy al cargo del caso del asesinato de Enric Sert, ¿le suena? —Judith asintió con la cabeza—. Hace unos días también mataron a un catedrático llamado Alfredo Belman, para el cual Guillermo trabajaba como asistente. Él encontró el cuerpo.

—Lo siento, pero sigo sin ver la relación.

—Se lo explicaré: el de su amigo Charli es el segundo cadáver con el que Guillermo se topa, digamos, por accidente. Además de eso, hace poco se presentó en una comisaría de policía para exponer una hipótesis sobre la muerte de Enric Sert bastante original. Es decir, que la de hoy es la tercera vez en que aparece el nombre de Guillermo Argán involucrado en un caso de asesinato. Es demasiada casualidad, señorita O'Donnell, y la experiencia me ha enseñado que las casualidades no existen. Ése es el motivo de mi interés por su compañero de ascensor.

—Si está insinuando que Guillermo puede haber tenido algo que ver en la muerte de Charli...

—¿No lo cree probable?

—En absoluto, si es que hablamos de la misma persona. ¿Usted ha visto bien a Guillermo? ¡Es como un crío de casi dos metros! Llámelo instinto, intuición femenina o como le dé la gana, pero estoy segura de que ese chico no le haría daño a una mosca.

—No se fíe de las apariencias, señorita O'Donnell. A veces engañan. —Tras aquella perla de sabiduría policial, Mesquida se metió otra pastilla Juanola en la boca—. ¿Para qué fue a verla el señor Argán a su tienda?

Judith decidió que no le gustaba el inspector. No le gustaba su aspecto de empleado de funeraria, ni su absurda obcecación con Guillermo cuando lo más importante era encontrar al asesino de Charli, ni tampoco le gustaba el nauseabundo olor a regaliz negro de su aliento. Deseaba con todas sus fuerzas irse a su casa y perderlo de vista.

—Es una tienda. Entró a comprar —dijo secamente. Si le decía la verdad a Mesquida, tendría que hablarle también de Álvaro y de su trabajo para el periódico, y estaba demasiado agotada como para dar tantas explicaciones. Además, ni siquiera le parecía que fuera importante.

—¿Le habló sobre el asesinato de Enric Sert o de Alfredo Belman?

—No. Ya se lo he dicho: no era más que un simple cliente que se dejó olvidado un libro.

Mesquida se la quedó mirando unos segundos en silencio.

—Bien —dijo al fin—. Gracias por su ayuda, señorita O'Donnell. Ya puede marcharse. No obstante, le dejaré mi tarjeta por si recuerda algo importante y desea compartirlo conmigo.

Judith masculló una despedida y, tras arrojar la tarjeta de Mesquida al fondo de su bolso, abandonó el despacho.

Fabiola convocó una reunión de emergencia en una de las salas de juntas del edificio de Ruiz de Alarcón. A ella asistieron Roberto y algunos jefes importantes como el de Servicios Jurídicos y el de Relaciones Institucionales. También estaban presentes los responsables de mantenimiento y seguridad, así como algunos directores de departamentos menores. Fabiola no había querido que fuese una reunión demasiado restringida para evitar que lo que se tratara en ella diese pábulo a rumores extravagantes. Tan sólo mantuvo fuera a los representantes del Real Patronato del museo, que, en líneas generales, no solían tener ni la más remota idea de cómo funcionaba el día a día de la pinacoteca. La directora prefería reunirse con ellos aparte para transmitirles que todo estaba bajo control.

Al acceder a la sala de juntas, Fabiola casi pudo saborear el desconcierto de los presentes. Era como entrar en un corral de gallinas justo después del ataque de un zorro.

Los responsables del Departamento Jurídico y de Relaciones Institucionales estaban casi histéricos. El de Jurídico no paraba de citar supuestos legales que exoneraban al museo de toda responsabilidad, lo cual puso aún más nerviosos a los presentes, pues poco menos que les hizo creer que muy pronto el peso de la ley caería implacable sobre todos ellos.

El jefe de Relaciones Institucionales era la plañidera del funeral. Gimoteaba sin parar sobre la mala prensa que estaba a punto de arrastrarlos como una «riada de mierda» —ésas fueron sus palabras—. Entre lamento y lamento, proponía actuaciones disparatadas, como que los directores del museo dieran una rueda de prensa conjunta o clausurar el acceso a los visitantes hasta que la policía encontrase al asesino. Aquello colmó la paciencia de Fabiola.

—El Museo del Prado no va a cerrar —atajó—. La última vez que se tomó esa medida fue al estallar la Guerra Civil. ¿Es que quiere dar a entender que estamos ante un escenario semejante? ¿Ésa es su idea para calmar a la prensa?

—Pero la policía...

—Sé lo que quiere la policía, he hablado con el inspector Antonio Mesquida durante bastante rato esta mañana y se ha mostrado mucho más juicioso que usted. Dice que bastará con que se cierre temporalmente el acceso a los ascensores de Goya y a las salas que están cerca del cuarto de máquinas de la planta dos.

—Eso afectará al Tesoro del Delfín —gimió el de Relaciones Institucionales.

Roberto replicó a eso con tono cáustico:

—A ninguno de los turistas que vienen al museo les importará un comino siempre que puedan ver *Las meninas* y *el Jardín de las delicias*.

El conservador no participaba del nerviosismo general. Para asombro de Fabiola, apenas abrió la boca para intervenir y, cuando lo hizo, sus ideas sonaron bastante razonables.

Quien tampoco intervino apenas fue Rojas, el jefe de Seguridad. Durante el inicio de la reunión se limitó a permanecer en silencio, hurgándose entre las muelas cuando creía que no lo veía nadie. A Fabiola le irritó su actitud ausente.

—¿Y usted no tiene nada que aportar? —le preguntó—. Creo que todos los presentes agradeceríamos mucho un detallado informe de nuestro servicio de seguridad que, a fin de cuentas, es responsable de que este tipo de cosas no tengan lugar.

De mala gana, Rojas compartió los aspectos básicos del asesinato. La víctima había sido encadenada a la polea del ascensor 1 y su cadáver permaneció colgando de ella hasta que la cadena atascó el mecanismo de elevación, con las consecuencias de todos conocidas.

—¿Debemos entender —preguntó Fabiola— que alguien accedió al cuarto de máquinas con un cadáver a hombros, lo colgó de la polea del ascensor y después salió del museo sin que nadie de nuestro equipo de seguridad lo detectara?

—Podría decirse así...

—¿Y cómo fue eso posible?

—No tengo ni la más remota idea, señora directora.

—¡Esto es vergonzoso!

—¿Cree que no lo sé? Si su antecesor en el cargo no hubiera recortado el presupuesto de seguridad, yo tendría una plantilla decente, no chavales que se parten el lomo doblando turnos y que hay días en que prácticamente se duermen por las esquinas cuando vienen a trabajar; y también tendría un sistema de cámaras de seguridad moderno, no esa mierda antediluviana que no hace más que joderse a las primeras de cambio. —Rojas dirigió una mirada de desdén a los presentes—. Y perdonen mi lenguaje, pero les aseguro que esta situación me cabrea tanto como al que más.

—¿Cómo se supone que pudo entrar el asesino en el cuarto de máquinas? —preguntó el del Departamento Jurídico—. ¿No estaba cerrado con llave?

—Lo estaba, pero debía de tener una.

—Pienso plantearme muy seriamente el futuro de nuestro contrato con su empresa, señor Rojas —amenazó Fabiola. Lo dijo bien claro, para que todos los presentes recordaran sus palabras.

—No es mi empresa, sólo soy un trabajador más. Discútalo con mis jefes si quiere, yo hago lo que puedo con los medios de los que dispongo.

La directora lo miró con desprecio. No soportaba a Rojas, siempre le pareció un hombrecillo miserable y molesto, hasta su aspecto físico le causaba cierta repulsión. Por desgracia, era una herencia de la gestión de Enric de la que, por el momento, no podía librarse.

—Tengo entendido que la víctima era un miembro de su plantilla, señor Rojas... —intervino Roberto, con el tono y la actitud de alguien que quiere hurgar en una herida.

—No tengo la culpa de que se cruzara con una especie de psicópata, no soy responsable de con quién se relacionan mis trabajadores.

—Ah, entonces, según su muy agudo análisis, ¿el asesino es un psicópata?

—Imagino que lo será para matar de esa forma a alguien.

El jefe del Departamento Jurídico estaba lívido.

—Es atroz, atroz... —decía, negando con la cabeza—. ¿Quién encontró el cuerpo?

—Un hombre y una mujer —respondió Rojas—. La mujer es una de las participantes de la Beca de Copistas, Judith O'Donnell. El hombre se llama Guillermo Argán, un visitante.

—Curioso... —comentó Roberto a media voz. Sólo Fabiola, que estaba a su lado, pudo oírlo.

El de Jurídico quiso saber si alguien del museo había hablado con esas personas. Al parecer, tenía miedo de que uno de ellos, o ambos, pudieran presentar algún tipo de demanda contra el Prado. A Fabiola le parecía una idea ridícula. Le sorprendió que Roberto, en cambio, lo viera posible.

—Yo hablaré con la señorita O'Donnell —propuso—. La tantearé con delicadeza, no queremos que piense que este museo se desentiende del impacto que haya podido sufrir.

El de Relaciones Institucionales reiteró su preocupación por que ciertos detalles llegaran a la prensa. Fabiola le aseguró que, si todos mantenían un estricto silencio corporativo, quizá pudieran evitar que el asunto se descontrolara. También dijo que algunos miembros del Real Patronato tenían influencia en importantes grupos de comunicación, y que ya le habían transmitido su disposición a ayudar a que los aspectos más escabrosos del suceso pasaran inadvertidos. El inspector Mesquida, que tampoco deseaba que un exceso de publicidad echara a perder la investigación, velaría por que no hubiera filtraciones indeseadas.

—En lo que a mí respecta —añadió la directora—, centraré todos mis esfuerzos en que esto no afecte a las actividades habituales del museo. Ha sido un hecho terrible, pero considero que la mejor manera de combatir el horror es haciendo que el Prado siga siendo, como siempre, un lugar de acogida para todo el que quiera visitarlo. Cuento con vuestra ayuda para que sea posible.

Alrededor de una hora después Fabiola dio por concluida la reunión y despidió a todos los presentes salvo a Roberto, con quien deseaba hablar en privado.

—Tu arenga ha sido conmovedora —dijo el conservador cuando estuvieron a solas—. Eso del museo como lugar de acogida... ¿Lo tenías preparado o lo has ido improvisando sobre la marcha?

—¿Todo esto te divierte, Roberto?

—Naturalmente que no. No soy una bestia inhumana, claro que lo siento por ese pobre chico... Pero admito que encuentro este suceso absurdamente inverosímil; tanto que, por momentos, me cuesta tomármelo en serio. Supongo que me mostraría más horrorizado si hubiera sido yo uno de los pasajeros del ascensor.

—Precisamente de eso quería hablarte. Me ha parecido extraño tu interés por reunirte con Judith O'Donnell... o «tantearla», por utilizar tus propias palabras. ¿Crees en serio, igual que el del Departamento Jurídico, que podría responsabilizarnos de algo?

—Oh, no, por el amor de Dios. Ese hombre no es más que un leguleyo neurótico, como todos los de su calaña. Mi interés por la señorita O'Donnell tiene otros objetivos.

—¿Cuáles, en concreto?

—¿Acaso no sabes quién era su abuelo?

—Sí, un viejo grosero al que cuando dirigíamos el Reina Sofía le ofrecimos dedicarle una exposición de su obra y nos mandó, literalmente, «a tomar por saco».

Roberto sonrió.

—Todo un artista, ¿verdad? Uno auténtico, no como esos niñatos de ahora: muertos de hambre que se creen bohemios y venderían sus testículos por una simple mención en el *Ars Magazine*. Aparte de eso, Darren O'Donnell tenía una de las mejores colecciones privadas de bocetos de Rembrandt que se conocen. Tal vez su nieta, como potencial heredera de sus bienes, considere en un futuro próximo donar graciosamente parte de ellos al museo. Nos vendrían muy bien unos cuantos Rembrandt más, sólo tenemos uno.

—Siento decirte que tu proyecto me parece, cuando menos, poco factible, pero, en fin..., si hay alguien capaz de convencerla, ése eres tú, no hay duda.

—Gracias por tu *vote of confidence*, querida. Intentaré no traicionarlo. —Después, en tono casual, añadió—: Y, por cierto, quizá también hable con el otro pasajero del ascensor...

—¿Por qué? ¿Su abuelo también coleccionaba cuadros?

—Fabiola, estás perdiendo la memoria... ¿El nombre de Guillermo Argán no te dice nada? Hace unos días, Alfredo Belman lo pronunció delante de tus narices entre delirios paranoides. Dijo que era su asistente y que él sabía quién mató a Enric.

Fabiola dirigió al conservador una larga mirada de recelo.

—¿Qué es lo que estás tramando, Roberto?

—Nada... O quizá algo... No deja de ser asombroso que, de pronto, ese asistente aparezca por todas partes. ¿Qué crees que sabe? ¿No sientes curiosidad?

—En absoluto, incluso me sorprende que ese tal Guillermo exista. Belman estaba loco.

—Y Enric también. Los dos locos. Los dos muertos. Y hay un nombre que los relaciona a ambos. Piensa en ello, querida, piensa en ello.

—Es ridículo.

—Si tú lo dices... —Roberto se encogió de hombros—. ¿Querías hablarme de alguna otra cosa?

—Lo cierto es que sí. Algo confidencial, no puede salir de esta sala.

—Por supuesto, ya me conoces: *my lips are sealed.* ¿De qué se trata?

—Es sobre el cadáver de ese vigilante. Ese inspector Mesquida dice que untaron su cuerpo con ácido corrosivo. Al parecer, la sustancia que utilizó el criminal era agua fuerte.

—¿Y?

—Esta mañana alguien del laboratorio de conservación me ha dicho que les ha desaparecido un bote de agua fuerte.

Roberto se quedó un instante en silencio.

—No estoy seguro de qué conclusión se supone que debo sacar de eso... —dijo después, en tono cauto—. ¿Tal vez que el criminal trataba de... restaurar a su víctima?

—Por favor, no bromees con esto, Roberto, ahora no. Estoy inquieta.

—¿Por qué motivo? El asesinato y la desaparición del agua fuerte son dos hechos completamente ajenos el uno del otro, estoy convencido de ello.

—Sí, tal vez. Pero, por si acaso, me gustaría que mantuvieras los ojos bien abiertos. Tú te mueves por el museo mucho más que yo, que apenas salgo del despacho. Si observas algo... extraño o que te llame la atención, dímelo.

—Eso por descontado —dijo el conservador—. Somos un equipo, querida, ya lo sabes. Para lo bueno y para lo malo, y los dos sabemos que yo haría cualquier cosa por este museo.

Roberto sonrió de forma solícita y abandonó la sala de reuniones.

5

Judith entró en su pequeño estudio con la mente en blanco, caminando igual que un zombi. Dejó caer las llaves al suelo y, sin quitarse el abrigo ni el gorro de lana, se sentó frente al televisor apagado.

Al ver su rostro reflejado en la pantalla negra, se echó a llorar.

Le dolía la muerte de Charli. Maldita sea, le dolía de verdad, le golpeaba en el estómago como un puñetazo. Charli sólo era un chico bueno que la invitaba a café y trataba de mejorarle las mañanas siempre que ella estaba de resaca o de mal humor. Cuando Judith le regalaba alguna sonrisa o una palabra amable, los ojos de Charli brillaban de ilusión.

No se merecía acabar colgado de un ascensor con la piel abrasada.

Ella se dejó llevar por un llanto violento, de lágrimas y mocos. Se limpiaba la cara y la nariz frotándose con las mangas del abrigo, ni siquiera tenía fuerzas para levantarse a por un pañuelo. No quería moverse, no quería hacer nada. Sólo llorar en el sofá. Tenía la esperanza de que las lágrimas borraran de su cabeza la imagen del cadáver de Charli, pero eso no ocurría.

Ojalá hubiera algún modo de sacarlo de su mente. De no pensar.

Judith se levantó a trompicones. Tenía media botella de tequila sobre la nevera. La cogió y se quedó mirándola.

«Voy a beberme esta botella», pensó. «Entera, hasta la última gota. Y, cuando la acabe, si no he conseguido quitarme a Charli de la cabeza, iré a comprar otra y también me la beberé. Me beberé todas las puñeteras botellas de tequila del mundo. Voy a borrar el cadáver de Charli de mi cerebro frotándolo con alcohol.»

Pero, por algún motivo, seguía mirando la botella en su mano.

Se sentía débil y derrotada. Más que nunca en su vida.

Tenía que haber algo en el mundo capaz de hacerla sentir fuerte, algo que no fuera aquella maldita botella de tequila barato que, en el fondo, no le proporcionaría nada más que una resaca atroz. Sus ojos recorrieron desesperados el pequeño estudio, como si oculta en algún lugar esperara encontrar la respuesta.

Su vista se topó con una figurita de porcelana que había en la mesilla junto a la cama. No recordaba de dónde la había sacado, incluso había olvidado que estaba allí, casi oculta entre la lámpara de noche y la pila de libros que Judith leía al acostarse.

Era un pato, un pato blanco y azul, con una sonrisa boba en el pico.

«Los patos traen fortuna», pensó inopinadamente.

Judith dejó caer al suelo la botella de tequila.

Fue a buscar su móvil e hizo una llamada. Petru respondió casi de inmediato.

—Judith, ¿eres tú? Dios mío, me he enterado de lo ocurrido —dijo—. ¿Estás...? ¿Te encuentras bien? Tiene que haber sido espantoso.

Ella sorbió por la nariz. Intentó que su voz no delatara que había estado llorando, pero no pudo evitar que sonara más grave de lo habitual.

—No —respondió—. La verdad, no estoy nada bien... Creo... creo que no he estado peor en toda mi vida. Escucha, sé que esto te va a parecer un abuso, pero realmente necesito hablar con alguien. ¿Podrías... podrías venir a mi casa?

—¡Claro que sí! Ahora mismo voy para allá... Pobrecilla, debes de estar hecha polvo.

Petru llamó a su puerta veinte minutos después. Ella apenas le dejó tiempo para pronunciar unas palabras de ánimo. Se lanzó sobre sus labios como si quisiera bebérselo, sin apenas pensar en lo que hacía, sólo en la angustiosa necesidad que tenía de ello.

Él no la rechazó.

No hubo más palabras. Petru se limitó a dejar que ella tomara lo que necesitaba y Judith se emborrachó de sexo bronco y agotador. Al finalizar, ambos estaban exhaustos sobre la cama, cubiertos de una capa de sudor que brillaba como alcohol recién destilado.

Judith tenía la cabeza apoyada sobre su pecho. Era firme y cálido. Podía escuchar los latidos de su corazón. No se había atrevido a mirarlo a los ojos después del último orgasmo, era consciente de que lo había utilizado y eso ahora hacía que sintiera vergüenza, igual que una mañana después de una mala borrachera.

Notó que él le acariciaba el pelo.

—Gracias —dijo ella—. Necesitaba algo así.

—¿Quieres que me vaya? —preguntó él. A Judith la alivió que lo hiciera. Significaba que Petru entendía lo que acababa de ocurrir.

—No, quédate, por favor; sólo un poco más, si no te importa.

Le relajaba seguir oyendo los latidos de su corazón.

—Tranquila, lo haré —respondió—. ¿Te sientes mejor, Rembrandt?

Ella pensó que no demasiado, que lo que sentía era más bien saciedad. Tarde o temprano volvería a sentirse débil y derrotada, e intentaría matar aquella sensación con alcohol o con alguien que hiciera el papel de Petru, no importaba demasiado quién. Así era siempre. Su vida era un círculo vicioso del que no sabía cómo salir.

Pero, por el momento, no quiso pensar en ello.

—Sí, mejor —mintió. Se vio en la necesidad de añadir algo sincero para suavizar el engaño, creyó que él lo merecía—: Eres un buen hombre, Petru. Un hombre decente.

El copista siguió acariciando su pelo, lentamente. Judith cerró los ojos y se quedó dormida.

Soñó con un pato rojo.

6

El acceso a los ascensores y a la planta 2 se mantuvo cerrado durante dos días. Transcurrido ese tiempo, los visitantes pudieron seguir deambulando por sus salas con normalidad.

Muchos acudieron atraídos por la fascinación que siempre ejerce un crimen sangriento. En todo caso, si lo que buscaban eran emociones fuertes, se llevaron una decepción pues ni del crimen ni de sus pesquisas se apreciaba rastro visible en la pinacoteca.

El mismo día en que los ascensores de Goya volvieron a funcionar, apareció al amanecer un grafiti enorme en la puerta de los Jerónimos, un símbolo de aspecto ominoso acompañado de un mensaje.

HAY PINTURA EN TUS VENAS

Unos operarios de limpieza intentaban borrarla desde primera hora de la mañana. Así los encontró Guillermo cuando, entrada en mano, atravesó el acceso al museo.

El joven se dirigió al Edificio Villanueva a través de la Sala de las Musas, donde nueve imponentes estatuas de mármol que pertenecieron a la reina Cristina de Suecia recibían a los visitantes. Era como acceder al interior de un antiguo templo.

A Guillermo, cuya mente leía el mundo como un libro escrito con símbolos, el paralelismo entre el Museo del Prado y un templo le pareció oportuno. El Edificio Villanueva tenía trazas de santuario, como si fuera la visión de un profeta más que el diseño de un arquitecto. Por otro lado, la idea del museo como lugar de culto le resultaba extrañamente inquietante. El interior del Prado estaba plagado de dioses esculpidos y pintados. Algunos vivos, la mayoría olvidados, pero ninguno muerto. Porque los dioses no mueren, sólo duermen.

Y, al despertar, están hambrientos.

Guillermo caminó a través de la galería de pintura gótica española. En sus muros colgaban tablas de oro. Había símbolos por todas partes: en los paisajes, en las manos de los santos, en los colores... Cada pintura susurraba múltiples secretos. Querían ser leídas. Exigían ser interpretadas para no morir de olvido. Guillermo se sintió abrumado.

Sacó su baraja del bolsillo y empezó a marear las cartas con nerviosismo, al tiempo que canturreaba para sí a media voz:

—*I seat at the window and watch the rain, hi-Lili, hi-Lili, hi-lo. Tomorrow will probably love again, hi-Lili, hi-Lili, hi-lo...*

A fuerza de repetir el mismo estribillo varias veces, logró sofocar las voces de las pinturas y se sintió más tranquilo. La ansiedad se diluyó entre las cartas de su baraja.

Guillermo utilizó un plano del museo para llegar a la sala donde se exponían las Pinturas Negras de Goya. Allí encontró a Cynthia, trabajando en su copia del *Saturno*. El dios loco, con la boca desencajada como la de una serpiente, tragaba el cuerpo de su hijo mientras contemplaba a la italiana como si ella fuera el segundo plato.

Guillermo se acercó a observar su copia. No era ningún experto, pero le pareció bastante meritoria, aunque Cynthia apenas había pasado de la fase del boceto.

Ella no pareció molesta por aquel escrutinio, más bien al contrario. Sonrió coqueta y, sin apartar la vista del lienzo, preguntó:

—¿Te gusta lo que ves, *ragazzino*?

—Sí, es una bonita copia.

Cynthia rio.

—Entonces algo debo de estar haciendo mal, porque no debería ser bonita, debería causar espanto, igual que el original.

—¿Te parece espantoso?

—Cielo, es un anciano comiéndose vivo a su hijo. Fíjate en sus ojos, son pura maldad.

—¿Tú crees? —Guillermo contempló la pintura torciendo la cabeza como un pajarillo—. Yo más bien lo encuentro desesperado. Es casi triste, como si pidiera ayuda porque sabe que hace algo terrible, pero que, al mismo tiempo, no puede evitarlo. Es decir... podría no comérselo, sin duda... Pero es Saturno, debe devorar a su hijo, así está escrito. Su hermano Titán lo condenó a ello en cierto modo, pero Saturno no era un mal tipo. En la antigua Roma hacían fiestas en su honor y eran muy divertidas: la gente se daba regalos, los esclavos comían con los amos, las guerras estaban prohibidas... Eran como una Navidad. Pero fíjate, ahora todo el mundo lo identifica con un desafortunado momento de locura. Creo que sus ojos dicen: «¡Por favor, no me recordéis así, yo no soy esta persona, no tuve elección!». Los mitos a menudo son crueles con sus protagonistas.

Cynthia se lo quedó mirando.

—¿Y tú qué eres, una especie de crítico o algo así?

—Oh, no, yo sólo leo símbolos, no tengo ni idea de pintura. —El joven le tendió la mano a Cynthia—. Me llamo Guillermo Argán, por cierto.

La italiana reconoció el nombre.

—¿En serio? No serás tú el mismo que encontró el cadáver en el ascensor.

—Oh, sí, y fue muy desagradable. Creo que grité y todo, lo cual me da bastante vergüenza, pero es que sentía algo de claustrofobia y, además, justo en ese momento me caí al suelo y me hice bastante daño. Digamos que se juntó todo, por eso grité. Se lo expliqué a la policía para que no pensaran que soy un cobarde.

—*Ragazzino*, cualquiera chillaría de terror si le cayese un cadáver encima.

—Yo no chillé, grité —matizó él—. Judith, en cambio, no gritó nada. Es una mujer muy valiente.

—Ah, sí, estabais los dos juntos ahí dentro, ¿verdad?

—Sí, pero eso no lo han dicho en la prensa.

—No importa, yo lo sé todo. Me gusta coleccionar secretos y soy una chica muy curiosa.

—Lo sé.

—¿Y cómo lo sabes? ¿Judith te ha hablado de mí? Qué indiscreta...

Guillermo dirigió su vista hacia el pecho de Cynthia. Allí había un ostentoso broche de bisutería con forma de rana plateada y piedras azules en los ojos.

Lo sé por esto —dijo, señalando el broche—. La rana. En la *Iconología* de Ripa, la rana es el emblema de la curiosidad, pero no es un símbolo positivo. El libro del Apocalipsis dice que las ranas son los espíritus inmundos de los demonios, por eso en las pinturas medievales siempre verás alguna rana entre las llamas del infierno. Tiene sentido, ¿no crees? Saber demasiadas cosas a veces puede ser una condena. —Guillermo miró a los ojos de Cynthia. De pronto había tristeza en él—. Creo que deberías tener cuidado.

La italiana se quedó mirando a Guillermo con los ojos entornados, como si lo estudiase.

—Pareces un hombrecito muy peculiar —observó—. ¿De qué signo eres?

—No lo sé... No me interesan mucho los horóscopos.

—¿Qué día es tu cumpleaños?

—El sábado.

—¿Este sábado?

—No, cualquier sábado. Suelo celebrarlo en sábado, es mi día favorito de la semana.

—Pero... ¿en qué mes?

—Oh, eso me es indiferente. Algunos años prefiero hacerlo en invierno, otros en primavera... Según cual sea mi estado de ánimo. Nunca he creído que haya que esperar a cuando lo ordene el calendario para celebrar haber venido al mundo.

—*Non dire fesserie!* Supongo que sabrás en qué mes naciste, como cualquier persona.

—La verdad es que nunca me pareció un detalle relevante.

—¿Pretendes tomarme el pelo, *ragazzino*? ¿Acaso te estás burlando de mí?

—No, de veras, en absoluto.

—Pues entonces márchate y déjame trabajar.

Para Guillermo quedó claro que había dicho algo inconveniente, aunque no supo qué. Era algo que le ocurría a menudo.

Dado que Cynthia no quería seguir hablando con él, el joven desplegó de nuevo su plano y buscó la ubicación de su próximo destino, las salas de pintura flamenca de los siglos xv y xvi. Estaban en aquel mismo piso, pero justo en el ala contraria.

Una vez allí, encontró un nutrido número de visitantes que se amontonaban alrededor del *Jardín de las delicias*. En la misma sala, Guillermo localizó a otro de los copistas que andaba buscando. Isabel, vistiendo un sari amarillo con estampados en forma de pez; trabajaba en una reproducción de una pequeña tabla del Bosco.

Lo hacía con gestos nerviosos, sin parar de mezclar pigmentos y de cambiar de pincel, como si sus manos no pudieran estar quietas demasiado tiempo: se atusaba su cabello negro, veteado de blanco, rebuscaba en su bolso adornado con espejos, o retorcía con los dedos los múltiples abalorios que colgaban de sus collares y pulseras.

A Guillermo le llamó la atención el hecho de que Isabel no trabajara sobre un lienzo sino sobre una tabla de madera. Su pintura estaba quedando muy vistosa, con colores oleosos vivos y brillantes.

Isabel dio un paso atrás y, sin querer, golpeó con el tacón un botecito de pigmento que salió rodando por el suelo. Guillermo lo recogió y se lo entregó. Ella reaccionó de forma un tanto exagerada.

—¡Gracias, gracias...! Oh, madre mía, ¿cómo puedo ser tan torpe? ¡Si el bote hubiera estado abierto habría sido una catástrofe!

—Por suerte no lo estaba. —Guillermo sonrió—. Eres una de las copistas de la beca, ¿verdad? Isabel Larrau.

Ella le miró con recelo.

—Sí, ¿y tú quién eres?

—Me llamo Guillermo. Soy una especie de amigo de Judith.

—¿«Una especie»?

—Es complicado.

—Bueno, ¿y qué no lo es en esta vida? —dijo ella, filosóficamente. Después volvió a ponerse a trabajar en su copia.

—¿Te molesta si miro mientras pintas?

—Todo el mundo que pasa por aquí lo hace, así que adelante. Al menos tú has tenido la cortesía de preguntar. Además, conoces a Judith. Ella me gusta, es amable conmigo.

A Guillermo le pareció curioso el tono de voz de Isabel. Sonaba como si la mujer estuviera más bien hablando consigo misma. Cada frase que pronunciaba parecía un pensamiento que se le escapara en voz alta.

—¿Y qué hay del resto de los copistas? —preguntó el joven—. ¿También son amables?

—Felix es buena gente.

—¿De veras? —Era una simple muletilla, pero Isabel interpretó que dudaba de sus palabras.

—Supongo que te habrán dicho de él cosas terribles, pero no debes escucharlas, amigo de Judith.

—Nadie me ha hablado de él, quizá tú quieras ser la primera en hacerlo.

Isabel reflexionó su respuesta.

—Felix es puro.

No añadió nada más, como si considerara que aquella frase lo aclaraba todo.

—De modo que te llevas bien con Judith y con Felix —resumió Guillermo—. ¿Con el resto no?

—No, son oscuros, su aura es negativa. Todos fingen, ocultan cosas... Cynthia es perversa y cruel, aunque sonríe y sus palabras son suaves. Después está ese otro hombre, el corso... Nunca hay que fiarse de un hombre atractivo, los demonios siempre lo son. En cuanto a Rudy, es un mentiroso, no puede ocultarlo. —Isabel se enfrascó en su trabajo. Al cabo de un rato preguntó—: ¿Te gusta mi copia, amigo de Judith?

Guillermo se tomó un tiempo antes de responder. La pintura que había escogido Isabel era *La extracción de la piedra de la locura*, del Bosco. En apariencia se trataba de una obra muy alejada de sus fantasías plagadas de criaturas imposibles. La escena transcurría en mitad de una pradera. En ella, un cirujano de aspecto inquietante trepanaba con un cuchillo el cráneo de un hombre gordo atado a una silla. De su herida brotaba una flor. La boca del paciente estaba entreabierta, dejando escapar un hilo de baba, y su mirada era extraña; el artista había reflejado con escalofriante fidelidad la expresión de la víctima de una lobotomía. Dos personajes asistían a la operación: un fraile con un pichel en la mano y una mujer que sostenía un libro cerrado sobre su cabeza.

Guillermo odiaba al Bosco. Odiaba la manera en que acumulaba simbología sin sentido en sus obras, imágenes extrañas y perturbadoras que en la mayoría de las ocasiones no significaban nada para nadie que no fuera el propio artista. Detestaba especialmente el *Jardín de las delicias*, que le parecía una música sin melodía, tan estridente que, al contemplarlo, le causaba el mismo dolor de cabeza que si tratara de comprender a alguien que pronuncia las palabras al revés.

En *La extracción de la piedra de la locura*, en cambio, reconocía una pizca de lógica en sus símbolos. La justa, al menos, para que su visión no le hiciera sentirse mareado. No dejaba de parecerle llamativo que Isabel hubiera escogido reproducir aquella obra.

—De momento, creo que se parece bastante al original —dijo Guillermo—. Acabo de ver la de Cynthia y la tuya es mejor.

Isabel dejó escapar una sonrisa fugaz. Apareció y desapareció como un destello.

—Cynthia se cree artista, no es más que una farsante —aseveró—. ¿Qué opinas del Bosco, amigo de Judith?

—No me gusta.

—¿Y eso?

—Demasiados símbolos. Los acumula, los inventa, no tienen sentido.

—Pero el Bosco es fantasía desatada, ¡es juego y es belleza!

—No, qué va —respondió Guillermo—. Toda esa fantasía desatada no son más que diferentes formas de dibujar cosas que parecen genitales. Creo que, en realidad, el Bosco era un moralista reprimido.

Isabel rio. A Guillermo le sorprendió descubrir que tenía una risa bonita, se contagiaba a todo su rostro. Era una lástima que no la sacara a relucir más a menudo.

—Eso me ha hecho gracia, amigo de Judith, y no es algo habitual. —La pintora le miró a los ojos—. Me gustas. Tu aura es buena, tienes luz. Pero eres un terrible crítico de arte.

—Eso es cierto —dijo él, sin ofenderse—. ¿Por qué has escogido *La extracción de la piedra de la locura*?

—Por su significado. En el tiempo del Bosco, los ignorantes pensaban que la locura era provocada por una piedra alojada en el cerebro, como si fuera una especie de quiste. —Isabel señaló al hombre atado en la silla que aparecía en la pintura—. Este pobre desdichado ha caído en las garras de un cirujano farsante que le ha hecho creer que puede curarle su enfermedad mental abriéndole la cabeza y sacándosela con un cuchillo. Sólo le está engañando para quedarse con su dinero, es lo que simboliza la bolsa atravesada por una daga que cuelga de la silla del paciente. Como verás, de la herida abierta en el cráneo del loco no brota una piedra sino una flor, un tulipán.

—No creo que sea un tulipán. Esta pintura se hizo antes de que empezaran a cultivarse en Europa —puntualizó Guillermo—. Yo diría que es un nenúfar.

—¿Por qué un nenúfar?

—Es un símbolo sexual. Al final, el Bosco viene a indicar que la verdadera locura es la lujuria. Tal y como yo decía, todos sus cuadros son moralinas.

—Puede que tengas razón, amigo de Judith. Pero lo realmente importante de esta pintura es que demuestra que, en realidad, las cosas no han cambiado mucho hoy en día. Los locos seguimos estando rodeados por quienes no comprenden nuestra enfermedad. El mundo sigue siendo un mal lugar.

Isabel se quedó mirando la pintura con gesto de tristeza.

—Has hablado de los locos en primera persona...

—Sí. Tal vez, hace siglos yo habría estado en la silla de ese cirujano, a menudo aún me siento como si lo estuviera. Es duro, amigo de Judith, llevar esa piedra de la locura metida en la cabeza, quizá no exista, pero, aun así, podemos sentirla arañando nuestro cerebro. Sabes de lo que te hablo, ¿verdad?

—¿Yo?

Ella le miró con dulzura. De forma inesperada, posó su mano en la mejilla de él.

—Sí, lo sabes. Los dos venimos de la locura. Ahora me acuerdo de ti, esos ojos son difíciles de olvidar.

De pronto Guillermo sintió una profunda angustia. Ella lo miraba como si supiera algo que él ignoraba. Sin darse cuenta, sacó su baraja del bolsillo y empezó a mezclarla.

—Cartas, ¿eh? Así que ése es tu sistema —dijo Isabel, mirándolo de nuevo como si ambos compartieran un vínculo privado—. Sí, conozco esa ansiedad, la de hacer algo con las manos... En mis peores momentos yo solía arrancarme mechones de pelo de forma compulsiva. Por suerte eso ya pasó y ahora, cuando siento esa necesidad, juego con los colgantes de mis collares y pulseras. Lo malo es que siempre los pierdo porque a veces los desprendo sin darme cuenta.

Guillermo se apresuró a guardar de nuevo la baraja.

—Lo siento, no... no quiero ofenderte, pero me temo que te equivocas conmigo. Yo... En fin... Mi salud es buena, en todos los sentidos, siempre ha sido así. Y no recuerdo que nos hayamos visto antes en ninguna parte.

—No lo recuerdas... Entiendo, a veces pasa. Disculpa, amigo de Judith, no quería hacerte sentir incómodo. Olvida lo que he dicho.

Le dio la espalda para reanudar su pintura. Guillermo no quería seguir hablando con ella, así que pronunció unas torpes palabras de despedida y se alejó. En cuanto creyó estar fuera del alcance de su vista, se puso a barajar naipes de forma frenética.

Guillermo subió por las escaleras a la planta superior. Se dirigió hacia la rotonda de acceso de la puerta de Goya, donde se exponía el *Ixión* de José de Ribera. Allí estaba Felix Boldt, muy concentrado en su copia. Llevaba puesto su abrigo militar y unos pantalones sucios de polvo. Parecería recién salido de una trinchera.

La copia de Felix llamó de inmediato la atención de Guillermo. A diferencia de sus rivales en la beca, el alemán no estaba haciendo un calco del cuadro original sino más bien una interpretación. En su lienzo, el tono oscuro se mezclaba con fogonazos pictóricos de un rojo intenso que parecían cuchilladas salvajes. El cuerpo de Ixión estaba retorcido y deformado, adoptando un aspecto similar a una hoguera. Boldt había transformado el cuadro de Ribera en una perturbadora pesadilla lisérgica, tan atroz como fascinante. Todo el dolor del gigante torturado se concentraba en el lienzo.

—Eh, tú, ¿qué estás mirando?

La voz desabrida del alemán sorprendió a Guillermo.

—Tu copia... Es increíble.

—Ya. Dime algo que no sepa. Ahora apártate, ¿quieres? No puedo concentrarme si me echas tu maldito aliento en la nuca.

—Perdón, no quería estorbar.

—Eso dicen todos —farfulló—. Vienen, se me plantan a la espalda como pasmarotes y yo tengo que intentar trabajar mientras escucho sus estúpidos comentarios. —El alemán siguió protestando como quien se embarca en un soliloquio—. Una tía con pinta de lesbiana universitaria dijo que apreciaba influencias de Francis Bacon... ¡Francis Bacon! Seguramente habrá visto una foto del *Inocencio X* en algún suplemento dominical y se creerá toda una experta. La mandé al infierno.

—No sé quién es Francis Bacon, pero a mí tu copia más bien me parece un Greco al que han dejado demasiado tiempo en el microondas.

Felix miró a Guillermo.

—Sí, maldita sea, sí, ¡el Greco! Tú sí que lo has pillado.

El alemán siguió con su labor. No volvió a pedirle a Guillermo que se apartara. Había decidido que no era un simple mirón.

—El Ixión de tu pintura está sufriendo.

—Joder, claro que sufre, lo han atado a una rueda en llamas.

—Pero en el cuadro de Ribera no se ve la rueda.

—No, pero Ribera puso el fuego ahí, en el propio Ixión: en sus músculos, en sus tendones, en su piel. Yo sólo me he limitado a mostrarlo.

—Así que no es una copia idéntica al original.

—Sí lo es, pero no en sus trazos, lo es en su espíritu. Expresa lo mismo, transmite lo mismo, sólo que con otras palabras.

—¿No temes que eso te perjudique? Tú eres uno de los participantes de la Beca de Copistas, ¿verdad? Tal vez el jurado no comprenda lo que has querido hacer.

—El jurado me la suda —aseveró Felix—. Todo este concurso me la suda en realidad, ni siquiera me habría presentado de no ser por... —Se interrumpió—. En fin, alguien me convenció para que lo hiciera.

—¿Quién?

—Da igual. ¿De veras mi copia te ha recordado al Greco?

—Oh, sí, ya lo creo; pero no me preguntes por qué, ha sido más bien una sensación, no soy ningún experto.

—Al menos tú lo reconoces —masculló Felix—. El Greco era un genio. Todos los clásicos lo eran. Odio que relacionen mi obra con influencias contemporáneas, como si yo fuera incapaz de ver más allá del puto Picasso. Te diré una cosa, amigo: el cénit artístico del género humano se alcanzó en el Renacimiento Comneno; a partir de ahí, todo fue cuesta abajo hasta que las vanguardias del siglo xx terminaron de fastidiarlo todo.

—Eso suena muy radical —dijo Guillermo, que no sabía lo que era el Renacimiento Comneno.

—Ya, bueno... Quizá no todo fue malo. Dalí, por ejemplo: él sí sabía de qué iba la música, ¿sabes a lo que me refiero? Chagall también era bueno, al menos sus vidrieras, no sus cuadros; sus cuadros son basura... Pero, desde luego, ninguno era como el Greco.

—Si tanto admiras al Greco, ¿por qué no escogiste una obra suya para copiar? Aquí hay muchas.

—Porque no puede replicarse al Greco, es perfecto. Ningún imbécil osaría tratar de copiar un amanecer o una tormenta de fuego, sería un insulto a la naturaleza. En cambio él... —Felix señaló con su pincel el cuadro original del *Ixión*—. Con Ribera sí se puede intentar; él tenía calidad, pero, a diferencia del Greco, deja cierto margen para interpretarlo de forma subjetiva.

—Y tú lo has hecho, sin duda —comentó Guillermo, mirando la copia—. Lo que no acabo de comprender es el motivo de estos trazos de pintura roja; parecen heridas.

—¡Exacto! ¡Ésa es la idea! Lord Byron dijo una vez que Ribera pintaba con la sangre de los mártires. Ahí tienes la sangre.

Guillermo observó los trazos encarnados del lienzo, Boldt había logrado dotar al pigmento de cierta textura orgánica, daba la impresión de que la tela sufría algún tipo de hemorragia. Se preguntaba cómo lo habría logrado.

—¿Puedo pedirte un favor? —dijo el copista—. Tengo que ir a llenar de agua este bote, ¿puedes vigilar mi cuadro mientras tanto? No me fío del personal de sala, son unos inútiles, la última vez que me aparté del lienzo, alguien vino y rompió mis pinceles buenos.

—Descuida, no dejaré que nadie lo toque.

Junto al caballete había una zamarra con enseres de pintura. En cuanto el alemán estuvo lejos, Guillermo se puso a curiosear en su interior. En principio no vio nada de interés salvo el previsible repertorio de paletas, pinceles, trapos y tubos de óleo con nombres curiosos como «negro bujía», «azul cerúleo» o «verde vejiga». Al fondo de la zamarra encontró un bote de cristal etiquetado con la palabra «rojo». Dentro contenía una sustancia viscosa, no parecía pintura.

Guillermo abrió el bote y se lo acercó a la nariz. Olía como a óxido. Después mojó la punta del dedo meñique en el líquido y se lo llevó a los labios. Lo saboreó. En el paladar le dejó un sabor cobrizo inconfundible. No quería precipitarse, pero estaba casi seguro de que lo que Boldt guardaba en su frasco de «rojo» no era simple pigmento al óleo.

Era sangre, y la estaba utilizando para pintar su *Ixión*.

7

Aquella mañana, nada más entrar en la sala de taquillas del museo a primera hora, Judith se dio de bruces con Petru.

Era la primera vez que se encontraban cara a cara desde la noche que pasaron juntos. Tampoco habían vuelto a hablar desde entonces, como si ambos lo hubieran estado evitando. Lo cierto era que Judith apenas había pensado en ello en los últimos dos días.

El corso estaba solo, terminando de recoger sus materiales de pintura. Al ver a Judith, esbozó una sonrisa tímida.

—Hola —saludó.

—Hola.

Ella se dirigió hacia la máquina de café para prepararse uno. Buscaba desesperadamente una frase para evitar un silencio tenso, pero, por algún motivo, no se le ocurría ninguna.

—¿Cómo estás? —preguntó él.

Judith observó que no parecía incómodo, sólo cauteloso.

—Bien... Estos dos últimos días han sido menos malos de lo que temía. He podido desconectar. Ahora me siento con ganas de seguir con mi copia. —Judith hizo una pausa—. Oye, sobre lo que ocurrió la otra noche...

—No tienes que darme ninguna explicación —dijo él, en tono cordial—. Te sentías sola y triste y necesitabas a alguien a tu lado, lo entiendo, no hay por qué darle mayor importancia. Yo sólo... Bueno... Me alegro de haber estado ahí para ayudarte.

Judith se sintió aliviada.

—Yo también.

Petru sonrió.

—¿Todo bien entre nosotros, Rembrandt?

—Claro que sí.

—Fantástico, porque lo paso genial cuando estamos juntos, ya lo sabes. Puedes contar conmigo siempre que lo necesites. Tú sólo... llámame, como hiciste aquella noche.

—Gracias. —Judith lo miró, devolviéndole la sonrisa.

Estuvo a punto de decirle que, en efecto, tal vez lo hiciera, que no le importaría repetir; pero en ese momento Felix salió del pequeño lavabo que había en el cuarto, interrumpiendo la conversación. El alemán miró a Petru y a Judith con gesto inescrutable y, en silencio, se sirvió un café.

—Buenos días, Felix —dijo Judith.

El aludido respondió haciendo un gesto desganado con la cabeza. Luego se dejó caer sobre una silla, reclinándose sobre el respaldo y con las piernas extendidas en una postura deslavazada.

—Me voy a la segunda planta a empezar a trabajar —dijo Petru, colgándose al hombro su bolsa de pinturas—. ¿Te vienes?

—Enseguida, antes quiero terminarme el café.

El corso se marchó.

Judith sintió los ojos de Felix punzando su espalda. El alemán la miraba con gesto torvo.

Ella se acercó a la mesa para coger un poco de azúcar. Los ojos de Felix, semiocultos tras sus greñas pajizas, la siguieron por toda la habitación en medio de un silencio incómodo.

—Bueno, Felix... —dijo Judith, deseando romperlo. La forma en que el alemán la miraba sin decir palabra la estaba poniendo nerviosa—. Y... ¿cómo va tu copia?

—Bien —respondió él, secamente. Luego le dio un lento

trago a su vaso de café, sin dejar de observar a Judith en ningún momento—. He visto tu Rembrandt.

—¿Ah, sí?

—El dibujo es muy bueno. Tienes una habilidad natural.

Aquel cumplido cogió a Judith por sorpresa.

—Vaya... Gracias.

—Pero estás perdiendo el color, la estás jodiendo con las veladuras y ya es imposible solucionarlo. Cuando lo termines, será un desastre. No debiste escoger a Rembrandt, no es adecuado para ti. Cambia de pintor, por uno más caligráfico, de ese modo ganarás la beca.

—¿Por qué me dices eso?

—Porque a mi copia la van a descalificar y, después de mí, tú eres la mejor. No me importa, no he venido aquí para ganar esta estúpida competición. Si fueras lista, te aprovecharías de eso.

—Creo que te equivocas, los demás también son muy buenos.

Felix dejó escapar una especie de gruñido seco.

—¿Estás bromeando? ¿Es que no tienes ojos en la cara? Cynthia no tiene ni idea de lo que está haciendo, no entiende su cuadro; Isabel lo intenta con todo su empeño, pero no es suficiente, y la copia de Rudy es un mal chiste, sus figuras parecen monigotes pintados por un niño autista.

—Me temo que no estamos de acuerdo —dijo Judith fríamente—. Además, no has mencionado a Petru. Su copia es extraordinaria.

—Una simple muestra de habilidad, no es la obra de un artista. Está vacía, como hecha por una máquina, no veo por qué habría de parecerme extraordinario algo que hoy en día puede hacer cualquier teléfono móvil.

—Bien, es tu opinión. La mía es muy distinta.

—Lógico. —Felix dio un último sorbo a su café—. Te lo estás tirando, ¿verdad?

Judith se quedó atónita.

—¿Disculpa?

—Os he oído antes, cuando estaba en el lavabo.

—¡Eso no es asunto tuyo!

—No. Pero, si yo fuera tú, me mantendría lejos de ese bastardo. No tiene alma, igual que sus cuadros. —Aplastó el vaso de plástico que tenía en la mano y lo tiró al suelo—. Luego no digas que nadie te avisó.

Felix cogió su lienzo y salió del cuarto.

Judith no dijo nada a Petru sobre la conversación con Felix. Se negaba a darle importancia, pensaba que el alemán sólo quería ser desagradable. Al parecer, ésa era su forma de relacionarse con todo el mundo.

Aun así, no podía dejar de pensar en lo que dijo sobre su copia de Rembrandt. Mientras trabajaba en ella, Judith empezó a ver errores por todas partes, se sentía insegura y no era capaz de dar un trazo a derechas. Por si eso fuera poco, se dio cuenta de que se había olvidado algunos colores en casa.

—Vaya por Dios... Necesito amarillo indio.

—De ése no tengo, lo siento —dijo Petru a su espalda—. ¿Te vale un tono parecido?

—No, da igual, creo que Rudy lo está utilizando en su Velázquez, iré a pedirle un poco.

Judith bajó al piso inferior. Allí encontró al texano junto a su caballete, frente al cuadro de *Las hilanderas*. Le sorprendió verlo manteniendo una animada conversación con Guillermo. ¿Qué diablos hacía en el museo? Ella no había vuelto a verlo desde el episodio del ascensor, y tampoco lo había echado de menos.

—Ah, hola, señorita Judith —saludó Rudy—. Acabo de conocer a su amigo. Este muchacho es un tipo interesante, ya lo creo que sí.

—No le he dicho que fuéramos amigos —puntualizó Guillermo—. Dije más bien «algo parecido a» amigos, lo prometo.

—Es igual. Une mucho quedarse encerrada con alguien en

un ascensor, así que supongo que algo debemos ser... Lo siento, Rudy, ¿mi algo-parecido-a un amigo te ha estado entreteniendo?

—Nada de eso, señorita. Este joven caballero me tiene tan encandilado como el queso a los ratones. —El copista le dio una palmada amistosa a Guillermo en la espalda que lo hizo trastabillar—. Ni siquiera el pastor Loomis sabe tantas cosas de Arte como este mozalbete, y es la persona más sabia que yo conozco. Debería escuchar cómo interpreta su amigo a Velázquez, ¡que me ahorquen si no parece que lo haya conocido en persona!

—Oh, pero eso no tiene mérito —dijo Guillermo, con sencillez. Miró hacia el cuadro de *Las hilanderas* con expresión risueña, como la de alguien que escucha una melodía suave y agradable—. ¡Velázquez habla tan claro! No es algo habitual en un artista, y mucho menos si es barroco. Los barrocos, en fin, ya sabéis lo que quiero decir: siempre pintan demasiado... Me refiero a que son como esas personas que hablan sin parar, ¿comprendéis?, hablan tanto que, de hecho, apenas entiendes lo que quieren decir. Pero Velázquez no. Todo lo que cuenta, todo lo que dibuja, es bonito, suena bien y, lo más importante, cumple una función. No hay nada que falte en su relato, no hay nada que sobre, si quitas un solo símbolo, todo el conjunto se queda sin palabras... Es pura armonía. Elegiste un buen cuadro para copiar, Rudy: *Las hilanderas* es una pieza muy hermosa.

El texano sonrió satisfecho, como si el halago fuera dirigido a él.

Judith, en cambio, opinaba diferente. *Las hilanderas* siempre le pareció una obra compleja. En primer término se observaba un grupo de tejedoras junto a una rueca. Al fondo, en plano secundario, lo que parecía una especie de cuadro escénico compuesto por otro grupo de mujeres reunidas en torno a un tapiz.

Judith, como casi todos los visitantes del Prado, sabía que en realidad *Las hilanderas* es un cuento mitológico. Las dos mujeres que protagonizan el primer plano son Palas Atenea y una joven llamada Aracne. Esta última presumía de ser la mejor tejedora del mundo, con una habilidad comparable a la de los dioses. Palas, disfrazada de anciana que hace girar una rueca, escucha fanfarronear a la imprudente Aracne y la avisa de que la jactancia es un defecto que puede tener fatales consecuencias. Su disfraz, realmente, no es tan bueno, ya que en el cuadro de Velázquez se aprecia bajo su vestido de anciana una pierna suave y turgente.

Aracne ignora la advertencia de Palas, provocando su ira. La diosa se revela y reta a la vanidosa tejedora a una competición que ganará aquella que sea capaz de crear el tapiz más hermoso. Aracne acepta sin darse cuenta del error que está a punto de cometer: nadie puede ganar el desafío de un dios, todo el mundo sabe que los dioses siempre hacen trampas.

Aracne, además, escogió un tema delicado para su tapiz: ilustraba infidelidades de los dioses del Olimpo a sus esposas. Un jurado reconoció que su tejido era el más bello, pero Palas no aceptó el veredicto. La obra de Aracne le resultó ofensiva. La diosa de las artes rasgó el tapiz ganador con su lanza y persiguió a su rival presa de furia de mala perdedora. Para escapar del castigo, Aracne se ahorcó de la rama de un árbol.

Palas, que, al fin y al cabo, era la madre de la sabiduría, refrenó sus impulsos violentos y salvó la vida de la muchacha convirtiéndola en araña, así pasaría la eternidad dedicada a su actividad favorita: tejer. También a comer moscas, pero ese detalle los griegos no lo mencionaban en sus poesías.

En el cuadro de Velázquez, las mujeres reunidas en segundo término son Palas y Aracne. La primera alza su mano a punto de ejecutar su venganza por la derrota. El tapiz que está tras ellas es una reproducción de una obra de Rubens, *El rapto de Europa*, la cual, a su vez, era una copia de un lienzo de Tiziano.

En aquel momento, Rudy le explicaba ese dato a Guillermo.

—¿De veras? —dijo el joven, entusiasmado—. No lo sabía. Eso le da al cuadro un matiz muy curioso: el valor de la copia. Velázquez copia a Rubens, quien, a su vez, copia a Tiziano; son grandes maestros homenajeándose unos a otros mediante el recurso de la *Imitatio*, ¡es como un juego de espejos!

—Lo sé, amigo, por eso escogí *Las hilanderas*. Espero que el jurado lo entienda como una especie de mensaje. Al fin y al cabo, todo este asunto de la beca va sobre copias, ¿no es eso?

—Ten cuidado, Rudy, no quieras acabar como Aracne... —dijo Judith.

—No, imposible. Aracne no fue castigada por su habilidad, que era extraordinaria —replicó Guillermo—. Hay un matiz muy sutil en la leyenda: las hilanderas crean un tapiz, que es una narración viva, a partir de las madejas de hilo; es decir, transforman la materia en algo animado y eso es una virtud exclusiva de los dioses. Aracne lo consigue, y Atenea se lo reconoce. De algún modo, la eleva a la categoría de un... ¿Cómo es esa palabra? —Guillermo chasqueó los dedos varias veces, buscando el término en su memoria—. ¡Demiurgo! Eso es: Aracne es un demiurgo, igual que el resto de los dioses; por eso, en el último momento, Palas Atenea salva su vida. La reconoce como a una igual.

—Atenea no le reconoce nada —objetó Judith—. Al final acaba convirtiendo a la pobre mujer en un bicho porque, tejiendo, es mejor que ella.

—¡No, no! No es eso lo que dice Velázquez. Lo que condena a Aracne no es su capacidad como tejedora, ¡eso es lo que le salva la vida! Lo que provoca el castigo de ser transformada en araña es su indiscreción. En el cuadro, el tema del tapiz de Aracne es el rapto de Europa, uno de los más famosos adulterios de Zeus, padre de Atenea; eso es lo que ofende a la diosa: Aracne está mostrando al público los escándalos sexuales de su familia.

—Es decir, que la castiga por ser una cotilla.

—Más o menos.

—Algunos críticos de arte acostumbran a leerlo en clave política —dijo Rudy—. Como una prevención contra la soberbia. Como dice la Biblia: «El altivo será humillado».

—O por decirlo de otra forma: «Mantén la boca cerrada y no airees los trapos sucios de los que pueden arruinarte la vida» —añadió Judith.

Rudy interpretó lo de «trapos sucios» como un ingenioso juego de palabras referido a los tapices y se echó a reír. Eso provocó que la vigilante de sala le indicase que moderase el tono.

—Tiene razón —dijo el texano—. No deberíamos estar aquí de charla, molestando a esta buena gente. Amigos, estoy disfrutando mucho de este pequeño debate sobre pintura, pero es casi la hora de almorzar. Yo no sé ustedes, pero mis tripas rugen como una caldera vieja en pleno invierno. ¿Por qué no continuamos en otro sitio mientras comemos? Para mí será un placer invitarlos a los dos.

Guillermo aceptó encantado. Judith también; ella, por principios, nunca rechazaba una invitación a comer de gorra.

Isabel entró en la sala de taquillas para los copistas portando su almuerzo en una fiambrera y un termo de infusión de hierbas.

Pretendía comer a solas, pero se llevó una pequeña decepción. Cynthia estaba allí, sentada frente a la mesa de la cafetera. Bebía a pequeños sorbos un café mientras distribuía unos coloridos naipes sobre la mesa.

—Perdón... —dijo Isabel—. Pensé que no habría nadie... Iré a comer a otro sitio.

—Oh, pero qué tonterías dices, ¿por qué vas a irte a ninguna parte? Ésta es nuestra sala común. Come tranquila, tesoro, a mí no me molestas. —Cynthia retiró las cartas de la mesa y las mezcló en un mazo—. Es más, hace tiempo que quería charlar contigo, las dos solas. Aún recuerdo lo bien que conectamos en aquella entrevista que te hice, ¡me pareciste tan fascinante! Fue en... Roma, ¿no es así?

—No, no —dijo Isabel—. Fue en Venecia, cuando me dieron el premio.

—Ah, sí, *certo*... Esta pobre memoria mía ya no es lo que era. —La italiana dejó escapar un profundo suspiro—. Fue una charla de lo más agradable, *è un peccato che non ci vediamo da allora, non credi?*

—¿Perdón?

—Oh, disculpa, olvidaba que no hablas italiano. Decía que es una pena que no hayamos vuelto a vernos desde entonces. Te fuiste a Lima y nunca saliste de allí. Tienes que ponerme al día, tesoro, ¿qué has estado haciendo todo este tiempo?

—Nada especial, la verdad... Sólo lo corriente. —Isabel miró los naipes que Cynthia manejaba—. Tienes una baraja muy bonita, ¿puedo verla?

—Claro. Es el tarot Visconti-Sforza. No el original, por supuesto, sólo una reproducción que compré hace tiempo, en la tienda de recuerdos de la Biblioteca Morgan de Nueva York. Nunca viajo sin él.

—Los dibujos son preciosos.

—*È vero!* Auténticas obras de arte. Fue diseñada en el siglo xv para los duques de Milán; por desgracia, no se sabe quién fue el autor.

—¿Y sirven para... ya sabes... para leer el futuro?

—Oh, bueno, yo no me lo tomo demasiado en serio —mintió Cynthia—. Me gusta coleccionarlas, eso es todo; y a veces, por mera diversión, hago alguna tiradita de cuando en cuando —La italiana, de pronto, dio una palmada—. ¡Se me ocurre una idea fantástica! ¿Qué te parece si te leo las cartas ahora? Así podré mostrarte cómo se hace.

—No sé...

—Sí, será divertido, ya lo verás. Observa.

Cynthia le pidió a Isabel que barajara el mazo con la mano izquierda, después ella misma dispuso unas cuantas cartas sobre la mesa, formando un círculo. Las contempló durante un rato con cara de concentración.

—Interesante... Muy interesante... —dijo—. Las cartas revelan que guardas un secreto, querida. Un secreto impactante...

—¿De veras? —Isabel sonrió con nerviosismo—. No se me ocurre qué puede ser, tal vez las cartas estén equivocadas.

—Tal vez... Pero, oh, ¿qué veo aquí? La Emperatriz. Tu secreto tiene que ver con alguien cercano, alguien querido... ¿Quién podrá ser?

—No lo sé. La verdad, creo que esto es una tontería.

—*Ma cos'è questo!* Aquí, en el centro del círculo: el Loco. —Cynthia miró a Isabel a los ojos—. Curiosa carta el Loco. Para algunos representa a la persona que, fingiéndose demente, en realidad no lo es. De hecho, es alguien que sabe muy bien lo que quiere y lo que está haciendo.

Isabel se levantó de la mesa para marcharse.

—Lo siento, creo que ya no quiero seguir con esto.

Cynthia la sujetó por el brazo cuando pasó por su lado.

—Aguarda, querida. Aún no te he dicho lo mejor, lo que no está en las cartas; algo que sólo sé yo y nadie más que yo. ¿Quieres que te diga qué es?

—Suéltame, por favor...

—Veo un hospital, pero no uno corriente, un hospital para personas... peculiares. Está muy cerca de aquí, a sólo unos kilómetros, y veo a una mujer en él, os parecéis mucho, incluso yo diría que sois la misma persona. ¿Tú qué opinas?

—Basta, no quiero seguir hablando contigo.

—Cielo, es mejor que dejemos de andarnos por las ramas. Tranquila, puedes confiar en mí, tu secreto está a salvo conmigo. No te deseo ningún mal, ¡ya has sufrido tanto! *Poverella.* Sin embargo, espero que, a cambio, tú me hagas un pequeño favor cuando llegue el momento. Sinceramente, creo que no es mucho pedir.

—Mientes, ¡mientes! No sabes nada, absolutamente nada... ¡Será mejor que no vuelvas a decirme esas cosas o si no...!

—¿O si no qué, tesoro?

Isabel se zafó de la mano de Cynthia con un gesto brusco y salió a toda prisa de la habitación. La italiana, impasible, recogió las cartas de la mesa y las mezcló otra vez.

—*Pazza da legare* —musitó. A pesar de todo, estaba satisfecha. Su pequeña comedia había obtenido el resultado que ella esperaba.

Dio la vuelta a la primera carta de la baraja y la colocó sobre la mesa. Era la carta del Mago.

Al verla, la italiana puso cara de extrañeza. A los pies de la figura del Mago había un pequeño animal, un pato de color rojo. Casi se confundía con el tono del fondo.

Cynthia no recordaba que hubiera ningún pato rojo dibujado en el tarot Visconti-Sforza.

8

Rudy era un buen conversador. Durante el almuerzo con Judith y Guillermo habló de todo tipo de cosas, no sólo de arte. Compartió algunos recuerdos personales de su infancia y pintorescas anécdotas sobre su vida en Texas.

—Deberían ir a visitar San Antonio, les encantaría —aseguró—. Si alguna vez se dejan caer por el estado de la estrella solitaria, no dejen de preguntar por el viejo Rudy. Les llevaré a comer el mejor filete que hayan probado en su vida, y les enseñaré las preciosas iglesias de las misiones españolas. También tenemos por allí bonitos museos y anticuarios. Mi tienda favorita es Alamo Antique Mall, en el 125 de la avenida Broadway; cuando vengan a visitarme, yo les llevaré, y luego les enseñaré el sitio donde el viejo Rudy expuso sus cuadros por primera vez, cuando aún me quedaba algo de pelo bajo la gorra. —El texano rio alegremente—. Oh, sí, amigos; Texas es el mejor lugar de la Tierra, créanme.

Guillermo se puso a canturrear de forma distraída:

—*All my ex's live in Texas / and Texas is the place I'd dearly love to be...*

Judith le preguntó a Rudy qué clase de cuadros pintaba y éste le enseñó algunas fotos que llevaba en el teléfono móvil. Todo eran paisajes.

—Éste es de una serie que presenté en Nueva York —indicó Rudy—. Se vendió por una buena cantidad de billetes.

Judith vio una oportunidad para hablar de un tema que llevaba tiempo queriendo aclarar.

—¿Allí fue donde coincidiste con Felix? —preguntó.

—Ah, eso... Sí, pero en otra ocasión. Un asunto bastante feo, señorita.

—¿Qué ocurrió? Si no te importa que te lo pregunte.

No le importaba. Dijo que así ella sabría la clase de persona que era el alemán.

—Hará de esto unos seis o siete meses —relató—. Una galería de Greenwich había organizado una muestra internacional de artistas, gente poco conocida a la que deseaban promocionar. Me invitaron a mí, a Felix... Petru también estaba, pero él acudió como enlace para otros compradores, no para vender.

—¿Petru? Eso no lo sabía.

—Sí, señorita. Habitualmente hace de ojeador para personas que desean invertir en arte pero que les falta criterio; en ocasiones nos hemos cruzado por esos mundos y compartido un par de cervezas. Es un buen chico, solemos hablar de baloncesto, aunque a él le gustan los Mavericks y yo soy hincha de los Spurs. ¡Alguna vez hemos tenido nuestras buenas riñas por ese motivo! —dijo Rudy, riendo.

—Entonces ¿Petru no expuso en aquella muestra?

—No, como ya le digo, sólo fue a comprar. Se llevaba muy bien, creo, con el dueño de la galería: Jason Cruz. Puede que a usted ese nombre no le diga nada, pero en la Costa Este era todo un pez gordo, ya lo creo que sí. Cada año donaba tanto dinero al Met que cuando iba al museo lo recibían como a un barril de cerveza en una hermandad universitaria. Cruz se había encaprichado con un artista del Bronx, un pandillero que, aseguraba, iba a ser el nuevo Basquiat. Esa muestra en su galería del Greenwich era una excusa para promocionarlo ante coleccionistas extranjeros, todos los que participamos lo sabíamos, pero no nos importaba, esperábamos que nos cayera alguna migaja, si entiende usted a lo que me refiero, señorita... Pero Felix, en cambio, no se lo tomó nada bien. Se puso más furioso que una avispa en un tarro al ver que el protegido de Jason Cruz acaparaba toda la atención. Ese alemán se cree un moderno Miguel Ángel, y no le entra en la mollera la idea de que a alguien puede no gustarle su pintura.

—¿No es bueno?

—Oh, sí, señorita, sí que lo es, pero ese muchacho está loco de atar: algunos de sus cuadros son tan inapropiados como para ruborizar al mismo Lucifer. En fin, si hay gente que se los compra, yo lo respeto... «No juzguéis y no seréis juzgados», como dice el pastor Loomis... Pero Felix debería ser lo bastante hombre como para asumir que sus cuadros no le gustan a la mayoría de las personas decentes. El caso es que Felix se la tenía jurada a aquel chico, al nuevo Basquiat del Bronx; además, pensaba que ni siquiera era un buen artista.

—¿Y qué pasó entonces?

—Que perdió la cabeza, ésa es la única explicación: se le frieron los sesos. Un día irrumpió en la galería cuando estaba llena de clientes, con un aspecto lamentable, yo creo que iba borracho como una cuba... Empezó a insultar a todo el mundo, dijo cosas muy feas. Cuando unos guardias de seguridad quisieron echarlo, Felix sacó un machete de cazador y se puso a acuchillar los cuadros como un loco. Los míos se llevaron la peor parte, quedaron hechos jirones. Y eso no fue lo peor, Felix llegó aún más lejos. Esa misma noche, de madrugada, alguien lanzó un par de cócteles molotov a la galería y la hizo arder por los cuatro costados. Todas las obras expuestas se perdieron, por supuesto, pero lo más trágico es que Jason Cruz estaba dentro cuando ocurrió. El pobre diablo murió abrasado como un cerdo a la parrilla.

—¿Felix hizo eso? —preguntó Judith.

—Bueno, lo del incendio la policía nunca pudo probarlo, pero para mí es evidente, señorita. Ese tipo debería estar en una celda acolchada con una camisa de fuerza; ya vio cómo se me echó encima el otro día.

—En todo caso, la suya fue una venganza redundante —comentó Guillermo—. Si planeaba incendiar la galería con todo su contenido, podía haberse ahorrado lo de acuchillar las pinturas.

—No le falta razón, amigo, pero ¿qué puede esperarse de alguien que está mal de la azotea? Si entiende usted a lo que me refiero...

—Isabel Larrau asegura que Felix no es mala persona —repuso Guillermo.

Rudy hizo un gesto de desdén.

—Bueno, si le soy sincero, eso no me sorprende. Tampoco es que la pobre mujer ande muy bien de aquí arriba, que digamos. —Se señaló la frente con el dedo—. No hay más que verla para darse cuenta. Quizá por eso sienta simpatía por Felix: los locos se reconocen entre ellos.

Al escuchar la última frase, Guillermo se puso a barajar sus naipes con expresión taciturna.

«Ahora me acuerdo de ti, esos ojos son difíciles de olvidar.» Fueron las palabras de Isabel.

Ahora me acuerdo de ti...

(Los locos se reconocen entre ellos.)

«Mentira», pensó Guillermo.

Tras los postres, Rudy pagó la cuenta y los tres salieron del restaurante. Judith propuso alargar la sobremesa en una cafetería, pero el texano prefirió regresar al museo a trabajar en su copia. Antes de despedirse, animó a Guillermo a visitarlo las veces que quisiera para seguir charlando sobre iconografía.

—Parece que le has caído bien —comentó Judith, socarrona, cuando se quedaron a solas.

—No me sorprende, soy muy simpático.

—Por supuesto... —Se encendió un cigarrillo—. ¿Te apetece tomar un café?

—¿No tienes que seguir con tu Rembrandt?

—No, hoy me siento incapaz. No sé por qué, pero me cuesta horrores concentrarme.

—Vale. Un café estará bien, si no te importa tomarlo conmigo.

—Supongo que hay peores compañías... Además, no quiero estar sola. Si estoy sola, me pongo a pensar en Charli.

Entraron en la cafetería cercana y tomaron asiento en un reservado. Apenas había clientes. Judith pidió un café irlandés y

Guillermo un té. Le trajeron una infusión que olía a manzana y canela, un aroma que, por algún motivo, a ella le recordó a su infancia, y eso la hizo sentir bien.

—¿Sabes una cosa? —dijo Guillermo—. Hablé con ese inspector, ese tal Mesquida. Me interrogó.

—Ya. A mí también.

Él la miró con un leve reproche.

—Le dijiste que chillé en el ascensor. Y no es cierto. Sólo grité.

—Bueno, ¿qué más da?

—No es lo mismo. Yo no chillo.

—Está bien, como quieras. Lo siento.

—También me preguntó que para qué había ido a tu tienda.

—¿Se lo dijiste?

Ella esperaba que no lo hubiera hecho. En tal caso, Mesquida habría descubierto que no fue sincera cuando le hizo la misma pregunta, y seguramente eso le traería complicaciones.

—No. Ya le conté a la policía lo de Enric Sert una vez y no me hicieron caso, pensaron que sólo decía tonterías, y no me gusta que no me tomen en serio. Tampoco me gustó ese inspector.

—Pues ya somos dos, chico.

Entonces Guillermo dijo algo inesperado:

—Felix Boldt pinta con sangre.

—¿Qué es eso, una especie de metáfora?

—No, no; es literal. Entre sus materiales guarda un botecito que pone «rojo» y que contiene sangre. ¿Has visto su copia? Tiene unas líneas rojizas a lo largo del lienzo, creo que las pinta con lo que hay en ese bote.

—Estás bromeando.

—Ojalá, pero él, básicamente, lo admitió. Me citó una frase de Lord Byron sobre José de Ribera, algo sobre que pintaba con la sangre de los mártires. Al parecer, Felix se lo ha tomado al pie de la letra.

—Eso es tan asqueroso que no puedo creer que sea cierto. Pero si lo es, entonces Rudy tiene razón y el tipo está mal de la cabeza.

—El caso es que no me ha parecido menos cuerdo que los otros participantes de la beca. Claro que yo no soy psiquiatra ni nada por el estilo, ¿quién sabe lo que oculta cada persona en su cerebro? Da que pensar.

—¿Hablaste con todos ellos? ¿Con Felix y los demás?

—Sí. Para eso fui al museo esta mañana.

—Me preguntaba por qué lo habías hecho. Pensé que después de lo mal que lo pasaste en ese ascensor, no volverías a poner un pie allí en toda tu vida.

—Fue algo desagradable, desde luego. Al igual que tú, apenas he podido quitármelo de la cabeza. Llevo dos noches sin pegar ojo, dándole vueltas a la misma idea... Por eso necesitaba ir al museo, tenía que comprobar algo.

—¿El qué?

—Las copias. Quería ver las copias. Ya había visto la tuya y la de tu otro compañero, Petru, pero me faltaban las demás: *La extracción de la piedra de la locura*, el *Saturno*, *Las hilanderas*, el *Ixión*... Especialmente el *Ixión*... Sí... Ésa era la pintura que más me interesaba.

—¿Por qué?

—El cadáver de tu amigo Charli... ¿No te diste cuenta? Lo ataron con cadenas a la polea del ascensor y su cuerpo estaba abrasado. A Ixión lo encadenaron a una rueda en llamas durante toda la eternidad. En el cuadro de Ribera un sátiro ejecuta el castigo: tu amigo Charli tenía la cara de un sátiro tatuada en el brazo. El asesino no olvidó ningún detalle, ni siquiera lo de las culebras muertas. Según el mito, Ixión no sólo estaba encadenado, también lo maniataron utilizando unas serpientes. —Guillermo dio un sorbo largo a su bebida. Su cara mostraba preocupación—. *Imitatio*. Todo estaba recreado. La muerte de Charli era un reflejo del cuadro de Ribera, al igual que la de Enric Sert lo era del *Saturno* de Goya. Hay un patrón, y el asesinato del profesor Belman ofrecía la clave para identificarlo, pero me temo que no era una pista, era más bien un aviso: alguien está previniéndonos de lo que va a ocurrir, de lo que, de hecho, ya está ocurriendo. Habrá más muertes.

Judith no supo qué decir. Por un lado, la hipótesis de Guillermo le parecía delirante; por otro, reconocía que los indicios encajaban con macabra precisión. Tal y como él lo exponía, sonaba incluso verosímil. Su voz, la expresión de sus ojos, transmitían una serena convicción, como la de un maestro impartiendo conocimiento. Pero había algo más.

Guillermo estaba asustado.

—¿Le hablaste de eso a Mesquida?

—De todo no. Sólo de la relación de Charli y el *Ixión*, para ver cómo reaccionaba.

—¿Y?

—Me dijo que lo investigaría, pero me miró como si me faltara un tornillo, así que preferí callarme todo lo demás.

—Bueno, chico, tienes que admitir que es una hipótesis difícil de asimilar a la primera de cambio. A mí también me cuesta comprenderla del todo.

Guillermo abrió la mochila que llevaba al hombro. De ella extrajo unos folios encuadernados y los puso encima de la mesa.

—Deberías leer esto.

—¿Por qué? ¿Qué es?

—Algo que el profesor Belman me mandó a buscar el día en que lo mataron. Es el informe que un sacerdote, el padre Belarmino, escribió para el Inquisidor General del Reino en 1820. Explica parte de lo que está ocurriendo. No todo. En realidad, ofrece más preguntas que respuestas, pero al leerlo descubrirás por qué creo que los asesinatos no han hecho más que empezar.

—No, chico, lo siento, pero no quiero saber nada de tus historias para no dormir. Ya te lo dije cuando fuiste a mi taller.

—Sólo te pido que le eches un vistazo. Si, después de hacerlo, sigues pensando que lo que digo son locuras, te prometo que no volverás a verme.

—¿Y por qué no me despido de ti ahora y me ahorro el esfuerzo de leer este ladrillo? Yo no te debo nada. Apenas te conozco.

—Cierto. Pero sí conocías a Charli, y lo apreciabas. —Guillermo señaló el informe de Belarmino—. Si decides leer esto, no lo hagas por mí. Hazlo por ti, para no seguir mortificándote con la duda de por qué alguien torturó a tu amigo hasta la muerte.

Judith permaneció callada. Contemplaba el documento como si fuera un animal venenoso.

Sintió seco el paladar. No quedaba café. Del bolsillo de su abrigo sacó la petaca del abuelo y desenroscó el tapón. Antes de vaciarla de un trago, sus ojos se toparon con el relieve que la decoraba.

«Los patos traen suerte», decía el viejo Darren. «Sabe Dios por qué.»

Con un gesto brusco, Judith agarró el manuscrito de Belarmino y se lo metió en el bolso.

9

Al Ilustrísimo Señor D. Jerónimo Castillón y Salas.

Obispo de Tarazona. Inquisidor General del Reino.

Madrid, 7 de Marzo de 1820.

Ilustrísimo Señor:

Es probable que Vuestra Señoría Ilustrísima haya escuchado en estos últimos días extraños rumores sobre trágicos hechos acaecidos recientemente en esta Villa y Corte de Madrid, y que culminaron con el juicio y posterior condena a muerte del súbdito inglés de nombre sir Robert Chambers. Es mi intención aclarar en este informe que remito a V. S. I. todo cuanto ocurrió referido a tales hechos, en la medida en que me lo permita mi pobre entendimiento. Rezo por que Dios me otorgue claridad en mi exposición.

Confieso humildemente a V. S. I. que me hallo sumido en una gran turbación de espíritu. Yo, como bien sabrá V. S. I., era, hasta hace poco, un simple canonista en la Universidad de Alcalá. Alguien que, en palabras de santo Tomás de Aquino, trataba de llevar la Verdad a otros mediante mis estudios. V. S. I. tuvo a bien nombrarme Fiscal Inquisidor en Madrid, cargo que acepté con cristiana obediencia y encomendándome a Nuestra Santa Madre María para que me otorgara lucidez en tan compleja tarea. Así pues, ruego a V. S. I. que no juzgue severamente mis actos, y si es que hallare algún error en ellos, acháquese tal a mi inexperiencia, que no a mi falta de piedad y celo en el cumplimiento de mi santo cometido.

Espero que, a la lectura de este informe, pueda V. S. I. templar mi inquietud remitiéndome su consejo, el cual espero ansioso. Trataré de exponer los sucesos ocurridos con la mayor claridad posible.

En el mes de enero del pasado año, recibí aviso del Illmo. Sr. Marqués de Santa Cruz para que me personara de inmediato en las inmediaciones del Palacio del Buen Retiro. El marqués vino a buscarme en mitad de la noche para llevarme al edificio del arquitecto Villanueva que hoy en día alberga el Real Museo de Pinturas y Esculturas, junto al paseo del Prado.

En aquella fecha faltaban aún meses para que el tal museo fuese inaugurado, hecho que ocurrió el último 19 de noviembre, como tal vez sepa V. S. I. Si bien, como es probable que el acontecimiento haya pasado desapercibido fuera de los límites de la Villa y Corte, me permito aclarar a V. S. I. que el objeto de tal institución es el de exhibir de forma pública las diferentes obras de arte que han compuesto el patrimonio de los ancestros de S. M. el Rey a lo largo de los siglos. Propósito encomiable a mi entender, si bien considero que algunos de tales lienzos y estatuas son quizá algo indecorosos para mostrarlos sin reservas, pues los hay que muestran cuerpos desnudos y escenas paganas sin ningún aprovechamiento para la moral.

Sentí honda inquietud en el momento en que, en plena madrugada, puse los pies en aquel edificio, acompañado por el señor marqués de Santa Cruz y el maestro de obras D. Antonio Aguado. Mi instinto no erraba, pues lo que ambos me mostraron me causó un gran espanto.

Durante las obras de acondicionamiento del edificio, los alarifes descubrieron una especie de sótano en cuyo interior había un hombre muerto. El cuerpo estaba dispuesto como si recrease el martirio de san Pedro Mártir camino de Milán. Lo más extraño era que, según dijo el marqués de Santa Cruz, aquella imitación horrenda y blasfema copiaba hasta en los más nimios detalles una tabla pintada en el siglo xv por el maestro Berruguete que, precisamente, figuraba la muerte del protomártir dominico.

Junto al cadáver, encontré un símbolo que nadie me supo identificar y que reproduzco en el informe, pues no ha de ser la última vez que me refiera a él. Éste era su aspecto:

En cuanto a su significado, más tarde tuve ocasión de descubrir más sobre el asunto y estoy en condiciones de adelantar a V. S. I. que se trata de algo sumamente perverso.

Me sentí horrorizado ante lo que contemplaban mis ojos. Confieso que el miedo turbó mi entendimiento y sugerí purificar aquel lugar con fuego para que el mal que sin duda albergaba no pudiera escapar. Recé por el fallecido y, a continuación, el marqués de Santa Cruz dio orden de que todo fuera pasto de las llamas.

Regresé al Palacio de la Suprema y oré durante toda la noche.

Pasaron unos cuantos meses sin que yo volviera a tener noticias del futuro museo. Casi había olvidado el tema cuando de nuevo recibí otra llamada del marqués de Santa Cruz. Fue en abril, unos días antes del tercer domingo de Cuaresma. Al igual que en la primera ocasión, vinieron a buscarme en mitad de la noche y me llevaron al museo en secreto. Las obras estaban ya muy avanzadas e incluso en algunas salas habían colgado lienzos según la disposición que mostrarían al público.

Encontré al marqués en un estado de profunda angustia. Sin apenas pronunciar palabra, me guio hasta una de las galerías del edificio. Allí me esperaba otra visión de espanto.

Sobre una de las paredes vi apoyadas dos enormes vigas de madera componiendo una cruz en forma de aspa y, sobre dicha cruz, estaba clavado el cuerpo muerto de un pobre anciano, vestido apenas con un paño que cubría sus partes íntimas. En la garganta tenía un tajo tan profundo que su cabeza pendía ladeada de su cuello sostenida sólo por unos pocos pellejos. En la misma pared, junto a la cruz, estaba dibujado con sangre el mismo símbolo al que me he referido antes.

En aquella estancia, que más bien era un sepulcro, había colgados algunos cuadros. Justo frente al muerto había un lienzo de Bartolomé Esteban Murillo que representaba el martirio de san Andrés. De inmediato reparé en el hecho de que el cuerpo crucificado de aquel anciano era un horripilante reflejo en carne viva del cuadro del maestro Murillo. El marqués pensó lo mismo que yo.

Supongo que V. S. I. entenderá lo mucho que me afectó esta nueva muerte. Mis oraciones no habían servido de nada.

Se dio parte a S. M. el Rey de lo ocurrido, pues sería peor si se enteraba por otras fuentes. Pocos días más tarde, el marqués de Santa Cruz me informó de que, en todo este trágico asunto, S. M. el Rey tuvo muy en cuenta la opinión de su hermano, S. A. el Infante D. Francisco de Paula. Tal vez V. S. I. no sepa que el Infante es un hombre de grandes inquietudes artísticas y, según dicen, con notable aptitud para la pintura. Es por ello que, al parecer, el Infante convenció a su hermano de no detener las obras del Real Museo a pesar de las muertes. Su postura era apoyada por otros miembros de la camarilla real.

El marqués de Santa Cruz no estaba contento. Me reuní con él en mis dependencias del Palacio de la Suprema, donde me expresó sus inquietudes con sinceridad. Al marqués le causaba pesar que el Infante y los hombres que apoyaron su postura no parecieran en absoluto preocupados por cazar al culpable de los crímenes y llevarlo ante la Justicia. Su genuina preocupación por capturar al asesino me conmovió, y le dije que contara con mi apoyo en lo que éste le pudiera servir. El marqués, de forma un tanto enigmática, me dijo que estaba llevando a cabo unas pesquisas de las que, por el momento, no podía darme muchos detalles.

«Tengo un amigo en Inglaterra», me dijo. «Su nombre es sir Robert Chambers. Es un erudito versado en múltiples materias que a muchos nos son desconocidas. Hace tiempo le escribí una carta hablándole sobre el primero de los asesinatos y solicitando su consejo, y me complace decir que pronto estará en Madrid. Su ayuda nos será de gran valor.»

Yo no entendía en qué medida un erudito podría sernos útil para cazar a un asesino, siendo además extranjero, y le pedí al marqués que me lo explicara. Se limitó a decirme que hay asuntos que es mejor que un hombre de Dios como yo no conozca en profundidad. Admito que aquella respuesta me dejó muy intranquilo.

Tuve ocasión de conocer en persona a sir Robert Chambers poco después, en trágicas circunstancias. Habían pasado tres días desde mi último encuentro con el marqués de Santa Cruz cuando su excelencia me mandó llamar de nuevo, pues otro horrendo crimen había tenido lugar cuando aún apenas habíamos superado el espanto y el estupor provocado por los dos anteriores. Empezaba a pensar que el buen marqués no precisaba tanto de mis servicios espirituales como el compartir testimonio de aquellos espantosos sucesos con alguien que, al igual que él, los había vivido desde que comenzaron.

El cadáver era de un hombre cuyo cuerpo había sido profanado con inaudita crueldad, pues el asesino lo había decapitado y había sustituido su cabeza por la de un perro, la cual le había cosido de mala manera al cuello. Y el símbolo, ese símbolo atroz al que ya me he referido anteriormente, de nuevo estaba pintado con sangre en la pared. Puedo jurar a V. S. I. que la visión blasfema de aquel híbrido entre humano y animal aún me atormenta en sueños. ¿Qué clase de diablo sediento de sangre pudo infligir semejante atrocidad a una criatura de Dios, convirtiéndola tras su muerte en algo grotesco? Aquellos crímenes no podían ser obra de un hombre, sino del mismo Satanás.

En esta ocasión también estaba presente el amigo del marqués de Santa Cruz, sir Robert Chambers. Como tal vez sepa V. S. I., tras su arresto y posterior juicio han circulado muchos rumores sobre sir Robert, la mayoría negativos, expresados por personas que, en realidad, nunca lo conocieron. Se ha dicho de él que era ateo, masón, espía y hasta brujo. En lo que a mí respecta, puedo asegurar a V. S. I. que ninguno de estos pecados puedo achacarle y, dado que lo traté personalmente, me considero, pues, una fuente fiable.

Sir Robert Chambers nunca me pareció nada más que un erudito de profundos conocimientos. Un *baronet* de exquisitos modales que, en mi presencia, siempre mostró respeto por la Santa Madre Iglesia a pesar de que lo presumía anglicano, como muchos de sus compatriotas. Me pareció que tenía amigos importantes en muchos lugares del mundo, pero ello no me resultó indicativo de que fuera un espía al servicio de nadie, opinión que también compartía con el marqués de Santa Cruz, a quien tengo por hombre honesto y preclaro y quien era, como ha quedado dicho, buen amigo de sir Robert. En cuanto a la posibilidad de que fuera un brujo, señalo a V. S. I. que me parece demasiado disparatada como para emplear mis esfuerzos en rebatirla.

Sir Robert era joven, de buena planta, cabello rubio y llamativos ojos de un color tan azul como yo nunca he visto. Incluyo su descripción física dado que también he tenido conocimiento de muchos rumores absurdos al respecto, a los que espero que V. S. I. no dé pábulo. Ni su aspecto era diabólico, ni tenía rasgos simiescos propios de una bestia, como se ha llegado a decir.

Ahora retomaré mi informe en el punto en que lo dejé. Tal y como indicaba anteriormente, cuando llegué al museo me encontré con sir Robert. El caballero inspeccionaba con especial cuidado un lienzo que colgaba de la misma sala del crimen, obra de un maestro flamenco del siglo xvii llamado Juan Cossiers. Después de que el marqués nos presentara, sir Robert señaló el lienzo con la empuñadura de su bastón de paseo, que tenía la forma de un pato, y me preguntó si había algo en la imagen que me resultara familiar.

Lo había. En la parte izquierda del cuadro vi una figura con cuerpo humano y cabeza de lobo que retrocedía asustada ante un hombre barbado y con nimbo, a quien identifiqué como Nuestro Señor Jesucristo; mas si aquélla era una escena de las Sagradas Escrituras, yo la desconocía.

Supuse de inmediato que, en esta ocasión, nuestro criminal había querido reproducir en su víctima al ser cinocéfalo de la pintura del maestro Cossiers. Sir Robert me dio la razón.

«Esta escena proviene de la *Metamorfosis* de Ovidio», me explicó. «Cuenta la historia de Licaón, rey de la Arcadia, a quien Júpiter transformó en lobo como castigo por realizar sacrificios humanos. Este cuadro es el que ha inspirado a nuestro asesino.»

Sir Robert me habló de algunas consideraciones simbólicas del lienzo del maestro Cossiers que me resultaron muy sorprendentes. En vista de que el caballero parecía ducho en interpretar el sentido verdadero de las imágenes que los artistas del pasado incluían en sus pinturas, a la manera de un lector de emblemas y jeroglíficos, le pregunté si aquel extraño símbolo del que ya he hablado a V. S. I. tenía algún significado para él.

«Lo tiene», me respondió. «Es la Escara, u Oriflama de Mesardón. La marca del Rey En Mil Pedazos.»

Pregunté qué era ello, y sir Robert a su vez me cuestionó a propósito de un libro llamado *De Vero Artis*, quiso saber si yo lo conocía. Le respondí que no.

Me explicó que era la obra de un antiguo filósofo de origen griego llamado Jorge Gemistos «Pletón», y que en él se hablaba con detalle del Rey En Mil Pedazos. Sir Robert me dijo que, si en alguna ocasión disponía de tiempo, no tendría inconveniente en contarme más al respecto. A pesar de ello, quise saber si aquel símbolo al que llamó la Escara tenía algún significado maléfico, y que si era así, yo, como Fiscal Inquisidor, debía estar al tanto.

Sir Robert me respondió: «¿El Mal? No, éste no es tema de brujas y demonios sino de algo diferente. Vuestros misales y oraciones no fueron escritos para enfrentarse a lo que este símbolo representa, de igual modo que cualquier hombre juicioso sabe que el agua es útil para sofocar un fuego, mas no para detener una riada. En todo caso, vuestra reverencia debe confiar en mí: yo sé lo que debe hacerse, tan sólo necesito tiempo para profundizar en mis pesquisas».

Así fue mi primer encuentro con sir Robert. Después de aquel día, no volví a verlo hasta que tuvo lugar un nuevo asesinato, apenas una semana después. Sin embargo, antes de eso, sucedió otro hecho que considero necesario poner en conocimiento de V. S. I., y es el que sigue.

Como Fiscal Inquisidor, forma parte de mis obligaciones el acudir a la misa de Pascua Florida que tradicionalmente se celebra en la iglesia de la Virgen de Atocha y a la que suelen asistir importantes miembros de la corte, en ocasiones incluso S. M. el Rey. El pasado año, tal celebración se produjo poco después del asesinato que acabo de relatar. Acudieron a la misa el Infante D. Francisco de Paula, no así S. M. el Rey, quien aquel año prefirió celebrar la festividad en la capilla del Palacio Real, en compañía de sus más allegados.

Al terminar el Oficio Divino, algunos personajes de cierta importancia se acercaron a mostrarme sus respetos. Entre ellos se encontraba un hombre que, como pronto comprobará V. S. I., tuvo una intervención decisiva en los hechos presentados en este informe.

Se trataba de D. Ottaviano Godescalchi, canónigo de San Miniato de Florencia y, a la sazón, embajador del Gran Ducado de Toscana en Madrid. Pertenecía, según tengo entendido, a una noble y rica familia de príncipes italianos, y estaba emparentado en grado cercano con la Gran Duquesa María Luisa. Había llegado a Madrid en febrero del pasado año y, desde entonces, formaba parte de una exclusiva camarilla encabezada por el Infante D. Francisco de Paula y a la que pertenecían personajes de muy alto rango.

Dadas las compañías que frecuentaba el canónigo Godescalchi, me produjo un asombro comprensible que deseara conocerme, pues yo no soy nadie relevante en los círculos políticos de la ciudad, y tan sólo mi cargo confiere algo de lustre a mi humilde persona. No obstante, el canónigo se mostró harto amable y gentil, y mantuvimos una larga charla en la sacristía de la iglesia.

El canónigo sabía de los crímenes que estaban teniendo lugar en el emplazamiento del futuro Museo Real, y también que yo estaba viviendo muy de cerca tales sucesos. Quiso conocer mi opinión como fiscal de la Suprema y yo respondí que todo aquel asunto me parecía de origen diabólico.

«Vuestra reverencia no se equivoca», me dijo. «Algo maligno se cierne sobre esta ciudad, no le quepa duda. Temo la llegada de un *inquisitore*, mas no al servicio de nuestra Santa Madre Iglesia, sino más bien un embajador de los infiernos, un impío siervo de la oscuridad cuya intervención en estos asuntos no hará sino exacerbar la desgracia. Aconsejo a vuestra reverencia que desconfíe de personas extranjeras que, bajo falsas promesas de ayuda, no traen sino engaño y confusión.» Le pregunté cómo sabía todas esas cosas, y él me respondió que en su tierra, en Toscana, había estudiado hechos que tuvieron lugar en el pasado y que se asemejaban a lo que estaba ocurriendo en Madrid.

Confieso a V. S. I. que sus palabras me causaron no poca irritación por lo ambiguas y esquivas. Me pareció que el canónigo, por algún motivo, no se atrevía a confiar plenamente en mí y tan sólo se limitaba a expresar insinuaciones que únicamente sirvieron para confundirme. ¿Quién era ese «inquisidor impío» del que había de guardarme? El canónigo no quiso aclararlo. Apenas hubo pronunciado su advertencia, puso fin a nuestra charla.

El último crimen se perpetró al día siguiente. El cadáver apareció, como siempre, en el museo. En esta ocasión, la víctima era un pobre niño cuyo cuerpo desnudo habían dejado a los pies de una escultura romana. La escultura representaba un águila sobre un cúmulo de armas y armaduras. El niño, que parecía dormido, estaba entre las garras del pájaro, y en una mano agarrotada por la muerte sostenía una copa dorada. Sentí un profundo pesar por esa inocente criatura, hermosa y pura como un ángel del cielo, a quien el asesino, ese monstruo sin alma, había estrangulado hasta morir. Rogué a Dios por que no hubiera sufrido en exceso.

Allí también estaba el marqués de Santa Cruz y su extraño amigo inglés, ambos tan conmocionados como yo. Sir Robert, de hecho, hacía grandes esfuerzos por contener el llanto y, no obstante su turbación, de nuevo hizo gala de una gran perspicacia. Nos explicó que el criminal había recreado un lienzo del maestro Rubens conocido como *El rapto de Ganímedes*, en el que figura el momento en que Zeus, transformado en águila, secuestra al bello Ganímedes para que sirva como copero de los dioses en el Olimpo. La estatua en la que el asesino había dejado el cadáver era un monumento conocido como *Apoteosis de Claudio*, según me dijo el marqués de Santa Cruz, y tanto el cuadro de Rubens como la escultura formaban parte de los fondos para exhibir en el Museo Real.

En un momento dado, sir Robert nos miró solemnemente y dijo: «Es hora de terminar con esto. Este pobre niño, esta inocente criatura sin culpa... Los responsables han ido demasiado lejos, deben pagar por sus crímenes». Tras estas palabras, se marchó de forma abrupta.

La próxima vez que lo vi fue en una celda, esperando subir al cadalso.

Para completar mi informe, debo referir a V. S. I. un importante suceso del que no fui testigo, pero cuyos detalles fueron de dominio público.

El primero de mayo de 1819, en las inmediaciones del Convento de las Descalzas Reales, el canónigo Ottaviano Godescalchi, que salía de misa en compañía del Infante D. Francisco de Paula, sufrió un atentado que acabó con su vida. Ambos personajes fueron tiroteados. El Infante, a Dios gracias, sólo sufrió heridas, mas el canónigo falleció en el acto cuando una bala le atravesó la cabeza. El culpable fue capturado aún con el arma homicida en las manos, y no era otro que sir Robert Chambers.

Se inició un proceso del que no daré parte a V. S. I., pues imagino que ya conocerá los hechos, que causaron gran impacto en todo el Reino. Como bien sabe V. S. I., sir Robert fue condenado a muerte tras un proceso que desató toda clase de habladurías.

Puede imaginar V. S. I. cuán profundo fue mi pasmo cuando supe de todos estos hechos. ¿Qué clase de locura había empujado a sir Robert, a quien yo tenía por un hombre recto y juicioso? ¿Quizá eran ciertos los rumores y se trataba de un individuo amoral y mentiroso que, tanto al marqués de Santa Cruz como a mí mismo, nos había tenido engañados todo aquel tiempo, fingiendo querer colaborar con nosotros para atrapar un criminal mientras que él mismo era uno de la peor calaña? Lo cierto era que yo no podía creerlo. Su promesa de poner fin a los crímenes me pareció tan auténtica como una profesión de Fe, y las lágrimas que derramó ante el cuerpecillo de aquel inocente niño estrangulado me parecieron bien sinceras. Confieso a V. S. I. que no sabía qué pensar.

Si sir Robert era un demonio desalmado, merecía la muerte, pero si tal vez, sólo tal vez, existía alguna remota justificación en su ataque homicida, ésta merecía ser escuchada, y puede que, por añadidura, el caballero precisara del perdón de un siervo de la Santa Madre Iglesia antes de enfrentarse al Juicio de Nuestro Supremo Hacedor, pues, en palabras del profeta Isaías: «Venid, dijo Jehová, y estemos a cuenta, y si vuestros pecados fueren como la grana, como la nieve serán emblanquecidos». Así pues, impelido por esta idea tanto como por mi propia necesidad de respuestas, me serví de mi cargo e influencia para obtener el permiso de visitar a sir Robert en su prisión, donde mantuvimos una charla en privado.

Me dio la impresión de estar en paz, sereno, y me recibió con admirable entereza. Quiero pensar que se alegró de verme, pues me consta que no recibió muchas visitas de aliento durante su cautiverio. Mi reacción al dirigirme a él fue de piedad.

«Pobre desventurado, ¿se da cuenta de lo que ha hecho? ¿Qué clase de malvado influjo le poseyó? Por favor, dígame la verdad, necesito saberlo, y le prometo proteger sus palabras bajo secreto de confesión.»

«Lo siento, pero hay asuntos de los que es mejor que vuestra reverencia no sepa», me dijo, con tristeza. «Pero créame si le aseguro que Godescalchi tenía que morir. Era un monstruo y un asesino, y fue él quien ordenó los crímenes que tanto nos han horrorizado estos últimos días. Era un siervo de la Escara, del Rey En Mil Pedazos, y la única forma de detenerlo era poner fin a su vida.»

«Pero ¿por qué? No lo entiendo», insistí yo.

«Y mucho me temo que así tendrá que ser, y vuestra reverencia debería sentirse afortunado por ello, pues hay conocimientos en este mundo que pueden llevar al hombre más cuerdo a la locura. El Rey En Mil Pedazos ha hecho nido en esta ciudad, y eso debería ser motivo de espanto. Le explicaré lo que pueda.»

Acto seguido, me dijo: «El primer cadáver, aquel que reproducía el cuadro de Berruguete, fue asesinado hace tiempo. Lo que le hicieron, la forma en que murió, tiene un nombre, es un acto conocido como "la Especulación". Es una especie de homenaje al Señor de la Escara, aunque no comprendo del todo su sentido, y bien sabe Dios que me alegro. Para que se lleve a cabo con éxito, la Especulación requiere derramar la sangre de muchos inocentes. Aquel pobre hombre que apareció en las entrañas del edificio de Villanueva iba a ser el primero de otros tantos, pero, por suerte, la ceremonia quedó interrumpida, tal vez a causa de la guerra contra los franceses. Ignoro por qué tuvo que llevarse a cabo en el edificio de Villanueva, pero algo me dice que ese lugar que se pretende sea Museo Real oculta mucho más de lo que parece. Cuando las recientes obras sacaron a la luz el primer cadáver, Godescalchi vino a la corte para proseguir con la Especulación, y entonces los asesinatos se reanudaron. Sospecho que fueron hombres cercanos al Rey quienes lo llamaron, tal vez su propio hermano entre ellos, y puede que otros muchos; lacayos todos del Señor de la Escara... Temo que en esta ciudad ya hay demasiados, algunos de muy alto rango. Obedecían a Godescalchi, pero, ahora que ha muerto, la Especulación quedará en suspenso indefinidamente... Ojalá para siempre, aunque lamento decir que puede que en un futuro se reanude, cuando Godescalchi sea sustituido por otro. Rezo para que ese día no llegue nunca».

Quise saber quiénes eran esos conspiradores a los que se refería. Como bien sabe V. S. I., en España la herejía masónica se ha filtrado profundamente, y el Gran Oriente de Francia se oculta entre las sombras perpetrando toda clase de intrigas que yo, como miembro del Santo Oficio, he perseguido con denuedo. Le pregunté a sir Robert si acaso Godescalchi pertenecía a alguna de esas logias diabólicas.

«No son masones. Pero son poderosos y no temen a nada ni a nadie, salvo a una cosa: aquél a quien llaman el Inquisidor de Colores.»

Quise que me aclarara si ese tal inquisidor se trataba de algún otro demonio de su infame culto.

«No, *pater*, no es demonio, ni héroe, ni ningún ser extraordinario. Es sólo un hombre.» Entonces me miró, y vi en sus ojos el temor de quien se sabe predestinado a la muerte. «Un hombre con una única habilidad, la cual no es generalmente muy útil; y que ahora está asustado, porque, como cualquier hombre, tiene miedo a morir.»

¿Qué podía pensar de todo aquello? Su relato me sonó como el desvarío de un hombre desesperado, y, sin embargo, juro a V. S. I. que no atisbé asomo de locura en sus ojos, que su discurso era coherente como el del más cuerdo de los doctores; jamás perdió la serenidad y ni el dominio de sí mismo. Además, ¿acaso Godescalchi no me había prevenido contra lo que él denominó como un «impío inquisidor»? ¿No encajaba eso de forma asombrosa con el relato de sir Robert? Tal vez, pero, aun así, mi mente racional no podía creerle. Todo lo que contaba me parecía una fantasía. Así que, sin saber qué decir, me limité a hacer lo único que pensé que podía servirle en aquellos momentos: recé por él y lo bendije, con la esperanza de que en sus últimas horas en este mundo Dios Nuestro Señor le otorgara coraje. Después lo dejé a solas con su conciencia. No volví a verlo con vida.

Los crímenes no han vuelto a repetirse. El Museo Real de Pintura y Escultura abrió sus puertas y hoy en día es visitado por estudiosos y amantes de las Bellas Artes que gozan de sus tesoros. Yo jamás me acerco si puedo evitarlo, la sola contemplación del edificio de Villanueva provoca en mí un temor irracional, como si en verdad hubiera algo maligno e incomprensible oculto entre sus muros, aguardando a ser despertado, que Dios me perdone por tales pensamientos.

Hasta aquí el informe que presento a V. S. I., atendiendo a la obligación que el cargo de Fiscal Inquisidor me impone. Quizá V. S. I. halle en él alguna clave que a mí se me oculta y pueda aconsejarme sobre cómo debo interpretar los extraños sucesos de los que fui testigo.

Rogándole humildemente su bendición, beso la mano de Vuestra Señoría Ilustrísima y Hermano en Cristo.

Fr. Belarmino, O. P.

10

Judith fumaba junto a la estatua de Goya bajo un viejo paraguas con una varilla rota. Se tomaba su tiempo entre calada y calada, como si en vez de humo aspirase reflexiones.

Vio aproximarse a Guillermo. El joven se cubría de la lluvia tan sólo con la capucha de su sudadera. Lucía una corbata con búhos y caminaba con aire desenfadado, pisando los charcos con las manos en los bolsillos, como si el mal tiempo no fuera un detalle que mereciera la pena que le arruinase el día.

—Hola —saludó Judith—. ¿Tu madre nunca te dijo que no debías salir a la calle sin chubasquero en los días de lluvia?

—No me gustan los chubasqueros: cuando te mueves hacen ruido. ¿Para qué has querido que nos veamos aquí?

Ella sacó de su bolso el informe de Belarmino.

—Toma, te lo devuelvo.

—Gracias. ¿Lo has leído?

—¿Que si lo he leído? Ese puñetero legajo me ha tenido en vela toda la noche, no he podido pensar en otra cosa. Maldita la hora en que se te ocurrió dármelo.

—¿Y bien? ¿Qué te parece?

—Creo que no son más que un montón de locuras. —Se colgó otro cigarrillo del labio y lo encendió—. Y sí: creo que encajan remotamente con lo que le ocurrió al pobre Charli, a tu jefe y al otro tipo, al que se lo comieron los cuervos; así que supongo que yo también debo de estar loca. ¿Puedo hacerte un par de preguntas?

—Adelante.

—¿Qué significa ese símbolo que el cura no deja de mencionar todo el rato? La Escara.

—No lo sé.

—¿Y por qué todos esos asesinatos reproducían obras del Museo del Prado?

—Eso tampoco lo sé.

—Bien... ¿Y qué hay de esa cosa llamada «la Especulación»? ¿Qué se supone que es? ¿Y qué o quién es El Rey En Mil Pedazos? ¿Y el Inquisidor de Colores? ¿Qué tenía que ver con ese inglés al que ejecutaron por cargarse al tío italiano?

—Mi respuesta a todo: no tengo ni la más remota idea.

—Magnífico...

—Lo siento. Ya te advertí de que el informe plantea más preguntas de las que resuelve.

—Pues bien, oráculo de pacotilla, espero que al menos tengas una respuesta para esta pregunta, y más te vale que no te vuelvas a encoger de hombros. ¿Crees que lo que describe este informe está pasando otra vez?

—Sí. Temo que habrá más muertes.

—Fantástico, ¿y qué se supone que debo hacer con esa información? ¿Ir a la policía?

—Lo siento de veras, Judith. Si te metí en esto fue sólo porque creía sinceramente que desearías saber lo que le pasó a tu amigo, pero no pretendo que hagas nada en concreto. Puedo investigar yo solo.

—¿En serio? ¿E investigar para qué, si puede saberse?

—Para detener los crímenes. Sé que es difícil de entender, pero... —Guillermo hizo una pausa. Parecía confuso, como si tratara de explicar en pocas palabras qué sentido tiene un amanecer—. De algún modo siento como si fuera mi responsabilidad.

—Ya veo... —Judith suspiró—. En fin, chico, no soy quién para decirte cómo emplear tu tiempo, pero me temo que ese camino vas a recorrerlo tú solito. De todas formas, te agradezco que me dejaras leer el informe.

—De nada, ha sido un placer. —Con aire entristecido, Guillermo se guardó el documento en su mochila—. En fin... Ya nos veremos.

—Espera, ¿adónde vas? Aún no he terminado contigo. No te he citado aquí sólo para devolverte esos papeles. —Guillermo la miró con gesto interrogante—. Un mandamás del museo quiere vernos.

—¿Quién?

—Roberto Valmerino. Es director adjunto de no sé qué. Esta mañana me abordó mientras estaba pintando y me dijo que le gustaría charlar conmigo... Con nosotros dos, en realidad. Me pidió que te avisara porque él no sabía cómo contactarte.

—¿Y qué es lo que quiere?

—Por las cosas que me dijo, sospecho que pretende asegurarse de que ni tú ni yo armemos ningún escándalo por lo que sucedió en el ascensor. En el museo deben de tener miedo de que queramos demandarlos, o algo así.

—Yo no quiero demandar a nadie.

—Eso no importa, ya le dije a ese tipo que vendrías. Hemos quedado dentro de quince minutos. A las horas que son, puede que se le ocurra invitarnos también a almorzar.

Guillermo se lo pensó un instante.

—De acuerdo —dijo al fin—. Una comida gratis es una comida gratis.

—Me gusta tu espíritu, chico.

Ambos se encontraron con Roberto en el edificio del Casón del Buen Retiro, donde estaba la biblioteca del museo. El director de Conservación los recibió con enfática galantería, gran parte dedicada a Guillermo. Manifestó el inmenso placer que sentía al conocerlo y dejó caer, como de pasada, que guardaba un grato recuerdo de su difunto patrón, el profesor Belman, a quien todos en el museo querían y admiraban. Roberto interrogó a Guillermo sin excesiva sutileza sobre qué clase de asuntos investigaba Belman antes de su muerte, pero éste sólo respondió vaguedades.

A continuación, el conservador se ofreció a enseñarles algunas estancias restringidas del museo, sus «entrañas», como él las llamó. Dijo que era lo menos que podía hacer por Judith y Guillermo en compensación por el desagradable episodio del ascensor. «Me gustaría demostrarles que lo que se oculta en el Prado no sólo son cadáveres», añadió, queriendo sonar gracioso. Se mostró simpático y seductor, y tanto Guillermo como Judith hubieron de admitir que el recorrido fue muy interesante. Comenzó en el Gabinete de Dibujos y Estampas.

—En este archivo tenemos en depósito unos nueve mil quinientos dibujos, grabados y fotografías —informó Roberto—. Todos ellos en magníficas condiciones de preservación, a salvo de daños producidos por la luz o la humedad. Muchas de estas piezas son únicas. ¿Qué le parece, señorita O'Donnell?

Judith contemplaba con deleite una primera edición de *Los Caprichos* de Goya. El libro, que parecía delicado como un bebé, se apoyaba sobre una especie de soporte blando llamado «cama» que servía para mantenerlo abierto en el ángulo preciso para no dañar la encuadernación.

—Sinceramente, no tengo palabras. Me siento como si estuviera frente a una reliquia.

—Oh, sí... Goya. Un genio sin parangón. Creo que ha sido mi verdadero y único amor —bromeó Roberto—. A lo largo de su vida hizo unos mil dibujos, en el Prado se conservan quinientos. Por desgracia, en lo que se refiere a otros artistas, la colección es menos numerosa. Poseemos dibujos muy valiosos, entre ellos un original de Miguel Ángel, pero de escaso número en comparación con otros grandes museos. Es algo que me gustaría solventar... Tengo entendido que su abuelo poseía una notable colección de bocetos y dibujos de Rembrandt, ¿no es así?

—Eso creo, pero nunca me los enseñó, los guardaba en la cámara acorazada de un banco de Dublín.

—¿Qué ha sido de ellos, si me permite la pregunta?

—No lo sé. En cuanto a sus bienes, hay algunos problemas con ese asunto, complicaciones legales... Es largo de explicar. Lo están llevando unos procuradores irlandeses.

—¿Sabe?, algunos coleccionistas optan por depositar sus obras de arte aquí, en el Prado, en una especie de usufructo, por decirlo de manera simple. Creen que estarán mejor cuidadas que en un domicilio particular, lo cual me parece muy sensato.

A Judith no le costó captar la insinuación. Empezaba a vislumbrar el auténtico motivo por el cual Roberto se mostraba tan seductor, aunque no entendía qué pintaba allí Guillermo haciendo de carabina.

El conservador condujo a sus acompañantes hacia los almacenes. Durante el trayecto no dejó de insistir en lo adecuado que sería guardar en el museo piezas delicadas —como, por ejemplo, dibujos y bocetos de Rembrandt—. Tampoco desaprovechó ninguna oportunidad para sonsacar a Guillermo sobre los asuntos de Belman, pero el joven era aún más frustrante que su amiga: respondía a cualquier cuestión yéndose por las ramas, a veces de forma tan absurda que Roberto llegó a plantearse si no se estaba burlando de él.

El grupo hizo un recorrido por los antiguos depósitos del Edificio Villanueva. Roberto los condujo hasta un pasillo que desembocaba en una puerta blindada. Judith recordaba ese lugar, también Charli se lo había mostrado.

—Ésta es una pequeña sorpresa —comentó Roberto—. Aquí dentro, en una de nuestras cámaras más seguras, se guarda una pieza de enorme valor: el *César Sauróctono* de Benvenuto Cellini. En unos meses se exhibirá al público, pero quiero tener una pequeña deferencia hacia ustedes y dejarles echar un vistazo. —Roberto se llevó el dedo índice a los labios, con expresión traviesa—. ¡Guárdenme el secreto! Esto debe quedar entre nosotros.

Introdujo un código en un panel junto a la puerta y, una vez dentro de la estancia, apartó la sábana que cubría la escultura con un gesto que habría envidiado un director de carrera de F1.

Los ojos de Guillermo quedaron atrapados en la superficie de bronce de la estatua. Sobre la coraza del jinete había símbolos en relieve. El más grande era una cabeza de oso que mostraba los dientes con aire amenazante. Desperdigados a su alrededor había toda clase de motivos inconexos: estrellas, flores, un dragón, un león heráldico coronado, una serpiente mordiéndose la cola... El joven lector de símbolos percibió la ausencia de un patrón lógico: había palabras, pero no gramática.

Roberto explicó algunos detalles sobre la estatua recreándose en aquellos que él consideró más llamativos, como la posibilidad de que fuera un autómata capaz de moverse y escupir fuego. También señaló la exquisita minuciosidad en los relieves de la coraza. Judith quiso saber si tenían algún significado.

—Es difícil de precisar —respondió el conservador—. Todavía no se ha hecho un estudio iconográfico completo sobre la escultura.

—Están desordenados —aseveró Guillermo—. No pueden leerse hasta encontrar un patrón. El mensaje está roto.

—Bueno, es un... interesante punto de vista. Pero es curioso que mencione lo del orden. Cada uno de los relieves son en realidad pequeñas placas desmontables. Cabe la posibilidad de que en algún momento, quién sabe cuándo, esos relieves hayan variado el orden original en que fueron dispuestos.

—¿La estatua está completa?

—Si atendemos a las descripciones de las que disponemos en antiguos documentos, tan sólo falta una pieza: se trata de una pequeña placa de marfil decorada con la imagen del rey David. —Roberto señaló un hueco rectangular en la parte superior de la coraza—. ¿Ve ese espacio vacío a la altura del pecho? Justo encima de la cabeza del oso. Se supone que ahí es donde estaba la placa de marfil. Es una lástima que se haya perdido, las fuentes dicen que era exquisita.

Judith señaló el pedestal redondo sobre el que se apoyaba la estatua, allí había otra serie de relieves dispuestos alrededor. Era un llamativo conjunto de esqueletos en diferentes actitudes: uno de ellos tocaba un tambor, otros tres parecían danzar con distintos personajes que mostraban gestos de terror —un cardenal, un monje y un hombre vestido como un noble—, y el último compartía montura con un jinete que miraba espantado a su tétrico compañero.

272

—Esto es una danza de la muerte, ¿verdad? —indicó Judith—. ¿Por qué representarla aquí, en el pedestal?

—Era un tema iconográfico muy habitual en la época de Cellini —respondió Roberto—. En mi opinión, tiene cierto sentido que adorne la imagen de un guerrero a caballo. ¿Ha oído usted hablar de la leyenda de la muerte y los tres caballeros? Fue un relato muy popular en la imaginería medieval y del primer Renacimiento.

El conservador se embarcó en una prolija exposición la cual tuvo que interrumpir cuando sonó su teléfono móvil. Salió al pasillo a atender la llamada y regresó poco después con una expresión de disgusto.

—Van a tener que disculparme, pero me reclama un asunto urgente. ¡No, no es necesario que salgan conmigo! Aún quisiera enseñarles más cosas: quiero que vean los peines, y el laboratorio... Espérenme aquí, yo volveré en unos minutos. Entretanto, pueden seguir admirando el *César Sauróctono*.

Cuando el conservador los dejó a solas, Guillermo se puso a caminar en círculo alrededor de la estatua con la vista fija en el pedestal. De pronto se tumbó de bruces en el suelo y golpeó con la uña uno de los relieves, el del esqueleto tocando el tambor.

—¿Se puede saber qué estás haciendo?

—A.

—¿Qué?

—Una letra: A. ¿Tienes un bolígrafo? ¿No? Bueno, es igual, supongo que podré hacerlo de cabeza. A... E...

—¿Has bebido algo fuerte esta mañana, Guillermo?

—Un patrón.

—Pues te ha sentado fatal.

—No, digo que aquí hay un patrón. —Desde el suelo, Guillermo miró a Judith con una sonrisa radiante en la cara. A ella le pareció incluso atractiva—. Sabía que tenía que haber uno. Está en los esqueletos del pedestal, la danza de la muerte, aunque en realidad no es una danza de la muerte, o no del todo, ¿comprendes?

—Qué más quisiera.

—Es muy sencillo. A principios del siglo XVI, el pintor Hans Holbein diseñó una serie de letras capitales para imprenta, se las conoce como «el alfabeto de la muerte» porque cada uno de los caracteres está decorado con esqueletos haciendo el gamberro, como los relieves del pedestal. Cada uno es una letra. Por ejemplo, éste de aquí, el que toca el tambor: en el alfabeto de Holbein coincide con la letra A. Este otro de aquí, el que le roba el báculo al tipo vestido de cardenal, es la E. El siguiente esqueleto acosa a un noble, es la I. Junto a él hay otro que maltrata a un monje, la O. Por último, un esqueleto a caballo...

—No sigas, que lo adivino: es la U. —Guillermo hizo el signo de OK con los dedos—. De modo que A E I O U. Para ser un mensaje secreto, resulta un poco decepcionante.

—Sí, claro, porque es un anagrama, no un mensaje completo. Al parecer, el tipo a caballo representa al emperador Carlos V, de la dinastía de Habsburgo. Los Habsburgo tenían una divisa: «El destino de Austria es gobernar el universo», que escrito en latín es «*Austria Est Imperare Omnia Universo*». A E I O U.

—Vaya... Reconozco que eso me ha impresionado. Debiste de ser un verdadero empollón en el colegio.

—Tal vez, no lo recuerdo —respondió él, distraído. Tenía la atención fija en la coraza del jinete de bronce—. Tiene que haber algo más, esto es sólo el principio.

Antes de que Judith pudiera detenerlo, el lector de símbolos se encaramó al caballo de la estatua.

—¿Estás loco? ¡Bájate de ahí! ¡Si vuelve Roberto le va a dar un infarto cerebral!

—Tranquila, sólo será un momento, quiero comprobar algo... ¿Has visto estos relieves de la coraza? Se mueven, parece que tienen un eje o algo así...

—Te lo advierto, si causas algún daño a ese trasto te comerás tú solo la demanda.

Él la ignoró.

—En el escudo de la casa de Habsburgo había un león rampante coronado, y este relieve de aquí tiene exactamente la misma forma. ¿Y si...?

Guillermo manoseó la figura del león. Judith tuvo la espantosa certeza de que el joven estaba tratando de arrancarla de cuajo y, lo peor, no sabía cómo impedir que lo hiciera salvo tirándolo del caballo a la fuerza, cosa que empezaba a plantearse.

Guillermo empujó el relieve con los dedos y logró hacerlo girar en sentido de las agujas del reloj. Dejó escapar una expresión de triunfo. Entonces la estatua comenzó a temblar. El joven se puso pálido.

—Ay, Judith... Creo que he roto algo...

Primero el caballo emitió una suave vibración, luego se escucharon unos golpes metálicos que venían del interior de la coraza del jinete, como de engranajes ajustándose. Toda la estatua se agitó en un golpe brusco que hizo caer a Guillermo al suelo.

El brazo del jinete que sostenía la lanza se alzó lentamente como movido por una fuerza invisible, acompañado de un sonido de goznes similar al de decenas de uñas rascando una pizarra.

La lanza se detuvo apuntando al frente, sobre la cabeza del jinete.

Guillermo y Judith se quedaron contemplando la estatua en un atónito y largo silencio, como si esperaran que en cualquier momento el caballero se pusiera a caminar o se desmantelase en un montón de cáscaras de bronce.

No pasó nada.

—¿Eso es todo? —dijo Guillermo. Parecía decepcionado.

—¿Te parece poco? ¡Esa... esa cosa se mueve!

—Sí, supongo que Roberto tenía razón y se trata de algún tipo de autómata. Pero si lo único que hace es mover el brazo no me parece demasiado impresionante, me esperaba algo más espectacular.

—¿Como qué? ¿Que echase fuego por la boca?

—¡Oh, eso habría sido estupendo!

—No sé cómo diablos le vamos a explicar a Roberto que su estatua ha cambiado de pose mientras atendía al recado.

—Tal vez pueda dejarla como estaba.

Guillermo se encaramó al jinete y giró de nuevo el relieve del león hasta ponerlo derecho. La escultura volvió a emitir sonidos de engranajes y el brazo que sostenía la lanza regresó a su posición original. El joven sonrió satisfecho y bajó al suelo dando un salto.

De pronto, un grito que venía de los corredores hizo eco por todo el almacén.

11

Guillermo brincó como una liebre asustada.

—¿Qué ha sido eso?

Judith asomó la cabeza por la puerta de la cámara acorazada y oteó el pasillo. No vio nada. Tampoco escuchó nada salvo el rumor de los conductos de ventilación.

Al cabo de unos segundos, le pareció oír el eco de unos pasos de alguien que corría, luego un golpe, objetos pesados cayendo al suelo.

—Guillermo, quédate aquí.

—¿Adónde vas?

—A echar un vistazo. Tú no te muevas.

La voz de la persona que gritó le había sonado familiar. Lentamente, atravesó el pasillo de la sala de la estatua hasta llegar a un distribuidor redondo con estantes llenos de esculturas. Ella ya había estado allí antes, con Charli. Otros dos pasillos surgían de aquel lugar, uno de ellos comunicaba con los almacenes modernos, por donde Roberto los había conducido, el otro se internaba en los viejos sótanos del Edificio Villanueva.

Resultaba imposible deducir de dónde había llegado el grito. Judith se quedó inmóvil, esperando captar algún otro indicio. De los antiguos sótanos le llegó el eco de una respiración gutural. Judith sintió un estremecimiento en lo profundo del pecho.

«Calma. Es sólo el agua. Charli te lo explicó, ¿recuerdas?... No es más que el ruido del acuífero. Ahí no hay nadie.»

Iba a dar media vuelta cuando de nuevo escuchó golpes. Eran muy fuertes y, entre ellos, algo parecido a un lamento.

Venía sin duda de los antiguos sótanos. Judith avanzó unos metros a través de un corredor abovedado de ladrillo. Varios lienzos deformados por la humedad se acumulaban en las paredes: paisajes oscurecidos, santos de caras cuarteadas y pinturas en las cuales apenas podían reconocerse más que manchas informes.

Algo rozó la mejilla de Judith, como el contacto de un dedo invisible en la penumbra. La mujer lanzó una exclamación y dio un paso atrás. Vio una tela de araña colgando del techo, rebozada en polvo y gruesa como un cable.

Los pies de Judith tropezaron con un objeto pequeño. Miró hacia el suelo y encontró la cabeza de un gato sobre un charco de sangre espesa, aún fresca. Al pobre animal lo habían decapitado hacía poco tiempo, pero el cuerpo no se veía por los alrededores.

Había más sangre en el corredor, en forma de huellas. Alguien había pisado el charco y había dejado un rastro de suelas de zapato que se prolongaba hasta un recodo, a unos cinco metros de distancia de la cabeza del animal.

De pronto se oyeron más gritos. Eran de un hombre y parecían gritos de terror. Fuera quien fuese, estaba al otro lado del recodo, y necesitaba ayuda con urgencia.

Judith creyó distinguir palabras: «¡Por todas partes! ¡Están por todas partes!».

Apresuró el paso hasta girar la esquina del corredor.

Había una puerta en una de las paredes. Cuando Judith se acercó, la puerta se abrió como empujada por un vendaval y de ella brotó Felix. El alemán parecía preso de un ataque de nervios. Brincaba y chillaba, dándose golpes en la cabeza con los puños y arremetiendo contra las paredes, como si quisiera derribarlas a espaldarazos. En la cabeza tenía una brecha sangrante.

Felix chilló y se arañó la cara como si quisiera arrancarse la piel con las uñas. Sus ojos, velados por lágrimas de terror, se cruzaron con los de Judith. Se abalanzó sobre ella con desesperación. Tenía los dedos manchados de sangre.

—¡Quítamelas! ¡Las tengo por todas partes! ¡Por todas partes!

De la manga de su chaqueta militar brotó una araña del tamaño de una canica. Judith reparó en que había otras dos en la cabeza de Felix, correteando por entre su cabello. Una de ellas se deslizó sobre su nariz y, al sentirla, el alemán gritó igual que un alma en el infierno. Con gestos espasmódicos se golpeó en la cara y se arrancó la chaqueta. La espalda de la prenda estaba cuajada de arañas que se agitaban en una miríada de pequeñas patas. Judith dio un paso atrás, asqueada.

Había más arañas sobre la camisa sucia de pintura roja de Felix. Al menos una decena, algunas tan grandes como escarabajos, de cuerpos rechonchos y patas afiladas. El alemán comenzó a gritar en su propio idioma y a golpearse en el pecho. Judith trató de calmarlo sin éxito. Sumido en una crisis de histeria, Felix echó a correr a ciegas por el corredor hasta perderse de vista.

La puerta por la que había aparecido comunicaba con un almacén lleno de estatuas cubiertas de plástico. Parecía una convención de extraños fantasmas. Al fondo se veía un bulto grande colgado de una tubería en el techo.

Judith se acercó para ver qué era. Entonces, al franquear el umbral de la puerta, algo saltó sobre su cara.

Nunca tuvo miedo a las arañas, pero Judith nunca había visto una de semejante tamaño salvo en documentales sobre la naturaleza. Tenía la envergadura de una mano abierta, y un cuerpo repulsivo, con un abdomen grotescamente desarrollado y cubierto de vello gris y blancuzco. Cada una de sus patas era del grosor de un dedo meñique. Las ocho se agarraban con fuerza a la cara de Judith, quien podía ver con toda claridad sus palpos agitándose voraces cerca de su pupila.

Ella gritó, como nunca recordaba haberlo hecho en toda su

vida. El ser de ocho patas correteó por su rostro hasta el cuello, luego hacia la nuca. Judith la sintió cosquillear su cráneo por entre sus cabellos.

Se agitó en círculos, tratando de quitársela de encima, y tropezó contra una estatua. Cayó al suelo. La araña seguía agitándose en su cabeza, entre los mechones del pelo, donde se había quedado atrapada. Judith se llevó la mano al cuero cabelludo y agarró al animal, sintió en las yemas de los dedos su tacto velludo y la notó agitarse luchando por escapar. Judith la lanzó al suelo y la pisoteó. La araña crujió. Una vez. Dos. Decenas de ellas. El reducirla a pulpa ayudó a mitigar su asco y a tranquilizar sus nervios.

Entonces Guillermo apareció en el almacén. Llegó sin aliento y con las mejillas encendidas, como si hubiera venido a la carrera. Se plantó en el umbral de la puerta mostrando los puños en actitud de ataque.

—¿Qué ha ocurrido? ¿Estás bien? ¡Te he oído gritar! —El joven reparó en el cuerpo aplastado del arácnido. Gritó y se pegó de un salto a la pared—. ¡Agh! ¡Socorro! ¡Arañas!

«Mi héroe», pensó Judith.

—Aléjate de la pared, hay bastantes por aquí. Esto parece un maldito terrario.

—Bueno, normalmente no me dan miedo, pero ésa... —Contrajo el labio superior con asco—. Es una araña lobo, ¿verdad? Son bastante grandes.

—No me digas.

Judith escupió sobre los restos del bicho. «Púdrete en el infierno, zorra.»

—¿Estás bien?

—Creo que sí. —dijo, estremeciéndose. Aún podía notar un cosquilleo en la cabeza.

—¿Qué es lo que hay colgado del techo, al fondo?

Ella quiso advertirle de que no se acercara si no deseaba vivir una experiencia similar a la del ascensor, pero Guillermo ya se había adelantado. Le oyó emitir una exclamación ahogada.

Cynthia pendía ahorcada de una soga atada a una tubería.

Le habían cosido los labios y también los párpados, con puntadas toscas de hilo grueso y negro. El lazo que rodeaba su cuello también estaba cosido a su piel, igual que sus manos, muñeca contra muñeca. Alrededor de su cuerpo habían enrollado unas tiras de plástico de embalar, como si el asesino hubiera querido fabricarle un capullo. Una gran cantidad de arañas habían convertido el cadáver en un nido de hilos de seda.

La referencia era fácil de interpretar: Aracne castigada por una vengativa Palas Atenea. La fábula del cuadro de *Las hilanderas* de Velázquez.

El Cronista, diario digital

¿UN FANTASMA EN EL MUSEO DEL PRADO?

Tras el asesinato de Cynthia Ormando, numerosos
trabajadores hablan de sucesos paranormales en la pinacoteca.
La investigación arroja nuevos datos sobre el crimen.

ÁLVARO DE TOMÁS. MADRID.

La noticia del día de ayer del asesinato de Cynthia Ormando en los sótanos de la pinacoteca del Prado sigue causando desconcierto. Es ya el segundo crimen que se comete en las dependencias del museo. Este periódico ha tenido acceso a los últimos detalles de la autopsia de la víctima, así como a información de primera mano sobre el avance de las diligencias policiales a cargo del inspector Antonio Mesquida.

Según el análisis forense, la víctima fue ahorcada con una soga hecha de seda. La ausencia de fracturas cervicales da a entender que su muerte no fue instantánea. Además, el asesino cosió el lazo de la soga al cuello de la víctima con un hilo de red de pesca, acto que pudo llevarse a cabo estando la mujer aún con vida. También se le cosieron los párpados, los labios y las muñecas la una a la otra.

Tal y como informábamos ayer, la víctima fue cubierta de arañas vivas y, a continuación, envuelta en plástico de embalaje. La policía sospecha que las arañas pudieron haber sido adquiridas por el asesino con la idea de efectuar algún tipo de puesta en escena cuyo significado, por el momento, no parece claro. Entre los artrópodos que se ha podido recuperar algunos son de especies exóticas, tal vez adquiridos en comercios especializados o a través del contrabando, aunque no se han encontrado ejemplares cuya picadura sea mortal para el ser humano, por lo que el análisis forense descarta el envenenamiento como causa de la muerte.

Hoy hemos podido saber que en la escena del crimen se hallaron también algunos animales muertos, concretamente seis ratas y dos gatos, que habían sido eviscerados y despiezados «de forma metódica y profesional», según fuentes policiales. Se ignora si este indicio está relacionado con el crimen.

El cuerpo de Cynthia Ormando fue hallado por el ciudadano alemán F. B., que en estos momentos participa activamente en una de las actividades conmemorativas del bicentenario del Prado. Antes de ser interrogado por la policía, el testigo tuvo que recibir atención médica por hallarse bajo el efecto de un ataque de pánico.

En sus declaraciones, F. B. asegura que en una de las plantas del museo visitables por el público encontró un acceso abierto y sin vigilar que llevaba a los sótanos antiguos del Edificio Villanueva, y que bajó a dichos sótanos para «curiosear un poco», según sus propias palabras. Tras deambular por un corredor, encontró el almacén donde se hallaba la víctima. Al acercarse al cadáver, cayeron sobre él multitud de arañas vivas, lo cual le provocó una crisis de pánico. Al parecer, F. B. sufre de aracnofobia.

A pesar de que la policía cree que F. B. fue la primera persona en encontrar el cadáver, lo cierto es que el aviso fue dado por dos testigos anónimos que en aquel momento se encontraban en el sótano en compañía de Roberto Valmerino, director adjunto de Conservación del Museo del Prado.

El señor Valmerino ha eludido hacer declaraciones a este periódico y se ha remitido al comunicado que hizo público el museo en la tarde de ayer (*Enlace aquí*), donde se lamenta la muerte de la señora Ormando y se asegura que el Prado está a disposición de las fuerzas del orden para atrapar al culpable. En dicho comunicado no se especifica qué ocurrirá con la Beca Internacional de Copistas, de la cual la señora Ormando era participante, pero sí se señala que las actividades del museo no se verán alteradas, al igual que el horario de vistas, salvo por el comprensible aumento de las medidas de seguridad en el acceso.

Por otra parte, el inspector Mesquida no ha querido aclarar si estamos ante la actuación de un asesino en serie y ha dicho que «es pronto para esa clase de conjeturas, aunque parece probable que este crimen y el que tuvo lugar hace apenas unos días puedan guardar una cierta relación». Sin querer entrar en más detalles, el inspector ha asegurado que el Museo del Prado, hoy por hoy, es un espacio «cien por cien seguro» para los visitantes, y que sería «imprudente y absurdo» dejarse llevar por el pánico. Esta declaración ha sido secundada por Manuel Rojas, responsable de los servicios de seguridad del museo. A la pregunta de si su departamento está en condiciones de evitar nuevos crímenes como éste, el señor Rojas ha eludido hacer declaraciones.

Inquietud entre los trabajadores

Aunque la policía llama a la calma, este periódico ha podido verificar que existe un clima de preocupación entre los miembros de la plantilla de la pinacoteca. Un trabajador anónimo aseguró que «existe cierto temor, no puede negarse. Muchos de mis compañeros incluso se niegan a bajar a los almacenes si no es en compañía».

Una veterana vigilante de seguridad del museo nos dijo que «hay bastante miedo, especialmente entre los miembros del personal de seguridad. Se oyen rumores muy extraños. Algunos de mis compañeros de los turnos de noche dicen que se siente algo raro en el ambiente. Yo misma fui testigo de cómo el ascensor en el que apareció el primer cadáver se puso a funcionar solo la otra noche. Fue espeluznante».

Muchos vigilantes de seguridad del museo coinciden en situar el foco de esos extraños fenómenos en un lugar concreto del edificio: la sala 57B, conocida entre los trabajadores del Prado como «el Capricho de Sert».

Un antiguo vigilante del museo, que ahora trabaja en otro lugar, contó a este periódico que, una noche, observó por las cámaras de seguridad presentes en la 57B la misteriosa figura de un enmascarado. Cuando el vigilante fue a comprobarlo, allí no había nadie. «Llevaba una máscara espeluznante», declaró. «Era como el rostro de ese cuadro de Munch, *El grito*. Parecía la cara de una momia.»

Por otro lado, personas próximas a los órganos directivos del Prado han calificado estas historias de fantasía. «La gente es muy sugestionable», nos aseguró en exclusiva Roberto Valmerino. «Es comprensible que tras los sucesos recientes haya trabajadores que se sientan inquietos, pero de ahí a inventar relatos de fantasmas hay un abismo. Puedo asegurar que en el Museo del Prado no ocurren sucesos sobrenaturales. Supongo que hay personas que ven demasiada televisión.»

Lo cierto es que últimamente las visitas al Prado parecen haber aumentado. No hay más que echar un vistazo a las colas frente a las taquillas para comprobar que son más largas que de costumbre. Al preguntar al señor Valmerino si piensa que el morbo por los asesinatos puede haber atraído visitantes, éste lo negó categóricamente. «Somos la mejor pinacoteca del país, y la mejor del mundo», aseguró. «Créame: el público viene por el Arte, no por los fantasmas.»

Sea así o no, lo cierto es que en los mentideros de esta vieja Villa y Corte de Madrid ya empieza a calar una nueva leyenda urbana: la del fantasma enmascarado del Museo del Prado y sus misteriosos asesinatos.

12

Judith tendía a juzgar a las personas según el contenido de sus librerías; por ello, en lo primero que se fijó cuando entró en el apartamento de Álvaro fue en su biblioteca.

El periodista, en realidad, no tenía una «biblioteca» como tal, más bien acumulaba sus libros sobre cualquier superficie de su pequeño cuarto de estar. Entre ellos había multitud de ensayos políticos e históricos escritos por Tom Wolfe, Henry Kissinger o Steven Runciman; libros sobre cine que iban desde las conversaciones de Hitchcock y Truffaut hasta las memorias de David Niven; y también algunas novelas, pocas, entre ellas viejas ediciones de Walter Scott, Mark Twain y Blasco Ibáñez. A Judith el conjunto le pareció inesperado, tanto que, en cierto modo, le alivió encontrar algunos cómics de Marvel y DC, que encajaban más con su idea sobre los gustos literarios de Álvaro.

Guillermo cogió uno de los cómics y se puso a hojearlo.

—Hay algo curioso en los superhéroes, ¿sabes? —comentó el joven mientras pasaba las páginas—. Todos tienen su símbolo parlante.

—¿Y eso qué es?

—Es lo que te permite identificar a un personaje, como, por ejemplo, un santo. Todos los santos tienen un símbolo parlante: santa Bárbara lleva una torre, san Martín su capa, san Pedro unas llaves... Igual que los superhéroes: Thor con su martillo, la estrella del Capitán América o el murciélago de Batman. Me hace pensar en que, de algún modo, los santos eran como los superhéroes del mundo medieval. La gente leía sus vidas en las vidrieras de las catedrales como si fueran tebeos de acción, y también ellos tenían superpoderes a su manera. A veces pienso que alguna editorial podría vender sus aventuras en forma de historieta —dijo, muy serio—. No sé... Tal vez algo tipo «La Liga Católica de la Justicia» o «Los Sagrados Vengadores». —Judith se lo quedó mirando. Al cabo de unos segundos, Guillermo esbozó una sonrisa tímida—. Era un chiste.

Ella apreció que estaba cansado. Tenía marcas oscuras bajo los ojos y aquel día su aire era particularmente ausente. Al verlo sonreír de aquella manera, como pidiendo perdón por una broma no demasiado graciosa, Judith sintió el extraño impulso de protegerlo. No sabría decir de quién o de qué, pero pensó que alguien debía velar por que a Guillermo no le ocurriera nada malo, alguien más fuerte, más juicioso.

Era un pensamiento extraño.

—Sólo por curiosidad —dijo ella—: imagino que existe algun san Guillermo...

—Oh, sí. Varios.

—¿Y cuál es el tuyo?

—No estoy seguro, no recuerdo que nadie me lo haya dicho nunca; pero me gusta pensar que se trata de san Guillermo de Vercelli. Su símbolo parlante es un lobo, ¿lo sabías? Me gustan los lobos. Son fuertes y feroces, nadie se mete con los lobos. Una leyenda dice que uno de esos animales devoró al asno de san Guillermo y éste lo regañó hasta hacer que se arrepintiera de haberse comido al pobre burro. Desde entonces el lobo lo seguía a todas partes como si fuera un perrillo... Me encantaría tener un lobo como mascota.

—No estaría mal, supongo. —Judith vio que Guillermo contenía un bostezo—. ¿Estás cansado?

—He dormido mal esta noche. Pesadillas. —El joven hizo una pausa—. ¿Crees que ha sido buena idea venir a hablar con tu amigo?

—Álvaro es un buen tipo. Cargante, pero noble; además, tiene contactos en todas partes y es listo. Podrá ayudarnos. Pero tú ya lo conoces, hablaste con él una vez en el periódico.

—Sí —dijo Guillermo, con una expresión de recelo—. Pero no sabía que le gustaran tanto los tebeos...

En ese momento Álvaro salió de la cocina llevando una bandeja con bebidas y un par de cuencos con frutos secos.

—Eso, amigo mío, no son tebeos, son cómics. Los tebeos son para niños —puntualizó, dejando las bebidas sobre una mesa de café—. Aquí tenéis: tres cervezas y algo para picar. Me gusta ser un buen anfitrión. Y bien, Judith, ¿qué te parece mi guarida de soltero?

Lo cierto era que, a ojos de ella, denotaba un buen gusto sorprendente. Había pocos muebles y baratos, pero de diseño agradable. La decoración era sobria, muy masculina. Inesperadamente adulta para tratarse de la casa de Álvaro, tan sólo los cómics y el excesivo protagonismo otorgado a una videoconsola con demasiados juegos amontonados sobre ella delataban parte de la idiosincrasia del inquilino. A pesar de todo, Judith no quiso mostrarse demasiado halagadora, no quería que Álvaro se entusiasmara.

—Es agradable... —musitó. Abrió su lata de cerveza y le dio un trago. Era buena, de las caras—. He leído tu artículo sobre el museo, el del fantasma.

—¿Te ha gustado?

—No estaba mal. ¿De dónde has sacado tanta información?

—Siempre ese tono condescendiente... Soy bueno en mi trabajo, ya te lo dije. Se me da bien buscar fuentes, tú deberías saberlo ya que eres una de ellas.

—En cuanto a eso, gracias por no mencionar mi nombre. Lo de «dos testigos anónimos» ha sido todo un detalle por tu parte.

—Cuido bien de mis informadores, ellos lo saben y por eso confían en mí. También saben que nunca publico nada que no sea cierto o que no esté contrastado, es algo que me tomo muy en serio.

—Muy ético por tu parte.

—No es ética, yo no tengo de eso; es que ya me he metido antes en algún follón por culpa de no corroborar datos.

Mentía. Era ética. Judith lo sabía bien. Álvaro quería hacerse el cínico, tal vez para parecer sofisticado.

—¿En tu artículo cuentas todo lo que sabes o hay algún aspecto que has preferido guardarte por no estar corroborado?

—Uno no, decenas de ellos. Hay rumores por todas partes, pero yo nunca escribo sobre rumores, no soy un plumilla de la prensa del corazón ni un tertuliano de un programa de fútbol —respondió Álvaro, muy digno—. Por ejemplo, no he querido decir que la policía está convencida de que Felix Boldt mintió en su interrogatorio. Les causó una impresión nefasta. Su explicación de por qué estaba deambulando a solas por los sótanos no suena creíble.

—Me sorprende que no andes detrás de él buscando una declaración impactante.

—Lo intenté, pero sin éxito. Ahora estoy un poco desesperado porque nadie me da un buen titular sobre el crimen. También traté de sonsacarle algo a Manuel Rojas, el jefe de Seguridad del museo, pero me echó de malos modos de su oficina. Ese tipo es un cabestro.

—¿Y qué hay de Mesquida? Lo citas en tu artículo.

—Ah, sí; el inspector. Es solícito, pero nunca dice nada de interés. Me sorprende que lo hayan puesto al cargo de esta investigación, entre sus compañeros tiene fama de incompetente. Lleva semanas atascado con el asesinato de Enric Sert y empieza a rumorearse que no se lo está tomando demasiado en serio.

—Puede que nosotros tengamos algo para ti. Hay un... aspecto que nos ha hecho ver que tal vez, sólo tal vez, exista una relación entre la Beca de Copistas y los últimos asesinatos.

Álvaro pidió explicaciones. Judith dejó que fuera Guillermo quien las diera.

—La muerte de Cynthia aludía a un cuadro del museo: *Las hilanderas* de Velázquez.

El joven hizo un relato del mito de Aracne y su competición

con Atenea por ver cuál era la tejedora más hábil. En la versión de Ovidio, cuando Aracne es atacada por la diosa, huye avergonzada e intenta ahorcarse. Atenea impide su muerte convirtiéndola en araña y tornando en seda las hebras de su soga.

—Parece que es justo lo que el asesino intentó reproducir —añadió Guillermo—. Por otro lado, Aracne también fue castigada por airear los pecados ocultos de los dioses. Cynthia presumía a menudo de conocer secretos y utilizarlos en su beneficio, y temo que el hecho de que el asesino cosiera sus ojos y sus labios era una especie de advertencia: más le habría valido a la pobre mujer curiosear menos y callar más. —El joven movió la cabeza con aire triste—. Le advertí de que las ranas siempre acaban en el infierno, pero supongo que era demasiado tarde.

Álvaro se quedó pensativo unos segundos.

—Bien... Creo que lo entiendo todo... salvo lo de la rana. Y admito que encaja, pero no veo dónde está la relación con la Beca de Copistas.

Judith tomó la palabra. Recordó que la muerte de Enric Sert recreaba el *Saturno* de Goya y la de Charli, el *Ixión* de Ribera. Si el asesinato de Cynthia se inspiraba en *Las hilanderas* de Velázquez, entonces se deducía un mismo patrón en los crímenes: todos imitaban pinturas del Prado que, en aquel momento, estaban siendo reproducidas por los participantes de la Beca de Copistas.

—Hay otro nexo común en todas esas muertes —añadió Guillermo—. La idea de la imitación, la *Imitatio*. Creo que es el más importante: el concepto del Arte como reflejo de la realidad. El cuadro imita esa realidad, y, a su vez, los asesinatos imitan al cuadro. Es como un perverso juego de espejos... O, más bien, como... como colocar un espejo frente a otro, no sé si me explico.

—Un momento —interrumpió Álvaro, que no había dejado de tomar notas con frenesí—. «Imitatio», esa palabra... ¿No es la que grabaron sobre la frente del cadáver de tu jefe, Alfredo Belman?

—Sí. También hay una relación. Estoy seguro de que las cuatro muertes son obra del mismo asesino.

Álvaro se puso a valorar sus notas en silencio.

—Esto es grande... —dijo—. Muy grande... «El asesino en serie del Museo del Prado al descubierto.» ¡Madre mía! —Dio un trago a su cerveza. Fantaseaba con los titulares, como alguien que sueña despierto con ganar el premio de la lotería—. Es demasiado bueno para ser cierto, ojalá tuvierais algún indicio firme en el que apoyaros.

—Guillermo cree tenerlo. Es una especie de informe escrito por un inquisidor del siglo XIX. Al parecer, el actual asesino está repitiendo un patrón que ya se produjo hace doscientos años, en la época en la que el Prado abrió sus puertas.

—¿Has dicho un inquisidor? Genial, esto mejora por momentos. ¿Puedo ver ese informe?

Guillermo lo había traído en su mochila. Se lo entregó a Álvaro, quien empezó a hojear sus páginas con avidez. Al llegar a una de ellas se detuvo.

—¿Qué significa este símbolo, el que parece una flecha? —preguntó.

—El informe no dice mucho al respecto —respondió Judith—. Se refiere a él como la Escara, la marca de alguien llamado El Rey En Mil Pedazos. Y hay algo más, algo muy curioso, fíjate... —Judith le enseñó a Álvaro un papel que llevaba en el bolso—. Hace días alguien dejó en mi buzón esta nota junto con una entrada para la ópera. Observa el signo que hay al pie: es la Escara.

—«*Messardone, Principe di Terraferma*» —leyó Álvaro—. ¿Quién te envió esto?

—Ni idea, no llevaba remite. En principio pensé que la entrada era una estrategia publicitaria, o algo así, pero no; es válida, lo pregunté en el museo.

—Qué raro... ¿Sabes?, en el periódico me han encargado escribir algo sobre el estreno de esta ópera. Querían mandar al tipo que hace la crítica cultural, pero no consiguieron entrada, no están a la venta, es la compañía encargada de la representación la que las envía a una lista exclusiva de miembros. ¿Por qué crees que estás en ella?

—No lo sé, jamás en mi vida he estado en nada que lleve la palabra «exclusivo».

—¿Piensas ir al estreno?

—No; definitivamente, la ópera no es lo mío. De hecho, es casi un milagro que aún no haya tirado la entrada a la basura.

—¿Por qué no se la vendes al periódico? Están como locos buscando una de éstas.

—No parece mala idea... Quizá lo haga.

—En cuanto a este documento —dijo Álvaro, refiriéndose al informe de Belarmino—, ¿podría quedármelo un par de días, Guillermo? Me gustaría leerlo con calma.

—Oh, por supuesto. La verdad es que pensábamos..., es decir..., a Judith se le ocurrió que tú podrías ayudarnos a descubrir algo nuevo. Dice que eres un excelente investigador.

El reportero la miró con una sonrisa de regocijo.

—No recuerdo haber utilizado la palabra «excelente» —matizó ella.

—Ya veo. Esta historia tiene mucho potencial. Por desgracia, ahora mismo estoy hasta arriba de trabajo y no dispongo de tiempo para dedicarlo a lo vuestro. —Álvaro reflexionó un instante—. Sin embargo, tal vez pueda echaros una mano con lo de ese símbolo, creo que ya lo he visto antes.

—¿Dónde? —preguntó Judith.

—En el Museo Arqueológico. Hay una pieza expuesta que tiene un emblema parecido, deberías ir allí a comprobarlo.

—Guillermo puede hacerlo, el tema de los símbolos es cosa suya.

—Oh, sí; me encantaría.

—Perfecto. Voy a darte un contacto... —El reportero escribió un nombre en su agenda Moleskine—. Es... una especie de experto, se llama Bruno Bailey y sabe un montón sobre los fondos del Arqueológico. Trabajó allí bastante tiempo, luego estuvo una temporada como asesor en el Departamento de Delitos

Contra el Patrimonio Artístico de Interpol y ahora creo que ha vuelto a Madrid para retomar su antigua labor. Es difícil dar con él, siempre está viajando, pero creo que estos días anda por aquí. Le llamaré.

—¿De qué lo conoces? —preguntó Guillermo.

—Eso, amigo, no puedo decírtelo. —Álvaro le guiñó un ojo—. Es un secreto profesional entre el reportero y su fuente. Bruno es un tipo algo... peculiar, seguro que os lleváis de maravilla. Además, me debe un favor. ¿Te parece bien que le diga que irás a verlo mañana?

—Claro, no hay problema.

—Estupendo. Si se me ocurre algo más en lo que pueda ayudaros, os lo diré. Y vosotros mantenedme al corriente de cualquier novedad.

Guillermo aseguró que lo haría, después emitió un enorme y largo bostezo. Se disculpó diciendo que la falta de sueño le estaba pasando factura.

—Vete a casa y descansa un poco —le recomendó Judith—. Yo creo que por aquí ya hemos terminado.

El joven aceptó el consejo y se marchó. A Álvaro le pareció una escena divertida.

—Acabas de mandarlo a la cama, igual que si fuera un niño —comentó en tono jocoso.

—Es que Guillermo a veces es como un niño —replicó Judith. Hizo una pequeña pausa. Algo le rondaba por la cabeza—. ¿Crees que me he vuelto loca, Álvaro?

—¿A qué viene esa pregunta?

—Toda esta historia de los asesinatos... El tomarme en serio lo que dice Guillermo... A veces pienso si no estaré dando crédito a algo absurdo.

—Tal vez, pero en ese caso ya somos dos los locos, porque yo le creo. Y tampoco me parece que sea ningún niño, no con ese tamaño, desde luego... Y, además, están sus ojos... ¿Te has dado cuenta? Son... no sé... —El reportero se interrumpió, no encontraba las palabras para expresar lo que tenía en mente—. Una vez leí un poema... «¿En qué profundidades distantes, en qué cielos ardió el fuego de tus ojos?»,[4] decía. Por algún motivo, siempre me viene a la cabeza ese verso cuando miro a los ojos de Guillermo.

—Ya... Creo que... entiendo a lo que te refieres.

Por un instante ambos se quedaron en silencio, como si hubiera pasado un ángel.

—En fin —dijo Judith, rompiendo bruscamente aquel breve ensimismamiento—. Será mejor que yo también me marche. Tengo que estar en el Prado dentro de una hora, nos han citado allí a los copistas para informarnos de qué va a ser de la beca.

—¿Crees que la van a cancelar?

—Espero que no. Si pierdo esta beca, lo único que me queda es una tienda sin clientes y una nevera vacía —respondió ella. Quiso sonreír para que sus palabras parecieran una broma, pero sólo logró torcer la boca en una mueca. Se sentía muy cansada y sin fuerzas. Tal vez fue aquella debilidad la que provocó que, de pronto, tuviera la necesidad de sincerarse—. No sé qué voy a hacer con mi vida, Álvaro. Empiezo a quedarme sin opciones.

—Mándalo todo a paseo. Cierra tu tienda, vende tu taller y márchate a vivir a un pueblecito de la Costa Azul. Yo iré contigo: tú pintarás cuadros y yo escribiré novelas malísimas que nadie publicará nunca. Abriremos un hostal para mochileros y seremos felices. ¿Qué te parece?

Ella sonrió. Esta vez le fue más fácil.

—Me parece una idea pésima.

—Pero te ha hecho sonreír. La próxima vez que necesites hacerlo, llámame: tengo un montón de ideas espantosas como ésa.

Judith, por pura costumbre, estuvo a punto de replicar algo mordaz, pero no lo hizo. Por un segundo, la propuesta del reportero le había parecido la más tentadora recibida en mucho tiempo.

---

4. «El tigre», de William Blake.

La reunión con los copistas iba a tener lugar en el edificio de Ruiz de Alarcón, el centro administrativo del Museo del Prado.

Judith se dirigió hacia allí después de salir de casa de Álvaro. El cielo estaba nublado y las calles brillaban por efecto de la lluvia recién caída. Hacía mucho viento, Judith iba arrebujada en su abrigo y con el gorro de lana calado hasta las orejas.

En la portería del bloque se encontró con Felix. El alemán estaba sentado en la acera. Miraba con aire pensativo una flor que hacía girar entre sus dedos, lentamente. A Judith le pareció que era una orquídea.

—Eh —dijo él cuando la mujer pasó a su lado—. ¿Tienes un cigarrillo?

Judith le ofreció uno. Felix se lo encendió con un zippo que sacó del bolsillo de su parka militar.

—Gracias —masculló—. ¿Has pensado en lo que te dije? Sobre tu Rembrandt.

—Últimamente he tenido otras cosas en la cabeza, como el asesinato de Cynthia, por ejemplo.

—Ah, ya, eso... —dijo él, indiferente—. Ahora tienes una buena oportunidad para cambiar tu cuadro, si es que no cancelan la beca. Todavía estás a tiempo.

—No voy a dejar a medias mi Rembrandt. Ni tampoco entiendo por qué te preocupa tanto.

—Porque me pone furioso ver cómo alguien desperdicia su talento en una mala decisión.

—Tal vez tu problema es que te ponen furioso demasiadas cosas, Felix.

—Y tal vez el tuyo sea no reconocer cuándo has cometido un error que te puede costar caro. —Miró por encima del hombro de ella y sonrió de medio lado—. Hablando del rey de Roma...

Petru se acercaba caminando por la acera. Felix dio una última y larga calada a su cigarrillo, lo tiró al suelo y entró en el edificio.

—¿De qué hablabas con el teutón siniestro? —preguntó el corso después de saludar a Judith.

—De nada importante... —respondió ella. De pronto volvió a sentirse terriblemente cansada, igual que en casa de Álvaro. Deseaba apagar el cerebro y olvidarse de Felix y sus advertencias, de Cynthia, de la beca, de Guillermo y de todo en general—. ¿Quieres venir a mi casa esta noche?

Él respondió que sí.

Los copistas se reunieron en una pequeña sala de juntas. Allí, Judith vio a Fabiola por primera vez. La directora no presidía el encuentro, era Roberto quien hacía esa función. Ella ocupaba un discreto segundo plano.

A Judith le llamó la atención su colorido atuendo: llevaba una falda de tejido provenzal y una blusa con estrellas estampadas. Toda su ropa estaba dominada por tonos púrpura y amarillo.

Fabiola se presentó, pronunció un breve saludo y después dejó que Roberto tomara la palabra.

—Bien, señoras, caballeros: ésta es la situación. El desgraciado suceso reciente ha puesto la continuidad de la Beca de Copistas en una delicada tesitura. Gran parte de la dirección del museo, así como del Patronato, se inclinan por cancelarla. Piensan que tal vez resultaría poco ético seguir adelante como si nada hubiera ocurrido.

—Punto de vista que yo no comparto —intervino Fabiola, a modo de apostilla.

—Exacto. Tanto la directora como yo mismo creemos que, en todo caso, antes de tomar esa medida debería tenerse en cuenta la opinión de los principales afectados, es decir, ustedes. De modo que ésta es su oportunidad de expresar su voluntad al respecto. La directora y yo tomaremos una decisión definitiva tras escucharles.

—Así que, por favor, sean sinceros, digan lo que realmente desean hacer —añadió Fabiola, con tono cordial—. No lo que ustedes piensan que queremos escuchar.

—*That's the point* —corroboró el conservador.

En principio, nadie quiso ser el primero en tomar la palabra. Sólo al cabo de un par de minutos de silencio, Felix, que parecía impacientarse, decidió manifestar una opinión:

—Bueno, ya que nadie se atreve a ser sincero, tendré que ser yo el que diga lo que todos estamos pensando: aquí nadie tiene la culpa de que Cynthia esté muerta, así que cancelar la beca no sería justo para los demás. Algunos han hecho muchos sacrificios para estar aquí, ¿saben? No se merecen que ahora les den la patada.

—A nadie se le va a dar ninguna patada, señor Boldt —dijo Roberto, quisquilloso—. ¿Todos los demás comparten este punto de vista?

Isabel levantó la mano un poco, tímidamente.

—A mí me gustaría continuar...

El siguiente en hablar fue Petru:

—Siempre y cuando a ninguno de mis compañeros le suponga algún problema, yo también prefiero que la beca siga adelante.

—Opino lo mismo —aprovechó para decir Judith.

Tan sólo quedaba Rudy. Judith tenía la impresión de que el texano iba a ser la nota discordante del grupo.

—Bueno... La muerte de la pobre señorita Ormando ha sido algo muy triste, ya lo creo que sí... —comenzó, tras unos segundos de titubeo—. Espero que esté en el cielo y que los muchachos de la policía atrapen pronto al malnacido que la mató. En mi tierra sabríamos muy bien qué hacer con un bastardo semejante, y perdonen mi lenguaje. Tal vez, seguir adelante con la beca no sería respetuoso con la memoria de la señorita Ormando.

—El texano hizo una pausa para rascarse la barba, con aire reflexivo—. Ahora bien, como dice siempre el pastor de mi iglesia, nada gusta más a nuestros seres queridos de ahí arriba que ver cómo seguimos con nuestras vidas. Si continuamos con la beca, sería un bonito homenaje a la memoria de esa buena mujer, si ustedes me entienden lo que quiero decir...

Judith pensó que Cynthia distaba mucho de ser un «ser querido» para nadie en aquella sala, pero, en general, le gustaron las palabras de Rudy. Hacían que lo de seguir con la beca pareciera una buena acción, no un acto de egoísmo.

—Bien, ya hemos escuchado todos sus pareceres —dijo Roberto—. La directora y yo los tendremos en cuenta y tomaremos una decisión. Esta tarde se les informará.

—En cualquier caso —dijo Fabiola—, estén preparados para reanudar mañana su labor.

Aquello sonó como una decisión definitiva.

Belman (II)

Agosto de 2018

Hoy hace un calor sofocante en el sanatorio. Da la impresión de que el clima ha alterado a algunos de los pacientes. Al recorrer los pasillos en dirección al cuarto de Guillermo he oído gritos que venían de otras habitaciones. No es la primera vez que un alarido desarticulado me recibe en mis visitas, pero en esta ocasión se escuchan demasiados, como si esa ala, por lo general pacífica, se hubiera convertido en un pabellón de almas torturadas o, tal vez, las mazmorras de la Inquisición. Me siento trasladado en el tiempo.

La Inquisición. Es extraño que piense en ello y, al mismo tiempo, providencial. Tal vez encuentre a un inquisidor entre estas pobres mentes enfermas.

Yo mismo estoy inquieto. Llevo sintiéndome así desde hace varias semanas. Empieza a costarme conciliar el sueño y últimamente siento una creciente impresión de que alguien me sigue a todas partes. Espero no estar desarrollando una especie de paranoia. No quisiera ser yo uno de los próximos inquilinos de este alojamiento.

Ayer recibí una mala noticia. Tal vez es la causa de mi actual ánimo alicaído. Llevo intentando ponerme en contacto con Jason Cruz desde hace unas dos semanas. Cruz es un coleccionista de arte afincado en Nueva York. Durante mis indagaciones descubrí que había escrito un estudio sobre Pletón y su tratado *Sobre el Arte Verdadero* y que aún no había encontrado editor.

Pensé que tal vez en su estudio hubiera llegado más lejos que yo, así que me puse en contacto con él para pedirle una copia. Me dijo que estaría encantado de enviármela. Ayer supe que Cruz ha muerto. Falleció en un incendio que tuvo lugar en su galería de arte del Greenwich Village, alguien la atacó con cócteles molotov. Una buena pista que se pierde para siempre.

Tan sólo me queda Guillermo.

Necesito sacarlo de aquí. Necesito que se cure. Necesito que recuerde.

El enfermero que me recibe no es Raúl, el mismo de mis primeras visitas. A Raúl lo han despedido y se enfrenta a una denuncia judicial. Unos compañeros lo sorprendieron maltratando a un paciente y se destapó que lo hacía a menudo. Muchos lo tenían por un profesional intachable.

Guillermo no. Él siempre lo supo, lo leyó en los símbolos. Le hablan y él sabe escuchar.

Cuando el nuevo enfermero y yo estamos a punto de llegar a la habitación de Guillermo, me topo con el director del centro, el doctor Roa. Le han avisado de que estoy aquí y quiere verme en privado. Me parece bien, hace tiempo que espero esa reunión, pero le digo que antes me gustaría hablar con Guillermo, si no tiene inconveniente.

—Puede intentarlo, pero me temo que no obtendrá ningún resultado. Hoy tiene uno de sus días malos.

Cuando Guillermo tiene «un día malo» no habla. Se aísla en algún solitario reducto mental y no atiende a ningún estímulo externo. En tales ocasiones, los médicos dicen que pasa horas contemplando sin ver a través de la ventana de su cuarto, siempre mezclando algún mazo de cartas. Dicen que alguna de esas veces llora o, más bien, derrama lágrimas como sin darse cuenta de que lo hace, sin emitir ni un lamento, como si esa muestra de tristeza fuera lo poco que queda de un dolor antiguo; aunque yo nunca le he visto hacerlo.

Son muy pocos los días en que he encontrado a Guillermo en ese estado, apenas dos o tres que yo recuerde, y el doctor Roa tiene razón: intentar hablar con él en esos momentos es inútil.

Así pues, acompaño al médico a su despacho. Roa me gusta. Es un hombre inteligente y volcado en su profesión, en él se aprecia un verdadero afán por mejorar las vidas de sus semejantes, algo que no siempre se encuentra en algunos profesionales de su gremio, para quienes el paciente apenas es algo más que un objeto de estudio. Roa no es de ésos. Aún es joven, poco más de cuarenta, aunque las canas le hacen parecer mayor. Está casado. Su mujer espera un hijo.

Cuando entro en su despacho, Roa se desprende de su bata de médico. Me hace pensar que esta charla tendrá un carácter más personal que profesional. Cuando nos sentamos, separados por su escritorio, el doctor va directo a la cuestión.

—Tengo entendido que quería usted hablar conmigo —me dice—. Lamento no haber podido atenderlo antes, han sido unos días muy ajetreados.

Le expongo mi solicitud, de la manera más convincente que soy capaz. Llevo ensayando este momento bastante tiempo. Tras escuchar todo lo que tengo que decir, el doctor no muestra sorpresa, tan sólo un leve desconcierto.

—¿Quiere llevarse a Guillermo? —me pregunta—. ¿Por qué?

—Tengo un trabajo para él. Estoy escribiendo un libro y necesito de alguien que me ayude, y tampoco me vendría mal que se encargara de poner orden en mi biblioteca. Sería una especie de asistente. Le pagaría bien, todo de forma legal, y viviría en mi casa.

Le explico que hace unos años me vi en una situación similar y contraté a un estudiante extranjero, alumno mío de la universidad, a quien también mantuve en régimen de alojamiento mientras duró el trabajo. Aquel muchacho no tenía familia en la ciudad, vivía en una residencia de estudiantes, y el acuerdo nos pareció beneficioso a ambos, pues yo podía disponer de él sin verme limitado por un horario laboral restrictivo. No quiero que el doctor vea nada raro en mi oferta. Soy un hombre divorciado que vive solo, sé lo que algunas mentes malintencionadas pueden pensar si alojo a un joven en mi casa. Por suerte, los reparos de Roa no van por esa línea.

—Disculpe, señor Belman, pero si anteriormente contrató a un estudiante, ¿por qué no hacerlo ahora de nuevo? ¿No cree que uno de sus alumnos le será más útil que Guillermo?

—No en este caso. En aquella ocasión mi ayudante era extranjero, vivir en mi casa le resultó ventajoso pues se ahorraba un alquiler. Ahora mismo ninguno de mis alumnos cumple ese requisito.

Eso no es cierto del todo, pero Roa no tiene por qué saberlo.

—¿Y de veras cree que Guillermo puede ser un buen asistente para usted?

—No es un trabajo complicado, tan sólo requiere dedicación y sentido de la responsabilidad. Yo le explicaría todo lo que debe hacer. Por otra parte, es evidente que Guillermo es un joven con una amplia formación académica, tal y como demuestra en sus conversaciones. Supongo que su nivel de estudios es avanzado, ¿no es cierto? Tal vez incluso a nivel universitario.

—Me temo que no puedo confirmarle eso —me responde—. ¿Le ha mencionado a él su oferta?

—Aún no, antes quería consultarlo con usted.

—¿Por qué motivo?

La pregunta me resulta extraña.

—Usted es quien debe decidir si Guillermo está o no en condiciones de dejar el hospital. Como médico, tendrá que certificar si puede recibir el alta.

Ahora es Roa quien parece sorprendido.

—Señor Belman, Guillermo puede marcharse cuando quiera. Nunca ha estado recibiendo ningún tratamiento específico por nuestra parte.

—Perdón, ¿cómo dice?

—Que él no es un paciente. Ingresó aquí de forma voluntaria, y si aún no se ha ido es, simplemente, porque nunca ha manifestado esa intención. Pensé que usted lo sabía.

—No, qué va... Nunca lo ha mencionado. Cuando intento sacar el asunto a relucir, él cambia de tema.

—¿No sabe nada de cómo era su vida antes de ingresar en la clínica?

—Se lo repito: Guillermo jamás habla de eso.

—Lo sé. Ni con usted ni con nadie. Guillermo es para mí un enigma, al igual que para todo el mundo.

—No comprendo... ¿Es que acaso no tiene un expediente clínico?

Roa se acoda sobre la superficie del escritorio uniendo las yemas de los dedos. Su postura es la arquetípica de un doctor en su consulta.

—Le voy a explicar cuál es la situación, señor Belman: hará cosa de unos diez meses, Guillermo Argán ingresó en esta clínica de forma voluntaria alegando sufrir una especie de episodio depresivo severo. Las pruebas preliminares indicaron que, en efecto, Guillermo sufría de algún tipo de enfermedad que requería ser tratada pero que no precisaba de internamiento. A pesar de ello, quiso alojarse aquí. Ésta es una clínica privada y si alguien desea ocupar una plaza no hay inconveniente siempre que abone la tarifa requerida. Tenemos varios pacientes en régimen similar llevando a cabo lo que podríamos denominar una «cura de reposo mental». Todos ellos, al igual que Guillermo, pueden irse cuando lo deseen o cuando den muestras evidentes y notorias de que no precisan de nuestros cuidados.

—Pero imagino que tendrán datos personales de ese tipo de pacientes.

—Salvo los que atañen a su estado de salud, sólo aquellos que ellos deseen facilitarnos. En el caso de Guillermo, apenas disponemos de algo más que su nombre, fecha de nacimiento, carnet de identidad y los datos de contacto de una persona cercana.

—¿Y quién es esa persona? ¿Puede decírmelo?

—Sí, no se nos indicó que fuera una información sujeta a confidencialidad. Se trata de una mujer llamada Beatrice Chambers. Ella es también quien paga todos los gastos del alojamiento de Guillermo y, en resumen, la persona responsable de él.

Esa información me resulta sorprendente. Guillermo jamás me ha hablado de esa persona. Quisiera saber más de ella.

—¿Beatrice Chambers? ¿Es extranjera?

—Británica, al parecer.

—¿Y usted la conoce?

—No personalmente, pero he hablado con ella por teléfono. La primera vez fue el día que Guillermo ingresó aquí, yo la contacté. Se mostró muy afectada... Entristecida, sería la palabra exacta. Ella no sabía lo que Guillermo pretendía hacer, y sin embargo...

Se detiene. Tal vez sienta reparos por desvelar una información que podría afectar a la privacidad de su paciente (más bien, inquilino); no obstante, tengo el pálpito de que es un relato que el doctor ha estado guardando para sí demasiado tiempo, y que, en el fondo, desea compartir con alguien.

—Ella me dijo: «Debí haber supuesto que lo haría». Ésas fueron sus palabras exactas. Hubo algo en su tono de voz que... No sabría explicárselo. Me pareció que aquella mujer experimentaba una gran tristeza.

—¿Le dijo algo más?

—No demasiado. Sólo que ella se haría cargo de todos los gastos y me rogó que cuidara de Guillermo. Llama una vez cada mes. Siempre el mismo día, el 17... Curioso, ¿verdad? Tan sólo pregunta si Guillermo está bien, si necesita algo, y siempre insiste en que tenga los mejores cuidados.

—¿Nunca ha venido a visitarlo?

—No. Él, por su parte, asegura no conocer a esa persona.

—No comprendo... ¿Acaso no facilitó su contacto cuando ingresó aquí?

—Así es. Rellenó un formulario con su nombre y su número

304

de teléfono, pero cuando alguien se lo menciona, él dice no recordarlo. Para Guillermo, Beatrice Chambers simplemente no existe, al igual que la mayoría de los sucesos de su pasado.

—¿A qué lo achaca, si, como usted piensa, él no está enfermo?

—Yo no he dicho eso, sólo que su enfermedad no requiere internamiento, pero cuando ingresó sí mostraba síntomas prototípicos de alguien que ha sufrido algún tipo de experiencia traumática. La amnesia selectiva es uno de ellos.

—Entonces, si él aceptara trabajar para mí, ¿cree que estaría en condiciones de hacerlo? ¿No supondría ningún riesgo?

—En mi opinión, sería incluso beneficioso. Un entorno en el que Guillermo pudiera lidiar con situaciones adversas rutinarias y en el que aplicara sus capacidades de forma productiva, sometido a una responsabilidad moderada, serviría como estímulo para que se sintiera del todo recuperado. Si él quiere, y usted comprende lo que eso conlleva, no veo inconveniente médico en que acepte su oferta de trabajo.

—Me alegra oír eso, se lo propondré en cuanto hable con él.

—Existe, sin embargo, una pequeña salvedad. Como ya le he explicado, no me corresponde a mí autorizar o no el alta de Guillermo, tan sólo puedo aportar mi opinión como profesional, pero sí creo que sería conveniente que hable de esto con Beatrice Chambers antes de tomar ninguna decisión. No está obligado a ello, pero le aconsejo que lo haga.

No necesitaba decírmelo. Estoy ansioso por conocer a esa mujer, por saber qué cosas puede revelarme sobre el misterioso inquilino de la clínica del doctor Roa.

—¿Puede decirme cómo ponerme en contacto con ella?

—Es preferible que lo haga yo en primer lugar, siempre me pide que le informe de cualquier novedad que pueda afectar a Guillermo. Le transmitiré que su oferta me parece muy aconsejable.

—Se lo agradezco, doctor. Y, por favor, dígale también que tengo mucho interés en hablar con ella personalmente.

Roa me promete que lo hará y yo confío en su palabra. Quedamos en volver a vernos en cuanto tenga noticias de Beatrice Chambers. Cuando salgo del despacho, siento que he dado un paso trascendental en mi investigación. Puede que esa mujer sea la clave de todo.

13

El viernes se concentraron lluvias de tormenta sobre Madrid. Los primeros truenos empezaron a sonar por la tarde, justo cuando Guillermo fue a visitar el Museo Arqueológico Nacional. Eran más de las seis y media, noche cerrada, húmeda.

Guillermo tuvo suerte, accedió al museo justo cuando la meteorología empeoró. Llevaba un dibujo de la Escara hecho por Judith en la hoja de un cuaderno. Pensaba enseñárselo a Bruno, el contacto de Álvaro en el Arqueológico. Habían quedado en verse en una de las salas de la colección medieval, en la sección de Arte Visigodo.

Cuando el lector de símbolos llegó al lugar, allí tan sólo había una persona. Supuso que debía de tratarse del amigo de Álvaro. Era un hombre joven y atlético, con gafas. Vestía un traje oscuro que le sentaba bastante bien; más que un académico, parecía un deportista vestido con elegancia. En la solapa tenía prendida una identificación azul con el nombre del museo.

—¿El señor Bruno Bailey? Soy Guillermo Argán.

—Hola, te estaba esperando. —El tipo le dio un firme apretón de manos—. Encantado, puedes llamarme Bruno, a secas... Eh, me gusta tu corbata, por cierto.

Aquel día Guillermo llevaba una corbata con dibujos de burbujas.

—Gracias. —El joven quiso devolverle el cumplido de alguna forma—. Y a mí me gustan tus... gafas.

—¿De veras? Yo las odio, todavía no me acostumbro a llevarlas. En fin, ¿qué puedo hacer por ti, Guillermo? Álvaro me dijo que deseabas consultarme algo sobre una pieza del Arqueológico.

—Sí, ¿trabajas en el museo?

—Trabajo para el museo —puntualizó Bruno.

—¿Qué es lo que haces aquí? ¿Eres conservador?

—No, mi trabajo es más bien de campo. Me obliga a viajar mucho, es de locos... Mañana mismo tengo que ir a cumplir un encargo en Cuzco y no sé ni cuándo podré volver.

—Oh, lo siento. Estarás muy ocupado, intentaré no robarte mucho tiempo.

—Tranquilo, Álvaro es un buen amigo, estoy encantado de hacerle este favor. Dime qué necesitas.

Guillermo le mostró el dibujo hecho por Judith. Le preguntó si había en el museo alguna pieza con aquel símbolo.

—Sí, en efecto —respondió Bruno—. Conozco bien esa pieza, yo mismo ayudé a traerla el año pasado. Sígueme, te la mostraré.

Ambos se dirigieron hacia las salas de la sección de Edad Moderna. Allí, Bruno señaló a Guillermo una vitrina con objetos de los siglos xv y xvi. En un rincón, casi oculta por una bandeja enorme, había una estatuilla. Representaba a un angelote rechoncho sujetando un escudo de torneo, con una escotadura para apoyar la lanza. La superficie del escudo estaba dividida en cuatro cuarteles: en dos de ellos se veía un elefante con las letras S I entrelazadas sobre su lomo; en los otros dos, la forma de la Escara.

A Guillermo le pareció un objeto poco atractivo. El angelote era gordo y feo, más bien parecía un enano obeso dotado de diminutas altas grimosas. Tenía la boca abierta y los ojos en blanco, como si entonase un cántico, pero lo cierto era que parecía gritar de dolor.

La cartela que lo identificaba era parca en información: «Remate de balaustrada. Alabastro y oro. Siglo xv».

—Supongo que ésta es la pieza —dijo Guillermo.

—Así es. Fue expoliada del Palacio de la Conquista de Trujillo en el siglo XIX y estuvieron a punto de venderla en una subasta ilegal en Nápoles. Aunque no lo parezca, tiene mucho valor, ¿sabes? Los relieves del escudo están hechos de oro.

El joven contempló los relieves.

—Reconozco el elefante —dijo—, es el emblema de la familia Malatesta de Rímini: «*Elephas indus culices non timet*», el elefante indiano no teme a los mosquitos. Era la divisa familiar. Por las letras S I entrelazadas supongo que debería vincularse a Segismondo Malatesta y su esposa Isotta, que fueron señores de Rímini a mediados del siglo XV. Pero el otro símbolo, la Escara, ¿qué significa?

—¿Cómo lo has llamado?

—La Escara, así lo denominan en un documento del siglo XIX que leí hace poco.

Bruno se ajustó las gafas y observó el relieve de la estatua con renovado interés.

—Qué curioso... Pensaba que el nombre de ese símbolo era *L'Orifiamma di Messardone*. ¿Dónde dices que leíste lo de la Escara? —Guillermo se lo explicó de forma resumida—. Fascinante. No conocía esos detalles.

—¿En qué lugar se esculpió esta estatuilla?

—En Italia. Tal y como suponías, está relacionada con Segismondo Malatesta, señor de Rímini. ¿Qué sabes de él?

—Algunas cosas. Fue un importante mecenas del Renacimiento, también un hombre de armas con muchos enemigos.

—Exacto. Se le conocía como «Il Lupo», el lobo. Guerrero, asesino sanguinario y hábil militar; su objetivo era alcanzar la gloria para su dinastía. Para lograrlo tuvo que cortar unas cuantas cabezas y enemistarse con personas muy importantes. El papa Pío II, por ejemplo, llegó a decir de él que estaba «canonizado en el inferno», incluso organizó en Roma una especie de ceremonia oficial de «anti-canonización» o, más bien, de satanización; es la única vez que la Iglesia ha hecho algo semejante en toda su historia. Dicen que se ganó tal honor como castigo por haber capturado al obispo de Fano, legado papal de quince años de edad, y haberlo sodomizado delante de todo su ejército en la plaza de Rímini. Además de eso, también fue poeta, erudito y amante de las Bellas Artes.

—Sí, supongo que las personas a menudo son complejas —dijo Guillermo, con aire filosófico.

—Qué me vas a contar... La corte de Malatesta fue una de las más sofisticadas del Renacimiento en Italia: Alberti, Piero della Francesca, Pisanello, Agostino Duccio... Todos ellos trabajaron para Segismondo, a quien admiraban por sus conocimientos sobre la cultura clásica y su gusto artístico. Durante un breve período de tiempo, Rímini llegó a rivalizar con la Florencia de los Medici, pero todo acabó derrumbándose, la estrella de Malatesta tuvo un brillo intenso pero fugaz.

—¿Qué pasó?

—Demasiados enemigos poderosos: una alianza formada por Nápoles, Urbino, Milán y el Papado le arrebató casi todos sus señoríos. Poco después, Segismondo se puso a las órdenes de la República de Venecia para tratar de expulsar a los turcos del Peloponeso, una labor que nadie en su sano juicio quería acometer, pues se consideraba un suicidio. En agosto de 1464, Segismondo comenzó el asedio de la ciudad de Mistra, cerca de Esparta. Algo raro ocurrió allí, no se sabe qué exactamente, sólo que Segismondo tomó un pequeño grupo de unos quince soldados y se adentró en una gruta de las montañas; allí permaneció durante tres días al cabo de los cuales regresó, solo. Las crónicas dicen que sus hombres notaron un cambio en él después de aquello, se había vuelto aún más violento, su sed de muerte no parecía saciarse. Además, sufría de delirios y visiones. Su comportamiento se volvió errático. Los griegos de Mistra comenzaron a llamarlo «Mesardón».

—¿Por qué ese nombre? ¿Qué significa?

—No lo sé, creo que está relacionado con algún tipo de mito o de leyenda local, no estoy seguro. El caso es que a Segismondo debió de gustarle, porque adoptó una nueva enseña heráldica que unió al elefante y la llamó *l'Orifiamma di Messardone*. Es la misma que aparece en la estatuilla.

—La Oriflama de Mesardón... —dijo Guillermo para sí—. ¿De dónde sacó el diseño?

—Eso tampoco lo sé. Una creencia, más bien legendaria, dice que se le apareció en una visión cuando estaba en las cuevas de Mistra, pero como nadie sabe qué ocurrió allí en realidad, es imposible comprobar si eso es cierto.

Guillermo mantuvo un breve silencio, cavilando sobre lo que acababa de escuchar.

—Hay una ópera llamada *Messardone, Principe di Terra Ferma* —dijo a continuación—. ¿La conoces?

—No, no me gusta mucho la música clásica. Supongo que podría tratar sobre Segismondo Malatesta, pero no tengo ni idea.

—Cuéntame qué más sucedió durante su campaña en Grecia.

—Al parecer, allí Segismondo abjuró de la fe cristiana. Nunca fue un hombre muy piadoso en realidad y, de hecho, es muy probable que hubiera coqueteado con ideas paganizantes desde su juventud. Sin embargo, en Grecia sus creencias religiosas se desviaron por extraños derroteros. Dicen que en sus delirios hablaba de un ser supremo al que llamaba «el Uno», una deidad lejana, irracional, una especie de dios idiota que vaga por el éter y crea sin ser consciente de ello. Todo lo que existe en el universo sería una emanación involuntaria de ese Uno.

—Hay ciertos aspectos en esa idea que recuerdan un poco a la filosofía platónica: el concepto del Uno, de la Emanación... Todo eso son ideas muy antiguas.

—Así es, y no me sorprende: si Segismondo se inventó una nueva religión pseudoplatónica, debió de ser por influencia de un erudito bizantino al que admiraba, Gemistos «Pletón», quien al final de su vida también abrazó el paganismo.

Bruno explicó que Pletón era un sabio bizantino que enseñó filosofía platónica en Italia durante el siglo xv. Uno de sus alumnos fue Cosme de Medici, a quien, según parece, inspiró para crear la Academia Neoplatónica de Florencia, vivero del pensamiento renacentista.

—No sé mucho más sobre el tema, la historia de la filosofía

no es mi fuerte —dijo Bruno—. Lo que sí puedo decirte es que Segismondo encontró la tumba de Pletón en Mistra y se llevó sus restos a Rímini cuando la campaña de Grecia fracasó. Esto ocurrió en torno al 1468.

—¿Y qué hizo con ellos?

—Los enterró allí, en el Templo Malatestiano, un edificio que Segismondo ordenó construir sobre una iglesia gótica dedicada a san Francisco.

—Lo conozco, fue diseñado por Leon Battista Alberti, ¿no es cierto?

—Exacto. El papa Pío II dijo de aquel lugar que era «un templo de adoradores infieles de demonios». La cita es literal, puedes comprobarlo en las memorias del pontífice. Hoy en día, el Templo Malatestiano de Rímini apenas guarda semejanza con el proyecto deseado por Segismondo. Él ni siquiera vivió para verlo terminado. No obstante, sí tuvo tiempo de encargar un gran sepulcro que debía albergar los restos de Pletón. Actualmente, si visitas el lugar, que por cierto es de nuevo una iglesia, verás un modesto sarcófago de piedra bajo un arco de uno de sus muros exteriores. Ésa es la tumba de Pletón, pero no la que Segismondo diseñó cuando regresó de Grecia. Aquélla era un monumento más impresionante. Fue destruida años después. —Bruno señaló la estatuilla del ángel—. Esto es todo lo que queda de ella.

—¿Cuándo desapareció?

—Hace unos cinco siglos. Segismondo murió poco después de regresar de Grecia y sus herederos no pudieron mantener íntegro su legado. César Borgia arrebató Rímini a los Malatesta en torno al 1500 tras un asedio en el que participó un famoso capitán español, Diego García de Paredes. En ese asedio el templo sufrió muchos daños y la tumba de Pletón fue destruida.

—Por ser un monumento pagano, imagino.

—Más bien porque estaba decorada con piezas de oro. Los soldados de César Borgia la desmantelaron y se repartieron el botín. Esta estatuilla que ves aquí expuesta le tocó a García de Paredes, quien la trajo a España, a Trujillo, y allí permaneció hasta que un marchante inglés la compró por una miseria en la década de 1860. Es el único objeto que relaciona el Templo Malatestiano con la Oriflama de Mesardón, por eso es tan valioso. —Bruno se quedó mirando la estatuilla—. Al igual que tú, también siento curiosidad por saber qué significa ese símbolo, pero, por desgracia, no tengo ni idea. Lamento no haberte sido de ayuda.

—Al contrario, me has dado algo en lo que pensar. Segismondo regresó de Mistra con tres souvenirs: un nuevo emblema, una nueva fe y los huesos de un filósofo. Tal vez en las enseñanzas de Pletón esté la clave que une esos tres elementos.

—Quizá. Lamentablemente, la mayoría de los escritos de Pletón fueron quemados por el Patriarca de Constantinopla hace siglos, de él tan sólo se conservan sus obras menos polémicas, las que escribió antes de volverse pagano.

—¿Y qué hay del tratado *Sobre el Arte Verdadero*?

—No lo conozco, ¿es suyo?

—Creo que sí.

—Pudo haber sido uno de sus libros arrojados al fuego... —dijo Bruno—. Pero ¿quién sabe? No es la primera vez que oigo hablar de escritos supuestamente perdidos que aún se conservan en alguna parte.

—Si descubro algo nuevo sobre la estatuilla, ¿quieres que te lo cuente?

—Me encantaría, aunque, como ya te he dicho, mañana salgo del país durante tiempo indefinido. Quizá podamos volver a vernos cuando regrese, aunque no te lo aseguro: mi trabajo es imprevisible —dijo, con gesto resignado—. Pero ha sido un placer charlar contigo, Guillermo. Suerte con tus pesquisas.

Guillermo se sentía satisfecho cuando abandonó el museo. No había resuelto el enigma de la Escara, pero al menos había reunido un buen puñado de indicios para proseguir la investigación.

La tormenta aún arreciaba cuando salió a la calle. Estaba oscuro y el aire apestaba a vegetación podrida y a cloaca, un aroma que rebosaba a borbotones de las entrañas de la ciudad a través del alcantarillado.

A la entrada del museo había una escalinata coronada con dos esfinges de bronce. Allí Guillermo vio a un hombre empapado que llevaba puesto un sayón harapiento. Su rostro estaba oculto por una extraña máscara: un lado era de color rojo y el otro verde, la parte verde lucía una expresión alegre mientras que la roja mostraba un lamento. Sobre ella se deslizaban gotas de lluvia como si fueran lágrimas.

La máscara extendió el brazo hacia Guillermo e hizo un gesto con la mano para que lo siguiera. Después se alejó en dirección a la calle.

Guillermo dudó. ¿La invitación iba dirigida a él? No había nadie más alrededor. Por otro lado, tal vez seguir a ciegas a un tipo embozado y de aspecto siniestro no fuera la mejor de las ideas.

El enmascarado se detuvo al llegar al umbral de la verja de acceso al recinto del museo. Allí se giró hacia Guillermo y repitió su gesto de llamada, esta vez con actitud apremiante. De pronto se vio atacado por un acceso de tos violenta. Producía un desagradable sonido cavernoso y húmedo tras su máscara de cartón, como si llegara cargada de flemas. Era la tos de alguien enfermo.

Dejó de toser y reanudó su camino.

Guillermo lo siguió a una distancia prudencial, sin querer aproximarse tanto como para ponerse a su alcance. El hombre de vez en cuando miraba por encima de su hombro para comprobar que seguía sus pasos.

El enmascarado se metió por una calle pequeña y vacía. En una de las manzanas había un palacete rodeado por un muro, una de aquellas residencias burguesas que, un siglo atrás, engalanaban el paseo de la Castellana.

El edificio tenía tres pisos coronados por mansardas, transmitía un cierto aire parisino, aunque resultaba evidente que nadie lo habitaba desde hacía tiempo. Parte de la fachada estaba cubierta por andamios oxidados y los sectores de muro que quedaban a la vista estaban gangrenados por la humedad y la hiedra muerta. Todas las ventanas se habían cegado con tablones y la pequeña parcela que rodeaba la casa, que tal vez en el pasado fue un bello jardín, parecía una escombrera.

El enmascarado rodeó el muro entre toses hasta encontrar una pequeña puerta metálica oculta tras unos cubos de basura. La abrió y se hizo a un lado para que Guillermo pudiera pasar.

El joven titubeó.

«Seguro que esto no es una buena idea», se dijo.

Entonces la máscara le habló. Su voz sonó rasposa:

—Si eres el Pato Rojo, debes entrar.

Guillermo no se movió.

—Me temo que te has equivocado de persona.

—Entonces lárgate.

El tipo atravesó la puerta renqueando entre toses, como una vieja bruja.

Tras dudarlo unos segundos, Guillermo fue tras él.

14

El interior del palacete hedía a tierra húmeda y hojas en descomposición. Guillermo pensó que así era como debía de oler un cementerio. Empezaba a arrepentirse de haber seguido a ciegas a aquel enmascarado.

Habían entrado en la casa por una puerta desvencijada de la parte trasera. Daba a lo que parecían los restos de una cocina, o al menos eso indicaba un viejo fogón comido por la herrumbre, que era el único mueble que permanecía en su lugar. Por lo demás, allí no había más que restos de yeso, cascotes y montañas de basura. En un rincón, una rata color ceniza amamantaba a una camada de seres sin pelo que parecían tumores vivos.

El enmascarado condujo a Guillermo a través de un pasillo oscuro hasta la única habitación de la casa donde se veía algo de luz. Entró en ella renqueando y tosiendo.

La habitación era de gran tamaño y en la parte alta de la pared quedaban restos de una recargada moldura de yeso. El lugar estaba iluminado por unas cuantas velas encajadas en botellines de cerveza. El aire olía a sebo. En las paredes había fotografías pegadas con chinchetas, recortadas o directamente arrancadas de páginas de libros o revistas. Guillermo observó que todas las imágenes eran obras maestras de la pintura seleccionadas sin ningún criterio específico, acumuladas unas encima de las otras como si la persona que las colgó sólo pretendiera forrar la pared desnuda con copias de cuadros famosos. El conjunto resultaba abrumador y agobiante, parecía fruto de una fijación obsesiva por cualquier cosa que el género humano hubiese plasmado en un lienzo a lo largo de los últimos siglos.

Tan sólo un sector de la pared estaba libre de fotografías. En él había un grafiti de color verde, escrito con letras torcidas y desiguales.

EL REY ESTÁ EN MIL PEDAZOS
EL PATO ROJO SE LOS
SEL OS HA CO MI DO ÁBRELE
ÁBRELE LA STRI PAS PATO RO JO
RÁJALEL CUE LLO
SÁCALE L A PINT URA DE SUS VENAS
GLORIAL REY EN MIL PEDAZOS

En el suelo de la habitación Guillermo vio un par de colchones cubiertos de rodales oscuros. Sobre uno de ellos había un hombre sin nariz con la cabeza sobre un líquido bilioso que brotaba de su boca. El tipo tenía los ojos abiertos, mostrando una mirada muerta. No se movía, tampoco parecía respirar.

El enmascarado se acercó al hombre del colchón y le dio una patada en las costillas. Fue como golpear un saco.

—Despierta, tenemos visita... ¡Despierta, te digo! ¿Es que no me oyes?

De la mano del tipo sin nariz se desprendió una máscara con el rostro de un pájaro.

—Ese hombre... —se atrevió a decir Guillermo—. Yo... no creo que esté dormido.

—Cállate. Nadie ha pedido tu opinión, Pato Rojo. —El enmascarado volvió a toser, esta vez tan fuerte que se dobló sobre sí mismo. Se arrancó la máscara con rabia y escupió una flema sanguinolenta al suelo.

No era un hombre sino una mujer. La mitad de su cara estaba cubierta por un enorme angioma rojizo, la otra era una costra de mugre.

—Tal vez deberías llamar a una ambulancia para tu amigo...

—No es mi amigo, que le den. Ni siquiera sé su nombre.

—¿Y quién eres tú?

La mujer se quedó un rato pensativa. Luego señaló al del colchón.

—Éste me llamaba Rasguños porque una vez le arañé la cara hasta hacerle sangre.

—De acuerdo. Rasguños. Yo soy Guillermo.

—No, tú eres el Pato Rojo, no me mientas. Pato Rojo, eso es. —La mujer se rascó el angioma—. Siéntate, Pato Rojo.

Había un sillón desvencijado en un rincón, un gato tiñoso devoraba una rata sobre uno de los cojines. Guillermo prefirió seguir de pie.

—¿Qué lugar es éste? —preguntó.

—Una capilla. Aquí vivimos nosotros, las máscaras.

—¿Dedicada a quién?

—Al Rey En Mil Pedazos. Va a venir pronto, ¿lo sabes, Pato Rojo? Va a venir y os va a joder a todos. No puedes evitarlo, no te lo permitiremos esta vez.

—¿Quiénes?

Rasguños no respondió. Entre toses, fue hacia el sofá y se dejó caer como un peso muerto. El gato huyó llevándose a la rata cogida con los dientes. La mujer llevaba en la mano una bolsa de plástico que contenía un polvo color pardo. Con suma concentración, se puso a liar un cigarrillo en el que mezcló parte de aquel polvo con hebras de tabaco.

—Ese tío del colchón... —dijo mientras se preparaba la droga para fumar—. Tratamos de explicárselo, pero no lo entendió... o tal vez lo entendió demasiado bien y por eso pasaba todo el día con una jeringuilla colgándole de las venas, para no pensar en ello, ¿quién sabe? Menudo imbécil. ¿Te gustan las historias,

Pato Rojo? Te contaré una, aunque puede que ya la conozcas. Escucha, es como un cuento: hace mucho tiempo vivía un rey en un lugar llamado Arcadia. Había sometido a muchas ciudades, era un bastardo con sed de sangre, todos lo temían como a la misma muerte. Se llamaba Mesardón. Con todo, el hijo de perra tenía una vena artística y presumía de ser el mejor escultor del mundo. En su palacio de Arcadia tenía una habitación inmensa llena de estatuas que hacía él mismo, tan reales que parecían seres de carne y hueso. Cada vez que Mesardón conquistaba una nueva ciudad, esculpía nuevas figuras para su colección. Llegó a tener miles de ellas. ¿Estás prestando atención, Pato Rojo?

—Sin duda. Continúa, por favor.

—Bien, porque no pienso repetirlo. —Rasguños dio una calada a su cigarro—. Un día, cuando Mesardón saqueaba una ciudad, entró en el templo de Apolo y dijo que la estatua del dios era tan fea que merecía ser destruida. Apolo se ofendió y se presentó ante Mesardón, le retó a esculpir una imagen suya que habría de ser la más perfecta jamás realizada. Si lo lograba, lo convertiría en un inmortal. Si fracasaba... en fin, más le valía no fallar si no quería lamentarlo. Mesardón aceptó el reto. Apolo le dio un plazo de tres días para cumplir el encargo, las Musas harían de jurado. Pasado ese tiempo, Mesardón mostró a las Musas una estatua de oro de Apolo tan bien hecha que se enamoraron de aquel pedazo de metal como si fuera auténtico.

—Así que ganó el desafío —dijo Guillermo.

—Déjame terminar, ahora viene la mejor parte: cuando las Musas iban a coronar a Mesardón, apareció Apolo y acusó al rey de haber hecho trampas. Sin que Mesardón lo supiera, Apolo, transformado en un pato de plumas rojas, lo había estado espiando mientras trabajaba en el taller de su palacio. Así fue como descubrió que Mesardón no sabía esculpir, que todas sus obras eran un fraude. ¿Sabes cómo lo hacía? Te dejo que adivines.

—No lo sé... ¿Se atribuía el mérito del trabajo de otra persona?

—Ni te has acercado. Su método era más sencillo: cuando Mesardón conquistaba una ciudad, seleccionaba entre sus prisioneros a los más bellos, los llevaba a su taller y allí, mientras aún seguían con vida, cubría sus cuerpos con oro fundido. Cuando Apolo lo descubrió no se puso nada contento, así que convocó a la Gran Serpiente Pitón, hija de Gea, para que hiciera pedazos al rey tramposo. ¿Sabes lo que hicieron con sus restos? —Rasguños se rascó el angioma—. Se los dieron de comer a los patos. Esos bichos... No sé por qué son tan importantes en esta historia.

—Comprendo... ¿Ese Mesardón es al mismo al que llaman El Rey En Mil Pedazos?

—No seas imbécil, no es más que un mito. Todo eso no ocurrió en realidad, pero si te explicara lo que hay detrás de esa historia, tal vez acabarías como el capullo del colchón, ahogado en tu propio vómito, ¿eso te gustaría? —Rasguños dejó escapar una carcajada rota—. No, ya suponía que no.

—¿Por qué me has traído a este lugar? ¿Qué quieres de mí?

—Te estamos siguiendo, Pato Rojo —respondió ella. Continuó hablando de forma errática. Parecía que la droga que había fumado le provocaba algún tipo de incontinencia verbal—. Debo hacer algo contigo, pero antes quería enseñarte esto. No sé por qué. Quizá porque quería verte de cerca aquí, en la capilla. Tuvimos muchas capillas como ésta en el pasado, aún conservamos bastantes... Éramos muchos. Aún lo somos. Miles. Legión... «Somos legión», ¿te suena eso, Pato Rojo? Tranquilo, no somos demonios, a pesar de lo que la gente piensa. Pero también somos muy antiguos... Los Hijos del Uno, nos llaman a veces, pero yo prefiero el término «Pletóricos», porque nosotros no adoramos al Uno, sería una pérdida de tiempo, como adorar a un hombre en coma, a un vegetal... No, los Pletóricos somos discípulos del Rey En Mil Pedazos. Es lo que nos distingue de los demás, lo que nos hace mejores, más poderosos.

—¿Quiénes son «los demás»?

—Ya lo sabes... Ellos... Los otros... No recuerdo el nombre de todos. Está la Hermandad de la Cantoría, por ejemplo; pobres idiotas, de ésos apenas queda ninguno con vida, los exterminamos hace siglos... O los Excelentes, siempre ocultos en sus bibliotecas, se creen mejores que nadie... —La mujer escupió una bola de flema—. Igual que los Leopoldinos, o los del Glorioso Laberinto; todos nos odian, especialmente estos últimos, siempre estamos en guerra con ellos... Pero los peores son los Sternzauberer... ¡Oh, Dios, ésos sí que están locos de verdad! Da gracias por que no te has topado con ellos... Nosotros somos mejores, los Pletóricos queremos hacer algo bueno... La Especulación es algo bueno, es algo... Mierda... Es algo bueno... Si tan sólo una vez hubiéramos logrado llevarla a cabo... ¿Por qué quieres jodernos eso, Pato Rojo? Tú eres peor que todos los demás, tú eres el más dañino, tú...

Rasguños perdió el hilo de sus pensamientos, si es que alguna vez llegó a seguirlo de forma coherente. Se quedó con la vista fija en el cigarrillo que se consumía entre sus dedos, la mirada vidriosa, como la del tipo del colchón.

—La Especulación tendrá lugar muy pronto —dijo de pronto, con aire ausente—. Las señales son claras.

—¿Qué señales?

—Primero, la llegada del Mesardón. Ya está en camino. Después, la Especulación. Pronto ocurrirá, en el museo, allí es donde se está preparando. En el Salón del Trono del Rey En Mil Pedazos... ¿Conoces *Sobre el Arte Verdadero*? Allí está escrito: espejo contra espejo, cuadro frente a cuadro. Hay poder en los lienzos, ¿lo sabes? Lo dijo Pletón... Nosotros vamos a desatarlo. Y esta vez no habrá Inquisidor de Colores. No habrá ningún Pato Rojo de Apolo. Lo vamos a destripar como a un cerdo.

—¿A quién? ¿A quién vais a destripar como a un cerdo?

Ella le miró. Sonreía mostrando unos dientes podridos. El aliento le apestaba como a algo muerto.

—A ti, Pato Rojo. —Guillermo retrocedió asustado. Rasguños se puso en pie sin alterar la expresión de su cara—. Tengo que destriparte —su sonrisa se ensanchó— como a un cerdo.

Antes de que Guillermo pudiera reaccionar, la mujer se lanzó sobre él con los dedos engarfiados y lanzando un grito. Buscó los ojos de Guillermo con sus uñas, que eran largas y amarillentas, gruesas como astillas de madera. El joven la agarró por las muñecas, pero Rasguños tenía una fuerza sorprendente y logró abrirle un corte junto al pómulo con la uña de su pulgar. La sangre manó en lágrimas hasta su cuello, dejando un reguero cálido y pegajoso. Rasguños parecía querer arrancarle la cara a base de arañazos.

Guillermo plantó la suela del zapato en el estómago de la mujer y empujó con todas sus fuerzas. Rasguños cayó de espaldas y derribó un taburete sobre el que había algunas velas encendidas. La mecha de una de ellas prendió las guedejas grasientas y apelmazadas de la mujer y el pelo se le encendió en llamas. Guillermo echó a correr en dirección a la salida. Rasguños exhaló un grito de furia y fue tras él, dejando tras de sí un rastro de pequeñas pavesas y hedor a grasa y pelo quemados.

Aterrado, Guillermo logró salir de la casa. Corrió bajo una intensa lluvia y atravesó la puerta del muro que rodeaba la parcela. Al echar un vistazo sobre su hombro, descubrió horrorizado que Rasguños aún lo perseguía. La lluvia había sofocado parte de las llamas que prendían el cabello de la mujer. Parecía algo que hubiera salido de una fosa escarbando la tierra con las uñas.

Algunos transeúntes contemplaron anonadados aquella extraña persecución. Todos se apartaban con miradas de espanto e incredulidad, sin comprender lo que estaba ocurriendo.

Al llegar a una calle grande, Guillermo cruzó la calzada a toda prisa, casi sin aliento y con Rasguños pegada a sus talones. Un coche tuvo que esquivarlo de un volantazo para no atropellarlo. De pronto apareció una furgoneta que surcó el asfalto a gran velocidad, Guillermo dio un brinco hacia delante y la evitó por centímetros. Oyó un golpe tras él. El morro de la furgoneta embistió a Rasguños, que cayó como un peso muerto sobre la calzada.

Alguien chilló. Un niño empezó a llorar. El conductor de la furgoneta salió del vehículo gesticulando, pálido como un muerto. «¡Se me echó encima! ¡Todos lo han visto! ¡Se me echó encima!», repetía sin cesar a los curiosos que empezaban a congregarse alrededor del atropello. Un hombre pedía a gritos que llamaran a una ambulancia.

Guillermo se dejó caer exhausto sobre la acera. Temblaba. El corte de su mejilla sangraba en abundancia. Su corazón parecía querer abrir un boquete a golpes en su pecho.

Miró hacia la furgoneta. Era de una empresa de reparto. El logotipo serigrafiado en el lateral tenía la forma de un pato alzando el vuelo.

15

El lienzo de Judith había desaparecido de su caballete.

Ella sólo se había ausentado un instante. Hacia las siete, una hora antes de que el museo cerrase, había ido a enjuagar unos pinceles. Menos de diez minutos después, regresó a la sala y descubrió que su caballete frente al cuadro de Rembrandt estaba vacío.

Judith lamentó su exceso de confianza, no debió abandonar el lienzo sin tomar precauciones, sobre todo en ausencia de Petru. El corso se había marchado después de la hora de comer, tenía un fuerte catarro y dijo que no se encontraba bien.

El vigilante que se encargaba de aquella zona le dijo a Judith que había visto pasar a un hombre con un lienzo envuelto en plástico bajo el brazo. No se fijó en su aspecto porque en aquel momento estaba pendiente de que un grupo de escolares no se acercara demasiado a los cuadros.

Judith informó al responsable de la Oficina de Copias de la pérdida del lienzo, éste le prometió que hablaría con los de seguridad, pero que, de momento, poco más se podía hacer. La avisaría de inmediato si averiguaba cualquier cosa. La mujer abandonó el museo sintiéndose frustrada y furiosa.

Caminaba de vuelta a casa cuando sonó su teléfono. Se metió dentro de un soportal para atender la llamada. Estaba lloviendo a cántaros.

—¿Qué quieres, Guillermo? —respondió, desabrida—. No es un buen momento.

—Oh, lo siento. Puede que no sea importante. —Él se quedó en silencio—. No, creo que sí que lo es: acabo de matar a una mujer.

—Vale. Eso tendrás que explicármelo mejor.

—Yo... yo no quería hacerlo, no quería, te lo juro. Ella dijo que iba a destriparme como a un cerdo y luego se me echó encima. Creo que le prendí fuego a su pelo, no sé cómo lo hice. Y después la atropelló una furgoneta. Salió disparada un montón de metros y... y... y fue muy desagradable. No me encuentro nada bien. ¿Crees que debería buscar un abogado? Ni siquiera conozco a ninguno. Oh. Y había un pato en la furgoneta, Judith. ¿No te lo había dicho? Un pato de color rojo. ¿Sabes cuánto cobra un abogado? No tengo mucho dinero y ahora mismo huelo a pelo quemado. De hecho, creo que tengo ganas de vomitar. Ay, Dios mío. Voy a vomitar.

Judith casi podía visualizar cómo hiperventilaba, igual que el día del ascensor.

—Está bien, cálmate, respira hondo, chico. No te entiendo ni una palabra. Dime dónde estás. —Él le dio el nombre de una cafetería cerca de los Jardines del Descubrimiento—. No te muevas, voy a buscarte.

Unos quince minutos más tarde lo encontró en un reservado de un local llamado Ambassadors, que parecía estar atrapado en los años setenta. Camareros con chaquetilla blanca y de edad cercana a la jubilación servían mostos y chocolates a señoras recién salidas de la última sesión de cine. En medio de aquel añejo decorado, Guillermo destacaba como un payaso en un funeral.

Judith se sentó enfrente. El joven interrumpió el solitario que estaba haciendo. Las cartas de su baraja estaban mojadas, algunas rotas. Guillermo parecía sereno, aunque tenía un aspecto terrible. Su ropa estaba manchada de barro y sangre seca, y tenía marcas de arañazos en la cara y el cuello, algunos bastante profundos. A Judith le sorprendió que le hubieran permitido la entrada al local con aquella pinta. Unas ancianas maquilladas como muñecas le lanzaban reojos censores desde una mesa vecina.

—Pero ¿qué te ha ocurrido? ¿Te has peleado con un gato?

—Me alegro mucho de verte, Judith. ¿Has traído a un abogado?

—Para ya con esa tontería, por favor. Ahora cuéntame despacito y desde el principio qué historia es ésa de que has matado a una mujer.

Guillermo narró cómo había pasado la tarde, desde que entró en el Museo Arqueológico hasta que una furgoneta se lanzó contra Rasguños y él se escabulló mientras llegaba la ambulancia. Judith le recriminó no haber hablado con la policía.

—Me niego. Es una idea horrible. Si lo hago, me meterán en la cárcel por homicidio.

—No digas sandeces, tú no tuviste la culpa. Esa loca te atacó primero y actuaste en legítima defensa; no pueden condenarte por eso, lo vi en un capítulo de *The Good Wife*.

—¿En una serie? Oh, entonces ya me quedo más tranquilo. —Frunció los labios con gesto obstinado y colocó las cartas sobre la mesa para hacer otro solitario—. No pienso ir a la policía, y menos con un relato sobre una especie de culto secreto. Además de pensar que soy un asesino, creerán que estoy loco. Y no estoy loco.

Los naipes se le resbalaron de entre los dedos y se desparramaron por el suelo. Guillermo soltó un taco y las ancianas de la mesa vecina se le quedaron mirando mientras las recogía. A Judith le pareció ofensivo.

—¿Les gusta lo que ven, señoras? —soltó.

Las mujeres apartaron la vista, muy dignas. Judith suspiró y ayudó a Guillermo a recoger las cartas.

—No estoy loco —repitió el joven—. No lo estoy.

—Tranquilo, chico, nadie ha dicho lo contrario.

—Entonces deja de darme la tabarra con lo de ir a la policía. Eso no va a ocurrir.

Remató sus palabras dando un trago largo de una bebida que tenía sobre la mesa.

—Tal vez te siente bien tomar algo un poco más fuerte que un vaso de agua...

—Es ginebra.

—¿En serio? ¿A palo seco?

—Siempre la tomo cuando estoy nervioso. Me ayuda a calmarme.

—Chico, eres una caja de sorpresas.

Guillermo la miró, muy serio.

—Judith, estoy asustado.

—Es lógico, pero, si te sirve de consuelo, creo que te has comportado con mucho valor. Y me alegro de que atropellaran a esa loca, nadie le pone la mano encima a mis amigos.

Él agradeció sus palabras con una sonrisa débil.

—Me gusta que seamos amigos —dijo tímidamente—. Cuando estoy contigo me siento protegido.

Por algún motivo, Judith se ruborizó. Sólo un poco, apenas fue perceptible. Más que incómoda, la reacción le resultó extraña. No recordaba cuándo fue la última vez que el halago de un hombre le acaloró las mejillas. Tampoco la última vez que eso la hizo quedarse sin palabras. Por suerte, Guillermo no pareció darse cuenta de ello.

En ese momento llegó una cadena de mensajes de texto al teléfono de Judith, desde un número que no tenía en su agenda.

«Hola, Judith.»

«Soy Felix.»

«¿Lo reconoces?»

El último llevaba adjunta una fotografía de su copia de Rembrandt.

—¡Menudo hijo de perra!

—¿Qué te ocurre?

Judith le explicó a Guillermo lo ocurrido en el museo y después marcó el número que remitía el mensaje. Nadie respondió. Furiosa, envió una réplica con letras mayúsculas:

«DEVUÉLVEME MI CUADRO.»

La respuesta apareció de inmediato en la pantalla:

«Ven a buscarlo.»

Judith se lo mostró a Guillermo.

—Qué extraño —dijo el joven—. ¿Qué se supone que pretende conseguir?

—¿Quién sabe? Ese tipo está como una cabra, creo que esto debe de parecerle algo divertido.

Ella escribió un nuevo mensaje:

«¿Qué es lo que quieres?»

«Nos vemos en una hora. Si te retrasas, despídete de tu Rembrandt.»

A continuación, las señas de un piso en una calle del barrio de La Latina.

—¿Piensas ir? —preguntó Guillermo.

—¡Ya lo creo que sí!

—Espera, piénsalo un poco. ¿No te resulta raro que Felix haya robado tu cuadro sin ningún motivo?

—Oh, tranquilo; pienso preguntarle por qué lo ha hecho mientras le hago tragar su estúpida parka de soldado.

Judith se dirigió hacia la salida dando zancadas furiosas.

Tras dudarlo un segundo, Guillermo fue tras ella.

16

La dirección facilitada por Felix correspondía a una estrecha callejuela, vestigio de la planimetría medieval de la ciudad. En ambas aceras había edificios chatos con tejas de barro, amontonados como vagabundos de otro siglo durmiendo la noche sobre las aceras de un callejón.

No había un alma en los alrededores. La calle sólo tenía tres portales. Judith se detuvo ante el que estaba junto a un contenedor de basura lleno hasta los topes y que despedía un leve hedor a carne podrida.

Felix vivía en el último piso del edificio. Judith llamó al portero automático. Ninguna voz respondió, pero el portal se abrió con un sonido de chicharra.

El interior era viejo y olía a verdura pasada. No había ascensor. Judith y Guillermo subieron por unas escaleras en penumbra que crujían a cada paso. Las paredes estaban cubiertas de desconchones y rodales de humedad, también había algunos chicles pegados.

Si en el edificio había vecinos, éstos eran en extremo silenciosos. En los descansillos no se percibía ningún sonido tras las puertas de las viviendas. Eran de madera, con el barniz raspado y enormes mirillas de metal. Judith imaginaba aviesos ojillos oteando al otro lado, queriendo averiguar quién osaba perturbar el silencio de aquella penumbra.

En el tercer piso se toparon con un rastro de vida. Una de las puertas se abrió en una rendija y por ella asomó el rostro lechoso y arrugado de una anciana, luego cerró de un portazo. Se oyó correr un pestillo. Judith pensó en una rata de cementerio curioseando desde el interior de un ataúd.

«Qué encantadora comunidad de vecinos», pensó.

Guillermo, por su parte, hizo un comentario en voz alta:

—Este lugar es como una aldea tras la Peste Negra.

—Ya casi estamos, es el siguiente piso.

Era el último del inmueble. Allí sólo había una vivienda cuya puerta estaba entornada. Judith llamó al timbre y no acudió nadie, de modo que se decidió a entrar. Guillermo la siguió.

Se encontraron en un pequeño recibidor del que brotaba un largo pasillo de parquet, bastante estropeado. El piso estaba a oscuras y en el aire se notaba un olor fuerte, como si alguien hubiera dejado una nevera abierta demasiado tiempo.

—¿Felix? —llamó Judith—. ¿Estás ahí?

Silencio.

—No parece haber nadie, vámonos —dijo Guillermo.

—Alguien ha tenido que abrir el portero automático.

Judith pulsó un interruptor que había junto a la entrada. Una raquítica lámpara iluminó el recibidor.

La casa parecía desierta. La primera habitación que había en el pasillo era un pequeño cuarto, vacío salvo por un somier de hierros oxidados, sin colchón. Allí el olor a comida pasada era más intenso.

Junto a ese dormitorio había una cocina; era el punto de origen del hedor. De pared a pared había varias cuerdas de las que colgaban boca abajo toda clase de animales muertos y abiertos en canal: gatos, ratas, palomas e incluso algún perro pequeño. Sus cuerpos goteaban sangre sobre cubos de plástico dispuestos en el suelo. Los animales estaban decapitados y sus cabezas, amontonadas en el interior de la pila del fregadero. El olor a sangre y a carne muerta era insoportable.

Judith sintió que el estómago le daba un vuelco. Sacó la petaca de su abuelo del bolso y tragó un buche.

Escuchó a Guillermo a su espalda.

—Saca la pintura de sus venas —dijo—. Pobres animales...

—¿De qué estás hablando?

—Es una frase que leí esta tarde, en ese lugar donde me llevó Rasguños: «Sácale la pintura de las venas». Acabo de recordarla.

Judith asintió.

—La sangre es la pintura de sus venas —dijo—. Esto es lo que usa Felix para sus cuadros, ¿verdad? El color etiquetado como «rojo» que encontraste entre sus materiales.

—Me temo que sí... o eso espero. Si Felix ha destripado a estas criaturas para otra cosa, prefiero no saber cuál es.

Guillermo tragó saliva. Se sentía mareado.

—Vámonos de aquí, Judith, tengo un mal presentimiento.

—Si quieres marcharte no te le impediré, pero yo no voy a ninguna parte sin mi copia.

Cerca de la cocina encontraron otro dormitorio. Había ropa sobre la cama y en un perchero con forma de remo que estaba colgado en la pared. Por todas partes había lienzos, algunos enrollados y envueltos en plástico y otros colocados en bastidores. Los que no estaban en blanco, que eran la mayoría, presentaban diversos bocetos del *Ixión* de Ribera. A juzgar por la cantidad, Felix experimentaba regularmente distintas versiones de su copia. La variedad era asombrosa. Delataban la sensibilidad de un artista virtuoso e imaginativo. Lo único que las diferentes pinturas tenían en común era que en ellas predominaba la tonalidad oxidada de la sangre seca.

Judith se puso a rebuscar entre los lienzos.

—No toques eso, es asqueroso.

—Puede que mi copia esté entre estos bocetos.

Guillermo prefirió no ayudarla. Tenía miedo de coger una infección sólo con rozar uno de esos lienzos. Dejó a Judith enfrascada en su tarea y se dirigió hacia el final del pasillo. Éste terminaba en un salón amplio y sin más luz que la que entraba por un ventanal.

Guillermo se llevó un buen susto al percibir una silueta con ojos brillantes en un rincón, detrás de una butaca. Se dio cuenta de que era una simple estatua de escayola a tamaño natural, una muestra de arte del Lejano Oriente, de dudoso gusto y, probablemente, falsa. Representaba a un guardián Niō, uno de los feroces guerreros protectores a Buda. En su mano sujetaba, por encima de la cabeza, una maza de puntas afiladas. Guillermo lo identificó como Agyo, el guardián de la violencia manifiesta, emblema del nacimiento. Su maza, que a diferencia del resto de la estatua no era de escayola sino de metal, simbolizaba un rayo de sol.

El joven contempló la estatua con desagrado. Le pareció un elemento que alguien utilizaría para decorar un restaurante chino de mala calidad.

Descubrió que en la espalda de la estatua había un hueco y, dentro, una caja pequeña. Tenía todo el aspecto de ser un escondite. Guillermo abrió la caja y encontró varias llaves y tarjetas magnéticas con etiquetas: «puerta Goya», «puerta Jerónimos», «Montacargas 16B», «sótano»... Todas eran del mismo estilo.

Eran llaves de las dependencias del Prado, concluyó Guillermo. Con ellas, Felix podía moverse por todo el museo sin obstáculos. Se preguntó dónde las habría conseguido y, sobre todo, para qué las utilizaba.

Guillermo se guardó la caja con las llaves en el bolsillo del abrigo y siguió inspeccionando el salón. Reparó en una puerta cerrada por cuyas rendijas se filtraba luz. Se dirigió hacia ella con la intención de abrirla.

No fue una buena idea.

Al poner la mano sobre el picaporte, alguien brotó de las sombras del salón y se le echó encima, derribándolo de un golpe.

Guillermo cayó de espaldas al suelo. Su atacante se colocó encima de él para inmovilizarlo. La luz de la calle iluminó un rostro cubierto por una máscara china de color rojo que representaba algún tipo de demonio con cuernos y colmillos. Guillermo trató de gritar, pero el enmascarado le tapó la boca con la mano y le dio un puñetazo en el pómulo. Aquel tipo parecía tener nudillos de granito.

El hombre de la máscara blandió un cuchillo de cocina y lo

descargó sobre el muslo de Guillermo. El cuchillo no estaba afilado y tan sólo se hundió unos tres o cuatro centímetros en la carne, pero el dolor que produjo fue atroz. Los ojos de Guillermo lagrimearon y de su boca brotó un gemido amortiguado por la mano del atacante. Éste volvió a alzar el cuchillo y apuntó al tórax de su presa, justo al corazón. Guillermo se retorció igual que un insecto clavado en un alfiler.

Era más o menos lo que el hombre de la máscara quería hacerle.

—¡Quítale las pezuñas de encima!

Judith golpeó al enmascarado en la cabeza con el perchero en forma de remo del dormitorio de Felix. El tipo cayó de costado, ella le dio una patada en las costillas, luego levantó el remo por encima de su cabeza y descargó un segundo impacto. El enmascarado se escurrió como un gusano, el remo golpeó el suelo y se partió en dos. El hombre se incorporó, agachó la cabeza y embistió a Judith a la altura del vientre. La lanzó sobre la estatua de escayola del guardián Niō, que se hizo añicos.

Aprovechando que Judith había quedado tendida de espaldas, el enmascarado enarboló su cuchillo con la intención de rajarle el cuello. Al mismo tiempo, la mano de Judith se cerró alrededor del mango de la maza del guardián. La levantó a ciegas para detener el ataque del enmascarado. Entretanto, Guillermo gateó hacia ambos dejando un rastro de sangre de su pierna herida. Agarró los tobillos del tipo de la máscara y dio un tirón. Éste cayó hacia delante sobre la punta afilada de la maza que sujetaba Judith. El arma se le clavó en el costado. El hombre gritó. Judith le dio un puñetazo en el cuello y se incorporó.

El enmascarado, al verse superado en número, echó a correr por el pasillo hacia la salida. Judith pensó en ir tras él, pero al ver sangrar a Guillermo cambió de opinión. Prefirió dejar que el atacante escapara y atender a su amigo.

Se quitó el cinturón y lo utilizó para hacer un torniquete a Guillermo. Después limpió el corte con una toalla que encontró en el dormitorio de Felix. Al hacerlo, observó aliviada que la herida parecía más aparatosa que grave, pero Guillermo estaba tan pálido que Judith temió que se fuera a desmayar. Sacó la petaca de su bolso y le obligó a beber. Al tragar, el chico hizo una mueca de repulsión.

—¡Puaj! —exclamó—. ¡Esto no es whisky, sabe dulce!

—Es bourbon, el whisky es para viejos. Bebe un poco más. —Ella prácticamente le encajó el cuello de la petaca entre los dientes y la inclinó para que cayera un buen chorro. El color volvió poco a poco a las mejillas de Guillermo—. ¿Estás bien?

Él asintió, limpiándose restos de alcohol de la barbilla.

—Oni...

—¿Cómo dices?

—La máscara de ese hombre. Era un Oni, un demonio japonés. Tú le has dado su merecido con la maza de un guardián Niō, que sirve para cazar demonios. Símbolos.

El joven esbozó una sonrisa cansada.

—No tienes remedio, chico... —dijo ella, contenta de verlo de una pieza—. ¿Cómo está tu pierna?

—Creo que bien. Sólo me duele un poco. El cuchillo no estaba muy afilado y apenas se clavó... ¿Me dejará cicatriz?

—Tal vez, pero no creo que sea muy grande. —La respuesta pareció decepcionar un poco a Guillermo—. ¿Qué diablos ha ocurrido? ¿De dónde salió ese sujeto, y por qué te atacó?

—No lo sé, quizá porque es algún tipo de tradición local y por eso hoy lo hace todo el mundo —respondió el joven, con amargura—. Yo sólo me disponía a abrir esa puerta cuando el tipo surgió de un rincón. Debía de estar ahí escondido todo este tiempo... ¿Crees que era Felix?

—Tal vez, aunque no estoy segura.

—¿Has encontrado tu copia?

—En el dormitorio no estaba. Sólo me queda mirar detrás de esa puerta, la que ibas a abrir antes de que te atacaran. Echaré un vistazo y luego nos iremos.

—No es buena idea —dijo Guillermo—. Tengo un pálpito, Judith. Una intuición, si quieres... El hombre de la máscara permaneció oculto todo el tiempo que pasé en este salón, podía haberme atacado en cualquier momento, pero sólo lo hizo cuando estuve a punto de franquear esa puerta. Creo que quería impedírmelo.

—Entonces es buena señal. Si el malo no quiere que veas algo, eso es porque lo que oculta es perjudicial para él, ¿no te parece?

Guillermo no lo tenía tan claro, pero Judith abrió la puerta antes de que pudiera replicar.

Lo que encontró al otro lado fue una pesadilla.

Allí estaba su copia, colgada en una pared. Sobre el lienzo alguien había pintado una tosca versión del símbolo de la Escara. Frente al cuadro había una mesa de comedor y Felix estaba sobre ella. Judith recordaría más tarde la mirada de terror que el copista le dirigió cuando atravesó el umbral.

Felix estaba amordazado y tenía los tobillos y las muñecas atados a las patas de la mesa. Al ver a Judith se agitó frenéticamente. Sobre él, a la altura de su cuello, pendía una hoja de metal afilado, con uno de sus extremos cortado en diagonal, como el perfil de una guillotina. La hoja estaba sujeta por una cuerda que pasaba sobre dos poleas colocadas en el techo. El otro extremo de la cuerda estaba atrapado en el quicio de la puerta, que lo mantenía sujeto. Cuando Judith la abrió, la cuerda se liberó y la hoja de guillotina cayó sobre el cuello de Felix antes de que la mujer se diera cuenta de lo que estaba ocurriendo. La hoja no cercenó la cabeza del alemán, no se desprendió con la fuerza suficiente, se quedó clavada por debajo del hueso de la nuez. Felix emitió una especie de gorjeo líquido y arqueó la espalda en un violento espasmo. La sangre salpicó las paredes.

Un último espasmo hizo caer al suelo la hoja de guillotina. Felix ya estaba muerto, pero seguía sangrando a chorros la pintura de sus venas.

Belman (III)

Agosto de 2018

El doctor Roa ha logrado concertar un encuentro con Beatrice Chambers, la misteriosa mujer que paga las facturas de Guillermo en la clínica. Tan sólo ha transcurrido una semana desde que le comenté mi interés por contratar a su paciente.

Quiero decir, a su inquilino.

Roa me dice que habló con la señora Chambers apenas salí de su despacho. La mujer vive actualmente en Inglaterra, en la región de los Cotswolds. Su casa está en el campo, en una localidad llamada Tetbury. Según el médico, ella es quien ha querido venir a Madrid para conocerme en persona. Sólo quiere verme a mí, no a Roa, ni siquiera a Guillermo; de hecho, ha insistido en que no se le informe de que está en la ciudad.

Me sorprende que la señora Chambers haya escogido la clínica de Roa como escenario para nuestra cita. Imaginé que tal vez querría charlar en un lugar menos comprometido, quizá el bar de su hotel o una cafetería anodina.

Nos encontramos en el jardín de la clínica. Hace un día propio de mediados de agosto: caluroso, pero soportable. La clínica está en la sierra, de modo que la temperatura nunca llega a ser sofocante, incluso se aprecia una agradable brisa estival.

El jardín es un bonito lugar. Tiene un césped cuidado, parte-

336

rres con flores y asientos de hierro forjado pintados de blanco. La primera vez que veo a Beatrice Chambers está sentada a la sombra de una pérgola de madera. No creo que olvide fácilmente esa imagen.

La señora Chambers es muy joven. Tal vez tiene más años de los que aparenta, pero en cualquier caso éstos no serán más de un cuarto de siglo. Su cabello es rubio y el sol del verano lo hace brillar. Sus ojos son verdes, enormes, intensos. A veces dan ganas de tocarlos para comprobar si son reales. Su piel es pálida, apenas lleva maquillaje. El brillo de sus labios parece natural.

Viste bien. Es sin duda una mujer adinerada. A pesar de ello, no lleva muchas joyas, tan sólo una cadena de plata al cuello y un anillo en su dedo corazón con una diminuta piedra roja. Sobre el pecho de su vestido luce un discreto broche esmaltado con la forma de un delfín. Me pregunto a qué conclusiones llegaría Guillermo, el lector de símbolos, si lo viera.

Me presento. La señora Chambers sonríe al verme. No sé cómo calificar esa sonrisa. Al verla recuerdo cosas que no sentía desde que era un adolescente. Con todo, la joven desprende una cierta melancolía. Sus labios sonríen, pero sus ojos no. Sólo lo intentan.

Para romper el hielo, le digo que no me la imaginaba así en absoluto, que, por algún motivo, pensé que era una mujer mucho mayor. Ella agradece mis palabras como si fueran una galantería. Habla un español fluido, apenas tiene acento. Le pregunto dónde lo aprendió. Me dice que tiene raíces familiares en Mahón, y que a menudo pasa temporadas en España desde que era una niña. «Usted aún parece una niña, señora Chambers», le digo. Por algún motivo, siento una intensa necesidad por agradarla. Ella me pide que la llame Beatrice.

Tras la charla insustancial, Beatrice aborda el motivo de nuestro encuentro:

—El doctor Roa dice que quiere darle un trabajo a Guillermo.

—Así es.

—¿De qué exactamente?

Se lo explico. Después ella me hace una serie de preguntas personales y acerca de mi trabajo. Le hablo del libro que estoy escribiendo sobre la historia del Museo del Prado, aunque, como es lógico, evito mencionar los derroteros por los que deriva mi investigación.

—Eso le gustará a Guillermo —dice—. Es muy inteligente, tiene una curiosidad insaciable. Mi padre decía que era un pequeño sabio.

—¿Puedo preguntarle qué clase de relación le une con Guillermo? ¿Es acaso un pariente suyo?

—No, pero crecimos juntos. —Beatrice hace una breve pausa—. Ojalá le hubiera conocido antes.

—¿Antes de qué?

—De estar aquí. Era muy alegre, ¿sabe? Siempre reía, siempre bromeaba. Y tenía una imaginación desbordante, era imposible aburrirse a su lado. Lo pasábamos muy bien. —La joven sonríe al recordar—. Pero no todo el mundo lo comprendía. Guillermo tiene la capacidad de hacer y decir lo primero que se le pasa por la cabeza, y a menudo eso le hace parecer un tanto... atolondrado. Mi padre lo adoraba. Solía decir que Guillermo es un privilegiado porque vive en un mundo particular, un mundo fascinante y sin malicia, con sus propias normas. Creo que tenía razón.

Al hablar de Guillermo su voz transmite una profunda ternura. Me da la impresión de que hay algo más, pero no puedo asegurarlo.

—¿No tiene parientes en ninguna parte? ¿Alguien que se ocupe de él?

—Ésa es una pregunta difícil de responder, señor Belman, aunque no lo parezca.

—Por favor, trate de hacerlo.

—Está bien, pero me temo que voy a tener que sintetizar al máximo. Guillermo es huérfano. Cuando era niño, fue acogido por unos parientes lejanos que viven en Escocia, los Carrigan. Hasta donde yo sé, son los únicos que tiene.

—¿Quiere decir que lo adoptaron?

—En realidad no, más bien lo tomaron bajo su tutela. Los Carrigan también están emparentados con mi familia. Mi padre era primo del tutor legal de Guillermo y mantenían una estrecha relación, por eso él y yo pasamos mucho tiempo juntos cuando éramos niños.

—¿Saben esos Carrigan que está en un sanatorio mental?

—No, y es mejor que nadie los ponga al corriente.

—¿Por qué motivo?

La mirada de Beatrice se torna huidiza. Sé que no va a contarme toda la verdad incluso antes de que me responda.

—La relación no es buena. De hecho, podría decirse que está rota por completo. Guillermo no vive con ellos desde hace años.

—¿Dónde vivía antes de ingresar aquí?

—No estoy segura, sé que viajaba mucho, sin más equipaje que el que le cabía en una mochila; aunque pasaba largas temporadas con mi familia, donde siempre se sintió más a gusto que entre los Carrigan.

—Pero ¿qué hacía Guillermo en España?

—Lo ignoro. Él nunca me lo dijo.

Beatrice ni siquiera me mira a la cara al responder. Me miente, no me cabe duda. Quisiera saber por qué, pero no me parece pertinente sonsacarle información que, a fin de cuentas, ella no tiene ninguna obligación de darme. Si calla, tendrá sus motivos, y yo decido respetarlos. Sin embargo, hay cosas que sí tengo la necesidad de saber.

—Beatrice, ¿por qué Guillermo decidió ingresar en un sanatorio mental?

Ella respira hondo antes de contestar.

—Ojalá lo supiera con seguridad, señor Belman, pero me temo que tan sólo puedo hacer conjeturas. —Se queda un momento pensativa—. Creo que todo comenzó con la muerte de mi padre, hará unos tres años. Guillermo quedó devastado, le quería muchísimo. Me temo que no llegó a superarlo del todo. Algo cambió en su carácter, algo que sólo notábamos las personas más cercanas a él. Dormía poco. Tenía pesadillas que no podía recordar. A veces se despertaba gritando en mitad de la noche.

Me resulta indicativo que Beatrice conozca ese detalle, pero opto por ser discreto y no hago ningún comentario o pregunta al respecto.

—Unos dos meses después de enterrar a mi padre, Guillermo se marchó —continúa ella—. Fue cuando empezó a viajar, aunque yo seguía viéndolo ocasionalmente. Luego, de pronto, el contacto se perdió.

—¿Por qué motivo?

—No lo sé; simplemente, Guillermo dejó de dar señales de vida hasta que hace un año se puso de nuevo en contacto conmigo. Quería verme. Nos encontramos en Londres. Yo lo noté muy cambiado, algo le había ocurrido durante sus viajes, algo malo. Dijo muchas cosas que no tenían sentido para mí.

—¿Qué tipo de cosas?

—Que era un hombre peligroso, que había tenido que hacer cosas terribles durante sus viajes, pero que no tuvo más remedio... No quiso darme más detalles. Después me contó que hacía meses que no podía dormir por las noches y que me necesitaba, porque si no perdería la cabeza.

—¿Y todo eso a usted no le asustó?

—Le parecerá extraño, pero no. Yo conozco a Guillermo desde que éramos niños, señor Belman, puedo jurarle que él jamás haría daño a nadie. Es un hombre bueno, dulce e inocente; a veces es como un chiquillo. Cuando me dijo aquellas cosas en Londres no sentí miedo, al contrario, quien estaba realmente asustado era él. Me dio la impresión de ser un hombre que pedía ayuda desesperadamente. Por desgracia, lo que él quería de mí yo no podía dárselo en aquel momento: durante su ausencia me había casado y él no lo sabía.

Por algún motivo me disgusta un poco descubrir que ella tiene un marido en alguna parte. Debe de ser un hombre con mucha suerte.

—Comprendo... ¿Guillermo conocía a su esposo, el señor Chambers?

—Chambers es mi apellido de soltera, lo conservé después de la boda —puntualiza ella—. No, Guillermo no lo conocía. En cualquier caso, eso no es importante.

Detecto una vez más que no está siendo sincera.

—¿Cómo se tomó Guillermo su rechazo?

—Reaccionó con serenidad —dice ella, escueta—. Me deseó que fuera muy feliz.

Entre los dos se hace un silencio. Noto que ella aún tiene algo más que decir y no quiero romperlo. Contemplo cómo su mirada cae hacia sus manos. Sus dedos juguetean con la hoja de una planta que ella ha arrancado de forma distraída.

—¿Alguna vez le ha roto el corazón a alguien a quien quiere, señor Belman? —pregunta. No respondo nada. No creo que ella esté esperando que lo haga—. No le desearía a nadie vivir esa experiencia. Es desoladora.

—¿Volvió a ver a Guillermo después de aquello?

—No. Lo siguiente que ocurrió fue que me llamaron por teléfono diciendo que había ingresado aquí dando mis señas como contacto. ¿Puedo preguntarle algo?

—Por supuesto.

—¿Por qué Guillermo le interesa tanto?

Como si de un juego se tratara, ella envía la pelota a mi campo. Ahora es mi turno de lanzar verdades a medias. Sin embargo, no debo mostrarme reservado en exceso ya que hay aspectos que necesito que ella me aclare.

—Llevo tiempo buscando a alguien de cierto perfil, con ciertas... cualidades. Sospecho que Guillermo puede ser esa persona.

—¿Qué tipo de cualidades?

—Permítame que responda a eso con otra pregunta, Beatrice. ¿Alguna vez mencionó Guillermo el término «Inquisidor de Colores» en cualquier contexto?

Noto que ella se pone tensa.

—Él no —responde—. Pero mi padre sí. Una vez lo llamó así.

El pulso se me acelera.

—¿Cuándo? ¿Lo recuerda usted? Es muy importante.

—Fue poco antes de su muerte. Como ya le he mencionado, Guillermo y él estaban muy unidos. Mi padre no tuvo hijos varones, y a veces yo tenía la sensación de que consideraba a Guillermo como tal. Ambos poseían una conexión intensa, aunque no sabría achacarlo a ningún motivo en concreto... Era... casi inexplicable. Pasaban mucho tiempo a solas, más a medida que Guillermo se hacía mayor. Era habitual que mantuvieran largas charlas en casa, a veces hasta altas horas de la madrugada. A menudo discutían de temas muy profundos: sobre Historia, Filosofía, Arte... Más bien mi padre era el que hablaba y Guillermo solía escucharlo embobado.

—Perdone la pregunta, Beatrice, ¿a qué se dedicaba su padre?

—Vivía de las rentas. Mi familia, en fin..., digamos que nunca hemos tenido problemas de dinero —admite, levemente avergonzada—. De joven, antes de casarse, mi padre viajó muchísimo cultivando toda clase de intereses. Creo que nunca he conocido a nadie que tuviera mayor curiosidad por cuanto le rodeaba, salvo quizá a Guillermo... Bien pensado, es lógico que ambos tuvieran aquella conexión, eran muy parecidos.

Con la mayor delicadeza de la que soy capaz, le pregunto de qué murió su padre.

—Cáncer. Se lo diagnosticaron tarde y lo único que pudimos hacer por él fue acompañarlo en sus últimos meses. Fue duro. Al final le afectó al entendimiento... Entre eso y la medicación a menudo divagaba, decía cosas que no tenían mucho sentido. En una de esas ocasiones me pidió que cuidara de Guillermo porque era alguien especial, fue entonces cuando lo llamó «Inquisidor de Colores». Creí que no sabía lo que estaba diciendo. —Hace una pausa reflexiva—. Pero es curioso que no lo haya olvidado en todo este tiempo.

Intento disimular mi euforia. Ahí está la clave, la piedra angular de mi investigación, tal y como siempre sospeché. Beatrice al fin me lo ha confirmado. Ojalá pudiera explicarle la enorme trascendencia de lo que acaba de revelarme, pero eso requeriría mucho tiempo.

—¿Qué significan esas palabras, señor Belman? ¿Por qué mi padre lo llamó así?

—Es largo de contar y, por otro lado, no estoy seguro de qué responder a eso —le digo—. Tal vez algún día pueda hacerlo, nada me causaría más placer, créame. Por el momento le diré que su padre tenía razón: Guillermo es especial.

—Lo sé. Siempre lo he sabido. —Se queda en silencio. La joven endereza el broche con forma de delfín de su blusa y luego me mira a los ojos—. ¿Me promete que cuidará bien de él?

—Tiene mi palabra.

—El doctor Roa dice que no me recuerda. Ni a mí ni a nadie de su pasado. Me gustaría saber por qué.

—Al parecer se trata de una especie de amnesia selectiva producida por algún tipo de trauma.

—Eso fue lo que me dijeron. Me gustaría visitarlo, pero no me atrevo... No podría soportar que me mirase a los ojos y no supiera quién soy, o que no quisiera recordarlo. ¿Cree que actúo de forma cobarde? —pregunta, manifestando auténtica curiosidad.

—No soy quién para juzgarla, Beatrice. Pero ya que pide mi opinión, le diré que no creo que sea usted una mujer cobarde.

Sopesa mi respuesta un instante. No parece convencerla.

—Pienso en él todos los días —dice luego—, a todas horas. Escucho su voz en mis sueños. No puede imaginarse, señor Belman, lo mucho que lo añoro. Si alguna vez... si alguna vez mencionara mi nombre, ¿me lo hará saber? Es todo cuanto le pido.

Le prometo que así lo haré. Ella asiente y luego mira su reloj. Ha llegado la hora de marcharse si no quiere perder su vuelo de regreso. El suyo ha sido un viaje fugaz, como una estrella que surca el cielo en mitad de la noche.

Me dice que me llamará una vez al mes para interesarse por Guillermo, si no me resulta molesto. Respondo que puede ponerse en contacto conmigo siempre que quiera, y que estoy deseando que volvamos a vernos para mantener una charla más larga.

—Tal vez para entonces Guillermo al fin se acuerde de usted.

—Sí, tal vez...

Veo cómo se dirige a solas hacia la salida de la clínica. Sus pasos la acercan al pabellón donde se encuentran las habitaciones de los pacientes. Por efecto de una malhadada coincidencia, Guillermo se encuentra contemplando el jardín y barajando sus naipes cuando Beatrice pasa frente a su ventana.

Sus miradas se cruzan.

Por un segundo parece que el tiempo se ha detenido sólo para ellos.

Lentamente, Guillermo apoya la palma de la mano sobre el cristal. Me es imposible valorar qué emociones se ocultan tras sus enormes ojos azules, son como espejos que no transmiten sino lo que en ellos se refleja. Quiero pensar que durante una ínfima porción de segundo él la ha reconocido. Pero me temo que me estoy engañando.

El tiempo se reanuda. Guillermo deja caer su mano y se vuelve de espaldas hasta desaparecer en el interior de su habitación. Beatrice reanuda sus pasos en silencio. Una lágrima, sólo una, aparece en su mejilla. Ella deja que siga su camino.

17

Un intenso aroma a regaliz negro delató la llegada del inspector Mesquida. A Judith se le encogió el estómago.

Detestaba ese olor.

Mesquida tomó asiento frente a ella, mareando en la boca una pastilla negra. Las luces de los tubos de neón de la comisaría se reflejaban en su cabeza calva.

Estaban en una pequeña habitación que, según supuso Judith, debía de ser una especie de sala de interrogatorios o, por lo menos, se parecía bastante a las que ella tenía vistas en las series de televisión.

El inspector le dirigió una sonrisa fría.

—¿Cómo se encuentra, señorita O'Donnell?

—Acabo de matar a un hombre, ¿cómo cree que me encuentro?

—Comprendo. Pero no debe atormentarse, fue un accidente —Mesquida la miró a los ojos—, ¿verdad?

Ella respiró hondo y se frotó los párpados con las manos. Estaba agotada. Y Mesquida, con su voz monótona y su aliento de regaliz, parecía tener la capacidad de absorber su energía, como si fuera una especie de vampiro emocional.

—Sí, eso creo...

—¿Cree? ¿Acaso no lo fue?

—Yo no sabía lo que había al otro lado de esa puerta. No podía saberlo.

—Tranquila. Me inclino a creerla. He leído la declaración que hizo al agente que se personó en el lugar de los hechos. Todo parece indicar que le tendieron una trampa, a usted y al difunto señor Boldt. La pregunta es quién lo hizo.

—No tengo ni idea.

—Lo averiguaremos —dijo Mesquida. A Judith no le sonó nada convincente—. Imagino que se dará cuenta de que esta muerte está relacionada con las que han tenido lugar en el Prado los últimos días. Por eso estamos hablando usted y yo ahora mismo. Por favor, cuénteme con sus propias palabras lo que sucedió en casa del señor Boldt.

Judith así lo hizo. Rememorar el instante en que la cuchilla se encajó en el cuello de Felix le supuso un duro trago, pero fue capaz de mantenerse serena. Mesquida se limitó a escucharla con rostro inexpresivo, sin tomar notas.

—El hombre que los atacó, el que llevaba esa máscara oriental, ¿pudo ver su rostro? —preguntó.

—No. Como usted ha dicho, lo llevaba tapado —respondió ella—. ¿Cómo está Guillermo?

—Bien. Su herida no es grave. Ahora mismo unos agentes del SAMUR lo están atendiendo en el dispensario de la comisaría.

—¿Ha hablado ya con él?

—Sí... Resulta curioso: su amigo se muestra extrañamente lacónico en sus respuestas, como si, de algún modo, fuese reticente a colaborar con nosotros.

«Tal vez porque está harto de que lo toméis por un chiflado», pensó Judith.

—No ha sido una noche agradable para él, inspector. Sólo está cansado y quiere irse a casa, igual que yo.

—Le diré otra cosa que también me llama la atención: la última vez que hablamos usted y yo, me dio a entender que su relación con Guillermo era meramente casual. Parece que eso ha cambiado en poco tiempo, ¿puedo preguntar el motivo?

Otra pregunta inútil y agotadora. Judith empezó a tener la sensación de estar atrapada en un purgatorio.

—¿Qué quiere que le diga? Hemos coincidido alguna vez

desde entonces y resulta que tenemos gustos comunes, no me parece nada extraordinario.

—Señorita O'Donnell, ¿no se da cuenta de que su amigo es el único nexo en común de los crímenes que estoy investigando en este momento? Enric Sert, Alfredo Belman, Carlos Pozo, Cynthia Ormando y ahora Felix Boldt; el nombre de Guillermo los une a todos.

—No sé adónde quiere ir a parar, inspector, lo siento.

—Es simple: si yo fuera usted, trataría de no relacionarme demasiado con esa persona, no parece que sea una buena compañía.

—Gracias por el consejo.

Mesquida puso sobre la mesa su cajita de Juanola. Las grajeas de regaliz repicaron en su interior como un montón de huesecillos. El inspector se metió una en la boca y la saboreó con fruición.

—Me preocupo por usted, señorita O'Donnell, por eso voy a revelarle un indicio que estamos siguiendo y que, tal vez, la haga reflexionar. Hace unos dos años hubo un triple homicidio en una galería de arte de Berna, la policía suiza no atrapó al culpable, pero existe un retrato robot del principal sospechoso. Es asombrosamente parecido a Guillermo.

Judith se habría echado a reír de no estar tan exhausta. Le parecía que aquel interrogatorio empezaba a tomar derroteros absurdos.

—Eso es muy interesante. ¿Sabe qué?, seguro que, en los últimos años, se habrán producido en todo el mundo un montón de crímenes sin resolver, y también es probable que alguno de los sospechosos se parezca remotamente a mí. Debería investigarlo.

Mesquida esbozó una sonrisa.

—Tómese en serio mis palabras. Es un consejo.

—Y, de nuevo, le doy las gracias por él.

—Como quiera. —El inspector se guardó la caja de regalices en el bolsillo—. Puede marcharse ya si lo desea, pero intente estar localizable en los próximos días.

—¿Y qué hay de mi copia? Mi Rembrandt, quiero recuperarlo.

—Lo lamento, señorita O'Donnell, pero dado que es muy probable que el asesino lo haya manipulado, por el momento su cuadro es una prueba. Se lo devolveremos cuando deje de serlo.

Judith pensó que aquél era el remate perfecto para una noche de mierda.

Después del interrogatorio, una mujer la acompañó a una pequeña sala y le dijo que podía esperar allí hasta que apareciera Guillermo. Fue bastante amable, e incluso le trajo un café. Judith esperó a que se marchara y rellenó el vaso el plástico con el bourbon que quedaba dentro de la petaca del abuelo. Se bebió el mejunje en dos tragos.

Guillermo apareció al fin. Tenía mala cara.

—¿Qué tal esa pierna?

—Bien. Me han puesto un par de puntos. Lo malo es que, al parecer, apenas dejará cicatriz.

—¿Y eso es malo?

—Dicen que a las chicas les gustan las cicatrices grandes. —Esbozó una sonrisa cansada—. Era un chiste.

—Si tienes que indicarlo es porque no ha sido gracioso. Debes mejorar eso.

—Tomo nota.

Ambos salieron de la comisaría. Judith necesitaba algo de alcohol y propuso a Guillermo entrar en un bar mexicano frente a la comisaría. Se acomodaron en una mesa apartada, ella pidió mezcal y a él le sirvieron un vaso de Beefeater, la única marca de ginebra de la que disponían. Sin hielo, sin limón. Sólo ginebra.

—¿Cómo estás? —preguntó el joven.

—Cabreada y confusa. Ese Mesquida tiene la capacidad de sacarme de quicio.

—Ya. Conmigo no ha sido nada simpático. ¿Sabes?, creo que no le caigo bien, no entiendo por qué.

Judith dudó un segundo si mencionarle la historia del triple crimen de Berna, pero desechó la idea. Seguía pareciéndole un disparate.

—Que le den a ese estúpido madero. Si la solución de este caso depende de él, entonces el culpable es un tipo con suerte —dijo—. Chico, ahora mismo lo único que deseo es emborracharme y meterme en la cama. Yo activé aquella trampa chapucera. A todos los efectos es como si hubiera decapitado a Felix con mis propias manos. —Judith echó la cabeza hacia atrás y cerró los ojos—. Dios... Es como una pesadilla.

—No fue culpa tuya. Alguien te utilizó.

—Sí, ya lo creo que me utilizaron. Querían que abriera esa puerta. Yo, no otra persona. Por eso aquel tipo de la máscara se te echó encima cuando te acercaste. Lo que no me explico es por qué tuvieron que elegirme a mí.

—Fue por tu nombre.

—¿Cómo dices?

Guillermo enumeró a una serie de personas y los cuadros que recreaban la forma en que murieron. Cada vez que mencionaba un nombre levantaba un dedo, como si llevara una cuenta.

—Enric Sert: el *Saturno*. Tu amigo Charli: el *Ixión*, Cynthia Ormando: *Las hilanderas*. Felix Boldt: *Judit en el banquete de Holofernes*. El general asirio Holofernes fue decapitado durante un banquete en su tienda de campaña, Felix estuvo en el ejército y fue decapitado sobre la mesa de comedor de su casa. La persona que les cortó la cabeza a ambos tiene el mismo nombre: Judith. En efecto, el asesino lo planeó todo para que fuese tu mano la que causara aquella muerte, aunque fuera de manera involuntaria. Era necesario para reproducir la historia del cuadro de Rembrandt, tal y como se hizo en los asesinatos anteriores.

—Mierda... —Judith se bebió el mezcal de una vez. Pidió otro—. ¿En qué estamos metidos, Guillermo?

Él la miró con gravedad.

—En algo muy peligroso. Piénsalo, Judith, los cuadros de la Beca de Copistas nos marcan el camino. Las muertes de Sert y de Charli señalaban el *Saturno* y el *Ixión*. ¿Quién fue asesinada después de Charli? Cynthia, que estaba copiando el *Saturno*.

¿Y después de ella? Felix, que estaba copiando el *Ixión*. El asesinato de Cynthia recreaba *Las hilanderas* de Velázquez; el de Felix, *Judit en el banquete de Holofernes*. ¿Comprendes lo que eso significa?

—Que el siguiente en morir será Rudy...

—O tú.

—Mierda... —repitió ella. De nuevo vació el mezcal de un trago. Quiso pedir otro vaso, pero no estaba segura de tener dinero suficiente, así que echó mano de la ginebra de Guillermo. Él no protestó.

—Pero no estamos seguros de que vaya a haber otras muertes... ¿Verdad?

—¿Tú crees?

—Maldita sea... —Judith notó un pequeño vértigo—. Esto es una locura.

—Parece como si ahora te dieras cuenta por primera vez.

—Es que nunca lo había visto tan claro... Es decir, todo encaja, ¿verdad? La Escara, la Especulación, toda esa historia de los Pletóricos que te contó aquella mujer... Parecen locuras, pero es real... Tanto, que hay personas que están muriendo por culpa de esto, y puede que yo sea la siguiente.

—Eso no va a ocurrir —aseveró Guillermo—. No lo permitiré.

—Si al menos tuviéramos claro a qué nos enfrentamos. Pero no sabemos nada, sólo contamos con trozos de información.

—Eso no es del todo cierto. Sabemos que existe una especie de grupo, cofradía, hermandad mafiosa o como lo quieras denominar que atiende al nombre de Pletóricos; y que están orquestando todas estas muertes para completar algún tipo de ritual al que llaman Especulación para invocar a un Rey En Mil Pedazos. Sé que no parece mucho, pero al menos es un punto de partida.

—Si tú lo dices...

—También sabemos que hay una cosa, sólo una, a la que temen los Pletóricos. Alguien llamado «Inquisidor de Colores». Me pregunto quién podrá ser.

—No lo sé, pero ojalá lo tuviera cerca ahora mismo. —Judith remató la ginebra de Guillermo—. Todas esas cuestiones son demasiado esotéricas para mí. Yo prefiero atenerme al mundo de los hechos.

—Como, por ejemplo...

—Por ejemplo, esto. —Judith metió la mano en su bolsillo y sacó un objeto pequeño que puso encima de la mesa—. Lo encontré en casa de Felix cuando rebuscaba entre sus lienzos. Estaba en el suelo.

Guillermo lo inspeccionó. Era una figurita plateada del tamaño de la yema de un dedo, con la forma de un timón de barco.

—¿Qué es?

—Un dije, un pequeño adorno que se cuelga de las pulseras... Isabel Larrau lleva cosas de éstas por todas partes y tiene la manía de arrancárselas sin querer cuando está nerviosa, me lo comentó en una ocasión.

— Cierto. A mí también me lo dijo —secundó Guillermo—. ¿Se lo has enseñado a Mesquida?

—No. Quizá esto no signifique nada, y, en tal caso, no quisiera meter a Isabel en problemas.

—Entonces ¿crees que es suyo?

—Es justo lo que pienso averiguar —respondió Judith—. De modo que tú, si quieres, encárgate de investigar a los malvados sectarios y sus delirios cósmicos. Yo seguiré las pistas de esta dimensión a la antigua usanza. Si alguien quiere matarme, no me quedaré esperando a que crezca la hierba bajo mis pies.

—Bien, me parece un justo reparto de tareas. Quizá entre los dos saquemos algo en claro.

—Seguro. No hacemos mal equipo después de todo. Le dimos una buena paliza al tipo de la máscara china.

—Oni. Era la máscara de un Oni —puntualizó Guillermo. La precisión en el detalle le parecía importante.

—Lo que sea.

Judith llamó al camarero para que trajese la cuenta.

—¿Te marchas?

—Sí, los dos nos marchamos. Te acompañaré a tu casa.

—Oh, gracias, pero no tienes por qué molestarte.

—Lo sé, pero hoy ya te han atacado dos veces, y no me quedaré tranquila hasta dejarte metido en tu cama sabiendo que no hubo una tercera. Ponte tu abrigo y larguémonos.

18

—¿**D**e verdad vives aquí?

Judith contempló asombrada el recibidor del piso de Belman. Pensó que su estudio de alquiler cabría en su interior sin demasiados problemas. La vivienda tenía unas proporciones señoriales, lástima que la decoración resultara un tanto rancia.

—Vivo aquí, pero no es mi casa —respondió Guillermo, al tiempo que encendía cuantas luces encontraba a su paso—. Era del profesor Belman.

—¿No te da reparo vivir en el piso de una víctima de asesinato?

—Claro que sí. Duermo con todas las luces encendidas, y lo primero que hago al entrar es poner la radio para que me haga compañía.

Guillermo conectó un equipo de música, un feo armatoste quizá puntero veinte o treinta años atrás. Se oyó a Ritchie Valens cantar *We Belong Together* con voz cálida y crepitante. Era una grabación antigua que emitían por la radio.

—Entonces ¿por qué sigues aquí?

—Porque no tengo otro sitio adonde ir. El administrador de Belman me dijo que podía quedarme mientras nadie me lo impidiera, y hasta el momento eso no ha ocurrido.

—¿Belman no tenía familia?

—Estaba divorciado, sin hijos, y era el único superviviente

de dos hermanos. Su exmujer vive en Barcelona, apenas mantenían el contacto, y creo que hay un sobrino por alguna parte, no estoy seguro. Lo que sí sé es que por aquí no ha venido un alma desde que el profesor murió.

—Pero alguien reclamará el piso tarde o temprano, ¿qué vas a hacer cuando eso ocurra?

Guillermo se encogió de hombros.

—Entonces cogeré mi mochila y me iré sin armar escándalo.

—¿Adónde irás? ¿Tienes familia en la ciudad? ¿Alguien que te pueda acoger un tiempo?

El joven se mostró incómodo.

—Si así fuera, no estaría aquí, ¿no te parece?

Guillermo cruzó el salón y atravesó una puerta que daba al despacho de Belman. El escritorio del profesor presentaba un aspecto espartano, sin apenas elementos decorativos. Sobre él tan sólo había un ordenador portátil cerrado, algunos libros con las páginas marcadas y la maqueta de una barquita de pesca pintada de color blanco y verde, como las que se suelen ver amarradas en los puertos del norte.

Junto a la mesa había un mueble bar con forma de globo terráqueo, un complemento que Judith nunca pudo explicarse cómo llegó a ponerse de moda, si es que alguna vez lo estuvo. Guillermo lo abrió por la mitad. En su interior había varios licores. Guillermo se dispuso a servirse un vaso de ginebra.

—¿Quieres tomar algo? —preguntó.

—No debería, creo que ya voy un poco achispada.

—¿Seguro? Aquí hay bourbon. —Guillermo sacó una botella del globo terráqueo—. No entiendo mucho de estos destilados, pero creo que es una buena marca. Al profesor le gustaba el bourbon y solía comprar del caro.

La marca era High West Bourye; Judith no la conocía, pero sonaba exclusiva. En la etiqueta tenía pintado un extraño animal parecido a un conejo con cuernos.

—¿Qué es esta cosa que hay dibujada en la botella?

—Un *jackalope*: mitad liebre, mitad antílope. Creo que es el equivalente estadounidense de los gamusinos, o algo parecido. El profesor a veces lo llamaba «conejílope». —Guillermo sonrió—. Es un nombre gracioso. Conejílope —repitió, como si le divirtiera decirlo en voz alta.

—Debía de ser un hombre con mucho sentido del humor.

—En realidad no. A veces tenía inesperados golpes de ingenio, pero era más bien por accidente.

Judith detectó en su voz un tono de afecto.

—¿Te gustaba trabajar para él?

—Oh, sí. Era un trabajo estupendo. Yo le ayudaba sobre todo a poner al día el archivo de su biblioteca. Deberías verla, es increíble. También le echaba una mano en la investigación del libro que estaba escribiendo, buscando bibliografías y cosas por el estilo.

—¿Sobre qué escribía?

—Sobre la historia y la arquitectura del Edificio Villanueva del Museo del Prado. Al menos ése era su proyecto original. Durante el proceso descubrió algo, no sé qué fue, nunca me lo contó, pero estoy casi seguro de que Belman sacó a la luz algo relacionado con los Pletóricos y el tratado *Sobre el Arte Verdadero*. Tenía un ejemplar que leía a todas horas.

—¿Nunca te habló de sus investigaciones?

— No. Decía que lo haría cuando llegase el momento en que mi ayuda le fuera imprescindible, pero murió antes de poder explicarme a qué se refería. —Guillermo desvió la mirada hacia la superficie del escritorio—. Todo cuanto investigó está aquí, en los archivos de este ordenador, lo malo es que no puedo recuperarlos. Tiene una clave de acceso y no sé cuál es. Cuando murió, la busqué por todas partes. El profesor Belman no tenía buena memoria para las cosas cotidianas y solía apuntar todas sus contraseñas: la del teléfono, la del banco, etcétera. Las tenía en su agenda.

—Comprendo. Y no sabes dónde está la agenda, ¿no es eso?

—Oh, sí: la tengo yo, en mi mochila. El profesor me encargó que se la guardase para que no se extraviara. Por desgracia, están todas sus claves personales salvo la del ordenador. Una vez le pregunté el motivo y me respondió que ésa no necesitaba apuntarla porque la veía siempre que se sentaba a su escritorio. Lo he registrado cien veces de arriba abajo y no hay ni rastro de la dichosa contraseña.

—Es una lástima —dijo Judith—. Tal vez descubrió algo que nos podría servir de ayuda.

Dio un trago de bourbon. Estaba delicioso, y sentaba tan bien como la mejor medicina. No tendría problema en beberse la botella entera.

Pero no lo haría, empezaba a sentirse algo más que achispada. Quizá sólo tomaría un poco más. Un par de tragos no le harían ningún mal, el truco era acompañarlos con algo sólido para que no se le subiera rápido a la cabeza.

—No tendrás algo de comer por ahí, ¿verdad? —preguntó.

Guillermo trajo una bolsa de patatas fritas de la cocina y la abrieron sobre una mesita de café en el salón. Judith las acompañó con su bourbon y Guillermo con un vaso lleno hasta el borde de ginebra. Para tomar el primer trago sin derramarla, el joven cerró los ojos e inclinó la cabeza hacia el vaso, sin levantarlo de la mesa. A Judith aquel gesto le hizo reír. La postura que adoptó Guillermo para sorber el licor le pareció bastante cómica. Él explicó que así lo había visto hacer en Ámsterdam. Allí existía la vieja costumbre de llenar las copas de ginebra a rebosar para obligar al bebedor a hacer una reverencia ante la reina de los destilados.

—Y así es como se bebe una ginebra al estilo holandés sin usar las manos —explicó él, limpiándose restos de bebida de la barbilla—. ¿Quieres probarlo?

—Mejor no —respondió Judith. Se sentía de buen humor, el bourbon le había producido un agradable atontamiento—. Mi abuelo se revolvería en su tumba. Había tres cosas que odiaba con toda su alma irlandesa: la ginebra, los londinenses y, no me preguntes por qué, a Winston Churchill.

Guillermo se rio.

—Tu abuelo debió de ser un tipo muy peculiar.

—No te quepa duda —aseguró Judith. Luego, sin pensarlo,

añadió—: Le habrías caído bien. Le gustaba discutir sobre lo que los grandes maestros querían transmitir en sus pinturas, la iconografía era una disciplina que le fascinaba.

—Eso demuestra que era un hombre inteligente. Sabía que los símbolos son el lenguaje del universo.

—Me temo que he bebido demasiado bourbon como para comprender eso —bromeó Judith.

—En realidad es un concepto muy sencillo. ¿Te suena el nombre de Marsilio Ficino? Era un sabio que vivió en Florencia, en la corte de Lorenzo de Medici. Fue uno de los padres intelectuales del Renacimiento en Italia. Ficino dijo que hay aspectos del universo que no pueden ser expresados en palabras porque cualquier lenguaje humano es insuficiente para reflejar su profundidad. Por ejemplo: Dios, el Amor, la Belleza, la Maldad, la Muerte, el Deseo... Sólo son palabras, pero si expresas esas mismas ideas mediante imágenes en un cuadro o mediante alegorías en un poema, entonces éstas transmiten su sentido de forma certera. El Arte, en definitiva, tiene un poder del cual el simple vocabulario carece. Por ejemplo: si lees la palabra «amor», sabrás lo que significa, pero su solo significado puede que no te conmueva; no son más que cuatro letras. En cambio, si contemplas la imagen de un corazón hecho pedazos, de inmediato acudirá a ti un sentimiento concreto. Es un símbolo que capta un estado profundo y complejo del alma, y es universal porque cualquiera puede entenderlo, y también sentirlo. Hay quien piensa que el Universo, tal vez Dios o alguna otra fuerza superior, nos habla a través de esos símbolos al igual que un pintor transmite sentimientos inexplicables en un cuadro. Y eso no deja de ser un pensamiento hermoso, Judith, porque significa que todos vivimos inmersos en una monumental obra de arte.

Judith asintió. Le parecía, en efecto, una idea de enorme belleza. Ella, en realidad, no creía que el universo tuviera un sentido coherente. Dejó de creerlo hacía mucho tiempo. Pero si tal sentido existiese, desearía que fuese como Guillermo lo había explicado.

Un aspecto que también le llamó la atención de sus palabras fue que asociara la palabra «amor» con la imagen de un corazón roto.

Alguien debió de hacerle mucho daño, pensó.

—Guillermo, ¿puedo hacerte una pregunta personal?

—Sí, claro... Pero ¿por qué?

—¿Por qué? No lo sé, no imaginé que debiera haber un motivo concreto... Supongo que porque somos dos adultos unidos por un par de vivencias traumáticas que beben juntos en mitad de la noche; me parece un buen contexto para empezar a conocernos mejor.

—Vale. Eso tiene sentido.

—¿Quién es ella? La mujer que te rompió el corazón.

—¿Cómo dices?

—Vamos, cuéntamelo. —Judith bebió un trago generoso de bourbon—. Venga, seremos como dos amigos despotricando del sexo opuesto en la barra de un bar: tú me cuentas tus penas y yo te cuento las mías.

Guillermo dejó escapar una pálida sonrisa.

—Está bien, empieza tú.

—De eso nada, nos llevaría varias horas y antes quiero escuchar tu historia. Yo he preguntado primero.

—Lo siento, Judith, pero no puedo hacerlo.

—¿Tan terrible fue?

—No es eso, es que... —Guillermo se humedeció los labios. De pronto se mostraba muy tenso. Se metió las manos en los bolsillos, como si buscara el tacto de sus naipes, y miró a Judith de forma desesperada—. Simplemente, no puedo. De veras que no.

Ella se sintió culpable por haberlo presionado.

—Tranquilo. Dejémoslo pasar, ¿de acuerdo? No sabía que estaba tocando un tema delicado. Cuando bebo en exceso me vuelvo una bocazas.

—No es culpa tuya... —Guillermo se quedó en silencio un buen rato. Tenía el aspecto de alguien que duda si compartir un secreto. Al fin, con un tono de voz casi inaudible, dijo—: Me pasa algo malo. Aquí. —Se señaló la cabeza con el dedo—. No sé qué es, sólo sé que hay cosas que no puedo recordar. —Guillermo respiró hondo y se dejó caer sobre el respaldo del sofá. Evitaba mirar a Judith a los ojos—. Es mejor que me calle. Si sigo hablando pensarás que estoy loco.

—Chico, pienso eso desde el mismo día en que apareciste en mi tienda llevando aquella corbata de patos, pero aquí me tienes. —Ella sonrió.

Guillermo bebió un poco de ginebra, buscando en el alcohol un chute de voluntad. Se había sincerado y ya era tarde para dar marcha atrás.

—Hace un rato me preguntaste dónde vivía antes de trabajar con el profesor. No te respondí porque no sé cómo hacerlo, no logro recordarlo, es como si algo bloqueara mi memoria. No sólo fragmentos, sino partes enteras de mi existencia hasta que empecé a ayudar a Belman.

—¿Quieres decir que no recuerdas... nada?

—No exactamente. Recuerdo bastantes cosas en realidad, no es como si hubiera olvidado años enteros de mi vida, sino más bien fragmentos de ese pasado: personas a las que conocí, lugares en los que estuve, cosas que hice... A veces tengo la sensación de que no debería intentar recuperar esos recuerdos, de que si mi mente decidió bloquearlos fue por un buen motivo, y eso me asusta.

—¿Por qué te da miedo?

—Es difícil de explicar... Es como si un día me hubiera despertado y hubiera descubierto que me falta un miembro del cuerpo, un brazo o una pierna; pero que, de algún modo, yo supiera que me lo habían sajado por un buen motivo. Tal vez porque estuviera deforme, o infectado, y así impedir que dañase al resto de mi organismo. Es lo mismo que siento con respecto a los recuerdos que me faltan: no me preocupa que no estén ahí, de hecho, me hace sentir aliviado, como si fueran demasiado terribles. —Guillermo trató de sonreír, pero sólo pudo esbozar una mueca rota—. Me falta un tornillo, ¿verdad? Puedes decirlo, no me importa.

—No creo que estés loco —dijo ella—. Sólo profundamente herido.

No lo dijo, pero también le parecía injusto que tuviera que pasar por ello él solo, sin poder confiarse a nadie más que a una mujer a la que apenas conocía; una artista frustrada y que, a tenor de su evidente coqueteo con el alcoholismo, no estaba en condiciones de juzgar los traumas de nadie, ni mucho menos de ayudar a superarlos.

Sintió lástima por él, pero también fascinación. Guillermo era un enigma, incluso para sí mismo, lo cual no dejaba de resultar atractivo en cierto modo. Quiso hacer algo para consolarlo y se preguntó si a él le resultaría incómodo un pequeño contacto físico. Tan sólo una mano sobre el hombro, una caricia en el antebrazo, algo amistoso que transmitiera apoyo y comprensión.

No pensaba con claridad. Al acercarse a Guillermo para pasarle el brazo sobre los hombros, notó que desprendía un aroma agradable a ginebra y colonia. Él aún tenía algo de ginebra en los labios, y ella notaba el dulzor del bourbon en la lengua.

Antes de darse cuenta de lo que estaba haciendo, Judith le besó.

Él no se resistió, pero ella pudo notar el titubeo de la sorpresa en sus labios. De pronto se vio a sí misma como si estuviera fuera de su propio cuerpo. Su lucidez emergió de pronto por entre los vapores del alcohol.

Se apartó de él, avergonzada. Quiso volver atrás en el tiempo, desaparecer. Le ardían las mejillas.

—¿Por qué has hecho eso? —preguntó Guillermo.

No parecía molesto, ni tampoco furioso; sólo intrigado.

—Lo siento... Maldita sea...

Empezó a recoger sus cosas de forma torpe y apresurada. Al hacerlo volcó la botella de bourbon, que se derramó sobre la mesa del café y sobre la alfombra. Al ver el estropicio, se dejó caer derrotada sobre el sofá, cubriéndose la cara con las manos.

—Dios... —musitó—. Soy una persona horrible... Patética...

—Eso no es cierto.

—Sí... Fíjate... fíjate en lo que he hecho...

—Sólo me has dado un beso, no es el fin del mundo.

Al recordar Judith que había pretendido ir mucho más lejos que con un simple beso, la vergüenza casi le provocó náuseas.

—Perdóname... No quería hacerlo...

Él sonrió un poco.

—Lo sé.

—Ojalá supiera por qué lo he hecho... ¿Dices que tú estás loco? Es a mí a quien deberían mandar a un psiquiátrico... A un pabellón especial para gente penosa y fracasada...

—Tú no eres ninguna de esas cosas.

—¿Qué sabrás tú? Ni siquiera me conoces, no sabes nada de mí, de cómo soy en realidad. Mírame: ¿ves a esta mujer alcoholizada y autocompasiva? Ésta es la verdadera Judith... —Entonces dejó caer la vista al suelo—. Te iría mucho mejor si te alejaras de mí para siempre.

Guillermo la miró y sonrió de nuevo. A ella le pareció una sonrisa muy dulce y bonita, como el abrazo de un amigo en el momento oportuno

—A mí, en cambio, hay muchas cosas que me gustan de ti —dijo—. Como ese colgante, por ejemplo. Siempre lo llevas puesto. Es un cisne, ¿verdad? Los cisnes son animales muy curiosos... Son el emblema de Apolo, ¿lo sabías? Siempre van juntos. Es un símbolo del Arte y de la armonía..., pero también de la melancolía y la furia. Son fuertes y bellos, a veces parecen frágiles, a veces orgullosos; todo ello se asocia con el cisne... ¿Los has visto nadar alguna vez? ¡Parece un animal tan poderoso cuando está sobre las aguas! Pero si se le ocurre caminar por la tierra, entonces resulta torpe y desgarbado. Eso es porque no está en su elemento, Judith, se siente perdido. Si alguien que nunca ha visto nadar a un cisne, lo encontrara caminando por la orilla con sus andares de borracho, pensaría que es un pájaro feo y patético; pero, ¿te das cuenta?, no es cierto en absoluto, porque cuando regresa al lago, no existe ningún animal más hermoso que el cisne. —Guillermo hizo una pausa—. Tú no eres una persona horrible, Judith... Es sólo que, tal vez, a veces, olvidas cómo regresar al agua.

Ella se lo quedó mirando a los ojos. Tenían el color de un lago.

—Guillermo... Eso... —dijo, sintiéndose abrumada. Pensó que ojalá pudiera ver las cosas como él lo hacía: su mundo parecía un lugar extraordinario, una obra de arte en la que todo tenía sentido—. Eso ha sido precioso.

—Gracias. Ya lo sé.

Judith emitió un largo suspiro de cansancio.

—De todas formas, creo que debería irme a casa... Ha sido un día... intenso y extraño.

Hizo ademán de levantarse del sofá cuando, de pronto, su mirada se topó con una imagen reveladora.

Detrás de Guillermo, justo encima de su hombro, había una fotografía de Alfredo Belman colgada en la pared. Era una ampliación pulcramente enmarcada. En ella, el profesor sonreía a la cámara mostrando un hermoso pez que acababa de sacar del agua. Parecía un atún. Belman estaba en la cubierta de un barquito de pesca de color blanco y verde.

—Guillermo, ¿Belman tenía un barco?

—¿Qué?

—Un barco de pesca, como el de esa fotografía de la pared. ¿Era suyo?

—Oh, sí... A menudo hablaba de él, estaba muy orgulloso. Creo que era de su padre.

Judith se acercó a la fotografía. El nombre de la embarcación era visible en el casco.

—«Esperanza» —leyó—. Yo he visto antes este barco.

—¿Dónde?

—Encima del escritorio de Belman.

Judith hizo que Guillermo la siguiera hasta el despacho para mostrárselo. La pequeña maqueta era, en efecto, igual que el bote de la fotografía. Incluso tenía la palabra «Esperanza» escrita en la proa.

—¿Dónde dijo Belman que tenía la clave de acceso de su ordenador?

—Sobre esta mesa, pero yo no la encontré —respondió Guillermo.

—Eso es porque no supiste dónde buscar, amigo. —Judith abrió el ordenador del catedrático y tecleó el nombre de su barquito de pesca—. ¡Bingo! Ahí lo tienes: todos los archivos de Alfredo Belman al alcance de nuestra mano. Si descubrió algo sobre los Pletóricos y la muerte de Enric Sert, ahora también lo sabremos nosotros.

TERCERA PARTE

El Rey En Mil Pedazos

Apuntes para un libro sobre el Museo del Prado, de Alfredo Belman
(Fragmento I)

El museo es como un templo.

Nunca antes me había dado cuenta, lo cual es asombroso dada la cantidad de tiempo que he pasado en su interior, impartiendo seminarios, asistiendo a conferencias o, simplemente, dejándome llevar por el placer de la contemplación del Arte, cuando éste aún era algo inofensivo.

Y nunca me había percatado de ello.

En el Prado hay dioses por todas partes. Nos reciben desde la misma entrada. La monumental puerta de Velázquez tiene seis columnas toscanas. Son inmensas. Titanes de piedra. Al menos así me lo parecen de un tiempo a esta parte. Cuando paso junto a ellas siento que se me encoge el alma. Seis gigantes me contemplan: Océano, Ceo, Crío, Hiperión, Jápeto y Cronos. Dice el mito que Zeus los encadenó al Tártaro. Es mentira. Están vigilando las puertas del Prado.

Hay dioses tras ellas, por todas partes, colgados en sus galerías que son naves de catedral. Miran. Y susurran. Conspiran. Yo puedo oírlos, aunque no entienda lo que dicen.

Estoy perdiendo el juicio, aún me queda la suficiente lucidez como para darme cuenta de ello. No estoy seguro de en qué momento se manifestó la avería en mi cerebro. No puedo recordarlo. Juraría que en verano aún me encontraba bien, recuerdo casi todo lo que hice en esos meses. Hacia el mes de agosto traje a Guillermo a casa, al Pato Rojo, al Inquisidor de Colores y creo que fue a partir de entonces cuando comencé a empeorar.

Veo moverse los cuadros. Las figuras congeladas en óleo tiemblan a mi paso, se agitan furtivas, como si creyeran que nadie las está mirando; si mi juicio no estuviera dañado, trataría de convencerme de que son sólo ilusiones ópticas provocadas por la tensión y el agotamiento. Pero sé que no: los cuadros están vivos.

Mucho me temo que no acabaré este libro. Antes de eso, perderé el juicio o los Pletóricos me matarán. En realidad, no sé si dejar esta obra inconclusa sería tan malo. Hace tiempo que perdió todo su sentido, hasta el punto de que ignoro sobre qué estoy escribiendo. Ni siquiera creo que a estas alturas sea otra cosa que un conjunto de desvaríos, pero siento la necesidad de seguir con mi proyecto, de tratar de explicar todo lo que he descubierto, de ese modo no habré sacrificado en vano mi cordura. Tal vez en un futuro alguien lea esto y le sea útil. Ojalá sea Guillermo, si es que desaparezco antes de ayudarlo a recordar quién es y cuál es su responsabilidad.

Recuerdo cuando empecé a escribir el libro... Era un mero encargo alimentario, casi de rutina, que me encomendó la Fundación Amigos del Museo del Prado. La secretaria general de la institución, que es buena amiga, sabía que, agotado tras un complicado curso académico, había decidido tomarme un año sabático, así que se puso en contacto conmigo para pedirme un favor. El Prado estaba a punto de celebrar su bicentenario y la Fundación quería publicar un estudio conmemorativo sobre la construcción del Edificio Villanueva y su evolución arquitectónica a lo largo de los últimos dos siglos. Iba a ser un volumen de lujo, en edición de gran formato, más un libro decorativo que de consulta. Me ofrecieron un anticipo demasiado generoso como para rehusar la oferta.

Me propuse no ser demasiado exhaustivo en mi investigación para poder dedicar el resto del año a descansar en mi querido barquito de pesca, que era mi plan inicial. No obstante, como diría me exmujer, al final siempre acabo complicándome más de lo necesario en esta clase de proyectos.

Durante los primeros meses del 2018 redacté un esquema y comencé a buscar documentación. Quería incluir en el libro un análisis sobre el diseño inicial del edificio que el arquitecto Juan de Villanueva presentó a Carlos III en torno a la década de 1780, para un Gabinete de Ciencias Naturales.

Yo sabía que Villanueva presentó dos proyectos o «ideas» a modo de propuesta. Del primero se conservan los planos en la Real Academia de Bellas Artes de San Fernando, pero no así del segundo, el que fue aprobado por el rey. De esta «idea» tan sólo queda una espectacular maqueta de madera de caoba que actualmente se expone en el Prado y que muestra un edificio cuyas trazas son muy similares al que se construyó.

No se sabe dónde se encuentran los planos que se corresponden a esa maqueta ni tampoco está claro cuándo se perdieron. Fiel a mi tendencia a complicar cualquier labor en apariencia sencilla, me propuse encontrarlos o, al menos, averiguar en qué circunstancias se extraviaron. No sin cierta presunción, pensé que aquello otorgaría a mi estudio un elemento de calidad que lo haría destacar por encima de otros.

Mi búsqueda no obtuvo frutos inmediatos hasta que a mis manos llegó un ejemplar de una modesta revista de arquitectura que publicaba una asociación de antiguos alumnos de la Facultad de Artes de la Universidad de Chile. En ella encontré un artículo escrito por un tal Ricardo Dees en el que hablaba sobre la biografía arquitectónica del Museo del Prado. Un pasaje del texto me hizo pensar que el señor Dees había visto con sus propios ojos los planos perdidos del segundo proyecto de Villanueva para el Gabinete de Ciencias Naturales de Carlos III. Aquello me resultó intrigante y decidí ponerme en contacto con el autor del artículo.

El boletín en el que apareció el texto me facilitó un número de teléfono español; al parecer, el señor Dees residía en Valencia. Gracias a ello, pudimos mantener una primera charla.

Lo primero que noté es que no debía de tratarse precisamente de un jovenzuelo. Su voz, aunque sonaba firme y lúcida, transmitía por teléfono el deje inconfundible de una edad avanzada.

Cuando me presenté, me preguntó si trabajaba en el Museo del Prado. Yo le expliqué la naturaleza exacta de mis vínculos con la pinacoteca. Entonces él me hizo una revelación inesperada: décadas atrás, fue conservador en el museo, en la época en que lo dirigía Fernando Álvarez de Sotomayor.

Sotomayor estuvo al frente del Prado en dos ocasiones, la segunda entre 1939 y 1960; así pues, el señor Dees debía de tener una cantidad de años bastante respetable. Me dijo que residía en Valencia desde que se jubiló, aunque él era de origen chileno, nacido en Santiago. Yo le expliqué el motivo de mi llamada y él se mostró muy interesado por hablar conmigo personalmente. Azuzó mi curiosidad insinuándome que me enseñaría unos documentos de Juan de Villanueva que harían que el viaje hasta Valencia me mereciera la pena.

Me reuní con él una semana más tarde. El señor Dees tenía un piso en el barrio de Ruzafa, cerca de la iglesia de San Valero. Allí me recibió un hombre de origen sudamericano que llevaba una chaquetilla blanca de enfermero, pero que por sus proporciones más bien parecía un campeón de lucha libre. Se presentó como Germán, y dijo que era el cuidador del señor Dees.

Ricardo Dees me aguardaba sentado en una mecedora de su cuarto de estar. Era un hombre tan pequeño que parecía una marioneta de ventrílocuo con un tamaño superior a la media. Los pies no le llegaban al suelo. Vestía pijama y un batín que lo envolvía como una cortina, sobrándole tela por todas partes. Despedía un fuerte olor a colonia Old Spice, que me recordó a la que usaba mi padre cuando yo era niño. Sus manos, retorcidas y surcadas de venas, se apoyaban inertes sobre los brazos de la mecedora. No se movieron de allí durante todo el tiempo que pasé en aquel salón; de hecho, el señor Dees apenas movió un solo músculo de su enjuto cuerpo salvo los indispensables para respirar y para articular palabras, como si por debajo del cuello todos sus miembros estuvieran hechos de trapo.

La habitación estaba atestada de recuerdos. Por todas partes había fotografías, libros y adornos. Las paredes estaban forradas de cuadros y percibí que algunas de las pinturas eran de buena calidad. Incluso había un dibujo original del pintor chileno Ezequiel Plaza con una cariñosa dedicatoria en la esquina. «A mi buen compadre Ricardo, por todas las valiosas lecciones que me ha enseñado», decía. Me asombraba que el señor Dees hubiera conocido en persona al pintor, y así se lo manifesté. Éste se rio de buena gana haciendo temblar su dentadura postiza.

—¿Tan mayor me hace? ¡Caramba, debo tener aún peor aspecto del que trato de disimular! Ese Ricardo de la firma no soy yo, era mi padre, que fue maestro de Plaza en la Escuela de Bellas Artes de Santiago de Chile. Yo era un chamaquín cuando se pintó ese dibujo... Aunque no le voy a engañar: son una buena pila de años los que llevo encima, sí. Cumpliré ciento dos el mes que viene, si Dios lo permite.

Le dije que me parecía asombroso, y no mentía. Aunque consumido físicamente, el señor Dees mostraba una lucidez extraordinaria para alguien de su edad.

—Sí, la cabeza aún funciona —dijo—. Ahora bien, en cuanto a lo demás... Pero no me quejo. La mente es lo más importante, señor Belman. Vivo solo, en mi propia casa, Germán cuida bien de mí, y, aunque ya apenas puedo moverme, aún soy capaz de disfrutar de una buena lectura, así como de otros pequeños placeres intelectuales.

—Tendrá usted que contarme su secreto.

—Ah, no hay misterio. Sólo suerte. Quizá es que la muerte me ha olvidado... En fin, usted no ha venido hasta aquí para platicar con un viejo sobre sus achaques, ¿verdad? Quiere preguntarme sobre mi artículo.

—Exacto. Su reseña sobre el Edificio Villanueva del Museo del Prado.

—Lo recuerdo. Es un escrito viejo, ¿sabe? Ya casi lo había olvidado. Lo mandé hace años como un favor que me pidieron. Luego me dijeron que no lo habían podido publicar, por falta de espacio o qué sé yo, e imaginé que lo habrían tirado a la basura. Lo cierto es que me sorprende que aparezca ahora después de tanto tiempo. El Destino tiene a veces ocurrencias extrañas.

—Es un artículo muy bueno, lo leí con gran interés. Tal y

como le dije por teléfono, hay una parte que me intrigó, concretamente el pasaje en el que describe el segundo proyecto que Villanueva le entregó al rey Carlos III hacia 1785. Aporta usted detalles muy minuciosos, como si los hubiera leído sobre plano.

El señor Dees dejó aflorar una sonrisa astuta.

—Pero ambos sabemos que eso no es posible, ¿verdad? —dijo—. No hay planos de ese proyecto, se perdieron.

—¿Es eso cierto? —pregunté.

Después de una breve pausa, que me pareció intencionalmente dramática, el señor Dees me sonrió de nuevo y respondió:

—No.

—Luego, esos planos existen. Y usted los ha visto.

—Así es.

—¿Dónde están? ¿Cómo podría encontrarlos? ¿Y por qué nadie más los conoce?

—Eso son muchas preguntas de una vez, estimado amigo. —El señor Dees se reclinó sobre la mecedora, la cual crujió al balancearse. El anciano se dejó llevar por el vaivén igual que un peso muerto. Su parecido con un muñeco de madera se me hizo aún más acusado—. ¿Está seguro de querer conocer las respuestas?

—¿Por qué no habría de estarlo?

—Porque cuando uno busca algo a veces puede encontrar mucho de más de lo que esperaba. ¿Desea correr ese riesgo, señor Belman?

Empecé a pensar que la cabeza de aquel hombre no era tan lúcida como aparentaba.

—Por favor, hábleme de esos planos. Es un elemento necesario para mi investigación.

—Lo haré, pero luego no diga que no traté de advertirle...

El señor Dees llamó a su cuidador y le dio indicaciones para que localizara un objeto que guardaba en su dormitorio. Al cabo de un tiempo, aquel hombretón apareció en el salón portando un estuche cilíndrico de más de medio metro de largo que dejó sobre las rodillas del anciano. El señor Dees me pidió que despejara una mesa cercana y que desplegara sobre ella el contenido del estuche.

Hice lo que me pidió. El asombro me dejó mudo cuando ante mis ojos aparecieron los planos del segundo proyecto de Villanueva. Su estado de conservación era excelente, tanto que llegué a sospechar que pudiera tratarse de una copia, puede que incluso de una falsificación.

El señor Dees me sacó de mi error:

—Son auténticos, se lo aseguro. En el reverso puede ver la firma de Juan de Villanueva. Observe la fecha: abril de 1785.

—Pero... ¿cómo es posible? —dije yo, incapaz de superar mi estupor—. ¡Todo el mundo los cree perdidos y, sin embargo, siempre han estado en su poder!

—En realidad no siempre, señor Belman. Sólo desde 1939. Nadie sabe con seguridad dónde estaban antes de esa fecha.

—¿Y cómo es que ahora los tiene usted?

—Para responder a su pregunta me temo que debo referirme a hechos que ocurrieron hace bastante tiempo. Supongo que el nombre de Fernando Álvarez de Sotomayor le resultará familiar, ¿no es así?

—Fue director del Prado hace décadas.

—El primero de la Dictadura, en efecto. Sotomayor fue también un pintor de gran talento. En la década de 1910 llegó a dirigir la Academia de Bellas Artes de Santiago de Chile, donde trabó amistad con otros muchos artistas destacados. Juntos formaban la llamada Generación del 13, también conocida como Generación Sotomayor, de la cual mi padre llegó a formar parte. Sotomayor y él se hicieron muy amigos allá en Santiago, y lo siguieron siendo incluso después de que Sotomayor regresara a su patria chica, donde en 1922 se hizo cargo de la dirección del Museo del Prado. Gracias a esa amistad, cuando cumplí los veinte años, Sotomayor se ofreció a acogerme en España y darme una formación artística, al igual que hizo con mi padre, pues sabía de mis intenciones de convertirme en pintor. Corría el año 1936 cuando pisé este país por primera vez, con tan mala fortuna que poco después de mi llegada estalló la Guerra Civil.

»A pesar de todo, no sufrí en exceso los rigores de la contienda. La pasé toda en zona nacional junto con el amigo de mi padre, quien desde el principio se unió a la causa de los sublevados. En lo que duró el conflicto, Sotomayor empleó su tiempo libre en ocuparse de mi formación, tal y como había prometido. Siempre le estaré agradecido por ello, aunque debo admitir que mi talento como artista dejaba mucho que desear. No obstante, sí alcancé un conocimiento suficiente como para convertirme en una especie de asistente de mi mentor. Con el tiempo, forjamos una estrecha relación de confianza, y me atrevo a decir que de afecto. Al acabar la guerra, el nuevo gobierno nombró a Sotomayor director del Prado por segunda vez y él, a su vez, me ofreció un trabajo como conservador. Huelga decir que acepté sin dudar. El año era, como usted bien sabrá, 1939.

—¿Fue entonces cuando los planos de Villanueva llegaron a sus manos?

—Así es, pero el proceso fue complicado... ¿Está familiarizado con la suerte que corrieron los fondos del museo durante la Guerra Civil, señor Belman?

—Sé que el gobierno de la República los sacó del país para evitar que sufrieran daños.

—Exacto. Los mandaron a Ginebra. Uno de los primeros retos a los que tuvo que enfrentarse Sotomayor como director del Prado fue el de recuperar esos fondos. La operación fue muy compleja dado que se temía que el gobierno suizo aprovechara algún resquicio legal para quedárselos. Los cuadros fueron entregados por la República, y quien los pedía ahora era una dictadura. Los suizos podían negarse a reconocerla y quedarse con los cuadros, o bien entregarlos al gobierno de la República en el exilio, que quién sabe qué habría hecho con ellos. La situación era delicada. Por suerte, todo salió bien. Los fondos del Prado llegaron a Madrid en un tren que partió de Ginebra en septiembre de 1939.

—Sí, conozco ese hecho.

—Disculpe, estimado amigo, pero está en un error. Nadie salvo unos pocos sabemos realmente lo que sucedió en aquel trayecto. Yo estuve allí, lo vi con mis propios ojos. Y fue algo... espantoso... —El rostro del señor Dees se ensombreció—. Voy a revelarle un hecho que casi nadie sabe, señor Belman: no fue un solo tren el que llegó de Ginebra en 1939. Fueron dos. Los planos llegaron en aquel segundo transporte. Sotomayor estaba estupefacto porque, al igual que todo el mundo, ignoraba que existieran. Tampoco había nadie que recordara haberlos incluido entre las piezas que salieron del museo durante la Guerra Civil. Simplemente aparecieron, como de la nada. Pero en aquel tren llegó algo más… No le diré qué fue, aún no; si lo hiciera, tendría que explicarle demasiadas cosas y nos desviaríamos del tema. Baste con que sepa que lo que encontramos en el interior de esos vagones provocó que Sotomayor me entregara los planos. Los puso a mi cuidado y me hizo prometer que jamás se los mostraría a nadie.

—¿Por qué a usted precisamente? ¿No habría sido más lógico custodiarlos en el museo?

—¡Al contrario! Era el último lugar donde él habría querido verlos. Me los dio a mí porque de todas las personas en quienes él confiaba, yo era el único que sabía la importancia que tenían esos planos. Él me lo reveló.

—Y, sin embargo, ahora está usted rompiendo la promesa que le hizo —observé.

—Soy viejo, señor Belman. He superado con creces la cantidad de años que esperaba vivir. En todo este tiempo me ha sido fácil cumplir mi palabra, pues todo el mundo daba por hecho que esos planos no existían y nadie me los pidió nunca… hasta que llegó usted. —El señor Dees respiró profundamente—. No quiero llevarme el secreto a la tumba. Los secretos pesan demasiado, engordan a medida que pasa el tiempo, y yo ya estoy muy débil como para portar esa carga. El Destino ha querido que sea usted quien la reciba, pues bien: me pliego a su designio.

—No lo entiendo, ¿qué hay en estos diseños que justifique mantenerlos ocultos? No son más que unos inofensivos legajos.

—Mírelos bien, señor Belman. Usted es arquitecto, sabrá ver en ellos lo que no debería estar. Le dejaré que se tome su tiempo.

El anciano cerró los ojos. De pronto parecía un cuerpo sin

vida. Sin tener muy claro a qué atenerme, hice lo que me pidió y me puse a analizar los planos con detalle.

El diseño, en esencia, era muy similar al que Villanueva dibujó en 1791 y que se correspondía con las trazas actuales del museo. Nada, en definitiva, que me resultara extraño, ni mucho menos digno de tanto misterio.

Entonces reparé en un detalle llamativo. Villanueva había dibujado en la parte inferior del plano una estructura que era casi idéntica a la de la planta inferior del edificio, sólo que de menores dimensiones. En un principio lo tomé como una mera repetición de esa planta, pero al observarlo más atentamente descubrí que, en realidad, era un nivel subterráneo e independiente, comunicado con el resto del edificio mediante pasadizos.

—Estos planos tienen un nivel subterráneo que no aparece en los de 1791 —dije.

El señor Dees abrió los ojos.

—Exacto.

—Pero este sótano nunca se llegó a construir.

—Se equivoca. Ese lugar existe. Todo el que camina por las galerías del Museo del Prado lo tiene bajo sus pies sin saberlo.

—Eso no es posible.

—¿Por qué motivo?

—Porque, de ser así, se sabría. ¡No puede haber un nivel secreto bajo el museo y que nadie lo haya descubierto en los últimos doscientos años!

—Ellos lo escondieron muy bien. Era su templo.

Dediqué al anciano una mirada de inmenso recelo.

—¿Quiénes son «ellos», señor Dees?

Su respuesta me hizo dudar de su salud mental. A mis oídos sonó como una sucesión de disparates:

—Los Pletóricos. Villanueva pertenecía a la hermandad. Él les construyó un salón del trono para El Rey En Mil Pedazos. Allí debía tener lugar la ceremonia de la Especulación. Por suerte, los Pletóricos nunca tuvieron ocasión de llevarla a cabo. Hacia la década de 1820, un hombre llamado Robert Chambers, un Inquisidor de Colores, logró robar los planos y sacarlos del museo. Con ello, la existencia de este nivel subterráneo se perdió, pues sin los planos los Pletóricos no sabían la manera de acceder a su templo subterráneo, a su réplica bastarda del museo. Que estos diseños aparecieran de nuevo en 1939 y en la forma en que lo hicieron era una señal inequívoca de peligro. Sotomayor era consciente de ello y por eso me encargó a mí que los mantuviera en secreto. Pero todo está conectado, amigo mío... Son hechos históricos, señor Belman. Reales y tangibles. Ésa es la verdad. Ése... es... el secreto...

El viejo se quedó sin aliento y tuvo que dejar de hablar. Unos densos hilos de baba le caían por las comisuras de los labios. Su mano derecha tembló de forma penosa cuando se puso a buscar un pañuelo en los bolsillos de su batín. Lo encontró y, agarrándolo con sus dedos retorcidos, lo utilizó para limpiarse como pudo la barbilla. Luego, como si aquel gesto le hubiera resultado extenuante, el brazo le cayó muerto sobre las rodillas. De ahí ya no lo movió.

—Tal vez debería marcharme —dije.

—No me cree. Lógico. Era de esperar.

No quise ser cruel. A fin de cuentas, no era más que un pobre hombre con demasiados años a la espalda. No pensaba que hubiera pretendido burlarse de mí, tan sólo que era víctima de un cerebro agotado por la senectud.

—No es que no le crea, señor Dees —dije, con tanta cortesía como fui capaz—. Es simplemente que no logro entender lo que trata de decirme. En cualquier caso, le agradezco que me haya dedicado su tiempo.

El anciano asintió lentamente. No parecía que mis palabras le hubieran molestado.

—Hágame un último favor antes de marchar —me dijo—. Allí, encima de esa cómoda, hay un libro, ¿lo ve? Se llama *Sobre el Arte Verdadero*, de Georgios Gemistos «Pletón». Sotomayor me lo regaló. Lléveselo, señor Belman. Léalo con atención y si eso le suscita algunas preguntas, vuelva a verme. Trataré de responder a todas las que pueda.

En la primera página había una dedicatoria: «Querido Ricardo: que esta obra extraordinaria te ayude a entender todo aquello que yo no me he atrevido a explicarte». Supuse que la firma que había debajo sería la de Sotomayor. Estaba fechada en mayo del 45.

Me llevé el libro para no contrariar al señor Dees, aunque con la seguridad de que no tendríamos un segundo encuentro. Con esa idea en la cabeza, me despedí de él.

Para mi desgracia, leí *Sobre el Arte Verdadero*. Aún sigo escudriñando sus pasajes de forma obsesiva, intentando desvelar todos sus significados. Allí descubrí que las palabras de Ricardo Dees que yo tomé por locuras no lo eran en absoluto. Acertó al prever que la lectura del libro de Pletón sembraría un bosque de dudas en mi cabeza que yo querría plantearle. No tuve la oportunidad.

Ricardo Dees murió una semana después de nuestra entrevista. No fue su avanzada edad lo que acabó con él sino un desgraciado accidente doméstico. Al parecer, el señor Dees sufrió un desvanecimiento cuando estaba asomado a su ventana y se precipitó a la calle. Una caída fatal de cinco pisos. Curiosamente, a nadie le pareció llamativo que un hombre que apenas podía levantarse de su mecedora hubiera tomado la repentina decisión de acercarse a la ventana para contemplar el paisaje urbano.

Hasta donde yo sé, sus herederos aún no han encontrado los planos de Villanueva entre sus pertenencias.

1

Sentada tras el mostrador de su tienda, Judith hojeaba unos viejos catálogos del Prado. No tenía ninguna esperanza de que apareciese un cliente mientras lo hacía, pero, aun así, el cartel de ABIERTO colgaba primorosamente en la puerta.

Entre las páginas, Judith buscaba una pintura que fuera fácil de copiar. Ciertamente, ignoraba si el Prado pretendía seguir adelante con la Beca de Copistas tras la muerte de dos de los aspirantes. Por el momento, el proceso estaba «en suspenso» hasta que la pinacoteca tomara una decisión, cosa que harían presumiblemente a lo largo de ese mismo lunes. Si la beca se reanudaba, Judith necesitaría un nuevo cuadro para reproducir ya que su copia inacabada estaba en manos de la policía.

Además, el asesino la había arruinado al pintar sobre ella una Escara. A Judith no le seducía la idea de empezar a copiar el Rembrandt desde el principio por segunda vez. La escena del banquete de Holofernes le traía amargos recuerdos por razones obvias.

Aburrida, pasaba las páginas satinadas de un catálogo enorme sin encontrar nada que la estimulara. Desechó a Velázquez, pues no quería que pareciera que replicaba a Rudy, también a Goya: le recordaba demasiado a Cynthia... A los maestros italianos del Quattrocento los descartó también: muy complicados... Rubens, ni pensarlo: demasiado mantecoso... Tiziano la sobrepasaba, se veía incapaz de imitarlo: el muy canalla se llevó a la tumba el secreto de sus rojos venecianos...

La puerta del taller se abrió. Judith levantó la vista. ¿Un cliente? No, sólo era Álvaro. Ahora mismo no tenía muchas ganas de hablar con el reportero. No le apetecía hablar con nadie, en realidad.

—Tal vez creas verme sentada tras el mostrador, pero es una ilusión óptica —dijo Judith, tratando de hacer que su grosería fuese menos ruda transformándola en una broma—. En realidad no estoy aquí, así que no puedo hacerte caso.

—Ya sé que no me haces caso, he intentado hablar contigo durante todo el fin de semana, ¿por qué no respondes a mis llamadas?

Ella suspiró.

—Estos días he estado algo ocupada.

—Judith, hablé con mis contactos de la policía.

—Me alegro.

—He sabido que te atacaron. En casa de Felix Boldt. Pensé que podían haberte hecho daño, y al no saber nada de ti... En fin, me estaba volviendo loco.

—Estoy bien, Álvaro. Sigo de una pieza.

—¿Y tanto te costaba enviarme un simple mensaje para decírmelo?

Ella se sintió culpable. También un poco enternecida por su preocupación. Por un momento, Álvaro le pareció estúpidamente adorable.

—Anda, siéntate. ¿Quieres tomar algo?

Judith fue a la nevera a por un par de latas de refresco. Después de que la noche del viernes se pasara de frenada con Guillermo, había decidido cortar de raíz su consumo de alcohol por una temporada, aún la humillaba recordar esa escena. Había pasado el fin de semana a base de latas de Coca-Cola. No recordaba cuándo fue la última vez que estuvo tanto tiempo sin beber algo con graduación.

Al regresar al mostrador se encontró con que Álvaro hojeaba el catálogo del museo.

—¿Estabas leyendo esto? —preguntó el reportero.

—Necesito escoger una nueva obra para reproducir.

—¿La beca sigue en marcha?

—No lo sé, se supone que me informarán a lo largo del día de hoy. Lo que es seguro es que ya no puedo utilizar mi Rembrandt, está completamente arruinado.

—Ignoraba que hubiera sufrido algún daño. Creía que tan sólo se lo habían quedado como prueba, al menos eso fue lo que me dijo Mesquida cuando hablé con él.

—No fue la policía la que lo estropeó, fue el asesino: pintó encima una de esas escaras siniestras.

Álvaro siguió pasando distraídamente las hojas del catálogo.

—¿Qué había de malo con el cuadro de Rembrandt? —preguntó—. ¿Por qué quieres cambiar de pintor?

—Porque ya no quiero saber nada de historias de decapitados —zanjó ella—. Lo malo es que no encuentro ningún otro que me estimule. Llevo todo el fin de semana buscando y nada; todos me parecen demasiado difíciles.

—Ya surgirá. Quizá no sea tanto una cuestión de optar por uno que sea fácil de reproducir, sino más bien por uno que te haga sentir bien cuando lo miras.

Judith pensó que aquellas palabras sonaban muy acertadas. Entretanto, el reportero perdió el interés por el catálogo.

—Te he traído una cosa, por cierto. Es un cheque del periódico, quieren comprar tu entrada para la ópera del Prado.

—Ah, gracias... —Ella había olvidado que, días atrás, Álvaro le ofreció esa posibilidad. Cogió el cheque, que estaba al portador, y leyó la cifra—. Trescientos... ¿Eso no es mucho dinero por una entrada?

—Bueno, ya sabes... Les dije que la reventa estaba por las nubes, cargué un poco las tintas.

—Gracias, Álvaro. De verdad, no imaginas lo bien que me viene esto. Te debo una.

Él sonrió y se sentó en una esquina del mostrador.

—Ya lo creo. No sólo te he conseguido un buen pellizco por

la entrada, sino que también, por culpa de ella, ahora tendré que asistir a ese estreno.

—¿Tú? ¿No se supone que hay un crítico cultural en la redacción?

—Lo han operado de apendicitis, ¿te lo puedes creer? El tío debe tener más de ochocientos años y le da una apendicitis, menuda suerte la mía... Como el estreno es este viernes, me han pedido a mí que lo sustituya. —Álvaro puso cara de mártir—. Siempre soy el parche de todo el mundo.

—Quizá no sea tan aburrida.

—Eso espero. He estado informándome un poco sobre esa ópera y la verdad es que su historia es curiosa. El libreto está basado en un poema llamado «Carmina Smaragdis», «El Cantar de Esmeralda», escrito en siglo XIV por Juana de Espira, la Monja Loca.

—¿La Monja Loca?

—Yo no le he puesto el nombre, así es como se la conoce. Según la leyenda, Juana de Espira era la abadesa de un hospicio para niños huérfanos. Tenía fama de santa... hasta que se descubrió que torturaba a los críos para extraerles la sangre. Con ella pintaba tablas sacras. Sus crímenes fueron descubiertos y Juana de Espira fue condenada a morir por emparedamiento. Además de asesina, en sus ratos libres la Monja Loca también escribía poesías, como «El Cantar de Esmeralda».

—¿Y de qué trata?

—Según la leyenda, eran visiones que la Monja Loca experimentaba durante sus éxtasis diabólicos, cuando torturaba a los niños. Muy edificante. El caso es que, a mediados del siglo XVIII, se estrenó en Venecia una ópera que, según parece, estaba basada en ese texto. Su título era *Messardone, Principe di Terraferma*.

—La misma que van a representar en el Prado.

—Exacto. Pero aún hay más, escucha: una vieja tradición dice que la ópera fue compuesta por una secta de brujos conocida como Hermandad de la Cantoría, o la Cantoría, a secas.

—Perdona, ¿has dicho brujos?

—Sí; brujos, satanistas, herejes, malvados judíos cabalistas..., yo qué sé. Según cuentan, la misma noche de su estreno el teatro donde se representaba ardió hasta los cimientos, todos los asistentes murieron abrasados. No se ha vuelto a poner en escena desde entonces, se dice que está maldita.

—Ya veo. Eso parece muy siniestro.

—Sí, ¿verdad? —dijo el reportero, que parecía estar disfrutando con su relato de terror—. Por desgracia, no es más que una leyenda. En realidad, el *Messardone* figura como obra anónima en todos los catálogos, ninguna secta maléfica la compuso; y si no se ha representado desde hace siglos es porque la partitura se creía perdida.

—Hasta ahora.

—Sí. Tal vez la compañía que va a llevarla a escena la encontrara en el fondo de un cajón... o puede que, simplemente, se hayan apropiado del título para hacer su propio montaje. En el fondo, es una lástima: lo de que estuviera maldita hacía que el ir a verla no me pareciese tan aburrido.

—Bueno, piensa que al menos te van a pagar por ello. ¿Quieres otro refresco?

—No, gracias, debo volver a la redacción. A propósito, ¿has hablado con Guillermo últimamente?

Judith, avergonzada, evitó la mirada del reportero.

—No desde el viernes. Anda ocupado examinando unos archivos que encontró en el ordenador de Belman.

—Lo sé, me lo ha dicho. Me llamó por teléfono ayer.

—Entonces ¿por qué me preguntas?

—Es que lo noté un poco raro. Es decir, más que de costumbre. Sonaba como ido, ausente... Divagaba y decía cosas muy extrañas. Si te soy sincero, me preocupé un poco por él.

Judith esbozó una sonrisa afectuosa.

—Pobre Álvaro, llevas todo el fin de semana preocupándote por todo el mundo... No te inquietes, seguro que estará bien.

El reportero miró su reloj. Ya se le había hecho muy tarde y todavía tenía un montón de trabajo pendiente aquella mañana, así que se despidió de Judith.

—Cuídate, ¿vale? —le pidió—. Y la próxima vez que te llame, por favor, responde al teléfono, aunque sea para insultarme.

A ella le gustó escuchar eso. Álvaro era un buen chico después de todo, mucho menos majadero que aquel niñato repeinado que ella recordaba de cuando se conocieron en la redacción. O él había cambiado, o ella lo había juzgado de forma precipitada; ambas cosas parecían igual de probables.

Cuando el reportero se marchó, Judith retomó la búsqueda de un cuadro para copiar en el catálogo del museo. El volumen aún estaba en el mostrador, abierto por la página donde Álvaro lo había dejado tras echarle un vistazo.

Allí, ante sus ojos, estaba al fin la pintura que ella quería realizar. La primera que, al mirarla, la hizo sentir bien.

2

Fabiola sintió un dolor en su pierna mala. Era por culpa del clima. Tanta humedad hacía resentirse sus articulaciones.

La directora echó un vistazo a través del ventanal de su despacho. La lluvia caía de nuevo con rabia. Aprovechando su reflejo en el cristal se atusó la falda, que estaba un poco arrugada. Era de un intenso color púrpura con un estampado de animales amarillos, una de sus favoritas.

Oyó una voz a su espalda.

—Hola, querida. ¿Puedo pasar?

Como era habitual, Roberto preguntaba después de haber entrado.

El conservador se acomodó sobre el reposabrazos de un sillón, con su pose habitual de estudiada languidez. Traía una carpeta de plástico debajo del brazo.

—¡Qué día tan espantoso! ¿Te has dado una vuelta por las salas esta mañana? Apestan como un vestuario.

—¿Hay mucha gente?

—¡Parece un centro comercial! Todo por culpa del nuevo asesinato: las colas de la taquilla están a reventar de morbosos, cazafantasmas y detectives aficionados. *It's so disgusting!* Echo de menos los tiempos en que cerrábamos los lunes.

—Sí —suspiró Fabiola—, a veces yo también.

—Ojalá pudiéramos hacer algo para acallar a la prensa. Hace

dos meses habría matado por un poco más de publicidad; ahora me entran sudores fríos cada vez que veo el nombre del Prado en un titular.

—El jefe Comunicaciones hace lo que puede, pero los medios digitales son incontrolables.

—Eso me ha dicho. Acabo de reunirme con él, y también con el de Servicios Jurídicos, el de Actividades Educativas... ¡Llevo una mañana de lo más ajetreada!

Fabiola sonrió con disimulo. Roberto era un quejica, pero en realidad le encantaba sentirse imprescindible.

—También he hablado con Rojas, por cierto —continuó—. ¿Ese hombre es cada día más estúpido o sólo es una impresión personal?

—¿Por qué? ¿Qué ha hecho ahora?

—¡Nada! Ése es el problema, ¡que no hace nada! Le hablo de reforzar la seguridad del museo y él se limita a mirarme con su cara de memo, memamente en silencio y despidiendo un repugnante olor a ropa sucia. Querida, tienes que ponerlo en la calle, es el culmen de la incompetencia.

—Me encantaría, pero ya sabes que el contrato que firmó Enric con su empresa nos tiene atados de pies y manos. Tendremos que aguantarlo por el momento.

—¿Sí? Pues explícale eso a los de la compañía Singolare, los que van a estrenar esa ópera el viernes. No creo que les haga mucha gracia montar un evento exclusivo en un museo donde la seguridad es un coladero. Francamente, creo que deberíamos sugerirles que lo cancelen.

—¿A cinco días del estreno? ¿Estás loco?

—Lo que estoy es preocupado. Va a asistir mucha gente importante y no me gustaría que ocurriera una desgracia. Además, ni siquiera entiendo qué sentido tiene estrenar una ópera en un museo. Nunca me gustó ese trato y lo sabes.

—Ni a mí tampoco, pero fue Enric quien lo cerró, y yo me comprometí con la gente de Singolare a mantenerlo. Si ahora nos echamos atrás con tan poco margen para que se busquen otro sitio, ¿qué imagen crees que daríamos?

El conservador puso un gesto taciturno.

—Muy bien, es tu decisión y yo la respeto. Pero insisto: no me gusta un pelo —dijo—. Y hablando de eventos, la gente no para de preguntarme qué va a pasar con la Beca de Copistas. No sé qué responder, todavía no me has dicho nada al respecto.

—La beca seguirá adelante. Les diremos a los copistas que regresen mañana.

—¿Estás segura de que es buena idea?

—Probablemente no, pero después de sopesarlo me parece la menos mala. Sé que la gente nos acusará de falta de sensibilidad, pero los cuatro participantes que quedan quieren seguir adelante y, como recordarás, les prometimos que tendríamos en cuenta sus deseos. Por no hablar del hecho de que el museo recibió una cuantiosa subvención para sufragar la actividad y odiaría que ese dinero se malgastara.

—Oh, sí. Alguien puede pretender que lo devolvamos, Dios no lo quiera...

—¿Crees que es una mala decisión?

—En este caso no. Me satisface la idea de mantener cerca a la nieta de O'Donnell. Quiero conseguir los dibujos de Rembrandt de su abuelo. Quizá debamos comprárselos.

—¿Y de dónde sacamos el dinero, Roberto?

—Ni idea, ¿del *crowdfunding*, tal vez? Ya se me ocurrirá algo.

—No me cabe duda. —Fabiola reparó entonces en la carpeta que llevaba Roberto bajo el brazo. Quizá eso explicara el motivo por el que se había presentado de pronto en su despacho—. ¿Traes ahí algún documento para mí?

—Pues, en cierto modo, podría decirse que sí. Esta mañana también he hablado con el inspector Mesquida, el que lleva el caso de los asesinatos. Le llamé a su oficina.

—¿Para qué?

—Digamos que... por simple curiosidad. Es lógico que tenga inquietud en pulsar cómo avanzan las pesquisas.

Fabiola asintió. Sonaba muy propio de Roberto, a quien le gustaba controlarlo todo.

—¿Y bien?

—La verdad es que no tenía ninguna esperanza de escuchar nada nuevo. Ese Mesquida no parece mucho más competente que nuestro inefable jefe de Seguridad, pero resulta que me he llevado una sorpresa: la policía tiene una pista.

El conservador sacó un papel impreso de la carpeta y se lo tendió a Fabiola.

—Échale un vistazo a esto, Mesquida me lo ha mandado por e-mail —dijo—. Seguro que te va a sorprender.

Era el artículo de un periódico digital suizo, con fecha del 2017. Hablaba sobre un crimen ocurrido en Berna: tres personas murieron tiroteadas en una galería de arte; una de ellas era el dueño y la otra, un pintor local. La tercera era una niña de diez años, la hija del galerista. Según el artículo, la policía suiza sospechaba que los dos adultos podían estar involucrados en una red de falsificación de cuadros de antiguos maestros así como de trata de blancas. Había un testigo que se encontraba cerca de la galería en el momento del crimen. Según su declaración, tras los disparos vio salir corriendo del local a un hombre armado. La policía había hecho un retrato robot partiendo de su descripción, pero no habían logrado localizarlo, temían que hubiera huido del país. Junto al texto se incluía el retrato.

—No lo entiendo —dijo Fabiola después de leerlo—. ¿Dónde está la pista?

—En el retrato robot. Yo he visto antes esa cara, no es un rostro fácil de olvidar. —Con tono solemne, a la manera de un detective en las últimas páginas de una novela policíaca, Roberto enunció—: Es Guillermo Argán, el asistente del difunto Alfredo Belman.

—Bobadas. El hombre del retrato podría simplemente ser alguien parecido.

—Un hermano gemelo, más bien. El caso es que ese joven parece tener una especial habilidad para verse involucrado en sucesos truculentos. Escucha: Belman dijo que sabía quién mató a Enric, y luego el propio Belman murió. A lo mejor el asesino de ambos no fue otro que el gazmoño asistente de tiernos ojos azules.

—No puedes creer en serio lo que estás diciendo.

—No es mi hipótesis, querida, sino la de todo un inspector de policía, un profesional del ramo.

—Al que acabas de describir como un incompetente.

—Sí, pero eso no era más que una valoración personal. Además, supongo que estaremos de acuerdo en que Guillermo Argán sabe algo relacionado con la muerte de Enric, el propio Alfredo Belman nos lo dijo el día del cementerio.

—Alfredo Belman había perdido el juicio y, francamente, tendré que empezar a cuestionarme el tuyo si sigues dando pábulo a estas ideas.

—Bueno, la única forma de salir de dudas es preguntarle directamente al señor Argán qué es lo que sabe. Tal vez lo haga... Sería interesante escuchar lo que tiene que decir, ¿no crees? Al fin y al cabo, estamos hablando de la muerte de nuestro querido Enric.

—Roberto, lo último que necesito ahora, con todo lo que está pasando, es que mi director adjunto se ponga a jugar a los detectives. Prométeme que no vas a hacer ningún disparate.

—Me ofendes, ¿cuándo he actuado yo de forma inapropiada? ¡Soy como la mujer del César!

Fabiola decidió que había llegado el momento de ponerse seria.

—¿De veras? Entonces tal vez puedas explicarme lo de este correo electrónico tan extraño que me he encontrado esta mañana en mi bandeja de entrada.

Le entregó un papel impreso. Había sacado una copia del correo para enseñárselo a Roberto cuando surgiera la oportunidad. Creyó que aquélla era tan buena como otra cualquiera.

Estimada directora:

He sabido por las noticias que, debido a unos trágicos sucesos, el Museo del Prado está planteándose la posibilidad de suspender la Beca Internacional de Copistas. Esto me ha llenado de gran preocupación.

La supongo al tanto del acuerdo que en su día alcancé con Mr. Valmerino referido a la participación en dicha beca de uno de los miembros de nuestra congregación, Mr. Rudy Perpich. Entiendo que tal acuerdo sólo puede seguir vigente en tanto que la participación en la beca de Mr. Perpich no se interrumpa. En caso de ser así, lamento decirle que la generosa donación que nuestra iglesia realizó a su museo dejaría de tener validez y, por lo tanto, exigiríamos que nos fuera devuelta. He consultado con nuestros abogados y coinciden en que tendríamos base legal para tal reclamación.

Por favor, me gustaría que respondiera a este correo lo antes posible para aclarar el estado de la situación.

Reciba un cordial saludo y mis bendiciones,

Rev. Jeremiah Loomis
Primera Iglesia Baptista Reformada de San Antonio

Roberto dejó el papel sobre la mesa de Fabiola. En su rostro había una flemática sonrisa.

—Vaya por Dios. *The cat is out of the bag...* —dijo—. Supongo que debí habérmelo pensado mejor antes de hacer negocios con un predicador texano. Su cociente intelectual no parece que supere en mucho al de una vaca.

—¿Qué significa este correo, Roberto? Y, por favor, nada de evasivas.

—¿Quién está siendo evasivo? No tengo nada que ocultar. Cuando hicimos la convocatoria de la beca, este tipo se puso en contacto conmigo para hacerme una oferta. Al parecer, el tal Rudy Perpich es una especie de protegido suyo. Me dijo que si lo seleccionábamos, me lo agradecería con una generosa donación.

—¿Te ofreció dinero?

—¡Claro que no! ¿Por quién me tomas? Yo jamás me rebajaría a aceptar un vulgar soborno. Era una donación para el museo, no para mí, y no era dinero, era un cuadro para nuestros fondos.

Fabiola tuvo una súbita intuición.

—El arcángel arcabucero del Maestro de Calamarca...

—Ese lienzo es un tesoro. Merece estar en un museo, no en manos de una especie de telepredicador texano y su recua de beatos.

—Tú aceptaste ese trato, entonces.

—Es evidente. Se suponía que íbamos a llevar el asunto de forma discreta. Me produce una enorme decepción que el tal Loomis se haya puesto en contacto contigo, menudo mentecato.

—Oh, Roberto... —dijo Fabiola, apenada—. ¿Cómo pudiste?

—¿Qué? No es más que una simple donación, no hay nada de malo en ello.

—No, es un soborno, y me preocupa que seas incapaz de ver la diferencia.

—Le estás dando demasiada importancia. Además, ese tal Loomis no nos va a obligar a devolverlo, la beca no se va a cancelar.

—Por el amor de Dios, Roberto, ése no es el problema. ¿Presionaste al jurado de la beca para que incluyeran a Perpich?

—¿Qué más da eso ahora?

—¿Lo hiciste?

Él se agitó inquieto, apartando la mirada.

—Tal vez... Quizá... Ciertamente, el señor Rudy Perpich no es el artista más talentoso del mundo... Pero ¿de verdad tiene tanta importancia? Él no quería ganar, sólo estar entre los candidatos. El premio seguirá otorgándose de forma justa y el museo podrá quedarse con un lienzo de enorme valor, todo el mundo sale beneficiado.

—Me parece increíble que no seas capaz de ver la gravedad del asunto. Ahora mismo estamos atravesando una situación muy delicada, Roberto, la prensa nos mira con lupa, y también miembros muy influyentes del Patronato; especialmente a nosotros dos, que somos los responsables directos de la gestión del museo. Debemos evitar que salga a la luz nada que nos traiga problemas. Tienes que devolver ese cuadro, no podemos quedárnoslo.

—Pero...

—Y Perpich debe renunciar a seguir participando en la beca. Tendrás que decírselo tú mismo. Y más te vale que ni él ni ese reverendo Loomis hagan pública esta historia, porque, de ser así, no me quedaría más remedio que pedir tu dimisión.

—¿No crees que eso es sacar las cosas de quicio? —dijo él. En su mirada había un deje de temor.

—Debiste pensarlo antes de hacer tratos como éste a mis espaldas. —Fabiola suspiró. Parecía dolida, como si hubieran traicionado su confianza—. Arregla este desaguisado, Roberto, o si no, atente a las consecuencias.

Con gesto malhumorado, el conservador prometió que lo haría.

En sus pensamientos creía haber encontrado una forma de poner fin al asunto de Perpich sin salir perjudicado.

3

La sala 62B del Museo del Prado albergaba parte de la colección de pinturas del siglo XIX. Muy cerca estaban las obras de pintores populares como Sorolla y Gisbert. Si bien no era el lugar más concurrido de la pinacoteca, solía haber bastante afluencia de público.

A pesar de ello, Judith no tuvo problemas para concentrarse en su copia. Aún era temprano, los visitantes se paseaban a su espalda con cuentagotas y aquellos que echaban un vistazo a su lienzo, lo único que veían era una superficie en blanco. Judith aún no había empezado a pintar.

El cuadro que tenía ante sí era un retrato hecho por Federico de Madrazo en 1856, la firma y la fecha eran visibles en una esquina. El modelo era un hombre joven, menor de treinta. De cabello y ojos claros, con una ridícula perilla translúcida, como de adolescente, y que lucía una sonrisa altanera. Su cara tenía una expresión muy graciosa, y eso a Judith la sedujo al instante. La mayoría de los retratos masculinos del Romanticismo mostraban a señores de aspecto lúgubre, o al menos eso pensaba ella.

El modelo del cuadro de Madrazo tenía una mirada vivaz, el pelo mal peinado y vestía un gabán que parecía venirle demasiado grande, con las mangas y el bolsillo del pecho arrugados. Era como un chaval disfrazado de hombre serio.

Por otro lado, no era un cuadro difícil. El fondo era plano, de tono oscuro, y la ropa del modelo, ese gabán enorme, apenas tenía detalles. Judith suponía que las manos serían problemáticas, sobre todo la derecha, que el modelo tenía distraídamente apoyada sobre la cadera. La transición de luz y sombra en la piel era muy suave, muy delicada; no sería fácil reproducirla. Aunque, sin duda, el mayor reto sería captar los matices de la mirada. Allí estaba el alma del cuadro, en cómo el modelo sonreía con los ojos.

Antes de comenzar el boceto, Judith se dedicó a contemplar en silencio la pintura original. Quería memorizar cada línea, cada forma.

Entonces vio a Fabiola dirigirse hacia ella, renqueando sobre su muleta.

Al igual que el día en que la conoció, el atuendo de la directora rozaba la extravagancia. Su llamativa falda se balanceaba como una carpa en un día de brisa. Era plisada, de color púrpura, a juego con el collar de pequeñas amatistas que llevaba alrededor del cuello; estaba estampada con siluetas amarillas de animales. Judith distinguió un sabueso y un hipopótamo. Semejante mezcla de púrpuras y dorados contrastaba de forma incongruente con el color gris de su chaqueta.

Fabiola se acercó con una expresión cordial y se identificó, aunque Judith le dijo que la recordaba del día de la reunión con los copistas. Después, la directora le pidió disculpas por interrumpir su trabajo.

—Descuide, aún no he empezado.

—No quiero robarle su tiempo, tan sólo estoy paseando un poco, como una visitante más... A veces me gusta hacerlo cuando el trabajo se me hace complicado. Es bueno recordar por qué merece la pena el esfuerzo.

—Sí, imagino que no debe de ser fácil ser la que manda aquí.

Fabiola sonrió.

—Más bien soy a la que hacen creer que manda, pero me gusta más su forma de expresarlo.

—Parece un trabajo bonito, todo el día rodeada de obras de arte... Pero seguro que a veces desearía poder desconectar, ¿verdad? Después de todo, un trabajo siempre es un trabajo.

—Ahora sí que ha dado usted en el clavo.

—Si le sirve de algo mi opinión, creo que lo está haciendo bien. Por un lado, pienso que el hecho de que haya al fin una mujer al frente del museo es un punto a su favor, parece mentira que hayan tardado dos siglos en ponerse al día en ese detalle. Además, la decisión de no suspender la beca es muy valiente, seguro que todo el mundo se le ha echado encima por eso. Un hombre no habría tenido los arrestos de seguir adelante.

—¿Usted cree?

—Sin duda. A la mayoría de los hombres que conozco les importa mucho la opinión de los demás... Yo creo que es por ese afán competitivo, ¿sabe? Siempre quieren quedar bien, nunca se atreven a hacer cosas impopulares o que vayan a contracorriente. Necesitan desesperadamente la aprobación de la tribu, es un vicio muy masculino.

—Es un interesante modo de ver las cosas, desde luego. Y le agradezco que piense que seguir con la beca fue una buena decisión. Después de todo, tenía usted un buen motivo para impugnarla ya que ha perdido su copia.

—Sí, pero quiza haya sido algo positivo. No era tan buena, no iba a ganar de todas formas. —Sin poder evitarlo, Judith recordó las palabras de Felix—. El color. La fastidié con el color, no hay duda. Debí haber supuesto que replicar los pigmentos de Rembrandt estaba fuera de mi alcance. Esa textura... es imposible imitarla.

—Bueno, se puso usted un reto muy difícil. —Fabiola miró el cuadro que estaba frente a Judith—. Y supongo que ésta es su nueva elección: *Jaime Girona, luego I conde de Eleta*, de Federico de Madrazo. Interesante... ¿Por qué este retrato en concreto? No es uno de sus más conocidos.

—Me recuerda a un amigo mío. De hecho, si al tipo del cuadro le quitas la perilla, podrían pasar por hermanos. Pero si quiere una respuesta algo más técnica, Madrazo me atrae por su parecido con Ingres.

—Es lógico, fue discípulo suyo en París —dijo Fabiola—. Me gusta mucho su elección. Siempre he sentido una enorme afinidad por Madrazo. Fue director de este museo en dos ocasiones, ¿sabía usted eso? Y un buen director, además. Con sus luces y sus sombras, por supuesto, pero supo dejar su impronta: renovó las instalaciones, dio coherencia por primera vez al discurso expositivo, adquirió nuevos y valiosos fondos... *La Anunciación* de Fra Angelico, por ejemplo, está aquí gracias a él. La tabla estaba en manos de las monjas de las Descalzas Reales y no querían desprenderse de ella. Madrazo logró que aceptaran cambiarla por una copia pintada por él mismo. Ya ve: fue también un gran copista.

—Otro más... —comentó Judith—. Es extraño... Últimamente tengo la sensación de que ese concepto me rodea por todas partes. Antes estaba convencida de que el Arte es, ante todo, transgresión; ahora ya no estoy tan segura.

—El Arte es transgresión —corroboró Fabiola—. Es verdad, pero hasta cierto punto. Para transgredir algo es imprescindible conocer sus límites, y eso sólo se logra mediante un minucioso análisis de aquello a lo que se desea superar; en el mundo de la pintura, eso conlleva una fase de imitación. En el fondo todos los pintores aspiran a ser copistas, es algo que siempre he pensado. Quieren copiar a otros maestros, quieren copiar el mundo que los rodea... En la Antigüedad se contaban leyendas sobre artistas que pintaban moscas en sus lienzos con la intención de que el espectador tratara de espantarlas, o que dibujaban cestos de frutas esperando que los pájaros fueran a picotearlas. Eso era para ellos el Arte: una imitación. —Fabiola se quedó contemplando el cuadro de Madrazo unos instantes—. Yo había venido para ofrecerle una pequeña ayuda por haber perdido su copia de Rembrandt sin tener culpa de ello, me parecía lo justo. Nuestro taller de restauración puede arreglársela cuando la policía se la devuelva. No es difícil eliminar un pigmento que ha sido añadido recientemente. Sin embargo, ahora que veo su nueva elección, le aconsejo que siga con ella. Es un buen cuadro, le sacará mucho más partido que al anterior.

—Sí, eso mismo pienso yo.

—No obstante, mi oferta sigue en pie.

—Se lo agradezco de veras, pero no será necesario. La policía ni siquiera me ha dicho cuándo me devolverán la copia, puede que tarden semanas o meses. Creo que seguiré su consejo.

—Me alegro. En tal caso, la dejo con su labor. Tiene una importante tarea por delante.

Fabiola se marchó. Judith comenzó el boceto. La opinión de la directora le había dado cierta seguridad, por lo que emprendió su trabajo con buen ánimo. Las horas pasaron con rapidez mientras se concentraba en el dibujo.

Al cabo de un tiempo empezó a sentir los dedos agarrotados y decidió tomarse un descanso.

Judith salió a la calle a fumar. Era un buen momento porque había dejado de llover. Mientras daba las primeras caladas vio a Isabel salir del museo por la puerta de Goya. Su aire furtivo le resultó muy intrigante.

Quería preguntarle por el dije en forma de timón que encontró en casa de Felix, así que fue tras sus pasos.

La siguió hasta el Jardín Botánico. Allí Isabel pagó su entrada y se encaminó hacia uno de los invernaderos. Se detuvo frente a una planta de orquídeas en flor. La copista, creyendo estar a solas, cortó una de las flores más vistosas, la sostuvo entre las manos como si fuera algo muy valioso y permaneció quieta, mirándola con ojos tristes. Acariciaba sus pétalos lentamente con la yema del dedo. Judith tuvo la sensación de estar robándole un preciado momento de intimidad y decidió hacer notar su presencia.

—Hola, Isabel.

La copista alzó la mirada. Sus ojos estaban húmedos.

—Hola... —respondió con voz débil. Si le sorprendía la presencia de Judith, no lo demostró. Retornó su atención a la flor—. Sé que ha estado mal.

—¿Cómo dices?

—Cortar la flor. No debería haberlo hecho. Hay un cartel que lo prohíbe, pero no he podido evitarlo. A él le gustaban las orquídeas. A veces venía aquí para verlas, cuando se bloqueaba en su copia... —Una lágrima se deslizó por su mejilla. Isabel se la limpió con el dorso de la mano. Judith le ofreció un pañuelo de papel—. Gracias.

—¿Te encuentras bien?

—No demasiado, amiga Judith, no demasiado... —Isabel esbozó una sonrisa desganada—. No le dirás a nadie que he cortado la flor, ¿verdad?

—Claro que no. ¿Es para dársela a alguien?

—No. Sólo para mí. Lo echaba de menos y quería sentir algo que me recordara a él.

—¿A quién?

—A Felix.

—¿Él y tú erais... muy amigos?

—Era un buen hombre, amiga Judith. Tenía un alma bonita y delicada, como esta flor; un alma de artista. Las personas que hablaban de él no lo conocían de verdad, decían cosas muy crueles, mucho... ¿Por qué los demás lo odiaban tanto?

—No lo sé —respondió Judith, diplomática—. Tal vez porque no era una persona fácil de comprender.

—Las rosas tienen espinas porque son frágiles, necesitan defenderse. Yo lo admiraba mucho. Y también sentía lástima por él, sabía lo mucho que sufría. No estaba bien desde que dejó el ejército, tan sólo la pintura lo hacía sentir mejor.

—¿Os conocíais desde hacía mucho tiempo?

Ella negó con la cabeza.

—Sólo un año.

—¿Dónde fue?

—En el hospital. Yo estaba pasando una mala época, una de tantas... Estuve enferma, ¿sabes? Estuve muy enferma, muy triste. Pasé un tiempo en un lugar para personas como yo. A veces Felix iba allí a pintar retratos de nosotros, los enfermos, igual que hacía Gericault dos siglos atrás. Él decía que le fascinaba la mirada de la locura porque se veía reflejado en ella. Una vez me pintó un retrato... ¡Oh, era tan hermoso! Nunca nadie me había visto así, como él lo hacía. Luego, cuando lo terminó, siguió yendo a verme a menudo. Me acompañaba, me animaba, me decía que pronto iba a curarme... Siempre fue muy dulce conmigo... ¿Crees que haría eso una persona malvada?

—No, no lo creo.

—Yo tampoco. Éramos iguales, nos comprendíamos. Él también tenía un lado oscuro, pero estaba aprendiendo a dominarlo a través de su arte. Decía que me enseñaría cómo hacerlo para que no tuviera más... recaídas. No sé qué voy a hacer sin él, amiga Judith. De veras que no lo sé. Siento que ha muerto por mi culpa. Felix no habría participado en la beca si yo no le hubiera insistido. Él no quería, lo hizo por mí, para apoyarme y no dejarme sola.

—Nadie podía imaginar lo que le acabaría ocurriendo. No deberías culparte por eso, seguro que a él no le gustaría que lo hicieras.

—Tal vez tengas razón...

Isabel se quedó en silencio. Empezó a llover. Las gotas de lluvia tamborileaban sobre la cubierta del invernadero.

Judith sacó de su bolsillo el dije con forma de timón.

—¿Esto es tuyo?

Ella negó con la cabeza. Mostró su muñeca. Allí lucía una pulsera con pequeños colgantes dorados.

—Siempre animales —señaló—. Osos, perritos, gatos... Es la clase de adornos que suelo llevar porque me gustan los animales. No me gustan los barcos, ni tampoco las joyas de plata porque me dan alergia. Eso no es mío, ¿por qué lo preguntas, amiga Judith?

—Lo encontré en casa de Felix.

—Oh, sí... Tú estabas allí aquel día. Debió de ser terrible.

—Lo fue —aseguró Judith—. Lamento mucho lo que pasó.

—No fue culpa tuya. Si yo no debo culparme, tampoco deberías hacerlo tú, amiga Judith. —Isabel arrancó sin querer un pétalo de la orquídea, que cayó al suelo. Ella lo recogió con cuidado—. Si estuviste allí, supongo que viste los animales muertos, ¿verdad?

—Sí.

—Entiendo... Imagino lo que debiste pensar.

—¿Tú lo sabías?

—¿Lo que hacía con ellos? Sí, estaba al corriente. Él solía cazar animales pequeños en los sótanos del museo y allí los guardaba: ratas, gatos, pájaros... Sobre todo ratas, hay muchas ahí abajo. Le resultaba más sencillo encontrarlos allí que en ninguna otra parte. Al final del día, se los llevaba a casa y extraía de ellos el color para su pintura.

—¿Cómo lograba acceder a los sótanos?

—Tenía unas llaves, no me dijo de dónde las sacó. Gracias a ellas podía moverse por todo el museo y buscar sus... pigmentos cuando le era necesario.

Judith supuso que eso era justo lo que Felix estaría haciendo el día que se topó con el cadáver de Cynthia. Eso también explicaría las ratas muertas que Charli y ella encontraron metidas en una bolsa.

—¿Y todo eso no te parecía inquietante?

—No me gustaba que lo hiciera, pero tampoco podía impedírselo. Como ya te he dicho, Felix poseía un lado oscuro y aquélla era la manera en que él lo mantenía dominado. Yo no me consideraba con derecho a juzgarlo, también he hecho cosas malas.

—¿Qué tipo de cosas?

—Yo saboteé el cuadro de Rudy. Lo acuchillé, y no me arrepiento: se lo merecía. Es un mentiroso, siempre calumniaba a Felix a sus espaldas, le acusaba de incendiar aquella galería de Nueva York sin tener ninguna prueba. Felix no hizo tal cosa.

—¿Eso fue lo que te dijo él?

—Sí, y también que sabía quién era el verdadero culpable. Lo vio provocar aquel incendio.

—¿Y por qué nunca se lo dijo a nadie?

—Porque nunca le importó lo que dijera la gente a escondidas, estaba acostumbrado a que inventaran rumores de todo tipo sobre él, como aquello de que torturó a un hombre y que por eso lo echaron del ejército. Otra mentira. Pero él, simplemente, ignoraba las habladurías. Sólo le sacaba de sus casillas que le acusaran a la cara de cosas que nunca había hecho.

—Sin embargo, pudo haber denunciado al culpable del incendio. ¿Por qué guardar silencio?

—Oh, pero sí que lo denunció, amiga Judith. Se lo dijo a la policía y no le creyeron. No tenía pruebas. Aun así, él siempre supo quién era el culpable, siempre.

—Y tú... ¿sabes quién lo hizo?

—Sí. Él me lo reveló. —Isabel miró al frente—. Fue el Hombre Vacío, él quemó la galería.

—¿Quién es el Hombre Vacío?

La copista sacudió la cabeza con fuerza.

—No te lo diré.

—¿Por qué motivo?

—Porque es un secreto.

Los dedos de Isabel se crisparon alrededor de la orquídea hasta aplastarla. Ella no pareció darse cuenta.

—No es bueno conocer secretos —dijo, casi en un susurro—. Si los sabes, te mueres. Igual que Felix. Igual que Cynthia. Es mejor que no sepamos nada, que lo olvidemos todo, o acabaremos muertas, igual que ellos; ahora lo he comprendido. —La mujer acarició su orquídea con aire ausente—. Me gustaría estar un rato a solas, ¿no te importa, amiga Judith?

Ella respetó su deseo. Abandonó del invernadero dejando tras de sí a Isabel sumida en pensamientos indescifrables.

4

Guillermo entró en el Casón del Buen Retiro perdido en sus pensamientos. Caminó más bien a ciegas por el recibidor del edificio, barajando sus cartas con gestos automáticos. Una de ellas se le cayó al suelo.

No se dio cuenta. Barruntaba ideas profundas sobre lo que había leído hasta el momento en los archivos de Belman. Allí había encontrado varias referencias a su persona. Algunas rozaron ocultos mecanismos de su memoria pero sin llegar a activarlos del todo, como una llave que entra en la cerradura pero no puede girar.

Solían ser referencias vagas, nunca completas. Belman había volcado muchos de sus descubrimientos en su borrador, pero sobre Guillermo sus palabras siempre se quedaban a medias. Era irritante.

Cuando Guillermo recuerde quién es, tendrá que enfrentarse a ello...

En algunos textos lo llaman el Pato Rojo, también el Inquisidor de Colores... Sobre el apellido Argán no he descubierto nada; Chambers, en cambio, es extrañamente recurrente.

A veces me pregunto si no lo saqué demasiado pronto de esa clínica.

Hoy he descubierto lo que ocurrió en Berna. Esa niña muerta a tiros... No me sorprende que Guillermo no quiera recordarlo. Tal vez ése fue el detonante. Debo consultarlo con algún experto.

Berna... Aquello removió algo en la mente de Guillermo. El día que lo leyó sintió frío atravesándole el corazón, y al mismo tiempo empezó a sudar, no supo por qué. Tuvo que dejar de leer. Se paseó por la casa barajando espasmódicamente sus naipes durante horas, luego se encontró cortes en los dedos.

Berna.

Significaba algo para él. No podía recordar qué. Tampoco podía quitárselo de la cabeza.

—Disculpe, señor. —La chica se le acercó con una carta en la mano. Era la reina de corazones—. Se le ha caído esto.

Guillermo la miró un poco aturdido.

—Oh, sí... Judit...

—¿Perdón?

—La reina de corazones es Judit; la de diamantes, Raquel; la de picas, Atenea, y la de tréboles, Argine. —Al ver la mirada de recelo en la joven, Guillermo aclaró—: «Argine» es un anagrama de la palabra «Regina».

—Ah... Eso es muy... curioso. —La chica del mostrador de la entrada aún tenía el naipe en la mano—. Entonces ¿es suyo?

—Casi nunca se me caen las cartas cuando las barajo, pero Judit se cayó al suelo y eso no creo que sea algo bueno... De hecho, yo diría que es bastante malo... —Guillermo frunció el ceño con aire preocupado. Cogió la reina de corazones y la metió de nuevo en el mazo—. Gracias. ¿Podría decirme dónde encontrar el despacho del director adjunto de Conservación? Me está esperando.

Para llegar al despacho de Roberto Valmerino tuvo que atravesar una gran sala de lectura. El Casón del Buen Retiro albergaba desde el 2007 la biblioteca del Prado.

Guillermo encontró a bastantes lectores esa mañana, la mayoría jóvenes. Escrutaban sus apuntes con cabezas gachas y auriculares en las orejas, bajo una bóveda decorada con una *Apo-*

teosis de la Monarquía Hispánica pintada por Luca Giordano. Aquello confería al estudio de cierto aire épico. Los mozos esquematizaban sus apuntes, escuchando tal vez a Ed Sheeran o a Dua Lipa, mientras sobre sus cabezas el duque de Borgoña Felipe el Bueno recibía el Vellocino de Oro de manos de Hércules. Guillermo, el lector de símbolos, podría haber sacado muchas conclusiones de aquel contraste, pero atravesó la sala de lectura sin prestar atención. Tenía la cabeza en otras cosas.

Subió unas escaleras y, en el segundo piso, encontró el despacho del director adjunto.

Era más bien pequeño y estrecho. Tenía una ventana que ofrecía una magnífica vista del parque del Retiro. Roberto estaba de espaldas a ella cuando entró Guillermo. Lo recibió con teatral entusiasmo:

—¡Señor Argán! Bienvenido a mi humilde rincón de trabajo. Tome asiento, por favor... Aquí en la butaca estará usted más cómodo. Eso es. ¿Quiere tomar algo? ¿Un café o una infusión? Me encanta su corbata, por cierto. Es muy original, debe decirme dónde la ha comprado.

Aquel día Guillermo combinaba una sudadera azul con una corbata estampada con escenas del Tapiz de Bayeux. Roberto, por su parte, lucía un atuendo aparentemente informal, aunque con un empaque digno de un embajador en un baile de gala. Llevaba unos pantalones blancos, una americana azul y un polo de Lacoste verde lima, del mismo color que el fular que caía con gracia sobre sus hombros.

«El verde es el color de la envidia», pensó Guillermo. También recordó que en la *Iconología* de Cesare Ripa se describía la Envidia como una mujer a la que un reptil le muerde el corazón. En su pecho, justo en el lado izquierdo, el polo de Roberto lucía un logotipo con la forma de un cocodrilo con las fauces abiertas.

—Tiene usted un despacho muy bonito.

—¿Le gusta? Qué amable. Sólo es un pequeño cubículo. Yo trabajé muchos años en el Museo Reina Sofía, ¿sabe? En este Casón del Buen Retiro estuvo temporalmente expuesto el

Guernica de Picasso cuando regresó a España, por eso me gusta tener aquí mi oficina. Me parece algo simbólico, como cerrar un círculo —y con aire solemne, Roberto añadió—: Los símbolos son importantes, ¿no está de acuerdo?

—Sí, un poco.

—Por otro lado, la vista desde aquí es maravillosa. Hoy no tanto, claro, por la lluvia, pero normalmente... —El conservador sacó una pitillera de la americana. Guillermo nunca había conocido a nadie que todavía usara pitillera—. ¿Fuma usted?

—No, gracias. Es malo para la salud.

—Gran verdad. Se supone que yo tampoco debería hacerlo en este lugar, pero me gusta ser un poco rebelde de vez en cuando... —Se encendió el cigarrillo con un aparatoso mechero de plata que había sobre una mesa—. Pero vayamos al asunto: preciso de su colaboración, querido amigo. Necesito que me haga un favor relacionado con el libro que Alfredo Belman estaba escribiendo antes de su muerte. Como asistente suyo, imagino que estaba usted al corriente de eso.

—Oh, sí, claro. Yo le ayudaba.

—¡Excelente! Porque tenemos un pequeño problema, señor Argán. A la Fundación Amigos del Museo le gustaría saber si Belman dejó un borrador que alguien pueda proseguir, piensan que sería una lástima que su trabajo se desperdiciara. Además, si el libro finalmente se publicase, sería un bonito homenaje a su memoria, ¿no le parece?

—Es probable, pero, por desgracia, el profesor no dejó nada por escrito de su trabajo.

Roberto se tomó su tiempo en darle una lenta calada a su cigarrillo.

—¿Está seguro de eso?

—Por completo.

—Lástima. Resulta sorprendente, teniendo en cuenta que llevaba con ese proyecto desde hacía casi un año; pero, en fin, si usted lo dice... —El conservador se inclinó sobre Guillermo, luciendo una sonrisa predadora—. Confío en su palabra porque es evidente que usted era alguien muy cercano a Belman, ¿no es así? Me refiero a que estaba al tanto del estado de sus investigaciones. De todas ellas.

—Sí, en gran parte, pero...

—Le diré algo curioso —interrumpió Roberto—. Yo hablé con Belman poco antes de su muerte, ¿sabía eso, señor Argán? Se presentó en el funeral de nuestro llorado Enric Sert y compartió conmigo una revelación sensacional: él sabía el nombre de su asesino. —Hizo una pausa dramática—. *So shocking, isn't?* ¿Qué le parece?

—No... no tenía ni idea.

—Pues el caso es que él mencionó su nombre, señor Argán. No recuerdo sus palabras exactas, pero dio a entender que usted poseía algún tipo de información al respecto.

Guillermo se removió incómodo en la butaca. Una sonrisa temblorosa afloró a sus labios.

—Pero eso... no es verdad. Yo no sé nada... ¿Qué iba yo a saber de ese tema? Seguramente fue un error.

—Tengo buena memoria, sé lo que oí. Dígame: ¿qué sabe usted de la muerte de Enric Sert? ¿Quizá alguna pista sobre el culpable? ¿Puede que incluso... su identidad?

—No, en absoluto, se lo juro.

—Parece usted nervioso.

—Es que no... no entiendo por qué me pregunta esas cosas.

—Oh, tranquilo, amigo mío... Relájese, esto no es un interrogatorio. Yo no soy un policía en busca de pruebas incriminatorias. —Roberto rio, como si acabara de hacer un buen chiste—. Sólo estamos manteniendo una charla confidencial, un pequeño intercambio de chismorreos... Quizá Belman le transmitió algún rumor, alguna hipótesis, alguna inocente indiscreción... Le aseguro que no hay nada de malo en que lo comparta conmigo: usted se quitará un peso de encima y yo... en fin, yo me sentiré feliz por haber sido su confidente. Nada de lo que me revele saldrá de este despacho.

Guillermo no imaginaba a qué venía esa insistencia, pero había encendido todas sus alarmas. Empezó a sudar. Se sentía como una presa acorralada.

—No sé nada. De verdad que no. Y... y me gustaría marcharme ahora... si... si a usted no le importa, por favor.

—Hace mal no confiando en mí, le aseguro que no encontrará a nadie mejor para guardar sus secretos. ¿Quiere que se lo demuestre?

Roberto se dirigió hacia su mesa de escritorio. Allí tenía la copia del artículo sobre el triple crimen en Berna. Se la entregó a Guillermo y dejó que la leyera.

El joven sintió agua helada en las venas.

Berna. Una niña asesinada a tiros. El dibujo de un sospechoso. Era su propio rostro.

Las manos le empezaron a temblar. Dejó caer el artículo al suelo y miró a Roberto, como si pidiera ayuda.

Berna...

El recuerdo reventó en su memoria con la forma de una fotografía hecha pedazos. Algunos fragmentos eran visibles, pero no la imagen completa. Ésa Guillermo aún no era capaz de verla, pero sí sentía el dolor intenso de un remordimiento. En Berna hizo algo monstruoso.

Roberto mostró su sonrisa lobuna.

—¿Se da cuenta? Si quiere puedo decirle cómo ha llegado esto a mi poder, estoy seguro de que querrá saberlo. Pero me agradaría mucho recibir algo de usted: información a cambio de información. ¿Quién mató a Sert, señor Argán? O, si lo prefiere de esta forma, ¿quién creía Belman que lo hizo?

Mientras hablaba, Roberto había realizado un movimiento sutil y se había colocado justo entre Guillermo y la puerta del despacho, como si estuviera dispuesto a interceptar una posible huida. El joven, sin embargo, no reparó en ello. Su mente estaba bloqueada.

Berna...

«Dios mío... ¿Qué fue lo que hice allí?»

Guillermo se asfixiaba. Tenía que escapar de ese despacho. Lo necesitaba. Pero Roberto seguía bloqueando el paso, mirándolo con aquella sonrisa de tiburón.

—Es mejor que hablemos claro, señor Argán, que pongamos las cartas sobre la mesa.

El conservador dio un paso hacia él. Guillermo casi pudo saborear el peligro. Ese hombre era peligroso. Tenía una serpiente alrededor del corazón. Se vestía con el color del veneno. Guillermo sintió miedo.

Entonces alguien entró en el despacho.

Para Guillermo la llegada de Fabiola resultó providencial. La mujer apareció oscilando majestuosa como un galeón en alta mar. Ante su presencia, el director adjunto pareció empequeñecer.

—Lamento la interrupción, Roberto, pero es importante que hable contigo.

—¿Ahora? ¿No puede esperar? Estoy con una persona.

—Lo sé, tu secretaria me ha dicho que tenías una cita con Guillermo Argán. Usted era el asistente de Alfredo Belman, ¿cierto? —Fabiola se presentó y le estrechó la mano—. Traté a menudo con él, era una excelente persona. Mi más sentido pésame, aunque venga con un retraso imperdonable.

—Gracias...

—De veras que siento la interrupción, pero es algo importante. ¿Le molesta si acaparo a Roberto unos minutos?

Guillermo musitó unas frases inconexas para dar a entender que no había problema, que la reunión había terminado y que, de hecho, él tenía que marcharse porque se le había hecho tarde. Se despidió de manera torpe y salió del despacho. Caminaba igual que un hombre que trata de disimular una borrachera.

El conservador dirigió a Fabiola una mirada hosca.

—¿A qué diablos ha venido esto?

La directora recogió del suelo el artículo del crimen en Berna. Se lo mostró a Roberto con aire acusador.

—Justo lo que yo me temía... Ayer no quise creer que hablaras en serio. Deja en paz a ese chico, Roberto. Frivolizar el asesinato de Enric de esta forma es indigno, y no lo voy a tolerar. ¿Es que no tienes vergüenza?

—Una vez más, Fabiola, estás sacando las cosas de quicio.

—¿Yo? Tú eres el que ha traído aquí a un pobre muchacho, en base a no sé qué clase de ideas delirantes, para someterlo a un verdadero acoso. ¿Tienes idea de qué pasará si se le ocurre contárselo a la prensa? Te hará quedar como una especie de desequilibrado, y tú representas a esta institución, Roberto, parece mentira que tenga que recordártelo. En vez de perder el tiempo con chiquilladas, harías bien en ocuparte de ese otro asunto del que hablamos, ya sabes a lo que me refiero. Aún no veo que des ningún paso para solucionarlo y, te lo advierto, mi paciencia tiene un límite.

Fabiola arrojó el artículo a una papelera y salió del despacho, dejando la réplica de Roberto atascada en su gaznate.

5

Al salir del Casón, Guillermo se inclinó sobre sí, apoyando las manos en los muslos, e inhaló bocanadas de aire hasta que la sensación de asfixia se mitigó un poco.

Arrancó a llover. Guillermo, como de costumbre, no llevaba más protección que su sudadera. El pelo se le pegó a la frente en picos rubios. Sus pestañas adquirieron el aspecto de briznas cubiertas de rocío.

El joven se puso a caminar sin rumbo al tiempo que barajaba sus cartas. El agua hacía que los naipes se adhirieran entre ellos.

En la pared de un edificio vio una pintada rodeada de escaras de distintos tamaños:

EL PATO ROJO ES UN ASESINO
POR ESO LE ARRANCAREMOS EL HÍGADO
Y SE LO HAREMOS COMER

Guillermo sintió un trago amargo de pánico. Dio media vuelta y se alejó del edificio en dirección contraria, a la carrera. No aminoró el paso hasta que dejó atrás un par de manzanas. Cerca del acceso al Jardín Botánico se quedó sin resuello. Se sentó en un banco de piedra mojado, dejando que la lluvia le empapara. Tenía la baraja en la mano, pero no la mezclaba, se limitaba a ir pasando las cartas con el dedo pulgar, mirándolas con ojos perdidos. Sus pensamientos estaban en otra parte.

Berna.

Por un lado, deseaba recordar. Por otro, le daba pavor intentarlo siquiera. Se sentía como un niño que duda si mirar debajo de su cama en la madrugada tras escuchar arañazos en el suelo.

La lluvia dejó de caer sobre su cabeza, pero él no se dio cuenta.

—¿Estás bien, amigo de Judith?

Guillermo reparó en que Isabel se había sentado junto a él. Cubría a ambos con su paraguas de colores y en una mano sostenía una orquídea que parecía un papel arrugado.

—Bastante bien.

—No. Pareces triste.

Él la miró en silencio durante un rato.

—Tú y yo... ya nos habíamos visto antes, ¿verdad?

—Así es, amigo de Judith.

—¿Dónde?

—En un hospital, los dos estábamos enfermos.

—No lo recuerdo.

—Lo sé. Pero estabas allí.

—¿Qué clase de hospital era ése?

—Uno para personas como nosotros. —Isabel esbozó una sonrisa débil—. Teníamos la piedra de la locura en la cabeza, igual que en el cuadro del Bosco. Nos la quitaron. Tal vez.

Guillermo volvió a centrar la vista en sus cartas.

—¿Cuándo ocurrió eso?

—Hace unos meses. En otra vida.

—¿Éramos... amigos?

—No. Pero yo te veía siempre que salía al jardín, asomado a la ventana y barajando tus cartas. Y una vez soñé contigo.

—¿Qué ocurría en aquel sueño?

—Apenas lo recuerdo. Eras tú, pero no eras tú. Eras rojo y brillante, como de esmalte. Volabas cerca del sol. Era muy bonito, de eso sí me acuerdo. Al día siguiente, al despertar, hice un dibujo. Quise enseñártelo porque quería preguntarte por qué llorabas en mi sueño, pero lo perdí.

—¿Nosotros... hablamos alguna vez?

—Sí, sólo una. En el jardín. Fue antes de que soñara contigo y de que hiciera mi dibujo. Era verano y hacía un día precioso, te encontré junto a una jara llena de flores y me senté a tu lado, igual que ahora, e igual que ahora parecías triste. Una abeja se posó en mi hombro y yo me asusté porque me dan miedo las abejas. Tú me contaste una historia: en el Antiguo Egipto, las lágrimas de Ra cayeron sobre la tierra y se transformaron en abejas, que llevaron la luz del dios del sol a todas partes para que los hombres no temieran la oscuridad. También me dijiste que las abejas eran un símbolo del alma, amigo de Judith, y muchas cosas más. Dejé de tener miedo y entonces supe que eras bueno.

—No es cierto, no lo soy.

—Eso me dijiste entonces, pero tampoco te creí.

—¿Qué más cosas te conté?

—Me hablaste de una mujer. Creo que tú la querías.

—¿Quién era ella? ¿Cómo se llamaba?

—Pronunciaste su nombre una vez: Beatrice.

Un pequeño rincón se iluminó en la memoria de Guillermo.

—Beatrice Chambers...

—¿La recuerdas?

—Tal vez... —Su frente se llenó de arrugas. Reconocía el nombre, le inspiraba un sentimiento remoto y cálido, pero por desgracia no era capaz de relacionarlo con nadie en concreto—. No... Me temo que no...

—No importa, ya lo harás.

—¿Cómo lo sabes?

—Porque el recuerdo está ahí, no lo has borrado de tu memoria, simplemente no sabes cómo encontrarlo. A mí también me pasaba a veces.

Guillermo se quedó mirando a la mujer durante un rato largo, en silencio. Ella contemplaba caer la lluvia, como si estuviera esperando a que él dijera alguna cosa.

—Tú no eres Isabel Larrau, ¿verdad?

La copista negó lentamente con la cabeza.

—¿Desde cuándo lo sabes? —preguntó.

—Desde el día que te vi por primera vez.

—Entonces, sí que te acuerdas de mí.

—No, fueron tus símbolos los que te delataron. Eras... ¿cómo decirlo?, todo un emblema del engaño. Ibas vestida de amarillo, color del oro, tal y como dice la *Iconología* de Ripa que viste la figura del Engaño. Todo en ti apuntaba en ese sentido: tu ropa tenía peces bordados, lo que alude al pescador que los atrae mediante un cebo, que es una falsedad, por eso el pez en ocasiones es un emblema del Fraude. Tu pelo es blanco y oscuro, del color de las plumas de la urraca. Ese pájaro simboliza la simulación... En China, además, se asocia a la urraca con los espejos por su gusto por las cosas brillantes; también tú tenías un bolso de espejos, el mismo que ahora llevas, y el espejo es un símbolo básico de la imitación, normalmente de otra persona, pues lo habitual es que un espejo refleje la cara del que se mira en él. Había, en definitiva, engaño, fraude, mentira, simulación e imitación. Todo parecía indicar que tú no eras quien decías ser, que estabas simulando ser otra persona diferente, alguien a quien tratabas de imitar... Ignoro quién puede ser, eso es algo que los símbolos no me revelaron, pero puedo imaginar que, cuando usurpas la personalidad de alguien, es importante guardar cierto parecido, y eso es más fácil si se trata de un pariente... ¿Isabel y tú tal vez estáis emparentadas?

—Es mi hermana —respondió la mujer. Luego sonrió—. Hacías esto mismo en el hospital, ¿sabes, amigo de Judith? Era muy curioso...

—¿Cómo te llamas en realidad?

—Elena —respondió ella.

—¿Y dónde está Isabel?

—En Perú, allí vive desde hace años. Todo esto fue idea suya. Desde que éramos niñas, a las dos nos gustaba pintar, ambas queríamos ser artistas, pero a ella el Destino le dejó el talento, y a mí sólo esto... —Con una sonrisa amarga, se señaló la frente—. La piedra de la locura. Siempre he estado enferma, desde que yo recuerdo, siempre con mis recaídas... Pero Isabel nunca ha dejado de animarme. Con el tiempo, ella alcanzó el reconocimiento que yo deseaba, pero entonces ocurrió algo inesperado: la piedra de la locura también se manifestó en Isabel. Sufrió una crisis nerviosa tras obtener un premio en Venecia, no pudo con la fama, la presión la bloqueó por completo. Huyó de todo y se marchó a Sudamérica, siempre quiso vivir en Perú, nuestra madre era de Lima... Allí el bloqueo creativo continuó. Isabel dejó de pintar, yo en cambio no, aún quería ser artista y no cesaba de intentarlo siempre que mis recaídas no me lo impedían, cosa que, por desgracia, sucedía a menudo. Entonces convocaron la Beca de Copistas. Mi hermana me animó a presentarme haciéndome pasar por ella, creía que de ese modo tendría más posibilidades de que me escogieran. Como ves, estaba en lo cierto. Le pareció una divertida travesura.

—Comprendo.

—No pretendíamos mantener el engaño todo el tiempo. La idea era que, si yo ganaba, contaríamos la verdad. Tal vez me descalificaran por ello, pero habría conseguido la notoriedad suficiente como para empezar mi propia carrera artística... Seguramente suena descabellado, pero a nosotras no nos lo parecía. Yo pensaba que nunca tendría una oportunidad mejor, aún lo sigo creyendo.

—¿Nadie sabía nada? ¿Ninguna persona llegó a sospechar?

—Isabel vive casi recluida, nadie en Europa la ha visto en más de una década; incluso cuando era famosa, apenas se dejaba ver, siempre ha sido reacia a exponerse. Las dos somos muy parecidas, no idénticas, pero sí lo suficiente. El único que sabía la verdad era Felix, y a él no le importaba. Cynthia lo descubrió más tarde... Creo que sospechó de mí en cuanto me vio. No dejó de tenderme trampas desde que comenzó la beca y logré sortearlas casi todas, pero fui torpe en una ocasión: olvidé que Isabel hablaba italiano. Finalmente, no logré engañarla. —Elena miró a Guillermo a los ojos—. A ti tampoco, amigo de Judith. ¿Qué piensas hacer ahora? ¿Vas a delatarme?

—No, claro que no.

—Gracias —respondió Elena. Después se quedó otro instante contemplando la lluvia en silencio—. Aunque, en realidad, siento como si ya no tuviera importancia... Felix ha muerto, Cynthia también... Yo no sé leer los símbolos igual de bien que tú, amigo de Judith, pero percibo que todo está a punto de terminar, que es inútil seguir adelante. Un aura fatal nos rodea, lo sé. No sé cómo, pero lo sé.

Dejó de llover. Elena cerró su paraguas y se levantó del banco.

—Adiós, amigo de Judith. Deseo que recuperes tus recuerdos pronto.

Se inclinó sobre Guillermo y le dio un beso en la mejilla, después caminó lentamente hacia el museo.

6

Rudy Perpich regresó a la iglesia de San Ginés para hablar con Dios.

Fue de nuevo a la angosta capilla del Cristo de la Redención, la que estaba forrada de mármoles negros y rojos. Los colores le otorgaban un aire fúnebre, como de mausoleo, muy acorde con el estado de ánimo de Rudy.

No había nadie en la iglesia ni en la capilla. Era por la tarde, la misa de las siete había terminado hacía unos minutos y el templo se vació con rapidez. Rudy estaba solo.

El texano ocupó un pequeño banco frente al altar. Desde ahí podía ver un lienzo de Alonso Cano que colgaba de un lateral del crucero. En él aparecía Cristo aguardando la crucifixión, semidesnudo, sentado sobre una roca mientras un hombre preparaba la cruz de su martirio. El Salvador estaba envuelto en la luz que irradiaba su propia piel. Tenía la corona de espinas encajada en la frente y miraba directamente a Rudy, como acusándolo de lo que estaba a punto de suceder.

«Voy a morir por tus pecados, Rudy», parecía decir. «Todo es por tu culpa.»

El texano apartó los ojos del cuadro.

—Hola, Dios, soy yo, Rudy Perpich —comenzó, con la vista fija en su regazo—. Vengo a decirte que ya no quiero ganar la beca. No la quiero. Estoy arrepentido... Sé que el pastor Loomis dijo que no había nada de malo en inclinar un poco la balanza a mi favor enviando aquel cuadro del ángel, pero lo he estado pensando y, por esta vez, creo que se equivoca... Tengo miedo, Señor. Hay alguien que está matando a la gente de la beca, supongo que ya lo sabes; ya viste lo que le hicieron a Cynthia, a Felix... Y, en fin, estoy muy asustado... Anoche soñé que tú habías mandado a un ángel vengador desde el cielo, era igual que el del cuadro del pastor Loomis; lo mandaste a la Tierra para matar a Felix y a Cynthia, también a Isabel, a Petru y a Judith; y, por último, para matarme a mí. Era mi castigo por hacer trampas. Bien, Señor, ya sé que eso no va a ocurrir, que sólo era un sueño, ¿verdad? —Rudy hizo una pausa y desvió un segundo la mirada hacia el altar—. Pero he captado el mensaje. El viejo Rudy te ha entendido, Señor. Me arrepiento de mis pecados y te pido que me perdones. Volveré a casa y me olvidaré de la beca, pero, por favor, no me mandes más pesadillas, te lo suplico. Sólo quiero... no tener más pesadillas. Amén.

El texano se levantó el banco evitando mirar el lienzo de Alonso Cano.

Entonces, al dar la espalda al altar, descubrió que su plegaria no había sido suficiente. Allí, bloqueando la verja que comunicaba con la iglesia, había una nueva pesadilla.

No era un ángel vengador sino más bien un ser de ultratumba. La figura vestía una túnica de color verde óxido, como un sudario, y su rostro era el de una calavera a la que le faltaba la mandíbula. Al verla, Rudy dio un paso atrás.

La Muerte avanzó hacia él. En la mano sostenía un pesado candelabro de bronce, decorado con ángeles y volutas caprichosas. Antes de que el texano pudiera reaccionar, la Muerte le golpeó en la cabeza con el candelabro. Rudy sintió que la frente le reventaba y un chorro de sangre le cegó el ojo izquierdo. Cayó al suelo de rodillas.

Al mirar hacia arriba con su ojo sano vio que la calavera descargaba un segundo golpe. El candelabro le partió mandíbula y lo derribó como a un enorme muñeco. Empezó a arrastrarse hacia el altar. Recibió un tercer impacto en el centro de la cara. La nariz se le dobló y se oyó un crujido, como si alguien pisara hojas secas. Un borbotón de sangre le empapó los labios. Rudy gritó, un sonido escalofriante que parecía el lamento de una criatura irracional. Justo en ese momento sintió otro golpe en la boca que le astilló los dientes frontales.

El texano se desplomó bajo la bóveda del crucero. Allí vio pinturas de santos y la figura majestuosa de un Cristo ascendiendo a los cielos.

(«Todo esto es por tu culpa, Rudy.»)

Otro golpe. Esta vez en la base del cráneo. Los ojos de Rudy se desenfocaron y su cabeza quedó inerte en el suelo. Su cerebro había dejado de funcionar, pero el texano aún respiraba. Una saliva sanguinolenta le hacía pequeñas burbujas en las comisuras de los labios.

La Muerte dejó el candelabro en el suelo, junto al altar. La base estaba cubierta de sangre que brillaba como esmalte. Acto seguido, extrajo un cuchillo de entre los pliegues de su sudario y acercó el filo a la cara de Rudy.

La Muerte empezó a pintar.

Álvaro hacía flexiones en el suelo de su cuarto de estar mientras veía un documental sobre viajes. Hablaba sobre Armenia. Entre flexión y flexión —ya llevaba cincuenta, no pararía hasta alcanzar las cien, que era su cifra diaria—, pensaba que le gustaría visitar ese país. Tenía bonitos monasterios medievales y hacían vino, según el documental. Lo apuntó mentalmente entre sus destinos futuros (57, 58, 59...), sitios a los que pensaba ir cuando tuviera tiempo y dinero. De momento tenía que conformarse con ver documentales.

En la flexión número 70 llamaron al timbre. Álvaro fue a abrir, aunque no imaginaba quién podría ser: eran más de las diez y no esperaba a nadie.

Al echar un vistazo por la mirilla se encontró el rostro de Guillermo. Intrigado, el reportero lo dejó pasar. Tenía un aspecto terrible, muy pálido y ojeroso.

—Hola, menuda sorpresa... —dijo Álvaro. Se sentía un poco

avergonzado de recibir visitas con su vieja y astrosa camiseta de los Power Rangers, la que utilizaba para hacer ejercicio en casa—. ¿Va todo bien? Pareces algo inquieto.

—Acabo de leerlo en tu periódico —soltó Guillermo—. ¿Es cierto? ¿Han matado a otro copista?

—Oh, es por eso... Sí, me temo que sí. Ha sido esta tarde.

Guillermo se dejó caer en un sofá, como si sintiera que las piernas no le sostenían.

—¿Quién... quién es la víctima? La noticia no lo aclaraba... Y llevo intentando hablar con Judith toda la tarde, pero no me coge el teléfono...

—Calma, amigo; si le hubiera pasado algo, ¿crees que yo estaría tranquilamente en casa viendo la tele? A quien han matado es a Rudy Perpich, el americano.

Guillermo cerró los ojos. Álvaro no fue capaz de distinguir si su expresión mostraba alivio o lástima. Tal vez había un poco de ambas.

—Oh, no... pobre Rudy —dijo—. ¿Has estado en la escena del crimen?

—No, esta vez han mandado a un compañero a cubrir la noticia, yo estaba ocupado con otro asunto.

—El artículo que he leído era muy vago, apenas daba detalles.

—Lo sé, un trabajo de aficionado —dijo Álvaro, despectivo—. Muy lamentable. Incluso yo he podido recopilar más datos sólo haciendo un par de llamadas por el móvil.

—Suponía que tú tendrías más información, por eso he venido a verte. ¿Qué me puedes contar?

—A Perpich lo han matado en una capilla de la iglesia de San Ginés. A eso de las ocho, el sacristán encontró el cadáver y avisó a la policía. De momento no hay testigos.

—¿Se sabe... se sabe cómo murió?

—Un contacto de la policía me ha pasado algunas fotos, las tengo en el ordenador... —Álvaro titubeó—. Te advierto que no son precisamente bonitas.

—No me importa, quiero verlas.

El reportero encendió un portátil que tenía sobre un escritorio atestado de papeles y libretas. Buscó un archivo y se lo mostró a Guillermo. Era una fotografía policial en la que se apreciaban todos los detalles de la escena del crimen.

El asesino había dispuesto el cadáver de Rudy de forma extraña. Estaba tumbado sobre una tela negra, boca arriba y con los brazos en cruz. En una mano sostenía un cuchillo y en la otra, una rama. Guillermo sintió que el estómago le daba un vuelco al ver la cara de Rudy, o, más bien, lo que quedaba de ella. Al texano le habían desollado el rostro con minuciosidad propia de cirujano dejando a la vista los músculos faciales. La piel extraída del cráneo, aún con los rasgos faciales visibles en ella, estaba cuidadosamente colocada sobre el pecho del cadáver: una espantosa máscara humana.

Guillermo apartó la mirada. Lentamente, cerró la cubierta del ordenador.

—Ya te dije que no era agradable —dijo Álvaro—. Lo que has visto, ¿tiene algún sentido para ti?

—Sí. Es otro cuadro. Otra copia. —El joven suspiró con tristeza—. La tela negra es un atributo de la Muerte; siempre viste de ese color, que alude a la privación de la luz. En cuanto al cuchillo y la rama, la rama me parece que es de un olivo. Es un símbolo de la paz, junto con el cuchillo representa que la herida de la muerte trae a los hombres la paz del descanso eterno.

—Ya veo... Pero ¿por qué al cadáver le han arrancado la cara?

—Porque la Muerte no tiene rostro... o, más bien, tiene muchos, puede presentarse de diversas formas. Los intercambia como si fueran máscaras, que es en lo que han convertido la cara del pobre Rudy. La tela negra, el cuchillo, la rama de olivo, la máscara de piel...; todos estos elementos están ahí para transformar a Rudy en un emblema.

—¿Cuál?

—El Emblema de la Muerte —respondió Guillermo—. Ése es también el título de uno de los cuadros del Prado, una *vanitas* de Pieter Steenwijck.

—¿De quién?

420

—Un pintor holandés. —Guillermo buscó entre los papeles del reportero un bolígrafo para escribirle el nombre. Entonces encontró una fotografía que se quedó mirando con el ceño fruncido.

—Álvaro, ¿de dónde has sacado esto?

—Me la dio Roberto Valmerino hace semanas, para un artículo sobre Enric Sert. Ni siquiera llegué a escribirlo, había olvidado por completo que aún la tenía.

—¿Este hombre es Sert?

—¿El gordo que está junto al león raro? Sí, es él.

—No es un león, es la *Quimera de Arezzo* —corrigió Guillermo, de forma automática—. ¿Puedo quedarme la foto?

—Sí, pero ¿para qué la necesitas?

Guillermo no contestó. Se guardó la foto y se dirigió hacia la puerta.

—Tengo que irme, gracias por tu información, Álvaro.

—¡Si acabas de llegar! ¿Adónde vas con tanta prisa?

—Tengo que seguir con los archivos de Belman. Ya casi he terminado de leerlos todos. Empiezo a ver muchas cosas claras, muchas cosas... Aún no todas, pero bastantes. Debo seguir leyendo.

—¿Por qué no te quedas a cenar? Yo diría que una pausa en lo que sea que estés haciendo no te vendría nada mal, chico, no tienes buena cara.

—¿Tú crees? Oh... La verdad es que me encuentro muy cansado... Hace días que no duermo bien... —El joven dudó un instante. Al fin, sacudió la cabeza con determinación—. Pero no, no debo distraerme. Esto es importante.

—Espera, ¿no puedes decirme al menos en qué andas metido? Quizá pueda echarte una mano.

—No, ahora no. Cuando lo tenga todo claro... Tal vez mañana podríamos vernos, por la noche. Para entonces espero haber terminado.

—Mañana no puedo, tengo que ir al estreno de esa ópera, el *Messardone*.

Guillermo reaccionó como si el reportero hubiera dicho algo espantoso.

—¿Qué...? No, ¡no!, de ninguna manera, no debes ir.

—¿Por qué?

—Porque sé que algo malo va a ocurrir en ese estreno, ignoro el qué, pero estoy seguro de que no querrás estar allí para verlo. Prométeme que no irás, ¡que ni te acercarás siquiera!

—No puedo hacer eso, es un encargo para el periódico. Oye, ¿por qué no te quedas, cenas algo, y me explicas con calma qué es lo que...?

—Imposible, imposible... Debo seguir con mi tarea. Por favor, Álvaro, no vayas a ver esa ópera. Sé que no tengo forma de impedírtelo, pero debes confiar en mí.

Sin decir una palabra más, el joven se marchó.

El reportero se quedó sumido en un estado de total desconcierto. Se preguntaba si la palidez y las ojeras de Guillermo no serían síntoma de algo más grave que la falta de sueño. Tal vez estaba bebido... o se le había ido la mano con la marihuana relajante. Él tuvo un compañero de universidad que, siempre que fumaba en exceso, solía relatar con detalle la vez que fue abducido por extraterrestres; por lo demás, era un tipo muy equilibrado, se sacó la carrera de Derecho a la primera.

Quizá lo de Guillermo era un caso similar.

Apuntes para un libro sobre el Museo del Prado, de Alfredo Belman
(Fragmento II)

El templo de Debod... Aquella cabeza de asno infestada de gusanos... Cielo santo. Allí estaba la imagen de Apofis pintada en sangre (eso dijo Guillermo al menos, y yo le creo). Pero no era Apofis en realidad, yo lo sé. Era El Rey En Mil Pedazos, firmó allí con la Escara para demostrarlo. La Oriflama de Mesardón impresa en un templo milenario, como si los Plctóricos lo estuvieran reclamando.

¿Tan viejos son? ¿Su carta de presentación en Debod se basaba en una tradición auténtica o tan sólo presumían de antigüedad? Quién sabe.

El tren de Ginebra. Eso ocurrió hace muy poco, en 1939. Ricardo Dees fue testigo de ese hecho y yo he podido corroborar sus palabras. No me mintió. Ojalá lo hubiese hecho.

Al estallar la Guerra Civil, el gobierno de la República sacó de España los fondos del Museo del Prado y los trasladó a Suiza. Es un hecho de dominio público. Menos conocidas son las complejas gestiones que tuvieron que realizarse para traer de vuelta los cuadros de la pinacoteca. Finalmente, éstos se metieron en un tren que llegó a Madrid tras atravesar una Europa en guerra. El tren circuló por las vías de Francia a oscuras, en mitad de la noche, por miedo a atraer la atención de los bombarderos alemanes.

Lo que nadie sabe es que de Ginebra no partió un solo tren,

sino dos. El primero fue recibido en la estación de Atocha con grandes fastos organizados por el gobierno franquista. El segundo llegó en secreto un día después, de madrugada, a la estación de Canfranc en los Pirineos. Esta vez la recepción fue mucho más discreta.

En el tren de Madrid vinieron todos los cuadros del Prado salvo uno: *Los fusilamientos* de Goya. Su entrega se retrasó porque el gobierno suizo alegaba que el lienzo no estaba en condiciones de viajar y que existía el riesgo de que sufriera daños irreparables. Se sospechaba por aquel entonces que los suizos mentían, que estaban dando largas con la idea de quedarse con una de las obras maestras de Goya, quizá considerando que era un justo pago por haber mantenido en depósito durante la guerra el resto de los tesoros del Prado. Una nación de banqueros no acostumbra a regalar favores.

Felizmente, tras unas arduas negociaciones, los expertos suizos claudicaron y el lienzo se subió a otro tren que partió de Ginebra veinticuatro horas después que el primero. En realidad se trataba de una simple locomotora con un solo vagón de carga, no un modelo diésel sino de vapor, ya que las máquinas más modernas se habían reservado para uso militar. En el convoy, junto al lienzo, iban cuatro pasajeros: dos historiadores del arte españoles, uno suizo y un cuarto de nacionalidad francesa, enviado por la Sociedad de Naciones con la misión de verificar que la entrega se realizaba de manera satisfactoria para todas las partes implicadas.

Aquella noche nevaba. Un puñado de funcionarios franquistas, guardias civiles y conservadores del Museo del Prado aguardaban en la estación muertos de frío. Los imagino envueltos en sus abrigos, dando golpes en el suelo con los pies y oteando la oscuridad a la espera de ver aparecer las luces del tren.

Por fin, entre los copos de nieve, se vislumbraron tres focos suspendidos en la noche. El tren llegaba. Los presentes observaron que su avance era demasiado lento, fue lo primero que les resultó extraño. Lo segundo fue que la locomotora no llegó hasta el andén de la estación sino que se detuvo unos metros antes, suavemente, como si se le hubiera agotado el fuelle.

Algunos hombres se acercaron y comprobaron que el tren se había parado porque nadie alimentaba los fogones de carbón. La locomotora estaba vacía, no había ninguna persona a los mandos.

Alarmados, los presentes registraron el vagón de carga y allí encontraron a los cuatro pasajeros y al maquinista. Todos muertos. Los dos españoles, el suizo y el maquinista estaban apoyados de espaldas contra la pared del vagón, cosidos a tiros. A uno de ellos lo habían dejado en mangas de camisa y tenía las muñecas atadas a unos apliques, lo que le obligaba a permanecer con los brazos en cruz. Los otros estaban en el suelo sobre un charco de sangre. El francés estaba frente a ellos y en la mano sostenía un fusil. Podía suponerse que fue él quien disparó a los otros de no ser por el hecho de que alguien le había rajado el cuello como a un cerdo en un matadero; tal vez la misma persona que acribilló al resto del pasaje. Había huellas de sangre que se dirigían hacia una de las ventanillas; parecían indicar que el criminal había saltado del tren cuando éste aún estaba en marcha.

La estampa mostraba aspectos terroríficos: el hombre descamisado con los brazos en cruz, un francés con un fusil en la mano, varias personas muertas a tiros... Desconozco si alguien reparó de inmediato en el hecho de que la escena recreaba el lienzo de Goya sobre los fusilamientos del 3 de mayo. La pintura por suerte estaba intacta. En el equipaje de uno de los españoles se encontraron los mismos planos de Villanueva que Ricardo Dees me mostró en su casa.

Y un último detalle: en el suelo del vagón, junto a los cadáveres, había un símbolo dibujado con sangre.

Es probable que en aquel momento nadie entendiera su significado. Yo sí. Y temo que Ricardo Dees acabó también por comprenderlo. Se trataba de un mensaje, uno muy sencillo:

Gloria al Rey En Mil Pedazos.

7

Era la primera vez que Judith estaba en el piso de Petru. En Madrid, el corso se alojaba en un pequeño apartamento de alquiler turístico, muy cerca del Museo del Prado, en la calle de Moratín. A pesar de su sencillez, a Judith le pareció un lugar mucho más acogedor que el estudio en el que ella vivía, y eso le parecía deprimente.

Estaba en la cama, sobre las sábanas revueltas, llevando puesta únicamente una camisa de Petru. El dormitorio se encontraba a oscuras, iluminado tan sólo por la luz de las farolas de la calle. Judith podía escuchar el tráfico, también el agua corriendo en el cuarto de baño. Petru se estaba dando una ducha.

Judith se encendió un cigarrillo. Tal vez no estuviera permitido fumar en aquel piso, pero a ella le daba igual.

Todo le resultaba indiferente a estas alturas.

El museo había cancelado la beca. Esta vez, ni siquiera se molestaron en preguntar a los participantes que aún quedaban —«los Supervivientes», como los había empezado a llamar la prensa, con dudoso gusto—. En cualquier caso, ella comprendía que era una medida lógica. Con el cadáver de Rudy aún en la mesa de la morgue, seguir con la beca habría resultado ofensivo y, sobre todo, absurdo: la mitad de los aspirantes estaban muertos.

Judith lo lamentaba por muchos motivos, pero le dolía especialmente el dejar inacabado su retrato de Madrazo. Creía que estaba quedando muy bien, que, de hecho, era bastante bueno.

Al final, Felix estaba en lo cierto: su talento para el dibujo alcanzaba cotas muy altas aplicado a pintores de líneas claras y definidas, como Madrazo.

No podía evitar preguntarse en qué otras cosas acertó el alemán.

Aquella mañana, Isabel, Petru y ella vaciaron sus taquillas en medio de un funesto silencio. Al salir del museo, el corso le pidió a Judith que fuera por la noche a su apartamento. A la mujer le chocó la iniciativa, normalmente era ella quien se lo pedía cuando necesitaba desahogo sexual y él, simplemente, se mostraba disponible; era una especie de acuerdo tácito. Por un momento se preguntó si aquella invitación no era síntoma de que Petru quería darle un enfoque más profundo a su relación. Eso la asustó, y por eso estuvo a punto de rechazarla.

Al final no lo hizo. Judith pensó que, tal vez, lo único que Petru deseaba era un poco de sexo de despedida antes de regresar a Córcega. A fin de cuentas, se dijo, él también tenía derecho a disfrutar de los privilegios de aquel acuerdo entre ambos. Negárselo le pareció mezquino, sobre todo después de que él siempre hubiera acudido a su lado cuando lo necesitaba.

Por otra parte, sus temores de que Petru albergara algún tipo de sentimiento romántico se mostraron infundados. Le quedó bien claro por su manera de hacer el amor. Su actitud fue casi indiferente, como si aquel último encuentro sexual fuese para él más bien un trámite. No hubo más pasión que la estrictamente necesaria para alcanzar el orgasmo, como en una masturbación. Cuando acabaron, Judith se sintió extrañamente incómoda. Tenía la sensación de haberse acostado con un desconocido. Fue un sexo vacío. Sin alma.

«Es un hombre peligroso. Sin alma, igual que sus cuadros», había dicho Felix.

Judith apartó aquel recuerdo de su cabeza.

Salió de la cama para buscar un cenicero. Hurgó un poco en su bolso por si hubiera allí algo que le sirviera, pero, aparte de las cosas de siempre, no encontró nada. Dentro también estaba la petaca del abuelo, llena con un poco de bourbon. Aunque seguía firme en su determinación de mantenerse abstemia por una temporada, llevaba encima la petaca de Darren igual que el exfumador que guarda en un cajón un paquete de tabaco sin abrir, como una especie de asidero para no entrar en pánico si la abstinencia se pone difícil.

Al no encontrar nada en el bolso que sirviera de cenicero, Judith buscó entre los objetos del dormitorio. En una mesilla de noche vio un platillo decorativo donde Petru había dejado su reloj y una pulsera de cuero trenzado que solía llevar.

Reparó en que la pulsera tenía un pequeño adorno plateado en un extremo. Era un dije con forma de timón. En el otro extremo debió de haber otro igual, pero sólo se veía un diminuto eslabón roto.

A Judith se le erizó la piel.

Registró de nuevo su bolso hasta que recuperó el dije encontrado en casa de Felix. Lo comparó con el de la pulsera. Eran idénticos.

Apresuradamente, Judith apagó el cigarrillo y recogió sus prendas de ropa tiradas por el suelo. Empezó a vestirse con rapidez. Al ponerse los pantalones, de una patada volcó sin querer la bandolera donde Petru portaba sus enseres de pintura. Del interior asomó un libro, dejando a la vista el título.

Sobre el Arte Verdadero.

Judith lo abrió por la primera página. Tenía una dedicatoria que parecía antigua, del año 45, para un tal Ricardo. Sobre ella había estampado en tinta un exlibris mucho más moderno. El nombre que figuraba era el de Alfredo Belman.

Lentamente, Judith se sentó en la cama. Sentía que las piernas no la sostenían. No podía quitar la vista del libro.

El agua de la ducha dejó de correr. Petru apareció en el dormitorio con el pelo mojado y una toalla a la cintura. Judith levantó la vista hacia él, en silencio.

—¿Tanto tiempo he estado ahí dentro que has empezado a leer un libro? —dijo él, bromeando—. ¿Te ocurre algo, Judith? Parece que hayas visto un fantasma.

—¿Este libro... —ella le mostró la portada—, es tuyo?

—Sí.

Le pareció detectar un cambio en la actitud de Petru, de pronto le pareció más fría. Y amenazadora.

El corso, muy despacio, empezó a vestirse.

—Es buen libro —dijo—. Deberías leerlo, resulta muy revelador... Lo escribió un gran hombre, un filósofo griego llamado Georgios Gemistos «Pletón». En apariencia, es un simple tratado sobre teoría artística, pero en realidad va mucho más lejos que eso. En él, Pletón intenta demostrar que el Arte tiene poder, un poder que trasciende lo meramente estético: el de mostrar el Infinito. ¿Entiendes lo que eso significa, Judith?

Ella negó lentamente con la cabeza. Petru suspiró decepcionado.

—Lo suponía —continuó—. El pensamiento de Pletón a menudo es demasiado complejo, demasiado profundo. Pero muchos lo admiraban. Cosme de Medici, por ejemplo, declaró que era el mayor sabio que jamás había conocido. Él lo entendió, supo captar su mensaje... Otros, en cambio, no fueron tan visionarios. ¿Sabías que lo acusaron de hereje en el siglo xv? Igual que a Pedro Abelardo, y a Escoto Erígena, y a Galileo..., y a muchos otros grandes intelectuales. Como todos ellos, Pletón desarrolló un pensamiento demasiado adelantado para su época... ¡Oh, cuánto me gustaría poder explicártelo en toda su belleza! De veras que sí, pero, por desgracia, me temo que a nosotros ya se nos ha acabado el tiempo, Rembrandt.

—De eso puedes estar seguro, amigo.

Judith se levantó de la cama y se dirigió hacia la puerta. Petru la detuvo sujetándola del brazo.

—No te vayas. Aún no. Tienes que escucharme, debes comprender.

—Suéltame. No tengo nada que comprender salvo que ese libro se lo robaron a un muerto.

—Lo sé. Yo lo maté. —Miró a Judith con expresión suave, casi amable—. Siéntate, Judith. No vas a ir a ninguna parte.

—¿Quieres apostar?

—Si pones un pie fuera de este cuarto, tendré que hacerte

daño. Puedo dislocarte el hombro y el codo antes siquiera de que te des la vuelta. No es agradable, te lo garantizo. Tal vez creas que puedas soportarlo y echar a correr, pero no, es un dolor más intenso de lo que imaginas. Y, en el caso de que no haga que te desmayes, tampoco llegarías muy lejos. Soy más rápido que tú. También más fuerte, y estoy bien entrenado. —Petru sonrió. Fue una expresión inquietante, como la de un muñeco tratando de replicar un gesto humano—. Vuelve a sentarte. Te prometo que todo saldrá bien.

Ella obedeció intentando mantener la calma.

—¿Qué vas a hacerme?

—Voy a llevarte a un lugar, un sitio especial. Así era como debía ocurrir, por eso hemos quedado. Te sugiero que te lo tomes con calma, Rembrandt. Va a ser una noche muy larga para los dos.

—¿También vas a matarme?

—No lo sé, no es mi decisión; pero, llegado el caso, no debes tener miedo de mí. En mis manos serías una copia bellísima. Tú me inspiras, haría de ti un espejo perfecto, aún más que lo que hice con Cynthia, con Felix y con Rudy... ¿Te diste cuenta de cómo supe reflejar cada detalle en aquellas copias? ¿Incluso los más sutiles? Me siento especialmente orgulloso de la que hice con Felix, ésa fue todo un reto.

—Felix... —dijo Judith. Un recuerdo le vino a la cabeza: las palabras de Isabel sobre «el Hombre Vacío». Un Hombre Vacío es lo mismo que un hombre sin alma—. Fuiste tú quien incendió la galería de Nueva York, ¿no es cierto? Felix vio cómo lo hacías. ¿Por eso lo mataste?

—No, Rembrandt. —Petru negó con la cabeza, apesadumbrado—. No has entendido nada... Felix no murió por ese motivo, aunque eso fue justo lo que ocurrió en Nueva York. No había venganza, ni odio, ni ningún otro motivo semejante. Su muerte y la de los demás fueron espejos, réplicas de una realidad: de otra pintura idéntica que, a su vez, era otro reflejo de otra realidad. ¿Comprendes ahora? Espejo contra espejo... Ésa es, según *Sobre el Arte Verdadero*, la forma de abrir el Infinito, de preparar el terreno para la Especulación. Por eso tuvieron que morir, no hubo nada personal.

—No dejaré que me toques, bastardo. Estás aún más loco de lo que parece si crees que voy a ponértelo tan fácil como ellos.

—Oh, Rembrandt..., ¿aún no te has dado cuenta? Nadie puede oponerse a nosotros, sólo el Inquisidor de Colores, pero ni siquiera él podrá ayudarte ahora. Dicen que perdió la cabeza después de matar a dos de los nuestros en Berna, que ahora ni siquiera sabe quién es en realidad. Pudimos haberlo degollado en cualquier momento y no lo hicimos, porque ya no merecía la pena. —Petru señaló con la cabeza los zapatos de Judith, que estaban en un rincón—. Termina de vestirte. Debemos irnos.

Ella no se movió. Petru hizo un gesto de contrariedad. Se acercó a una cómoda y sacó una pistola de un cajón. Apuntó a Judith.

—Por favor, Rembrandt, termina de vestirte de una vez.

—¿Adónde vamos?

—A un lugar muy especial. —Esbozó una sonrisa débil—. Voy a mostrarte al Rey En Mil Pedazos.

8

Álvaro sabía que la ópera le aburría aunque nunca hubiera escuchado ninguna. Era una certeza similar a la que tenía sobre que no le gustaba masticar cristales rotos.

Es por esto que acudió al estreno de *Messardone, Principe di Terraferma* con una actitud más bien remolona, mitigada tan sólo por una leve curiosidad y el hecho de que le iban a pagar por ello.

La ópera comenzaba a las ocho. Antes de ir al Prado llamó por teléfono a Judith, porque quería darle las gracias por la entrada y, sobre todo, porque le apetecía escuchar su voz. Sintió una punzada de celos cuando ella le dijo que aquella noche había quedado con ese tipo de Córcega, el de la beca, un personaje que, aunque Álvaro no lo conocía de nada, también le suscitaba otra de sus certezas no empíricas: el tal Petru era un capullo integral.

El reportero llegó al museo con veinte minutos de antelación. A esas horas de la noche, iluminado por tenues focos, el Edificio Villanueva tenía un aspecto imponente. Se dirigió hacia el acceso de los Jerónimos, por donde entraban los visitantes en las horas de apertura, y mostró su localidad a un vigilante que había en la puerta. Le pareció que le miraba de forma extraña, como si no tuviera claro si dejarlo pasar.

En el vestíbulo había varias personas esperando acceder al

433

salón de actos. Álvaro contó unas cinco decenas distribuidas en pequeños grupos por el inmenso espacio. Todos vestían de manera formal, tal y como exigía una nota en el boleto de entrada. Las mujeres llevaban vestidos largos y los hombres, traje y corbata. El propio Álvaro lucía un envidiable aspecto de figurín, el traje le sentaba bien y sabía cómo lucirlo, era un chico presumido.

Hubo un detalle que le resultó chocante e inesperado: todos los asistentes llevaban máscaras como si aquél fuera un elegante cóctel de carnaval. Cuando Álvaro entró en el vestíbulo, varios enmascarados lo miraron de forma discreta antes de proseguir con sus charlas.

Se fijó en que una pareja con el rostro descubierto que había pasado justo antes que él se dirigía hacia el mostrador de información. El hombre era un individuo distinguido, de sienes plateadas, parecía un banquero o un político; de hecho, a Álvaro su cara le resultaba vagamente familiar de haberla visto en las noticias. La mujer que lo acompañaba delataba en su rostro varias visitas al cirujano plástico.

En el mostrador había un joven negro, altísimo, vestido con una chaquetilla de color verde. Parecía una estatua de bronce. Cuando la pareja se acercó, le dio a cada uno una máscara. Ellos se la pusieron.

«Allá donde fueres...», pensó Álvaro. Se acercó al mostrador. El hombre de bronce lo recibió con una sonrisa de exquisita cortesía.

—Buenas noches, señor, bienvenido. ¿Desea algún tipo de máscara en particular?

—¿Tengo que llevar una?

—Por supuesto. Lo pone en la invitación, ¿lo ve? «Se ruega vestimenta formal.»

—Llámeme loco, pero imaginaba que eso sólo se refería a la corbata.

—Ah, comprendo, es usted un miembro reciente de la sociedad. ¿Ésta es la primera vez que acude a uno de nuestros eventos?

434

—Podría decirse que sí...

—A algunos de nuestros miembros les incomoda la máscara al principio, pero pronto se acostumbran a llevarla. Permítame ayudarle con una sugerencia... ¿Qué le parece ésta? Es sencilla y elegante, y el tono hace juego con el color de sus ojos.

El hombre le enseñó un antifaz oscuro con finos cordeles de tacto sedoso formando un velo para cubrir el mentón. Álvaro se lo puso.

—¡Le sienta de maravilla, señor! Por favor, no olvide devolverla antes de marcharse. Que disfrute de la función.

A Álvaro le habría gustado hacerle algunas preguntas, pero tuvo que alejarse del mostrador cuando llegaron otras personas para recoger sus máscaras.

Toda aquella situación se le antojaba extraña, casi absurda. Se paseó sin rumbo por el vestíbulo, sintiéndose ridículo con aquel antifaz. El resto de los asistentes, en cambio, actuaban con toda naturalidad. Álvaro tuvo la sensación de que la mayoría de esas personas ya se conocían.

El acceso al Edificio Villanueva a través de la sala de las Musas estaba cerrado por un biombo metálico. Un vigilante del museo lo custodiaba. También llevaba antifaz, uno sencillo, de color perla, al igual que sus otros compañeros que había en el vestíbulo. Todo el mundo llevaba el rostro cubierto.

Álvaro vio a un hombre que le resultó conocido. Era Rojas, el jefe de Seguridad del museo. Había hablado con él una vez sobre los asesinatos, buscando alguna declaración para el periódico. Le pareció un individuo malcarado y estúpido. En un momento de la entrevista, pensó que Álvaro lo acusaba veladamente de ineptitud y lo echó a gritos de su oficina.

Rojas vestía un traje sobado que le daba aspecto de sórdido oficinista. No llevaba máscara, pero recogió una en el mostrador con el rostro de un gato negro. El reportero se preguntó qué hacía allí, no parecía el tipo de persona aficionada a la sutileza y armonía del género lírico.

Las puertas del auditorio se abrieron. Álvaro, junto con el resto del público, entró a ocupar su asiento. Le obligaron a dejar su teléfono móvil en una consigna antes de pasar, al igual que a los demás asistentes.

La sala era muy grande, con filas de sillas distribuidas en forma de hemiciclo en torno a un escenario oculto tras un telón. No había ningún foso para orquesta, pero una melodía atonal se escuchaba a través de unos altavoces dispuestos en lugares estratégicos.

Cuando todo el mundo ocupó sus localidades, las luces se apagaron y comenzó a sonar la obertura. La melodía era arrítmica, tensa y desconcertante. Sonaba como una marcha votiva. Álvaro podía imaginar a un grupo de sacerdotes, vestidos con túnicas y petos dorados, destripando reses sobre un altar al son de aquella obertura. Banda sonora para un sacrificio, podría llamarse. Tuvo el efecto de poner a Álvaro en tensión.

Se alzó el telón. La escenografía era extraña, apenas iluminada por unos focos de luz verdosa. En principio parecía recrear un canal veneciano, con su puente y sus palacios góticos; sin embargo, la estampa recordaba a un fotograma expresionista o un cuadro de Escher. Las fachadas palaciegas, con afilados pináculos y ventanas en ángulos extraños, se inclinaban unas sobre otras igual que velas derretidas. El puente tenía una perspectiva imposible, como una escalera de Penrose o un círculo de Moebius: un elemento que alteraba las reglas de la representación tridimensional. Álvaro se preguntaba cómo habrían logrado ese efecto.

Aparecieron los actores. Llevaban máscaras y túnicas de colores eléctricos. Se movían de forma extraña, como marionetas gigantescas. Los intérpretes cantaban arias disonantes en un idioma indescifrable mientras una pantalla sobre el escenario transcribía los subtítulos. La coordinación no era buena y llegaban con retardo; además, las frases en castellano a veces no tenían sentido. Eso hacía que fuera difícil seguir el argumento.

La historia parecía tratar sobre una conspiración contra un rey urdida por un coro vestido con capas de colores, eran «los Senadores». Los Senadores querían matar al rey, que se suponía que era el héroe de la trama porque era justo y sabio. No obstante, también realizaba sacrificios humanos, aunque eso no les importaba a sus súbditos, que se inmolaban ante él con alegría y entusiasmo. En una escena, un coro de figuras vestidas con túnicas verdes se clavaban cuchillos en el estómago y de sus heridas brotaban cintas color escarlata.

Álvaro miraba el escenario sin entender nada. O bien la ópera no tenía sentido, o bien él era demasiado estúpido para disfrutarla.

Los intérpretes seguían realizando sus actos incomprensibles en escena. Aparecieron dos cantantes: uno con una fea careta de anciana que parecía una bruja, el otro con una máscara de médico de la peste y un sombrero con forma de embudo. Entre los dos llevaban a un tercero que se movía dando traspiés y tenía la cabeza cubierta por una bolsa de arpillera.

Colocaron al de la bolsa en una silla en mitad del escenario y le ataron las muñecas a los brazos del asiento. Mientras entonaban cánticos desagradables, le quitaron la bolsa de la cabeza dejando a la vista el rostro de una mujer con el pelo largo y negro, veteado de mechones canosos.

El reportero la reconoció: era Isabel Larrau, de la Beca de Copistas.

Aquello era insólito, ¿por qué actuaba Isabel en el montaje? Si bien lo cierto era que la copista no se mostraba nada participativa: tenía la mirada ida y la boca abierta formando una expresión lela, como si estuviera drogada; no daba muestras de ser consciente de nada de lo que ocurría a su alrededor.

Álvaro empezó a sentir una creciente incomodidad. Entonces, uno de los otros actores, el que llevaba la máscara de bruja, colocó un nenúfar sobre la frente de Isabel. La bruja y el médico de la peste se enzarzaron en un dueto carente de armonía. El médico de la peste llevaba en la mano un largo punzón de hierro.

El reportero leyó los subtítulos de la pantalla sobre el escenario. «Esta desdichada lleva en su cráneo la Piedra de la Locura», decían.

«Yo se la sacaré.»

Un coro respondió:

«¡Sácala!»

«¡Sácala!»

«¡Quítale la Piedra de la Locura!»

«¡Ofrécela al Rey En Mil Pedazos!»

De pronto, el médico hundió el punzón en el cráneo de Isabel. Un chorro de sangre salpicó el escenario. La música creció en intensidad.

El público rompió en aplausos al ver cómo el médico perforaba la cabeza de Isabel una y otra vez, como llevado por una furia extática.

«¡Gloria al Rey En Mil Pedazos!»

«¡Gloria al Rey En Mil Pedazos!»

—¡Basta! —Álvaro gritó al ponerse en pie—. ¡Que alguien pare esto! ¡Es real! ¿No lo veis? ¡Es real! ¡Están matando a esa mujer!

El reportero sintió que iba a vomitar. Sus gritos habían detenido la acción en escena, pero la música seguía sonando. Un mar de rostros enmascarados lo miraban en silencio desde sus asientos. Álvaro creyó estar en medio de una pesadilla.

Entonces, un hombre con una máscara de demonio sonriente que estaba sentado junto a él, se llevó el dedo índice a los labios y le chistó pidiendo silencio.

El público volvió a mirar al escenario y la función siguió su curso.

Álvaro echó a correr hacia la salida. Abrió de un golpe las puertas del salón de actos y apareció en el vestíbulo dando traspiés, como si estuviera ebrio. Sentía que le faltaba el aire, que no podía respirar.

—¡Ayuda! —gritó—. ¡Ayuda, por favor, alguien...!

Un vigilante de seguridad se acercó.

—¿Le sucede algo, señor?

—¡Ahí dentro... ahí dentro está ocurriendo algo espantoso! ¡Es una locura, avise a la policía! ¡Tienen que detener la función! ¡Han... han matado a una persona en el escenario!

Álvaro nunca se había sentido tan próximo a sufrir una crisis nerviosa. Aún dudaba si todo aquello era cierto o estaba delirando.

En ese momento, Rojas, el jefe de Seguridad, salió del auditorio, con su máscara de gato sobre el rostro.

—Pero ¿qué le pasa a usted? —dijo, malhumorado—. ¿Es que está borracho? ¿Qué forma es ésa de interrumpir la representación?

—¡Usted estaba ahí dentro! ¡Lo ha visto! ¡Ha tenido que ver cómo le abrían la cabeza a esa mujer delante de todo el mundo!

Rojas y el vigilante intercambiaron una mirada. Entonces el jefe de Seguridad le quitó a Álvaro la máscara de un tirón.

—¡Maldita sea! —exclamó—. ¡Este tipo no es de los nuestros! Yo le conozco, ¡es un jodido periodista! ¿Cómo diablos se ha colado aquí?

El vigilante agarró a Álvaro por los brazos para inmovilizarlo.

—¿Qué hace? ¡Suélteme!

—Deshazte de él —ordenó Rojas—. Que no salga del museo, ¿me oyes? Si avisa a la policía, toda esa gente de ahí dentro se va a cabrear muchísimo.

El vigilante le tapó la boca a Álvaro con la mano. Se lo llevó de allí a rastras mientras Rojas entraba de nuevo en el salón de actos. El reportero se agitaba y retorcía como un gusano en un anzuelo. Otros dos vigilantes más lo agarraron por las piernas.

—¿Qué hacemos con él? —preguntó uno de ellos, que llevaba una máscara de mono.

—Metedlo en el baño. Le reventaremos la cabeza contra un lavabo, tal vez parezca que tuvo un accidente estando bebido.

Álvaro sacudió una pierna. Más bien por accidente, logró darle una patada en el estómago al de la careta de mono, aunque sólo logró irritarlo.

—¡Estate quieto! —gruñó—. Mierda, se escurre como una anguila, ¿por qué no le partimos el cuello aquí mismo? Las cámaras de seguridad están apagadas.

—No digas sandeces... ¡Y agárralo bien! ¡Este tío es muy fuerte!

Los vigilantes llevaron al reportero hacia el baño. Les costaba un enorme esfuerzo mantenerlo sujeto, dos de ellos eran más bien enclenques y panzudos, sólo el de la máscara de mono estaba en buena forma física.

Álvaro dio una sacudida y logró que uno de ellos le soltara la pierna un instante. El reportero lo aprovechó para darle una patada en la cara al otro. Al mismo tiempo, clavó los dientes en la mano del de la careta de simio hasta hacerle sangre, de ese modo logró que dejara de taparle la boca y que aflojara un poco la presión en sus brazos.

Los vigilantes se pusieron nerviosos. Eran más torpes y débiles que Álvaro, que llevaba años tonificándose a base de ejercicio. Al intentar reducirlo de nuevo, se estorbaron unos a otros, dándole al reportero una oportunidad para zafarse.

El que había recibido la patada en la cara se cubría la nariz, de la que brotaba un chorro de sangre, mientras emitía quejidos histéricos. Estaba fuera de combate. Álvaro hundió el tacón del zapato en el estómago blando y fofo del otro y lo dejó boqueando en el suelo. El de la máscara de mono se lanzó sobre él. Era el más grande de los tres, pero también el más lento. Álvaro lo esquivó con facilidad y salió huyendo.

—¡Cogedlo! ¡Que no escape!

El reportero corrió sin rumbo con la única idea de alejarse todo lo posible de los vigilantes. Se topó con un ascensor abierto y se metió dentro sin pensar. Apretó uno de los botones y las puertas se cerraron. El ascensor comenzó a bajar.

Álvaro se preguntó si sería mucho pedir que lo llevara hasta una salida.

Las puertas se abrieron frente a un pasillo vacío salvo por unas catenarias amontonadas en una esquina. El reportero bloqueó la puerta del ascensor con una de ellas. Esperaba que eso entorpeciera a sus posibles perseguidores. Después echó a correr por el pasillo.

Éste daba a una amplia galería con paneles corredizos. Álvaro supuso que, de algún modo, había encontrado los peines del museo. Siguió deambulando a ciegas esperando toparse con una salida. Una escalera le salió al paso y subió por ella.

El lugar donde apareció le resultó familiar: estaba en la zona abierta al público del Edificio Villanueva, cerca de una de las galerías principales.

Avanzó a hurtadillas y pegado a las paredes, temiendo que, en cualquier momento, aparecieran más vigilantes enmascarados. Quería alcanzar una de las salidas de aquella planta, pero, de noche y apenas iluminado por las luces de emergencia, el Edificio Villanueva era un lugar extraño y desconcertante. Por otro lado, Álvaro no conocía el museo tan bien como para orientarse con facilidad. En aquel momento lamentaba con toda su alma no haberlo visitado más a menudo.

Llegó, sin saber cómo, a una sala donde apenas había cuadros. Entre ellos identificó la *Mona Lisa* de Leonardo, que era a todo lo más que alcanzaban sus conocimientos sobre arte. Gracias a ello, al fin supo dónde estaba: en la sala 57B. El «Capricho de Sert».

Sintió un fugaz alivio: desde ese lugar, creía poder llegar a la puerta de Goya, que era la más cercana. Tan sólo cabía esperar que pudiera salir por ella sin encontrar ningún obstáculo.

De pronto oyó pasos a su espalda. Alguien se acercaba.

Una mano cayó sobre su hombro. El corazón le dio un vuelco en el pecho.

Se dio la vuelta y lo primero que vio fue una afilada hoja de metal apuntando hacia su cuello.

9

La noche estaba cubierta de niebla. Rodeaba los contornos del Museo del Prado y los difuminaba como si se deshicieran en la oscuridad. Visto de lejos, parecía un producto de la imaginación o un recuerdo lejano.

Guillermo caminaba hacia él, cabizbajo y encogido. Sujetaba contra su pecho un objeto envuelto en su sudadera. Era una catana japonesa, la había cogido de casa de Belman: una antigüedad con el sello del clan Taira en el mango, el cual tenía forma de mariposa.

Como iba en mangas de camisa, Guillermo temblaba. De frío, no de miedo, aunque eso no significaba que no estuviera asustado.

No había un alma alrededor. Los jirones de niebla parecían espíritus ociosos. Guillermo canturreaba en voz queda:

—*I was living in a devil town / Didn't know it was a devil town...*

Se acordaba de Berna. De hecho, había empezado a recordar muchas cosas desde que leyó los documentos de Belman. No todas, algunas se resistían a emerger; pero Berna, por desgracia, no era una de ellas.

Aquella noche en Berna no había niebla, pero también hacía frío. Guillermo llevaba, como siempre, una sudadera, unos vaqueros, una camisa de cuadros y una corbata. La corbata tenía mariposas.

En Japón simbolizan la muerte, o una visita inesperada. O una muerte inesperada.

(*All my friends were vampires*
Didn't know they were vampires...)

Llevaba una pistola oculta en la sudadera cuando entró en aquella exclusiva galería de arte de la Ciudad Vieja. No recordaba el modelo del arma, tampoco de dónde la había sacado. Pero era pesada, eso sí lo recordaba, casi tanto como la catana.

El dueño de la galería estaba dentro. Era un Pletórico, y también un asesino, había matado a muchas personas inocentes y pensaba seguir haciéndolo. Guillermo lo sabía. Ahora, mientras caminaba hacia el museo, no recordaba por qué estaba tan seguro entonces, pero no albergaba dudas: ese hombre era un asesino y tenía que morir, y debía ser él quien lo matara porque, de lo contrario, nadie más podría detenerlo. Era un líder, un hombre peligroso y muy capaz de ocultar las huellas de sus actos terribles. Guillermo había seguido su rastro desde mucho tiempo atrás y, al fin, logró acorralarlo en Berna.

No estaba solo en la galería. Había otro Pletórico con él, un copista, un pintor de espejos. Ambos eran cómplices, hermanados por la antigua sociedad a la que ambos pertenecían. El dueño de la galería era el cerebro y el otro, su brazo ejecutor. También tenía que morir.

Fue sencillo. Guillermo entró y abrió fuego a bocajarro contra los dos. Sin mediar explicación, no era necesario: los tres sabían por qué estaba ocurriendo aquello. «*Le Canard Rouge!*», había gritado el dueño de la galería cuando vio aparecer a Guillermo. Luego sacó un arma que ocultaba tras el mostrador y respondió a los disparos.

Guillermo tuvo que refugiarse detrás de una enorme escultura de acero. Podía recordarla muy bien, era una columna de formas cúbicas y esferas de cristal, las cuales reventaron en pedazos durante el tiroteo. Una esquirla le hizo un corte en la frente. Lo que no recordaba aún eran los rostros de los Pletóricos de Berna, ese dato aún seguía oculto en alguna madriguera de su memoria.

En cambio, el rostro de la niña había vuelto a aparecer.

Era muy pequeña, tal vez nueve o diez años. Guillermo no sabía que estaba allí, ni siquiera sabía que uno de los hombres a los que debía matar tuviera una hija. La chiquilla apareció de pronto al escuchar los primeros disparos, y en ese preciso instante una bala rebotó en el marco de acero de una de las pinturas expuestas. Sonó como una campanilla, y, de pronto, la niña estaba en el suelo con un orificio en la frente.

Guillermo se dijo que él no había disparado esa bala, que fue el otro hombre, el Pletórico. Pero no estaba seguro.

Nunca lo estuvo. Nunca lo estaría.

(*Turns out I was a wampire myself*
In the devil town...)

Guillermo apretó la catana contra su pecho. Intentaba desesperadamente recuperar la sensación de frialdad y certidumbre que le había embargado aquella noche en Berna, antes de que su cordura se rajara igual que un cristal. Por desgracia, lo único que sentía era pánico. Tenía serias dudas de que fuera capaz de clavar esa espada en un ser vivo si la situación lo exigía.

Al menos, esta vez no habría riesgo de balas perdidas, pensó, intentando aferrarse a algún consuelo.

Guillermo rodeó el Edificio Villanueva buscando un acceso. Traía consigo las llaves que encontró en casa de Felix con la esperanza de que alguna de ellas sirviera para franquearle una entrada. No había previsto ningún plan en caso contrario; pensaba que si realmente la fortuna del Pato Rojo estaba en sus manos, acceder al edificio sería sencillo. Más que eso: sería un destino ineludible. Si, por el contrario, no hallaba la forma de entrar, daría media vuelta y pensaría con un profundo alivio que todo era un error, y que el Inquisidor de Colores, de existir tal persona, no era ningún muchacho aficionado a combinar corbatas con sudaderas.

No tuvo esa suerte. Guillermo pudo meterse en el edificio gracias a una de las llaves de Felix.

Nadie se lo impidió. No saltó ninguna alarma ni apareció

444

ningún vigilante de seguridad. Era, supuso con amargura, la maldita suerte del Pato Rojo.

A través de una escalera angosta, Guillermo accedió a la rotonda del primer nivel donde estaba colgado el *Ixión*, cuya copia Felix dejó inconclusa para siempre. El gigante parecía querer advertirle con la mirada.

Márchate, aún estás a tiempo.

«Qué más quisiera...», suspiró Guillermo.

El museo estaba casi a oscuras y las figuras de los cuadros parecían moverse a hurtadillas en sus marcos. No había ni un solo vigilante de seguridad. Guillermo se preguntaba por qué. Tal vez el Pato Rojo se los había comido a todos.

Al llegar a la sala que estaba buscando se topó con un hombre agazapado en un rincón, de espaldas a él. Eso le pareció tan inesperado y desconcertante que ni siquiera se asustó; sin embargo, decidió ser precavido. Blandió la catana esperando transmitir un aspecto amenazador y sujetó a aquel tipo por el hombro, que se dio la vuelta con un respingo.

—¿Álvaro? —Guillermo bajó la espada, aliviado de no haber tenido que usarla—. Pero ¿qué estás haciendo aquí?

El reportero tenía un aspecto lamentable. Estaba cubierto de sudor y pálido como una luna.

—¿Yo? ¿Qué haces tú aquí? ¿Y por qué me amenazas con una espada? —De pronto, su rostro expresó pánico—. ¡Dios mío! No serás uno de ellos, ¿verdad?

—¿Quiénes son «ellos»?

—¡Esa gente de las máscaras! Deben de ser un culto de satanistas o algo parecido, no lo sé; todo esto es demencial... Como una pesadilla, una maldita pesadilla... Tal vez tú ni siquiera seas real: debo haberme quedado dormido en la butaca viendo esa puñetera ópera y ahora estoy soñando. Eso es lo que ha ocurrido, ¿verdad? Es eso.

—Ay, Álvaro... —Guillermo suspiró—. Te dije que no vinieras al estreno.

—¿Tú... sabes qué es lo que está pasando?

—Tengo una cierta idea, en efecto. Esas personas de las máscaras son una antigua sociedad que sigue el culto del Rey En Mil Pedazos; se llaman Pletóricos. Los crímenes, el estreno del *Messardone...* Todo forma parte de un rito al que se conoce como Especulación y que, me temo, tendrá lugar muy pronto, justo aquí, debajo del museo, en una especie de santuario secreto que construyó hace doscientos años el arquitecto Juan de Villanueva, que también era Pletórico. Yo debo impedirlo porque soy el Inquisidor de Colores, lo único a lo que ellos temen. El problema es que sólo tengo esta espada que encontré en el piso de Belman. Y la suerte del Pato Rojo de Apolo, creo; aunque no estoy muy seguro de en qué consiste eso exactamente. Ahora mismo no me siento muy afortunado.

—Ay, Dios... —gimió el reportero. Parecía a punto de echarse a llorar—. Todo el mundo se ha vuelto loco menos yo.

—Tienes que irte de aquí, Álvaro, y avisar a la policía.

—¡Créeme, lo estoy deseando! Eso es justo lo que intentaba hacer cuando casi me matas de un susto apareciendo de la nada con esa catana.

Guillermo le explicó el camino que él había tomado para colarse en el museo. Álvaro podría utilizarlo para salir.

—¿Y tú qué vas a hacer? —preguntó el reportero.

—Debo buscar el acceso a ese santuario del que te he hablado. Tengo la sospecha de que está aquí, en esta sala, en la 57B.

—¿Por qué?

—Es donde algunos vigilantes de seguridad decían haber visto personas enmascaradas en mitad de la noche, lo leí en tu artículo. Como tú mismo has comprobado, no eran fantasmas, sino seres de carne y hueso. Aparecían y desaparecían en la 57B, tal vez porque conocían una forma de entrar y salir de la que sólo ellos estaban al corriente. Además, hay símbolos por todas partes.

—¿Símbolos?

—Sí. Esa copia de la *Gioconda* es uno de ellos, el más evidente. Los Pletóricos están obsesionados por el concepto de la *Imitatio* y ese cuadro es un ejemplo perfecto. Fíjate en la obra que tiene al lado: *El paso de la laguna Estigia*; simboliza el cruce del umbral entre dos mundos: el de los vivos y el de los muertos. El reino de los muertos está bajo tierra, igual que el santuario de los Pletóricos construido por Villanueva. Ese cuadro indica que la entrada a ese lugar está justo aquí: esta sala es el umbral, la laguna Estigia, y hay que atravesarla.

A Álvaro le parecía una locura, aunque también le parecía de locos que trepanaran el cráneo a una mujer en un escenario entre los aplausos del público, pero lo había visto con sus propios ojos.

—Está bien —dijo—, hay que atravesarla... ¿hacia dónde?

—¿Hacia dónde navega el barquero del lienzo? Hacia una tierra donde la muerte es soberana. Allí es adonde debemos ir. —Guillermo señaló otro de los cuadros que estaban colgados en la pared—. *El triunfo de la Muerte*, de Bruegel el Viejo.

—¿Ésa es la entrada?

—Tal vez... —Guillermo se aproximó al cuadro para inspeccionarlo. En él encontró algo que le hizo sonreír—. Sí, aquí está la entrada. Mira.

Le enseñó a Álvaro una escena del lienzo que estaba en la esquina inferior derecha. Allí había un esqueleto que llevaba una máscara amarilla y, justo detrás de él, un hombre vestido con un jubón blanco y rojo se metía gateando debajo de una mesa cubierta por un mantel.

—No entiendo a qué te refieres.

—Fíjate en el personaje vestido de rojo y blanco, ¿te das cuenta? Es el único de todo el cuadro que mira al espectador, como si estuviera transmitiendo un mensaje. Y esa mesa bajo la que está a punto de refugiarse... Observa la forma que tiene el mantel que la cubre: parece más bien la entrada a una caverna.

—Y junto a ella hay un esqueleto enmascarado —añadió Álvaro—. Los Pletóricos llevan máscaras.

—Yo diría que el mensaje está claro: el hombre quiere que lo sigamos hacia la caverna, la guarida subterránea, en la que se reúnen los enmascarados.

—Pero... no podemos seguirlo, está pintado en un cuadro.

—Oh, sí que podemos. Va de un lienzo a otro, mostrándonos el camino. ¿Lo ves? Ahora está allí, justo detrás de nosotros.

Álvaro se dio la vuelta y se encontró frente a una tabla flamenca de Quinten Massys: *Cristo presentado al pueblo*. En primer plano, a un tamaño bien visible, había un personaje vestido con un jubón rojo y blanco, como el del cuadro de Bruegel.

—Lo admito: esto que acabas de hacer ha sido un truco muy bueno —valoró el reportero.

—Lo sé —dijo Guillermo—. No hay más pinturas en esta sala. Ahí está la puerta, detrás del cuadro de Massys.

El joven se agachó frente a la pintura. Justo debajo, casi a la altura del suelo, había un pequeño disco de plástico pintado del mismo color que la pared, similar a la tapa de seguridad de un enchufe. Al empujarlo vio que ocultaba una cerradura.

Entre las llaves de Felix había una con la etiqueta 57B. Guillermo probó a introducirla en la cerradura y vio que encajaba perfectamente. Al girarla, sonó un chasquido metálico. La sección de la pared en la que estaba la tabla de Massys se movió hacia atrás unos centímetros hasta encajar en un raíl y, a continuación, se deslizó suavemente a un lado dejando a la vista la entrada a un montacargas.

—¡Lo has encontrado! ¡Tenías razón!

—Sí —observó Guillermo, aunque no parecía nada contento—. La suerte del Pato Rojo, supongo.

El lector de símbolos se metió en el montacargas. Álvaro quiso seguirlo, pero él se lo impidió.

—¿Qué haces? Quiero ir contigo.

—No, uno de nosotros debe avisar a la policía y traerla aquí lo antes posible. Es mejor que seas tú, eres el único que ha visto lo que ha ocurrido durante la ópera, podrás explicárselo.

—De acuerdo, tiene sentido... Pero ¿estás seguro de que quieres bajar ahí tú solo? No tienes ni idea de lo que te vas a encontrar.

Guillermo pulsó un botón, el único que había en el panel de mandos.

—Con un poco de suerte, a un montón de Pletóricos que huirán despavoridos al verme. —El joven esbozó una sonrisa muerta—. Eso era un chiste.

Las puertas se cerraron y el montacargas comenzó a descender.

10

El montacargas se detuvo frente a un corredor. Al otro lado había una puerta metálica abierta, como invitando a cruzarla.

Lo que Guillermo encontró al otro lado le resultó sorprendente.

Ante sus ojos se abría una extensa galería. Era una réplica de las que había en el Museo del Prado, idéntica en todos los detalles: tenía una bóveda con casetones y lunetos, arcos fajones sostenidos por columnas clásicas y el suelo pavimentado con losas de piedra que relucían bajo la luz de las lámparas camufladas en los zócalos del techo. Sin embargo, mientras que en el museo la galería era blanca y gris, en aquella copia subterránea todo estaba pintado de verde esmeralda, incluso los fustes de las columnas eran de piedra serpentina.

Había cuadros en las paredes, obras de grandes maestros idénticas a las que cualquier visitante podía admirar en el Prado. De un vistazo Guillermo reconoció *El Lavatorio* de Tintoretto, *El emperador Carlos V en Mühlberg* de Tiziano, *El Descendimiento* de Van der Weyden, el *Autorretrato* de Durero y muchas más, hasta cubrir por completo los muros de la galería. Guillermo no daba crédito: se suponía que todos aquellos lienzos se encontraban muchos metros por encima de su cabeza, colgados en sus salas. De pronto encontró la respuesta: lo que tenía ante sus ojos eran copias. Calcos extraordinarios, tan perfectos como si viera los originales reflejados ante un espejo. Estaban pintados con tal maestría que el joven llegó a preguntarse si en realidad no serían los lienzos del Prado los que recreaban aquellos cuadros y no al revés. La idea hizo que se le pusiera la carne de gallina.

Al acercarse a uno de ellos descubrió que estaba firmado con una Escara. Comprobó que los demás también lucían la Oriflama de Mesardón en sus esquinas. Avanzó un poco, casi con miedo, observando con total fascinación aquella oculta pinacoteca. Al caminar, las suelas de sus zapatillas rozaban contra el suelo pulido provocando un eco inquietante, como el chillido de una rata. Eso, y el leve rumor de un sistema de ventilación, era lo único que se escuchaba. Por lo demás, la quietud era propia de un lugar sagrado.

La galería desembocaba en un corredor elevado que rodeaba una rotonda, a unos cinco metros sobre el suelo. Una escalera descendía al nivel inferior.

Allí Guillermo vio una serie de bancos de madera dispuestos en círculos alrededor de un pedestal sobre el que lucía imponente la escultura del *César Saurócromo de Cellini*.

El joven bajó la escalera sin dejar de mirar la estatua. Las piezas de bronce estaban iluminadas por leds junto al pedestal. Creaban sombras profundas en el rostro del jinete. Sus pupilas horadadas en el metal parecían a punto de moverse para mirar directamente a Guillermo.

Entonces, el lector de símbolos lo comprendió.

Allí estaba El Rey En Mil Pedazos, y ése era su templo, diseñado y excavado dos siglos atrás con la idea de albergar algún día a ese monstruo de bronce. Los Pletóricos al fin tenían a su monarca desfragmentado en su santuario.

Guillermo rememoró la historia de aquella estatua. Forjada por Cellini, perdida a través del tiempo... ¿Realmente era obra del maestro florentino o era una simple leyenda? En todo caso, ¿sabía Cellini que el ser al que estaba dando rostro era el demonio de un culto antiguo, o acaso la identificación de aquella figura con El Rey En Mil Pedazos se debía simplemente al hecho casual de que la estatua estaba, en efecto, hecha a partir de fragmentos? Guillermo no lo sabía, esos aspectos no figuraban en los archivos de Belman.

Probablemente, muchos de los misterios que rodeaban al *César Sauróctono* (o como quiera que se llamase en realidad) jamás serían desvelados, como por qué la estatua podía mover un brazo o para qué servía la placa de marfil que, según decían, llevó una vez encajada en su pecho. Guillermo recordaba que Roberto Valmerino mencionó ese detalle el día que se la mostró.

El joven contempló el espacio de la placa en el peto de la escultura. No era muy grande. Justo debajo había un relieve con forma de cabeza de oso; sus fauces, ligeramente abiertas, parecían una ranura.

Guillermo inclinó la cabeza hacia un lado, pensativo.

Dejó la catana en el suelo y del bolsillo de su sudadera sacó una baraja de cartas. Tomó el primer naipe del mazo y lo alzó a la altura de sus ojos, con el brazo extendido, como si lo ofreciera al Rey En Mil Pedazos. Estaba comparando el tamaño del naipe con el del hueco dejado en la coraza por la placa de marfil. Desde aquella distancia parecían similares.

La carta que tenía en la mano era el rey de picas. Simbolizaba al rey David. David una vez venció a un oso, se decía en la Biblia. En la coraza de la estatua había una ranura con forma de cabeza de oso. Según Roberto, la placa perdida de marfil tenía un relieve del rey David.

Guillermo inclinó la cabeza al otro lado, lentamente.

¿Y si...?

De pronto escuchó un ruido a su espalda.

Apresuradamente, el joven se guardó la baraja y recuperó la catana. La desenfundó y la blandió sujetándola por el mango con ambas manos. La hoja temblaba.

El ruido había venido desde lo alto de la escalera. Midiendo cada paso como si fuera el último, Guillermo se apartó de la estatua y subió al mirador.

Junto a la escalera había un vano arqueado que comunicaba con un corredor. De allí brotaba, muy tenue, el sonido de un piano. No era una melodía, sino notas al azar, como si alguien estuviera tocando las teclas a ciegas con un dedo.

El joven pisó un objeto. Al agacharse a observarlo de cerca sintió un mordisco de angustia en el estómago: era la petaca de plata de Judith.

Se la guardó en el bolsillo de la camisa y después se aventuró por el corredor.

Encontró una puerta abierta que mostraba una habitación iluminada. Parecía una especie de dormitorio, pues dentro tenía un camastro. Sentado en él había una persona con un teclado electrónico sobre las rodillas. Alzó el rostro cuando oyó aparecer a Guillermo.

El joven dio un paso atrás, asustado. Creía estar viendo un fantasma.

La cara de Rasguños estaba cubierta de heridas. Muchas aún lucían puntos de sutura, y la mitad del cabello le había desaparecido del cráneo. Parecía una vieja muñeca remendada a costurones.

Al ver a Guillermo sonrió mostrando los dientes que le quedaban.

—Hola, Pato Rojo. ¿Te gusta mi música?

—Será mejor que no te acerques.

—Llegas a tiempo para asistir a un milagro. Le pedí al Rey En Mil Pedazos que te trajera de nuevo a mí para poder arrancarte el corazón con mis propias manos, ¡y me ha escuchado! ¡Me ha escuchado!

Rasguños se lanzó sobre él. El joven apartó la catana para no ensartarla y ella lo derribó. Ambos cayeron al suelo y rodaron por la habitación. La mujer apuntó sus dedos engarfiados hacia el cuello de Guillermo, que le sujetaba las muñecas como podía. Era condenadamente fuerte. Miraba a su presa con ojos desencajados. Los tendones de su cuello parecían cables a punto de rasgarle la piel.

De pronto resonó una voz autoritaria.

—¡Basta!

Rasguños miró a la puerta. Había alguien allí.

—Déjalo —ordenó la persona recién llegada—. No es peligroso.

—¡Ha venido a destruirnos!

—¿Cómo? ¿Con una ridícula espada que ni siquiera sabe manejar? Deja que se levante, quiero hablar con él.

Guillermo se vio liberado y pudo ponerse en pie. Rápidamente, recuperó la catana y la apuntó hacia la figura que estaba en el umbral de la puerta.

—Guillermo... El Inquisidor de Colores, el Pato Rojo de Apolo... —dijo la voz; había en ella un delicado tono de burla, sonaba incluso elegante—. Volvemos a encontrarnos. Imagino que debes de sentirte muy sorprendido ahora mismo.

El joven negó lentamente con la cabeza. Estaba nervioso, también asustado, pero no sorprendido: aquella persona era justo a quien esperaba ver.

Hacía tiempo que los símbolos se lo habían revelado.

Apuntes para un libro sobre el Museo del Prado, de Alfredo Belman
(Fragmento III)

Están en todas partes. Siempre estuvieron en todas partes.

La pregunta es: ¿desde hace cuánto tiempo?

Aún no he sido capaz de determinarlo. Dudo que lo consiga: los Pletóricos ocultan su rastro demasiado profundo.

Dice Pletón en *Sobre el Arte Verdadero*: «A lo largo de la Historia nos han perseguido, y lo seguirán haciendo, aquellos que entienden lo suficiente como para saber que una pintura es algo más que manchas de color en una superficie, pero que no llegan a comprender lo que realmente puede llegar a ser; y como no lo comprenden, lo destruyen, porque el Hombre aniquila todo aquello que teme y supera su entendimiento».

¿Cuántos años llevan siendo perseguidos los Pletóricos?

¿Cuántos siglos?

Siempre escondidos, siempre proscritos, adorando a su dios en secreto... Aunque, en realidad, no estoy seguro de que El Rey En Mil Pedazos sea un dios ni de que ellos lo consideren como tal.

Al leer *Sobre el Arte Verdadero* descubrí que Pletón, el autor del tratado, sólo asocia el término «dios» al Uno; pero sé que los discípulos del filósofo no veneran al Uno, lo desprecian. Su visión sobre el mismo es una sublimación del «principio gnoseológico» plotiniano. «Todos los entes son entes en virtud del Uno», dice Pletón, parafraseando a Plotino; sólo que Plotino no llegó a insinuar que su dios absoluto, su Uno, careciera de consciencia. En ese sentido, el dios del que habla Plotino se parece al dios cristiano.

Pletón, en cambio, defiende que el Uno tuvo consciencia en algún momento pero la perdió, y ahora es un dios idiota que vaga por un universo extraño. Rendirle culto es tan inútil como hablarle a un todopoderoso vegetal. Esa criatura lobotomizada es el origen de todo cuanto existe.

En este punto, el pensamiento de Pletón deja de ser filosofía y se convierte en mito porque, según él mismo escribe, «existen verdades profundas tan inalcanzables para nuestro pobre intelecto humano, que sólo a través de leyendas y alegorías podemos intentar comprenderlas».

Y esto dice el mito de Pletón: en el principio, el Uno era como un rey, y ese rey tenía una corte de nobles que lo servían y lo adoraban, los llamados Arcontes Singulares. Fueron la Primera Emanación del Uno, aquello que creó cuando aún era consciente. En el mito, cada uno se identifica con una gema, pues eran brillantes como joyas: existía un Arconte de Esmeralda, un Arconte de Rubí, un Arconte de Diamante, un Arconte de Topacio... Y así hasta un total de doce.

Entre esos Arcontes Singulares algunos eran sabios, otros necios, otros violentos, otros astutos... Reflejos de las múltiples naturalezas del Uno, pero todos tenían un rasgo común: su enorme sed de poder. Tan intensa era que, en secreto, conspiraron contra el Uno y lo derrocaron. No pudieron matarlo, pero, según Pletón, «arrancaron de su cabeza todo pensamiento, toda emoción, todo intelecto y lo desterraron a los confines de su reino, donde se arrastra y balbucea como un animal».

Todos los Arcontes Singulares se proclamaron a sí mismos reyes, pero entre ellos sentían odio y recelos, y al desaparecer el Uno, no quisieron reconocer más autoridad que la suya propia, y peleaban continuamente para destruirse unos a otros.

Sobre el Arte Verdadero no habla de todos los Arcontes Singulares, a la mayoría apenas los menciona. En el mito de Pletón destaca uno por encima del resto: el Arconte de Esmeralda. Era el más hermoso de todos, la emanación pura de la belleza, y el resto lo envidiaban y querían aniquilarlo. Huyendo de sus hermanos, encontró una cueva habitada por hombres. Éstos eran primitivos y vivían asustados en su refugio. No conocían la belleza del Universo Infinito sino a través de sombras borrosas que se reflejaban en las paredes de su caverna; para ellos, ésa era su única realidad.

El Arconte de Esmeralda se convirtió en su rey. Los hombres le pidieron que les mostrara cómo era la belleza del Infinito que existía más allá de su cueva, y él les enseñó: «Esas sombras que veis son como una imagen en un espejo —les reveló—. Lo que debéis hacer es reproducirlas, cread vuestros propios espejos, y después ponedlos frente a frente, reflejo contra reflejo, y así obtendréis una puerta al Infinito».

Pero ellos no sabían cómo hacerlo, así que el Arconte de Esmeralda les transmitió el secreto de crear imágenes que reproducen reflejos de la realidad.

Les enseñó, en definitiva, el arte de la pintura.

Y los hombres pintaron, primero en los muros de su caverna, luego sobre las pieles de los animales. Aprendieron el uso de los colores, de la sombra, del relieve y del claroscuro; siempre siguiendo las enseñanzas del Arconte de Esmeralda. «Cuando alcancéis la perfección —les dijo—, abriréis las puertas del Infinito. Y seréis bellos e inmortales, igual que yo.» Los hombres siguieron sus enseñanzas con entusiasmo.

Sin embargo, hubo uno de ellos que no lo hizo. Era un traidor. Un hombre que, en secreto, había rendido pleitesía a otro de los hijos del Uno: el Arconte de Rubí.

Era éste el más joven y el más débil de los doce Arcontes Singulares, pero también el más astuto. Su esencia era la emanación del Conocimiento Puro. El Arconte de Rubí sedujo a uno de aquellos hombres y le hizo ver que su hermano de Esmeralda era un mentiroso, y que sus enseñanzas tan sólo traerían desdicha, pues el saber que se oculta en el Infinito no está hecho para las mentes de los hombres.

El Arconte de Rubí se presentó ante aquel hombre adoptando el avatar de un pato de plumas rojas y le concedió el don de leer los mensajes que el Universo transmite a través de símbolos; de esa forma no sería engañado por el Arconte de Esmeralda. Una vez adquirida esa capacidad, le otorgó un nombre: el Inquisidor de Colores.

El Inquisidor de Colores logró introducir la duda en el corazón de los hombres, y éstos se rebelaron contra el Arconte de Esmeralda. Una noche, mientras dormía, saquearon su palacio, lo degollaron y lo descuartizaron. Su nombre fue olvidado y se le conoció a partir de entonces como El Rey En Mil Pedazos.

Sin embargo, unos pocos hombres fieles lograron hacerse con los fragmentos y se ocultaron de los siervos del Arconte de Rubí. Ésos fueron los primeros Pletóricos. Desde entonces, los Pletóricos buscan la forma de reunir los restos del Rey En Mil Pedazos y resucitarlo para que les muestre el último de sus secretos, el que ellos llaman la Especulación.

Éste es, en esencia, el mito que narra Pletón en *Sobre el Arte Verdadero.*

En base a esta mitología delirante, los Pletóricos llevan siglos tratando de culminar la Especulación. Para que ésta se lleve a cabo, es necesario crear «reflejos», es decir, copias, porque los reflejos tienen poder, y este poder es más profundo cuando la copia exige un sacrificio de sangre. Eso es al menos lo que dice Pletón. También que el Inquisidor de Colores tiene la misión secular de impedir que la Especulación se lleve a cabo. Hasta el momento, los Pletóricos han fracasado en sus intenciones, pero siempre a costa de muchas vidas inocentes.

Esta leyenda ha conocido muchas versiones a lo largo de los siglos. El Rey En Mil Pedazos tiene, según parece, el mismo número de nombres. Logré recopilar algunas de estas versiones. La más antigua, creo, es de origen griego. En ella, el Arconte de Esmeralda adopta el nombre de Mesardón, y su hermano, el Arconte de Rubí, se identifica con el dios Apolo. Hay muchas más. El único punto en común que tienen todas ellas es la intervención de un pato. Siempre hay un pato, y siempre es rojo, no acierto a imaginar por qué.

A menudo recuerdo la primera vez que vi a Guillermo. Llevaba una corbata adornada con patos rojos. Últimamente estoy convencido de que ese tipo de detalles son más importantes de lo que parece.

Temo que me he convertido en el creyente de una fe incomprensible. Ese libro... *Sobre el Arte Verdadero*, es un texto extraño. Al leerlo suena razonable, suena lógico... No sé por qué, pero resulta... convincente. Y ahora no puedo quitármelo de la cabeza.

Hay muchos aspectos que, por desgracia, no se explican en *Sobre el Arte Verdadero*. Pletón insinúa que, además de los Pletóricos, existen otras facciones de creyentes que siguen las enseñanzas de cada uno de los demás Arcontes Singulares. La Cantoría era una de ellas, sus miembros eran siervos del Arconte de Diamante y manifestaban sus enseñanzas a través de la música. En el pasado, fueron aliados de los Pletóricos. Compusieron para ellos una ópera llamada *Messardone, Principe di Terraferma*; pero los Pletóricos los traicionaron y los aniquilaron para robar sus conocimientos. Hoy la Hermandad de la Cantoría está casi extinta.

Pletón menciona algunas más, pero sólo por el nombre: el Glorioso Laberinto (a quienes, al parecer, considera rivales directos de los Pletóricos), los Excelentes, los Leopoldinos, los Sternzauberer... Si bien el propio Pletón admite no saber de ellos más que rumores, pues, al igual que los Pletóricos, su mundo es el del secreto y la conspiración. Estas sociedades recelan inmensamente las unas de las otras.

El filósofo tan sólo calla conscientemente información sobre los llamados Sternzauberer. «Discípulos del Arconte de Zafiro —escribe—. Cuanto menos se hable de ellos, mejor, pues son una oscura abominación.»

Sobre el Arte Verdadero muestra atisbos de un mundo oculto del cual los Pletóricos son sólo una pequeña parte.

Al principio pensaba que ojalá nunca hubiera llegado a mis

manos ese libro. Ahora, después de haberlo leído tantas veces que puedo recitar sus pasajes de memoria, me pregunto cómo he podido vivir sin conocerlo.

Sin saber que cada lienzo es un espejo, y que al final de cada espejo se oculta el Infinito.

El Arte Verdadero.

11

—Quiero que vayas al auditorio —ordenó Fabiola—. Ha ocurrido un incidente durante la representación y es probable que nuestros invitados tengan que marcharse antes de tiempo.

Rasguños miró a la directora con gesto torvo.

—Él me hizo esto —dijo, señalándose el rostro herido—. Quiero venganza.

Tú lo atacaste en contra de mis instrucciones y obtuviste un justo pago por tu desobediencia. Da gracias por no haber sufrido peor suerte. Ahora, déjanos solos.

Guillermo asistía a aquel diálogo sin dejar de enarbolar la catana. No estaba seguro de a cuál de las dos mujeres debía apuntar con ella hasta que Rasguños abandonó la habitación.

Fabiola y el lector de símbolos se miraron a los ojos durante un buen rato. Se sopesaban mutuamente. Ella veía a un chico asustado, él a una mujer torcida, igual que su cuerpo.

La directora amagó una sonrisa muy tenue, más bien educada.

—Siento lo que te hizo esa mujer, Guillermo —dijo—. Yo no se lo pedí, sólo quería que te mantuvieran vigilado. Por desgracia, me temo que ella es excesivamente... entusiasta. Se toma algunas de nuestras enseñanzas demasiado en serio.

—¿Enseñanzas?

—Sí, es una discípula. Todos lo somos en cierta medida, ¿sabes, Guillermo? Siempre he pensado que las dos cosas más hermosas que se pueden hacer en esta vida son aprender y enseñar.

Fabiola, lentamente, tomó asiento sobre el camastro que había en la habitación.

—Discúlpame si te ofende que te llame por tu nombre —dijo—, ¡pareces tan joven, apenas un muchacho! No puedo evitarlo.

—No me importa, siga haciéndolo si quiere.

—Bien. —Fabiola guardó silencio un instante—. ¿Te sorprende encontrarme aquí?

—No.

—¿Y eso?

—Ya me lo esperaba. Lo tuve claro desde que nos vimos por primera vez, en el despacho de Roberto Valmerino.

Ella esbozó una sonrisa condescendiente.

—Eso suena a arrogancia, Guillermo.

—Tal vez, pero es la verdad.

—¿Y cómo lo supiste?

—Por su atuendo.

—¿Había algo delator en él?

—Demasiadas cosas —respondió el joven. Luego enumeró—: Una falda púrpura y amarilla con estampados de animales, un collar de amatistas y una chaqueta gris.

—Me temo que tendrás que explicarme cómo esos detalles constituyen un indicio de nada.

—¿De veras quiere escucharlo?

—Oh, sí, por favor, siento una enorme curiosidad. Pero te lo advierto —ella le señaló con el dedo, dando a su gesto el tono de un amistoso reproche—: sigo pensando que alardeas.

Guillermo reflexionó con cuidado sobre lo que iba a decir. A menudo le resultaba difícil explicar el proceso de sus pensamientos: la interpretación de símbolos no siempre podía expresarse de forma lineal. Las palabras y las imágenes son lenguajes diferentes, como la poesía y las matemáticas.

No obstante, trató de hacerlo lo mejor que pudo.

—El púrpura es... algo más que un color. Supongo que eso

usted ya lo sabe. En el Imperio bizantino la ropa púrpura era sagrada, sólo el emperador podía vestirla. Lo mismo ocurría en China con el amarillo: si alguien que no era el soberano lucía una prenda amarilla, el delito se castigaba con la muerte. Son dos colores que identifican una autoridad, pero no una autoridad cualquiera: una suprema, nadie está por encima de quien los lleva. El día que nos conocimos, usted vestía una prenda que los combinaba ambos, una falda muy larga, como un manto, de color púrpura y amarillo. La presencia de uno solo de aquellos colores ya habría resultado indicativa, pero dos... Eso era demasiado, ¿comprende? ¡Resultaba tan evidente, tan... explícito! En realidad, todo su atuendo lo era, estaba conformado por una serie de símbolos que se apoyaban unos a otros, que se refrendaban, matizando la forma en la que debían ser interpretados.

»Por ejemplo: el significado del púrpura y el amarillo enlazaba con el de las amatistas que llevaba usted en el collar, el mismo que luce ahora. La amatista es otro símbolo de autoridad, pero no sólo temporal sino también espiritual, por eso era la piedra que adornaba los anillos episcopales. Las amatistas añaden un matiz al púrpura y al amarillo: quien las lleva es un líder religioso, un supremo líder religioso. Eso describe muy bien su función entre los Pletóricos, ¿no es cierto?

»Usted llevaba más prendas: una chaqueta... La recuerdo bien... Una chaqueta de color gris. Gris, ¿se da cuenta de ello? El gris es el color emblema de la Amenaza, pues mezcla el negro de la oscuridad de la noche, donde habitan los peligros, con el blanco de la claridad del día, emitiendo así sólo la luz imprescindible para perfilar la presencia de aquello que nos produce espanto, y de ese modo azuzar nuestros miedos. El gris, en resumen, simboliza algo a lo que debemos temer y que trata de ocultarse de nosotros.

»Los colores y las amatistas me indicaron que estaba ante una mujer con poder, una mujer que ostenta el rango más alto en un culto religioso y que, a su vez, supone una amenaza que se oculta... Símbolos encadenados, uno tras otro, hablándome tan claro como una confesión. Y había muchos más. Por ejemplo, su falda. Estaba adornada con animales, de entre los cuales sólo dos eran totalmente visibles: el hipopótamo y el sabueso.

»En el Antiguo Egipto, el hipopótamo era un animal dañino, consagrado a Seth, un dios malvado. Es igual que usted... Es decir, en su caso delata a alguien consagrado a causar dolor en nombre de una deidad malvada, de ese Rey En Mil Pedazos. Esa idea estaba en consonancia con la presencia de los sabuesos estampados en su falda, porque el sabueso es un animal psicopompo... Lo siento... ¿conoce esa palabra, "psicopompo"? No estoy seguro de haberla pronunciado bien... Quiere decir que es una criatura encargada de llevar las almas al Más Allá. El sabueso siempre ha estado asociado a la muerte, desde el Anubis egipcio hasta el Cerbero griego, guardián del inframundo. En su caso particular, el perro y el hipopótamo hablan de alguien vinculado a la muerte y a la destrucción. Además, los sabuesos cazan patos. De hecho, entre los que había estampados en su falda, vi varios de ellos con un pato entre las fauces. Raras veces suelo encontrarme un símbolo tan literal, me resultó casi ofensivo... —Guillermo esbozó una sonrisa tímida, como si se disculpara.

—Lo siento, no pretendía serlo —dijo Fabiola divertida—. Continúa, por favor.

—Así que, como ve, era demasiado sencillo para mí. Portaba símbolos tan elocuentes que era imposible ignorarlos. Al combinarlos, al leerlos juntos, conformaban un retrato minucioso: el de una mujer que lidera en secreto un culto de tipo más o menos religioso, que ha causado la muerte y la destrucción y que, digamos, tiene una animadversión particular hacia los patos. A uno en particular: a mí. —El joven miró a Fabiola con una irónica expresión de candidez—. Por último, según la *Iconología* de Ripa, la mentira tiene una pierna inútil. Era difícil que me lo pusiera usted más claro salvo que hubiera confesado abiertamente... Lo siento, ¿le parece que estoy alardeando?

Fabiola observó a Guillermo en silencio. Sus ojos transmitían cierto regocijo, como si acabara de ver a un animal adiestrado ejecutar un truco muy bueno.

—Fascinante. Hay quien diría que tienes un don, Guillermo.

—Gracias. Ya lo sé.

—A mí en cambio me parece más bien una simpática habilidad, como esas personas a quienes se les da bien el cálculo mental, ¿entiendes a lo que me refiero?

Guillermo se encogió de hombros, indicando así que su opinión le traía sin cuidado.

—Los símbolos hablan, yo los escucho.

—Ya veo. E imagino que creer eso te hace sentir importante —replicó Fabiola—. Dime una cosa: esos símbolos tan locuaces, ¿te han dicho alguna cosa que no hayas descubierto al verme aquí, digamos, con las manos en la masa?

—Me hicieron ver que no está sola en esto, que había alguien más, tal vez una especie de maestro.

La duda brilló un instante en los ojos de Fabiola.

—¿De veras? ¿Quién?

El joven sacó de su bolsillo una fotografía arrugada, era la misma que había visto en casa de Álvaro. En ella estaban Fabiola y Enric Sert posando frente a la *Quimera de Arezzo*. Se la entregó a la directora

—¿De dónde has sacado esto?

—¿Sabe lo que es una quimera? —preguntó a su vez Guillermo—. Me refiero a la criatura mitológica, la que aparece en esa foto. Un ser con tres cabezas: de león, de cabra y de serpiente. Es una criatura peligrosa, maligna incluso: devastadora como el león, violenta como la cabra y sinuosa como la serpiente. No se la puede combatir de frente y seduce a la persona que se acerca a ella, arrastrándola a la perdición. Allí, en esa fotografía, veo dos personas seducidas por la Quimera, unidas por ella. La quimera es todo esto. —Guillermo señaló a su alrededor con un gesto—. Este lugar, el mito de los Pletóricos, la fe hacia El Rey En Mil Pedazos... De esas dos personas que aparecen en la fotografía, una ya está muerta, devorada, me temo, por la Quimera... ¿Estoy en lo cierto?

Fabiola no replicó. Durante toda la explicación de Guillermo había estado mirando la fotografía con ojos tristes.

—Sí.

Fabiola le tendió la fotografía para devolvérsela.

—Déjela encima de la cama.

—¿No quieres acercarte? ¿Tanto miedo me tienes, Guillermo?

—Prefiero ser cauto.

—Entiendo… ¿Y qué pretendes hacer con esa espada?

Como respuesta, Guillermo la alzó un poco en actitud amenazante. Fabiola esbozó una sonrisa amable. Le parecía estar viendo a un niño con un palo de madera intentando parecer peligroso.

—¿Vas a matarme con ella?

—Tal vez lo haga.

—No lo creo. Tú no eres un asesino.

—Sí lo soy. —El joven se humedeció los labios, nervioso—. He matado a otras personas antes.

—Lo sé. Suiza. Trágico. Aquellos hombres eran de los nuestros. Recuerdo cuando nos llegó la noticia de su muerte… Cundió el pánico, sobre todo cuando trascendió lo de aquella pobre niña. Todos pensaban que eras un asesino sediento de sangre… ¡Matar a una chiquilla indefensa! Oh, sí, algunos estaban aterrados, tenían pesadillas contigo por las noches. Yo no, ¿sabes, Guillermo? Yo no, porque yo sabía la verdad: que tú no querías hacer daño a nadie, que no fue más que un desgraciado accidente.

—Mentira —replicó él—. ¡Yo los maté! ¡A los tres! A… ella…

Fabiola negó lentamente con la cabeza.

—No, qué va…Te conozco muy bien, Guillermo. Tal vez no tenga tu asombrosa capacidad para leer símbolos, pero no la necesito contigo, sé a quién tengo delante. Veo a un hombre muy asustado, muy asustado y muy joven. Los jóvenes a menudo sois impulsivos, inconscientes, no sabéis medir vuestros actos. Tal vez tú no sepas quién eres en realidad, Guillermo, pero yo sí: un pobre muchacho a quien alguien, hace tiempo, llenó la cabeza de ideas fantásticas… El Inquisidor de Colores, el Pato Rojo de Apolo, el Elegido para vencer a las fuerzas del Mal… ¡Qué bien debió de sonar todo eso en tu cabeza! Tal vez, al principio, para ti fuera como un juego, una aventura: ir de un lado a otro cazando Pletóricos, igual que un héroe... Todos los muchachos desean ser héroes, Guillermo, todos desean ser especiales, sobre todo si, como tú, han crecido sin raíces, sin tener muy claro de dónde vienen... Sí, también eso lo sé. Entonces, un día, encuentras a una persona que ve en ti algo especial, un maestro. Eso te hizo sentir bien, ¿verdad? Conozco ese sentimiento mejor de lo crees... Tal vez fue ese maestro quien te convenció de que eras alguien con un don y decidiste utilizarlo, decidiste jugar a utilizarlo. Pero en Suiza el juego se volvió trágico. Entraste en aquella galería de Berna con tu pistola en la mano sintiéndote como un caballero blanco portando una brillante espada de justicia; seguía siendo un juego, una aventura... Pero, de pronto, todo se desbocó y acabó de una forma que tú jamás habrías querido imaginar, y al darte cuenta de lo que habías hecho, eso te destrozó. ¿Sabes por qué, Guillermo? Porque no eres un asesino. Tampoco eres un héroe. No eres nadie especial. Por eso yo no te tengo miedo; en todo caso, siento lástima por lo que te han hecho. —Fabiola le dirigió una mirada de conmiseración—. Ambos nos hemos dejado arrastrar con entusiasmo por un mito que otros crearon.

Guillermo se sintió vacilar. Por un segundo estuvo a punto de bajar la hoja de la catana.

No lo hizo.

—Si no soy nadie, entonces ¿por qué intentó matarme esa mujer?

—Algunos de nosotros todavía te tienen miedo, se creen todas esas historias, esos mitos...

—¿Y usted no?

—Por supuesto que no.

—Dadas las circunstancias, me cuesta mucho comprender eso.

—Lo entiendo.

Fabiola parecía resignada. Su mirada se dirigió a la fotografía que había dejado encima de la cama. La contempló unos segundos, melancólica.

—Yo también tuve un maestro, igual que tú —dijo—. Enric

Sert. Antes de su muerte, él ocupaba el cargo que ostento yo, no sólo en el museo, también aquí abajo. Fue él quien me lo contó todo: los Pletóricos, el Arte Verdadero, la Especulación... ¡Sonaba tan descabellado! Pero, en aquel entonces, yo me encontraba en una etapa muy oscura de mi existencia... Había perdido muchas cosas, cosas importantes... Me sentía vacía, muerta por dentro... Entonces Enric Sert me ofreció algo con que llenar ese vacío.

—¿Un mito?

—No. —Fabiola alzó el mentón—. Poder. Eso es lo que me aporta este lugar, Guillermo: poder. Un control absoluto sobre muchas personas. Puede que los Pletóricos crean en una gran mentira, pero esa mentira ha seducido a multitud de mujeres y hombres a lo largo de los siglos. Y ahora todos están bajo mi mando. Eso es lo que Enric Sert puso en mis manos. No sabría explicarte hasta qué punto es satisfactorio para mí, que lo había perdido todo.

—¿Eso justifica una matanza basada en lo que, según reconoce, no es más que una mentira?

—¿Y eso a mí qué me importa? Esas vidas no son mías, ¿por qué habría de preocuparme por ellas? La única vida que me importaba la perdí hace tiempo, de una forma injusta y cruel. El sentirme poderosa es lo único que me queda, y no me importa hacer lo que sea necesario para mantener ese poder.

Fabiola miró a Guillermo. Tenía las mandíbulas crispadas. Parecía estar desafiándole a que replicara sus palabras. Él no las comprendía, pero le resultaron verosímiles: aquella mujer estaba rodeada de símbolos de poder por todas partes. Ahora mismo, en su atuendo, Guillermo era capaz de identificar múltiples de ellos. Era fácil darse cuenta de que la ambición insaciable era lo único que daba sentido a su existencia.

—Entonces, todas estas muertes... Han sido sólo por una codicia personal... —dijo él, desolado—. ¿Qué hay de la Especulación?

—No sé lo que es. Enric Sert trató de explicármelo y nunca lo entendí; tampoco me importaba, en realidad. Todos los asesinatos, todo este proyecto, fue él quien lo diseñó, yo me limité a heredarlo y ejecutarlo tal y como él habría querido. Pasó toda su vida buscando este sótano, en unos planos antiguos de Villanueva que se creían perdidos. Cuando supo de la existencia del *César Sauróctono*, se empleó a fondo en traerlo aquí, a esta especie de templo. Él estaba convencido de que era la imagen del Rey En Mil Pedazos, pensaba que era imprescindible para efectuar la Especulación.

—Entonces ¿por qué murió Sert?

—Estaba muy enfermo, él lo sabía, no le quedaba mucho. Fue él mismo quien diseñó su propio asesinato. Consideraba un honor ser el primer sacrificado en aras de la Especulación, convertirse en un reflejo. Él sí era un verdadero creyente, Guillermo, y te tenía mucho miedo. Cuando se enteró de lo que hiciste en Berna perdió la cabeza, estaba aterrado, creía que vendrías a buscarlo y a someterlo a algún tipo de castigo sobrenatural... Recibió la muerte casi con entusiasmo, pues pensaba que era la única forma de escapar de ti. Pobre infeliz: su creencia en dioses extraños acabó por devorarlo.

—Igual que Saturno...

—Así es... Supongo que tú más que nadie sabrás apreciar que la manera en que murió fue muy adecuada.

—Y Felix Boldt, Cynthia Ormando y todos los demás...

—Parte del ritual según el plan de Enric. Él me indicó las directrices y yo las seguí, aunque confieso que nunca llegué a comprender del todo su sentido. Por lo visto, la Especulación es más poderosa si son copistas quienes derraman su sangre en el ritual... Espejos frente a espejos; es un concepto complicado, muy profundo: los copistas deben morir imitando las pinturas que reproducen. Para eso traje a Petru, quien es otro Pletórico convencido. Él se encargó de ejecutar todas esas muertes, aunque no lo hizo solo, el jefe de Seguridad del museo, por ejemplo, también es uno de los nuestros, al igual que algunos miembros del Patronato del Prado, incluso tenemos Pletóricos en la policía.

—¿También el inspector Mesquida?

—No, él sólo es un instrumento. No sabe quiénes somos,

pero lo manejamos a nuestro capricho. Es un hombre fácil de corromper.

A Guillermo le asustó que ella le desvelara tantos secretos. Eso sólo podía significar que no tenía miedo de que él los revelara a nadie más. Su destino ya estaba sellado: no saldría con vida de aquel lugar.

—¿Cuándo acabará todo esto? ¿Cuándo piensa poner fin a todas esas muertes?

—Al parecer, pronto. Según el plan de Enric, la Especulación se debería realizar después del estreno del *Messardone*, que anuncia la llegada del Rey En Mil Pedazos. —Fabiola recitó sus palabras con un deje monótono—. Pero antes de iniciar la Especulación, es necesario un último reflejo. Aún queda una copista con vida.

—Judith...

Fabiola asintió.

—Es inevitable.

—¡No, no lo es! ¡Usted aún puede detenerlo! ¿Por qué seguir adelante en algo en lo que no cree? ¡Por favor, no le hagan daño a ella!

La directora miró al joven con desaprobación, como si sus súplicas le parecieran fuera de tono.

—Eso ya no es posible, Guillermo. No se trata de lo que yo crea o no, sino de las creencias de las personas sobre quienes tengo autoridad. Ellos quieren su Especulación y yo voy a dársela porque es mi cometido. Además, ya es tarde para echarse atrás, probablemente ni siquiera me escucharían si les ordenara interrumpir el ritual. Están demasiado excitados. Quieren ver al Rey En Mil Pedazos.

—Pero usted sabe que eso no va a suceder jamás.

—Exacto, aunque no me preocupa. Si la Especulación fracasa, los Pletóricos no se desanimarán por ello, igual que esas sectas que pasan años rehaciendo sus cálculos para el día del fin del mundo sin que éste se desate nunca... Siendo sincera, no me parece un mal panorama. La falta de un objetivo concreto sería aún más dañina para nuestra sociedad que cualquier pájaro o inquisidor, sea del color que sea... —Fabiola se permitió mostrar una sonrisa cínica—. Ninguna fe puede mantenerse sin la promesa perpetua de un premio que nunca acaba de llegar.

—¿Y si la Especulación tiene éxito?

—Guillermo, querido, las probabilidades de que eso pase son tan escasas que no merece la pena considerarlas. —Fabiola disimuló una expresión de cansancio—. Pero, de una forma o de otra, los Pletóricos tendrán justo lo que desean: un último reflejo... y el sacrificio de un inquisidor. —Miró al joven con una sombra de compasión en los ojos—. No debiste venir aquí esta noche. Ha sido un tremendo error.

De pronto se escuchó un disparo y la luz se apagó para Guillermo.

12

Judith, me parece que estás bien jodida.
No podía dejar de repetirse mentalmente esa frase. La tenía en la cabeza, igual que un estribillo.

Ni siquiera (*me parece que estás*) le dejaba (*bien jodida*) pensar.

Pero debía hacerlo. Precisaba con desesperación un plan para escapar porque a Judith le parecía —sinceramente se lo parecía—, que estaba bien, pero que muy bien, demasiado bien, jodida. Como nunca lo había estado en su vida, la cual, dicho sea de paso, no parecía que fuera a prolongarse mucho más tiempo.

Intentó valorar su situación con frialdad. Ella era una O'Donnell, y los O'Donnell provienen de una larga estirpe de bastardos hispano-irlandeses que agudizan el ingenio cuando están más y mejor jodidos. La frase parecía propia del abuelo Darren, aunque Judith nunca le hubiera oído pronunciarla. Sin embargo, imaginarla en su cabeza con la voz del viejo le resultó extrañamente consolador.

Estaba encerrada en un cuartucho miserable. Petru la había metido ahí dentro, a punta de pistola, tras conducirla a través de una especie de guarida secreta que replicaba una de las galerías del Museo del Prado. Un nido de Pletóricos. Aquella gente tenía una preocupante obsesión por el tema de las copias, se dijo Judith, mientras caminaba entre reproducciones artísticas.

Petru la obligó a rodear una rotonda en cuyo centro habían

colocado el *César Sauróctono*. Había un montón de bancos y estandartes con la Escara colgando de las paredes, daba la impresión de que los Pletóricos se preparaban para su Convención Anual de Lunáticos.

Durante aquel trayecto, Judith hizo el desesperado intento de marcar a ciegas el número de la policía sin sacar el móvil del bolso. Petru, como era de esperar, se dio cuenta. Le quitó el bolso, sacó el móvil y se lo guardó en el bolsillo. Al hacerlo, dejó caer algunas cosas al suelo; entre ellas, la petaca del abuelo.

Después de aquello, Petru la llevó hasta una pequeña habitación sin más mobiliario que un armero con un par de fusiles y algunas pistolas que parecían de juguete. De modo que los Pletóricos tenían un pequeño arsenal, pensó Judith. Ése era justo el detalle que les faltaba para trascender de simples fanáticos homicidas a organización terrorista.

Judith, me parece que estás bien jodida.

«Ya lo creo que sí, amiga; ya lo creo que sí.»

En el arsenal, o lo que fuera aquella sala, había una puerta que daba a un habitáculo apenas más grande que una despensa.

—Entra ahí —dijo Petru. Y luego, en una incongruente galantería, añadió—: Por favor.

Al menos había que reconocerle que en ningún momento de la noche llegó a perder sus modales.

—¿Y si no quiero hacerlo?

—Entonces apretaré el gatillo.

Ella entró en el cuartucho y la puerta se cerró con llave a su espalda.

Y así fue como Judith acabó bien jodida.

Dentro olía a humedad y hacía calor. No tenía ventilación. El suelo era de cemento; las paredes, de ladrillo, y lo único que había era una pila de sacos de plástico llenos de arena de mortero. Judith pudo mover uno de ellos para tirarlo al suelo y usarlo como asiento.

Sentada sobre veinticinco kilos de arena, pasó un buen rato a oscuras pensando en cómo salir de ese agujero. No supo cuánto tiempo transcurrió, no llevaba reloj.

Cuando se cansó de no hacer nada, se paseó alrededor del cuarto para inspeccionarlo. Le llevó poco tiempo. Aparte de los sacos de arena, lo único que encontró fue una chincheta aplastada y lo que parecía ser un cuadro de electricidad en la pared. Estaba cerrado con un candado. Judith intentó desencajar la tapa de plástico tirando de ella, pero lo único que consiguió fue romperse un par de uñas.

Se desentendió del panel y recogió la chincheta del suelo. Tal vez podría usarla para agujerear uno de los sacos de arena, y entonces tendría... ¿qué? ¿Un saco de plástico vacío? Eso tampoco parecía servir de utilidad.

¿O quizá sí?

Judith creía haber tenido una idea.

Decidió no perder el tiempo valorando si era buena o mala. Al menos era mejor que ninguna, y el tiempo corría en su contra. Rápidamente, se quitó el abrigo y palpó el interior buscando las costuras. Con un poco de maña y la ayuda de la chincheta, Judith arrancó un pedazo de forro algo más grande que un pañuelo. Después utilizó la chincheta y las uñas que le quedaban intactas para abrir un agujero en uno de los sacos de plástico. La arena empezó a rebosar y Judith recogió toda la que pudo con el pedazo de forro del abrigo. A continuación, hizo una especie de bolsa y ató los extremos, muy fuerte, para que la arena quedase bien compacta en su interior.

La sopesó con cuidado. Parecía dura y firme, y, agarrándola por los jirones que sobraban del nudo, era fácil de blandir. Acababa de fabricar una más que aceptable cachiporra.

El siguiente paso era encontrar la oportunidad de utilizarla contra alguien, lo que parecía difícil mientras siguiera encerrada. Tenía que llamar la atención de Petru, hacer que entrara en el cuarto y golpearle en la cabeza con su arma improvisada. Y todo ello sin recibir ningún disparo en el proceso.

Siendo sinceros, la cosa no pintaba muy bien.

La atención de Judith se volvió a centrar en el panel de electricidad. Se le ocurrió que una forma de llamar la atención de Petru sería cortar la corriente.

La tapa de plástico era bastante dura, pero, tal vez, si utilizaba algo a modo de herramienta, podría romperla. No perdía nada por intentarlo, así que se quitó uno de sus zapatos y la emprendió a golpes contra la tapa. Realizó varios intentos hasta que empezó a dolerle el brazo y, al fin, consiguió abrir una pequeña fisura.

—¡Eh! —se oyó la voz de Petru, al otro lado de la puerta—. ¿Qué estás haciendo? ¿Qué son esos golpes?

—¡Estoy destrozando vuestro maldito panel de electricidad! ¡Espero que tengáis suficiente batería en el móvil, porque estoy a punto de dejaros sin corriente! —Con toda la fuerza que pudo reunir, descargó el tacón del zapato contra la tapa de plástico—. ¿Lo has oído, capullo? ¡Nada de fotos para el Instagram de la fiesta de los Pletóricos!

—¿Qué dices? ¡Ahí dentro no hay ningún panel de electricidad!

Judith dudó. ¿Estaba golpeando una simple caja vacía o Petru trataba de engañarla? Es igual, se dijo. Había logrado su objetivo, que era captar su atención.

Aporreó la tapa con una nueva andanada de impactos.

—¡Lo que tú digas, amigo! ¡Ve sacando las velas!

Más golpes. Muy seguidos. El ruido era enervante e insoportable.

Se escuchó el sonido de una llave en la cerradura de la puerta. Judith se tensó como la cuerda de un arco. Pequeñas gotas de sudor perlaron su frente.

Como una centella, cruzó la habitación y pegó la espalda contra la pared del otro extremo, justo al lado de la puerta. Ésta comenzó a abrirse. Judith escuchó la voz del corso:

—Si no te comportas como es debido, no me vas a dejar otra opción que...

Estaba entrando. Aún llevaba la pistola. En el momento en que Judith le vio asomar la cabeza, descargó la bolsa de arena sobre su nuca. Los nervios hicieron que fuera un golpe mucho más débil y falto de tino de lo que había pretendido. El corso sintió un doloroso impacto en la parte trasera del cráneo.

El dedo le resbaló sobre el gatillo de forma involuntaria. Un disparo salió despedido del cañón y atravesó la tapa del panel de electricidad. Saltaron chispas y esquirlas de plástico y, súbitamente, las luces se apagaron y dejó de escucharse el ronroneo del sistema de ventilación.

Judith embistió a ciegas hacia la oscuridad y, en un choque más casual que certero, logró derribar a Petru contra la pila de sacos de arena, que se le vinieron encima entorpeciendo sus movimientos.

Ella echó a correr. Unas fantasmales luces de emergencia iluminaban los tramos del pasillo, que parecía un viejo búnker de alguna guerra olvidada. Judith apareció en el corredor elevado que rodeaba la rotonda del *César Sauróctono*. Entonces escuchó un grito.

No un grito. Más bien un chillido. Y sonaba familiar. Judith había escuchado un tono idéntico días atrás, cuando se quedó encerrada en un ascensor con...

—¿Guillermo?

—¡Judith!

Lo vio surgir de uno de los pasillos del corredor, como una alucinación. Corría hacia ella con el pelo revuelto y el rostro cubierto de una brillante palidez. Judith apenas podía creerlo, y la espada japonesa que él llevaba en la mano no ayudaba a darle mayor verosimilitud a su presencia. Sólo cuando ambos chocaron y él no se desvaneció en el aire, ella empezó a convencerse de que era real, no un producto de su imaginación.

—¡Le he dado! —boqueó Guillermo, entre jadeos de excitación—. ¡Creyó que no lo haría, pero lo hice! ¡Le di con la catana! ¡Sólo quería golpearla! ¡Madre mía, creo que le he hecho sangre!

—¡Corre!

—¿Estás bien? ¿Estás bien? ¡Dime que estás bien! ¿Y cómo has llegado a este sitio?

—¡Corre y calla!

Judith le agarró la mano y tiró de él hacia la escalera que descendía a la rotonda. Él no paraba de hablar, soltando una frase sin sentido tras otra. Ella no se molestó en prestarle atención, tenía preocupaciones más urgentes.

Era difícil moverse por la rotonda en medio de aquella oscuridad.

—¡Por el amor de Dios! ¿Cómo se sale de aquí? —exclamó Judith, irritada.

—Hay que volver al corredor elevado e ir a la galería, esto no tiene salida, ¿por qué diablos te has metido aquí abajo?

—Y tú... y tú... ¿por qué diablos llevas una espada japonesa? —replicó ella.

Por encima de sus cabezas escucharon la voz de Fabiola llamando a Guillermo. Apareció en el corredor, renqueando sobre su muleta. Llevaba el brazo encogido sobre el pecho, como si le doliera. Tenía la manga de la chaqueta empapada de sangre.

Guillermo y Judith se ocultaron entre los bancos de la rotonda. Desde allí vieron llegar a Petru. Estaba cubierto de arena y aún tenía la pistola. Al toparse con la directora, dejó escapar un gemido de angustia.

—¡Estás herida!

—No es nada —atajó ella—. Sólo un corte. Ese estúpido perdió los nervios cuando oyó el disparo y se apagaron las luces. ¿Qué es lo que ha ocurrido?

—Judith se me ha escapado. Lo siento, ha sido culpa mía, yo...

—Búscala. A ella y al otro, al Inquisidor de Colores; no pueden haber ido muy lejos, no se oyen sus pasos en la galería.

—Pero tu brazo...

—Ya te he dicho que no es importante. Encuéntralos. Ahora son ellos quienes deben preocuparnos.

—De acuerdo. Tú quédate aquí, no te muevas de la escalera, así no podrán salir por la galería sin que los veas.

Petru se puso a inspeccionar el corredor elevado. Mientras tanto, Judith y Guillermo permanecían agachados, mejilla contra mejilla, detrás de uno de los bancos del extremo de la rotonda.

Con un gesto sigiloso, Judith señaló a Fabiola.

—¿Esa mujer es... —susurró—, uno de ellos?

Guillermo asintió con la cabeza.

—¿Le has hecho tú la herida del brazo?

—Fue un accidente.

—Ése es mi chico.

Justo encima de ellos, sonaron los pasos de Petru caminando lentamente por el corredor. Fabiola seguía en lo alto de la escalera, oteando entre las sombras de la parte baja de la rotonda. Judith estaba casi segura de que no podría verlos desde ese lugar, pero tarde o temprano tendrían que salir de su escondite. Petru no tardaría en encontrarlos en cuanto bajara. Tal vez, si corrieran hacia la escalera a toda velocidad y apartaran a Fabiola de un empujón... La mujer no estaba en condiciones de oponer mucha resistencia. Si se movían con rapidez, aún tenían una posibilidad de alcanzar la galería antes de que el corso tuviera tiempo de...

Judith sintió que Guillermo le daba unos golpecitos en el hombro. Ella le miró, interrogante.

—Sé cómo salir —susurró, más bien vocalizó, el joven. Luego señaló el *César Sauróctono*—. La estatua.

—¿Qué le pasa?

—Escupe fuego.

—¿Qué?

—Escupe fuego —repitió él, elevando un poco el tono de su murmullo. Pensaba que ella no le había entendido.

—No es verdad.

—Sí.

—No digas chorradas.

—Roberto nos lo contó, ¿recuerdas?

—Era una leyenda.

—No —insistió él—. Creo que sé cómo hacerlo.

—¿Qué?

—Tengo un pálpito.

—¿Que tienes un qué?

Guillermo dejó la espada en el suelo para no hacer ruido y se alejó a gatas por entre los bancos antes de que Judith pudiera impedírselo. Ella comprobó aterrada que se dirigía hacia la estatua.

—Guillermo... Guillermo, no seas idiota. ¡Ven aquí! Maldita sea, no puedo creerlo... ¡Guillermo! —Era difícil gritar en susurros.

Al mismo tiempo, Petru comenzó a descender por la escalera. Por el momento, no había reparado en Guillermo, pero era cuestión de tiempo, especialmente si el joven seguía con su idea disparatada de encaramarse a la estatua. Judith se temió lo peor.

El corso bajaba los peldaños lentamente, con su pistola apuntando al techo. Llevaba un arma muy pequeña, de cañón grueso y chato, que apenas le rebasaba el puño. Guillermo se deslizaba por entre los bancos, agazapado y procurando no hacer ruido. El corso avanzaba justo en su dirección y él no parecía haberse dado cuenta.

Judith contuvo el aliento.

—¡Petru, hay algo ahí! —dijo Fabiola, desde lo alto de la escalera. Señaló hacia la zona donde estaba Guillermo—. Creo que he visto moverse una sombra.

Judith decidió ejecutar una desesperada medida de distracción. Se quitó uno de sus anillos y lo arrojó contra una pared, justo a la espalda del corso. Cayó al suelo rebotando entre tintineos. Petru se volvió como impulsado por un resorte y disparó tres veces seguidas al vacío.

Genial, pensó Judith, el tipo estaba más nervioso que un perro en una tormenta. Sería un milagro que alguien no saliera de allí con un tiro en la cabeza.

Petru se acercó hacia el lugar donde había caído el anillo. Ahora estaba a tan sólo unos centímetros de Judith, que podía haberle rozado el talón con sólo extender la mano.

Detrás de él, Guillermo empezó a encaramarse al *César Sauróctono*.

—¡Está ahí! —gritó Fabiola—. ¡En la estatua!

El corso apuntó con el arma hacia el lugar señalado y apretó compulsivamente el gatillo. Hasta cuatro tiros retumbaron en la rotonda. La oscuridad y, tal vez, un pequeño milagro hicieron que ninguna de las balas acertase a Guillermo. La que más cerca estuvo de hacerlo rebotó en la cabeza de la estatua y le arrancó un sonido de campana.

Era lógico pensar que el imprudente de Guillermo había agotado todas las probabilidades de salir ileso de un quinto disparo; así que Judith, maldiciendo a su estúpido amigo, abandonó su escondite y saltó sobre la espalda del corso con la idea de arrebatarle la pistola.

Petru era muy fuerte. Logró zafarse de Judith y arrojarla contra un banco. Ella aprovechó la caída para agarrarlo por las piernas y hacerle perder el equilibrio. El copista dio contra el suelo de espaldas con un golpe seco que le arrancó una exclamación de dolor e hizo que soltara la pistola. El arma resbaló unos centímetros girando sobre su eje. Judith y Petru se arrastraron desesperadamente hacia ella, pugnando por alcanzarla. Fabiola contemplaba la escena desde el corredor elevado.

Ninguno de los tres reparaba en que Guillermo se había subido a la grupa del caballo de bronce de la estatua. El joven activó el mecanismo que ya conocía y el brazo del jinete levantó la lanza a la altura de su cabeza.

Petru golpeó a Judith con el codo en la espina dorsal. Ella gritó. Fabiola, como una bruja agorera, lanzaba voces de alarma. Guillermo tanteó el peto de la estatua en busca de la boca del oso. Sus dedos rozaron la fina abertura entre sus fauces.

Los dedos de Petru rozaron la culata de la pistola.

Guillermo sacó su baraja del bolsillo de la sudadera. Descartó más de la mitad de los naipes y los lanzó al aire. Cayeron como copos de nieve. Diamantes, corazones, picas y tréboles revoloteando en la oscuridad en destellos blancos alrededor del lector de símbolos. Ahora Guillermo tenía un pequeño mazo del grosor de un meñique, cuyas dimensiones eran similares al hueco de la placa de marfil en la coraza de la estatua.

El joven empujó las cartas dentro de la boca del oso. Imaginaba que, de pronto, brotaría una llamarada de fuego de alguna parte, el fuego desataría el caos y así Judith y él podrían escapar.

Eso no ocurrió. Judith tenía razón: la idea de que una estatua de cuatro siglos de antigüedad estuviera en condiciones de escupir fuego era insostenible.

No obstante, la intuición de Guillermo sí tuvo un efecto inesperado.

En el momento en que los naipes encajaron en la boca del oso, de las entrañas del *César Sauróctono* brotó un sonido hueco de metal y luego un chasquido, como si algo se desencajara. Aquello provocó la misma reacción que si se presionara el gatillo de una gigantesca arma de aire comprimido.

De pronto, la lanza del jinete salió disparada en línea recta cortando el aire con un siseo. Cruzó la rotonda hasta lo alto de la escalera del corredor y se hundió limpiamente en el cuello de Fabiola. Un arco de sangre brotó de la herida.

Con aquel cilindro de bronce clavado en la yugular, la directora emitió un gorjeo patético, sus manos se agitaron a ciegas, como si tratara de arrancarse aquella cosa de la garganta, y finalmente se desplomó de espaldas. La lanza quedó enhiesta apuntando al techo.

Al verlo, Petru lanzó un grito desgarrado. Asió la pistola y disparó hacia Guillermo. Al mismo tiempo que sonó la detonación, el joven cayó de la estatua. Judith se lanzó contra el corso. Éste respondió descargándole un manotazo en la cara que la tiró al suelo. Sujetó la culata de la pistola con ambas manos y encañonó la cabeza de Judith.

Aterrada, ella dejó de respirar, esperando la bala que le reduciría el cráneo a escombros.

Súbitamente, la expresión de Petru cambió. Abrió la boca, como si fuera a gritar, pero sólo fue capaz de emitir una bocanada de aire en una especie de jadeo. En su pecho, a la altura del corazón, brotó la punta de una espada teñida de una sustancia oscura y viscosa, después desapareció tan fugazmente como había surgido. A su paso dejó una herida sangrante.

Petru soltó la pistola y cayó de rodillas. Sus pupilas miraban a la mujer a la que había estado a punto de disparar, pero ya era una mirada muerta. Tras la espalda del corso, Judith vio a Guillermo sujetando el mango de la catana con ambas manos. Unos hilos de sangre se deslizaban a lo largo de la hoja hasta mancharle los puños.

El rostro del joven lucía una expresión despiadada. Por un instante, Judith tuvo la impresión de estar contemplando a un desconocido, alguien con los mismos rasgos de Guillermo, pero mucho más peligroso e implacable.

En sus ojos había demonios encadenados.

Aquella sensación duró apenas un segundo. De pronto volvió a parecerse al joven asustadizo e inofensivo que ella creía conocer. Guillermo dirigió una mirada de espanto a la catana y la dejó caer, como si le quemara en las manos.

—Tuve que hacerlo... —balbució—. Te habría disparado...

—Lo sé.

—Lo he matado... —El joven temblaba de pies a cabeza—. No fue un accidente... Yo... Quería hacerlo...

—Tranquilo. —Judith se incorporó y se aproximó a él, lentamente—. Tranquilo, Guillermo.

—Lo siento... Lo siento de veras... Lo siento...

Ella le abrazó para calmarlo. Guillermo hundió la cara en su hombro y sollozó en silencio. Judith le acariciaba el pelo como a un niño asustado.

—Calma, calma... —le dijo ella, suavemente—. Ya pasó todo, ya pasó...

Dejó que se tomara su tiempo para ahogar en lágrimas lo que fuera que le atormentaba. Judith tenía la sospecha de que se trataba de algo que iba más allá de lo que acababa de ocurrir, pero no se atrevió a indagar. Se dio cuenta, con cierta sorpresa, de que tenía miedo de lo que pudiera llegar a descubrir. En aquel momento lo único que deseaba fervientemente era que él se sintiera consolado.

Finalmente, Guillermo se apartó de ella secándose los ojos con el dorso de la mano. Parecía que aquello le había sentado bien, se le veía más entero.

—Gracias... —dijo. Trató de sonreír, aunque era evidente que le costó un enorme esfuerzo—. No... no le digas a nadie que he llorado, ¿vale?

482

—No lo haré. Me centraré sólo en la parte en que nos salvas la vida a los dos.

—Eso no es verdad, no he hecho tal cosa. Al contrario, he sido un idiota... Una estatua que escupe fuego... ¿en qué diablos estaría pensando? Tú sí que me has salvado el pellejo.

—Lo dejaremos en un empate: los dos hemos sido estúpidamente valerosos.

—Y no he llorado.

—No.

—Tampoco chillé en aquel ascensor, y se lo dijiste a la policía. Sólo grité.

—Gritas como una niña, Guillermo, ya va siendo hora de que empieces a asumirlo. —Al ver que el joven fruncía el ceño, ella sonrió—. Era un chiste.

—Si tienes que indicarlo, es que no ha tenido gracia, ¿recuerdas? —replicó él—. Vámonos de aquí, por favor.

Judith miró hacia lo alto de la escalera. Todavía se apreciaba la línea de la lanza atravesando el cuerpo de Fabiola.

—¿Crees que... está viva?

Sólo había un modo de saberlo. Ambos se encaminaron hacia el corredor elevado. Al acercarse al cuerpo de la directora, comprobaron que estaba inmóvil y sus ojos eran como dos canicas de cristal. Había un charco de sangre que estaba empezando a gotear por los peldaños de la escalera. Judith se quedó contemplando el cadáver de la mujer que había orquestado la muerte de su amigo Charli. El bueno de Charli, cuya única ambición en esta vida fue ser un buen vigilante de seguridad.

—Tenía que haber supuesto que ella tenía algo que ver.

—¿Por qué lo dices?

—Hace un par de días se ofreció a restaurar mi copia de Rembrandt en el taller del museo, para que le borraran la Escara, pero nadie sabía que el asesino de Felix había pintado sobre la copia, la policía sólo hizo público que se la habían quedado como prueba. El caso es que me llamó la atención que ella estuviera al tanto de eso, pero no me di cuenta de que, inconscientemente, se estaba delatando. Me siento como una estúpida. —Judith escupió sobre el cadáver—. Esto va por Charli.

Guillermo le puso la mano sobre el hombro.

—Vámonos, Judith —le dijo discretamente.

Ella asintió. Juntos abandonaron la rotonda en dirección a la gran galería abovedada. Por el camino, Guillermo le habló a Judith de su encuentro con Álvaro.

—¿Crees que habrá avisado a la policía?

—Eso espero. —Él hizo una pequeña pausa—. Lo que no sé es cómo vamos a explicar todo esto.

—Lo mejor sería escabullirnos del museo de forma discreta. Si encontramos a un policía por el camino, fingiremos no saber nada de este lugar.

—¿No sería más correcto decir la verdad?

—La verdad a menudo sólo logra complicar más las cosas, chico.

Ambos usaron el montacargas para regresar a la sala 57B. Allí no encontraron a nadie. Decidieron tomar el camino que utilizó Guillermo para colarse en el museo, así que se dirigieron hacia una de las galerías principales.

De repente, frente a ellos, apareció una silueta.

Judith se detuvo en seco. La figura que les cerraba el paso avanzó un poco hasta que una de las luces de emergencia iluminó su rostro.

Rasguños parecía un ser grotesco. Su piel brillaba cubierta por una capa de sudor y sus ojos eran dos cuarzos febriles. Tenía el cuerpo encogido, y con ambas manos sujetaba la culata de una pistola pequeña, como la que tenía Petru. El pelo, apelmazado por el sudor, le caía sobre el rostro lleno de heridas, y todo su cuerpo temblaba; parecía que acabara de salir de un tanque de agua helada.

Levantó el arma hacia Judith y, sin mediar palabra, le descerrajó tres tiros.

Ella sintió una quemazón en el lóbulo. Nada más. Antes siquiera de reparar en que ninguno de los disparos la había herido, Rasguños empezó a reírse a carcajadas y echó a correr, desapareciendo por una de las galerías.

—¡Maldita sea! —exclamó Judith con rabia—. ¿De dónde ha salido esa loca? ¿Te puedes creer lo que...?

Se volvió hacia Guillermo y el corazón se le heló en el pecho.

Él estaba de rodillas, con una mano apoyada en el suelo y la otra en el torso. Parecía que acabara de tropezar. Estaba sangrando. Había sangre por todas partes.

Judith se acercó a la carrera. Guillermo se dejó caer en sus brazos. Tenía dos orificios de bala en el pecho, uno justo en el corazón.

Y la sangre. No dejaba de sangrar. Cuanta más perdía, menos color había en su rostro. Menos vida en sus ojos.

—No, no, no, no, joder, no... —dijo Judith. Intentó tapar sus heridas con las manos. Seguía sangrando... Toda esa sangre... ¡Dios!, ¿por qué no podía dejar de sangrar?—. ¡No, Guillermo, no! ¡Mírame! ¡Quédate conmigo, por favor! ¡Quédate conmigo!

Él movió los labios. Quería pronunciar el nombre de ella. Le tocó en la mejilla con las yemas de los dedos y dejó tres huellas de sangre. Todo era sangre. Todo era rojo, color Pato Rojo. Color rubí.

Judith gritaba pidiendo ayuda, no sabía a quién.

Guillermo cerró los párpados y dejó de estar con ella.

13

El día amaneció despejado en Madrid por primera vez en semanas. La luz fría del sol de invierno mostraba un cielo pálido, sin nubes. Parecía que éstas se hubieran desvanecido igual que una mala pesadilla.

Sin embargo, aquel sorprendente cambio en el clima, que no había sido previsto por ningún parte meteorológico, apenas suscitó el interés de nadie. La atención del público estaba volcada en un extraño suceso ocurrido durante la noche.

Las redes sociales y medios de internet hicieron circular la noticia antes que nadie. Entre ellos estaba *El Cronista*, diario digital, que en un lugar destacado de su página web mostraba este titular:

TIROTEO NOCTURNO EN EL MUSEO DEL PRADO

Los internautas que habían seguido con interés los recientes sucesos relacionados con la pinacoteca, pincharon ávidamente en el enlace de la noticia. Pocos repararon en que aquella crónica no estaba firmada por Álvaro de Tomás, el reportero habitual del medio, sino por un anónimo redactor.

El artículo era parco en detalles. Decía que la noche pasada, a eso de las nueve, la policía recibió un aviso de que se había producido un incidente durante el estreno de la ópera *Messardone* en el salón de actos del museo.

Cuando unos agentes se presentaron allí fueron recibidos por Manuel Rojas, jefe de Seguridad del Prado, quien se mostró asombrado por la denuncia. Los policías no encontraron nada fuera de lo habitual, sólo inocentes ciudadanos disfrutando de un exclusivo evento cultural.

Estaban a punto de marcharse cuando, de pronto, se escucharon tres disparos cuyo origen estaba en las salas del Edificio Villanueva, cerrado al público en aquel momento. Al dirigirse hacia el lugar, los agentes se toparon con una mujer armada que corría, como enloquecida, gritando una frase sin sentido:

—¡Lo he matado! ¡He matado al Pato Rojo! ¡Le he arrancado el corazón!

Fue detenida inmediatamente. Al parecer, según el artículo, había disparado sobre dos personas que, por algún extraño motivo, en aquel momento se encontraban en las salas de Villanueva. No se especificaba ningún dato sobre la identidad de las víctimas, tan sólo decía que, según los primeros datos, una de ellas podía haber fallecido a consecuencia de los disparos.

En cuanto a la sospechosa, se identificó ante la policía con una sola palabra: «Rasguños».

Ésa era toda la información de la que se disponía. El atestado policial permanecía en secreto.

Mientras el suceso se transformaba en *trending topic* (#AsesinaDelPrado #Rasguños) las hipótesis y conjeturas se desataban. Como de costumbre, las redes sociales fueron un buen foro para estar al día sobre las más extrañas.

Al día siguiente, *El Cronista* amplió la noticia sobre el tiroteo en el Prado.

Según un artículo —de nuevo sin firmar—, la mujer detenida en la pinacoteca había confesado a la policía ser la responsable de la muerte de los participantes de la Beca Internacional de Copistas, la extraña serie de crímenes que había tenido en jaque a la policía en las últimas semanas.

En su confesión, además, dio la dirección de un inmueble abandonado en el centro de Madrid, cerca de la calle Villanueva, donde dijo que había otros dos cadáveres. Cuando la policía fue a investigar halló los cuerpos de Petru Bastia e Isabel Larrau, ambos con claros indicios de haber sufrido una muerte violenta, si bien aún faltaba por conocer el dictamen del perito forense.

El artículo también informaba de que tanto la prensa como la policía habían tratado de ponerse en contacto repetidas veces con Manuel Rojas para contrastar la información que la asesina confesa iba desgranando en sus interrogatorios, pero, por lo visto, el jefe de Seguridad del Prado se encontraba en paradero desconocido.

Por si eso fuera poco, Rojas no era el único responsable del museo cuya localización se ignoraba. Desde la noche del tiroteo nadie había tenido noticias de Fabiola Masaners, la directora de la pinacoteca, y empezaba a temerse que, tal vez, la Asesina del Prado hubiera tenido tiempo de dar cuenta de una última víctima antes de ser detenida por la policía.

El *hashtag* #Rasguños se mantuvo en la lista de los más populares en redes. Incluso empezó a suscitar el interés de internautas extranjeros. La Asesina del Prado se estaba convirtiendo en una celebridad.

En los días sucesivos se produjo una cascada de revelaciones impactantes relacionadas con los crímenes. La mayoría no eran muy creíbles, sólo rumores de internet y pábulos sensacionalistas, ya que el equipo de investigación policial liderado por el inspector Antonio Mesquida no aportaba ninguna novedad sobre el caso. En ese intervalo de tiempo, *El Cronista* recibió una cifra récord de visitantes.

Curiosamente, las crónicas firmadas por Álvaro seguían sin aparecer.

Poco más de una semana después de su detención, la Asesina del Prado proporcionó otro titular a los medios, aunque de una forma que nadie podía haber imaginado.

Un nuevo artículo sin firmar de *El Cronista* informó de que Rasguños, la homicida más famosa del momento, se había suicidado en prisión. Los funcionarios de la cárcel donde permanecía en custodia encontraron su cuerpo dentro de la celda; se había cortado el cuello con un trozo de cristal.

Al día siguiente del suceso, el inspector Mesquida cerró el caso de los asesinatos del Prado.

Durante una comparecencia ante los medios, sin preguntas, declaró que la policía no albergaba ninguna duda de que el responsable de los crímenes y la mujer que se quitó la vida en prisión eran la misma persona.

Mesquida achacó sus motivos a un evidente desequilibrio mental agudizado por la adicción a diversos tipos de estupefacientes, tal y como habían revelado los análisis de expertos médicos y psicólogos consultados por la policía.

—Nos encontramos, en definitiva, ante el típico perfil de «asesino en serie» —concluyó el inspector.

Los periodistas presentes quisieron saber, entre otras cosas, si la policía sabía algo nuevo sobre el paradero de Fabiola Masaners y Manuel Rojas. Mesquida no hizo comentarios.

Álvaro asistió a aquella declaración. Lo escuchó todo desde el fondo de la sala de prensa sin molestarse en tomar notas. No creyó que mereciera la pena.

Tampoco se unió a sus colegas de la prensa cuando lanzaron toda clase de preguntas atropelladas mientras Mesquida abandonaba la sala, con la actitud de un mal actor huyendo de un abucheo. Al finalizar la comparecencia, Álvaro se marchó discretamente. En sus labios había una leve sonrisa, pero era de amargura; lo cierto era que se sentía engañado.

Cuando llegó a su casa, Álvaro escribió un artículo para su editora. El tema era los asesinatos del Prado. A medida que iba tecleando las palabras, se dio cuenta de que no era una crónica sino un desahogo.

En él despotricaba sobre la incompetencia de Mesquida y su sorprendente decisión de cerrar un caso dejando sin respuesta toda clase de interrogantes. También se despachó a gusto sobre el diagnóstico de la presunta asesina.

«Típico perfil de asesino en serie», habían dictaminado los expertos. «¿Qué clase de expertos eran ésos?», escribió Álvaro.

«¿Saben acaso en qué consiste un perfil de asesino en serie?», añadió, junto con otra serie de interrogantes que sonaban más a acusaciones airadas.

El reportero terminó su artículo con un párrafo que destilaba frustración en cada palabra: «¿Por qué nadie ha investigado a fondo a la compañía Singolare, responsable del montaje de la ópera *Messardone*? —escribió, golpeando las teclas con rabia mal contenida—. ¿Por qué no se investigan sus contactos con importantes personas del Museo del Prado y su Patronato, muchas de las cuales estaban presentes el día del estreno, cuando este periodista fue testigo de un hecho que ahora, bajo amenaza de una denuncia por difamación, no puedo revelar? Pues bien, quizá yo no tenga un flamante equipo de abogados como Singolare, pero tampoco tengo miedo a las represalias por decir la verdad, y puede que ya sea hora de que alguien lo haga».

Álvaro envió el artículo sin repasarlo. No quería darse tiempo a reflexionar y caer en la tentación de moderar el tono. De todas formas, se dijo, era improbable que lo llegaran a publicar.

Para su sorpresa, apareció en la página web de *El Cronista* aquella misma tarde.

Lo que ya no le sorprendió tanto fue que lo eliminaran a las pocas horas.

14

Habían pasado décadas desde la última vez que Judith asistió a un oficio en una iglesia. Nunca imaginó que rompería tal sequía espiritual para asistir a una misa por el alma de un difunto.

Aquél era un bonito templo. La iglesia de San Antonio de los Alemanes era una pequeña y olvidada joya engastada en las calles del centro de Madrid. Por fuera resultaba más bien anodina, incluso fea; el interior, en cambio, era pura belleza; tal vez el edificio fuese una metáfora platónica del alma humana.

Los muros y la bóveda estaban decorados con frescos de Lucas Jordán y Carreño de Miranda: un despliegue barroco de reyes y santos en apoteosis. A veces, cuando no había misa, Judith iba a la iglesia para dibujar los frescos. Era justo lo que le habría gustado estar haciendo en ese momento.

El sacerdote se acercó a un atril donde había una biblia abierta. Los escasos asistentes se pusieron de pronto en pie y se santiguaron de forma complicada. Judith trató de imitarlos. El cura leyó un pasaje del Evangelio, algo sobre un pozo, después todos se sentaron y comenzó el sermón.

Había pocas personas en la iglesia. Era un oficio de diario, normal y corriente, durante el cual, en algún momento que Judith no tenía muy claro, el cura, atendiendo a la petición de ella, rezaría por el alma de un desconocido para la mayoría de las beatas que asistían al sermón.

El difunto tenía pocos amigos en la ciudad. La idea de dedicarle una misa a su eterno descanso había sido de Judith. Quería que un profesional del ramo intercediese por su eterno descanso, pues nadie sabe lo que ocurre después de la muerte y nunca está de más cubrirse las espaldas ante cualquier eventualidad. Judith pensaba que ese difunto en concreto lo merecía con creces, aunque él no hubiera sido un hombre piadoso.

O quizá sí lo fue. Ella no estaba segura, nunca llegó a conocerlo tan bien como le hubiera gustado. Se llevó a la tumba demasiadas incógnitas.

No obstante, Judith creía saber que a él le parecería bien que le dedicaran una ceremonia en aquella iglesia llena de hermosas pinturas, pues sabía valorar como nadie una buena obra de arte.

El cura terminó el sermón que, por suerte, fue breve. Después recitó más letanías y, al cabo de un rato, llegaron las preces:

—Rogamos, Señor, por el alma de nuestros difuntos... Entre ellos, nuestro hermano Darren, a quien llamaste a Tu presencia.

Eso fue todo. El resto de la misa continuó como de costumbre.

«Va por ti, abuelo», pensó Judith. «Espero que esto te ayude a llegar a un buen lugar.» Se sentía extrañamente satisfecha.

Aquel modesto homenaje había sido un acto de agradecimiento por parte de Judith. Finalmente se habían solucionado los problemas legales sobre el testamento de Darren y, al abrirlo, resultó que en él había un legado para su única nieta. No la famosa colección de dibujos de Rembrandt —se la había donado al Trinity College—, pero sí unos miles de euros que, si bien distaban mucho de ser una gran fortuna, a Judith le suponían una bendición para su precaria economía. También le había dejado en herencia unos cuantos lienzos suyos de gran valor en el mercado, pero ésos ella no tenía intención de venderlos bajo ninguna circunstancia.

Judith abandonó el banco de la última fila en el que se había sentado y salió a la calle. No estaba segura de cómo funcionaba el asunto, pero esperaba que no fuera necesario quedarse hasta el final para que la oración surtiera efecto.

La mañana era soleada aunque seguía haciendo un frío de mil demonios. Judith se permitió el pequeño lujo de parar un taxi y le dio al chófer el nombre de un hospital. No había demasiado tráfico, por lo que llegó a su destino en pocos minutos.

El paciente al que iba a visitar estaba en la tercera planta, en una habitación para él solo, lo cual era todo un lujo en un centro de la Sanidad Pública. Al parecer, que a uno lo acribillaran a balazos daba derecho a pequeños privilegios como interno.

Al abrir la puerta de la habitación, Judith se lo encontró incorporado en la cama, haciendo un solitario. Aún tenía la vía del suero enganchada en el dorso de la mano y una coraza de vendas alrededor del pecho, pero, salvo por esos detalles, lucía buen aspecto. Llevaba ya muchos días hospitalizado y era probable que recibiera el alta en breve. Judith había ido a visitarlo a menudo, a veces sola, otras en compañía de Álvaro. Los tres habían pasado horas charlando y jugando a las cartas en aquella habitación. Guillermo ganaba casi siempre, era un tahúr consumado.

Al verla aparecer, el lector de símbolos desplegó una sonrisa feliz.

—¡Has venido! —exclamó, como si aquélla fuera la mejor noticia que nadie pudiera darle—. No te esperaba. ¿No era hoy la misa que encargaste para tu abuelo?

—Sí, pero resultó menos ceremoniosa de lo que pensé. Se limitan a mencionar al difunto y eso es todo. —Judith se sentó en el borde de la cama—. ¿Cómo estás?

—Oh, muy bien. Dice el médico que pronto podré irme a casa. Y esa enfermera tan simpática del turno de noche me ha traído una bolsa de M&M's, ¿quieres uno?

—Sabes que lo hace porque está colada por ti, ¿verdad?

A Guillermo se le encendieron las mejillas.

—Qué va...

—Ya lo creo, no hay más que ver cómo te mira. —Judith se metió en la boca un puñado de M&M's—. Es mona, deberías pedirle su teléfono. ¿Quieres que lo haga yo por ti?

—¡No!

Judith se rio.

—Era un chiste.

—Ya sabes que si tienes que indicarlo es porque no ha sido gracioso.

—Mira quién fue a hablar... —Judith hurgó en el interior de su bolso—. Te he traído un par de periódicos, ¿quieres echarles un vistazo?

—¿Dicen algo de... ya sabes... de todo eso?

—Hoy no, amigo. Parece que la noticia se está agotando por fin.

—Estupendo.

Guillermo había pasado tres días en coma inducido cuando lo trajeron al hospital. Al despertar no quiso saber nada de lo ocurrido en el museo, a Judith le pareció lógico. A ella también le habría gustado sustraerse del tema.

—Por cierto —dijo el joven—, yo también tengo algo para ti. Está ahí dentro, cógelo.

Señaló el cajón de la mesilla que había junto a la cama. Al abrirlo, Judith encontró la petaca de plata del abuelo Darren. Sintió una pequeña conmoción cuando la sostuvo entre sus manos. Los patos en relieve ya apenas eran visibles, estaban deformados por una oquedad del tamaño de una moneda de diez céntimos.

Allí fue donde impactó la bala que Rasguños disparó al corazón de Guillermo. La otra le atravesó el torso unos centímetros por debajo. Ésa fue la que provocó una hemorragia y daños en el pulmón. Requirió mucha cirugía e hizo que Guillermo pasara los primeros días en el hospital respirando por un tubo, pero los médicos pudieron arreglar el estropicio gracias a que lo atendieron a tiempo, la policía lo encontró cuando se desangraba en brazos de Judith y se encargaron de llevarlo al hospital de inmediato. Ahora bien, si el joven no hubiera llevado la petaca en el bolsillo de la camisa, habría muerto al instante. Eso le salvó la vida.

El abuelo Darren tenía razón: los patos traen fortuna.

—Llevo tiempo queriendo devolvértela —dijo Guillermo—. Pero siempre se me olvida, lo siento.

Judith la agitó un poco. Aún tenía bourbon dentro. Eso la hizo sonreír.

—Quédatela —le dijo—. Es tuya, te la regalo. Puedes guardarla como un amuleto de buena suerte: nada malo te ocurrirá mientras la lleves encima.

—Pero era un recuerdo de tu abuelo...

—Era más bien un recuerdo de su apenas disimulado alcoholismo —bromeó ella—. Y ahora que estoy tratando de convertirme en una bebedora responsable, a mí ya no me hace falta. En serio, quiero que la tengas tú, te la has ganado.

—Gracias, es un gesto muy bonito.

Entre los dos se hizo un momento de silencio.

—¿Piensas a menudo en todo lo que pasó allí abajo? —se atrevió a preguntar Judith. Apenas habían hablado de ello durante el tiempo que Guillermo pasó en el hospital, como si los dos lo evitaran de forma inconsciente.

Él esbozó una sonrisa débil.

—Más de lo que me gustaría.

—Igual que yo... Pero nunca... Es decir... ¿Por qué nunca hablamos de eso?

—No lo sé. Tal vez porque no hay mucho más que podamos decir al respecto.

—A mí me gustaría estar segura de que todo ha terminado para siempre.

—Creo que eso es algo que jamás podremos saber con certeza. —Suspiró—. Aunque por el momento no han asesinado a nadie más, y no parece que vaya a ocurrir en mucho tiempo. Yo me conformo con eso.

Ella asintió. Le pareció una respuesta muy certera. Había muchos aspectos sobre lo ocurrido en las últimas semanas que ella aún no comprendía, muchas preguntas sin resolver, pero, en el fondo, tampoco estaba demasiado interesada en las respuestas. Se sentía como si se hubiera asomado al borde de un profundo abismo y hubiera visto cosas retorcerse en el fondo, entre la oscuridad, cosas que nadie en su sano juicio querría mostrar a la luz del día.

Era mejor dejarlas en su nido y apartar la mirada, seguir adelante.

—Y bien —dijo ella, volviendo a sentarse en la cama—, ¿te ha visitado ya algún matasanos esta mañana?

—Oh, sí. Dicen que estoy evolucionando bien, que puede que en pocos días me den el alta.

—Eso suena fantástico. —Judith se quedó un instante en silencio. Luego añadió—: Oye, si no tienes ningún sitio al que ir cuando salgas de aquí, ya sabes que puedes... en fin, puedes apalancarte en mi casa el tiempo que haga falta.

Él sonrió, agradecido.

—Estaríamos un poco apretados en tu estudio, ¿no crees?

—Qué va. Voy a largarme de ese agujero, he encontrado un piso mejor y bastante asequible. Con lo que me dejó mi abuelo he podido pagar la fianza, y las cosas parece que están mejorando un poco en el taller.

—¿De veras?

—Sí, por lo visto ser la única superviviente de la Asesina del Prado es un fantástico reclamo publicitario. Nunca había tenido tantas visitas al portafolio de mi página web. Me han hecho un par de encargos bien pagados, y una galería francesa se ha puesto en contacto conmigo para que participe en una exposición. Cruzo los dedos.

—Me alegro muchísimo, Judith. Mereces tener éxito.

—Creo que es cosa tuya, tú me has traído suerte. Lo menos que puedo hacer por ti es ofrecerte mi hospitalidad mientras encuentras un sitio mejor. ¿Qué me dices? Podríamos pasarlo bien juntos, nunca he tenido un compañero de piso.

—Eso suena muy tentador, pero lo cierto es que ya tengo alguna idea sobre lo que haré cuando salga del hospital. —Parecía un tanto entristecido por rechazar la oferta—. El caso es que he recordado algunas cosas, cosas sobre mí, sobre quién soy en realidad. Aún tengo que reconciliarme con varias de ellas y comprender otras tantas, y por eso quiero ir en busca de respuestas.

—¿De qué tipo?

—No estoy seguro... Pero creo que sé por dónde empezar. Recuerdo un nombre... Una mujer, Beatrice Chambers... Siento que es alguien importante para mí. Al pensar en ese nombre me viene a la memoria un rostro, y entonces experimento dolor, melancolía; pero, al mismo tiempo, es un recuerdo cálido y dulce. Resulta extraño.

—Puede que no tanto como crees... —dijo Judith—. Entonces ¿sabes dónde encontrar a esa mujer misteriosa?

—Tengo una pista: Álvaro fue a indagar a la clínica donde Belman me encontró. Beatrice Chambers figura como mi único contacto. Tiene una dirección en Inglaterra.

—¿Ese chafardero ha estado haciendo de detective para ti? Menudo granuja, no me había dicho ni una palabra.

—Le dije que fuera discreto, y al parecer se lo tomó muy en serio. —Guillermo sonrió—. Me gusta Álvaro, es un buen hombre. Y tú a él le gustas.

—Lógico. A ése le gustan todas.

—No, de veras. Créeme: le gustas todo lo que es posible que a un chico le guste una chica. —Guillermo la miró a los ojos, como si quisiera transmitirle un mensaje que ella debía leer entre líneas—. Puede que él a ti también. Un poco.

—¿Y eso cómo lo sabes? No me lo digas: lo has interpretado en algún signo arcano de esos que conoces.

—Oh, sí. El rosa pálido.

—¿El rosa pálido? ¿Ése el símbolo del amor inmortal o algo así?

—No, es el color del lápiz de labios que sólo te pones cuando sabes que Álvaro va a venir a verme.

Ella le tiró un M&M's a la cabeza. Guillermo rio.

—Inquisidor de Colores... —dijo ella—. Más bien un celestino, eso es lo que eres. —Judith sonrió—. Así que piensas irte a Inglaterra a buscar a esa mujer.

—Sí. Me marcharé en cuanto deje el hospital.

A ella la noticia le puso triste, pero intentó disimularlo para que él no se sintiera mal.

—Ojalá alguien como tú se tomara tantas molestias por encontrarme. ¿Me avisarás si te metes en algún lío?

—Por supuesto.

—Y sigue mi consejo: nada de ascensores.

—Sólo escaleras a partir de ahora, palabra de honor.

—Eso está bien. —Judith le miró a los ojos. El condenado tenía unos ojos increíbles, pensó; esa tal Beatrice Chambers era una mujer afortunada—. Te voy a echar muchísimo de menos, amigo. Tú haces que me sienta fuerte.

—Oh, eso no es así, Judith. Te sientes fuerte porque lo eres. Los sentimientos no pueden disimularse, una persona sólo puede ser lo que es o ha sido alguna vez. Créeme, te irá muy bien, no me necesitas a mí ni a nadie para seguir adelante.

—¿Y cómo estás tan seguro de ello?

—Porque soy el Pato Rojo de Apolo, y ya sabes lo que dicen... —Guillermo le dedicó una de sus miradas azules y le guiñó un ojo—. Los patos traen fortuna.

Judith salió de la habitación para comer algo. Los médicos se habían llevado a Guillermo para hacerle un chequeo a fondo y comprobar que todos los parches de sus entrañas seguían bien cosidos.

Al dirigirse hacia el ascensor de la planta, Judith se topó con Álvaro en el pasillo. Iba, como siempre, hecho un figurín con su ropa recién salida del último catálogo de El Ganso.

Ella se alegró bastante al encontrárselo, pero se cuidó de manifestarlo abiertamente. No era bueno alimentar el ego de Álvaro en exceso, engordaba con facilidad.

—Vaya, pero mira quién está aquí —le dijo—, ¡si es Joseph Pulitzer en persona! ¿Dónde has estado? Hace días que no te veo el pelo.

—Ayer pasé aquí toda la tarde, no es culpa mía que tú no aparecieras. Y, por cierto, Pulitzer era editor, no periodista.

—Ya lo sabía —mintió Judith—. Y también sé que estuviste ayer. Guillermo me ha dicho que has estado haciendo de investigador privado para él a mis espaldas.

—Me pidió que le guardara el secreto —dijo el reportero, haciéndose el interesante—. ¿Cómo está hoy, por cierto?

—Yo lo veo bien. Ahora se lo han llevado para hacerle unas pruebas, dicen los médicos que tal vez le den el alta en un par de días.

—Me alegro, es una excelente noticia.

—Estaba a punto de ir a comer algo, ¿me acompañas?

—¿Por qué no? Hoy no he desayunado y estoy muerto de hambre. Llevo un día de locos, ya te contaré.

Evitaron la cafetería del hospital, a Judith le parecía deprimente y el sempiterno olor a tortilla de patatas rancia le revolvía el estómago. Salieron a la calle y entraron en un bar cercano. Álvaro pidió oreja de cerdo, calamares rebozados y unos callos.

—El mes pasado salí con una chica —comentó el reportero—. Trabajaba en una agencia de viajes. La llevé a una tapería de Malasaña, pedí unos callos y ella me miró como si yo fuese una especie de caníbal. En ese momento supe que la cita iba a ser un fracaso.

—Es evidente que la chica no tenía buen gusto —dijo Judith, metiéndose en la boca una generosa cantidad de oreja de cerdo—. Al fin y al cabo, aceptó salir contigo.

—Muy graciosa. Tienes aceite en la barbilla, espera... —Le limpió delicadamente una gota de grasa con una servilleta de papel—. Ya está... Y no te comas mis callos, los he pedido para mí.

—Intenta impedírmelo —replicó ella—. Y bien, aparte de conspirar con Guillermo en secreto, ¿qué has estado haciendo estos días?

—Trabajar como un esclavo. En el periódico me encargaron hacer un reportaje sobre las elecciones municipales, una crónica sobre una posible intoxicación por salmonela en un colegio y una entrevista a un *youtuber* adolescente que acaba de publicar su autobiografía. —El reportero puso los ojos en blanco—. Ha sido desesperante.

—Me hago a la idea.

—Por cierto, tengo una noticia de última hora: han encontrado a Fabiola Masaners.

A Judith la noticia no le produjo más que una leve curiosidad. Sobre aquel tema ya conocía todo lo que necesitaba y deseaba saber.

—¿Ah, sí? ¿Dónde?

—Esta mañana sacaron su coche del fondo de un pantano. Ella iba al volante. Suicidio, dicen.

—Ya veo. —La mujer jugueteó un poco con la grasa del plato. Se le había quitado el apetito—. Y supongo que nadie ha reparado en el enorme agujero de su garganta, ¿verdad?

—No tengo ni idea. Mis contactos en la policía no sueltan prenda sobre el asunto. Hay silencio absoluto. Ni siquiera me estoy encargando yo de este tema, hace tiempo que el periódico lo ha puesto en manos de un becario y a mí me mantienen ocupado con otros asuntos.

—Lo sé, he leído sus artículos. Son terribles. Tú escribes mucho mejor.

—Gracias. —Álvaro hizo un irónico brindis con su caña de cerveza.

—También leí el tuyo, el que publicaste ayer.

—¿En serio? Debes de haber sido la única: no estuvo ni dos horas en la web hasta que se lo cargaron.

Judith no quiso admitir que tenía una alerta en internet que la avisaba al instante de todos los artículos que mencionaban el nombre de Álvaro. Le daba vergüenza por algún motivo.

—Me gustó lo que decías, pero sabes que seguir en esa línea es una pérdida de tiempo, ¿verdad?

—Sí, eso me temo. —Suspiró—. Al principio no me explicaba por qué en el periódico me habían apartado del tema de los asesinatos. Entregué varios artículos al respecto y no publicaron ni uno, sólo el de ayer, supongo que porque estaba empezando a ponerme pesado. Luego vi que lo sacaron de la web al poco tiempo y fui a pedirle explicaciones a la redactora jefe. Vengo de hablar con ella ahora mismo.

—¿Y qué tal te ha ido?

—Ha sido una reunión deprimente. Me ha hecho saber que algunos de nuestros anunciantes, los que nos dan más dinero, no quieren ver más noticias sobre el Museo del Prado en el periódico salvo las que atañen exclusivamente a sus actividades culturales. Si no cumplimos, amenazan con retirarnos la publicidad. Yo le he dicho que me parecía vergonzoso, así que me he largado. He presentado mi dimisión y los he mandado a tomar por saco. A mí nadie me dice sobre lo que puedo o no puedo escribir.

—Oh, Álvaro... Lo siento mucho.

Se hizo un breve silencio. Sobre los pensamientos de ambos rondaba una sospecha idéntica.

—Judith... ¿Crees que esa gente, esos Pletóricos, puedan estar ocultando...?

—Déjalo. Sé lo que vas a preguntar y, francamente, prefiero no pensar en ello. Dormiré más tranquila por las noches si no lo hago, en serio.

—Sí. Comprendo.

—Oye... Tal vez esto no te sirva de consuelo, pero me siento muy orgullosa de ti. Has demostrado una enorme integridad.

A él le gustó escuchar esas palabras de sus labios.

—Sí, bueno... Pero no lo vayas diciendo por ahí, tengo una reputación que mantener, ¿sabes?

—¿Y qué piensas hacer ahora?

—Aún no lo he decidido. Tal vez me tome un descanso, no me vendría mal, quizá empiece a ponerme en serio con lo de escribir, siempre he querido hacerlo.

—Cuidado, Ken Follett: hay un nuevo novelista en la ciudad.

—No, no quiero escribir novelas, la ficción no es lo mío. Tal vez un libro de viajes, ¿tú qué opinas? Me gustan los libros de viajes.

A Judith le pareció un proyecto envidiable. Pensó que si Álvaro necesitaba una compañera para ir por el mundo a buscar material sobre el que escribir, a ella no le importaría prestarse voluntaria.

—¿Sabes qué? Tengo algo que quizá te anime —dijo ella—. Es un regalo. Iba a dártelo hoy de todos modos, pero haremos que sea una especie de premio por atreverte a dar un valeroso salto al vacío en tu futuro profesional.

—Eso no suena tan bien como tú te crees —dijo él, torciendo el gesto—, pero me gusta que me hagan regalos. ¿Qué es?

—Sorpresa. —Judith sacó de su bolso un tubo de cartón y se lo dio a Álvaro—. Límpiate bien las manos antes de abrirlo, ¿quieres? Es delicado.

El reportero sacó del tubo un lienzo enrollado, no muy grande. Al desplegarlo vio el retrato de un hombre cuyo rostro le resultó conocido.

Sonrió y miró a Judith.

—¡Soy yo! —exclamó, entusiasmado.

—No del todo. En realidad, es una copia del retrato del conde de Eleta pintado por Madrazo, sólo que le he quitado la perilla y el bigote. Podríais pasar por gemelos separados al nacer.

Álvaro miraba el retrato igual que un chiquillo contemplaría un juguete nuevo.

—A mi madre le va a encantar —dijo. Judith tuvo la sensación de que era un pensamiento que se le había escapado en voz alta—. ¿Lo has hecho tú?

—Lo terminé ayer por la tarde, por eso no vine. Era el trabajo que iba a presentar para la Beca de Copistas.

—Lamento que eso no acabara bien, ojalá hubieras ganado.

Ella se encogió de hombros.

—No me importa. Además, estoy satisfecha de cómo ha quedado mi copia. Aunque esté mal que yo lo diga, creo que es bastante buena.

—Sí que lo es. Muchas gracias, es un regalo estupendo. Ahora tendré que pensar una forma de compensártelo... —Álvaro la miró con cierta timidez—. Quizá... ¿podría invitarte a cenar? ¿Esta noche?

Judith sonrió. El plan le sonaba apetecible.

Además, ella nunca decía que no a una cena gratis.

Pentimento

A Roberto le gustaban los momentos previos a la apertura del museo al público. Era su parte favorita del día.

Siempre llegaba de los primeros y, antes de dirigirse a su despacho, paseaba por las galerías de exposición mientras los guardias de seguridad hacían su ronda para comprobar que todo estaba en orden y los vigilantes de sala se dirigían somnolientos a ocupar sus puestos. En aquellos mágicos instantes en los que las mareas de turistas no mancillaban el votivo esplendor de la pinacoteca, Roberto se sentía igual que un abad caminando por el claustro de su monasterio. El resto de los trabajadores eran sus monjes silenciosos, a punto de emprender sus tareas y oraciones dedicadas al único dios en quien Roberto depositaba su fe: uno que habitaba entre las pinceladas de los grandes maestros, convirtiendo cada pintura en un milagro enmarcado.

El conservador caminó satisfecho por entre las salas, con las manos a la espalda, deteniéndose arrobado ante los cuadros más hermosos. No hay más Dios que el Arte, y Tiziano es su profeta, y Fra Angelico, y Goya, y el Bosco, y Caravaggio... Todos ellos profetas. Todos apóstoles. El Museo del Prado era su templo.

Siguió avanzando en silencio, aprovechando cada segundo antes de que se abrieran las puertas a la masa. Por el momento, el museo era suyo y de nadie más. Era su hogar, su palacio, su catedral.

Aparecieron los primeros visitantes. Había llegado el momento de esfumarse. Roberto abandonó el museo en dirección al Casón del Buen Retiro, donde estaba su despacho.

Iba a mantener el mismo que cuando ocupaba el puesto de director adjunto, no quería ocupar el de Fabiola, le parecía de mal agüero. Además, desde el Patronato se había emprendido una especie de *damnatio memoriae* sobre el recuerdo de la fallecida directora. La sola mención de su nombre se consideraba algo tóxico.

En los últimos días habían ocurrido hechos sorprendentes: Fabiola había muerto, Manuel Rojas seguía en paradero desconocido y los rumores bisbiseaban por todas partes como un enjambre de avispas. Ante aquel desastre, el Patronato acudió a Roberto como si fuera una especie de salvador, alguien que ya había demostrado ser un gestor solvente en la sombra. Consideraron que había llegado el momento de que Roberto diera un paso al frente y le postularon por unanimidad para el puesto de director del Museo del Prado. Él, humildemente, aceptó el reto.

Todo había salido según sus deseos, aunque no como él lo había planeado.

Roberto, como la mayoría de las personas, no tenía ni la más remota idea de en qué habían estado realmente metidos Fabiola y Rojas. Él era uno más de los que había tenido que creerse la versión oficial de los hechos. Pero sí sabía algo que muchos ignoraban: que la antigua directora estuvo implicada en la muerte de Enric Sert.

Lo descubrió por casualidad. Pocos días después del asesinato de Enric, escuchó una conversación entre Fabiola y Rojas. Tuvo lugar en los almacenes del museo. Ambos creían haber encontrado un refugio protegido de oídos indiscretos para compartir conspiraciones, pero ignoraban que era el mismo al que Roberto solía escabullirse a veces para fumar a escondidas. El conservador no lo escuchó todo, pero sí lo suficiente como para darse cuenta de que Fabiola estaba más que implicada en la muerte de su antiguo mentor.

Resultó un fabuloso golpe de buena suerte. Roberto había descubierto un secreto lo suficientemente sórdido como para utilizarlo en su beneficio si llegaba el momento. Le daba igual no saber por qué o cómo había asesinado Fabiola a su antiguo jefe. Eso eran detalles secundarios, sin importancia. Lo verdaderamente trascendental era su culpabilidad.

Después ocurrió lo del entierro de Sert. Alfredo Belman, ese pobre lunático, se presentó allí asegurando que conocía la identidad del asesino. Roberto asistió a aquella escena con inmenso regocijo. Estuvo muy atento a la reacción de Fabiola. En sus ojos había miedo.

Belman habló de un asistente, un tal Guillermo Argán. Roberto supuso que ese hombre también estaría al corriente de lo que Belman había descubierto y se propuso utilizarlo para sus propios fines. Cuando tuvo ocasión, el conservador dejó caer delante de Fabiola que estaba investigando a Guillermo. Quería que ella supiera lo que Roberto sospechaba, que tuviera miedo. Le estaba mandando un claro mensaje.

«Conozco tu secreto.»

Quizá era una arriesgada forma de actuar. Al fin y al cabo, si las sospechas de Roberto eran ciertas, Fabiola era una asesina. A pesar de ello, el conservador no tuvo miedo, se creía más astuto e inteligente. Los acontecimientos le habían dado la razón.

El principal obstáculo que tuvo que sortear fue que Guillermo no soltaba prenda de lo que sabía, si es que sabía algo. Roberto necesitaba más pruebas que apoyaran sus sospechas y el asistente de Belman se resistía a proporcionárselas. Ni siquiera cuando lo acorraló en su despacho logró sacarle nada en claro, y eso que Roberto creía tener una buena baza para presionarlo gracias a ese artículo que consiguió del inspector Mesquida.

La suerte acudió de nuevo en su ayuda. Algo ocurrió, Roberto no sabía qué, ni le preocupaba la posibilidad de no saberlo jamás, lo importante era que, de pronto, todos sus problemas se habían resuelto con la muerte de Fabiola.

Alzado ya en la cúspide de su ambición, el conservador accedió al edificio del Casón del Buen Retiro y se encaminó a su despacho.

Pasó por delante de su nueva secretaria y le dio los buenos días. Ella le informó de que alguien había dejado un paquete sobre su mesa.

—No sé quién lo ha traído —indicó la mujer—. Ya estaba allí cuando llegué.

Roberto encontró un objeto encima de su escritorio. Estaba envuelto en papel marrón y no era muy grande. No llevaba más indicación que su nombre escrito con rotulador. El conservador tomó asiento y lo abrió con calma.

Era un libro, nada más. No había ninguna indicación sobre quién o por qué lo enviaba. Su encuadernación era sencilla, sin adornos, parecía una edición de bolsillo. En la portada sólo figuraba el título junto a un curioso símbolo verde.

SOBRE EL ARTE VERDADERO

Intrigado, Roberto abrió por la primera página y empezó a leer.

Nota del autor

En esta novela hay muchos datos históricos y artísticos, algunos son veraces y otros no. Considero innecesario especificar minuciosamente cuáles son unos y cuáles otros, prefiero que sea el lector quien lo decida.

A pesar de todo, sí me gustaría indicar que ninguna de las interpretaciones simbólicas que mencionan Guillermo y otros personajes del relato es fruto de mi invención. Todas son auténticas.

La iconografía siempre me ha parecido una de las disciplinas más fascinantes de la Historia del Arte, tal vez porque llevo ya algunos años enseñándola en un aula. Me he divertido mucho utilizando esa experiencia para crear el personaje de Guillermo, creo que lo voy a echar de menos. Naturalmente, mis conocimientos no han sido, ni de lejos, suficientes para crear a un tipo tan peculiar como Guillermo Argán. Para esa labor, me he servido de diversos libros sobre el lenguaje y la interpretación de los símbolos en el Arte.

El primero y más importante, que se cita varias veces en este relato, es la *Iconología* de Cesare Ripa, una obra imprescindible para todo aquel que desee desentrañar los secretos de las obras de los grandes maestros.

También debo citar como fuentes los distintos tomos de la *Iconografía del Arte Cristiano* de Louis Réau (otro clásico de la materia), el *Diccionario de Temas y Símbolos Artísticos* de James Hall, el *Diccionario de Iconografía y Simbología* de Federico Revilla, el *Diccionario de los símbolos* de Jean Chevalier y Alain Gheerbrant y la *Guía para identificar los personajes de la mitología clásica* de Lorenzo de la Plaza Escudero, José María Martínez Murillo y José Ignacio Vaquero Ibarra. Gracias a estos libros aprendí que los patos traen fortuna.

El Museo del Prado es un lugar único, con muchos secretos y una rica historia a sus espaldas. Mucha de la información que aparece en este relato sobre la pinacoteca y sus cuadros está disponible en su enciclopedia y archivos, ambos completamente digitalizados y a disposición de todo el que quiera consultarlos, sólo se necesita un acceso a internet. Es un recurso de inmenso valor que no todos los museos ofrecen. En ese sentido, el Prado destaca por méritos propios. Su web es extraordinaria.

Aparte de eso, quiero dar las gracias a Susana Maravall, Alejandro Sáez y Luis Alberto Pérez Velarde. Estos tres fantásticos amigos, y mejores expertos en Historia del Arte, me han ayudado a comprender cómo funciona la compleja trastienda de los museos en general y del Prado en particular. Sin ellos esta novela no se habría podido escribir. Toda la información que me dieron fue precisa y valiosa, si en este relato se hubiera hecho un mal uso o una mala interpretación de ella, la culpa es sólo mía.

Como es lógico, la trama de este relato me ha obligado a tomarme algunas licencias creativas sobre el Museo del Prado y su funcionamiento. Espero que aquellos que conozcan la pinacoteca en profundidad me lo sepan perdonar.

Y, como siempre, gracias a Alberto Marcos y a todo el equipo de Plaza & Janés. Cuando este relato amenazaba con desbocarse, ahí ha estado siempre Alberto para ayudarme a sujetar las riendas.

Por último, pero no menos importante, gracias a todos los que habéis llegado hasta el final en esta extraña historia sobre cuadros, símbolos y asesinatos. Espero que, al menos, haya sido un viaje divertido.

L. M. M.

El Bosco, *La extracción de la piedra de la locura* (1501-1505),
48,5 x 34,5 cm.

Bruegel el Viejo, *El triunfo de la Muerte* (1562-1563), 117 x 162 cm.

Ribera, *Ixión* (1632),
220 x 301 cm.

Steenwijck, *Emblema de la Muerte* (1635-1640), 36 x 46 cm.

Rembrandt, *Judit en el banquete de Holofernes (antes Artemisa)* (1634), 143 x 154,7 cm.

Velázquez, *Las hilanderas o la fábula de Aracne* (1655-1660),
220 x 289 cm.

Goya, *Saturno* (1820-1823),
143,5 x 81,4 cm.

Madrazo, *Jaime Girona, luego I conde de Eleta* (1856),
123 x 90 cm.